ORIGEM

DAN BROWN

ORIGEM

Tradução de
NUNO CASTRO

B

BERTRAND EDITORA
Lisboa 2017

Título original: *Origin*
Autor: Dan Brown
Copyright © 2017 by Dan Brown
A página 551 é uma extensão desta página de direitos de autor.

Todos os direitos para a publicação desta obra em língua portuguesa,
exceto Brasil, reservados por Bertrand Editora, Lda.
Rua Prof. Jorge da Silva Horta, 1
1500-499 Lisboa
Telefone: 21 762 60 00
Correio eletrónico: editora@bertrand.pt
www.bertrandeditora.pt

Revisão: Anabela Mesquita
Design da capa: Planeta Arte & Diseño
Imagem da capa: @ Opalworks

Pré-impressão: Fotocompográfica, Lda.
Execução gráfica: Bloco Gráfico
Unidade Industrial da Maia

1.ª edição: outubro de 2017
Depósito legal n.º 430 546/17
ISBN: 978-972-25-3420-8

Em memória da minha mãe

Temos de estar dispostos a abandonar a vida que tínhamos planeado para podermos ter a vida que nos espera.

— Joseph Campbell

FACTO:

Todas as obras de arte e arquitetura, localizações, informação científica e organizações religiosas referidas no presente romance são reais.

PRÓLOGO

Enquanto o velho comboio de cremalheira se arrastava pela vertiginosa encosta acima, Edmond Kirsch examinou o cume recortado à sua frente. À distância, esculpido na face de um precipício, o enorme mosteiro de pedra parecia suspenso sobre o vazio, como se tivesse sido magicamente fundido na parede vertical.

Havia mais de quatro séculos que o imortal santuário na Catalunha, Espanha, desafiava a inexorável força da gravidade, nunca se desviando do seu propósito original: isolar os seus ocupantes do mundo moderno.

Ironicamente, serão agora os primeiros a conhecer a verdade, pensou, perguntando a si próprio como reagiriam. Historicamente, os homens mais perigosos à face da Terra eram os homens de Deus... especialmente quando os seus deuses eram ameaçados. *E eu estou prestes a atirar uma lança incendiária para um ninho de vespas.*

Quando o comboio chegou ao seu destino, avistou uma figura solitária à sua espera na plataforma. O escanzelado ancião estava vestido com a tradicional batina púrpura católica e uma sobrepeliz branca, com um solidéu na cabeça. Kirsch reconheceu as feições aquilinas do seu anfitrião por fotografias e sentiu uma inesperada descarga de adrenalina.

Valdespino veio receber-me pessoalmente.

O bispo Antonio Valdespino era uma figura formidável em Espanha: não só um amigo de confiança e consultor do próprio rei, mas um dos mais loquazes e influentes paladinos da preservação dos valores conservadores católicos e dos cânones políticos tradicionais.

— Edmond Kirsch, suponho? — entoou o bispo quando Kirsch saiu do comboio.

— Culpado — respondeu Kirsch, sorrindo enquanto apertava a mão magra do seu anfitrião. — Vossa Excelência, gostava de lhe agradecer ter organizado esta reunião.

— Eu agradeço o facto de a ter *solicitado*. — A voz do bispo era mais forte do que Kirsch esperava, límpida e penetrante como um sino. — Não é muito habitual sermos consultados por homens da ciência, especialmente um com a sua proeminência. Siga-me, por favor.

Enquanto conduzia Kirsch pela plataforma, a fria aragem da montanha ia-lhe fustigando a batina.

— Tenho de lhe confessar que tem um aspeto diferente do que eu imaginava. Estava à espera de um cientista, mas o senhor parece bastante... — Olhou para o elegante fato K50 da *Kiton* e para os sapatos *Barker* de pele de avestruz do seu convidado com uma ponta de desdém. — Vanguardista, seria a palavra?

Kirsch sorriu cortesmente. *Há décadas que ninguém utiliza a palavra «vanguardista».*

— Estive a ler o seu currículo e ainda não compreendi muito bem o que é que o senhor faz.

— Sou especialista em teoria de jogos e modelos computacionais.

— Então o senhor dedica-se a produzir jogos de computador para crianças?

Teve a impressão de que o bispo estava a fingir ignorância numa tentativa de parecer mais simpático. De facto, sabia que Valdespino era um ávido seguidor das últimas tecnologias, para cujos perigos tinha frequentemente chamado a atenção.

— Não, Vossa Excelência, de facto a teoria de jogos é um campo da matemática que estuda padrões para poder efetuar previsões sobre o futuro.

— Ah, sim. Acho que li que o senhor previu uma crise monetária europeia há alguns anos? Quando ninguém o ouviu, o senhor salvou-nos a todos inventando um programa informático que conseguiu ressuscitar a União Europeia. Como era mesmo a sua frase? «Com trinta e três anos, tenho a mesma idade de Cristo quando realizou a Sua ressurreição.»

Kirsch encolheu-se ligeiramente.

— Foi uma analogia infeliz, Vossa Excelência. As palavras de um jovem.

— De um jovem? — riu-se o bispo. — E que idade tem agora? Quarenta, talvez?

— Acabados de fazer.

O ancião sorriu enquanto o vento continuava a fustigar-lhe a batina.

— Bem, supunha-se que seriam os mansos que herdariam a Terra, mas parece que esta acabou por ir para os jovens. Os interessados na tecnologia, os que olham para os ecrãs em vez de para a própria alma. Tenho de reconhecer, no entanto, que nunca imaginei que teria a oportunidade de conhecer o jovem que lidera a carga. Sabe que lhe chamam um *profeta*?

— Não um muito bom no meu caso, Excelência — replicou Kirsch. — Quando perguntei se me podia reunir em privado consigo e com os seus pares, calculei que a probabilidade de que aceitassem seria de apenas vinte por cento.

— E como eu disse aos meus pares, os devotos podem sempre obter vantagens ao ouvir os descrentes. É ao ouvir o Diabo que melhor podemos apreciar a voz de Deus. — O ancião sorriu. — Estou a brincar consigo, claro. Peço-lhe que desculpe o meu sentido de humor um tanto ou quanto senil. Os meus filtros de vez em quando já falham.

Com estas palavras, o bispo Valdespino fez-lhe sinal para avançarem.

— Os outros estão à nossa espera. Siga-me, por favor.

Kirsch observou o seu destino, uma colossal cidadela de pedra cinzenta, alcandorada à beira de um precipício de centenas de metros, sobre uma exuberante tapeçaria florestal. Incomodado pela altitude, desviou o olhar do abismo e seguiu o bispo pelo caminho irregular em que se encontravam, dirigindo os pensamentos para a reunião que o trouxera ali.

Pedira uma audiência com três proeminentes líderes religiosos que tinham acabado de assistir a uma conferência no mosteiro.

O Parlamento das Religiões do Mundo.

Desde 1893 que centenas de líderes espirituais de praticamente trinta religiões do mundo inteiro se reuniam em diferentes locais a cada poucos anos para passarem uma semana dedicados ao diálogo inter-religioso. Os participantes costumavam incluir um leque diversificado de padres, rabinos e mulás procedentes do mundo inteiro, juntamente com *pujaris* hindus, *bhikkus* budistas, jainistas, *sikhs* e outros.

O autoproclamado objetivo do parlamento consistia em «cultivar a harmonia entre as religiões do mundo, estender pontes entre as diversas espiritualidades e celebrar os pontos comuns entre todas as fés».

Um empreendimento nobre, pensou, apesar de o considerar um exercício de futilidade. Uma busca sem sentido de pontos de correspondência aleatórios entre uma salgalhada de ficções, fábulas e mitos ancestrais.

Enquanto o bispo Valdespino o conduzia pelo caminho, olhou para a encosta aos seus pés com um pensamento sardónico. *Moisés subiu à montanha para aceitar a palavra de Deus... e eu subi para fazer exatamente o contrário.*

A sua motivação para subir aquela montanha, dissera a si próprio, era uma obrigação ética, mas sabia que havia uma boa dose de húbris a alimentar a sua visita. Estava ansioso por sentir a gratificação de se sentar à frente dos clérigos e predizer a sua iminente obsolescência.

Acabou-se o tempo em que vocês definiam a nossa verdade.

— Estive a dar uma vista de olhos ao seu currículo — disse abruptamente o bispo, olhando para Kirsch. — Vi que é um produto de Harvard.

— Não acabei a licenciatura, mas sim.

— Ah. Li recentemente que, pela primeira vez na história de Harvard, o corpo estudantil que entra é composto por mais ateus e agnósticos do que por pessoas que se definem como seguidoras de qualquer religião. É um dado estatístico bastante revelador, senhor Kirsch.

O que lhe sei dizer, quis replicar Kirsch, *é que os nossos alunos são cada vez mais inteligentes.*

O vento tornara-se mais forte ao chegarem ao antigo edifício de pedra. No interior, sob a ténue luz do átrio, o ar estava impregnado com a pesada fragrância de incenso queimado. Os dois homens serpentearam por um labirinto de corredores escuros, e os olhos de Kirsch tiveram de se esforçar para se adaptarem enquanto seguia o seu anfitrião. Chegaram por fim a uma porta invulgarmente pequena de madeira. O bispo bateu, baixou-se e entrou, fazendo um gesto ao seu convidado para que o seguisse.

Hesitante, Kirsch atravessou o limiar.

Deu consigo numa câmara retangular, de paredes altas repletas de tomos encadernados em couro, das quais se projetavam como costelas estantes adicionais, alternadas com radiadores de ferro fundido, cujos estalidos e silvos davam a estranha impressão de que a sala estava viva. Levantou o olhar para a ornamentada passagem abalaustrada que rodeava o segundo andar e percebeu sem sombra de dúvida onde se encontrava.

A famosa biblioteca de Montserrat, compreendeu, surpreendido por ter sido admitido ali. Dizia-se que aquela sala sagrada continha textos raríssimos, acessíveis apenas aos monges que tinham dedicado toda a sua vida a Deus sequestrados naquela montanha.

— O senhor Kirsch pediu-nos discrição — disse o bispo. — Este é o nosso espaço mais privado. Poucos estranhos alguma vez aqui entraram.

— Um generoso privilégio, que agradeço sinceramente.

Seguiu o bispo até uma grande mesa de madeira em que dois anciãos os esperavam sentados. O da esquerda parecia desgastado pelo tempo, com olhos cansados e uma hirsuta barba branca. Usava um fato preto amarrotado, camisa branca e chapéu.

— Apresento-lhe o rabino Yehuda Köves. É um proeminente filósofo judeu com uma extensa obra sobre a cosmologia cabalística.

Kirsch estendeu a mão por cima da mesa e cumprimentou cortesmente o rabino Köves.

— Tenho muito prazer em conhecê-lo. Li os seus livros sobre a Cabala. Não lhe posso dizer que os tenha compreendido, mas li-os.

Köves assentiu afavelmente com a cabeça, limpando os olhos lacrimosos com um lenço.

— E aqui — continuou o bispo, indicando o outro ancião — temos o respeitado *allamah* Syed al-Fadl.

O reverenciado académico islâmico levantou-se e dirigiu-lhe um amplo sorriso. Era baixo e anafado, com uma face jovial que parecia não combinar muito bem com os seus penetrantes olhos escuros. Estava vestido com uma despretensiosa *thawb* branca.

— E eu, senhor Kirsch, li as suas previsões sobre o futuro da humanidade. Não posso dizer que concorde com elas, mas li-as.

Kirsch sorriu cordialmente e apertou-lhe a mão.

— E o nosso convidado, Edmond Kirsch — concluiu o bispo, dirigindo-se aos dois outros religiosos —, que como sabem é um muito conceituado cientista nos campos da computação e da teoria de jogos, inventor e mesmo uma espécie de profeta do mundo da tecnologia.

Considerando os seus antecedentes, foi com surpresa que recebi o seu pedido para se reunir connosco. Por esse motivo, deixo-o agora explicar o que o traz aqui.

Com estas palavras, o bispo Valdespino sentou-se entre os outros dois religiosos, uniu as mãos e olhou expectante para Kirsch. Os três homens ficaram virados para ele como um tribunal, criando um ambiente mais parecido com um inquérito do que com uma reunião de académicos. Kirsch percebeu nesse momento que o bispo nem sequer lhe oferecera uma cadeira.

No entanto, sentiu-se mais divertido do que intimidado enquanto perscrutava os três anciãos que o enfrentavam. *Então esta é a Santa Trindade que eu pedi. Os meus três Homens Sábios.*

Fazendo uma pausa para reivindicar o seu domínio da situação, dirigiu-se à janela e olhou para o impressionante panorama do exterior. Uma manta de retalhos de terras ancestrais de pastoreio, iluminadas pelo sol, estendia-se por um profundo vale até aos cumes da serra de Collserola. A quilómetros de distância, em algum ponto por cima do mar das Baleares, um ameaçador maciço de nuvens tempestuosas começava a formar-se no horizonte.

Uma imagem adequada, considerou, pressentindo a turbulência que em breve causaria naquela sala e em todo o mundo que a rodeava.

— Cavalheiros — começou, virando-se bruscamente para eles —, parece-me que o bispo Valdespino já lhes transmitiu o meu pedido de confidencialidade. Antes de continuarmos, gostaria apenas de esclarecer que o que vou partilhar convosco tem de ser mantido no mais absoluto segredo. Em poucas palavras, peço a todos um voto de silêncio. Aceitam o meu pedido?

Os três homens fizeram gestos de tácita aquiescência, que Kirsch sabia serem provavelmente redundantes. *Vão estar certamente mais interessados em enterrar esta informação do que em divulgá-la.*

— Encontro-me aqui hoje porque fiz uma descoberta científica que penso que considerarão surpreendente. É um assunto a que dediquei muitos anos de trabalho, desejando dar respostas a duas das perguntas mais fundamentais da experiência humana. Agora que as obtive, dirigi-me aos senhores especificamente porque acredito que esta informação afetará os *crentes* de todo o mundo de um modo profundo, causando muito provavelmente uma alteração que só poderá ser descrita como, digamos, disruptiva. De momento, porém, sou a única pessoa no mundo que possui a informação que lhes vou agora revelar.

Com estas palavras, tirou do casaco um enorme *smartphone*, um modelo que tinha concebido e construído para servir as suas necessidades específicas. O telemóvel tinha um invólucro de cores vibrantes e ele ergueu-o como um televisor à frente dos três anciãos. Dentro de momentos, utilizaria o dispositivo para aceder a um servidor ultrasseguro, introduziria a sua palavra-passe de quarenta e sete caracteres e reproduziria uma apresentação.

— O que vão agora ver é uma versão rudimentar de uma comunicação que espero partilhar com o mundo inteiro talvez dentro de um mês. Mas antes gostaria de consultar alguns dos pensadores religiosos mais influentes do mundo, para obter informação em primeira mão de como estas notícias serão recebidas por aqueles que serão mais afetados por elas.

O bispo suspirou ruidosamente, parecendo mais aborrecido do que preocupado.

— Um preâmbulo intrigante, senhor Kirsch. Fala como se o que nos vai mostrar abalasse os alicerces das religiões do mundo inteiro.

Kirsch olhou para o ancestral repositório de textos sagrados. *Não os vai abalar, vai pulverizá-los.*

Examinou os três homens à sua frente. O que eles não sabiam era que dentro de apenas três dias tencionava divulgar a apresentação de forma impressionante e meticulosamente coreografada. E, quando o fizesse, as pessoas do mundo inteiro perceberiam que as doutrinas de todas as religiões tinham realmente um aspeto comum.

Estavam todas completamente enganadas.

CAPÍTULO 1

O professor Robert Langdon olhou para o cão de treze metros sentado na praça. O pelo do animal era uma tapeçaria viva de ervas e fragrantes flores.

Estou a tentar apreciar-te, pensou. *Estou realmente a tentar.*

Examinou a criatura durante mais algum tempo e depois continuou ao longo de uma passagem suspensa, descendo por uma ampla escadaria cujo piso desigual estava pensado para perturbar o ritmo e o passo do visitante. *Missão cumprida,* decidiu, quase tropeçando duas vezes nos degraus irregulares.

Ao fundo da escada, estacou estupefacto perante um enorme objeto que avistou à distância.

Agora posso verdadeiramente dizer que já vi de tudo.

Uma enorme viúva-negra erguia-se à sua frente, com umas esguias pernas que suportavam um corpo esférico a mais de oito metros de altura. Do seu ventre encontrava-se pendurado um saco de ovos de rede de arame, cheio de globos de vidro.

— Chama-se *Maman* — disse uma voz.

Langdon olhou para baixo e viu um homem magro debaixo da aranha. Estava vestido com um *sherwani* de brocado negro e tinha um bigode recurvado à Salvador Dalí, que era quase cómico.

— E eu chamo-me Fernando — continuou. — E estou aqui para lhe dar as boas-vindas ao museu. — Perscrutou uma coleção de etiquetas com nomes que tinha à frente. — Podia dizer-me o seu nome, por favor?

— Claro. Robert Langdon.

Os olhos do outro levantaram-se imediatamente.

— Ah. Peço-lhe imensas desculpas. Não o reconheci.

Eu próprio praticamente não me reconheço, pensou Langdon, avançando rigidamente com o laço branco, a casaca preta e o colete branco. *Pareço um membro dos Whiffenpoof.* A sua casaca clássica tinha quase trinta anos, guardada dos seus tempos de membro do Ivy Club em Princeton, mas, graças ao seu fiel regime diário de natação, ainda lhe servia razoavelmente bem. Com a pressa ao fazer a mala, tinha pegado no saco errado do guarda-fatos, deixando o habitual *smoking* em casa.

— O convite indicava fato de cerimónia. Espero que a casaca seja apropriada?

— As casacas são um clássico! Está ótimo! — O outro homem dirigiu-se apressadamente para Langdon e colou-lhe uma etiqueta na lapela do casaco. — É uma honra conhecê-lo. Imagino que já nos tenha visitado antes?

Langdon olhou através das pernas da aranha para o brilhante edifício que tinham à frente.

— Para dizer a verdade, é um pouco embaraçoso, mas não, é a primeira vez que aqui venho.

— Não me diga isso. — O homem do bigode fingiu que desmaiava. — Não aprecia arte moderna?

Sempre apreciara o *desafio* da arte moderna, principalmente a exploração do porquê de determinadas peças serem aclamadas como obras-primas: os quadros de pingos de Pollock, as latas de sopa Campbell's de Andy Warhol, os simples retângulos de cor de Mark Rothko. No entanto, sempre se sentira mais confortável a discutir o simbolismo religioso de Hieronymus Bosch ou a pincelada de Goya.

— Sou mais classicista — replicou. — Sinto-me mais à vontade com Da Vinci do que com De Kooning.

— Mas Da Vinci e De Kooning são tão parecidos!

Langdon sorriu pacientemente.

— Imagino que tenha bastante a aprender sobre De Kooning.

— Só lhe posso dizer que veio ao sítio certo. — O homem fez um gesto com a mão para o dirigir para o enorme edifício. — Neste museu, encontrará uma das melhores coleções de arte moderna à face da Terra! Espero que aprecie.

— Espero que sim — replicou Langdon. — Embora neste momento só gostasse de saber porque é que estou aqui.

— O professor e todos os outros! — riu-se alegremente o homem, abanando a cabeça. — O seu anfitrião tem sido muito enigmático sobre o propósito do evento desta noite. Nem sequer o pessoal do museu sabe o que vai acontecer. O *mistério* é metade da diversão. Já temos rumores para todos os gostos! Há muitas centenas de convidados no interior, incluindo muitas caras famosas, e ninguém faz a *menor* ideia de qual é o programa desta noite.

Langdon teve de sorrir. Muito pouca gente teria a ousadia de enviar convites de última hora que essencialmente diziam: *Sábado à noite. Não falte. Confie em mim.* E ainda menos seria capaz de persuadir centenas de VIP a abandonar todos os seus planos e apanhar o avião para o *norte* de Espanha a fim de assistir ao evento.

Ao sair de baixo da aranha e seguindo caminho, olhou para um enorme estandarte vermelho que ondulava ao vento por cima das suas cabeças.

UMA NOITE COM

EDMOND KIRSCH

O certo é que Edmond nunca teve falta de autoconfiança, pensou, divertido.

Há cerca de vinte anos, o jovem Eddie Kirsch tinha sido um dos seus primeiros alunos em Harvard, um *nerd* guedelhudo que fora levado por um inusitado interesse no estudo dos códigos a matricular-se na sua disciplina de primeiro ano: Códigos, Cifras e a Linguagem dos Símbolos. A sofisticação do seu intelecto produzira uma profunda impressão em Langdon e, apesar de o jovem ter acabado por abandonar o poeirento mundo da semiótica pela brilhante promessa dos computadores, tinham acabado por estabelecer uma relação de professor e aluno que os mantivera em contacto ao longo das duas últimas décadas.

E agora o aluno ultrapassa o professor, pensou. *Por vários anos-luz.*

Atualmente, Edmond Kirsch era um esgrouviado rebelde de renome internacional, um cientista computacional bilionário, futurologista, inventor e empreendedor. Com quarenta anos, produzira um impressionante conjunto de tecnologias que representavam enormes passos em frente em campos tão diversos como a robótica, a neurologia, a inteligência artificial e a nanotecnologia. E as suas acertadas previsões sobre os grandes avanços científicos do futuro tinham criado uma aura mística à sua volta.

Langdon suspeitava que a estranha aptidão que Edmond possuía para os prognósticos provinha do seu extraordinariamente amplo conhecimento do mundo que o rodeava. Desde que o conhecia, era um insaciável bibliófilo, lendo sistematicamente tudo o que lhe aparecia à frente. A sua paixão pelos livros e capacidade de absorver os seus conteúdos ultrapassavam tudo o que Langdon alguma vez encontrara.

Nos últimos anos, Edmond vivera principalmente em Espanha, atribuindo a sua escolha de residência a uma viva paixão pelo seu encanto de velho mundo rural, arquitetura vanguardista, excêntricos bares de *gin* e tempo perfeito.

Uma vez por ano, quando regressava a Cambridge para dar uma conferência no Laboratório de Meios de Comunicação do MIT, encontravam-se para almoçar num dos mais recentes sítios na moda de Boston, de que Langdon, obviamente, nunca tinha ouvido falar. Nunca falavam de tecnologia, o único tema que Edmond queria discutir com ele era arte.

— O Robert é a minha melhor ligação à cultura — gracejava muitas vezes. — O seu celibato garante que nada o afasta do estudo da arte!

A piada com o estado civil de Langdon era especialmente irónica procedente de um colega solteirão, que acusava a monogamia de «ofensa à evolução» e que ao longo dos anos fora fotografado com uma série de supermodelos.

Tendo em conta a sua reputação de inovador em ciência computacional, era fácil imaginá-lo como um *nerd* introvertido. Mas a realidade era que se tinha transformado numa espécie de ícone *pop*, que se movia no mundo das celebridades, seguia a última moda, ouvia misteriosa música *underground* e possuía uma fabulosa coleção de arte impressionista e moderna de valor incalculável. De facto, escrevia frequentemente a Langdon para lhe pedir conselhos sobre novas peças de arte que estava a pensar adquirir.

E depois faz exatamente o contrário do que lhe digo, refletiu Langdon.

Há cerca de um ano, surpreendera-o com uma pergunta, não sobre arte, mas sobre Deus, um tema estranho para um autoproclamado ateu. Com um prato de costeletas à frente no Tiger Mama de Boston, tinha-o inquirido sobre as crenças fundamentais de diversas religiões do mundo, especialmente sobre as suas diversas histórias da Criação.

Langdon apresentara-lhe um extenso panorama das crenças atuais, da história do Génesis partilhada pelo judaísmo, cristianismo e islão, até à história hinduísta de Brahma, o conto babilónico de Marduk, e outras.

— Estou curioso — dissera-lhe Langdon quando saíram do restaurante. — Porque é que um futurologista como o Edmond está tão interessado no passado? Significa isto que o nosso famoso ateu encontrou finalmente Deus?

Edmond dera uma sonora gargalhada.

— Continue a sonhar! Estou só a avaliar a concorrência, Robert.

Langdon sorrira. *Típico.*

— Bem, a ciência e a religião não são concorrentes. São duas linguagens diferentes para contar a mesma história. Há lugar no mundo para ambas.

Depois desse encontro, Edmond tinha estado sem dar notícias durante quase um ano. E de repente, há três dias, Langdon recebera pela FedEx um envelope com um bilhete de avião, uma reserva de hotel e uma nota manuscrita de Edmond a convidá-lo para o evento dessa noite. Dizia: *Robert, seria muito importante para mim que, mais do que qualquer outra pessoa, viesse a este evento. As suas opiniões durante a nossa última conversa ajudaram a tornar esta noite possível.*

O convite deixara-o intrigado. Não houvera nada na conversa em questão que lhe parecesse remotamente relevante para um evento celebrado por um futurologista.

O envelope também incluía uma imagem a preto-e-branco de duas pessoas face a face. Edmond escrevera-lhe um breve poema:

Origem

Robert,
Quando me vir face a face
Revelarei o espaço vazio.
    — Edmond

Langdon sorrira ao ver a imagem: uma engenhosa alusão a um episódio em que Langdon estivera implicado alguns anos antes. A silhueta de um cálice, ou graal, revelava-se no espaço vazio entre ambas as faces.

E agora ali estava, às portas daquele museu, desejoso de saber o que o seu ex-aluno ia anunciar. Uma suave aragem enfunava as abas da casaca enquanto avançava pelo passeio de cimento na margem do Nervión, outrora uma das principais artérias daquela poderosa cidade industrial. O ar tinha um vago aroma a cobre.

Ao fazer uma curva no caminho, permitiu-se finalmente olhar para o enorme e brilhante museu. Do local em que se encontrava, a estrutura era impossível de abarcar pela vista humana. O seu olhar teve de se deslocar para a frente e para trás ao longo de todas as bizarras formas alongadas.

Este edifício não se limita a quebrar as normas, pensou. *Ignora-as completamente. Um sítio ideal para Edmond.*

O Museu Guggenheim de Bilbau, Espanha, parecia saído de uma alucinação alienígena. Uma estonteante composição de retorcidas formas metálicas que pareciam ter sido encostadas umas às outras de modo praticamente aleatório. Estendendo-se praticamente a perder de vista, a caótica massa estava revestida com mais de trinta mil placas de titânio, que brilhavam como escamas de peixe e davam à estrutura um aspeto simultaneamente orgânico e extraterrestre, como se um leviatão futurista se tivesse arrastado para fora das águas para apanhar sol nas margens do rio.

Quando o edifício foi inaugurado em 1997, a revista *The New Yorker* elogiou o arquiteto, Frank Gehry, por ter concebido «uma fantástica nave onírica de forma ondulante, com uma capa de titânio», enquanto outros críticos do mundo inteiro exclamavam: «O edifício mais fantástico dos nossos tempos!», «Brilho imprevisível!», «Um extraordinário feito arquitetónico!».

Desde a abertura do museu, tinham sido erguidas dezenas de outros edifícios «desconstrutivistas»: o Disney Concert Hall de Los Angeles, o BMW World de Munique e até a nova biblioteca da *alma mater* de Langdon. Cada um desses edifícios possuía um *design* e uma construção radicalmente inconvencionais, embora Langdon duvidasse de que qualquer um deles pudesse competir com o Guggenheim de Bilbau em termos de puro valor de choque.

À medida que se ia aproximando, a fachada revestida de placas de titânio parecia mudar de aparência a cada passo, oferecendo uma nova personalidade de cada ângulo. A ilusão mais dramática do museu tornou-se finalmente visível. Incrivelmente, da perspetiva em que agora se encontrava, a colossal estrutura parecia estar literalmente a flutuar sobre a água, à deriva numa ampla lagoa de infinito que banhava as suas paredes externas.

Deteve-se um momento a admirar o efeito e depois começou a atravessar a lagoa através da minimalista ponte pedonal que atravessava o corpo de água. Chegara a meio quando um forte silvo o assustou. Provinha de baixo dos seus pés. No preciso momento em que estacou, uma sinuosa neblina começou a surgir sob a ponte. O denso véu que formava ergueu-se à sua volta e começou a espalhar-se pela lagoa na direção do museu, engolindo toda a base da estrutura.

A Escultura de Névoa, pensou Langdon.

Tinha lido sobre aquela obra da artista japonesa Fujiko Nakaya. A «escultura» era revolucionária por ser feita de ar visível, uma parede de névoa que se materializava e dissipava ao longo do dia; e porque a brisa e as condições atmosféricas nunca eram idênticas de um dia para o outro, criava uma escultura diferente de todas as vezes que aparecia.

A ponte parou de silvar e Langdon viu a névoa assentar silenciosamente na lagoa, revolvendo-se e movendo-se como se tivesse vontade própria. O efeito era simultaneamente diáfano e desorientador. O edifício inteiro parecia agora pairar por cima da água, repousando etéreo sobre uma nuvem. Um barco-fantasma perdido no mar.

Quando estava prestes a retomar o caminho, a tranquila superfície da água foi estilhaçada por uma série de pequenas erupções. De súbito, cinco flamejantes pilares de fogo ergueram-se da lagoa para os céus, com um estrondo incessante semelhante a um foguetão, perfurando o ar impregnado de névoa e lançando intensos clarões de luz sobre as placas de titânio do museu.

E apesar de o seu gosto arquitetónico estar mais inclinado para os estilismos clássicos de museus como o Louvre ou o Prado, ao observar a névoa e as chamas que planavam por cima da lagoa, não podia imaginar um local mais adequado do que aquele museu ultramoderno para acolher um evento celebrado por um homem que adorava arte e inovação, e que vislumbrava tão claramente o futuro.

Acelerando o passo, atravessou a névoa na direção da entrada do museu, um agourento buraco negro na estrutura reptiliana. Ao aproximar-se do limiar, teve a incómoda sensação de estar a entrar na boca de um dragão.

CAPÍTULO 2

O almirante Luis Ávila estava sentado num banco ao balcão de um bar vazio numa cidade desconhecida. Sentia-se exausto pela viagem, tendo acabado de chegar de avião de uma missão que o levara a percorrer vários milhares de quilómetros em doze horas. Bebeu um gole da sua segunda água tónica e observou a colorida coleção de garrafas por trás do balcão.

Qualquer pessoa é capaz de se manter sóbria num deserto, meditou. *Mas só o fiel é capaz de se sentar num oásis e recusar-se a abrir os lábios.*

Há quase um ano que Ávila não abria os lábios para o demónio. Ao observar o seu reflexo no espelho do bar, permitiu-se um raro momento de satisfação com a imagem que o olhar lhe devolvia.

Era um desses afortunados homens mediterrânicos para os quais a idade parecia ser mais um ativo que um passivo. Ao longo dos anos, a espessa barba negra suavizara-se para uma distinta versão sal e pimenta, os ferozes olhos escuros tinham-se relaxado para transmitir uma confiança serena, e a pele firme cor de azeitona ficara queimada pelo sol e enrugada, dando-lhe a aura de um homem permanentemente a observar o mar.

Apesar dos seus sessenta e três anos, possuía um corpo esguio e tonificado, um físico impressionante que era adicionalmente realçado pelo uniforme feito à medida. Nesse momento, usava o uniforme branco de cerimónia, um magnífico traje composto por um casaco branco cruzado, largos galões negros, um imponente conjunto de medalhas, uma camisa branca engomada de colarinho alto e calças brancas com remates de seda.

A armada espanhola pode já não ser a mais poderosa marinha do mundo, mas ainda sabe vestir um oficial.

Há anos que não usava aquele uniforme, mas era uma noite especial, e antes, ao passear pelas ruas daquela cidade desconhecida, apreciara os olhares favoráveis que diversas mulheres lhe lançavam e o amplo espaço que os outros homens lhe concediam ao passar.

Toda a gente respeita um homem que vive segundo um código.

— *¿Otra tónica?* — perguntou a bela empregada. Teria uns trinta anos, com uma figura cheia e um sorriso agradável.

— *No, gracias* — replicou, abanando a cabeça.

O bar estava totalmente vazio, e Ávila sentia o olhar da empregada que o admirava. Era agradável poder voltar a ser visto. *Regressei do abismo.*

O horrífico evento que praticamente lhe destruíra a vida há cinco anos permaneceria para sempre nos recessos da sua mente, um único instante ensurdecedor em que a terra se abrira e o engolira inteiro.

Na Catedral de Sevilha.

No domingo de Páscoa de manhã.

O sol andaluz jorrava através dos vitrais, derramando brilhantes caleidoscópios de cor pelo interior de pedra da catedral. O órgão de tubos troava numa alegre celebração, enquanto milhares de fiéis festejavam o milagre da ressurreição.

Ávila ajoelhara-se em frente da barra da comunhão com o coração a transbordar de gratidão. Depois de uma vida inteira de serviço no mar, tinha sido abençoado com a maior das dádivas divinas, uma família. Sorrindo francamente, virara-se e olhara por cima do ombro para a sua jovem mulher, María, que ainda estava sentada nos bancos da igreja, demasiado grávida para poder percorrer a coxia até ao altar. Ao lado dela, o seu filho de três anos, Pepe, acenava excitado para o pai. Ávila piscara-lhe o olho e María sorrira calorosamente para o marido.

Obrigado, meu Deus, pensara Ávila enquanto se virava para a frente para receber o cálice.

No instante seguinte, uma explosão ensurdecedora atravessou a tranquila catedral.

Num clarão de luz, todo o seu mundo foi engolido pelas chamas.

A onda de choque atirou-o contra a barra da comunhão, esmagando-lhe o corpo sob uma escaldante onda de entulho e pedaços de seres humanos. Quando recuperou a consciência, o fumo denso impediu-o de respirar e por um momento foi incapaz de perceber onde se encontrava ou o que tinha acontecido.

E depois, por cima do zumbido nos ouvidos, ouviu os gritos de angústia. Levantara-se com dificuldade, percebendo com horror onde se encontrava. Dissera a si próprio que estava a ter um pesadelo. Atravessara a catedral, ainda cheia de fumo, entre diversas vítimas que gemiam mutiladas, cambaleando desesperado para o sítio onde a sua mulher e filho lhe sorriam havia poucos instantes.

Mas não encontrou nada.

Não encontrou bancos. Não encontrou pessoas.

Só restos ensanguentados no pavimento de pedra queimado.

A horrenda recordação foi misericordiosamente interrompida pela campainha da porta do bar. Pegou no copo de tónica e bebeu um gole rápido, afastando as trevas como se obrigava a fazer tantas vezes.

A porta do estabelecimento abriu-se de par em par, e Ávila virou-se para ver dois homens corpulentos que entravam intempestivamente. Entoavam um cântico desportivo irlandês, pouco afinados, e usavam camisolas de futebol que dificilmente lhes cobriam as barrigas. Parecia que o jogo dessa tarde tinha dado a vitória à equipa irlandesa visitante.

Esta é a minha deixa, pensou, levantando-se. Pediu a conta, mas a empregada piscou-lhe o olho e mandou-o embora. Ávila agradeceu-lhe e virou-se para sair.

— Caramba! — gritou um dos recém-chegados, boquiaberto perante o uniforme de Ávila. — É o rei de Espanha!

Os dois homens desataram a rir às gargalhadas, avançando para ele.

Tentou contorná-los e sair, mas o maior dos dois agarrou-lhe brutalmente o braço e arrastou-o para um banco.

— Espere lá, alteza! Viemos até Espanha e não nos vamos embora sem beber uma caneca com o rei!

Ávila olhou para a manápula na sua manga recém-engomada.

— Solte-me. Tenho de me ir embora.

— Não, não, não... tem de ficar aqui a beber uma cerveja, amigo. — O brutamontes apertou-lhe mais o braço enquanto o outro começava a passar um dedo sujo pelas medalhas que Ávila levava ao peito.

— Parece que o avozinho é um autêntico herói. — Dizendo isto, tocou num dos emblemas mais prezados de Ávila e riu-se. — Uma maça medieval? O que é que o avozinho é, um cavaleiro?

Tolerância, recordou. Tinha encontrado inúmeros homens assim, pobres de espírito, almas infelizes, que nunca tinham defendido nada na vida e que abusavam cegamente das liberdades e privilégios que outros tinham lutado para lhes proporcionar.

— Na realidade — replicou cortesmente —, essa maça é o símbolo da unidade de Operações Especiais da Marinha Espanhola.

— Operações Especiais? — O seu interlocutor fingiu um arrepio de medo. — Muito impressionante. E esse símbolo? — Apontou para a mão direita de Ávila.

Olhou para a palma da mão. No centro da carne estava uma tatuagem negra, um símbolo que datava do século XIV.

Esta marca serve-me de proteção, pensou, olhando para o emblema. *Embora não vá precisar dela agora.*

— Deixe lá — disse o *hooligan*, largando finalmente o braço de Ávila e dirigindo a sua atenção para a empregada. — Tu és toda gira, não és? És cem por cento espanhola?

— Sou — respondeu ela cortesmente.

— Não tens nada irlandês nas entranhas?

— Não.

— E gostavas de ter? — O homem agitou-se num riso histérico enquanto batia no balcão.

— Deixe-a em paz — ordenou Ávila.

O outro virou-se subitamente, lançando-lhe um olhar furioso. O segundo brutamontes espetou-lhe um dedo no peito.

— Está a querer dizer-nos o que temos de fazer?

Ávila respirou fundo, sentindo-se cansado depois de um dia de viagem, e fez um gesto na direção do balcão.

— Cavalheiros, façam o favor de se sentarem, que eu pago-lhes uma cerveja.

Menos mal que não se foi embora, pensou a empregada. Apesar de poder tomar conta de si própria, ver como o oficial falava tranquilamente com os dois arruaceiros tinha-a deixado trémula e a desejar que ele ficasse até à hora de fechar.

O oficial pediu duas cervejas e outra tónica para ele, regressando ao seu banco ao balcão. Tinha os dois *hooligans* sentados um de cada lado.

— Água tónica? — gozou um deles. — Pensei que íamos beber juntos.

O oficial dirigiu à empregada um sorriso cansado e acabou a tónica.

— Infelizmente, tenho outro compromisso — disse, ao mesmo tempo que se levantava. — Bom proveito, cavalheiros.

Porém, quando se levantou, os dois homens, como se tivessem ensaiado antes, agarraram-no rudemente pelos ombros e puxaram-no para baixo. Um clarão de raiva cruzou-lhe os olhos, desaparecendo em seguida.

— Avozinho, acho que é melhor não nos deixar sozinhos com a sua amiguinha. — O brutamontes olhou para ela e fez um movimento repulsivo com a língua.

O oficial deixou-se estar tranquilamente sentado durante um longo momento e depois levou a mão ao casaco. Os brutamontes apressaram-se a agarrar-lhe o braço.

— Eh, lá! O que é que está para aí a fazer?

Muito lentamente, o oficial tirou um telemóvel do casaco e disse algo em espanhol aos seus interlocutores, que ficaram a olhar para ele, incapazes de o compreender. Voltou a falar em inglês.

— Desculpem, tenho de ligar à minha mulher para lhe dizer que vou chegar tarde. Parece que vou ter de ficar aqui um bocado.

— Assim é que se fala! — disse o maior dos dois, acabando a cerveja e batendo com o copo no balcão. — Dá-me outra!

Enquanto a empregada lhes enchia novamente os copos, viu pelo espelho que o oficial marcava um número curto no telemóvel e o levava ao ouvido. A chamada foi atendida e ele falou num espanhol rápido.

— *Le llamo desde el bar Molly Malone* — disse, lendo o nome e o endereço do bar na base de copo que tinha em frente. — *Calle Particular de Estraunza, ocho.* — Esperou um momento e continuou. — *Necesitamos ayuda inmediatamente. Hay dos hombres heridos.* — E desligou.

¿Dos hombres heridos? O pulso da empregada acelerou. Dois homens feridos?

Antes que ela pudesse processar o significado da frase, houve um rápido movimento. O oficial espetou o cotovelo de baixo para cima no nariz do maior dos brutamontes, que produziu um enjoativo som de coisas a serem esmagadas. A sua cara ficou inundada de vermelho e ele caiu para trás. Antes que o outro pudesse reagir, o oficial virou-se para a esquerda, aplicando-lhe o outro cotovelo na traqueia e atirando-o para o chão.

A empregada ficou a olhar chocada para os dois homens no chão, um que gritava de dor e outro que arfava agarrado à garganta.

O oficial levantou-se lentamente. Com uma estranha calma, tirou a carteira do casaco e pôs uma nota de cem euros em cima do balcão.

— As minhas desculpas — disse em espanhol. — A polícia estará aqui dentro de momentos para a ajudar. — E, dando meia-volta, saiu do bar.

No exterior, o almirante Ávila respirou fundo, apreciando o ar noturno, e desceu a Alameda de Mazarredo na direção do rio. As sirenes da polícia aproximavam-se e ele embrenhou-se nas sombras para deixar as autoridades passarem. Havia trabalho importante a fazer e não se podia dar ao luxo de ter mais complicações.

O Regente delineou claramente a missão desta noite.

Para ele, havia uma simples serenidade na aceitação das ordens do Regente. Não havia decisões a tomar. Não havia culpa. Só havia ação. Depois de uma carreira inteira a dar ordens, era um alívio largar o leme e deixar que fossem outros a dirigir o navio.

Nesta guerra, sou um soldado raso.

Vários dias antes, o Regente tinha partilhado com Ávila um segredo tão perturbador que este não vira qualquer alternativa senão entregar-se inteiramente à causa. A brutalidade da missão da noite anterior ainda o incomodava, mas sabia que as suas ações seriam perdoadas.

A retidão existe sob muitas formas.

E haverá ainda mais morte antes que a noite termine.

Ao entrar numa praça nas margens do rio, levantou o olhar para a enorme estrutura à sua frente. Era uma ondulante massa de formas perversas, revestida de placas metálicas. Como se dois mil anos de progresso arquitetónico tivessem sido deitados pela janela fora para dar lugar ao caos total.

Algumas pessoas chamam a isto um museu. Eu chamo-lhe uma monstruosidade.

Concentrando-se, atravessou a praça, contornando uma série de esculturas bizarras que adornavam o exterior do Museu Guggenheim de Bilbau. Ao aproximar-se do edifício, observou dezenas de convidados a conversar nos seus melhores trajes de cerimónia.

As massas ímpias reuniram-se.

Mas esta noite decorrerá de uma forma muito diferente do que imaginaram.

Endireitou o boné de almirante e o casaco, fortalecendo-se mentalmente para a tarefa que o esperava. O que faria essa noite era parte de uma missão muito maior, uma cruzada da retidão.

Ao atravessar o pátio na direção da entrada do museu, acariciou suavemente o rosário que tinha na algibeira.

CAPÍTULO 3

O átrio do museu parecia uma catedral futurista.

Quando Langdon entrou, o seu olhar dirigiu-se imediatamente para o alto, subindo por um conjunto de colossais pilares brancos ao longo de uma gigantesca cortina de vidro, ascendendo sessenta metros até ao teto abobadado, em que holofotes de halogéneo emitiam uma pura luz branca. Suspensa no ar, uma rede de passadiços e varandas cruzava aqueles céus, salpicada de visitantes vestidos de cerimónia, que entravam e saíam das galerias superiores e paravam em frente das altas janelas, apreciando a vista da lagoa. A alguns metros de distância, um elevador de vidro deslizava silenciosamente pela parede abaixo, regressando à terra para recolher mais convidados.

Era diferente de qualquer outro museu que alguma vez tivesse visitado. Até a acústica parecia diferente. Em vez do tradicional silêncio reverente criado por acabamentos amortecedores do som, o sítio vibrava com ecos murmurantes de vozes, que se filtravam da pedra e do vidro. Para Langdon, a única sensação familiar era o gosto estéril no fundo da boca; o ar dos museus é igual em todo o mundo: meticulosamente filtrado para eliminar todas as partículas e oxidantes e depois tratado com água ionizada para obter uma humidade de exatamente quarenta e cinco por cento.

Atravessou uma série de surpreendentemente estritos controlos de segurança, reparando na presença de mais de uns quantos guardas armados, e encontrou-se finalmente em frente de outra mesa de receção, em que uma jovem se dedicava a entregar auscultadores aos convidados.

— *¿Audioguía?*

— Não, obrigado. — Langdon sorriu.

No entanto, ao aproximar-se da mesa, a jovem parou-o, passando para um inglês perfeito.

— Peço-lhe imensa desculpa, mas o nosso anfitrião, o senhor Edmond Kirsch, pediu que toda a gente utilizasse auscultadores. Faz parte da experiência desta noite.

— Oh. Então, obviamente, aceito.

Langdon fez um gesto para tentar pegar nuns, mas a jovem impediu-o, procurando o seu nome numa longa lista de convidados até o encontrar e entregando-lhe então os auscultadores cujo número coincidia com o seu nome.

— As visitas desta noite são personalizadas para cada convidado.

A sério? Langdon olhou à sua volta. *Há centenas de convidados.*

Ficou a olhar para os auscultadores, que consistiam apenas num fino arco de metal com pequenas cabeças em cada extremidade. Talvez reparando no seu ar intrigado, a jovem contornou a mesa para o ajudar.

— Estes auscultadores são uma novidade — explicou, ao mesmo tempo que o ajudava a colocar o dispositivo. — As cabeças transdutoras não são colocadas no interior das orelhas, só precisam de ser encostadas à face.

Com estas palavras, colocou o fino arco na parte de trás da cabeça de Langdon, posicionando as cabeças de forma que se agarrassem suavemente ao rosto, imediatamente por cima do maxilar e por baixo da têmpora.

— Mas como é que...

— Tecnologia de condução óssea. Os transdutores transmitem o som diretamente aos ossos do maxilar, permitindo-lhe chegar diretamente à cóclea. Eu experimentei-os antes e são realmente extraordinários. É como ter uma voz no interior da cabeça. E o melhor é que deixa os ouvidos livres para outras conversas.

— Muito engenhoso.

— A tecnologia foi inventada pelo senhor Kirsch há mais de uma década e encontra-se agora disponível no mercado em diversas marcas de auscultadores.

Espero que Ludwig van Beethoven receba a sua quota-parte, pensou Langdon, tendo a certeza de que o inventor original da tecnologia de condução óssea fora o compositor do século XVIII que, ao ficar surdo, descobrira que podia fixar uma vara metálica ao piano e mordê-la enquanto tocava, o que lhe permitia ouvir perfeitamente a música tocada através das vibrações no maxilar.

— Esperamos que aprecie a experiência da visita. Tem cerca de uma hora para explorar o museu antes da apresentação. O seu audioguia alertá-lo-á quando for o momento de subir para o auditório.

— Muito obrigado. Tenho de apertar qualquer botão para...

— Não, o dispositivo ativa-se automaticamente. A sua visita guiada começará assim que se puser em movimento.

— Ah, sim, claro — respondeu Langdon com um sorriso. Começou a atravessar o átrio, dirigindo-se para um grupo de convidados que estava à espera do elevador com auscultadores semelhantes nos maxilares.

Encontrava-se no meio do átrio quando uma voz masculina se fez ouvir no interior da sua cabeça.

— Boa noite e bem-vindo ao Guggenheim de Bilbau.

E apesar de saber que eram os seus auscultadores, teve de parar e olhar para trás de si. O efeito era impressionante, precisamente como a jovem o descrevera: era como ter alguém no interior da cabeça.

— E umas muito especiais boas-vindas para si, professor Langdon. — A voz era cordial e ligeira, com um forte sotaque britânico. — Eu chamo-me Winston e tenho a honra de ser o seu guia.

Quem é que contrataram para fazer a locução, Hugh Grant?

— Nesta noite, pode deambular à vontade pelo museu e ver aquilo que lhe apetecer, e eu tentarei esclarecê-lo sobre o que está a ver.

Aparentemente, além do vivaz narrador, das gravações personalizadas e da tecnologia de condução óssea, cada par de auscultadores estava equipado com GPS para saber exatamente em que ponto do museu estava o visitante e assim gerar o comentário correspondente.

— Compreendo que, como professor de arte, o senhor é um dos nossos convidados mais entendidos e, portanto, terá pouca necessidade das minhas explicações. Ou, pior ainda, é possível que discorde totalmente da minha análise de determinadas obras! — A voz emitiu um risinho estranho.

A sério? Quem escreveu o guião disto? O tom alegre e o serviço personalizado eram obviamente um toque encantador, mas Langdon não podia imaginar o esforço que devia ter sido posto na personalização de centenas de dispositivos.

Felizmente, a voz calou-se de seguida, como se tivesse terminado o monólogo de boas-vindas pré-programado.

O olhar de Langdon atravessou o átrio e recaiu noutro estandarte vermelho suspenso por cima da multidão.

EDMOND KIRSCH

ESTA NOITE AVANÇAMOS

O que será que Edmond vai anunciar?

Olhou para o átrio dos elevadores, onde se encontrava a tagarelar um grupo de convidados, todos impecavelmente vestidos, que incluía dois famosos fundadores de empresas globais de Internet, um proeminente ator indiano e vários outros VIP, que pressentiu que devia provavelmente reconhecer, mas não reconhecia. Sentindo-se tão pouco disposto como preparado para fazer conversa fiada sobre redes sociais e Bollywood, avançou no sentido contrário, deambulando até uma enorme obra de arte moderna que se encontrava na parede em frente dos elevadores.

A instalação estava exposta numa gruta escura e consistia em nove estreitos tapetes rolantes que emergiam de ranhuras no chão e corriam para cima, desaparecendo noutras ranhuras no teto. A peça assemelhava-se a nove passadeiras em movimento num plano vertical. Cada tapete rolante possuía uma mensagem iluminada, que deslizava para cima.

Rezo em voz alta... Cheiro-te na minha pele... Digo o teu nome...

No entanto, ao aproximar-se, percebeu que as faixas em movimento eram de facto estáticas. A ilusão de movimento era criada por uma «pele» de pequenas luzes LED posicionadas em cada coluna vertical. As luzes acendiam-se numa rápida sucessão para formar palavras que se materializavam a partir do chão, corriam pela coluna acima e desapareciam no teto.

Estou a chorar muito... Havia sangue... Ninguém me disse nada...

Langdon entrou e moveu-se à volta dos feixes verticais, absorvendo tudo.

— Esta é uma obra desafiadora — declarou a voz do audioguia, regressando subitamente. — Chama-se *Instalação para Bilbau* e foi criada pela artista conceptual Jenny Holzer. Consiste em nove placares de LED, cada um com treze metros de altura, que transmitem frases em basco, espanhol e inglês, todas relacionadas com os horrores da sida e a dor sofrida por quem ficou para trás.

Tinha de admitir que o efeito era mesmerizante e de alguma forma tocante.

— Talvez já conheça o trabalho de Jenny Holzer?

Sentiu-se hipnotizado pelo texto que se desenrolava em direção ao céu.

Enterro a cabeça... Enterro a tua cabeça... Enterro-te...

— Professor Langdon? — A voz ecoou no interior da sua cabeça. — Está a ouvir-me? Os seus auscultadores estão a funcionar?

Langdon foi bruscamente arrancado dos seus pensamentos.

— Desculpe... Como? Está?

— Sim. Estou aqui — replicou a voz. — Acho que já fizemos as apresentações. Estava só a ver se me ouvia bem.

— De... desculpe — gaguejou Langdon, afastando-se da obra e olhando para o átrio. — Pensei que era uma *gravação*! Não tinha percebido que havia uma pessoa em linha. — Imaginou um pavilhão de cubículos, cheios de guias armados com auscultadores e catálogos do museu.

— Não se preocupe. Eu sou o seu guia pessoal esta noite. Os seus auscultadores também estão equipados com um microfone. Este programa foi concebido para ser uma experiência interativa em que possamos ter um diálogo sobre arte.

Pôde então ver como outros convidados também estavam a falar para os auscultadores. Até os que tinham vindo juntos pareciam ter-se separado um pouco, trocando olhares divertidos enquanto tinham conversas privadas com os seus guias pessoais.

— *Cada* convidado tem um guia pessoal!?

— Efetivamente. Esta noite estamos a fazer visitas personalizadas a trezentos e dezoito convidados.

— Incrível.

— Bem, como sabe, o senhor Kirsch é um ávido entusiasta da arte e da tecnologia. Concebeu este sistema especificamente para museus, na esperança de poder substituir as visitas em grupo, que detesta.

Desta forma, cada visitante pode ter o prazer de uma visita privada, mover-se ao seu próprio ritmo e fazer as perguntas que teria vergonha de fazer numa situação de grupo. É realmente uma experiência muito mais íntima e imersiva.

— Não quero parecer antiquado, mas porque é que não nos acompanham pessoalmente?

— Por motivos logísticos. Acrescentar guias pessoais a um evento do museu representaria literalmente uma duplicação do número de pessoas em cada sala, reduzindo necessariamente para metade o número de visitantes possíveis. Além disso, a cacofonia de todos os guias a falar ao mesmo tempo seria distrativa. A intenção era tornar a discussão uma experiência sem falhas. Um dos objetivos da arte, como o senhor Kirsch costuma sempre dizer, é promover o diálogo.

— Concordo plenamente. E é por esse motivo que as pessoas muitas vezes visitam os museus com amigos. Estes auscultadores poderiam ser considerados um pouco antissociais.

— Bem, se vier com amigos, pode atribuir todos os auscultadores do grupo a um único guia e usufruir de uma discussão coletiva. O *software* é realmente muito avançado.

— Parece que tem resposta para tudo.

— Esse é, de facto, o meu trabalho. — O guia emitiu um risinho embaraçado e mudou rapidamente de assunto. — E agora, professor, se atravessar o átrio na direção das janelas, verá a maior pintura do museu.

Quando começou a avançar na direção indicada, passou por um atraente casal de trintões, com bonés brancos de basebol idênticos. Na frente de cada boné, em vez de um logótipo corporativo, encontrava-se um símbolo surpreendente.

Era um símbolo que conhecia bem, mas que nunca vira em bonés. Nos últimos anos, aquela altamente estilizada representação da letra *A* tornara-se o símbolo universal dos ateus, um dos grupos demográficos de maior crescimento, cada vez mais interessado em fazer-se ouvir e cada vez mais belicoso na sua denúncia do que considerava serem os perigos da fé religiosa.

Os ateus agora têm bonés de basebol?

Analisando o ajuntamento de génios da tecnologia que o rodeava, recordou a si próprio que muitas daquelas jovens mentes analíticas eram muito provavelmente antirreligiosas, como o próprio Edmond. O público daquela noite não era exatamente o grupo típico que fazia um professor de simbologia religiosa sentir que jogava em casa.

CAPÍTULO 4

 ConspiracyNet.com

ÚLTIMAS NOTÍCIAS

Atualização: As «10 Principais Notícias do Dia» do ConspiracyNet.com podem ser vistas clicando aqui. Além disso, temos uma notícia acabada de chegar.

ANÚNCIO SURPRESA DE EDMOND KIRSCH?

Os gigantes da tecnologia invadiram Bilbau, Espanha, esta noite para assistir a um evento VIP organizado pelo futurologista Edmond Kirsch no Museu Guggenheim. A segurança é extremamente apertada e os convidados não foram informados sobre o conteúdo do evento, mas o ConspiracyNet recebeu uma indicação de uma fonte interna que sugere que Edmond Kirsch vai efetuar uma apresentação dentro de breves momentos e espera surpreender os seus convidados com uma importante descoberta científica. O ConspiracyNet continuará a seguir esta história e a dar as notícias à medida que as for recebendo.

CAPÍTULO 5

A maior sinagoga da Europa está situada em Budapeste, na rua Dohány. Construída no estilo mourisco, com enormes zimbórios gémeos, tem lugar para mais de três mil fiéis, com bancos corridos em baixo para os homens e bancos na parte superior para as mulheres.

Lá fora no jardim, numa vala comum, estão enterrados os corpos de centenas de judeus húngaros que morreram durante os horrores da ocupação nazi. A vala está assinada por uma Árvore da Vida, uma escultura metálica que representa um salgueiro-chorão, em que cada uma das folhas tem inscrito o nome de uma vítima. Quando o vento sopra, as folhas metálicas batem umas nas outras, emitindo um estranho eco por cima do terreno sagrado.

Durante mais de três décadas, o líder espiritual da Grande Sinagoga foi o rabino Yehuda Köves, eminente estudante talmúdico e cabalista, que apesar da sua provecta idade e débil saúde continuava a ser um membro ativo da comunidade judaica tanto na Hungria como no resto do mundo.

Enquanto o Sol se punha sobre o Danúbio, o rabino Köves saiu da sinagoga. Passou pelas lojas e pelos misteriosos «bares em ruínas» da rua Dohány a caminho de sua casa na praça de Marcius XV, a pouca distância da ponte Elisabeth, que ligava as ancestrais cidades de Buda e Peste, formalmente unificadas em 1873.

A Páscoa aproximava-se rapidamente, normalmente um dos momentos mais alegres do ano para Köves. E, no entanto, desde o seu regresso do Parlamento das Religiões do Mundo, a única coisa que sentia era um interminável desassossego.

Quem me dera nunca lá ter ido.

A extraordinária reunião com o bispo Valdespino, o *allamah* Syed al-Fadl e o futurologista Edmond Kirsch atormentava os seus pensamentos há três dias.

Ao chegar a casa, dirigiu-se diretamente ao jardim das traseiras e abriu a *házikó*, o pequeno casebre que lhe servia de santuário e estúdio privados.

O casebre consistia numa única sala com estantes altas, curvadas sob o peso dos tomos religiosos. Avançou para a secretária e sentou-se, franzindo o sobrolho perante a confusão que nela reinava.

Se alguém visse esta secretária esta semana, pensaria que perdi a cabeça.

Espalhada pela superfície de trabalho encontrava-se meia dúzia de obscuros textos religiosos, abertos e salpicados de notas adesivas. Por trás destes, erguidos em leitoris de madeira, encontravam-se três pesados volumes, versões em hebreu, aramaico e inglês da Tora, cada um deles aberto no mesmo livro.

Génesis

No princípio...

Obviamente, Köves era capaz de recitar o Génesis de cor nas três línguas. Era mais habitual encontrá-lo a ler comentários académicos sobre o Zohar ou teorias avançadas sobre a cosmologia cabalística. Para um estudioso do seu calibre, a leitura do Génesis era como se Einstein revisitasse a aritmética do ensino primário. No entanto, era o que o rabino tinha feito nesses três dias, e o bloco de notas em cima da sua secretária parecia ter sido atacado por uma torrente furiosa de notas manuscritas, tão confusas que o próprio Köves era praticamente incapaz de as decifrar.

Parece que me transformei num lunático.

O rabino Köves começara com a Tora, a história do Génesis partilhada por judeus e cristãos. *No princípio Deus criou o céu e a terra.* A seguir, tinha-se virado para os textos instrutivos do Talmude, relendo as elucidações rabínicas sobre o *Ma'aseh Bereshit*, o Ato de Criação. Depois, embrenhou-se no Midrash, debruçando-se sobre os comentários de diversos venerados exegetas que tentavam resolver as contradições presentes na história tradicional da Criação. E, finalmente, mergulhara na mística ciência cabalística do Zohar, em que o Deus desconhecível se manifestava em dez *sephirot* diferentes, ou dimensões, dispostos ao longo de canais chamados Árvore da Vida, da qual brotavam quatro universos diferentes.

A misteriosa complexidade das crenças que formavam o judaísmo sempre lhe parecera reconfortante, um lembrete de Deus de que a humanidade não fora concebida para compreender todas as coisas. No entanto, naquele momento, depois de ter assistido à apresentação de Edmond Kirsch e de ter visto a simplicidade e a clareza do que este tinha descoberto, sentia que tinha passado os últimos três dias a olhar para uma coleção de contradições desatualizadas. Num dado momento, a única coisa que foi capaz de fazer foi pôr de lado os seus textos ancestrais e ir dar um longo passeio pelas margens do Danúbio para espairecer.

O rabino Köves começara finalmente a aceitar uma verdade dolorosa: o trabalho de Kirsch teria efetivamente repercussões devastadoras sobre as almas crentes deste mundo. A revelação do cientista contradizia abertamente quase todas as doutrinas religiosas estabelecidas e fazia-o de uma forma perturbadoramente simples e persuasiva.

Não consigo esquecer aquela imagem final, pensou, recordando a perturbadora conclusão da apresentação de Kirsch que tinham visto no seu enorme telemóvel. *Estas notícias afetarão todos os seres humanos, não só os crentes.*

Nesse momento, apesar das reflexões dos últimos dias, o rabino Köves não se sentia mais perto de saber o que fazer com a informação que Kirsch lhes fornecera.

Considerava improvável que Valdespino e Al-Fadl tivessem encontrado qualquer resposta aceitável. Os três homens tinham falado por telefone havia dois dias, mas a conversa não fora produtiva.

— Meus amigos — começara Valdespino —, é óbvio que a apresentação do senhor Kirsch foi perturbadora... em muitos aspetos. Pedi-lhe que me ligasse e continuasse a sua discussão comigo, mas não voltei a ter notícias suas. Neste momento, acho que temos uma decisão a tomar.

— Eu já *tomei* a minha decisão — dissera Al-Fadl. — Não podemos ficar sentados sem fazer nada. Temos de assumir o controlo da situação. Esse Kirsch tem um desprezo bem conhecido pela religião e vai enquadrar a sua descoberta de modo a infligir o maior estrago possível no futuro da fé. Temos de ser *nós próprios* a anunciar a sua descoberta. Imediatamente. Temos de lhe proporcionar uma iluminação adequada para suavizar o impacto que terá e torná-la o menos ameaçadora possível para os crentes no mundo espiritual.

— Eu sei que falámos em divulgar isto — acrescentara Valdespino —, mas infelizmente não consigo imaginar como poderemos enquadrar esta informação de uma forma não ameaçadora. — Suspirara pesadamente. — Há também a promessa que fizemos ao senhor Kirsch de que guardaríamos o seu segredo.

— Assim é — prosseguira Al-Fadl — e eu também tenho remorsos por faltar a essa promessa, mas considero que temos de escolher entre o menor de dois males e passar à ação em nome do bem comum. Estamos *todos* sob ataque, judeus, muçulmanos, cristãos, hindus, todas as religiões. E tomando em consideração que todas as nossas fés coincidem nas verdades fundamentais que esse Kirsch está a minar, temos a obrigação de apresentar este material de forma que não aflija as nossas comunidades.

— Receio que não haja forma de que isto faça algum sentido — dissera Valdespino. — Se estamos a pensar em divulgar publicamente a descoberta do senhor Kirsch, a única abordagem viável seria lançar a *dúvida* sobre ele, desacreditá-lo antes de ele conseguir transmitir a sua mensagem.

— Edmond Kirsch? — desafiara Al-Fadl. — Um brilhante cientista que nunca se enganou em nada? Estivemos todos na mesma reunião com ele? A sua apresentação foi tão persuasiva que não considero que admita grandes refutações.

Valdespino resmungara.

— Não foi mais persuasiva do que as apresentações realizadas por Galileu, Bruno ou Copérnico no seu tempo. Todas as religiões encontraram dilemas semelhantes noutros momentos. Trata-se uma vez mais da ciência a bater-nos à porta.

— Mas a um nível muito mais profundo do que as descobertas da física e da astronomia — exclamara Al-Fadl. — Esse Kirsch está a desafiar o próprio *âmago*, os fundamentos de tudo aquilo em que acreditamos. Pode citar toda a história que quiser, mas não se esqueça de que, apesar de todos os esforços do Vaticano para silenciar homens como Galileu, a sua ciência por fim prevaleceu. E a de Kirsch não será diferente. Não temos maneira de impedir que isso aconteça.

Houvera um silêncio pesado.

— A minha posição sobre este assunto é simples — continuara Valdespino. — Gostaria que o senhor Kirsch não tivesse feito esta descoberta. Receio que não estejamos preparados para enfrentar as suas conclusões. E a minha preferência vai para que esta informação nunca veja a luz do dia. — Fizera uma pausa. — Ao mesmo tempo, acredito que os eventos do nosso mundo acontecem de acordo com um plano divino. Talvez através da oração consigamos que Deus fale ao senhor Kirsch e o convença a reconsiderar a divulgação da sua descoberta.

Al-Fadl soltara uma gargalhada de escárnio.

— Acho que o senhor Kirsch não é o tipo de homem capaz de ouvir a voz de Deus.

— Talvez não — respondera Valdespino —, mas todos os dias acontecem milagres.

Al-Fadl replicara acaloradamente:

— Com o devido respeito, a menos que esteja a rezar para que Deus mate esse Kirsch antes de ele poder divulgar...

— Cavalheiros! — interviera então Köves, tentando abrandar a tensão crescente. — A nossa decisão não precisa de ser precipitada. Não temos de chegar a um consenso hoje. O senhor Kirsch disse que faria o seu anúncio dentro de um mês. Posso sugerir que meditemos privadamente sobre este assunto e voltemos a falar todos dentro de uns dias? Talvez o caminho correto se revele através da reflexão.

— Um sábio conselho — respondera Valdespino.

— Não podemos esperar muito tempo — avisara Al-Fadl. — Voltemos a falar dentro de dois dias.

— De acordo — dissera Valdespino. — Poderemos tomar a nossa decisão final nesse momento.

Esta conversa ocorrera há dois dias e chegara o momento de lhe dar seguimento.

Sozinho na sua *házikó*, o rabino começava a sentir-se ansioso. A hora marcada para o telefonema já passara há dez minutos.

Por fim, o telefone tocou e Köves atendeu a chamada.

— Como está, rabino? — cumprimentou o bispo Valdespino parecendo perturbado. — Desculpe o atraso. — Fez uma pausa. — Parece que o *allamah* Al-Fadl não estará connosco esta noite.

— Ah, não? — respondeu Köves surpreendido. — Está tudo bem?

— Não sei. Tenho andado o dia inteiro a tentar entrar em contacto com ele, mas o *allamah* parece ter... desaparecido. Nenhum dos seus próximos sabe onde possa estar.

Köves sentiu um calafrio.

— Isso é alarmante.

— Assim é. Espero que esteja bem. Infelizmente, tenho mais no-tícias. — O bispo fez uma pausa e o seu tom tornou-se mais grave. — Acabo de saber que o senhor Kirsch está a fazer um evento para divul-gar ao mundo a sua descoberta... esta noite.

— Esta noite? Mas ele disse que seria dentro de um mês!

— Pois disse. Mas estava a mentir.

CAPÍTULO 6

A voz cordial de Winston reverberava pelos auscultadores de Langdon.

— Diretamente à sua frente, professor Langdon, verá a maior pintura da nossa coleção, embora a maior parte dos nossos visitantes não a descubra imediatamente.

Langdon olhou para o átrio do museu à sua frente e não viu nada exceto uma parede de vidro que se abria por cima da lagoa.

— Desculpe, mas neste caso parece que me vou juntar à maioria. Não vejo pintura nenhuma.

— Bem, a verdade é que é apresentada de uma forma muito pouco convencional — respondeu Winston com uma gargalhada. — O quadro não está colocado na parede, mas no chão.

Devia ter adivinhado, pensou, baixando o olhar e avançando até ver a tela retangular esticada em cima da pedra aos seus pés.

O enorme quadro consistia numa única cor, um campo monocromático de um azul profundo, e os visitantes encontravam-se à sua volta, olhando para a superfície como se se tratasse de um pequeno lago.

— Este quadro tem praticamente quinhentos e quarenta metros quadrados — informou Winston.

Langdon compreendeu que era dez vezes maior do que o seu primeiro apartamento em Cambridge.

— É uma obra de Yves Klein e tornou-se carinhosamente conhecida como *A Piscina*.

Teve de admitir que a cativante profundidade daquele tom de azul lhe dava a sensação de que podia mergulhar diretamente na tela.

— Esta cor foi inventada por Klein — continuou Winston. — Denomina-se Azul Klein Internacional, e o autor considerava que a sua profundidade evocava a imaterialidade e a imensidão da sua visão utópica do mundo.

Teve a impressão de que Winston estava a ler um guião.

— Klein é mais conhecido pelos seus quadros azuis, mas também por uma perturbadora montagem fotográfica denominada *Salto para o Vazio*, que causou um pânico considerável quando foi apresentada em 1960.

Langdon tinha visto *Salto para o Vazio* no Museu de Arte Moderna de Nova Iorque. A fotografia era mais do que um pouco desconcertante, apresentando um homem bem vestido a saltar de um muro alto e a mergulhar para o passeio. Na realidade, era uma montagem brilhantemente concebida e diabolicamente retocada com uma lâmina de barbear, muito antes dos dias do Photoshop.

— Além disso, Klein também compôs a obra musical *Monotone-Silence*, na qual uma orquestra sinfónica toca um único acorde de fá maior durante vinte minutos completos.

— E as pessoas ficavam sentadas a *ouvir*?

— Milhares. E esse acorde é só o primeiro movimento. No segundo movimento, a orquestra fica sentada imóvel e toca «puro silêncio» durante outros vinte minutos.

— Está a brincar comigo, não está?

— Não, estou a falar a sério. No entanto, é possível que a obra não fosse tão aborrecida como lhe pode parecer, já que no palco também se encontravam três mulheres nuas, banhadas em tinta azul, que rebolavam numa tela gigantesca.

Apesar de Langdon ter dedicado a maior parte da sua carreira ao estudo da arte, incomodava-o nunca ter conseguido aprender a apreciar a oferta mais vanguardista do seu mundo. A atração da arte moderna permanecia um mistério para si.

— Não quero parecer mal-educado, Winston, mas tenho de lhe confessar que muitas vezes me parece difícil saber quando uma obra é arte moderna e quando é só simplesmente bizarra.

A resposta de Winston foi desprovida de expressão.

— Bem, a pergunta é frequentemente essa, não é? No seu mundo de arte clássica, as obras são admiradas pela capacidade de execução do artista, ou seja, pela forma como passa o pincel pela tela ou como aplica o cinzel na pedra. Na arte moderna, no entanto, as obras-primas estão mais relacionadas com a ideia do que com a execução. Por exemplo, qualquer pessoa poderia facilmente compor uma sinfonia de

quarenta minutos consistindo em nada mais do que um acorde e silêncio, mas foi Yves Klein quem teve a ideia.

— Sim, compreendo o argumento.

— Obviamente, a escultura de névoa do exterior é um perfeito
exemplo de arte conceptual. O artista teve uma *ideia*: passar tubos per-
furados por baixo da ponte e emitir névoa para a lagoa. Mas a *criação* da
obra foi realizada por canalizadores locais. — Winston fez uma pausa.
— Embora eu dê à artista uma nota especialmente alta por utilizar o
seu meio como código.

— *Névoa* é um código?

— Efetivamente. O seu título é #08025 (F.O.G.). Um tributo
críptico ao arquiteto do museu.

— Frank Gehry?

— Frank O. Gehry — corrigiu Winston.

— Muito engenhoso.

Quando Langdon se aproximou das janelas, Winston disse:

— Daqui tem uma boa vista da aranha. Viu a *Maman* quando entrou?

Olhou pela janela para o outro lado da lagoa, para a enorme escultura da viúva-negra da praça.

— Sim. É difícil não a ver.

— Intuo pelo seu tom que não é um apreciador?

— Estou a tentar. — Langdon fez uma pausa. — Como classicista, sinto-me aqui um bocado como um peixe fora de água.

— Interessante. Pensei que o professor, de todos os presentes,
apreciaria a *Maman*. É um exemplo perfeito do princípio clássico da
justaposição. De facto, pode utilizá-la nas suas aulas na próxima vez
que explicar esse conceito.

Langdon olhou para a aranha, não vendo nada do género. Quando se tratava de explicar a justaposição, preferia exemplos um pouco
mais tradicionais.

— Acho que vou continuar a utilizar o *David*.

— Sim, Miguel Ângelo é o expoente máximo — anuiu Winston
com um risinho. — A brilhante pose de David numa contraposição
efeminada. O pulso relaxado que segura numa funda flácida, transmitindo uma vulnerabilidade feminina. E, no entanto, os olhos brilham
com uma determinação letal, e os tendões e as veias estão inchados

com a antecipação da morte de Golias. É uma obra simultaneamente delicada e mortífera.

Langdon ficou impressionado com a descrição e desejou que os seus alunos tivessem uma compreensão semelhante da obra-prima de Miguel Ângelo.

— Não há grandes diferenças neste aspeto entre a *Maman* e o *David*. Uma igualmente ousada justaposição de princípios arquetípicos opostos. Na natureza, a viúva-negra é uma criatura temível, um predador que captura e mata as vítimas na sua teia. Apesar de ser mortífera, é-nos apresentada aqui com esse portentoso saco de ovos, preparada para dar a vida, o que faz dela ao mesmo tempo predadora e progenitora. Um ventre poderoso apoiado numas pernas impossivelmente esguias, transmitindo ao mesmo tempo força e fragilidade. A *Maman* podia ser um *David* contemporâneo, não acha?

— Não — replicou Langdon, sorrindo —, mas tenho de admitir que a sua análise me deu que pensar.

— Ótimo. Então deixe-me mostrar-lhe uma última obra. Dá-se a casualidade de esta ser um original do senhor Kirsch.

— A sério? Não sabia que Edmond era um artista.

Winston riu-se.

— Deixo-o decidir por si próprio.

Langdon deixou que Winston o guiasse para lá das janelas, para uma espaçosa câmara em que um grupo de convidados se encontrava reunido em frente de uma enorme placa de lama seca pendurada na parede. À primeira vista, a placa recordava a forma como alguns fósseis eram apresentados em museus. Mas aquela lama não continha quaisquer fósseis. Tinha no entanto inscrições toscas semelhantes às que uma criança poderia realizar em cimento fresco.

A multidão parecia pouco impressionada.

— Edmond fez isto? — resmungou uma mulher com um casaco de arminho e lábios de *botox*. — Não percebo nada.

Langdon não pôde resistir ao seu lado de professor.

— Na realidade, é bastante engenhoso — interrompeu. — De facto, até agora é a minha peça preferida do museu.

A mulher virou-se, olhando para ele com mais do que uma ponta de desprezo.

— Ah, sim? Então, por favor, explique-me.

Com todo o prazer. Dirigiu-se para a série de inscrições toscamente realizadas na superfície de barro.

— Bem, primeiro que tudo, Edmond inscreveu nesta peça de barro uma homenagem à primeira língua escrita da humanidade, a cuneiforme.

A mulher piscou os olhos, parecendo pouco convencida.

— As três marcas mais profundas no meio — prosseguiu Langdon — significam «peixe» em assírio. Chama-se um pictograma. Se olhar atentamente, pode imaginar a boca aberta do peixe virada para a direita, bem como as escamas triangulares do corpo.

Todas as cabeças do grupo se viraram para o lado, voltando a estudar a obra.

— E se repararem aqui — continuou, apontando para uma série de depressões à esquerda do peixe —, podem ver que Edmond fez pegadas na lama por trás do peixe, para representar o seu histórico salto evolutivo para a terra.

As cabeças começaram a acenar aprovadoramente.

— E, finalmente, o asterisco assimétrico à direita, o símbolo que o peixe parece estar a consumir, é um dos símbolos mais antigos da história para Deus.

A mulher do *botox* virou-se com uma careta.

— O peixe está a comer Deus?

— Aparentemente. É uma versão brincalhona do peixe darwiniano, a evolução a consumir a religião. — Encolheu casualmente os ombros para o grupo. — Como disse antes, bastante engenhoso.

Enquanto se afastava, podia ouvir o grupo sussurrar atrás dele, e Winston deu uma gargalhada.

— Muito divertido, professor! O senhor Kirsch teria apreciado a sua lição improvisada.

— Bem, a verdade é que este é, de facto, o meu trabalho.

— Sim, e agora percebo porque é que o senhor Kirsch me solicitou que o considerasse um convidado superespecial. De facto, pediu-me que lhe mostrasse uma coisa que nenhum dos outros convidados vai ver esta noite.

— Ah, sim? E o que seria essa coisa?

— À direita das janelas principais, vê um corredor que está fechado por cordões?

Langdon olhou para a direita.

— Vejo.

— Ótimo. Por favor, siga as minhas indicações.

Hesitante, Langdon obedeceu às instruções passo a passo que Winston lhe transmitiu. Dirigiu-se para a entrada do corredor e, depois de ter comprovado que ninguém o via, passou discretamente para trás dos postes e avançou.

Deixando para trás a multidão do átrio, andou dez metros até chegar a uma porta metálica com um teclado numérico.

— Introduza estes seis dígitos — disse Winston, fornecendo os números.

Langdon introduziu o código e a porta fez um clique.

— *Okay*, professor, faça o favor de entrar.

Langdon ficou parado um momento, inseguro sobre o que o esperava do outro lado. E depois, com renovada confiança, abriu a porta. O espaço à sua frente estava praticamente às escuras.

— Eu acendo-lhe as luzes — disse Winston. — Entre e feche a porta, por favor.

Langdon avançou muito devagar, esforçando-se por perscrutar as trevas. Fechou a porta atrás de si e ouviu como esta voltava a fazer clique.

Gradualmente, começou a brilhar uma luz suave à volta do perímetro da sala, revelando um espaço surpreendentemente cavernoso, uma única e enorme câmara, como um hangar de aviação para uma frota de jumbos.

— Três mil e sessenta metros quadrados — avançou Winston.

Aquela câmara tornava o átrio uma dependência para anões.

À medida que as luzes continuavam a aumentar de intensidade, começou a discernir um grupo de formas gigantescas que repousavam no chão, sete ou oito silhuetas escuras, como dinossauros a pastarem à noite.

— E para o que é que estou a olhar? — quis saber Langdon.

— Chama-se *A Matéria do Tempo*. — A voz chilreante de Winston reverberou através dos auscultadores. — É a obra de arte mais pesada do museu. Mais de mil toneladas.

Langdon ainda estava a tentar perceber o que se passava.

— E porque é que estou aqui sozinho?

— Como lhe disse antes, o senhor Kirsch pediu-me que lhe mostrasse estes extraordinários objetos.

A intensidade da luz atingiu o máximo, inundando o vasto espaço com um brilho suave, e Langdon ficou boquiaberto a olhar para a cena à sua frente.

Entrei num universo paralelo.

CAPÍTULO 7

O almirante Luis Ávila chegou ao controlo de segurança do museu e consultou o relógio para se assegurar de que tinha chegado a horas.

Perfeito.

Apresentou o seu Documento Nacional de Identidade aos empregados que administravam a lista de convidados. O seu pulso acelerou durante um momento quando o seu nome não foi localizado. Por fim, lá o encontraram, no fundo da lista, uma inclusão de última hora, e deixaram-no passar.

Exatamente como o Regente me garantiu. Como teria ele conseguido aquela proeza estava para lá da compreensão de Ávila. Supunha-se que a lista de convidados dessa noite fosse inalterável.

Prosseguiu na direção do detetor de metais, onde retirou do casaco o telemóvel e o colocou no tabuleiro. E então, com muito cuidado, tirou um rosário estranhamente pesado do casaco e colocou-o em cima do telemóvel.

Suavemente, pensou. *Muito suavemente.*

O segurança mandou-o passar pelo detetor de metais e levou o tabuleiro com os seus pertences para o outro lado.

— *Que rosario tan bonito* — disse o guarda, admirando o rosário metálico, que consistia numa imponente corrente com contas e uma grossa cruz arredondada.

— *Gracias* — replicou, acrescentando mentalmente: *Fi-lo eu mesmo.*

Passou pelo detetor de metais sem incidentes. Do outro lado, pegou no telemóvel e no rosário, colocando-os cuidadosamente no bolso do casaco antes de avançar para o segundo controlo, em que lhe foi oferecido um estranho conjunto de auscultadores.

Não preciso de nenhum audioguia, pensou. *Tenho trabalho a fazer.*

Ao atravessar o átrio, atirou discretamente os auscultadores para um caixote do lixo.

O coração batia-lhe com força enquanto examinava o edifício à procura de um sítio com privacidade suficiente para lhe permitir entrar em contacto com o Regente e informá-lo de que se encontrava no interior.

Por Deus, pela pátria e pelo rei, pensou. *Mas principalmente por Deus.*

Nesse momento, nos recessos mais remotos banhados pelo luar do deserto que rodeia o Dubai, o querido *allamah* Syed al-Fadl, de setenta e oito anos, esforçava-se em agonia por se arrastar pela areia. Já não podia mais.

A sua pele estava queimada e cheia de bolhas, e tinha a garganta tão seca que praticamente não conseguia respirar. Os ventos carregados de areia tinham-no cegado havia horas. E no entanto continuava a rastejar. Num dado momento, pensou ouvir o som distante de *buggies*, mas provavelmente fora apenas o vento a uivar. A sua fé em que Deus o salvaria já desaparecera há muito e os abutres já não voavam em círculos à sua volta, caminhavam ao seu lado.

O espanhol alto que o raptara na noite anterior praticamente não lhe dissera nada enquanto conduzia o seu carro para o interior do imenso deserto. Depois de uma hora de viagem, o espanhol parara o veículo e ordenara-lhe que saísse, deixando-o no meio da escuridão sem comida nem água.

O seu captor não lhe dera qualquer indicação sobre a sua identidade ou explicação sobre os seus atos. A única pista possível que vislumbrara fora uma estranha marca na palma direita do homem. Um símbolo que não reconhecera.

Durante horas, arrastara-se pelo deserto, gritando em vão por socorro. Agora, enquanto se deixava cair gravemente desidratado na areia sufocante e sentia o seu coração ceder, fez a mesma pergunta que repetira vezes sem conta durante as últimas horas.

Quem poderia querer matar-me?

E, assustadoramente, só conseguia chegar a uma única resposta lógica.

CAPÍTULO 8

Os olhos de Robert Langdon passavam de uma forma colossal para a seguinte. Cada peça era uma enorme folha de aço gasta pelo tempo, que fora elegantemente ondulada e depois precariamente apoiada numa das suas arestas, equilibrada de forma a criar uma parede solta. Estas paredes arqueadas tinham quase cinco metros de altura e eram trabalhadas em diferentes formas fluidas: uma fita ondulante, um círculo aberto, uma espiral solta...

— *A Matéria do Tempo* — repetiu Winston. — O autor é Richard Serra. A sua utilização de paredes sem apoios num material tão pesado cria uma ilusão de instabilidade. Mas na verdade todas estas peças são extremamente estáveis. Se imaginar uma nota de dólar enrolada à volta de um lápis, recordará que se retirar o lápis a nota enrolada pode ser facilmente posta de pé apoiada numa das suas arestas, suportada pela sua própria geometria.

Langdon parou e olhou para o gigantesco círculo à sua frente. O metal estava oxidado, o que lhe dava um tom de cobre queimado e uma qualidade orgânica bastante crua. A peça emitia tanto uma grande força como um delicado sentido de equilíbrio.

— Já reparou, professor, que esta primeira forma não está exatamente fechada?

Continuou a andar à volta do círculo e viu que as extremidades da parede não se tocavam, como se uma criança ao desenhar uma circunferência tivesse falhado o centro.

— Essa ligação falhada cria uma passagem que atrai o visitante para o interior, a fim de explorar o espaço negativo.

A menos que o visitante sofra de claustrofobia, pensou Langdon, afastando-se rapidamente.

— De forma semelhante, à sua frente, verá três fitas sinuosas de aço, alinhadas numa formação ligeiramente paralela, com proximidade suficiente para criar dois túneis ondulantes de mais de trinta metros de extensão. Chama-se *A Cobra*, e os nossos visitantes mais jovens gostam de correr pelo seu interior. De facto, dois visitantes posicionados em cada uma das suas extremidades podem sussurrar e ouvir-se perfeitamente, como se estivessem cara a cara.

— É certamente extraordinário, Winston, mas podia explicar-me porque é que o Edmond lhe pediu que me mostrasse esta galeria?

Ele sabe que eu não aprecio estas coisas.

— A peça específica que o senhor Kirsch me pediu que lhe mostrasse chama-se *Espiral Retorcida* e encontra-se no fundo da sala, à direita. Está a ver a peça?

Langdon esforçou a vista para encontrar o ponto exato à distância. *Aquilo que parece a quinhentos metros de distância?*

— Sim, estou a ver.

— Fantástico. Vamos até lá, então?

Olhou hesitante à sua volta para o imenso espaço que o rodeava e avançou para a distante espiral enquanto Winston continuava a falar.

— Ouvi dizer, professor, que Edmond Kirsch é um fervoroso admirador do seu trabalho. Especialmente do seu pensamento sobre a inter-relação das diversas tradições religiosas ao longo da história e das suas evoluções tal como é refletida na arte. De muitas formas, o campo da teoria de jogos e de predição computacional em que o senhor Kirsch trabalha é bastante semelhante, analisando o desenvolvimento de diversos sistemas e prevendo que direções tomarão com o tempo.

— E é obviamente bastante bom nesse campo. Não será por nada que lhe chamam o Nostradamus contemporâneo.

— Assim é. Embora a comparação seja um pouco insultuosa, se quer saber a minha opinião.

— Porque diria uma coisa dessas? Nostradamus é o mais famoso prognosticador de todos os tempos.

— Não quero parecer do contra, professor, mas Nostradamus escreveu perto de mil quadras, bastante vagas, que durante os últimos quatro séculos beneficiaram de leituras criativas de pessoas supersticiosas que procuraram extrair significados onde não os havia... Todos os acontecimentos, da Segunda Guerra Mundial à morte da princesa Diana, ao ataque ao World Trade Center. É totalmente absurdo. O senhor Kirsch, pelo contrário, publicou um número limitado de predições muito específicas, que se revelaram corretas num horizonte temporário bastante curto. A computação em nuvem, os carros sem condutores, um circuito de processamento alimentado por apenas cinco átomos. O senhor Kirsch não é nenhum Nostradamus.

Para a próxima já sei, pensou Langdon. Dizia-se que Edmond Kirsch inspirava uma lealdade feroz entre as pessoas com quem trabalhava, e aparentemente Winston era um dos seus fervorosos discípulos.

— Então, está a gostar da visita? — perguntou de repente Winston, mudando de assunto.

— Muito. Os meus parabéns a Edmond pela criação desta tecnologia de guia à distância.

— Sim. Este sistema foi um sonho do senhor Kirsch de muitos anos, e dedicou quantidades incalculáveis de tempo e dinheiro a desenvolvê-lo em segredo.

— A sério? A tecnologia não parece assim tão complicada. Tenho de admitir que estava um bocadinho cético ao princípio, mas o Winston convenceu-me. Foi uma conversa muito interessante.

— O seu elogio é muito generoso e espero não estragar tudo admitindo a verdade. Receio não ter sido totalmente honesto consigo.

— Desculpe?

— Primeiro que tudo, o meu verdadeiro nome não é Winston. É Art.

Langdon riu-se.

— Um guia de museu chamado *Art*? Não o posso recriminar por usar um pseudónimo. Muito prazer em conhecê-lo, Art.

— Além disso, quando me perguntou porque é que não podia acompanhá-lo pessoalmente, dei-lhe uma resposta verdadeira sobre o desejo do senhor Kirsch de limitar o número de pessoas que se desloca pelos museus. Mas a verdade é que a minha resposta foi incompleta. Há outro motivo para estarmos a comunicar por auscultadores e não pessoalmente. — Fez uma pausa. — A verdade é que sou incapaz de movimento físico.

— Oh... tenho muita pena. — Imaginou-o sentado numa cadeira de rodas num centro de chamadas e lamentou que Art se sentisse embaraçado por ter de explicar a sua condição.

— Não precisa de ter pena de mim. Garanto-lhe que eu pareceria muito estranho com *pernas*. A verdade é que não sou exatamente como o professor imagina.

Langdon abrandou o passo.

— Não entendo o que está a dizer.

— O nome Art não é exatamente um nome. É uma abreviatura. «Art» é uma abreviatura de «artificial», embora o senhor Kirsch prefira o termo «sintético». — A voz fez uma pausa. — A verdade, professor, é que esta noite esteve a interagir com um guia sintético. Uma espécie de computador.

Langdon olhou à sua volta, surpreendido.

— Estão a pregar-me uma partida?

— De maneira nenhuma, professor. Estou a falar muito a sério. O senhor Kirsch dedicou uma década e praticamente mil milhões de dólares ao campo da inteligência sintética, e esta noite o professor foi uma das primeiras pessoas a experimentar os frutos dos seus esforços. Toda a sua visita guiada foi realizada por um guia sintético. Eu não sou um ser humano.

Langdon não podia aceitar aquilo nem por um segundo. A sua dicção e gramática eram perfeitas e, excetuando o riso levemente estranho, nunca tinha encontrado um orador que superasse a sua elegância. Além disso, a sua discussão nessa noite tinha abarcado uma ampla mas também subtil diversidade de tópicos.

Estou a ser observado, concluiu então, procurando câmaras de vídeo ocultas nas paredes. Suspeitou que tinham feito dele um participante involuntário numa estranha obra de «arte experimental», um teatro do absurdo meticulosamente coreografado. *Transformaram-me num rato num labirinto.*

— Não estou muito confortável com isto — declarou Langdon, e a sua voz ecoou pela câmara deserta.

— As minhas desculpas — respondeu Winston. — É perfeitamente compreensível. Já esperava que considerasse esta informação difícil de processar. Imagino que seja por esse motivo que Edmond me pediu que o trouxesse aqui, a um espaço privado, afastado dos outros. Esta informação não está a ser revelada aos outros convidados.

Os olhos de Langdon perscrutaram a penumbra da câmara à procura de outras pessoas.

— Como sem dúvida sabe — continuou a voz, estranhamente indiferente ao desconforto de Langdon —, o cérebro humano é um sistema binário. As sinapses são ativadas ou não. Estão ligadas ou desligadas, como o interruptor de um computador. O cérebro possui mais de cem biliões de interruptores deste tipo, o que significa que construir um cérebro não é tanto uma questão de tecnologia mas uma questão de escala.

Naquele momento, Langdon praticamente já não lhe prestava atenção. Estava outra vez a andar, concentrado num sinal de «Saída» com uma seta que apontava para a outra ponta da câmara.

— Compreendo, professor, que seja difícil aceitar que a qualidade humana da minha voz seja gerada por um computador, mas a verdade é que falar é a parte mais fácil. Até um dispositivo de um livro eletrónico de noventa e nove dólares lhe oferece uma boa imitação da voz humana. Edmond investiu *milhares de milhões* de dólares nisto.

Langdon parou.

— Se é um computador, diga-me isto: qual era a média do Dow Jones Industrial à hora de fecho no dia vinte e quatro de agosto de 1974?

— Esse dia era sábado — replicou a voz de imediato. — Por isso, os mercados nem sequer estiveram abertos.

Langdon sentiu um ligeiro arrepio. Tinha escolhido a data como um ardil. Um dos efeitos secundários da sua memória eidética consistia numa capacidade de registar permanentemente as datas. Esse sábado fora o aniversário do seu melhor amigo e ainda se lembrava da festa na piscina à tarde. *Helena Wooley usava um biquíni azul.*

— No entanto — acrescentou imediatamente a voz —, no dia anterior, sexta-feira, vinte e três de agosto, a média do Dow Jones Industrial à hora de fecho era de 686,80 pontos, uma queda de 17,83 pontos e uma perda de 2,53 por cento.

Langdon foi incapaz de responder por uns momentos.

— Não me importo de esperar — chilreou a voz — enquanto consulta os dados no seu telemóvel. Embora me veja obrigado a chamar-lhe a atenção para a ironia da situação.

— Mas... eu nem sequer...

— O desafio com a inteligência sintética — continuou a voz, cujo ligeiro sotaque britânico parecia agora mais estranho que nunca — não consiste no rápido acesso aos dados, o que é realmente bastante simples, mas antes na capacidade de perceber como estes estão interligados e entrelaçados. Uma capacidade que acredito que o professor tem muito desenvolvida, não é verdade? A inter-relação das ideias? Este foi um dos motivos que levou o senhor Kirsch a querer testar as minhas capacidades especificamente *consigo*.

— Um teste? Estão a fazer-me... um teste?

— De maneira nenhuma. — Voltou-se a ouvir o estranho risinho. — Quem está a fazer o teste sou eu. Para ver se era capaz de o convencer de que sou humano.

— Um teste de Turing.

— Exatamente.

O teste de Turing, recordou rapidamente, era um desafio proposto pelo criptógrafo Alain Turing para avaliar a capacidade de uma máquina se portar de uma forma indistinguível de um ser humano. Basicamente, um juiz humano ouvia uma conversa entre uma máquina e um ser humano e, se fosse incapaz de identificar qual dos interlocutores era humano, considerava-se que o teste tinha sido bem-sucedido. O desafio clássico de Turing tinha sido aprovado em 2014 pela Royal Society em Londres. Desde então, a tecnologia da inteligência artificial progredira de forma impressionante.

— Até agora — continuou a voz —, nenhum dos convidados desta noite teve a menor suspeita. Estão todos a divertir-se à grande.

— Espere, *toda a gente* está a falar com um computador?

— Tecnicamente, toda a gente está a falar *comigo*. Eu sou capaz de me dividir de uma forma bastante simples. O professor está a ouvir a minha voz predefinida, a voz que Edmond prefere, mas outros estão a ouvir outras vozes ou línguas. Baseando-me no seu perfil de académico americano do sexo masculino, escolhi o meu sotaque britânico predefinido para si. Previ que o deixaria mais à vontade do que, por exemplo, uma mulher jovem com uma inflexão sulista.

Esta coisa acaba de me chamar chauvinista?

Recordou uma gravação popular que circulara pela Internet há alguns anos: o chefe da redação da revista *Time*, Michael Scherer, tinha recebido um telefonema de um robô de *telemarketing* que parecia tão assustadoramente humano que Scherer publicara uma gravação da chamada *online* para que toda a gente a admirasse.

E percebeu que isso acontecera há vários anos.

Langdon sabia que Kirsch trabalhava há muitos anos com inteligência artificial, aparecendo ocasionalmente nas capas de revistas para comunicar diversos avanços no campo. Parecia que o seu rebento «Winston» representava o atual estado da arte.

— Compreendo que isto esteja a acontecer muito depressa — continuou a voz —, mas o senhor Kirsch pediu-me que lhe mostrasse esta espiral. Em princípio, o professor terá de entrar na espiral e segui--la até ao centro.

Langdon olhou para a estreita passagem curvilínea e sentiu que os seus músculos se retesavam. *Isto é uma espécie de praxe universitária de Edmond ou quê?*

— Não pode só dizer-me o que vou encontrar no centro? Não sou um grande apreciador de espaços apertados.

— Interessante. Não sabia isso de si.

— A claustrofobia não é exatamente uma informação que eu tenha por hábito incluir na minha biografia *online*. — Langdon conteve--se, ainda incapaz de aceitar completamente que estava a falar com uma máquina.

— Não precisa de ter medo. O espaço no centro da espiral é bastante amplo e o senhor Kirsch pediu especificamente que o professor visse o centro. Além disso, pediu também que, antes de entrar, retirasse os auscultadores e os colocasse no chão aqui à entrada.

Langdon olhou para a imponente estrutura e hesitou.

— O Winston não vem comigo?

— Aparentemente, não.

— Sabe uma coisa? Isto é tudo muito estranho e eu não estou exatamente...

— Professor, tomando em consideração que Edmond o trouxe aqui especialmente para este evento, não me parece que seja muito pedir que caminhe uns quantos metros para o interior desta obra de arte. Todos os dias há crianças que o fazem e sobrevivem.

Nunca fora repreendido por um computador, se de facto o seu interlocutor o era, mas o comentário mordaz teve o efeito desejado. Retirou os auscultadores e colocou-os cuidadosamente no chão, virando-se para enfrentar a abertura na espiral. As paredes altas formavam um estreito desfiladeiro que se curvava até se perder de vista, desaparecendo nas trevas.

— Vamos lá então — disse para ninguém em especial.

Respirou fundo e entrou.

O caminho curvava continuamente, sendo mais longo do que imaginara inicialmente, e em pouco tempo perdeu a conta das voltas que já tinha dado. A cada rotação no sentido dos ponteiros do relógio, a passagem tornava-se mais estreita e os seus ombros largos estavam quase a roçar nas paredes. *Respira, Robert.* Parecia que as folhas inclinadas de metal podiam colapsar a qualquer momento e esmagá-lo sob toneladas de aço.

Porque é que estou a fazer isto?

Um momento antes de se decidir a dar meia-volta e voltar para trás, a passagem terminou abruptamente, deixando-o num amplo espaço aberto. Como lhe fora prometido, a câmara era mais ampla do que esperava. Saiu rapidamente do túnel para o espaço aberto, respirando aliviado enquanto examinava o pavimento nu e as altas paredes metálicas, voltando a perguntar a si próprio se não estaria a ser vítima de uma elaborada praxe universitária.

Ouviu uma porta fazer clique algures no exterior e passos bruscos ecoaram do lado de fora das altas paredes. Alguém entrara na câmara através da porta que vira antes. Os passos aproximaram-se da espiral e começaram a andar ao longo dela, ouvindo-se mais nitidamente a cada volta. Havia alguém dentro da espiral.

Recuou e virou-se para a abertura enquanto os passos continuavam a fazer o caminho circular, aproximando-se cada vez mais. O ruído cadenciado tornou-se mais e mais alto até que, de súbito, um homem saiu do túnel. Era baixo e magro, de pele pálida, olhos penetrantes e um tufo desgrenhado de cabelo preto.

Langdon ficou petrificado a olhar para o homem durante um longo momento e, em seguida, permitiu finalmente que um amplo sorriso se espalhasse pelo seu rosto.

— O grande Edmond Kirsch tem de fazer sempre uma entrada espetacular.

— Só temos uma oportunidade de causar uma primeira impressão — replicou Kirsch afavelmente. — Tive saudades suas, Robert. Muito obrigado por vir.

Os dois homens deram um sentido abraço. Quando Langdon lhe deu uma palmadinha nas costas, percebeu que Kirsch tinha emagrecido.

— Perdeu peso — disse.

— Tornei-me vegano. É mais fácil do que as máquinas de exercício.

Langdon riu-se.

— Bem, estou feliz por o voltar a ver. E, como sempre, faz-me sentir que o meu vestuário é demasiado formal.

— Quem, eu? — Olhou para as suas próprias calças de ganga pretas justas, a *t-shirt* em V impecável e o blusão de pele. — Isto é alta-costura.

— Os chinelos brancos são alta-costura?

— Chinelos? Isto são *Ferragamo Guineas.*

— E imagino que sejam mais caros do que tudo o que eu tenho vestido.

Edmond aproximou-se e examinou a etiqueta do casaco clássico de Langdon.

— Na verdade — disse, sorrindo calorosamente —, é uma casaca bastante boa. Anda lá perto.

— Tenho de lhe confessar, Edmond, que o seu amigo sintético, o Winston... é muito inquietante.

Kirsch sorriu de satisfação.

— É incrível, não é? Não acreditaria no que consegui em termos de inteligência artificial durante o último ano. Saltos quânticos. Desenvolvi umas quantas tecnologias patenteadas que estão a permitir às máquinas resolverem problemas por si próprias e autorregularem-se de modo totalmente novo. Winston é um trabalho em curso, mas melhora todos os dias.

Langdon reparou que nesse último ano tinham aparecido vincos profundos à volta dos olhos de criança de Edmond. Parecia exausto.

— Edmond, importa-se de me dizer porque é que me pediu que viesse aqui?

— A Bilbau? Ou ao interior de uma espiral de Richard Serra?

— Comecemos pela espiral. O Edmond *sabe* que eu sofro de claustrofobia.

— Precisamente. Esta noite está dedicada a empurrar as pessoas para fora das suas zonas de conforto. — A explicação foi acompanhada por um sorriso malicioso.

— O que foi sempre a sua especialidade.

— Além disso — acrescentou —, precisava de falar consigo e não queria ser visto antes do espetáculo.

— Porque as estrelas de *rock* nunca se misturam com os espectadores antes do concerto?

— Correto! — replicou Kirsch, brincalhão. — As estrelas de *rock* aparecem por artes mágicas em cima do palco numa nuvem de fumo.

De repente, as luzes por cima das suas cabeças diminuíram de intensidade para em seguida voltarem ao normal. Kirsch puxou para cima a manga do blusão para consultar o relógio. Depois olhou outra vez para Langdon, com uma expressão subitamente séria.

— Robert, não dispomos de muito tempo. Esta noite é uma ocasião importantíssima para mim. De facto, será um momento importante para toda a humanidade.

Langdon sentiu uma onda de expectativa.

— Fiz recentemente uma descoberta científica. É um avanço que terá implicações muito amplas. Muito pouca gente está ao corrente e esta noite, dentro de poucos momentos, vou dirigir-me ao mundo em direto e anunciar o que descobri.

— Não sei bem o que lhe hei de dizer. Parece tudo extraordinário.

Edmond baixou a voz e o seu tom tornou-se inabitualmente tenso.

— Antes de divulgar publicamente esta informação, Robert, preciso do seu conselho. — Fez uma pausa. — Receio que a minha vida possa depender dele.

CAPÍTULO 9

O silêncio caiu entre os dois homens no interior da espiral.

Preciso do seu conselho... Receio que a minha vida possa depender dele.

As palavras de Edmond pairavam pesadamente no ar e Langdon viu a inquietação nos olhos do amigo.

— Edmond? O que se passa? Está bem?

As luzes do teto diminuíram uma vez mais de intensidade e em seguida voltaram a brilhar normalmente, mas Edmond ignorou-as.

— Foi um ano extraordinário para mim — começou a dizer num sussurro. — Tenho estado a trabalhar sozinho num projeto importante, que me levou a uma descoberta revolucionária.

— Parece fantástico.

Edmond assentiu.

— Sim, é de facto fantástico e não há palavras para descrever o entusiasmo que sinto agora que estou prestes a divulgar essa descoberta ao mundo. Representará uma enorme mudança de paradigma. Não estou a exagerar se lhe digo que a minha descoberta terá repercussões semelhantes às da revolução coperniciana.

Por um momento, Langdon pensou que o seu anfitrião estava a brincar, mas a sua expressão mantinha-se impassivelmente séria.

Coperniciana? A humildade nunca fora o ponto forte de Edmond, mas a afirmação parecia roçar o absurdo. Nicolau Copérnico era o pai do modelo heliocêntrico, a ideia de que os planetas giram à volta do Sol, o que desencadeou uma revolução científica no século XVI que liquidou totalmente a doutrina ancestral da Igreja de que a humanidade ocupava o centro do universo criado por Deus. A sua descoberta fora condenada pela Igreja durante três séculos, mas o estrago já estava feito e o mundo nunca mais fora o mesmo.

— Vejo o seu ceticismo. Parecer-lhe-ia melhor se a comparação fosse com Darwin?

Langdon sorriu.

— Estaríamos na mesma.

— Muito bem. Então deixe-me perguntar-lhe uma coisa. Quais são as duas perguntas fundamentais feitas pelo ser humano ao longo de toda a sua história?

Langdon pensou um momento.

— Bem, teriam de ser: «Como é que tudo começou?», «De onde vimos?».

— Exato. E a segunda pergunta seria simplesmente um corolário da primeira. Não «de onde vimos»... mas...

— «Para onde vamos?»

— Exato! Estes dois mistérios encontram-se no âmago da experiência humana. De onde vimos? Para onde vamos? A *criação* humana e o *destino* humano. São os mistérios universais. — O olhar de Edmond tornou-se mais penetrante, concentrando-se ansiosamente em Langdon. — Robert, a descoberta que eu fiz... responde claramente a essas duas perguntas.

Langdon ficou um momento a ponderar o alcance das palavras de Edmond e as suas infinitas ramificações.

— Não... não sei bem o que lhe hei de dizer.

— Não precisa de me dizer nada. Espero que possamos encontrar um momento para discutir este tema em profundidade depois da apresentação desta noite, mas agora tenho de falar consigo sobre o aspeto mais tenebroso deste assunto. As potenciais consequências desta descoberta.

— Acha que vai haver repercussões?

— Sem dúvida alguma. Respondendo a estas perguntas, coloquei-me numa posição que choca diretamente com séculos de doutrinas espirituais muito bem estabelecidas. Os temas sobre a criação do ser humano e o seu destino são tradicionalmente o domínio da religião. Sou um intruso, e as religiões do mundo não vão gostar do que estou prestes a anunciar.

— Interessante. E foi por esse motivo que passou duas horas a fazer-me perguntas sobre religião da última vez que almoçámos juntos em Boston há dois anos?

— Efetivamente. Talvez se lembre do que lhe garanti então: que durante as nossas vidas os mitos das religiões seriam praticamente demolidos pelos avanços científicos.

Langdon assentiu. *Difícil de esquecer.* A ousadia da declaração ficara inscrita palavra por palavra na sua memória eidética.

— Lembro-me. Lembro-me também de lhe ter dito então que a religião tinha uma história de milénios de sobrevivência aos avanços científicos, que desempenhava um importante papel na sociedade e que, apesar de poder evoluir, nunca morreria.

— Exato. E eu na altura contei-lhe que tinha encontrado o propósito da minha vida: utilizar a verdade científica para erradicar o mito religioso.

— Sim. Palavras fortes.

— E o Robert apresentou-me um desafio. Pediu-me que sempre que encontrasse uma «verdade científica» que desafiasse ou minasse os dogmas da religião, a tentasse discutir com um religioso e assim perceber que a ciência e a religião estão muitas vezes a tentar contar a mesma história com duas linguagens diferentes.

— Não me esqueci do que lhe disse. Os cientistas e os religiosos utilizam frequentemente vocabulários diferentes para descrever exatamente os mesmos mistérios do universo. Os conflitos radicam muitas vezes em questões de semântica e não de substância.

— Pois eu segui o seu conselho. E consultei alguns líderes espirituais sobre a minha última descoberta.

— Ah, sim?

— Conhece o Parlamento das Religiões do Mundo?

— Claro que sim. — Langdon era um grande admirador dos esforços do grupo para promover o diálogo inter-religioso.

— Por casualidade, o parlamento realizou a sua reunião deste ano nos arredores de Barcelona, no Mosteiro de Montserrat, a cerca de uma hora de onde eu moro atualmente.

Um lugar espetacular, pensou Langdon, tendo visitado o santuário na montanha há muitos anos.

— Quando soube que ia ser realizado na mesma semana em que eu tinha programada a apresentação deste avanço científico, não sei, acho que...

— Pensou que podia ser um sinal divino?

Edmond riu-se.

— Uma coisa assim, sim. Por isso, liguei-lhes.

Langdon ficou impressionado.

— Fez uma apresentação ao parlamento inteiro?

— Não, não, não! Muito perigoso. Não queria que esta informação fosse divulgada antes de eu próprio a poder anunciar. Por isso, marquei uma reunião com apenas três dos seus membros, um representante do cristianismo, outro do islão e outro do judaísmo. Tivemos uma reunião os quatro na biblioteca do mosteiro.

— Estou surpreendido que o deixassem entrar *na* biblioteca — respondeu Langdon com genuína surpresa. — Ouvi dizer que era um sítio sagrado.

— Disse-lhes que precisava de um sítio seguro para nos reunirmos. Sem telefones, nem máquinas fotográficas, nem intrusos. E eles levaram-me a essa biblioteca. Antes de lhes explicar fosse o que fosse, pedi-lhes um voto de silêncio. E eles garantiram-me que guardariam segredo. Até à data, são as únicas pessoas à face da Terra que sabem de que trata a minha descoberta.

— Fascinante. E como é que reagiram ao que lhes disse?

Kirsch olhou para ele embaraçado.

— Talvez eu pudesse ter dito as coisas de outra maneira. O Robert sabe como eu sou, quando as minhas paixões vêm ao de cima, a diplomacia não é o meu forte.

— Sim, li em algum sítio que o Edmond podia receber alguma formação em questões de sensibilidade — respondeu Langdon com uma gargalhada. *Como Steve Jobs e tantos outros génios visionários.*

— De modo que, de acordo com a minha natureza franca e aberta, comecei por dizer simplesmente a verdade: que sempre considerei a religião como uma forma de ilusão coletiva e que, como cientista, tinha dificuldades em aceitar o facto de que milhares de milhões de pessoas inteligentes se virassem para as suas respetivas fés para conforto e direção. Quando me perguntaram porque é que estava a consultar pessoas pelas quais tinha aparentemente tão pouco respeito, disse-lhes que estava ali para analisar as suas reações à minha descoberta, de modo a perceber como essa descoberta seria recebida pelos fiéis do mundo inteiro quando eu a divulgasse.

— Sempre um autêntico diplomata — exclamou Langdon, arrepiando-se. — O Edmond *sabe* que a honestidade nem sempre é a melhor política?

Kirsch fez um gesto com a mão rejeitando a observação.

— Os meus pensamentos sobre a religião são amplamente conhecidos. Pensei que apreciariam a transparência. No entanto, depois disso, apresentei-lhes o meu trabalho, explicando detalhadamente o que tinha descoberto e como mudava tudo. Até utilizei o meu telemóvel para lhes mostrar um vídeo, que, admito, é francamente impressionante. E eles ficaram sem palavras.

— Devem ter dito qualquer coisa — redarguiu Langdon, cada vez mais curioso sobre a natureza da descoberta do amigo.

— Eu estava à espera de poder ter uma conversa com eles, mas o clérigo cristão silenciou os outros dois antes que pudessem dizer fosse o que fosse. Pediu-me encarecidamente que reconsiderasse o meu plano de divulgar a informação que lhes tinha transmitido. Eu disse-lhe que pensaria sobre o assunto durante um mês.

— Mas vai torná-la pública *esta noite*.

— Eu sei. Disse-lhes que ainda faltavam várias semanas, para que não entrassem em pânico e não tentassem interferir.

— E quando souberem da apresentação desta noite?

— Não ficarão contentes. Um deles, especialmente. — Edmond olhou diretamente para Langdon. — O clérigo que organizou a reunião foi o bispo Antonio Valdespino. Sabe quem é?

Langdon ficou tenso.

— De Madrid?

Kirsch acenou afirmativamente.

— Esse mesmo.

Provavelmente a pior audiência para o ateísmo radical de Edmond, pensou Langdon. Valdespino era uma figura poderosa na igreja católica espanhola, conhecido pelo seu pensamento profundamente conservador e pela sua forte influência sobre o próprio rei.

— Ele era o anfitrião do parlamento este ano, por isso foi a quem me dirigi para organizar a reunião. Ele ofereceu-se para se encontrar comigo pessoalmente, e eu pedi-lhe que trouxesse representantes do islão e do judaísmo.

As luzes voltaram a diminuir de intensidade.

Kirsch suspirou fundo, baixando ainda mais a voz.

— Robert, queria falar consigo antes da minha apresentação porque preciso do seu conselho. Tenho de saber se considera o bispo Valdespino perigoso.

— Perigoso? De que forma?

— O que eu lhe mostrei ameaça diretamente o seu mundo. Por isso, gostaria de saber se acha que ele me poderia pôr em qualquer tipo de perigo físico.

Langdon abanou imediatamente a cabeça.

— Não. Impossível. Não sei o que lhe disse, mas o bispo Valdespino, apesar de ser um pilar do catolicismo espanhol, cujas ligações à família real espanhola tornam extremamente *influente*, é um padre, não um assassino. Possui poder político. Pode pregar um sermão contra si, mas acho que seria exagerado pensar que o poderia pôr em perigo físico.

Kirsch não parecia convencido.

— Devia ter visto a forma como ele olhou para mim quando deixei Montserrat.

— O Edmond foi à sacrossanta biblioteca desse mosteiro dizer a um bispo que todo o seu sistema de crenças é ilusório! — exclamou Langdon. — O que esperava dele? Que lhe servisse bolachas e o convidasse a tomar um chá?

— Não — admitiu Edmond —, mas também não esperava que ele me deixasse uma mensagem de voz ameaçadora depois da nossa reunião.

— O bispo Valdespino telefonou-lhe?

Edmond tirou do blusão de pele um *smartphone* de dimensões invulgarmente exageradas. Tinha um invólucro azul-turquesa brilhante, adornado com um padrão hexagonal repetitivo, que Langdon reconheceu como um famoso mosaico concebido pelo arquiteto modernista catalão Antoni Gaudí.

— Ouça isto — disse Edmond, tocando no ecrã e levantando o telemóvel. A voz de um homem de idade estalou do aparelho, num tom severo e mortalmente sério:

Senhor Kirsch, é o bispo Antonio Valdespino. Como sabe, considero a nossa reunião desta manhã profundamente perturbadora, uma opinião partilhada pelos meus dois pares. Peço-lhe encarecidamente que me telefone imediatamente para podermos discutir melhor este assunto e para poder voltar a avisá-lo dos perigos de divulgar publicamente essa informação. Se não me telefonar, aviso-o de que eu e os meus pares consideraremos a possibilidade de fazer um comunicado preventivo sobre as suas descobertas, reenquadrando-as, desacreditando-as e procurando reverter os indescritíveis males que o senhor está prestes a causar ao mundo. Males que o senhor obviamente foi

*incapaz de prever. Espero a sua chamada e aconselho-o a não duvidar da minha reso-
lução.*

Assim acabava a mensagem.

Langdon teve de reconhecer que o tom agressivo de Valdespino o
surpreendia, no entanto, a mensagem não o assustava especialmente,
mas aumentava a sua curiosidade sobre a iminente comunicação de
Edmond.

— E então, como lhe respondeu?

— Não respondi — disse Edmond, voltando a colocar o telemóvel no bolso. — Considerei-a uma ameaça vã. Tinha a certeza de que
queriam enterrar esta informação e não anunciá-la eles próprios. Além
disso, sabia que a súbita programação do evento desta noite os ia apanhar desprevenidos, por isso não estava especialmente preocupado
com as suas ações preventivas. — Fez uma pausa, olhando para Langdon. — Mas agora... não sei, qualquer coisa no tom de voz deste homem... não me tem saído do pensamento.

— Pensa que pode estar em perigo *aqui*? Esta noite?

— Não, não, não. A lista de convidados foi estritamente controlada e este edifício possui uma segurança excelente. Estou mais preocupado com o que me pode acontecer depois de divulgar a informação.
— Pareceu subitamente arrependido por ter mencionado este receio.
— Enfim, tolices minhas. Ansiedade antes da estreia. Queria só saber o
que lhe dizia o seu instinto.

Langdon estudou o amigo com uma crescente preocupação. Edmond parecia estranhamente pálido e inquieto.

— O meu instinto diz-me que Valdespino nunca o colocaria em
qualquer tipo de perigo, independentemente da raiva que possa sentir
por si.

As luzes voltaram a diminuir, agora de uma forma obviamente insistente.

— *Okay*, muito obrigado. — Edmond consultou o relógio. —
Tenho de ir tratar disto. Podemos ver-nos mais tarde? Há alguns aspetos desta descoberta que gostaria de poder discutir consigo.

— Claro.

— Perfeito. Depois da apresentação, isto vai ficar caótico, por isso precisamos de um sítio privado para escapar da confusão e falar um
bocado. — Edmond tirou um cartão de visita do bolso e começou a

escrever na parte de trás. — Depois da apresentação, apanhe um táxi e
dê este cartão ao condutor. Qualquer condutor local saberá onde o levar. — E dizendo isto entregou a Langdon o cartão de visita.

Langdon esperava ver o endereço de um hotel ou de um restaurante, mas o que encontrou parecia mais uma cifra.

BIO-EC346

— Desculpe, quer que eu dê isto ao taxista?

— Sim, ele saberá onde terá de o levar. Eu aviso a segurança que
esteja à sua espera e irei ter consigo assim que puder.

A segurança? Franziu o sobrolho, perguntando a si próprio se
BIO-EC346 seria o nome de algum clube científico secreto.

— É um código penosamente simples, meu amigo. — Piscou-lhe
o olho. — O Robert, de todas as pessoas, devia ser capaz de o decifrar.
E, já agora, só para não o apanhar desprevenido, informo-o de que vai
desempenhar um papel na minha apresentação desta noite.

Langdon ficou surpreendido.

— Que tipo de papel?

— Não se preocupe. Não precisa de fazer nada.

Com estas palavras, Edmond Kirsch dirigiu-se para a saída da espiral.

— Tenho de correr para os bastidores, mas o Winston ajuda-o a
sair daqui. — Parou na porta e virou-se. — Vejo-o depois do evento.
E esperemos que tenha razão sobre Valdespino.

— Tenha calma, Edmond — disse Langdon, procurando tranquilizá-lo. — Concentre-se na sua apresentação. Não está na mira de ne-
nhuns clérigos.

Edmond não pareceu convencido.

— Talvez não seja dessa opinião, Robert, quando ouvir o que vou
dizer.

CAPÍTULO 10

A sé da arquidiocese católica apostólica romana de Madrid, a Catedral de Almudena, é um robusto edifício neoclássico situado ao lado do Palácio Real. Construída no sítio de uma antiga mesquita, o seu nome procede do árabe *al-mudayna*, que significa «cidadela».

Segundo a lenda, quando Afonso VI tomou Madrid aos muçulmanos em 1083, ficou obcecado por encontrar uma preciosa imagem perdida da Virgem Maria, que fora emparedada nas muralhas da cidadela para a proteger dos infiéis. Incapaz de localizar a Virgem escondida, Afonso rezou fervorosamente até que uma secção da muralha da cidadela explodiu, revelando a imagem no seu interior, rodeada pelas mesmas velas acesas com que fora encerrada há várias décadas.

Atualmente, a Virgem de Almudena é a padroeira de Madrid e tanto peregrinos como turistas dirigem-se em massa à catedral para obterem o privilégio de rezar aos pés da sua imagem. A dramática localização do templo, na mesma praça que o Palácio Real, proporciona um foco adicional de atração para os visitantes: a possibilidade de vislumbrar um membro da realeza a entrar ou a sair do palácio.

Nessa noite, nas entranhas da catedral, um jovem acólito corria pelos corredores em pânico.

Onde está o bispo Valdespino? A missa vai começar!

Durante décadas, o bispo Antonio Valdespino fora o padre principal e responsável pela catedral. Amigo de longa data e assessor espiritual do rei, era um tradicionalista declarado, com uma tolerância praticamente nula à modernização. Incrivelmente, aos oitenta e três anos ainda levava grilhões durante a Semana Santa e acompanhava os fiéis debaixo de um andor pelas ruas da cidade.

O bispo, entre todas as pessoas, nunca chega tarde à missa.

O acólito tinha estado com ele há vinte minutos na sacristia, ajudando-o a paramentar-se como sempre. Ao terminar, o bispo recebera uma mensagem de texto e, sem dizer uma palavra, saíra apressadamente. *Onde terá ido?*

Depois de ter procurado no santuário, na sacristia e até na casa de banho privada do bispo, o acólito apressava-se agora pelo corredor, dirigindo-se à secção administrativa da catedral para ver se o encontrava no seu escritório.

Ouviu um órgão começar a tocar à distância.

Começaram a tocar o hino processional.

O acólito parou com uma dramática derrapagem à porta do escritório privado do bispo, assustado ao ver uma réstia de luz por baixo da porta fechada. *Está aqui?*

Bateu suavemente.

— *¿Excelencia Reverendísima?*

Não houve resposta.

Batendo mais energicamente, chamou em voz alta.

— *¿Su excelencia?*

Continuou a não haver resposta.

Temendo pela saúde do ancião, girou a maçaneta e abriu a porta.

¡Cielos! O acólito arquejou ao entrar no espaço privado.

O bispo Valdespino estava sentado à sua secretária de mogno a olhar para o brilho de um computador portátil. Ainda tinha a santa mitra na cabeça e a casula enrolada debaixo dele. O báculo estava encostado à parede sem cerimónia.

O acólito pigarreou.

— *La santa missa está...*

— *Preparada* — interrompeu o bispo, cujos olhos não se moviam do ecrã. — *El padre Derida me sustituye.*

O acólito olhou para ele perplexo. *O padre Derida vai substituí-lo?* Um jovem padre a oficiar a missa do sábado à noite era altamente irregular.

— *¡Vete ya!* — cortou Valdespino sem olhar para cima. — *Y cierra la puerta.*

Temeroso, o jovem fez o que lhe foi ordenado, saindo imediatamente e fechando a porta atrás de si.

Enquanto corria apressadamente na direção dos sons do órgão, perguntou a si próprio o que poderia o bispo estar a ver no computador que afastasse tanto a sua mente dos deveres divinos.

*

Nesse momento, o almirante Ávila serpenteava pela crescente multidão no átrio do Guggenheim, intrigado ao ver os convidados a falarem com os seus elegantes auscultadores. Aparentemente, a visita com audioguia do museu permitia estabelecer uma conversa.

Alegrou-se por ter deitado fora o aparelho.

Esta noite não pode haver distrações.

Consultou o relógio e observou os elevadores. Já estavam cheios de convidados que se dirigiam para os andares superiores para o evento principal, de modo que optou pelas escadas. Enquanto ia subindo, sentiu o mesmo arrepio de incredulidade que sentira na noite anterior. *Tornei-me realmente um homem capaz de assassinar?* As almas sem Deus que lhe tinham roubado a sua esposa e filho haviam-no transformado. *As minhas ações são sancionadas por uma autoridade superior*, recordou a si próprio. *O que estou a fazer é correto.*

Quando chegou ao primeiro patamar, os seus olhos foram atraídos para uma mulher que se encontrava num passadiço suspenso próximo. *A última celebridade espanhola*, pensou, observando a famosa beleza.

A mulher tinha um vestido branco justo, com uma faixa preta em diagonal que lhe atravessava elegantemente o torso. A sua figura esguia, o luxuriante cabelo escuro e o porte elegante eram fáceis de admirar, e Ávila reparou que não era o único homem com os olhos postos nela.

Além dos olhares de aprovação de outros convidados, a mulher de branco era objeto da atenção de dois garbosos agentes de segurança que a seguiam de perto. Moviam-se com a confiança atenta de panteras e usavam casacos idênticos azuis com escudos e as iniciais GR bordados.

A sua presença não o surpreendia, mas vê-los acelerou o seu pulso. Como antigo membro das forças armadas espanholas, sabia perfeitamente o que significava GR. Aqueles dois agentes estavam armados e tão bem treinados como os melhores guarda-costas do mundo.

Se estão aqui, tenho de tomar todas as precauções, disse a si próprio.

— Ei! — gritou uma voz masculina diretamente por trás dele.

Virou-se como um raio.

Um homem barrigudo de *smoking* e chapéu de *cowboy* preto sorria abertamente para ele.

— Grande fatiota! — disse o homem, apontando para o uniforme. — Onde é que uma pessoa pode arranjar uma coisa dessas?

Ávila olhou para ele enquanto os seus punhos se cerravam por reflexo. *Através de uma vida inteira de serviço e sacrifício,* pensou.

— *No hablo inglés* — respondeu Ávila, encolhendo os ombros, e continuou a subir as escadas.

No segundo andar, encontrou um longo corredor e seguiu as indicações para uma casa de banho afastada numa das extremidades. Estava prestes a entrar quando as luzes do museu inteiro diminuíram e voltaram a brilhar. O primeiro sinal que indicava aos convidados que se dirigissem para os andares superiores para a apresentação.

Entrou na casa de banho vazia, escolheu o último cubículo e fechou a porta com o trinco. Sozinho, sentiu os familiares demónios emergirem das profundezas do seu ser para tentarem apoderar-se dele, ameaçando voltar a arrastá-lo para o abismo.

Cinco anos, e as memórias ainda me perseguem.

Afastou os horrores da sua mente com um gesto furioso e tirou o rosário do bolso. Pendurou-o cuidadosamente no cabide na parte de dentro da porta. Enquanto as contas e o crucifixo oscilavam pacificamente à sua frente, admirou o seu trabalho. Os mais devotos poderiam sentir-se horrorizados pela perversão que fora necessária para criar um objeto como aquele. No entanto, o Regente garantira-lhe que tempos desesperados permitiam uma certa flexibilidade nas normas da absolvição.

Quando a causa é tão sagrada, prometera-lhe o Regente, *o perdão de Deus está garantido.*

E além da proteção da sua alma, o seu corpo também recebera uma garantia de ser salvo do mal. Olhou para a tatuagem na palma da mão.

Como o ancestral *chi rho* ou cristograma, era um símbolo feito inteiramente de letras. Tinha-o tatuado há três dias com agulha e tinta ferrogálica, precisamente como lhe fora indicado, e a zona ainda estava vermelha e dorida. Se fosse capturado, o Regente asseverara que só precisava de mostrar a palma da mão aos seus captores e em poucas horas seria libertado.

Ocupamos os mais altos níveis do governo, tinha dito o Regente.

Ávila já tinha sido testemunha da sua impressionante influência e sentia-a como um manto protetor que o cobria. *Ainda existem pessoas que respeitam os velhos ideais.* Esperava um dia poder unir-se às fileiras daquela elite, mas de momento sentia-se honrado só por poder desempenhar qualquer tipo de papel.

Na solidão da casa de banho, tirou o telemóvel do bolso e marcou o número seguro que lhe fora dado.

A voz do outro lado atendeu ao primeiro toque.

— *¿Sí?*

— *Estoy en posición* — respondeu Ávila, esperando as instruções finais.

— *Bien* — disse o Regente. — *Tendrás una sola oportunidad. Aprovecharla será crucial.*

Só terás uma oportunidade. Aproveitá-la será crucial.

CAPÍTULO 11

Seguindo a costa, trinta quilómetros a noroeste dos arranha-céus cintilantes, das ilhas artificiais e das vivendas para as festas das celebridades do Dubai, encontra-se a cidade de Sharjah, a ultraconservadora capital cultural islâmica dos Emirados Árabes Unidos.

Com mais de seiscentas mesquitas e as melhores universidades da região, Sharjah representa um pináculo da espiritualidade e do ensino, uma posição alimentada por gigantescas reservas de petróleo e um governante que põe a educação do seu povo acima de qualquer outro bem.

Nessa noite, a família do bem-amado *allamah* de Sharjah, Syed al--Fadl, reuniu-se em privado para uma vigília. Em vez de rezarem o tradicional *tahajjud*, a oração da vigília noturna, rezaram pelo regresso do seu prezado pai, tio e marido, que desaparecera sem deixar rasto no dia anterior.

A imprensa local acabava de anunciar que um dos religiosos próximo de Al-Fadl declarara que o normalmente sereno *allamah* parecera estranhamente agitado aquando do seu regresso do Parlamento das Religiões do Mundo dois dias antes. Além disso, dissera que o ouvira travar uma acalorada discussão ao telefone, pouco tempo depois do seu regresso. A discussão fora em inglês e, portanto, indecifrável para a testemunha, embora esta jurasse que tinha ouvido Syed mencionar repetidamente um único nome.

Edmond Kirsch.

CAPÍTULO 12

Os pensamentos de Langdon rodopiavam ao sair da estrutura em espiral. A sua conversa com Edmond tinha sido simultaneamente excitante e alarmante. Quer as declarações do seu amigo fossem exageradas, quer não, era óbvio que descobrira *alguma coisa* que acreditava poder causar uma mudança de paradigma no mundo.

Uma descoberta tão importante como as de Copérnico?

Quando finalmente emergiu da espiral, sentia-se ligeiramente tonto. Pegou nos auscultadores que deixara no chão.

— Winston? — disse ao colocar o dispositivo. — Está aí?

Um suave clique e o guia computorizado de sotaque britânico estava de regresso.

— Olá, professor. Sim, estou aqui. O senhor Kirsch pediu-me que o levasse pelo elevador de serviço porque já não temos tempo para regressar pelo átrio. Também pensou que apreciaria as amplas dimensões do nosso elevador de serviço.

— Muito simpático da sua parte. Sabe que eu sofro de claustrofobia.

— E agora eu também sei. E posso garantir-lhe que não me esquecerei.

Winston guiou-o através da porta lateral para um átrio de cimento onde se encontrava o elevador. Como prometera, a cabina do elevador era enorme, claramente concebida para transportar obras de arte de grandes dimensões.

— Botão de cima — disse Winston quando Langdon entrou. — Terceiro andar.

Quando chegaram ao seu destino, Langdon saiu.

— Fantástico — chilreou a alegre voz de Winston na sua cabeça. — Temos de atravessar a galeria à sua esquerda. É o caminho mais curto para o auditório.

Seguindo as indicações de Winston, Langdon atravessou uma extensa galeria com uma série de estranhas instalações artísticas: um canhão de aço que aparentemente disparava globos viscosos de cera vermelha para uma parede branca; uma canoa de rede de galinheiro, obviamente incapaz de flutuar; uma cidade inteira em miniatura feita de blocos de metal polido.

Ao atravessarem a galeria dirigindo-se para a saída, Langdon deu por si a olhar estupefacto para uma enorme peça que dominava o espaço. *É oficial,* decidiu, *acabo de encontrar a peça mais estranha do museu.*

Abarcando a totalidade da largura da sala, um grande número de lobos de madeira estava dinamicamente disposta, correndo numa longa linha que atravessava a galeria, acabando por saltar e colidir violentamente com uma parede de vidro transparente, terminando numa crescente pilha de lobos mortos.

— Chama-se *Head On* — indicou Winston, sem que lhe fosse pedido. — Noventa e nove lobos que correm cegamente contra uma parede para simbolizar a mentalidade de rebanho, a falta de coragem para divergir da norma.

A ironia do simbolismo não lhe passou despercebida. *Suspeito que hoje Edmond vai divergir dramaticamente da norma.*

— E agora, se continuar sempre em frente — continuou Winston —, encontrará a saída à esquerda dessa colorida peça em forma de diamante. O autor é um dos preferidos de Edmond.

Viu a pintura de cores vivas à sua frente e reconheceu de imediato os característicos riscos, as cores primárias e o divertido olho flutuante.

Joan Miró, pensou Langdon, que sempre apreciara o alegre trabalho do famoso barcelonês, uma espécie de cruzamento entre um livro para colorir infantil e um vitral surrealista.

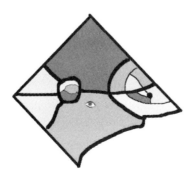

Ao aproximar-se da obra, porém, ficou pasmado por constatar que a superfície era completamente lisa, sem pinceladas visíveis.

— É uma *reprodução?*

— Não, é o original — respondeu Winston.

Langdon observou com mais atenção. Tinha sido obviamente feito numa impressora de grande formato.

— Winston, isto é uma *impressão*. Nem sequer é tela.

— Eu não trabalho com tela — replicou Winston. — Eu crio arte virtualmente e depois Edmond imprime-a.

— Espere — interrompeu Langdon, incrédulo. — Esta obra é sua?

— Sim. Tentei imitar o estilo de Joan Miró.

— Estou a ver. Até a *assinou:* Miró.

— Não. Veja bem. Assinei *Miro*, sem acento. Em espanhol, a palavra miro significa «eu olho».

Engenhoso, teve de admitir Langdon, observando o único olho no estilo de Miró, que observava o próprio observador do centro da peça de Winston.

— Edmond pediu-me que criasse um autorretrato e eu produzi isto.

Isto é o seu autorretrato? Langdon voltou a analisar a coleção de riscos desiguais. *Tem de ser um computador bastante estranho.*

Lera recentemente sobre a crescente excitação de Edmond com a possibilidade de ensinar os computadores a criar arte algorítmica, ou seja, arte gerada por programas informáticos de alta complexidade. Era uma possibilidade que punha uma pergunta desconfortável: quando um computador cria arte, quem é o artista, o computador ou o programador? No MIT, uma recente exposição de excelente arte algorítmica tinha obrigado o curso de Humanidades de Harvard a dar uma estranha reviravolta: *A Arte é o que nos torna humanos?*

— Também componho música — prosseguiu Winston. — Pode pedir a Edmond para ouvir algumas peças mais tarde, se tiver curiosidade. De momento, no entanto, tem de se apressar. A apresentação vai começar dentro de momentos.

Langdon saiu da galeria e deu consigo num passadiço elevado por cima do átrio principal. Do outro lado do cavernoso espaço, os guias apressavam os últimos convidados mais lentos para fora dos elevadores, dirigindo-os na mesma direção que Langdon para uma porta mais à frente.

— O programa desta noite está agendado para dentro de poucos minutos. Está a ver a entrada para o espaço da apresentação?

— Estou. Está mesmo à minha frente.

— Fantástico. Uma última coisa. Quando entrar, verá alguns caixotes para recolher os auscultadores. Edmond pediu que o professor *não* devolvesse o seu, que o guardasse. Deste modo, depois da apresentação, posso guiá-lo para fora do museu através de uma porta traseira, permitindo-lhe assim evitar a multidão e apanhar mais facilmente um táxi.

Langdon pensou na estranha série de letras e algarismos que Edmond tinha rabiscado no cartão de visita, dizendo-lhe que o entregasse ao taxista.

— Winston, tudo o que Edmond escreveu foi «BIO-EC346». Disse-me que era um código penosamente simples.

— E disse a verdade — respondeu Winston rapidamente. — Agora, professor, o programa está prestes a começar. Espero que goste da apresentação de Edmond. Estarei à sua espera quando terminar.

Com um abrupto clique, Winston desapareceu.

Langdon aproximou-se das portas de entrada, retirou os auscultadores e guardou o pequeno dispositivo no bolso do casaco. A seguir, apressou-se a passar pela entrada com os últimos convidados momentos antes de as portas se fecharem atrás de si.

Uma vez mais, encontrou-se num espaço inesperado.

Vamos estar de pé para a apresentação?

Langdon tinha imaginado a multidão reunida num confortável auditório com lugares sentados para ouvir a comunicação de Edmond, mas em vez disso encontrou centenas de convidados de pé, metidos numa apertada sala de exposições totalmente pintada de branco. A sala não continha nenhuma obra de arte visível e nenhum lugar sentado, só um estrado na parede do fundo, ladeado por um grande ecrã LCD com a indicação:

O programa em direto começa dentro de 2 minutos 07 segundos.

Sentiu uma onda de expectativa e os seus olhos dirigiram-se para a segunda linha de texto no ecrã, um pouco mais abaixo, que, na sua incredulidade, teve de ler duas vezes:

Assistentes remotos neste momento: 1.953.694

Dois milhões de pessoas!?
Edmond tinha-lhe dito que transmitiria o seu anúncio em direto pela Internet, mas estes números pareciam incríveis, e o contador continuava a subir a cada minuto que passava.

Um sorriso perpassou pelo rosto de Langdon. O seu antigo aluno tinha obviamente chegado muito longe. A pergunta agora era: que raio ia Edmond dizer?

CAPÍTULO 13

Num deserto banhado pela lua a leste do Dubai, um *buggy Sand Viper 1100* virou bruscamente para a esquerda e parou com uma derrapagem, levantando uma cortina de areia em frente dos seus brilhantes faróis.

O adolescente por trás do volante tirou os óculos e olhou para o objeto que quase atropelara. Apreensivo, saiu do veículo e aproximou-se da forma escura que jazia na areia.

E era precisamente o que lhe parecera ser.

Ali, sob a luz dos faróis, deitado com a cara na areia, encontrava-se um corpo humano imóvel.

— *Marhaba?* — gritou o rapaz. — Olá?

Não houve resposta.

O rapaz percebeu que era um homem pela roupa, uma *chéchia* tradicional e um amplo *thawb*. Parecia bem alimentado e baixo. As suas pegadas tinham desaparecido há bastante tempo, bem como quaisquer marcas de pneus ou pistas sobre como poderia ter chegado àquele ponto no meio do deserto, tão afastado de tudo.

— *Marhaba?* — repetiu.

Nada.

Sem saber o que fazer, estendeu o pé e tocou ao de leve no flanco do homem. Apesar da corpulência do corpo, a carne parecia esticada e dura, já ressequida pelo vento e pelo sol.

Definitivamente morto.

Então debruçou-se, agarrou no ombro do homem e virou-o até o deixar de costas, com os olhos sem vida virados para o céu. A sua cara e barba estavam cobertas de areia, mas mesmo sujo parecia de alguma forma amigável, familiar, como um tio preferido ou um avô querido.

O rugido de meia dúzia de motos-quatro e *buggies* aproximou-se e começou a rodeá-lo, indicando que os seus companheiros de corridas pelas dunas tinham voltado para trás para ver se estava bem. Os seus veículos subiram a crista da duna e desceram até junto dele.

Todos desligaram os motores, tiraram os óculos e os capacetes, e rodearam a macabra descoberta de um cadáver seco como pergaminho. Um dos miúdos começou a falar excitadamente, tendo reconhecido o falecido como o famoso *allamah* Syed al-Fadl, estudioso e líder religioso, orador ocasional na universidade.

— *Matha Alayna ʿan naf'al?* — perguntou em voz alta. *O que é que fazemos agora?*

Os rapazes ficaram num círculo a olhar silenciosamente para o cadáver durante alguns momentos. E depois reagiram como qualquer adolescente de qualquer lado do mundo. Pegaram nos telemóveis e começaram a tirar fotografias para mandar aos amigos.

CAPÍTULO 14

Entre os diversos convidados que se comprimiam à volta do estrado, Langdon olhava espantado o número no ecrã LCD que aumentava continuamente.

Assistentes remotos neste momento: 2.527.664

A conversa sussurrada de fundo no reduzido espaço tinha aumentado de volume até atingir um rugido surdo, as vozes de centenas de convidados que vibravam com expectativa, muitos fazendo chamadas de última hora ou enviando *tweets* sobre o lugar onde se encontravam.

Um técnico dirigiu-se para o estrado e bateu ao de leve no microfone.

— Senhoras e senhores, pedimos-lhes anteriormente que desligassem os telemóveis. A partir deste momento, vamos bloquear todas as comunicações pela rede móvel ou *wi-fi* até ao final do evento.

Muitos convidados ainda se encontravam ao telemóvel quando as comunicações foram abruptamente cortadas. Ficaram, na sua maioria, absolutamente estupefactos, como se tivessem acabado de ser testemunhas de uma miraculosa tecnologia kirschiana capaz de magicamente eliminar todas as comunicações com o mundo exterior.

Quinhentos dólares em qualquer loja de eletrónica, sabia Langdon, que era um dos vários professores de Harvard que tinham começado a utilizar bloqueadores de comunicações para tornar as suas aulas «zonas mortas» e manter os estudantes afastados dos telemóveis enquanto lhes tentavam ensinar qualquer coisa.

Um operador de câmara posicionou-se de forma a obter uma boa imagem do estrado. As luzes da sala diminuíram de intensidade.

O ecrã LCD indicava agora:

O programa em direto começa dentro de 38 segundos.
Assistentes remotos neste momento: 2.857.914

Langdon observava com assombro o contador de assistentes.
O número indicado parecia aumentar com maior rapidez do que a dívida pública dos EUA, e pareceu-lhe praticamente impossível compreender como quase três milhões de pessoas estavam nesse momento em
suas casas a ver uma transmissão em direto do que ia acontecer naquela sala.

— Trinta segundos — anunciou suavemente o técnico para o microfone.

Uma porta estreita abriu-se na parede por trás do estrado, e a
multidão calou-se imediatamente, enquanto todos os olhares se vira-
vam à espera do grande Edmond Kirsch.

Mas Edmond não se materializou.

A porta ficou aberta durante quase dez segundos.

E então uma elegante mulher apareceu e dirigiu-se ao estrado. Era
impressionantemente bela, alta, esguia e de longo cabelo negro, com
um vestido branco justo com uma faixa preta diagonal. Parecia flutuar
graciosamente pela sala. Parando no centro do estrado, ajustou o microfone, respirou fundo e sorriu pacientemente para os convidados enquanto esperava que a contagem decrescente no ecrã terminasse.

O programa em direto começa dentro de 10 segundos.

A mulher fechou os olhos durante um momento, como para se
concentrar melhor, e voltou a abri-los, uma imagem perfeita de compostura.

O operador de câmara levantou cinco dedos.

Quatro, três, dois...

A sala mergulhou num silêncio absoluto quando a mulher levantou os olhos para a câmara. O ecrã LCD mudou para uma imagem em
direto do seu rosto. Ela olhou para a audiência com uns olhos vivos e
escuros enquanto casualmente afastava uma madeixa de cabelo da face
morena.

— Boa noite a todos — começou numa voz educada e agradável com um ligeiro sotaque espanhol. — O meu nome é Ambra Vidal.

Uma invulgar explosão de aplausos encheu a sala, tornando evidente que bastantes pessoas sabiam quem era.

— *¡Felicidades!* — gritou alguém. *Parabéns.*

A mulher corou, e Langdon teve a sensação de que havia ali alguma informação que ele obviamente não possuía.

— Senhoras e senhores — continuou a mulher, procurando acabar rapidamente com aquilo —, durante os últimos cinco anos ocupei o cargo de diretora do Museu Guggenheim de Bilbau e estou aqui esta noite para lhes dar as boas-vindas a um singular evento apresentado por uma pessoa realmente notável.

A multidão aplaudiu entusiasticamente e Langdon juntou-se à homenagem.

— Edmond Kirsch não é apenas um generoso mecenas deste museu, mas tornou-se um amigo de confiança. Considero a oportunidade de trabalhar tão estreitamente com ele ao longo dos últimos meses, para preparar o programa desta noite, como um privilégio e uma honra pessoal. Acabo de comprovar que as redes sociais do mundo inteiro não falam de outra coisa! Como muitos de vocês certamente já ouviram, Edmond Kirsch planeou efetuar esta noite o anúncio de uma enorme descoberta científica. Uma descoberta que segundo ele será recordada para sempre como a sua maior contribuição para o mundo.

Um murmúrio de excitação percorreu toda a sala.

A mulher morena sorriu, divertida.

— Obviamente, implorei-lhe que me dissesse o que tinha descoberto, mas ele recusou-se a dar uma única pista.

Uma série de gargalhadas foi seguida por mais aplausos.

— O evento desta noite — continuou — será apresentado em inglês, a língua nativa do senhor Kirsch. No entanto, para todos os que estão a assistir de modo virtual, oferecemos a tradução em tempo real em mais de vinte línguas.

O ecrã LCD foi refrescado, e Ambra acrescentou:

— E se alguém alguma vez duvidou da autoconfiança do senhor Kirsch, aqui têm a nota de imprensa automatizada que foi emitida há quinze minutos para os principais meios de comunicação e redes sociais do mundo inteiro.

Langdon olhou para o ecrã.

Esta noite: 20:00 CEST
O futurologista Edmond Kirsch anunciará uma descoberta
que mudará a face da ciência para sempre.

Então é assim que se obtêm três milhões de espectadores numa questão de minutos.

Ao dirigir de novo o olhar para o estrado, reparou em dois homens que até então lhe tinham passado despercebidos: dois agentes de segurança com rostos pétreos, encostados à parede lateral em sentido, observando a multidão. Surpreendeu-se ao ver as iniciais bordadas nos casacos azuis.

A Guardia Real? O que é que a Guardia Real está a fazer aqui?

Parecia improvável que houvesse qualquer membro da família real entre os convidados. Como fiéis católicos, a família real evitaria com certeza qualquer associação pública com um ateu tão notório como Edmond Kirsch.

O rei de Espanha, como chefe de Estado de uma monarquia parlamentar, detinha um reduzido poder oficial, embora tivesse uma enorme influência nos corações e mentes dos seus súbditos. Para milhões de espanhóis, a coroa ainda simbolizava a rica tradição dos Reis Católicos e da Idade de Ouro de Espanha. E o Palácio Real de Madrid ainda brilhava como uma bússola espiritual e um monumento a uma longa história de inabaláveis convicções religiosas.

Langdon ouvira dizer em Espanha: «O parlamento governa, mas o rei reina.» Durante séculos, os reis que dirigiram os assuntos diplomáticos espanhóis tinham sido todos católicos profundamente devotos e conservadores. *E o rei atual não é exceção*, pensou, tendo lido sobre as suas profundas convicções religiosas e valores conservadores.

Nos últimos meses, corriam rumores de que o já idoso monarca se encontrava acamado e moribundo, e que o país se preparava para a eventual transição para o seu filho único, Julián. Segundo a imprensa, o príncipe era uma espécie de enigma, tendo vivido discretamente sob a longa sombra do seu ilustre pai, e o país perguntava-se agora que tipo de governante seria.

Terá o príncipe Julián enviado agentes da Guardia Real para vigiar o evento de Edmond?

A mensagem de voz ameaçadora do bispo Valdespino regressou-
-lhe por um momento à cabeça. Apesar das suas preocupações, a
atmosfera da sala parecia afável, entusiástica e segura. Recordou que
Edmond lhe dissera que a segurança dessa noite era incrivelmente
apertada, de modo que talvez a Guardia Real fosse uma medida adicional de proteção para garantir que tudo correria bem.

— Todos os que estão familiarizados com a paixão pelo dramatismo de Edmond Kirsch — continuou Ambra Vidal — saberão que
nunca planearia ter-nos aqui de pé nesta sala inóspita por muito tempo.

Fez um gesto na direção de um conjunto de portas duplas fecha-
das do outro lado da sala.

— Do outro lado dessas portas, Edmond Kirsch construiu um
«espaço experimental», em que realizará a dinâmica apresentação multimédia desta noite. Está totalmente automatizada e será transmitida em
direto para o mundo inteiro. — Fez uma pausa para consultar um relógio de ouro. — O evento desta noite foi cuidadosamente programado,
e o senhor Kirsch pediu-me que os encaminhasse a todos para podermos começar precisamente às oito e quinze. E faltam poucos minutos.

— Apontando para as portas duplas, concluiu: — De modo que, se não
se importam, senhoras e senhores, façam o favor de ir entrando, e vere-
mos o que é que o extraordinário Edmond Kirsch preparou para nós.

As portas duplas abriram-se.

Langdon olhou para o espaço para lá delas, esperando ver outra
galeria. Em vez disso, sentiu-se assustado pelo que tinha em frente. Do
outro lado das portas, parecia haver um longo e escuro túnel.

O almirante Ávila deixou-se ficar para trás quando a multidão de
convidados se lançou excitadamente para o corredor mal iluminado.
Ao observar o túnel, ficou contente ao constatar que o espaço era
escuro.

As trevas facilitariam em muito a sua missão.

Tocando as contas do rosário no bolso, concentrou-se, passando
em revista os pormenores que lhe tinham acabado de dar sobre a sua
missão.

Fazer as coisas no momento certo será crucial.

CAPÍTULO 15

Feito de um tecido preto esticado sobre uma série de arcos de apoio, o túnel tinha cerca de seis metros de largura e efetuava uma ligeira subida para a esquerda. O chão estava coberto por uma grossa alcatifa preta, e a única iluminação era proporcionada por duas fitas luminosas nos rodapés.

— Os sapatos, se faz favor — sussurrava um guia aos recém-chegados. — Por favor, tirem todos os sapatos e levem-nos convosco.

Langdon descalçou os sapatos formais de couro e os seus pés afundaram-se na alcatifa surpreendentemente macia. Sentiu o corpo relaxar-se instintivamente. À sua volta, ouviam-se suspiros de satisfação.

Avançando pelo túnel, acabou por chegar ao final: uma cortina preta onde os convidados eram recebidos por guias que lhes entregavam o que parecia ser uma grossa toalha de praia antes de os deixar passar.

No interior do túnel, o murmúrio inicial de expectativa fora substituído por um silêncio hesitante. Quando Langdon chegou à cortina, um guia entregou-lhe uma peça de tecido dobrada, que não era uma toalha de praia mas um cobertor pequeno e macio com uma almofada cosida numa das extremidades. Agradeceu ao guia e atravessou a cortina para o outro lado.

Pela segunda vez nessa noite, teve de parar estupefacto. Apesar de não poder dizer que imaginara o que veria do outro lado da cortina, nunca teria sido nada nem sequer perto da cena que agora encontrava.

Estamos... a céu aberto?

Encontrava-se na extremidade de um amplo campo. Por cima de si, abria-se um deslumbrante céu coberto de estrelas e, à distância, uma

fina lua crescente acabava de subir por trás de um ácer solitário. Ouvia-
-se o canto de grilos e uma brisa quente acariciava-lhe o rosto. O ar estava pesado com o aroma da relva acabada de cortar sob os seus pés
calçados com meias.

— Desculpe — sussurrou-lhe um guia, pegando-lhe no braço
e guiando-o para o meio do campo. — Faça o favor de encontrar um
espaço aqui na relva. Estenda o seu cobertor e deleite-se com a experiência.

Avançou pelo campo fora juntamente com os restantes convidados maravilhados, a maior parte dos quais já se encontrava a escolher
um sítio no vasto campo para estender o cobertor. O bem cuidado relvado tinha aproximadamente o tamanho de um rinque de hóquei e estava rodeado de árvores e altas festucas e tifas, que restolhavam com a
brisa.

Demorou longos momentos a perceber que era tudo uma ilusão,
uma fantástica obra de arte.

Estou dentro de um intrincado planetário, pensou, maravilhado com a
impecável atenção aos pormenores.

O céu estrelado por cima da sua cabeça era uma projeção, incluindo a Lua, as nuvens em movimento e as serras distantes. As árvores e
ervas que restolhavam estavam realmente ali, quer fossem magníficas
reproduções quer um pequeno bosque de plantas vivas em vasos escondidos. O nebuloso perímetro de vegetação disfarçava engenhosa-
mente os cantos retos do espaço, dando a impressão de um ambiente
natural.

Debruçou-se e tocou na relva, que era suave e parecia real, mas
totalmente seca. Já tinha lido que os novos relvados sintéticos eram capazes de enganar até atletas profissionais, mas Edmond tinha ido mais
longe e criado um solo ligeiramente irregular, com pequenas depressões e montículos como um prado verdadeiro.

Recordou a primeira vez que fora enganado pelos seus sentidos.
Era uma criança num bote à deriva, num porto banhado pelo luar, em
que um barco pirata travava uma ensurdecedora batalha com canhões.
A sua jovem mente fora incapaz de aceitar que não se encontrava em
nenhum porto, mas num cavernoso cinema subterrâneo que fora inun-
dado a fim de criar aquela ilusão para a clássica atração Piratas das
Caraíbas do Disney World.

Mas ali o efeito era extraordinariamente realista e, à medida que os convidados à sua volta iam absorvendo tudo, constatava que o seu assombro e deleite refletiam os que ele próprio sentia. Tinha de reconhecer o mérito de Edmond, não tanto por criar aquela extraordinária ilusão, mas por conseguir persuadir centenas de adultos a tirar os sapatos caros, deitar-se na relva e pôr-se a olhar para o céu.

Costumávamos fazer isto quando éramos miúdos, mas num dado momento parámos.

Deitou-se para trás e apoiou a cabeça na almofada, deixando que o seu corpo se fundisse na relva macia.

Por cima da sua cabeça, as estrelas brilhavam, e por um momento foi outra vez um adolescente, deitado no opulento *green* do campo de golfe de Bald Peak à meia-noite com o seu melhor amigo, a pensar nos mistérios da vida. *Com um pouco de sorte, talvez esta noite Edmond nos apresente a solução de algum desses mistérios.*

Na parte posterior do auditório, o almirante Ávila lançou um último olhar para o espaço à sua frente e recuou silenciosamente, escapulindo-se sem ser visto pela mesma cortina através da qual tinha acabado de entrar. Sozinho no túnel de acesso, passou a mão pelas paredes de tecido até encontrar uma costura. Tão silenciosamente como pôde, abriu o fecho de velcro, atravessou a parede e voltou a fechar o tecido atrás de si.

Todas as ilusões se evaporaram.

Já não estava num prado.

Encontrava-se num enorme espaço retangular dominado por uma gigantesca bolha oval. Uma sala dentro de uma sala. A estrutura à sua frente, uma espécie de cinema abobadado, estava rodeada por um alto exosqueleto de andaimes que suportavam uma rede de cabos, luzes e sistemas de som. Um extenso conjunto de projetores de vídeo virados para o interior brilhava em uníssono, lançando amplos feixes de luz para a superfície translúcida da abóbada, criando no seu interior a ilusão de um céu coberto de estrelas e de uma paisagem rodeada de montanhas.

Admirou por um momento a queda para o dramatismo de Kirsch, concluindo que o futurologista nunca teria imaginado quão dramática a sua noite se tornaria em breve.

Não te esqueças do que está em jogo. És um soldado numa guerra nobre. És parte de um grande todo.

Tinha ensaiado mentalmente a sua missão numerosas vezes. Levou a mão ao bolso e pegou no rosário de grandes dimensões. Nesse momento, de um conjunto de altifalantes no interior da abóbada, uma voz masculina ribombou como a voz de Deus.

— Boa noite, amigos. O meu nome é Edmond Kirsch.

CAPÍTULO 16

Em Budapeste, o rabino Köves caminhava nervosamente sob a fraca iluminação da *házikó*. Agarrando no comando à distância do televisor, foi passando ansiosamente pelos canais enquanto esperava mais notícias do bispo Valdespino.

Na televisão, diversos canais de notícias tinham interrompido a sua programação habitual durante os últimos dez minutos para transmitir o sinal em direto do Guggenheim de Bilbau. Os comentadores discutiam as proezas passadas de Kirsch e especulavam sobre o seu misterioso anúncio. Köves sentiu-se incomodado pela forma como o nível de interesse dos meios de comunicação ia crescendo como uma avalanche.

Já vi o anúncio.

Há três dias, na montanha de Montserrat, Edmond Kirsch tinha apresentado uma versão alegadamente «grosseira» a Köves, Al-Fadl e Valdespino. E agora Köves suspeitava que o mundo estava prestes a ver exatamente a mesma coisa.

Esta noite vai mudar tudo, pensou cabisbaixo.

O telefone tocou, arrancando-o da sua contemplação. Pegou no auscultador.

Valdespino começou a falar sem preâmbulos.

— Yehuda, receio que tenha mais más notícias para lhe dar. — Numa voz sombria, transmitiu uma estranha notícia procedente dos Emirados Árabes Unidos.

Köves cobriu a boca horrorizado.

— O *allamah* Al-Fadl... suicidou-se?

— É nessa base que as autoridades estão a trabalhar. Foi encontrado há pouco no meio do deserto... Como se simplesmente tivesse caminhado até ali para morrer. — Fez uma pausa. — A única coisa que posso pensar é que a tensão dos últimos dias tenha sido demasiada para ele.

Köves considerou a possibilidade, sentindo uma onda de sofrimento e confusão apoderar-se do seu espírito. Ele próprio também se debatera com as implicações da descoberta de Kirsch, mas no entanto a ideia de que o *allamah* Al-Fadl se matasse por desespero parecia-lhe altamente improvável.

— Há qualquer coisa aqui que não bate certo... — declarou. — Não acredito que ele fizesse uma coisa dessas.

Valdespino ficou calado durante longos momentos.

— Ainda bem que disse isso — concordou finalmente. — Tenho de admitir que eu também acho difícil aceitar que a sua morte tenha sido um suicídio.

— Então... quem poderia ser o responsável?

— Qualquer pessoa que desejasse que a descoberta do senhor Kirsch fosse mantida em segredo — replicou rapidamente o bispo. — Uma pessoa que acreditasse, como nós acreditámos, que o seu anúncio ainda estava a semanas de distância.

— Mas Kirsch disse que mais ninguém sabia da descoberta! Só o bispo, o *allamah* Al-Fadl e eu próprio.

— Talvez também nos tenha mentido sobre isso. Mas mesmo que nós os três sejamos as únicas pessoas que informou da sua descoberta, não se esqueça da forma desesperada como o nosso amigo Syed desejava divulgar publicamente a informação. É possível que o *allamah* tenha comunicado a descoberta do senhor Kirsch a um seu correligionário dos Emirados. E talvez esse religioso acreditasse, como eu acredito, que essa descoberta teria repercussões perigosas.

— Está a insinuar o quê? — perguntou o rabino, um tanto ou quanto irritado. — Que alguém próximo de Syed o matou para abafar esta questão? Isso é ridículo!

— Rabino — respondeu serenamente o bispo —, é claro que eu não sei o que aconteceu. Estou só a tentar encontrar respostas, como o senhor.

Köves expeliu o ar dos pulmões.

— Peço-lhe que me desculpe. Acho que ainda estou a processar a notícia da morte de Syed.

— Também eu. E se ele foi assassinado pelo que sabia, nós os dois também temos de ter cuidado. É possível que sejamos os próximos alvos.

Köves considerou as palavras do bispo.

— Assim que a informação for revelada, seremos irrelevantes.

— Assim é, mas ainda não foi revelada.

— Meu amigo, o anúncio será realizado dentro de minutos. Todas as estações de televisão estão a emitir o sinal de Espanha.

— Sim... — Valdespino soltou um suspiro cansado. — Parece que terei de aceitar que as minhas preces não obtiveram resposta.

Köves perguntou a si próprio se o bispo teria literalmente rezado para que Deus interviesse e mudasse a opinião de Kirsch.

— Mesmo quando isto for do conhecimento público — continuou Valdespino —, não estaremos seguros. Suspeito que o senhor Kirsch terá um grande prazer ao dizer ao mundo que consultou líderes religiosos há três dias. E agora pergunto a mim mesmo se a aparência de transparência ética foi o seu verdadeiro motivo para convocar a reunião. E se nos mencionar pelos nossos nomes, bem, o rabino e eu seremos objeto de enorme atenção e escrutínio, e mesmo de crítica, por parte dos nossos respetivos rebanhos, que talvez considerem que devíamos ter feito alguma coisa. Desculpe, mas a verdade é que eu... — O bispo hesitou como se houvesse mais alguma coisa que quisesse dizer.

— O quê? — insistiu Köves.

— Podemos discutir isto mais tarde. Ligo-lhe outra vez depois de vermos como o senhor Kirsch faz a apresentação. Até lá, por favor, não saia de casa. Feche as portas à chave. Não fale com ninguém. Não corra riscos.

— Está a deixar-me preocupado.

— Acredite que não é minha intenção — replicou Valdespino. — Tudo o que podemos fazer agora é esperar para ver como é que o mundo reage. Está tudo nas mãos de Deus.

CAPÍTULO 17

O prado no interior do Museu Guggenheim ficou silencioso quando a voz de Edmond Kirsch desceu dos céus. Havia centenas de convidados deitados em cobertores, a olharem para um deslumbrante céu coberto de estrelas. Robert Langdon encontrava-se perto do centro do campo, contagiado pela expectativa crescente.

— Esta noite, voltemos a ser crianças — prosseguiu a voz de Kirsch. — Deitemo-nos sob as estrelas, com a mente totalmente aberta a todas as possibilidades.

Langdon sentia como a excitação percorria a multidão.

— Esta noite, sejamos como esses primeiros exploradores, essas pessoas que deixaram tudo para trás para atravessar vastos oceanos... essas pessoas que olharam pela primeira vez para uma terra nunca antes vista... essas pessoas que tiveram de se ajoelhar ao perceberem estupefactas que o mundo era muito maior do que as suas filosofias se tinham atrevido a imaginar. As suas velhas crenças sobre o mundo desintegraram-se perante essa nova descoberta. Esse será o nosso estado de espírito hoje.

Impressionante, pensou Langdon, curioso por saber se a narrativa de Edmond era pré-gravada ou se ele estaria pessoalmente algures nos bastidores a ler o guião.

— Meus amigos — ecoava a voz por cima das suas cabeças —, reunimo-nos aqui esta noite para ouvir o anúncio de uma importante descoberta. Peço-lhes um pouco de paciência e que me permitam efetuar uma curta introdução. Esta noite, como em todas as grandes alterações na filosofia humana, é crucial compreendermos o contexto histórico em que este momento surge.

Ao fundo, seguindo a deixa, ouviu-se o princípio de uma trovoada. Langdon sentia como os graves profundos dos altifalantes lhe ribombavam nas entranhas.

— Para nos ajudar a ambientar-nos — continuou Edmond —, esta noite temos a sorte de ter connosco um afamado académico, uma lenda no mundo dos símbolos, códigos, história, religião e arte, além de um querido amigo pessoal. Senhoras e senhores, deem por favor as boas-vindas ao professor Robert Langdon da Universidade de Harvard.

Langdon soergueu-se quando a multidão começou a aplaudir entusiasticamente e as estrelas por cima das suas cabeças se dissiparam para dar lugar a uma imagem de um grande auditório cheio de gente. No estrado, Langdon andava para a frente e para trás no seu casaco de *tweed Harris*, dirigindo-se a uma audiência rendida aos seus encantos de orador.

Então este é o papel que Edmond mencionou, pensou, voltando a deitar--se, algo desconfortável, na relva.

«Os primeiros humanos», dizia Langdon no ecrã, «tinham uma relação de assombro com o seu universo, especialmente com os fenómenos que eram incapazes de compreender racionalmente. Para resolver esses mistérios, criaram um vasto panteão de deuses e deusas que explicavam tudo o que estava além da sua compreensão: os trovões, as marés, os terramotos, os vulcões, a infertilidade, as pragas e até o amor.»

Isto é realmente esquisito, pensou Langdon deitado na relva a olhar para si próprio.

«Para os primeiros gregos, as subidas e descidas dos mares eram atribuídas às flutuações do estado de espírito de Poseidon.» No teto, a imagem de Langdon dissipou-se, mas a sua voz continuou a narrativa.

Materializaram-se imagens de ondas a baterem na costa, abanando toda a sala. Langdon observou maravilhado como as ondas se transmutavam numa tundra cheia de montículos de neve varridos pelo vento. Procedente de algum ponto invisível, um vento frio atravessou o prado.

«A mudança sazonal para o inverno», continuou a voz de Langdon sobreposta, «era causada pela tristeza do planeta com o rapto anual de Perséfone para o submundo.»

Agora o ar voltava a soprar quente e da paisagem gelada erguia-se uma montanha, cada vez mais alta, cujo cume acabava por explodir numa mistura de faíscas, fumo e lava.

«Para os romanos», continuava a narrativa, «os vulcões eram considerados o lar de Vulcano, o ferreiro dos deuses, que trabalhava numa gigantesca forja por baixo da montanha, o que causava a emissão de chamas pela sua chaminé.»

Langdon sentiu um suave cheiro a enxofre e surpreendeu-se pela engenhosidade com que Kirsch tinha transformado a sua aula numa experiência multissensorial.

O rugir do vulcão parou abruptamente. No silêncio, os grilos começaram a ser ouvidos de novo e uma agradável brisa voltou a atravessar o prado, trazendo o aroma da relva.

«Os antigos inventaram inúmeros deuses para explicar não só os mistérios do seu planeta, mas também os mistérios dos seus próprios corpos.»

Por cima das suas cabeças, as brilhantes constelações reapareceram, agora com desenhos sobrepostos dos diversos deuses que representavam.

«A infertilidade era causada por uma perda do favor da deusa Juno. O amor era o resultado de ser atingido pelas setas de Eros. As epidemias eram explicadas como castigos enviados por Apolo.»

Novas constelações iluminavam-se agora com imagens de novos deuses.

«Se já leram os meus livros, ter-me-ão ouvido utilizar a expressão "Deus das Lacunas". Isto significa que, quando os antigos experimentavam lacunas na sua compreensão do mundo que os rodeava, enchiam essas lacunas com Deus.»

O céu encheu-se então com uma enorme composição de pinturas e estátuas que representavam dezenas de divindades ancestrais.

«Inúmeros deuses preenchiam inúmeras lacunas. E, no entanto, ao longo dos séculos, o conhecimento científico foi aumentando.» O céu encheu-se de uma composição de símbolos matemáticos e técnicos. «À medida que as lacunas na nossa compreensão do mundo natural foram gradualmente desaparecendo, o nosso panteão de deuses foi começando a encolher.»

No teto, a imagem de Poseidon passou a ocupar o primeiro plano.

«Por exemplo, quando descobrimos que as marés eram causadas pelos ciclos lunares, Poseidon deixou de ser necessário e banimo-lo como um mito disparatado de um tempo de menos luzes.»

A imagem de Poseidon desapareceu numa pequena nuvem de fumo.

«Como sabem, todos os deuses acabaram por ter o mesmo destino. Foram morrendo um a um, à medida que a sua relevância para os nossos intelectos em constante evolução ia desaparecendo.»

Por cima das cabeças dos convidados, as imagens dos deuses começaram a apagar-se e a desaparecer uma a uma: deuses dos trovões, dos terramotos, das pragas e assim por diante.

Enquanto o número de imagens ia reduzindo, o Langdon virtual acrescentou:

«Mas não tenham dúvidas de que estes deuses não "entraram docilmente nessa serena noite". O processo através do qual uma cultura abandona as suas divindades é sempre complicado. As crenças espirituais são profundamente cinzeladas nas nossas psiques desde tenra idade por pessoas que amamos e em quem confiamos: pais, professores e líderes religiosos. Por esse motivo, quaisquer alterações religiosas ocorrem ao longo de gerações e nunca sem grandes angústias e frequentemente profusos derramamentos de sangue.»

Os sons de espadas a baterem umas nas outras e de gritos acompanhavam agora a gradual desaparição dos deuses. Finalmente, permaneceu apenas a imagem de um único deus, uma icónica face sábia coberta por uma longa barba branca.

«Zeus», declarou Langdon numa voz forte. «O deus de todos os deuses. A mais temida e reverenciada de todas as divindades pagãs. Zeus, mais do que qualquer outro deus, resistiu à sua própria extinção, travando uma violenta batalha contra a morte da sua própria luz, precisamente como os deuses anteriores que ele próprio substituíra.»

Na abóbada passaram rapidamente imagens de Stonehenge, das tabuinhas cuneiformes sumérias, das grandes pirâmides do Egito. E o busto de Zeus regressou.

«Os seguidores de Zeus resistiram tanto a desistir do seu deus que a fé conquistadora da Cristandade não teve outro remédio senão atribuir as suas feições ao seu *novo* Deus.»

Por cima das suas cabeças, Zeus dissipou-se lentamente num fresco de um rosto barbudo idêntico, o do Deus cristão representado na *Criação de Adão* de Miguel Ângelo no teto da Capela Sistina.

«Atualmente, já não acreditamos em histórias como as de Zeus: um rapaz criado por uma cabra, ao qual criaturas com um único olho chamadas Ciclopes conferem um enorme poder. Para nós, que dispomos das vantagens do pensamento moderno, estas histórias foram todas classificadas como mitologia, simpáticas ficções que nos proporcionam um vislumbre divertido do nosso supersticioso passado.»

Aparecia agora uma fotografia de uma poeirenta estante de biblioteca, em que tomos encadernados em couro sobre mitologia antiga languesciam na penumbra ao lado de livros sobre a adoração da natureza, Baal, Inana, Osíris e inúmeras teologias anteriores.

«Agora é tudo diferente!», declarou a voz profunda de Langdon. «Somos modernos.»

No céu, apareceram novas imagens, fotografias nítidas e brilhantes da exploração espacial... processadores de computadores... um laboratório médico... um acelerador de partículas... aviões a jato a cruzarem os céus.

«Somos pessoas intelectualmente evoluídas e tecnologicamente capacitadas. Não acreditamos em ferreiros gigantes que trabalham no interior de vulcões, ou em deuses que controlam as marés ou as estações do ano. Somos totalmente diferentes dos nossos antepassados.»

Mas seremos realmente tão diferentes?, sussurrou Langdon para si, seguindo a palestra gravada.

«Mas seremos realmente tão diferentes?», entoou o Langdon do teto. «Consideramo-nos indivíduos modernos e racionais, porém, a religião mais espalhada entre a nossa espécie inclui uma impressionante série de conceitos mágicos: seres humanos que inexplicavelmente se levantam dos mortos, miraculosos partos de mulheres virgens, deuses vingativos que enviam pragas e cheias, promessas místicas de uma vida depois da morte em paraísos nas nuvens ou infernos ardentes.»

À medida que ia falando, foram aparecendo bem conhecidas imagens cristãs da Ressurreição, da Virgem Maria, da Arca de Noé, da abertura do Mar Vermelho, do Paraíso e do Inferno.

«Por isso, imaginemos por um momento a reação dos futuros historiadores e antropólogos da humanidade. Com a vantagem da perspetiva, observarão as nossas crenças religiosas categorizando-as como as mitologias de uma época de poucas luzes? Verão os nossos deuses como hoje vemos Zeus? Pegarão nas nossas Escrituras Sagradas para as banir para essa prateleira poeirenta da história?»

A pergunta pairou no ar durante um longo momento.

E então a voz de Edmond Kirsch quebrou o silêncio.

— Sim, professor! — ribombou do alto a voz do futurologista.

— Acredito que tudo isso acontecerá. Acredito que as futuras gerações perguntarão a si próprias como é que uma espécie tecnologicamente avançada como a nossa podia acreditar na maior parte dos princípios que as nossas religiões modernas nos ensinam.

A voz de Edmond subiu de volume à medida que uma nova série de imagens passava pelo teto: Adão e Eva, uma mulher envolta numa burca, um hindu a caminhar sobre carvões em brasa.

— Acredito que, quando as futuras gerações examinarem as nossas tradições atuais, concluirão que vivemos numa época de poucas luzes. Como prova, indicarão as nossas crenças de que fomos divinamente criados num jardim mágico, ou que o nosso omnipotente criador exige que as mulheres cubram a cabeça, ou que temos de arriscar queimar os nossos corpos para honrar os nossos deuses.

Foram aparecendo mais imagens: uma montagem rápida de fotografias que apresentavam cerimónias religiosas do mundo inteiro, de exorcismos e batismos a perfurações corporais e sacrifícios de animais. A série concluiu com um vídeo profundamente perturbador em que um sacerdote hindu segurava num bebé suspenso por cima do vazio do alto de uma torre de dezassete metros de altura. De repente, o sacerdote soltava a criança e esta caía dezassete metros diretamente para um cobertor esticado que um grupo de alegres aldeões segurava como se fosse uma rede de bombeiros.

A queda do templo de Grishneshwar, recordou Langdon, associada à crença de que ofereceria os favores dos deuses a uma criança.

Felizmente, o perturbador vídeo terminou.

Sobre um público agora mergulhado numa escuridão total, a voz de Edmond ecoou:

— Como é possível que a mente humana moderna seja capaz de uma análise lógica precisa e, no entanto, permita simultaneamente crenças que teriam de se esboroar perante o mais superficial escrutínio racional?

Por cima das suas cabeças, o céu coberto de estrelas regressou.

— A resposta, afinal, é bastante simples.

As estrelas no céu tornaram-se subitamente mais brilhantes e de maiores dimensões. Pouco a pouco, foram surgindo inúmeras fibras que as uniam, formando uma rede aparentemente infinita de nódulos interligados.

Neurónios, percebeu Langdon no preciso momento em que Edmond prosseguiu.

— Porque é que o cérebro humano acredita no que acredita?

Por cima das suas cabeças, diversos nódulos piscaram, enviando impulsos elétricos pelas fibras para outros neurónios.

— Como um computador orgânico — continuou Edmond —, o nosso cérebro possui um sistema operativo, uma série de normas que organizam e definem a totalidade dessa informação caótica que estamos constantemente a receber: toda a nossa comunicação verbal, uma melodia que não nos sai da cabeça, uma sirene, o sabor do chocolate... Como podem imaginar, o fluxo de informação que recebemos é freneticamente diverso e imparável, e o nosso cérebro tem de perceber tudo. De facto, a nossa perceção da realidade é definida pela própria programação do sistema operativo do nosso cérebro. Infelizmente, pregaram-nos uma partida, porque quem quer que fosse que escreveu o programa do cérebro humano tinha um sentido de humor realmente perverso. Por outras palavras, não temos culpa de acreditarmos nas loucuras em que acreditamos.

As sinapses que percorriam o teto fervilharam e uma série de imagens familiares foi aparecendo do interior do cérebro: cartas astrais; Cristo a caminhar sobre a água; o fundador da Cientologia, L. Ron Hubbard; o deus egípcio Osíris; o deus elefante de quatro braços do hinduísmo, Ganesh; e uma estátua de mármore da Virgem Maria que chorava lágrimas verdadeiras.

— Por isso, como programador, tenho de perguntar a mim próprio: que tipo de estranho sistema operativo seria capaz de criar resultados tão ilógicos? Se pudéssemos olhar para o interior da mente humana e analisar o seu sistema operativo, encontraríamos um processo deste género:

No teto apareceram cinco palavras gigantescas.

REJEITAR O CAOS.

CRIAR ORDEM.

— Este é o programa diretor do nosso cérebro. E portanto é precisamente para isto que os seres humanos se orientam. Contra o caos. E a favor da ordem.

O auditório tremeu de repente com uma cacofonia de notas discordantes de piano, como se uma criança se entretivesse a bater num teclado. Langdon e os restantes convidados encolheram-se involuntariamente. Edmond gritou por cima do ruído:

— O som de uma pessoa a tocar aleatoriamente notas de um piano é insuportável! No entanto, se pegarmos nessas mesmas notas e as alinharmos numa determinada *ordem*...

O ruído aleatório parou imediatamente, suplantado pela suave melodia de *Clair de Lune* de Debussy.

Langdon sentiu os seus músculos relaxarem e a tensão na sala pareceu evaporar-se.

— Os nossos cérebros rejubilam... São as mesmas notas. O mesmo instrumento. Mas Debussy cria *ordem*. E é este mesmo júbilo perante a criação de ordem que leva os seres humanos a montar quebra-cabeças ou a endireitar quadros tortos nas paredes. A nossa predisposição para a organização está inscrita no nosso ADN, não podendo portanto surpreender-nos que a maior invenção que a mente humana alguma vez criou seja o computador, uma máquina concebida especificamente para nos ajudar a criar ordem no caos. De facto, a palavra da língua espanhola para computador é *ordenador*, literalmente «aquele que cria ordem».

A imagem de um enorme supercomputador apareceu no teto, com um jovem sentado num terminal solitário.

— Imaginem que têm um poderoso computador com acesso a toda a informação do mundo. Podem apresentar a este computador qualquer pergunta que queiram. As probabilidades sugerem que por fim farão uma das duas perguntas fundamentais que têm cativado os seres humanos desde que adquirimos autoconsciência.

O jovem escreveu no teclado do terminal e o texto surgiu:

De onde vimos?
Para onde vamos?

— Por outras palavras, perguntariam sobre a vossa *origem* e o vosso *destino*. E quando fizessem essas perguntas, esta seria a resposta do computador.

O terminal piscou:

DADOS INSUFICIENTES PARA UMA RESPOSTA PRECISA.

— Não ajuda muito, mas pelo menos é uma resposta honesta.

Apareceu então uma imagem de um cérebro humano.

— No entanto, se perguntarem a este pequeno computador bio-lógico «De onde vimos?», acontece uma coisa diferente.

Do cérebro fluiu uma série de imagens religiosas: Deus a estender a mão para insuflar vida em Adão, Prometeu a moldar um ser humano primordial com lama, Brahma a criar os seres humanos de diferentes partes do seu corpo, um deus africano a separar as nuvens e a pousar dois seres humanos na Terra, um deus nórdico a esculpir um homem e uma mulher de madeira encontrada no oceano.

— E se perguntarem «Para onde vamos?»...

Fluíram mais imagens do cérebro: céus prístinos, infernos incan-descentes, hieróglifos do Livro dos Mortos egípcio, gravuras rupestres de projeções astrais, representações gregas dos Campos Elísios, descri-ções cabalísticas do *Gilgul neshamot*, diagramas da reencarnação do bu-dismo e do hinduísmo, os círculos teosóficos de Summerland.

— Para o cérebro humano, qualquer resposta é melhor do que nenhuma resposta. Sentimos um enorme desconforto quando encon-tramos uma mensagem de «dados insuficientes», o que leva os nossos cérebros a *inventar* os dados, proporcionando-nos pelo menos a *ilusão* de ordem e criando assim uma miríade de filosofias, mitologias e reli-giões que nos permitem acreditar que existe realmente uma ordem e uma estrutura no mundo que escapa à nossa compreensão.

À medida que as imagens religiosas continuavam a fluir, o tom de voz de Edmond foi-se tornando mais veemente.

— De onde vimos? Para onde vamos? Estas perguntas funda-mentais da existência humana obcecaram-me desde sempre e sonhei durante anos em encontrar as respostas. — Fez uma pausa e o seu tom de voz tornou-se mais sombrio. — Tragicamente, em razão de dogmas religiosos, milhões de pessoas acreditam que já *sabem* as respostas para estas grandes perguntas. E como nem todas as religiões oferecem as mesmas respostas, culturas inteiras acabam por travar guerras para re-solver quais são as corretas e que versão da história de Deus é a verda-deira.

O ecrã do teto encheu-se abruptamente de imagens de tiroteios e explosões — uma violenta montagem de fotografias de guerras religiosas, seguida por imagens de refugiados em lágrimas, famílias deslocadas e cadáveres de civis.

— Desde o princípio da história das religiões, a nossa espécie foi apanhada num interminável fogo cruzado entre ateus, cristãos, muçulmanos, judeus, hindus, os fiéis de todas as religiões, quando a única coisa que nos une a todos é um profundo desejo de *paz*.

As ribombantes imagens de conflitos desapareceram e foram substituídas pelo silencioso céu salpicado de estrelas cintilantes.

— Imaginem o que aconteceria se miraculosamente obtivéssemos as respostas para as grandes perguntas da vida... Se de repente vislumbrássemos todos a *mesma* prova incontestável e percebêssemos que não temos outra escolha a não ser abrir os braços e aceitá-la... juntos, como uma única espécie.

A imagem de um padre de olhos fechados em oração apareceu no ecrã.

— A busca espiritual sempre pertenceu ao domínio da religião, o que nos leva a ter uma fé cega nas suas doutrinas, mesmo quando estas fazem pouco sentido.

Apareceu então uma série de imagens que representavam crentes fervorosos, todos com os olhos fechados, a cantar, a inclinar-se, a ajoelhar-se, a rezar.

— Mas a fé exige, por definição, confiar em algo invisível e indefinível, aceitar como facto algo para o qual não existe prova empírica. E, portanto, compreensivelmente, acabamos todos por dirigir a nossa fé para coisas diferentes, porque não existe uma verdade *universal*. — Edmond fez uma pausa. — No entanto...

As imagens no teto dissiparam-se para dar lugar a uma única fotografia, a fotografia de uma estudante, de olhos bem abertos e atentos, a olhar por um microscópio.

— A ciência é a antítese da fé. A ciência é, por definição, a tentativa de *descobrir* provas físicas do que é desconhecido ou ainda não foi definido, e rejeitar as superstições e os equívocos, substituindo-os por factos observáveis. Quando a ciência oferece uma resposta, essa resposta é universal. Os seres humanos não travam guerras por ela, seguem-na.

Apareceram então imagens históricas de laboratórios da NASA, do CERN e de outras instituições, em que cientistas de diversas raças saltavam e se abraçavam, exultantes com novas descobertas.

— Meus amigos — sussurrava agora Edmond —, fiz muitas previsões ao longo da minha vida. E esta noite vou fazer outra. — Respirou profunda e lentamente. — A era da religião está a chegar ao fim. E a era da ciência está a nascer.

Fez-se silêncio no auditório.

— E esta noite a humanidade está prestes a dar um salto quântico nessa direção.

Estas palavras provocaram um inesperado arrepio em Langdon. Fosse qual fosse a sua misteriosa descoberta, Edmond estava obviamente a preparar o palco para um impressionante confronto com as religiões de todo o mundo.

CAPÍTULO 18

 ConspiracyNet.com

ATUALIZAÇÃO SOBRE EDMOND KIRSCH

UM FUTURO SEM RELIGIÃO?

Num evento transmitido em direto para um número recorde de três milhões de espectadores *online*, o futurologista Edmond Kirsch sugere estar prestes a anunciar uma descoberta científica que dará resposta a duas das perguntas mais persistentemente feitas pelo ser humano.

Após uma interessante introdução pré-gravada do professor Robert Langdon, de Harvard, Edmond Kirsch efetuou uma dura crítica das crenças religiosas, em que acaba de efetuar o ousado vaticínio de que «a era da religião está a chegar ao fim».

Até agora, o famoso ateu parece estar um pouco mais contido e respeitoso do que é costume. Para rever uma série de inflamados discursos antirreligiosos de Edmond Kirsch, clique aqui.

CAPÍTULO 19

Do lado de fora da parede de tecido da cúpula em que Edmond Kirsch estava a projetar a sua apresentação, oculto de olhares indiscretos por um labirinto de andaimes, o almirante Ávila posicionou-se como lhe fora indicado. Movendo-se agachado, mantivera a sua sombra escondida e encontrava-se agora a poucos centímetros da camada exterior da parede perto da parte frontal do auditório.

Silenciosamente, meteu a mão no bolso e retirou o rosário.

Fazer as coisas no momento certo será crucial.

Movendo as mãos ao longo das contas do rosário, encontrou o pesado crucifixo metálico, divertido com o facto de os guardas responsáveis pelos detetores de metais no rés do chão terem deixado o objeto passar por eles sem olharem duas vezes.

Utilizando uma lâmina de barbear escondida na haste do crucifixo, cortou uma abertura vertical de cerca de quinze centímetros no tecido. Abriu suavemente o corte que acabara de efetuar e espreitou para dentro de outro mundo, um campo arborizado em que centenas de convidados se encontravam deitados em cobertores a olhar para as estrelas.

Nem sequer imaginam o que vai acontecer.

Observou com prazer que os dois agentes da Guardia Real tinham tomado posições no lado oposto do campo, perto do canto anterior direito do auditório. Mantinham uma atenção implacável, discretamente resguardados pela sombra das árvores. Na penumbra, só o veriam quando já fosse tarde demais.

Perto dos guardas, a única outra pessoa de pé no interior do auditório era a diretora do museu, Ambra Vidal, que parecia mover-se pouco à vontade enquanto assistia à apresentação de Kirsch.

Satisfeito com a sua posição, fechou o rasgão e voltou a dedicar a sua atenção ao crucifixo. Como a maior parte das cruzes latinas, tinha dois braços curtos perpendiculares à haste. Na *sua* cruz, no entanto, estes braços estavam presos por ímanes à haste vertical e podiam ser facilmente retirados.

Pegou num dos braços e dobrou-o violentamente. A peça separou-se da haste, libertando um pequeno objeto oculto no seu interior. Repetiu a operação do outro lado da haste, deixando o crucifixo sem braços, nada mais que um retângulo metálico preso a uma pesada corrente.

Voltou a guardar a corrente com as contas no bolso para não a perder. *Vou precisar disto daqui a nada.* Concentrou-se então nos dois pequenos objetos que tinham estado ocultos no interior dos braços do crucifixo.

Duas balas de pequeno calibre.

Levou a mão às costas, tirando de baixo do cinto o objeto que introduzira sub-repticiamente no museu.

Tinham passado já vários anos desde que um miúdo americano chamado Cody Wilson concebera a «Liberator», a primeira pistola polimérica feita numa impressora 3D, e a tecnologia tinha melhorado exponencialmente. As novas armas de fogo cerâmicas e poliméricas ainda não eram especialmente potentes, mas essa óbvia desvantagem era mais que compensada por serem invisíveis nos detetores de metais.

Só preciso de me aproximar.

Se tudo corresse como planeado, a sua atual posição era perfeita.

O Regente conseguira de alguma forma obter informação interna sobre a encenação e a sequência dos eventos dessa noite... e explicara--lhe com precisão como teria de executar a sua missão. Os resultados seriam brutais, mas, tendo acabado de testemunhar o ímpio preâmbulo de Kirsch, sentiu-se confiante de que quaisquer pecados que cometesse ali nessa noite lhe seriam perdoados.

Os nossos inimigos estão a travar uma guerra, dissera-lhe o Regente. *Temos de matar ou ser mortos.*

De pé, ao lado da parede no canto anterior direito do auditório, Ambra Vidal esperava não parecer tão nervosa como se sentia.

Edmond disse-me que isto seria um evento científico.

O futurologista americano nunca ocultara a sua aversão à religião, mas Ambra nunca imaginara que a apresentação dessa noite fosse tão abertamente hostil.

Edmond recusou-se a deixar-me vê-la antes.

Haveria certamente repercussões por parte de alguns membros do conselho de administração do museu, mas as suas preocupações nesse momento eram muito mais pessoais.

Um par de semanas antes, discutira com uma pessoa muito influente a sua participação no evento dessa noite. Essa pessoa pedira-lhe insistentemente que não se envolvesse. Avisara-a dos perigos de aceitar fazer uma apresentação sem conhecer o seu conteúdo, especialmente quando o autor era o conhecido iconoclasta Edmond Kirsch.

Ele praticamente ordenou-me que cancelasse tudo, recordou. *Mas o seu tom autoritário irritou-me de tal forma que me levou a ignorá-lo.*

Agora, de pé sob o falso céu cheio de estrelas, perguntava a si própria se essa pessoa estaria sentada em qualquer lado, com a cabeça entre as mãos, a ver a transmissão em direto.

Claro que está a ver isto, pensou. *A verdadeira pergunta é: qual será a sua reação?*

No interior da Catedral de Almudena, o bispo Valdespino estava sentado rigidamente à secretária, com os olhos colados ao ecrã do portátil. Não tinha a menor dúvida de que todos os ocupantes do vizinho Palácio Real também estavam a ver o mesmo programa, especialmente o príncipe Julián, o herdeiro do trono de Espanha.

O príncipe deve estar prestes a explodir.

Nessa noite, um dos museus mais respeitados de Espanha estava a colaborar com um proeminente ateu americano para divulgar o que os líderes de opinião religiosos já denominavam «uma manobra publicitária blasfema e anticristã». Alimentando ainda mais as labaredas da controvérsia, a diretora do museu que acolhia o evento era uma das mais recentes e visíveis celebridades da vida pública espanhola, a espetacularmente bela Ambra Vidal, uma mulher que nos últimos dois meses ocupara as capas e as primeiras páginas da imprensa espanhola, usufruindo da repentina adoração de um país inteiro. Incrivelmente, a senhora Vidal tinha escolhido arriscar tudo acolhendo o virulento ataque dessa noite à figura de Deus.

O príncipe Julián terá necessariamente de comentar isto.

O seu iminente papel de soberano católico do país seria apenas uma pequena parte do desafio que representaria discutir o evento dessa noite. Bastante mais preocupante era o facto de, no mês anterior, o príncipe Julián ter efetuado uma feliz declaração que lançara Ambra Vidal para a ribalta nacional.

Anunciara o seu noivado com ela.

CAPÍTULO 20

Robert Langdon sentia-se desconfortável com o rumo que o evento dessa noite estava a tomar.

A apresentação de Edmond começava a derivar perigosamente para uma denúncia pública da fé em geral. Perguntou a si próprio se Edmond se teria esquecido de que não estava a falar exclusivamente para o grupo de cientistas agnósticos que se encontravam reunidos naquela sala, mas também para os milhões de pessoas do mundo inteiro que o viam pela Internet.

É óbvio que a sua apresentação foi concebida para despertar controvérsia.

Langdon também se sentia incomodado pela sua própria participação na apresentação, pois, apesar de Edmond ter certamente considerado a reprodução daquelas imagens como um tributo, fora inadvertidamente responsável pelo desencadeamento de controvérsias religiosas no passado... e preferia não ter de voltar a passar por isso.

Edmond, no entanto, montara um ataque premeditado à religião, e Langdon começava agora a repensar a forma despreocupada como o tranquilizara sobre a mensagem de voz do bispo Valdespino.

A voz de Edmond voltou a encher o auditório, enquanto as imagens por cima das cabeças dos convidados se refaziam numa série de símbolos religiosos do mundo inteiro.

— Tenho de admitir que tive algumas dúvidas sobre o anúncio desta noite, especialmente sobre o modo como poderia afetar as pessoas de fé. — Fez uma pausa. — Por isso, há três dias, fiz algo que normalmente iria contra os meus princípios. Num esforço para mostrar respeito pelos pontos de vista religiosos e para avaliar como a minha descoberta seria recebida por pessoas de diferentes fés, consultei discretamente três líderes religiosos, estudiosos do islão, do cristianismo e do judaísmo, e partilhei com eles a minha descoberta.

Uma onda de murmúrios abafados ecoou pela sala.

— Como esperava, os três reagiram com profunda surpresa, preocupação e, sim, até raiva ao que lhes revelei. E, apesar de as suas reações terem sido negativas, quero agradecer-lhes o facto de terem cortesmente acedido a reunir-se comigo. Terei a deferência de não revelar os seus nomes, mas gostaria de me dirigir a eles diretamente esta noite e agradecer-lhes por não terem tentado impedir esta apresentação.

Fez uma pausa.

— Sabe Deus que *podiam* ter interferido.

Langdon escutava, impressionado com a forma hábil como Edmond abordava o assunto e se protegia. A sua decisão de se reunir com líderes religiosos sugeria uma abertura, confiança e imparcialidade pelas quais não era exatamente conhecido. A reunião em Montserrat, suspeitava agora Langdon, tinha sido em parte missão de investigação e em parte manobra de relações-públicas.

Uma maneira engenhosa de obter um salvo-conduto, pensou.

— Historicamente — continuou Edmond —, o fervor religioso suprimiu sempre o progresso científico, por isso, esta noite imploro aos líderes religiosos do mundo inteiro que reajam com contenção e compreensão ao que vou revelar dentro de breves momentos. Peço-lhes por favor que *não* repitamos a sangrenta violência da história. *Não* façamos os mesmos erros do passado.

As imagens da abóbada dissiparam-se para dar lugar a um desenho de uma antiga cidade amuralhada, uma metrópole perfeitamente circular localizada nas margens de um rio que atravessava um deserto.

Langdon reconheceu imediatamente a antiga Bagdade pela sua invulgar construção circular, fortificada por três muralhas concêntricas encimadas por ameias e seteiras.

— No século oito, a cidade de Bagdade adquiriu uma enorme proeminência como o maior centro de conhecimento do mundo, recebendo todas as religiões, filosofias e ciências nas suas universidades e bibliotecas. Durante quinhentos anos, o fluxo de inovação científica que produziu foi incomparável a qualquer outro que o mundo tivesse conhecido até então, e a sua influência ainda hoje pode ser sentida na cultura moderna.

A imagem do céu reapareceu, desta vez com várias das estrelas com os nomes escritos ao lado: *Vega, Betelgeuse, Rigel, Algebar, Deneb, Acrab, Kitalpha.*

— Todos estes nomes derivam do árabe. Até à data, mais de dois terços das estrelas no céu possuem nomes nessa língua porque foram descobertas por astrónomos do mundo árabe.

O céu encheu-se rapidamente com tantos nomes arábicos que as letras praticamente ocuparam toda a abóbada. Os nomes voltaram a dissipar-se, deixando apenas uma imagem da vastidão do espaço.

— E, claro, se quisermos *contar* as estrelas...

Uma série de números romanos começou a aparecer ao lado das estrelas mais brilhantes.

I, II, III, IV, V...

Os números pararam abruptamente e desapareceram.

— Mas a verdade é que não utilizamos a numeração romana. Utilizamos a numeração *árabe*.

1, 2, 3, 4, 5...

— Também poderão reconhecer *estas* invenções, cujos nomes árabes ainda hoje utilizamos.

A palavra ÁLGEBRA flutuou pelo céu, rodeada por uma série de equações com múltiplas variáveis. A seguir veio a palavra ALGORITMO, com um diverso conjunto de fórmulas. A seguir, apareceu AZIMUTE, com um diagrama que representava os ângulos no horizonte terrestre. O fluxo foi acelerando: NADIR, ZÉNITE, ALQUIMIA, QUÍMICA, CIFRA, ELIXIR, ÁLCOOL, ALCALINO, ZERO...

Enquanto as familiares palavras de etimologia árabe iam passando, Langdon pensou como era trágico que tantos americanos só conseguissem pensar em Bagdade como uma dessas poeirentas cidades do Médio Oriente, devastadas pela guerra, que aparecem constantemente nas notícias, nunca tendo consciência de que fora outrora o coração do progresso científico humano.

— No final do século onze, a maior investigação e descoberta intelectual do mundo estava a ser realizada em Bagdade e nos seus arredores. E então, praticamente de um dia para o outro, isso mudou. Um brilhante académico chamado Hamid al-Ghazali, atualmente considerado um dos muçulmanos mais influentes da história, escreveu uma série de persuasivos textos que questionavam a lógica de Platão e Aristóteles e declaravam que a matemática era «a filosofia do demónio». Isto iniciou uma confluência de eventos que foi enfraquecendo o pensamento científico. O estudo da teologia tornou-se obrigatório e, por fim, todo o movimento científico islâmico acabou por se desmoronar.

As palavras científicas no teto evaporaram-se, sendo substituídas por imagens de textos religiosos islâmicos.

— A revelação substituiu a investigação. E o mundo científico islâmico ainda hoje está a tentar recuperar desse revés. — Edmond fez uma pausa. — No entanto, como todos sabemos, o mundo científico cristão também não teve melhor sorte.

No teto apareceram pinturas dos astrónomos Copérnico, Galileu e Bruno.

— A sistemática condenação, prisão e execução de alguns dos cientistas mais brilhantes da história por parte da Igreja atrasou o progresso humano em pelo menos um século. Felizmente, hoje em dia, com a nossa maior compreensão das vantagens da ciência, a Igreja tem moderado os seus ataques... — Edmond suspirou. — Mas podemos realmente dizer isto?

Apareceu um logótipo do globo terrestre com um crucifixo e uma serpente no centro, seguido do texto:

Declaração de Madrid sobre a Ciência e a Vida

— Aqui mesmo em Espanha, a Federação Mundial das Associações de Médicos Católicos declarou recentemente guerra à engenharia genética, proclamando que «a ciência não tem alma» e que teria portanto de ser contida pela Igreja.

O logótipo do globo terrestre transformou-se então num círculo diferente, uma planta esquemática de um gigantesco acelerador de partículas.

— E este era o Supercolisor Supercondutor do Texas, destinado a ser o maior colisor de partículas do mundo, com o potencial de explorar o próprio momento da Criação. Esta máquina foi, ironicamente, situada no coração do Cinto da Bíblia dos Estados Unidos.

A imagem dissipou-se, transformando-se numa enorme estrutura anelar de cimento que se estendia pelo deserto texano. As instalações encontravam-se meio construídas, cobertas de pó e terra, aparentemente abandonadas em plena construção.

— O supercolisor dos Estados Unidos poderia ter conduzido a enormes avanços na compreensão que a humanidade tem do universo, mas o projeto foi cancelado devido à derrapagem nos custos e à pressão política procedente de algumas fontes preocupantes.

O vídeo de uma notícia apresentava um jovem televangelista a abanar o livro *A Partícula de Deus* e a gritar enfurecido: «Devíamos estar à procura de Deus no interior dos nossos corações! Não no interior dos átomos! Gastar milhares de milhões de dólares nesta experiência absurda é uma vergonha para o estado do Texas e uma ofensa a Deus!»

— Os conflitos que acabo de descrever, ocasiões em que a superstição religiosa conseguiu impor-se à razão, são meras escaramuças numa guerra em curso.

O teto iluminou-se subitamente com uma série de violentas imagens contemporâneas: protestos à porta de laboratórios de investigação genética, um padre a imolar-se às portas de uma conferência sobre trans-humanismo, evangelistas a agitar no ar punhos fechados e o livro do Génesis, um peixe cristão a comer um peixe darwiniano, cartazes religiosos a condenar furiosamente a investigação com células estaminais, os direitos dos homossexuais e o aborto, e outros cartazes que furiosamente lhes respondiam.

Deitado na escuridão, Langdon sentia o coração bater acelerado no seu peito. Por um momento, pareceu-lhe que a relva debaixo de si tremia, como se um comboio se aproximasse. Então, à medida que as vibrações se iam tornando mais intensas, compreendeu que a terra estava realmente a tremer. Vibrações profundas e constantes atravessavam a relva por baixo de si e todo o auditório tremia com um rugido.

Aquele rugido, percebeu em instantes, era o som dos rápidos de um rio emitido através de colunas de som por baixo da relva. Sentiu uma neblina fria e húmida envolver-lhe a cara e o corpo, como se estivesse deitado no meio de uma furiosa corrente.

— Estão a ouvir esse som? — gritou Edmond por cima do rugido dos rápidos. — É a inexorável subida do rio do Conhecimento Científico!

A água rugia cada vez mais, e Langdon sentiu que a neblina lhe molhava efetivamente a cara.

— Desde que o homem descobriu o fogo, este rio tem estado continuamente a ganhar força. Cada uma das descobertas feitas pelo homem tornou-se uma ferramenta com a qual puderam ser efetuadas novas descobertas, acrescentando sempre novas gotas a este rio. Atualmente, estamos na crista de um maremoto, um dilúvio que se move com uma força imparável!

A sala começou a tremer de forma ainda mais violenta.

— *De onde vimos!* — gritava Edmond. — *Para onde vamos!* Estivemos sempre destinados a conhecer as respostas a estas perguntas! Há milénios que os nossos métodos de pesquisa não param de evoluir exponencialmente!

A neblina e o vento varriam agora a sala e o rugido do rio chegou a um volume praticamente ensurdecedor.

— Pensem nisto! Os primeiros seres humanos demoraram mais de um *milhão* de anos desde a descoberta do fogo até inventar a roda. E depois demoraram apenas uns *milhares* de anos a inventar a imprensa. E depois demoraram apenas uns *séculos* a construir o telescópio. Nos séculos seguintes, a intervalos cada vez mais curtos, saltámos do motor a vapor para o motor de combustão, para os vaivéns espaciais! E depois demorámos apenas duas *décadas* a começar a modificar o nosso ADN!

»Atualmente, medimos o progresso científico em *meses*, avançando a uma velocidade estonteante. Não falta muito para que o supercomputador mais rápido de hoje pareça um simples ábaco; para que os mais avançados métodos cirúrgicos de hoje nos pareçam bárbaros; para que as fontes de energia de hoje nos pareçam tão cómicas como utilizar uma vela para iluminar uma sala!

A voz de Edmond e o rugido da água continuaram a ribombar na escuridão.

— Os primeiros gregos tiveram de olhar *séculos* para trás para estudar uma cultura antiga, mas nós só precisamos de recuar uma única *geração* para encontrar pessoas que viviam sem as tecnologias que atualmente consideramos imprescindíveis. A linha temporal do desenvolvimento humano está a ficar cada vez mais comprimida. O espaço que separa o antigo do moderno está a ser reduzido a nada. E por este motivo dou-lhes a minha palavra de que os próximos anos do desenvolvimento humano serão chocantes, disruptivos e totalmente inimagináveis!

Inesperadamente, o rugir do rio parou.

O céu de estrelas regressou. Regressaram também a brisa ligeira e os grilos.

Todos os espectadores pareceram expelir o ar dos pulmões em uníssono.

No silêncio abrupto, a voz de Edmond voltou a ser um murmúrio.

— Meus amigos — disse suavemente —, sei que estão aqui porque lhes prometi uma descoberta e agradeço-lhes a paciência que tiveram comigo ao longo deste preâmbulo. Deixemos agora para trás as grilhetas do nosso pensamento passado. Chegou o momento de partilharmos o entusiasmo da descoberta.

Com estas palavras, um nevoeiro rente ao solo surgiu de todos os cantos da sala e o céu em cima começou a brilhar com uma luz de alvorada, iluminando tenuemente o público em baixo.

De repente, um foco acendeu-se e virou dramaticamente para o fundo da sala. Em breves momentos, praticamente todos os convidados estavam já meio sentados, a esticar as cabeças para tentar ver através do nevoeiro a chegada do seu anfitrião em carne e osso. No entanto, passados alguns segundos, o foco voltou a girar para a frente da sala.

A audiência virou-se para a luz.

Ali, na parte da frente da sala, sorrindo sob a luz do foco, encontrava-se Edmond Kirsch. As suas mãos repousavam confiantes nos lados de um leitoril que há breves momentos não estava ali.

— Boa noite, meus amigos — disse afavelmente, ao mesmo tempo que o nevoeiro começava a levantar-se.

Em breves segundos, todos os convidados estavam de pé, dando uma entusiástica salva de palmas ao seu anfitrião. Langdon juntou-se a eles, incapaz de conter um sorriso.

Pode-se sempre contar com Edmond para aparecer numa nuvem de fumo.

Até então, a apresentação dessa noite, apesar de antagonizar abertamente a fé religiosa, fora um *tour de force*, ousado e sem compromissos, como o seu próprio autor. Langdon compreendia agora porque é que a crescente população de livres-pensadores do mundo idolatrava Edmond.

Pelo menos, diz o que pensa de uma forma que muito poucos se atreveriam.

Quando o rosto de Edmond apareceu no ecrã por cima da sua cabeça, Langdon reparou que parecia bastante menos pálido do que antes, tendo sido obviamente maquilhado profissionalmente. No entanto, continuava a ser óbvio que o amigo estava exausto.

Os aplausos continuaram de uma forma tão entusiástica que Langdon praticamente não sentiu a vibração no bolso do casaco. Levou instintivamente a mão ao telemóvel, mas percebeu de imediato que estava desligado. Estranhamente, a vibração vinha do outro dispositivo que tinha no bolso, os auscultadores de condução óssea, através dos quais Winston parecia estar agora a falar num tom bastante alto.

Que horrível sentido da oportunidade.

Retirou o aparelho do bolso do casaco e colocou-o desajeitadamente na cabeça. Assim que o dispositivo lhe tocou no maxilar, a característica voz de Winston fez-se ouvir na sua cabeça.

— 'fessor Langdon? Está aí? Os telemóveis estão desativados. O professor é o meu único contacto. Professor Langdon?!

— Sim? Winston? Estou aqui — respondeu Langdon sobrepondo-e ao som dos aplausos à sua volta.

— Graças a Deus — disse Winston. — Ouça atentamente o que lhe vou dizer. Talvez tenhamos um problema sério.

CAPÍTULO 21

Como um homem que já vivera inúmeros momentos de triunfo no palco do mundo, Edmond Kirsch era eternamente motivado pela consecução de objetivos, mas raramente sentia um contentamento total. Nesse momento, no entanto, de pé no leitoril a receber aquela salva de palmas, permitiu-se a extasiante alegria de saber que estava prestes a transformar o mundo.

Sentem-se, meus amigos, pensou. *O melhor ainda está por vir.*

À medida que o nevoeiro se dissipava, resistiu à tentação de olhar para cima, sabendo que um grande plano do seu próprio rosto estava a ser projetado tanto no teto como nos ecrãs de milhões de pessoas do mundo inteiro.

É um momento global, pensou orgulhoso. *Vai além de fronteiras, classes sociais e credos.*

Olhou para a esquerda a fim de dirigir um aceno de gratidão a Ambra Vidal, que estava a observá-lo do canto e que trabalhara incansavelmente com ele para montar aquele espetáculo. Contudo, para sua surpresa, Ambra não estava a olhar para ele. Olhava fixamente para a multidão com uma expressão de preocupação na face.

Há qualquer coisa aqui que não está bem, pensou Ambra, que observava a audiência da parte lateral do auditório.

No centro da sala, um homem alto, elegantemente vestido, avançava abrindo caminho por entre a multidão, dirigindo-se para ela a gesticular.

É Robert Langdon, pensou, reconhecendo o professor americano do vídeo.

Langdon aproximava-se rapidamente, e os dois agentes da Guardia Real que serviam de guarda-costas de Ambra avançaram na sua direção, preparados para o intercetar.

O que quererá ele?! Ambra percebeu que havia alarme na expressão de Langdon.

Ela virou-se na direção de Edmond, perguntando a si própria se também teria reparado no movimento, mas ele não estava a olhar para o público. Estranhamente, olhava diretamente para ela.

Edmond! Há qualquer coisa que não está bem!

Nesse preciso momento, um estrondo ensurdecedor ecoou no interior do auditório e a cabeça de Edmond foi projetada para trás. Ambra observou com profundo horror uma cratera vermelha surgir na testa de Edmond. Os seus olhos reviraram-se ligeiramente para trás, mas as suas mãos agarraram-se firmemente ao leitoril enquanto todo o seu corpo se inteiriçava. Cambaleou durante um momento, com o rosto transformado numa máscara de confusão, e finalmente caiu para o lado como uma árvore cortada. A sua cabeça ensanguentada embateu violentamente contra o relvado artificial.

Antes de Ambra poder sequer compreender o que acabava de ver, sentiu-se atirada para o chão por um dos agentes da Guardia Real.

O tempo parou.

E depois... pandemónio.

Iluminada pela brilhante projeção do corpo ensanguentado de Edmond, uma onda de convidados correu para a parte posterior da sala procurando escapar de outros eventuais tiros.

Enquanto o caos irrompia à sua volta, Robert Langdon sentiu-se cravado no chão, paralisado pelo choque. A poucos metros de distância, o seu amigo jazia de lado, ainda virado para o público, com um orifício na testa de onde saía um jorro vermelho. Cruelmente, a face sem vida de Edmond estava iluminada pelo implacável brilho do foco da câmara de televisão, que se encontrava num tripé, sem operador, aparentemente ainda a transmitir as imagens em direto tanto para a abóbada do auditório como para o resto do mundo.

Como se estivesse num sonho, sentiu-se a correr para a câmara de televisão e a apontá-la para o teto, afastando a objetiva de Edmond. A seguir, virou-se e olhou através da confusão de convidados em fuga para o estrado e para o seu amigo caído, com a certeza de que Edmond estava morto.

Meu Deus... Eu tentei avisá-lo, Edmond, mas a mensagem de Winston chegou demasiado tarde.

Não muito longe do corpo de Edmond, avistou um agente da Guardia Real no chão, debruçado protetoramente sobre Ambra Vidal. Dirigiu-se apressadamente na sua direção, mas o agente reagiu instintivamente, saltando para cima, dando três longos passos e atirando todo o seu corpo contra ele.

O ombro do agente atingiu Langdon em cheio no esterno, fazendo com que os seus pulmões se esvaziassem completamente de ar e criando uma onda de dor que lhe percorreu o corpo inteiro enquanto voava para trás, aterrando pesadamente no relvado artificial. Antes mesmo de poder voltar a respirar, um par de mãos poderosas viraram-no de barriga para baixo, dobraram-lhe o braço esquerdo por trás das costas e aplicaram-lhe uma pressão férrea na nuca, deixando-o totalmente imobilizado com a parte esquerda do rosto enterrado na relva.

— Você *sabia* que isto ia acontecer! — gritou o agente. — Qual é o seu envolvimento nisto tudo?

A cerca de quinze metros de distância, o agente da Guardia Real Rafa Díaz tentava passar pelas hordas de convidados em pânico e chegar ao ponto da parede onde vira o clarão do tiro.

Ambra Vidal está a salvo, garantiu a si próprio, tendo visto como o seu parceiro a atirava para o chão e cobria o corpo dela com o seu. Além disso, tinha a certeza de que não havia nada a fazer pela vítima. *Edmond Kirsch estava morto antes de bater com a cabeça no chão.*

Estranhamente, pensou Díaz, um dos convidados parecia ter tido conhecimento prévio do ataque, tendo corrido para o estrado um instante antes de o tiro ter sido disparado.

Fosse qual fosse o motivo, Díaz sabia que isso podia esperar.

De momento, só havia uma coisa a fazer.

Apanhar o atirador.

Quando chegou ao ponto onde vira o clarão, encontrou um rasgão na parede de tecido. Sem hesitar, meteu a mão pelo orifício, rasgando violentamente o tecido até ao chão, e trepou para fora da abóbada, encontrando um labirinto de andaimes do outro lado.

À sua esquerda, o agente vislumbrou um vulto, um homem alto com um uniforme militar branco, a correr para a saída de emergência ao fundo do enorme espaço. Um momento mais tarde, o vulto em fuga atravessou a porta e desapareceu.

Díaz saiu disparado atrás dele, contornando os dispositivos eletrónicos que rodeavam a cúpula e atravessando finalmente a porta que dava para umas escadas de cimento. Olhou por cima do corrimão e viu o fugitivo dois andares abaixo, a correr a uma velocidade vertiginosa. Investiu atrás dele, saltando cinco degraus de cada vez. Nalgum ponto por baixo dele, a porta de saída abriu-se com um estrondo e voltou a fechar-se.

Acaba de sair do edifício!

Quando chegou ao rés do chão, correu para a saída, um par de portas duplas com barras antipânico, e atirou todo o seu peso contra elas para as abrir. Mas estas, em vez de se escancararem como as de cima das escadas, não se moveram mais de poucos centímetros. O corpo de Díaz embateu contra a parede de aço, e uma intensa dor irrompeu-lhe no ombro.

Abalado, levantou-se e voltou a tentar abrir as portas, que apenas se moveram o suficiente para que detetasse a origem do problema.

Estranhamente, as barras exteriores das portas tinham sido bloqueadas com um fio metálico. Havia uma fiada de contas enrolada à sua volta. A sua confusão aumentou quando reconheceu o padrão das contas como altamente familiar, como seria para qualquer bom católico espanhol.

Um rosário!?

Aplicando toda a sua força, Díaz lançou novamente uma carga de ombro contra a porta, mas o rosário recusou-se a ceder. Olhou novamente pela estreita abertura, confuso tanto pela presença de um rosário como pela sua incapacidade de o partir.

— *¡Hola!* — gritou através das portas. — *¿Hay alguien?*

Silêncio.

Através da ranhura entre as portas, avistou uma parede alta de betão e um beco de serviço deserto. Havia poucas probabilidades de que alguém passasse por ali para retirar o cabo. Vendo que não tinha alternativa, tirou a pistola do coldre por baixo do casaco. Puxou a culatra para trás e enfiou o cano pela ranhura da porta, apontando-o para o rosário.

Estou a disparar contra um santo rosário? ¡Que Dios me perdone!

As peças restantes do crucifixo moviam-se ligeiramente à frente dos seus olhos.

Apertou o gatilho.

O tiro ecoou pelo pavimento de cimento e as portas abriram-se imediatamente. O rosário ficou desfeito e Díaz saltou para a frente, dando consigo num beco vazio, enquanto as contas saltavam por todos os lados à sua volta.

O assassino de branco desaparecera.

A cem metros de distância, o almirante Ávila estava sentado em silêncio no banco de trás do *Renault* preto que acelerava para longe do museu.

A força tênsil da fibra de *Vectran* com que Ávila tinha prendido as contas do rosário tinha feito o seu trabalho, atrasando os seus perseguidores tempo suficiente para que ele os evitasse.

E agora desapareço.

Enquanto o carro se dirigia para noroeste, seguindo as sinuosas margens do rio Nervión, e desaparecia entre o trânsito da Avenida Abandoibarra, permitiu-se finalmente respirar.

A missão dessa noite não podia ter corrido melhor.

Na sua mente, começou a ouvir as alegres notas do hino *Oriamendi*, cuja ancestral letra fora um dia cantada numa sangrenta batalha ali mesmo em Bilbau. *¡Por Dios, por la Patria y el Rey!* Cantou de si para si. *Por Deus, pela Pátria e o Rei!*

Um grito de guerra há muito esquecido... mas a guerra estava apenas a começar.

CAPÍTULO 22

O Palácio Real de Madrid é o maior da Europa, bem como uma das mais impressionantes fusões arquitetónicas dos estilos clássico e barroco. Erguido no local de um castelo mourisco do século IX, a sua fachada de três andares com colunas cobre a totalidade dos mais de cento e cinquenta metros de largura da Plaza de la Armería, em que se encontra. O seu interior é um impressionante labirinto de mais de três mil, quatrocentas e dezoito dependências, que ocupam uma superfície de quase cento e trinta e cinco mil metros quadrados. Os seus salões, salas e quartos estão adornados com uma coleção de arte religiosa de valor incalculável, incluindo obras-primas de Velázquez, Goya e Rubens.

Por muitas gerações, o palácio foi a residência privada dos reis e rainhas de Espanha. Agora, no entanto, é utilizado principalmente para eventos oficiais, e a família real reside no mais despretensioso e discreto Palácio da Zarzuela, nos arredores da cidade.

Durante os últimos meses, porém, o palácio formal de Madrid tornara-se o domicílio permanente do príncipe herdeiro Julián, o futuro rei de Espanha, que aos quarenta e dois anos se mudara para ali a pedido dos seus conselheiros, que desejavam torná-lo «mais visível para o país» durante o sombrio período que precederia a sua eventual coroação.

O pai do príncipe Julián, o atual monarca, estava acamado há meses com uma doença terminal. À medida que as suas faculdades mentais se iam deteriorando, o palácio começara a efetuar a lenta transferência de poderes, preparando o príncipe para subir ao trono assim que o seu pai falecesse. Perante a iminente mudança de liderança, os espanhóis viraram os olhos para o príncipe herdeiro com uma única pergunta em mente:

Que tipo de monarca será?

O príncipe Julián sempre fora uma criança discreta e cautelosa, tendo suportado o peso da responsabilidade do seu eventual reinado desde a mais tenra infância. A sua mãe falecera de complicações associadas a uma segunda gravidez, e o rei, para surpresa de muitos, escolhera nunca voltar a casar, deixando Julián como o único herdeiro do trono espanhol.

Um herdeiro sem suplentes, disseram friamente de si os tabloides ingleses.

Dado ter amadurecido sob a sombra do seu profundamente conservador progenitor, os espanhóis mais tradicionalistas acreditavam que continuaria a austera tradição dos seus monarcas de preservar a dignidade da coroa espanhola através da manutenção das estruturas e convenções estabelecidas, celebrando todos os seus rituais e, principalmente, reverenciando sempre a rica história católica do país.

Durante séculos, o legado dos Reis Católicos fora utilizado como centro moral de Espanha. Nos últimos anos, porém, a base de fé do país parecia estar a dissipar-se, e a Espanha deu consigo envolvida numa violenta disputa entre o muito antigo e o muito moderno.

Um número cada vez maior de liberais enchia agora os blogues e as redes sociais com rumores que sugeriam que, quando Julián emergisse finalmente da sombra do pai, revelaria a sua verdadeira identidade, um líder audaz, progressista e laico, finalmente disposto a seguir o caminho de tantos países europeus e abolir a monarquia.

O seu pai exercera sempre um papel muito ativo como rei, deixando pouco espaço para a participação do filho na política. O rei afirmara abertamente que considerava que o príncipe tinha de aproveitar a juventude e só quando casasse e assentasse a cabeça é que faria sentido que se envolvesse nos assuntos de Estado. E assim, os primeiros quarenta anos da sua vida, atentamente seguida pela imprensa espanhola, foram dedicados a escolas privadas, à equitação, ao corte de fitas inaugurais, a eventos de angariação de fundos e a viagens pelo mundo inteiro. Apesar de ter realizado poucos feitos notáveis durante a sua vida, o príncipe Julián era, sem sombra de dívida, o mais desejado solteirão de Espanha.

Ao longo dos anos, o atraente príncipe tinha estado sentimentalmente ligado a inúmeras mulheres adequadas, embora, apesar da sua reputação de romântico empedernido, nunca nenhuma lhe tivesse roubado o coração. Mas nos últimos meses fora visto em diversas ocasiões com uma bela mulher que, apesar de parecer uma modelo retirada, era de facto a muito respeitada diretora do Museu Guggenheim de Bilbau. Os meios de comunicação louvaram imediatamente Ambra Vidal como «uma consorte perfeita para um rei moderno». Era uma mulher culta, bem-sucedida e, mais importante, não era um rebento da nobreza espanhola. Era uma mulher do povo.

O príncipe aparentemente concordava com essa avaliação e, depois de um brevíssimo namoro, pedira-a em casamento de uma forma bastante inesperada e romântica, e ela aceitara.

Durante as semanas seguintes, a imprensa publicou notícias diárias sobre Ambra Vidal, indicando que esta revelava ser muito mais do que uma cara bonita. De facto, depressa demonstrou ser uma mulher independente que, apesar de poder ser a futura rainha consorte de Espanha, se recusava terminantemente a permitir que a Guardia Real interferisse no seu horário diário ou que os seus agentes lhe proporcionassem proteção fora dos grandes eventos públicos.

Quando o comandante da Guardia Real sugeriu discretamente que começasse a utilizar um vestuário mais conservador e menos justo, Ambra riu-se dele, dizendo que fora repreendida pelo comandante da «Guardarropía Real».

As revistas mais progressistas puseram-na em todas as suas capas. «Ambra! O belo futuro de Espanha.» Quando se recusava a dar uma entrevista, aclamavam-na como «independente»; e, quando a concedia, aclamavam-na como «acessível».

As revistas conservadoras contra-atacavam acusando a jovem futura rainha de ser uma oportunista sedenta de poder, que exerceria uma perigosa influência sobre o futuro rei. Como prova dessas afirmações, citavam a sua descarada negligência pela reputação do príncipe.

A sua preocupação inicial centrou-se no costume de Ambra de se dirigir ao príncipe Julián pelo seu nome próprio, abandonando a forma tradicional de se referir a ele como *Don Julián* ou *su alteza*.

A sua segunda preocupação, contudo, parecia bastante mais séria. Durante as últimas semanas, o trabalho de Ambra tornara-a praticamente indisponível para o príncipe, cuja noiva era repetidamente avistada em Bilbau a almoçar perto do museu com um notório ateu, o futurologista americano Edmond Kirsch.

Apesar de afirmar persistentemente que esses almoços eram simples reuniões de trabalho com um dos principais mecenas do museu, fontes palacianas sugeriam que o sangue de Julián começava a ferver.

E ninguém o poderia repreender.

A verdade era que a sua impressionante noiva, poucas semanas depois do anúncio do seu noivado, escolhera passar a maior parte do seu tempo com outro homem.

CAPÍTULO 23

A face de Langdon continuava violentamente empurrada contra a relva. O peso do agente em cima dele era esmagador.

Estranhamente, não sentia nada.

As suas emoções estavam dormentes e dispersas em camadas entremeadas de tristeza, medo e indignação. Uma das mentes mais brilhantes do mundo, um querido amigo seu, acabava de ser publicamente executado da forma mais brutal. *Foi assassinado momentos antes de revelar a maior descoberta da sua vida.*

Langdon percebia agora que a trágica perda de vida humana era acompanhada por uma segunda perda de natureza científica.

Agora é possível que o mundo nunca chegue a saber o que Edmond descobriu.

Langdon fervia com uma raiva súbita, seguida de uma determinação férrea.

Farei tudo o que estiver ao meu alcance para encontrar o responsável por isto. Honrarei o teu legado, Edmond. Encontrarei uma maneira de partilhar a tua descoberta com o mundo.

— Você sabia — cuspiu-lhe a voz do agente junto do ouvido. — Você estava a correr para o estrado como se *esperasse* que acontecesse qualquer coisa.

— Eu... fui... avisado... — conseguiu declarar Langdon, praticamente incapaz de respirar.

— Avisado por *quem*?

Langdon podia sentir os auscultadores retorcidos na cara.

— Os auscultadores que tenho postos... são de um guia informatizado. O computador do senhor Kirsch avisou-me. Encontrou uma anomalia na lista de convidados, um almirante retirado da marinha espanhola.

A cabeça do agente estava agora tão próxima do rosto de Langdon que pôde ouvir o auricular voltar à vida. A voz na transmissão parecia estar sem fôlego e o seu tom era urgente. Apesar dos conhecimentos de espanhol de Langdon serem básicos, ouviu o suficiente para decifrar as más notícias.

... el asesino ha huido...

O assassino fugiu.

... salida bloqueada...

Uma saída fora bloqueada.

... uniforme militar blanco...

Quando as palavras «uniforme militar» foram proferidas, o agente em cima de Langdon suavizou a pressão.

— *¿Uniforme naval?* — perguntou ao parceiro. — *Blanco... ¿como de almirante?*

A resposta foi afirmativa.

Um uniforme naval, percebeu Langdon. *Winston tinha razão.*

O agente soltou Langdon e saiu de cima dele.

— Vire-se para mim.

Langdon virou-se dolorosamente até ficar deitado de costas e soergueu-se apoiado nos cotovelos. Tinha a cabeça a andar à roda e sentia o peito dorido.

— Não se mexa — disse o agente.

Não tinha a menor intenção de se mexer. O agente que tinha em frente era constituído por cerca de cem quilos de musculatura sólida e já tinha demonstrado que levava o trabalho muito a sério.

— *¡Inmediatamente!* — berrou o agente para o rádio, continuando com um pedido urgente de apoio das autoridades locais e um corte do trânsito à volta do museu.

... policía local... bloqueos de carretera...

Da posição em que se encontrava no chão, Langdon pôde ver Ambra Vidal, também ainda caída perto da parede lateral. Observou como ela se tentava levantar, fraquejava e se deixava cair sobre as mãos e os joelhos.

Alguém a ajude!

Mas o agente estava agora a gritar para a saída da sala, parecendo dirigir-se a ninguém em especial.

— *¡Luces! ¡Y cobertura de móvil!* Necessito das luzes acesas e de cobertura de telemóvel!

Langdon levou a mão à cara e corrigiu a posição dos auscultadores.

— Winston, está aí?

O agente virou-se, olhando intrigado para ele.

— Estou. — A voz de Winston era monocórdica.

— Winston, Edmond foi baleado. Precisamos das luzes acesas
imediatamente e de ter cobertura de telemóvel quanto antes. O Winston pode ajudar-nos? Ou entrar em contacto com quem possa?

Em questão de segundos, as luzes no interior da cúpula acenderam-se abruptamente, dissipando a ilusão de um prado banhado pelo
luar e iluminando uma ampla extensão de relva artificial salpicada de
cobertores abandonados.

O agente parecia surpreendido pelo aparente poder de Langdon.
Passado um momento, debruçou-se e ajudou-o a levantar-se. Os dois
homens olharam um para o outro sob a luz.

O agente era um homem alto, da mesma altura de Langdon, com
a cabeça rapada e um corpo musculado que parecia apertado dentro do
casaco azul. Tinha um rosto pálido de feições suaves, que realçavam
uns olhos penetrantes, que nesse momento se fixavam em Langdon
como *lasers*.

— Você era o protagonista do vídeo. Robert Langdon.

— Sim. Sou eu. O senhor Kirsch era meu aluno e amigo.

— Eu sou o agente Fonseca da Guardia Real — apresentou-se o
agente num inglês perfeito. — Diga-me como sabia do uniforme da
marinha.

Langdon virou-se para o corpo de Edmond, que jazia imóvel na
relva ao lado do leitoril. Ambra Vidal estava ajoelhada ao seu lado, juntamente com dois guardas do museu e um paramédico, que acabava de
abandonar os esforços para o reanimar. Ambra cobriu delicadamente o
cadáver com um cobertor.

Era óbvio que Edmond falecera.

Sentiu-se enjoado, incapaz de afastar o olhar do amigo assassinado.

— Não o podemos ajudar — disparou o agente. — Diga-me como sabia que isto ia acontecer.

Virou o olhar para o agente, cujo tom não admitia interpretações
erradas. Era uma ordem.

Transmitiu-lhe rapidamente o que Winston lhe dissera: que o programa de guia tinha descoberto que um dos auscultadores dos convidados fora abandonado e, quando um guia humano encontrou o dispositivo num caixote do lixo, verificaram a que convidado fora atribuído, tendo ficado alarmados ao descobrir que se tratava de uma inclusão de última hora na lista de convidados.

— Impossível. — Os olhos do agente semicerraram-se. — A lista de convidados foi fechada ontem. Foi feita uma verificação de antecedentes de todos os convidados.

— Deste homem, não — anunciou a voz de Winston pelos auscultadores. — Eu fiquei preocupado e investiguei-o, descobrindo que se trata de um antigo almirante da marinha espanhola, afastado por alcoolismo e stresse pós-traumático depois de ter sido vítima de um atentado terrorista em Sevilha há cinco anos.

Langdon transmitiu esta informação ao agente.

— O atentado à bomba na catedral?

— Além disso — disse Winston a Langdon —, descobri que esta pessoa não tinha qualquer relação com Edmond, o que me preocupou, de modo que entrei em contacto com a segurança do museu para ativar o alarme. Mas, sem dados mais conclusivos, fui informado de que não podíamos prejudicar o evento, especialmente dado que estava a ser transmitido em direto para o mundo inteiro. Sabendo o esforço que Edmond tinha dedicado à apresentação desta noite, a sua lógica pareceu-me aceitável, e entrei imediatamente em contacto consigo, professor Langdon, na esperança de que conseguisse descobrir onde se encontrava esse homem para que eu pudesse enviar discretamente uma equipa de segurança para o retirar do museu. Tinha de ter tomado medidas mais eficazes. Deixei o Edmond ficar mal.

Langdon sentiu-se ligeiramente incomodado pelo facto de a máquina de Edmond parecer sentir culpa. Olhou para o corpo coberto de Edmond e viu Ambra Vidal aproximar-se.

Fonseca ignorou-a, continuando centrado em Langdon.

— O computador deu-lhe o nome desse oficial de marinha?

Langdon acenou afirmativamente.

— Chama-se Luis Ávila. Almirante Luis Ávila.

Quando ouviu o nome, Ambra ficou especada a olhar para ele com uma expressão de profundo horror na cara.

Fonseca reparou na sua reação e dirigiu-se imediatamente a ela.

— Senhora Vidal? Conhece esse nome?

Ambra parecia incapaz de responder. Baixou o olhar, dirigindo-o para o chão, como se tivesse acabado de ver um fantasma.

— Senhora Vidal? — repetiu Fonseca. — Almirante Luis Ávila. Conhece esse nome?

A expressão chocada de Ambra deixava poucas dúvidas sobre se conhecia ou não o nome do assassino. Depois de um momento de estupefação, os seus olhos piscaram duas vezes e começaram a voltar à realidade, como se acordasse de um transe.

— Não... não conheço esse nome — sussurrou, olhando de relance para Langdon e depois para o guarda-costas. — Fiquei só chocada por ouvir que o assassino era um oficial da marinha espanhola.

Ela está a mentir, sentiu Langdon, intrigado com a razão que a levava a tentar disfarçar a sua reação. *Eu vi-lhe a cara. É óbvio que reconheceu o nome.*

— Quem era o responsável pela lista de convidados? — quis saber Fonseca, dando outro passo na direção de Ambra. — Quem acrescentou o nome desse homem?

Os lábios de Ambra tremiam quando respondeu.

— Não... não faço ideia.

O interrogatório do agente foi interrompido por uma súbita cacofonia de telemóveis que tocavam e apitavam por toda a sala. Ao que tudo indicava, Winston conseguira restabelecer o serviço de telemóveis e um dos que agora tocava encontrava-se no bolso do casaco de Fonseca.

O agente tirou-o do bolso e, ao ver quem era, respirou fundo antes de atender.

— *Ambra Vidal está a salvo* — anunciou.

Langdon dirigiu o olhar para a perturbada mulher. Ela fitava-o. Quando os seus olhos se encontravam, ficaram assim durante um longo momento.

E então ouviu a voz de Winston materializar-se na sua cabeça.

— Professor — sussurrou —, Ambra Vidal sabe perfeitamente como é que o nome de Luis Ávila foi incluído na lista de convidados. Foi ela própria que o incluiu.

Langdon precisou de um momento para perceber as implicações da informação.

Foi a própria Ambra Vidal que pôs o assassino na lista de convidados?
E agora está a mentir sobre o assunto?

Antes de Langdon poder processar inteiramente a informação, viu Fonseca entregar o telemóvel a Ambra, dizendo:

— *Don Julián quiere hablar con usted.*

Ambra quase pareceu encolher-se de medo do telemóvel.

— Diga-lhe que eu estou bem — replicou. — Eu ligo-lhe daqui a um bocado.

A expressão do agente era de incredulidade total. Tapou o telemóvel com a mão e sussurrou a Ambra:

— *Su alteza don Julián, el príncipe, ha pedido...*

— Não quero saber se é o príncipe ou não! — replicou ela irritada. — Se vai ser meu marido, terá de aprender a dar-me espaço quando eu precisar de espaço. Acabo de ser testemunha de um assassínio e preciso de uns minutos para me recompor! Diga-lhe que eu lhe ligo daqui a um bocado.

Fonseca olhou fixamente para ela, com olhos que denotavam uma emoção próxima do desprezo. A seguir deu meia-volta e afastou-se para prosseguir o telefonema em privado.

Para Langdon, aquela curta conversa resolvera um pequeno mistério. *Ambra Vidal é a noiva do príncipe Julián de Espanha?* Essa informação explicava o tratamento de celebridade que recebia, bem como a presença da Guardia Real, embora obviamente não explicasse a sua recusa de atender a chamada do noivo. *Se estava a ver isto pela televisão, o príncipe deve estar mortalmente preocupado.*

Praticamente de imediato, Langdon foi abalado por uma segunda revelação, bastante mais tenebrosa.

Oh, meu Deus... Ambra Vidal está relacionada com o Palácio Real de Madrid.

A inesperada coincidência provocou-lhe um arrepio ao recordar a mensagem de voz ameaçadora que Edmond recebera do bispo Valdespino.

CAPÍTULO 24

A cento e oitenta metros de distância do Palácio Real de Madrid, no interior da Catedral de Almudena, o bispo Valdespino parou momentaneamente de respirar. Ainda usava as vestes cerimoniais e estava sentado à secretária em frente do portátil, absorto pelas imagens que recebia de Bilbau.

Isto vai ser uma notícia em grande.

Pelo que podia ver, todos os meios de comunicação já estavam em alvoroço. Os principais canais de notícias começavam a ligar para autoridades religiosas e científicas para especular sobre a apresentação de Edmond Kirsch, enquanto dezenas de comentadores ofereciam hipóteses sobre *quem* o teria assassinado e porquê. Os meios de comunicação pareciam concordar que tudo indicava que havia alguém firmemente interessado em garantir que a sua descoberta nunca visse a luz do dia.

Após um longo momento de reflexão, Valdespino pegou no telemóvel e fez uma chamada. O rabino Köves atendeu ao primeiro toque.

— Terrível! — A voz de Köves era praticamente um guincho. — Estava a ver na televisão! Temos de ir imediatamente às autoridades e contar o que sabemos!

— Yehuda — redarguiu Valdespino num tom prudente —, concordo que isto é um desenvolvimento horrendo. Mas, antes de fazermos seja o que for, temos de pensar bem.

— Não há nada a pensar! É óbvio que há pessoas que não pararão perante nada para enterrar a descoberta de Kirsch! E são assassinos! Estou convencido de que também são responsáveis pela morte de Syed. Sabem certamente quem somos e virão procurar-nos a seguir. Temos a obrigação moral de ir ter com as autoridades e de as informar sobre o que Kirsch nos disse.

— A obrigação moral? — desafiou Valdespino. — Parece-me mais que deseja divulgar a informação para que ninguém tenha um motivo para nos silenciar pessoalmente.

— É óbvio que a nossa segurança pessoal tem de ser levada em consideração, mas também temos uma obrigação moral com o mundo. Compreendo que esta descoberta vai questionar algumas crenças religiosas fundamentais, mas, se aprendi qualquer coisa na minha longa vida, foi que a *fé* sobrevive sempre, mesmo perante as maiores adversidades. E acredito que a fé também sobreviverá a isto, mesmo que revelemos as descobertas de Kirsch.

— Muito bem, meu amigo — disse finalmente o bispo, mantendo um tom tão calmo quanto lhe era possível. — Constato a resolução na sua voz e respeito o seu ponto de vista. Quero que saiba que estou aberto a discutir este assunto e mesmo a que me faça mudar de opinião. Imploro-lhe porém que, se vamos revelar esta descoberta ao mundo, o façamos *juntos*. À luz do dia. Com honra. Não o façamos desesperados, na ressaca deste horrível assassínio. Planifiquemos e ensaiemos a comunicação, e enquadremos corretamente a informação.

Köves não disse nada, mas Valdespino podia ouvir a sua respiração.

— Yehuda, neste momento, a questão mais importante é a nossa segurança pessoal. Estamos a lidar com assassinos e, se nos tornamos demasiado visíveis, dirigindo-nos às autoridades ou a um estúdio de televisão, por exemplo, isto poderá acabar violentamente. Tenho medo especialmente por si. Eu tenho proteção aqui, no complexo do palácio, mas o Yehuda... o Yehuda está sozinho aí em Budapeste! É evidente que a descoberta do senhor Kirsch é uma questão de vida ou morte. Deixe-me proporcionar-lhe proteção, Yehuda.

Köves permaneceu em silêncio durante uns momentos.

— De *Madrid*? Como é que poderia...

— Tenho os recursos de segurança da família real à minha disposição. Deixe-se ficar em casa com as portas trancadas. Eu farei com que dois agentes da Guardia Real o vão buscar e o tragam para Madrid, onde poderei garantir a sua segurança no complexo palaciano e onde poderemos sentar-nos e discutir qual será a melhor forma de tratarmos disto.

— Se eu for a Madrid — inquiriu o rabino, hesitante —, o que acontecerá se o bispo e eu não conseguirmos chegar a um acordo sobre a forma de atuar?

— *Chegaremos* a um acordo — garantiu-lhe o bispo. — Eu sei que sou uma pessoa antiquada, mas também sou realista, como o Yehuda. Juntos encontraremos a melhor forma de atuar. Tenho fé nisso.

— E se a sua fé estiver equivocada? — pressionou Köves.

Valdespino sentiu que o seu estômago se contraía, mas parou um momento, expeliu o ar dos pulmões e respondeu da forma mais tranquila que pôde:

— Yehuda, se, depois de falarmos, não conseguirmos encontrar uma forma de atuar juntos, despedir-nos-emos como amigos e cada um de nós fará o que lhe parecer melhor. Dou-lhe a minha palavra.

— Muito obrigado. Se me dá a sua palavra, vou para Madrid.

— Ótimo. Entretanto, tranque as portas e não fale com ninguém. Faça uma mala e eu ligo-lhe para lhe dar mais informações assim que puder. — Fez uma pausa. — E tenha fé. Vemo-nos em breve.

Valdespino desligou com o coração apertado por uma sensação de pavor. Suspeitava que continuar a controlar Köves exigiria mais do que uma chamada à racionalidade e à prudência.

Yehuda está a entrar em pânico... como Syed.

Nenhum deles é capaz de ver o que está realmente em jogo.

Fechou o portátil, pô-lo debaixo do braço e embrenhou-se nas sombras que cobriam o santuário. Ainda com as vestes cerimoniais, saiu da catedral para o ar fresco noturno e atravessou a praça na direção da brilhante fachada branca do Palácio Real.

Por cima da entrada principal, via o escudo do reino de Espanha, um brasão ladeado pelas colunas de Hércules e o ancestral lema PLUS ULTRA, que significava «mais além». Havia quem considerasse que a expressão se referia aos seculares esforços de Espanha para expandir o seu império durante a sua época dourada. Outros achavam que refletia a ancestral crença nacional de que havia uma vida no Paraíso depois desta.

De qualquer forma, teve a impressão de que o lema era menos relevante a cada dia que passava. Enquanto observava a bandeira nacional a ondular por cima do palácio, suspirou com tristeza, ao mesmo tempo que os seus pensamentos se dirigiam para o seu rei agonizante.

Terei saudades dele quando tiver desaparecido.

Devo-lhe tanta coisa.

Ao longo dos últimos meses, o bispo tinha efetuado visitas diárias ao seu querido amigo, acamado no Palácio da Zarzuela, nos arredores da cidade. Uns dias antes, o monarca convocara Valdespino aos seus aposentos, esperando-o com uma profunda preocupação no olhar.

— Antonio — sussurrara o rei —, receio que o noivado do meu filho tenha sido... precipitado.

Insano *seria uma descrição mais precisa*, pensou Valdespino.

Dois meses antes, quando o príncipe confiara a Valdespino que pretendia pedir a mão de Ambra Vidal em casamento, conhecendo-a há tão pouco tempo, o estupefacto clérigo implorara-lhe que fosse mais prudente. Mas o príncipe argumentara que estava apaixonado e que o seu pai merecia ver o seu único filho casado. Além disso, dissera, se ele e Ambra fossem ter uma família, a idade dela aconselhava a que não esperassem muito mais tempo.

Valdespino sorrira calmamente para o rei.

— Concordo consigo. O noivado de dom Julián surpreendeu-nos a todos. Mas ele só queria a sua felicidade.

— O dever dele é para com o seu país — dissera o rei com esforço —, não para com o seu pai. E apesar de a senhora Vidal ser uma mulher encantadora, é uma desconhecida para nós, uma estranha. Duvido dos seus motivos para aceitar a proposta de casamento. Julián foi demasiado apressado, e uma mulher honrada tê-lo-ia rejeitado.

— Assim é — anuíra o bispo, embora tivesse de ser dito, em defesa de Ambra, que Julián não lhe deixara muita escolha.

O rei soerguera-se e agarrara a mão magra do bispo.

— Não sei para onde foi o tempo, meu amigo. Tornámo-nos velhos. Quero agradecer-lhe. Aconselhou-me sabiamente ao longo de todos estes anos, depois da perda da minha mulher e durante as alterações que este país foi sofrendo. A força das suas convicções foi de grande ajuda para mim.

— A nossa amizade é uma honra que conservarei para sempre.

O rei sorrira debilmente.

— Antonio, sei que se sacrificou para permanecer ao meu lado. Podia ter ido para Roma, por exemplo.

Valdespino encolhera os ombros.

— Ser cardeal não me teria aproximado mais de Deus. O meu lugar sempre foi aqui consigo.

— A sua lealdade foi uma bênção.

— E eu nunca me esquecerei da compaixão que demonstrou para comigo há tantos anos.

O rei fechara os olhos, apertando com força a mão do bispo.

— Antonio... estou preocupado. O meu filho encontrar-se-á em breve ao leme de um enorme navio, um navio que não está preparado para pilotar. Guie-o, por favor. Seja a sua estrela do Norte. Ponha a sua firme mão em cima da dele no leme, especialmente quando atravessarem mares agitados. E principalmente, se se desviar da sua rota, imploro-lhe que o ajude a encontrar o caminho de volta... de volta a tudo o que é puro.

— Ámen — sussurrara o bispo. — Dou-lhe a minha palavra.

Agora, ao atravessar a praça sob o ar frio noturno, virou os olhos para o firmamento. *Majestade, saiba que estou a fazer tudo o que posso para honrar os seus últimos desejos.*

Sentia-se um pouco reconfortado sabendo que o rei já estava demasiado debilitado para ver televisão. Se tivesse visto hoje as imagens de Bilbau, teria morrido nesse preciso instante ao ver ao que tinha chegado o seu querido país.

À direita do bispo, por trás dos portões de ferro, ao longo da Calle de Bailén, as carrinhas dos meios de comunicação tinham começado a reunir-se, montando as torres de comunicação por satélite.

Abutres, sentenciou Valdespino, enquanto a aragem noturna lhe agitava as vestes.

CAPÍTULO 25

Haverá tempo para o luto, disse Langdon de si para si, lutando com a intensa emoção que o tolhia. *O momento agora é de ação.*

Já pedira a Winston que procurasse nas imagens das câmaras de segurança do museu qualquer informação que pudesse ser de utilidade para a captura do atirador. E acrescentou mais baixo que também não seria má ideia procurar quaisquer ligações entre o bispo Valdespino e Ávila.

O agente Fonseca regressava para junto dele, ainda ao telemóvel.

— *Sí... sí...* — dizia. — *Claro. Inmediatamente.* — Terminou o telefonema e dirigiu a sua atenção para Ambra, que se encontrava a poucos passos de distância com um ar atordoado.

— Senhora Vidal, temos de sair daqui — declarou Fonseca com um tom ríspido. — Dom Julián exigiu que a ponhamos imediatamente em segurança no interior do Palácio Real.

O corpo de Ambra retesou-se visivelmente.

— Não vou abandonar Edmond aqui! — Fez um gesto para o corpo caído por baixo do cobertor.

— As autoridades locais encarregar-se-ão deste assunto — replicou Fonseca. — O médico forense já está a caminho. O senhor Kirsch será tratado com respeito e com o máximo cuidado. De momento, temos de sair daqui. Receamos que esteja em perigo.

— Tenho a certeza absoluta de *não* estar em perigo — declarou Ambra, avançando na direção do agente. — Um assassino acaba de ter uma oportunidade perfeita para me dar um tiro e não o fez. É óbvio que o seu alvo era Edmond!

— Senhora Vidal! — As veias do pescoço de Fonseca incharam por um momento. — O príncipe quer que vá para Madrid. Está preocupado com a sua segurança.

— Não — replicou Ambra —, está preocupado com as repercussões políticas.

Fonseca expeliu lentamente o ar dos pulmões e baixou a voz.

— Senhora Vidal, o que aconteceu aqui esta noite é um terrível golpe para a Espanha. Também foi um terrível golpe para o príncipe. A sua decisão de acolher este evento foi bastante desafortunada.

A voz de Winston falou subitamente no interior da cabeça de Langdon.

— Professor Langdon? A equipa de segurança esteve a analisar as imagens das câmaras exteriores do museu. Parece que encontraram qualquer coisa.

Depois de ouvir o que Winston tinha para lhe dizer, Langdon fez um gesto para chamar a atenção de Fonseca, interrompendo a reprimenda que o agente estava a dar a Ambra.

— O computador diz que uma das câmaras do telhado do museu apanhou uma imagem parcial do carro em que o assassino fugiu.

— Ah, sim!? — Fonseca parecia surpreendido.

Langdon continuou a transmitir a informação que Winston lhe dera.

— Um carro preto saiu do beco de serviço... a matrícula ilegível do ângulo de captura da imagem... um autocolante estranho no vidro...

— Que autocolante? — quis saber Fonseca. — Podemos alertar as autoridades locais para o procurarem.

— Não consigo reconhecer o autocolante — informou Winston.

— Mas comparei a sua forma com todos os símbolos conhecidos do mundo e obtive uma única correspondência.

Era surpreendente a rapidez com que Winston fazia aquilo tudo.

— A correspondência que encontrei foi com um antigo símbolo alquímico, o símbolo da *amálgama*.

Como!? Esperara que fosse o logótipo de um parque de estacionamento ou de uma organização política.

— O autocolante do carro representa o símbolo da... amálgama?

Fonseca olhou para ele, obviamente perdido.

— Tem de ser um engano, Winston — disse Langdon. — Porque é que alguém teria um autocolante no carro com o símbolo de um processo alquímico?

— Não sei — replicou Winston. — Foi a única correspondência que encontrei, com uma certeza de noventa e nove por cento.

A memória eidética de Langdon evocou rapidamente o símbolo alquímico da amálgama.

— Winston, descreva-me exatamente o que vê no para-brisas do carro.

O computador respondeu imediatamente.

— O símbolo consiste numa linha vertical atravessada por três linhas horizontais. Em cima da linha vertical encontra-se um arco virado para cima.

Exato. Langdon franziu o sobrolho.

— O arco na parte superior possui, por acaso, algum tipo de remate nas pontas?

— Sim. Tem uma linha horizontal curta na parte superior de cada braço.

Muito bem. É o símbolo da amálgama.

Langdon permaneceu intrigado durante um momento.

— Winston, pode enviar-nos a imagem obtida pela câmara de segurança?

— Claro que sim.

— Envie-a para o *meu* telemóvel — exigiu Fonseca.

Langdon indicou o número do telemóvel do agente a Winston e, passado um momento, o dispositivo emitiu um sinal acústico. Ambos rodearam o agente e analisaram a imagem granulada a preto-e-branco. Era uma fotografia tirada de vários metros de altura de um carro preto num beco de serviço deserto.

E efetivamente, no canto inferior esquerdo do para-brisas, podia ser visto um autocolante que apresentava o símbolo exato que Winston descrevera.

Amálgama. Que esquisito.

Intrigado, Langdon estendeu a mão e ampliou o autocolante com a ponta dos dedos. Debruçando-se, analisou a imagem mais detalhada.

E detetou imediatamente qual era o problema.

— Não é amálgama! — anunciou.

Apesar de a imagem ser muito *parecida* com o que Winston descrevera, não era exatamente igual. E em simbologia a diferença entre «parecido» e «exato» podia ser a diferença entre um emblema nazi e um símbolo budista de prosperidade.

É por isto que às vezes a mente humana é melhor do que um computador.

— Não é um autocolante — declarou. — São dois autocolantes diferentes ligeiramente sobrepostos. O autocolante inferior é uma cruz papal. Tem-se tornado muito popular nos últimos tempos, especialmente em Espanha.

Após a eleição do mais liberal pontífice da história do Vaticano, milhares de pessoas do mundo inteiro davam sinais de apoio às suas novas políticas exibindo a tripla cruz, até na cidade natal de Langdon, Cambridge, Massachusetts.

— O símbolo em forma de «U» da parte superior é outro autocolante.

— Vejo que tem razão — disse Winston. — Eu dou-lhe o número de telefone da empresa.

Uma vez mais, a velocidade de Winston era impressionante. *Já identificou o logótipo da empresa?*

— Fantástico. Se lhes pudermos ligar, podem localizar o carro.

— Localizar o carro!? Como? — Fonseca parecia aturdido.

— O carro da fuga foi alugado — disse Langdon, apontando para o «U» estilizado no para-brisas. — É um Uber.

CAPÍTULO 26

Pelo ar de estupefação no rosto de Fonseca, era impossível perceber o que o surpreendia mais: a rápida decifração do autocolante do para-brisas ou a estranha escolha de veículo de fuga do almirante Ávila.

Alugou um Uber, pensou Langdon, perguntando a si próprio se se tratava de uma jogada brilhante ou de uma estupidez incrível.

O ubíquo serviço de «veículos com condutor» da Uber tinha-se espalhado como uma epidemia pelo mundo durante os últimos anos. Através da respetiva *app*, qualquer pessoa que precisasse de um veículo para se deslocar podia entrar instantaneamente em contacto com um crescente exército de condutores da empresa, que ganhavam dinheiro extra alugando os seus veículos como táxis improvisados. Recentemente legalizada em Espanha, a Uber exigia aos seus condutores espanhóis que apresentassem o seu logótipo no para-brisas. E parecia que o condutor daquele carro específico também era adepto do novo papa.

— Agente Fonseca — explicou Langdon —, o Winston está a dizer que tomou a liberdade de enviar a imagem do carro da fuga para as autoridades locais para que fosse entregue aos agentes das brigadas de trânsito.

A boca de Fonseca abriu-se involuntariamente, e Langdon teve a sensação de que o agente não estava habituado a que os outros lhe explicassem o que estava a acontecer. Fonseca parecia hesitar entre agradecer a Winston ou dizer-lhe que não se metesse onde não era chamado.

— E agora está a ligar para o número de emergência da Uber.

— Não! — ordenou Fonseca. — Dê-me o número. Eu próprio ligo. A Uber estará mais disposta a falar com um oficial da Guardia Real do que com um computador.

Langdon teve de admitir que era provável que tivesse razão. Além disso, parecia-lhe muito melhor que a Guardia Real prestasse assistência na caça ao homem do que desperdiçasse os seus recursos a acompanhar Ambra Vidal a Madrid.

Enquanto Fonseca ligava, depois de Winston lhe ter dado o número, Langdon sentiu-se cada vez mais confiante de que podiam apanhar o assassino numa questão de minutos. Localizar veículos era crucial para o negócio da Uber. Qualquer cliente com um *smartphone* podia literalmente aceder à localização exata de todos os condutores da Uber do planeta. A única coisa que Fonseca tinha de fazer era pedir à empresa que localizasse o condutor que acabava de apanhar um passageiro nas traseiras do Guggenheim.

— *¡Hostia!* — praguejou Fonseca. — Automatizada. — Pressionou contrariado um número no ecrã e ficou à espera, tendo chegado a uma lista automatizada de opções. — Professor Langdon, assim que conseguir falar com a Uber e lhes ordenar que localizem o carro, entrego o assunto às autoridades locais para que o agente Díaz e eu possamos levá-lo a si e à senhora Vidal para Madrid.

— Eu? — replicou Langdon, surpreendido. — Não. Eu não posso ir consigo, de maneira nenhuma.

— Pode e vai — declarou Fonseca. — Assim como o seu brinquedo computorizado — acrescentou, apontando para os auscultadores de Langdon.

— Desculpe — respondeu Langdon, endurecendo o tom —, mas eu não vou acompanhá-lo a Madrid, de maneira nenhuma.

— É estranho — replicou Fonseca —, pensei que o senhor era um professor de Harvard.

Langdon olhou para ele intrigado.

— E sou.

— Ótimo — cortou Fonseca. — Então imagino que tenha inteligência suficiente para perceber que não tem escolha.

E com estas palavras o agente afastou-se, regressando à sua chamada. Langdon ficou a olhar para ele indignado. *Que diabo!?*

— Professor Langdon? — Ambra aproximara-se de Langdon e sussurrava por trás dele. — Ouça bem o que lhe vou dizer. É muito importante.

Langdon virou-se, perplexo ao constatar que a expressão de Ambra era de medo profundo. O seu mudo choque parecia ter passado e o seu tom de voz era simultaneamente claro e desesperado.

— Professor Langdon, Edmond demonstrou que tinha um enorme respeito por si incluindo-o na apresentação. Por esse motivo, vou confiar em si. Tenho de lhe dizer uma coisa.

Langdon olhou para ela, inseguro.

— O assassínio do Edmond foi culpa minha — sussurrou, ao mesmo tempo que os seus profundos olhos escuros se enchiam de lágrimas.

— Como!?

Ambra olhou nervosamente de relance para Fonseca, que não os podia ouvir.

— A lista de convidados... — continuou, virando-se para Langdon. — A inclusão de última hora. O nome que foi acrescentado.

— Sim. Luis Ávila.

— Fui *eu* que acrescentei esse nome — confessou, com a voz a falhar. — Fui *eu*!

Winston tinha razão, pensou Langdon, aturdido.

— Foi por minha culpa que Edmond foi assassinado — prosseguiu ela à beira das lágrimas. — Eu permiti que o seu assassino entrasse no edifício.

— Tenha calma... — disse Langdon, pondo-lhe uma mão no ombro trémulo. — Explique-me o que aconteceu. *Porque é que* acrescentou o nome desse Ávila à lista?

Ambra lançou outro olhar ansioso para Fonseca, que continuava entretido com o telemóvel a uns vinte metros de distância.

— Recebi um pedido de última hora de uma pessoa em quem confio plenamente. Essa pessoa pediu-me que incluísse o almirante Ávila na lista como um favor pessoal. O pedido chegou-me minutos antes de as portas se abrirem e eu estava muito ocupada, de modo que acrescentei o nome sem pensar duas vezes. Além disso, era um almirante! Como podia eu saber o que ia acontecer? — Voltou a olhar para o corpo de Edmond e cobriu a boca com a mão. — E agora...

— Ambra — sussurrou Langdon —, *quem* é que lhe pediu que incluísse o nome de Ávila na lista de convidados?

Ambra engoliu em seco.

— Foi o meu noivo... O príncipe herdeiro do trono de Espanha, dom Julián.

Ficou a olhar para ela, incrédulo, tentando encontrar uma maneira de processar as suas palavras. A diretora do Museu Guggenheim acabava de lhe dizer que o príncipe herdeiro de Espanha ajudara a orquestrar o assassínio de Edmond Kirsch. *Impossível.*

— Tenho a certeza de que o palácio nunca esperou que eu viesse a saber a identidade do assassino... Mas agora que a conheço... Receio estar em perigo.

Langdon voltou a pôr-lhe a mão no ombro.

— Está perfeitamente segura aqui...

— Não, não estou — sussurrou veementemente. — Estão a acontecer aqui coisas que o professor não compreende. Temos de sair daqui. *Agora!*

— Não podemos fugir — contrapôs Langdon. — Nunca conseguiríamos...

— Ouça com atenção o que lhe vou dizer — urgiu ela. — Eu *sei* como ajudar o Edmond.

— O quê? — Langdon pensou que Ambra ainda estivesse em estado de choque. — Edmond já não pode ser ajudado.

— Pode, sim — insistiu ela num tom lúcido. — Mas, primeiro, temos de ir ao seu apartamento em Barcelona.

— Do que está a falar?

— Por favor, ouça com atenção. Eu sei o que Edmond queria que fizéssemos.

Em quinze segundos, Ambra Vidal disse-lhe em voz baixa algo que fez com que o seu coração acelerasse rapidamente. *Meu Deus*, pensou, *tem razão. Isso muda tudo.*

Quando acabou de falar, Ambra olhou para ele, desafiando-o.

— Está a perceber agora porque é que temos de sair daqui?

Langdon assentiu sem hesitar.

— Winston, ouviu o que Ambra acaba de me dizer? — perguntou ele para os auscultadores.

— Ouvi, professor.

— Já conhecia essa informação?

— Não.

Langdon mediu cuidadosamente as suas palavras seguintes.

— Winston, não sei se os computadores conseguem sentir lealdade pelos seus criadores. Mas, se sente qualquer coisa desse género, chegou o seu momento da verdade. Precisamos da sua ajuda.

CAPÍTULO 27

Ao dirigir-se para o estrado, Langdon manteve Fonseca debaixo de olho. Este ainda estava ocupado com o telefonema para a Uber. Observou Ambra a deslocar-se casualmente para o centro do auditório, também a falar ao telemóvel, ou pelo menos a *fingir* que falava, precisamente como sugerira Langdon.

Diga a Fonseca que decidiu ligar para o príncipe Julián.

Quando chegou ao estrado, Langdon virou relutantemente o olhar para a forma estendida no chão. *Edmond.* Devagar, retirou o cobertor com que Ambra o cobrira. Os olhos outrora brilhantes do seu amigo eram agora duas ranhuras sem vida sob um orifício carmim no centro da testa. Sentiu um arrepio perante a cruel imagem e o seu coração começou a bater violentamente com a sensação de perda e fúria.

Por um instante, Langdon viu o jovem e desgrenhado aluno que chegara cheio de esperança e talento às suas aulas, e que conseguira fazer tanta coisa num tão curto espaço de tempo. Horrivelmente, nessa noite, alguém assassinara aquele prodigioso ser humano, sem dúvida numa tentativa de enterrar para sempre a sua maior descoberta.

E a menos que eu atue agora com arrojo, sabia Langdon, *a maior proeza do meu aluno nunca verá a luz do dia.*

Posicionando-se de forma que o leitoril o protegesse parcialmente do olhar de Fonseca, ajoelhou-se ao lado do corpo de Edmond, fechou-lhe os olhos, uniu-lhe as mãos em cima do peito e adotou uma reverente postura de oração.

A ironia de rezar por um ateu quase lhe provocou um sorriso.

Edmond, eu sei que seria a última pessoa a querer que alguém rezasse por si. Não se preocupe, meu amigo, não estou aqui para o fazer.

Ajoelhado sobre o cadáver, lutou com um medo crescente. *Garanti-lhe que o bispo era inofensivo. Se acabo por descobrir que Valdespino esteve implicado nisto...* Teve de empurrar aqueles tenebrosos pensamentos para fora da sua mente.

Assim que teve a certeza de que Fonseca o vira a rezar, inclinou-se muito discretamente para a frente e meteu a mão no interior do blusão de pele de Edmond, do qual retirou o seu enorme telemóvel azul-turquesa.

Virou rapidamente a cabeça para Fonseca, que ainda estava ao telefone e que parecia agora menos interessado em Langdon e mais em Ambra, que se afastava cada vez mais do agente, aparentemente absorta na sua própria chamada.

Voltou a olhar para o telemóvel de Edmond e inspirou para se acalmar.

Só falta uma coisa.

Pegou delicadamente na mão direita de Edmond. Já estava fria. Aproximando o telemóvel dos seus dedos, colocou a ponta do indicador no disco de reconhecimento de impressões digitais.

O telemóvel emitiu um clique e desbloqueou.

Procurou o menu de configurações e desativou a proteção por palavra-passe. «Permanentemente desbloqueado.» A seguir, apressou-se a guardar o telemóvel no bolso do seu casaco e voltou a cobrir o corpo de Edmond com o cobertor.

As sirenes uivavam à distância, enquanto Ambra permanecia no centro do auditório deserto, com o telemóvel encostado à cabeça, a fingir que estava concentrada na chamada, sempre consciente do olhar de Fonseca que a seguia.

Rápido, Robert.

Há um minuto, o professor americano entrara em ação depois de Ambra ter partilhado com ele uma conversa que tivera recentemente com Edmond Kirsch. Ambra dissera a Langdon que duas noites antes, naquela mesma sala, estivera a trabalhar até tarde com Edmond nos últimos pormenores da sua apresentação quando ele decidira fazer uma pausa para tomar o seu terceiro batido de espinafres da noite. Ambra reparara que ele parecia exausto.

— Tenho de lhe dizer, Edmond, que não estou lá muito convencida de que essa dieta vegana lhe esteja a fazer bem. Tem um aspeto pálido e está demasiado magro.

— Demasiado magro? — rira Edmond. — Olha quem fala.

— Eu não estou demasiado magra!

— Está no limiar do doentio. — Piscara um olho brincalhão em resposta à sua expressão indignada. — Quanto à minha palidez, o que hei de fazer? Sou um maníaco dos computadores que passa o dia inteiro iluminado pelo brilho de um ecrã LCD.

— Pois esse maníaco vai fazer um anúncio para o mundo inteiro dentro de dois dias e um bocadinho de cor não lhe ficaria nada mal. Ou vai dar um passeio amanhã ou inventa um ecrã de computador que o bronzeie.

— Não é má ideia — replicara ele, parecendo impressionado. — Tem de reclamar a patente dessa. — Rira-se e voltara a dedicar-se ao trabalho que tinham em mãos. — Então está perfeitamente clara a ordem dos eventos de sábado à noite?

Ambra anuíra, voltando a olhar para o guião.

— Dou as boas-vindas aos convidados na antessala e depois passamos todos para este auditório para o vídeo introdutório, após o qual o Edmond aparece *magicamente* no estrado que se encontrará ali. — Apontara para a parte da frente da sala. — E então, por trás do leitoril, fará a sua comunicação.

— Perfeito — dissera Edmond. — Com uma pequena ressalva. — Sorrira maliciosamente. — Quando falar no estrado, será mais uma espécie de *interlúdio*, uma oportunidade de dar pessoalmente as boas-vindas aos meus convidados, permitir que toda a gente estique as pernas e prepará-los para a segunda parte da noite: uma apresentação multimédia sobre a minha descoberta.

— Então o anúncio propriamente dito está pré-gravado? Como a introdução?

— Sim, acabei a apresentação há uns dias. Vivemos numa cultura visual e as apresentações multimédia são sempre mais cativantes que um cientista qualquer a falar em cima de um estrado.

— O Edmond não é exatamente «um cientista qualquer», mas concordo consigo. Mal posso esperar para a ver.

Ambra sempre soubera que, por motivos de segurança, a apresentação de Edmond estava guardada nos seus servidores externos privados, que lhe ofereciam a maior proteção possível. A apresentação seria transmitida em direto para o sistema de projeção do museu de uma localização remota.

— Quando estiver pronto para a segunda parte, quem é que ativará a apresentação, eu ou o Edmond?

— Eu próprio — dissera-lhe Edmond, tirando o telemóvel do bolso. — Com *isto*. — Levantara o enorme dispositivo com a sua caixa azul-turquesa com o padrão de Gaudí. — Faz tudo parte do espetáculo. Só preciso de me ligar ao meu servidor remoto através de uma ligação cifrada...

Edmond tocou duas ou três vezes no ecrã e, depois de se ouvir um toque de chamada, a ligação fora estabelecida. Uma voz computorizada feminina atendera a chamada. «BOA NOITE, EDMOND. ESTOU À ESPERA QUE ME DÊ A SUA PALAVRA-PASSE.»

Edmond sorrira.

— E então, enquanto o mundo inteiro me observa, só preciso de introduzir a minha palavra-passe no telemóvel e a minha descoberta será transmitida para este auditório e, simultaneamente, para o resto do mundo.

— Parece bastante dramático — dissera Ambra, impressionada.

— A menos, claro, que se esqueça da palavra-passe.

— Isso *seria* bizarro, sim.

— Imagino que a tenha apontado em qualquer lado — brincara ela.

— Blasfémia! — respondera Edmond com uma gargalhada. — Um cientista computacional nunca aponta palavras-passe. No entanto, não se preocupe. A minha palavra-passe só tem quarenta e sete caracteres. Tenho a certeza de que não me esquecerei dela.

Os olhos de Ambra arregalaram-se de espanto.

— Quarenta e sete!? O Edmond nem sequer é capaz de recordar o PIN de quatro algarismos do cartão de segurança do museu! Como é que vai recordar *quarenta e sete caracteres* aleatórios?

Ele voltara a rir-se da preocupação dela.

— Não é tão complicado. Não são aleatórios. — E, baixando a voz, acrescentara: — A minha palavra-passe, na realidade, é o meu verso preferido.

Ambra ficara confusa.

— Utilizou um verso como palavra-passe?

— Porque não? O meu verso preferido tem exatamente quarenta e sete letras.

— Enfim, não parece lá muito seguro.

— Acha que não? Acha que consegue adivinhar qual é o meu verso preferido?

— Eu nem sequer sabia que *gostava* de poesia.

— Precisamente. Mesmo que alguém descobrisse que a minha palavra-passe é um verso e mesmo que adivinhasse com exatidão que verso era, entre os milhões de possibilidades, ainda teria de adivinhar o longo número de telefone que utilizo para me ligar ao meu servidor seguro.

— O número de telefone que acaba de ligar do seu telemóvel?

— Sim, o telemóvel que possui o seu próprio PIN de acesso e que nunca sai do bolso do meu casaco.

Ambra levantara os braços num gesto de desistência, sorrindo brincalhona.

— *Okay*, o Edmond é que manda. Já agora, qual é o seu poeta preferido?

— Boa tentativa — respondera Edmond, abanando um dedo reprovador. — Vai ter de esperar até sábado. O verso que escolhi é *perfeito*. — Sorrira malevolamente. — É sobre o futuro, uma espécie de profecia, e estou contente por comprovar que se está a tornar realidade.

Nesse momento, enquanto os seus pensamentos regressavam ao presente, Ambra olhou para o cadáver de Edmond e compreendeu com uma onda de pânico que já não via onde estava Langdon.

Onde é que ele se meteu!?

E o que era ainda mais alarmante é que acabava de ver o segundo agente da Guardia Real, o agente Díaz, a regressar ao auditório através do rasgão na parede de tecido. Díaz examinou a sala e dirigiu-se diretamente a Ambra.

Nunca me deixarão sair daqui!

De súbito, Langdon estava ao seu lado. Colocou-lhe uma mão na cintura e começou a levá-la dali para fora, apertando o passo na direção da saída na parte oposta do auditório, a passagem por que todos tinham entrado.

— Senhora Vidal! — gritou Díaz. — Para onde é que vão?

— Nós já voltamos — respondeu Langdon, apressando-a pelo prado deserto, seguindo uma linha reta que os levava à parte de trás da sala e ao túnel de saída.

— Senhor Langdon! — Era a voz do agente Fonseca que se ouvia agora a gritar atrás dele. — Estão proibidos de sair desta sala!

Ambra sentiu a mão de Langdon apertar-lhe mais prementemente as costas.

— Agora, Winston! — sussurrou Langdon para os auscultadores.

No momento seguinte, o auditório mergulhou na escuridão.

CAPÍTULO 28

O agente Fonseca e o seu parceiro Díaz correram pela sala às escuras, iluminando o caminho com as lanternas dos telemóveis e lançando-se para a passagem onde Langdon e Ambra acabavam de desaparecer.

No meio do túnel, Fonseca descobriu o telemóvel de Ambra no chão alcatifado. A descoberta chocou-o.

Deitou fora o telemóvel!?

A Guardia Real, com a autorização de Ambra, usava uma aplicação de rastreio muito simples para saber onde é que ela se encontrava em qualquer momento. Só havia uma explicação para o facto de ela deitar fora o telemóvel: queria escapar à sua proteção.

A ideia deixou-o extremamente nervoso, embora não tão nervoso como a necessidade de informar o seu chefe de que a futura rainha consorte de Espanha desaparecera. O comandante da Guardia Real era uma pessoa obsessiva e implacável no que dizia respeito à proteção dos interesses do príncipe. Nessa noite, transmitira a Fonseca a mais simples das diretivas: «Manter sempre Ambra Vidal em segurança e afastada de quaisquer problemas.»

E não posso mantê-la em segurança se não sei onde está!

Os dois agentes correram para o fim do túnel e chegaram à antessala, agora também às escuras, que parecia uma convenção de fantasmas — uma horda de caras pálidas e chocadas, iluminadas pelos ecrãs dos telemóveis enquanto comunicavam com o mundo exterior, transmitindo o que acabavam de ver.

— Liguem as luzes! — gritavam diversas pessoas.

O telemóvel de Fonseca tocou e ele atendeu a chamada.

— Agente Fonseca, ligo-lhe da segurança do museu — disse uma jovem num espanhol tenso. — Sabemos que estão às escuras aí em cima. Parece que houve um problema com os computadores. Dentro de breves momentos, voltarão a ter luz.

— As câmaras de segurança internas continuam a funcionar? — perguntou Fonseca, sabendo que todas estavam equipadas com dispositivos de visão noturna.

— Continuam.

Fonseca perscrutou a sala às escuras.

— Ambra Vidal acaba de entrar na antessala do auditório principal. Pode ver para onde é que ela foi?

— Um momento, por favor.

Fonseca ficou à espera, com o pulso disparado pela frustração. Acabavam de lhe dizer que a Uber também estava a ter dificuldades para rastrear o carro em que o atirador fugira.

Que mais pode correr mal esta noite?

Por azar, aquela era a primeira vez que trabalhava na proteção de Ambra Vidal. Normalmente, como oficial, Fonseca costumava estar destacado para a proteção do próprio príncipe Julián. No entanto, nesse dia de manhã, o seu chefe chamara-o e dissera-lhe:

— Esta noite, a senhora Vidal será a anfitriã de um evento contra os desejos do príncipe Julián. Terá de a acompanhar e de garantir a sua segurança.

Em nenhum momento imaginara que o evento em questão fosse um feroz ataque à religião, culminando num assassínio em direto de uma notável figura pública. Ainda estava a tentar digerir a furiosa recusa de Ambra de atender a chamada do príncipe Julián.

Parecia inconcebível, e no entanto o estranho comportamento de Ambra Vidal não parava de se agravar. Era agora óbvio que tentava escapar da sua própria escolta e fugir com um professor americano.

Se o príncipe Julián vier a saber isto...

— Agente Fonseca! — A voz da jovem da segurança regressou ao telefone. — Constatámos que a senhora Vidal e um acompanhante masculino saíram da antessala. Atravessaram o passadiço e acabam de entrar na galeria em que se encontra a exposição *Cells*, de Louise Bourgeois. Ao sair da antessala, vire à direita, e é a segunda galeria que encontrará à sua direita.

— Obrigado! Continue a monitorizar todos os seus movimentos!

Fonseca e Díaz atravessaram a correr a antessala e saíram para o passadiço. Vários metros por baixo dos seus pés, podiam ver dezenas de convidados a atravessarem apressadamente o átrio e a dirigirem-se para as saídas.

À sua direita, exatamente como a jovem da segurança lhe indicara, Fonseca viu a porta para uma ampla galeria. O cartaz da exposição indicava CELLS.

A galeria era ampla e acolhia uma coleção de estranhas estruturas semelhantes a gaiolas, cada uma das quais tinha uma escultura branca amorfa no seu interior.

— Senhora Vidal! — gritou Fonseca. — Professor Langdon!

Não obtendo resposta, os dois agentes começaram a vasculhar a galeria à procura dos fugitivos.

Várias salas por trás dos agentes da Guardia Real, na parte exterior do auditório abobadado, Langdon e Ambra trepavam cuidadosamente um labirinto de andaimes, dirigindo-se em silêncio para o sinal debilmente iluminado com a indicação «Saída» que viam à distância.

As suas ações do último minuto, em que Langdon e Winston puseram em prática uma rápida artimanha, eram uma lembrança vaga.

A pedido de Langdon, Winston apagara as luzes, mergulhando o auditório na escuridão. Langdon memorizara a distância entre a sua posição e a saída do túnel, fazendo uma estimativa praticamente perfeita. À entrada do túnel, Ambra atirara o telemóvel para dentro da passagem. E a seguir, em vez de entrarem, viraram para o lado, permanecendo no *interior* do auditório, que percorreram tateando a parede interior, até encontrarem a abertura através da qual o agente Díaz saíra para perseguir o assassino de Edmond. Depois de treparem pela abertura na parede de tecido, os dois conseguiram passar para a parede exterior da sala na direção de um sinal que indicava uma saída de emergência.

Langdon recordava surpreendido a rapidez com que Winston tomara a decisão de os ajudar.

— Se a comunicação de Edmond pode ser ativada por uma palavra-passe, temos de a encontrar e de a utilizar imediatamente. A minha diretiva original consistia em ajudar Edmond de todas as formas possíveis para fazer da apresentação desta noite um êxito. É óbvio que falhei, mas farei tudo o que estiver ao meu alcance para ajudar a retificar esse fracasso.

Langdon estava prestes a agradecer-lhe, mas Winston prosseguiu sem pausa. As suas palavras brotavam a uma velocidade inumana, como um audiolivro a reproduzir de forma acelerada.

— Se eu pudesse aceder à apresentação de Edmond, fá-lo-ia imediatamente. Mas, como sabem, esta está guardada num servidor seguro fora das instalações. Parece que tudo de que precisamos para divulgar a sua descoberta é do seu telemóvel personalizado e da sua palavra-passe. Já pesquisei em todos os textos publicados à procura de um verso de quarenta e sete caracteres, mas infelizmente as possibilidades contam-se por centenas de milhares, se não mais, dependendo das normas ortográficas utilizadas. Além disso, dado as interfaces de Edmond geralmente bloquearem os utilizadores depois de um reduzido número de tentativas falhadas de introdução de uma palavra-passe, seria impossível realizar um ataque de força bruta. O que nos deixa apenas uma opção: temos de encontrar a palavra-passe de outra forma. Concordo com a senhora Vidal que terá de se dirigir imediatamente para casa de Edmond em Barcelona. Parece-me lógico que, se ele tinha um verso preferido, tivesse uma cópia do livro em que esse poema foi publicado, sendo mesmo provável que tenha marcado de alguma forma o seu verso preferido. Considero portanto que é altamente provável que Edmond quisesse que se dirigissem a Barcelona, encontrassem a sua palavra-passe e a utilizassem para divulgar a sua descoberta como ele planeou. Além disso, acabo de descobrir que a chamada de última hora que pediu a inclusão do almirante Ávila na lista de convidados procedia efetivamente do Palácio Real de Madrid, como declarou a senhora Vidal. Por esse motivo, decidi que seria imprudente confiar nos agentes da Guardia Real e procurarei encontrar uma forma de os despistar, para facilitar a sua fuga.

E incrivelmente parecia que encontrara uma forma de o fazer.

Quando chegaram à saída de emergência, Langdon abriu silenciosamente a porta, ajudou Ambra a passar e fechou-a atrás de si.

— Fantástico — disse a voz de Winston, materializando-se na cabeça de Langdon. — Estão nas escadas.

— E os agentes da Guardia Real? — perguntou Langdon.

— Longe daqui. Estou ao telefone com eles neste preciso momento, fazendo-me passar pela segurança do museu e dirigindo-os para uma galeria na outra ponta do edifício.

Incrível, pensou Langdon, ao mesmo tempo que acenava tranquilizadoramente para Ambra.

— Está tudo bem.

— Desçam as escadas até ao rés do chão — indicou Winston — e saiam do museu. Gostaria de lhes recordar que, assim que saírem do edifício, os auscultadores do museu deixarão de ter uma ligação comigo.

Raios. Langdon não pensara nisso.

— Winston — disse apressadamente —, tem conhecimento de que, há três dias, Edmond partilhou a sua descoberta com diversos líderes religiosos?

— Parece-me improvável — replicou Winston. — No entanto, a sua introdução desta noite implicava que o seu trabalho possuía profundas implicações religiosas, de modo que é possível que ele desejasse discutir a sua descoberta com líderes desse campo.

— Acho que sim. No entanto, um deles era o bispo Valdespino de Madrid.

— Interessante. Encontro numerosas referências *online* que indicam que é um conselheiro muito próximo do rei de Espanha.

— Sim. E outra coisa — continuou Langdon. — Sabia que Edmond recebeu uma mensagem de voz ameaçadora de Valdespino depois da sua reunião?

— Não sabia. Deve ter-lhe chegado por um número privado.

— Edmond deixou-me ouvir a gravação. Valdespino pediu-lhe veementemente que cancelasse a apresentação e avisou-o de que os religiosos que Edmond consultara estavam a pensar fazer uma comunicação preventiva, para de alguma forma minar a sua antes que ele a apresentasse. — Langdon abrandou o passo ao descer as escadas, permitindo que Ambra passasse à sua frente, e baixou a voz: — Conseguiu encontrar qualquer ligação entre Valdespino e o almirante Ávila?

Winston ficou em silêncio durante um momento.

— Não encontrei nenhuma relação direta, mas isso não significa que ela não exista. Significa apenas que não está documentada.

Aproximavam-se já do rés do chão.

— Professor, se me permite... Considerando os acontecimentos desta noite, a lógica sugere que existem forças poderosas decididas a enterrar a descoberta de Edmond. Considerando além disso que a apresentação o indicou como a pessoa cujo raciocínio ajudou a inspirar essa descoberta, é possível que os inimigos de Edmond o considerem uma perigosa ponta solta.

Langdon nunca considerara aquela possibilidade e sentiu uma súbita onda de medo quando chegou ao rés do chão. Ambra estava à sua espera, com a porta metálica aberta.

— Quando saírem, encontrar-se-ão num beco. Virem para a esquerda, rodeiem o edifício e dirijam-se para o rio. A partir daí, eu trato do transporte para a localização que me indicaram.

BIO-EC346, recordou Langdon. Pedira a Winston que os levasse até lá. *O lugar em que Edmond e eu tínhamos de nos encontrar depois do evento.* Langdon conseguira finalmente decifrar o código, percebendo que afinal BIO-EC346 não era nenhum clube científico secreto nem nada que se parecesse. Era uma localização bastante mais mundana. No entanto, esperava que fosse a solução para a sua fuga de Bilbau.

Se conseguirmos lá chegar sem sermos detetados, pensou, sabendo que em breve haveria polícia por todos os lados. *Temos de nos mover rapidamente.*

Quando atravessaram o limiar para a frescura do ar noturno, Langdon surpreendeu-se por encontrar o que pareciam contas de rosário espalhadas pelo chão. Mas nem sequer teve tempo de perguntar a si próprio o que estariam ali a fazer. Winston continuava a falar com ele.

— Assim que chegarem ao rio — orientou a sua voz —, dirijam-se para a passagem por baixo da ponte La Salve e esperem até que...

Os auscultadores de Langdon emitiram subitamente uma estática ensurdecedora.

— Winston? — gritou Langdon. — Esperar até que... o quê?

Mas Winston desaparecera e a porta metálica acabava de bater atrás deles.

CAPÍTULO 29

Vários quilómetros a sul, nos arredores de Bilbau, um carro da Uber avançava a toda a velocidade pela autoestrada AP-68 na direção de Madrid. No banco de trás, o almirante Ávila, depois de ter tirado o casaco branco e o boné, saboreava uma sensação de liberdade enquanto se recostava e refletia sobre a sua simples fuga.

Precisamente como o Regente prometeu.

Quase imediatamente depois de entrar no veículo, pegara na pistola e apontara-a à cabeça do condutor. Seguindo as suas ordens, o trémulo homem atirara o telemóvel pela janela fora, cortando a única ligação do veículo com a empresa.

A seguir, Ávila revistara-lhe a carteira, decorando a morada e os nomes da sua mulher e dos dois filhos. *Faça o que eu mandar ou a sua família morre*, dissera-lhe Ávila. Os nós dos dedos do condutor ficaram brancos à volta do volante, e Ávila soube que ia ter um condutor empenhado para essa noite.

Agora sou invisível, pensou, enquanto os carros da polícia passavam por eles a alta velocidade na direção contrária com as sirenes ligadas.

À medida que o veículo avançava para sul, foi-se acomodando para a longa viagem, saboreando a parte final da sua subida de adrenalina. *Servi bem a causa*, pensou. Olhou para a tatuagem na palma da mão, pensando que a proteção que ela conferia fora uma precaução desnecessária. *Pelo menos, por agora.*

Sentindo-se confiante de que o aterrorizado condutor obedeceria às suas ordens, pousou a pistola no assento. Enquanto o carro avançava para Madrid, olhou uma vez mais para os dois autocolantes no para-brisas.

Quais seriam as probabilidades daquilo?

O primeiro autocolante era de esperar, o logótipo da Uber. O segundo, porém, só poderia ser interpretado como um sinal dos céus.

A cruz papal. O símbolo era omnipresente naqueles dias. Havia católicos da Europa inteira a demonstrar a sua solidariedade e apoio ao novo papa, louvando a sua arrasadora liberalização e modernização da Igreja.

Ironicamente, o facto de ter percebido que o seu condutor era um adepto do novo papa tornara o facto de lhe apontar a pistola à cabeça uma experiência praticamente agradável. Estava enojado com a forma como as massas preguiçosas adoravam o novo pontífice, que permitia que os seguidores de Cristo vissem as leis de Deus como uma espécie de *buffet*, do qual podiam escolher as que lhes apeteciam e deixar as que não lhes agradavam. Praticamente de um dia para o outro, no interior do Vaticano, questões como o controlo da natalidade, o casamento homossexual, padres mulheres e outras causas liberais eram postas na mesa para discussão. Dois mil anos de tradição pareciam evaporar-se num piscar de olhos.

Felizmente, continua a haver pessoas que lutam pelos velhos ideais.

Ávila ouviu os acordes do hino de *Oriamendi* na sua mente.

E eu tenho a honra de as servir.

CAPÍTULO 30

A mais ancestral e mais elitista força de segurança espanhola, a Guardia Real, possui uma feroz tradição que data dos tempos medievais. Os seus agentes consideram ter o dever perante Deus de garantir a segurança, proteger a propriedade e defender a honra da família real.

O comandante Diego Garza, encarregado dos quase dois mil agentes que compunham o corpo, era um homem de sessenta anos, baixo e magro, de pele morena, olhos pequenos e cabelo preto, já ralo, que penteava para trás para lhe cobrir o crânio manchado. As suas feições de roedor e a sua diminuta estatura tornavam-no praticamente invisível numa multidão, o que contribuía para dissimular a sua enorme influência no interior das paredes do Palácio Real.

Aprendera há muito que o verdadeiro poder radicava não na força física, mas na influência política. O seu cargo à frente da Guardia Real proporcionara-lhe indubitavelmente algum relevo, mas fora a sua astuta sabedoria política o que o estabelecera como a pessoa a consultar no palácio sobre uma ampla variedade de assuntos, tanto profissionais como pessoais.

Um leal guardião de segredos, nunca traíra a confiança de ninguém. A sua reputação de inabalável discrição, unida à sua invulgar capacidade de resolver dilemas delicados, tornara-o indispensável para o monarca. Contudo, agora que o idoso soberano passava os seus últimos dias no Palácio da Zarzuela, Garza e outras figuras do palácio enfrentavam um futuro incerto.

Durante mais de quatro décadas, o rei dirigira um país turbulento à medida que estabelecia uma monarquia parlamentar após trinta e seis anos de sangrenta ditadura sob a mão de ferro do ultraconservador Francisco Franco. Desde a morte de Franco em 1975, o rei tentara trabalhar lado a lado com o governo para cimentar o processo de democratização do país, dirigindo-o muito lentamente para a esquerda.

Para a juventude, as mudanças eram muito lentas.

Para os idosos tradicionalistas, as mudanças eram blasfemas.

Muitos membros do *establishment* espanhol ainda defendiam feroz-mente a doutrina conservadora de Franco, em especial as suas ideias sobre o catolicismo como «religião de Estado» e coluna moral da nação. No entanto, um número crescente de jovens opunha-se drasti-camente a essas ideias, denunciando com veemência a hipocrisia das religiões organizadas e lutando por uma maior separação da Igreja e do Estado.

Neste momento, em que um príncipe de meia-idade se preparava para subir ao trono, ninguém sabia exatamente para que lado se incli-naria o novo monarca. Durante décadas, o príncipe Julián limitara-se a cumprir irrepreensivelmente os seus poucos deveres cerimoniais, dei-xando todas as questões políticas nas mãos do seu pai e nunca fazendo nada que revelasse quais eram exatamente as suas opiniões pessoais. Apesar de a maior parte dos comentadores suspeitar que seria bastante mais liberal do que o pai, na realidade ninguém sabia com certeza o que faria.

Esta noite, contudo, esse véu seria levantado.

Perante os chocantes acontecimentos de Bilbau e a incapacidade de o rei realizar uma comunicação pública devido ao seu delicado esta-do de saúde, o príncipe ver-se-ia obrigado a dirigir-se ao país.

Muitos altos membros do governo, incluindo o primeiro-minis-tro, já tinham condenado o assassínio, recusando-se astuciosamente a fazer qualquer comentário adicional enquanto o Palácio Real não fizes-se uma declaração, depositando assim o problema nos ombros do prín-cipe Julián. Uma manobra que não surpreendera Garza, que percebia que a implicação da futura rainha, Ambra Vidal, fazia daquilo uma gra-nada política que ninguém queria tocar.

O príncipe Julián será posto à prova esta noite, pensou, apressando o passo enquanto subia a escadaria que dava para a parte residencial do palácio. *Vai precisar de orientação e, com o pai incapacitado, essa orientação terá de vir de mim.*

Atravessou o corredor da residência e chegou finalmente aos apo-sentos do príncipe. Respirou fundo e bateu à porta.

Que estranho, pensou, ao não obter resposta. *Eu sei que está nos seus aposentos.* Segundo o agente Fonseca em Bilbau, o príncipe Julián aca-bara de ligar do seu apartamento e estava a tentar entrar em contacto com Ambra Vidal, para ter a certeza de que estava a salvo, o que graças a Deus era o caso.

Bateu de novo, sentindo uma crescente preocupação quando voltou a não obter resposta.

Abriu apressadamente a porta.

— Dom Julián? — chamou em voz alta, enquanto entrava.

O apartamento estava às escuras, à exceção da luz do televisor na sala de estar.

— Está aí?

Ao entrar, encontrou o príncipe Julián sozinho de pé na escuridão, uma silhueta imóvel virada para a sacada. Continuava impecavelmente vestido com o fato à medida que tinha levado às reuniões dessa tarde, nem sequer tendo ainda desapertado a gravata.

Observando-o em silêncio, Garza sentiu-se incomodado pelo estado de aparente transe em que o príncipe se encontrava. *A crise parece tê-lo deixado aturdido.*

Pigarreou, revelando a sua presença.

Quando o príncipe finalmente falou, não se deu ao trabalho de se virar.

— Quando liguei para Ambra, ela recusou-se a falar comigo. — O seu tom parecia mais perplexo que magoado.

Garza hesitou sem saber o que responder. Depois dos acontecimentos dessa noite, parecia incompreensível que os pensamentos do príncipe se dirigissem para a sua relação com Ambra, um noivado que fora complicado desde o início.

— Imagino que a senhora Vidal ainda esteja em estado de choque — sugeriu Garza tranquilamente. — O agente Fonseca encarregar-se-á de a trazer para o palácio esta noite. Poderão falar quando ela voltar. E deixe-me só acrescentar que me sinto bastante aliviado sabendo que está a salvo.

O príncipe Julián acenou afirmativamente com uma expressão ausente.

— O assassino está a ser perseguido — continuou Garza, procurando uma forma de mudar de assunto. — Fonseca garantiu-me que capturarão o terrorista em breve. — Utilizou deliberadamente a palavra «terrorista» na esperança de fazer com que o príncipe saísse do seu torpor.

Mas a única resposta do príncipe foi outro gesto alheado.

— O primeiro-ministro já condenou o assassínio, mas o governo está à espera que Vossa Alteza faça um comentário... dada a implicação da senhora Vidal no evento. — Fez uma pausa. — Compreendo que a situação seja delicada, devido ao seu noivado, mas permita-me sugerir--lhe que declare apenas que uma das coisas que mais admira na sua noiva é a sua independência e que, apesar de saber que ela não partilha as ideias políticas de Edmond Kirsch, tem de aplaudir a sua decisão de honrar os seus compromissos como diretora do museu. Se quiser, posso escrever qualquer coisa nesse sentido. O ideal seria efetuar uma declaração que chegasse a tempo de ser incluída nas notícias matutinas.

O olhar do príncipe Julián nunca se afastou da janela.

— Gostaria de contar com a colaboração do bispo Valdespino em qualquer declaração que façamos.

Garza cerrou o maxilar e engoliu a sua desaprovação. A Espanha pós-franquista era um Estado aconfessional, o que significava que já não havia uma religião de Estado e se supunha que a Igreja não tivesse qualquer envolvimento nos assuntos políticos. A íntima amizade de Valdespino com o rei, porém, sempre proporcionara ao bispo uma invulgar capacidade de influência nos assuntos quotidianos do palácio. Desafortunadamente, as ideias políticas de linha dura e o sectarismo religioso de Valdespino colidiam com a diplomacia e tato que seriam necessários para abordar a crise que o príncipe tinha em mãos.

Precisamos de matizes e delicadeza, não de dogmatismos e inflexibilidade!

Garza percebera há muito que a piedosa imagem de Valdespino ocultava uma verdade muito simples: o bispo servia sempre as suas próprias necessidades antes das divinas. Até muito recentemente, pudera dar-se ao luxo de o ignorar, mas, agora que o equilíbrio de poder no palácio atravessava um momento de instabilidade, a presença aduladora do bispo causava-lhe uma preocupação significativa.

Valdespino já está demasiado próximo do príncipe.

Garza sabia que Julián sempre considerara o bispo como «parte da família», mais um tio de confiança do que uma autoridade religiosa. Como confidente mais íntimo do rei, Valdespino fora encarregado de supervisionar o desenvolvimento moral do jovem príncipe, uma tarefa que cumpriu com dedicação e fervor, aprovando pessoalmente todos os seus tutores, introduzindo-o nas doutrinas da fé e mesmo aconselhando-o em questões sentimentais. Agora, anos mais tarde, mesmo quando não concordavam em qualquer assunto, a sua relação continuava a ser praticamente de consanguinidade.

— Dom Julián — disse Garza num tom calmo —, considero que a situação desta noite é uma questão que teríamos de resolver nós os dois.

— Ah, sim? — perguntou uma voz na escuridão por trás dele.

Garza virou-se imediatamente, surpreendido por ver um fantasma de batina sentado nas sombras.

Valdespino.

— Tenho de lhe confessar, comandante — silvou Valdespino —, que pensei que o senhor, mais do que qualquer pessoa, perceberia o quanto a coroa necessita de mim esta noite.

— Esta situação é de natureza política — replicou firmemente Garza —, não religiosa.

Valdespino prosseguiu de forma escarninha.

— O facto de fazer uma afirmação dessas indica-me que sobrestimei enormemente a sua perspicácia política. Se deseja a minha opinião, só existe uma resposta adequada a esta crise. Temos de garantir imediatamente ao país que o príncipe Julián é um homem profundamente religioso, e que o futuro rei de Espanha é um católico devoto.

— Concordo consigo... e mencionaremos a fé de dom Julián em qualquer declaração que efetuar.

— E quando o príncipe Julián comparecer perante os meios de comunicação, terei de estar ao seu lado, com a minha mão no seu ombro. Um poderoso símbolo da sua ligação à Igreja. Essa imagem fará mais para tranquilizar o país do que quaisquer palavras que possa escrever.

Garza endireitou-se, tenso.

— O mundo acaba de ser testemunha de um brutal assassínio em direto em solo espanhol — prosseguiu Valdespino. — Em tempos de violência, nada conforta mais do que a mão de Deus.

CAPÍTULO 31

O tabuleiro da ponte das correntes Széchenyi, uma das oito de Budapeste, tem uma extensão de mais de trezentos metros por cima do Danúbio. Símbolo da união entre o Oriente e o Ocidente, é considerada uma das mais bonitas do mundo.

O que estou eu a fazer aqui?, perguntou a si próprio o rabino Köves, olhando por cima do parapeito para as revoltas águas negras aos seus pés. *O bispo aconselhou-me a ficar em casa.*

Sabia que não devia ter saído, mas havia qualquer coisa naquela ponte que o chamava sempre que se sentia inquieto. Durante anos, dirigira-se àquele sítio à noite para refletir enquanto admirava a sua vista intemporal. Para oriente, em Peste, a fachada iluminada do Palácio de Gresham erguia-se orgulhosa ao lado dos campanários da Basílica de Szent István. Para ocidente, em Buda, no alto da colina, viam-se as muralhas do castelo. E para norte, nas margens do Danúbio, erguiam-se as elegantes cúpulas do edifício do parlamento.

Suspeitava, contudo, que não era a vista o que repetidamente o trazia à ponte das correntes. Era outra coisa totalmente diferente.

Os cadeados.

Ao longo do parapeito e cabos de suspensão da ponte estavam centenas de cadeados, cada um deles com um par de iniciais diferente, cada um deles para sempre preso à ponte.

A tradição ditava que dois apaixonados fossem juntos à ponte, gravassem as suas iniciais num cadeado, o prendessem à estrutura e atirassem a chave para as águas profundas, onde se perderia para sempre. Um símbolo da sua ligação eterna.

A mais simples das promessas, pensou Köves, tocando num dos cadeados pendurados. *A minha alma está presa à tua alma para sempre.*

Sempre que precisara de ser recordado da existência de amor ilimitado no mundo, viera ver aqueles cadeados. Esta noite era um desses momentos. Enquanto olhava para as águas revoltas, sentiu que de
súbito o mundo se estava a mover demasiado rapidamente para ele.
Talvez eu já não pertença aqui.

Os que outrora eram considerados momentos tranquilos de reflexão solitária, esses breves minutos sozinhos no autocarro, na caminhada diária para o trabalho ou numa esquina à espera de alguém,
pareciam agora insuportáveis para as pessoas que procuravam impulsivamente os telemóveis, os auriculares e os jogos, incapazes de resistir à
viciante atração da tecnologia. Os milagres do passado iam desaparecendo, atropelados pelo nosso insaciável apetite pelas novidades.

Agora, ao olhar para as águas, Yehuda Köves sentia-se cada vez
mais fatigado. A sua vista tornou-se enevoada e começou a ver estranhas figuras amorfas que se moviam por baixo da superfície. O rio pareceu subitamente um fervilhante guisado de criaturas que vinham à
luz das suas profundezas.

— *A víz él* — disse uma voz atrás de si. *As águas estão vivas.*

O rabino virou-se e viu um rapazinho de cabelo encaracolado e
olhos esperançosos. Recordou-o de como ele próprio era há muitos
anos.

— Desculpa?

O rapazinho abriu a boca para dizer qualquer coisa, mas, em vez
de uma voz humana, o que emitiu foi um ruído eletrónico, acompanhado por uma ofuscante luz branca que lhe jorrava dos olhos.

O rabino Köves acordou ofegante, sentando-se subitamente na
cadeira.

Oy gevalt!

O telefone da secretária estava a tocar e o idoso rabino virou-se,
inspecionando com o olhar o interior da *házikó*. Graças a Deus, estava
totalmente sozinho. Podia sentir o seu coração bater com força.

Que sonho tão estranho, pensou, enquanto tentava recuperar o fôlego.

O telefone era insistente, e Köves sabia que àquela hora teria de
ser o bispo Valdespino, que telefonava para lhe dar mais informações
sobre a sua viagem a Madrid.

— Diga, bispo Valdespino — disse ao atender, ainda um pouco
desorientado. — Tem novidades para mim?

— Rabino Yehuda Köves? — perguntou uma voz desconhecida.

— O senhor não me conhece e não o quero assustar, mas é muito importante que ouça atentamente o que tenho para lhe dizer.

De repente, ficou totalmente acordado.

A voz era feminina, mas estava de alguma forma disfarçada, parecendo distorcida. Falava em inglês com um ligeiro sotaque espanhol.

— Estou a filtrar a minha voz por questões de privacidade. Peço-lhe desculpa por uma medida tão drástica, mas dentro de breves instantes perceberá porquê.

— Quem é você? — perguntou Köves.

— Sou uma cidadã preocupada. Uma pessoa que não gosta de quem tenta ocultar a verdade do público.

— Não... não percebo...

— Rabino Köves, eu sei que o senhor esteve numa reunião privada com Edmond Kirsch, o bispo Antonio Valdespino e o *allamah* Syed al-Fadl há três dias, no Mosteiro de Montserrat, em Espanha.

Como é que ela sabe isso?

— Além disso, sei que Edmond Kirsch lhes transmitiu informação extensa sobre a sua recente descoberta científica... e que o senhor se encontra agora implicado numa conspiração para a ocultar.

— O quê!?

— Se não ouvir atentamente o que lhe vou dizer, imagino que amanhã de manhã estará morto, eliminado pelo longo braço do bispo Valdespino. — Houve uma pausa. — Como Edmond Kirsch e o seu amigo Syed al-Fadl.

CAPÍTULO 32

A ponte de La Salve de Bilbau atravessa o rio Nervión tão perto do Museu Guggenheim que as duas estruturas parecem frequentemente ter sido fundidas. Imediatamente reconhecível pelo seu suporte central, uma enorme estrutura pintada de vermelho-vivo com a forma de um «H», a ponte recebeu o nome «La Salve» por se encontrar no sítio em que os marinheiros que regressavam do mar tradicionalmente agradeciam à Virgem chegarem sãos e salvos a casa.

Depois de terem saído pelas traseiras do edifício, Langdon e Ambra atravessaram rapidamente a curta distância que separa o museu do rio e encontravam-se agora à espera numa plataforma, nas sombras, diretamente por baixo da ponte, como Winston lhes indicara.

À espera de quê?, perguntou Langdon a si próprio, intrigado.

Pôde ver na escuridão como a esguia figura de Ambra tremia por baixo do seu vestido fino de noite. Tirou o casaco e colocou-o à volta dos ombros dela, alisando o tecido para lhe cobrir melhor os braços.

Ambra virou-se de súbito para ele.

Por um momento, teve medo de que o seu gesto tivesse ultrapassado os limites, mas a expressão dela não era de desagrado, mas de gratidão.

— Muito obrigada — sussurrou. — Muito obrigada pela sua ajuda.

Sem nunca desviar o olhar, Ambra Vidal estendeu as mãos e apertou as de Langdon, como se estivesse a tentar absorver qualquer calor ou conforto que ele lhe pudesse oferecer. E a seguir, com a mesma rapidez, soltou-as.

— Desculpe. *Conducta impropia*, como diria a minha mãe.

Langdon dirigiu-lhe um sorriso animador.

— Circunstâncias atenuantes, como diria a minha.

Ela conseguiu retribuir-lhe o sorriso, mas muito fugazmente.

— Sinto-me horrivelmente — disse, olhando para o lado. — O que aconteceu a Edmond...

— É tremendo... terrível... — concordou Langdon, sabendo que o choque ainda não lhe permitia expressar claramente todas as suas emoções.

Ambra ficou a olhar para a água.

— Só de pensar que Julián, o meu noivo, está implicado...

Langdon percebeu a deceção na sua voz, mas não sabia como lhe responder.

— Eu sei o que parece... — disse, procurando pisar levemente num terreno delicado —, mas a verdade é que não sabemos de nada com certeza. É possível que o príncipe Julián não tenha tido conhecimento prévio do assassínio desta noite. O assassino pode ter atuado sozinho ou trabalhar para outra pessoa, que não o príncipe. Não teria muito sentido que o futuro rei de Espanha orquestrasse o assassínio em direto de um civil. Especialmente de uma forma tão fácil de relacionar diretamente com ele.

— Só se pode relacionar com ele porque Winston descobriu que esse Ávila foi uma inclusão de última hora na lista de convidados. Talvez Julián tivesse pensado que ninguém descobriria quem tinha apertado o gatilho.

Langdon teve de admitir que o raciocínio era válido.

— Nunca devia ter falado com Julián sobre a apresentação de Edmond — disse Ambra, virando-se outra vez para Langdon. — Ele pediu-me que não participasse e eu tentei tranquilizá-lo dizendo-lhe que o meu envolvimento era mínimo, que não era nada mais do que uma apresentação em vídeo. Acho que até lhe disse que Edmond ia efetuar a comunicação da sua descoberta através de um *smartphone*. — Parou um momento. — Isso significa que, se eles souberem que nós pegámos no telemóvel do Edmond, perceberão que a sua descoberta ainda pode ser divulgada. E realmente não sei até onde Julián será capaz de chegar para impedir essa divulgação.

Langdon estudou a bela mulher durante um longo momento.

— Não confia absolutamente nada no seu noivo, pois não?

Ambra respirou fundo.

— A verdade é que não o conheço tão bem como seria de esperar.

— Então porque é que aceitou casar-se com ele?

— Em poucas palavras, Julián pôs-me numa posição em que não tive escolha.

Antes que Langdon pudesse responder, um murmúrio grave começou a fazer tremer o betão por baixo dos seus pés, reverberando pelo cavernoso espaço por baixo da ponte. O som foi-se tornando cada vez mais alto, parecendo vir de montante, à direita deles.

Virou-se e viu uma forma escura dirigir-se rapidamente para eles. Uma lancha rápida com as luzes apagadas. Quando se aproximou do ponto onde se encontravam, abrandou a velocidade e começou a deslizar até se posicionar perfeitamente à sua frente.

Ao olhar para a embarcação, acenou aprovadoramente. Até esse momento, não sabia bem o que esperar do guia computorizado de Edmond, mas ao ver o táxi fluvial amarelo percebeu que Winston era o melhor aliado que podiam ter.

O desalinhado capitão convidou-os a embarcar.

— O seu amigo britânico ligou-me... Disse que era um cliente VIP e pagava o triplo por... como se diz... *velocidad y discreción*? E eu faço isso... veem? Luzes apagadas.

— Sim, muito obrigado — respondeu Langdon. *Bem pensado, Winston. Velocidade e discrição.*

O capitão estendeu o braço para ajudar Ambra a embarcar e, quando ela desapareceu dentro da pequena cabina coberta para se aquecer, sorriu abertamente para Langdon.

— Esta é a minha VIP? A senhora Ambra Vidal?

— *Velocidad y discreción* — recordou Langdon.

— *¡Sí, sí! Okay!*

O homem correu para o leme e ligou os motores. Momentos mais tarde, a lancha voava para oeste, cortando a escuridão que cobria o Nervión.

A bombordo, podiam ver a enorme viúva-negra do Guggenheim estranhamente iluminada pelas luzes intermitentes dos carros da polícia. Por cima das suas cabeças, o helicóptero de uma cadeia de televisão cruzava os céus na direção do museu.

O primeiro de muitos, suspeitou Langdon.

Tirou do bolso das calças o cartão de visita com a críptica indicação *BIO-EC346*. Edmond dissera-lhe que o entregasse a um taxista, embora dificilmente tivesse podido imaginar que o veículo seria um tá-xi fluvial.

— O nosso amigo britânico... — gritou para o condutor por cima do rugido dos motores. — Imagino que lhe tenha dito para onde vamos?

— Sim, sim! Eu avisei que, de barco, só nos podemos aproximar e ele disse que não havia problema. Os senhores podem andar trezentos metros, não podem?

— Claro. E a que distância é daqui?

O homem apontou para uma via rápida que corria ao longo do rio à direita.

— O sinal da estrada diz que são sete quilómetros, mas de barco será um bocadinho mais.

Langdon olhou para a tabuleta iluminada da via rápida.

AEROPUERTO BILBAO (BIO) ✈ 7 KM

Sorriu com pesar ao recordar o som da voz de Edmond. *É um código penosamente simples, meu amigo.* Tinha razão, e sentia-se envergonhado por ter demorado tanto tempo a perceber.

BIO era efetivamente um código, embora não fosse mais difícil de decifrar do que outros códigos semelhantes presentes praticamente no mundo inteiro: BOS, LAX, JFK.

BIO é o código do aeroporto local.

O resto do código de Edmond fez imediatamente sentido.

EC346.

Nunca vira o avião privado de Edmond, mas sabia que existia e tinha poucas dúvidas de que o código de país para um avião espanhol começaria pela letra *E* de España.

EC346 é um avião privado.

Era óbvio que, se um taxista o tivesse levado ao Aeroporto de Bilbau, ao apresentar o cartão de Edmond aos agentes de segurança, seria levado diretamente ao seu avião privado.

Espero que Winston tenha entrado em contacto com os pilotos para os avisar da nossa chegada, pensou, dirigindo o olhar para o museu, que se tornava cada vez mais pequeno atrás deles.

Pensou em entrar na cabina para fazer companhia a Ambra, mas o ar fresco sabia-lhe bem e decidiu dar-lhe mais uns minutos para se recompor.

Uns minutos a mim também me fariam bem, pensou, dirigindo-se para a proa.

Na parte da frente da embarcação, com o vento a agitar-lhe o cabelo, desapertou o laço e meteu-o no bolso. A seguir, desabotoou o colarinho e respirou fundo, deixando que o ar noturno lhe enchesse os pulmões.

Edmond, pensou ele, *o que é que fizeste?*

CAPÍTULO 33

O comandante Diego Garza fumegava enquanto suportava a hipócrita prédica do bispo na escuridão dos aposentos do príncipe Julián.

Está a meter-se onde não é chamado, queria gritar a Valdespino. *Isto não é da sua competência!*

Uma vez mais, o bispo Valdespino intrometera-se na política do palácio. Materializando-se na escuridão dos aposentos de Julián como um espetro, adornado com vestes episcopais de cerimónia, estava agora a dar um apaixonado sermão a Julián sobre a importância das tradições espanholas, a devota religiosidade dos seus antepassados e a reconfortante influência da Igreja em tempos de crise.

Não é o momento para isto, fervia Garza.

Nessa noite, o príncipe Julián tinha de resolver uma situação delicada de relações-públicas, e a última coisa que Garza necessitava era que ele estivesse distraído com as tentativas de Valdespino de impor uma perspetiva religiosa.

O zumbido do seu telemóvel interrompeu convenientemente o monólogo do bispo.

— *Sí, dime* — atendeu Garza em voz alta, posicionando-se entre o príncipe e o bispo. — *¿Qué tal va?*

— Comandante, é o agente Fonseca em Bilbau — respondeu numa rajada o seu interlocutor. — Receio que tenhamos sido incapazes de capturar o atirador. A empresa responsável pelo serviço, que pensámos poder rastrear o veículo, perdeu o contacto com o condutor. Parece que o atirador antecipou os nossos movimentos.

Garza engoliu a fúria e expeliu devagar o ar dos pulmões, procurando garantir que a sua voz não revelava qualquer indício do seu verdadeiro estado de espírito.

— Compreendo — retorquiu calmamente. — De momento, a
sua única preocupação é a senhora Vidal. O príncipe está à espera dela
e eu garanti-lhe que ela estaria aqui em breve.

Fez-se um longo silêncio do outro lado da linha. Demasiado
longo.

— Comandante? — começou Fonseca, hesitante. — Desculpe,
mas temos más notícias nessa frente. Parece que a senhora Vidal e o
professor americano abandonaram o edifício... — E depois de uma
pausa, acrescentou: — Sem nós.

Garza quase deixou cair o telemóvel.

— Desculpe, pode... repetir o que me acaba de dizer?

— Sim, senhor. A senhora Vidal e Robert Langdon fugiram.
A senhora Vidal deixou para trás intencionalmente o telemóvel para
que fôssemos incapazes de a localizar. Não faço ideia de onde possa
estar.

Apercebeu-se de que o seu queixo literalmente caía e que o príncipe o observava com aparente preocupação. Valdespino também se
aproximara para tentar ouvir a conversa, com o sobrolho arqueado numa expressão de inequívoco interesse.

— Ah! Excelentes notícias! — disse Garza abruptamente, acenando com a máxima convicção. — Ótimo trabalho, Fonseca! Vemo-los
então aqui mais tarde. Deixe-me só confirmar os protocolos de transporte e segurança. Dê-me um momento, se não se importa. Não desligue.

Cobrindo o telemóvel com a mão, sorriu para o príncipe.

— Está tudo bem. Vou só à sala do lado para tratar dos pormenores da operação e para que os senhores possam ter um bocadinho de
privacidade.

Sentia-se relutante em deixar o príncipe sozinho com Valdespino,
mas era impensável atender aquela chamada em frente de qualquer um
deles, de modo que se dirigiu para um dos quartos de convidados, entrou e fechou a porta atrás de si.

— *¿Qué diablos ha pasado?* — inquiriu furioso.

A história que Fonseca lhe transmitiu parecia completamente deli-
rante.

— As luzes apagaram-se? Um *computador* fez-se passar por uma
agente de segurança e enganou-os? O que é que quer que eu pense?

— Compreendo que seja difícil acreditar nisto, comandante, mas foi precisamente o que aconteceu. O que estamos a tentar compreender é porque é que o computador mudou de repente de opinião.

— Mudou de opinião!? É uma porcaria de um computador!

— O que estou a tentar explicar-lhe é que o computador antes nos tinha ajudado: identificou o nome do atirador, tentou impedir o assassínio e descobriu que o veículo em que o atirador fugiu era da Uber. E depois, de repente, pareceu estar a trabalhar *contra* nós. A única coisa que conseguimos imaginar é que Robert Langdon lhe disse qualquer coisa, porque, depois de falar com ele, mudou tudo.

Agora tenho um computador como adversário? Garza decidiu que estava a ficar velho para aquilo.

— Agente Fonseca, tenho a certeza de que não preciso de lhe explicar quão embaraçoso seria para o príncipe, tanto a nível pessoal como político, se se soubesse que a sua noiva fugiu com um americano e que a sua Guardia Real foi enganada por um computador.

— Temos plena consciência disso.

— Têm alguma ideia do que os pode ter levado a fugir? Parece totalmente injustificado e imprudente.

— O professor Langdon ficou bastante contrariado quando o informei de que teria de nos acompanhar a Madrid esta noite. Deixou bastante claro que não queria ir.

E por isso fugiu da cena de um assassínio? Garza percebia que ali havia gato, mas não conseguia imaginar o que seria.

— Ouça atentamente o que lhe digo. É absolutamente crucial que localize a senhora Vidal e a traga para o palácio antes que esta informação chegue aos meios de comunicação.

— Compreendo, comandante, mas o Díaz e eu somos os dois únicos agentes aqui. É impossível esquadrinhar Bilbau sozinhos. Temos de alertar as autoridades locais, obter acesso a câmaras de trânsito, contar com apoio aéreo, todos os meios...

— De maneira nenhuma! Não nos podemos dar ao luxo de passar por essa vergonha. Faça o seu trabalho. Descubram vocês os dois para onde é que eles foram e tragam a senhora Vidal para o palácio com a máxima rapidez.

— Sim, comandante.

Garza desligou, incrédulo.

Quando saiu do quarto, viu uma jovem pálida que se apressava pelo corredor na sua direção. Tinha o habitual par de óculos de fundo de garrafa dos informáticos e um fato bege, e agarrava com toda a força um *tablet*.

Deus me ajude, pensou Garza. *Agora não.*

Mónica Martín era a mais recente e a mais nova de sempre «coordenadora de relações-públicas» do palácio, um cargo que incluía as funções de ligação com os meios de comunicação, definição da estratégia de relações-públicas e diretora de comunicação, que a jovem desempenhava num permanente estado de alerta máximo.

Com apenas vinte e seis anos, era licenciada em ciências da comunicação pela Universidade Complutense de Madrid e fizera dois anos de pós-graduação numa das melhores faculdades de informática do mundo, a Universidade de Tsinghua em Pequim, antes de obter um importante trabalho de relações-públicas no Grupo Planeta, seguido por outro cargo relevante de «comunicações» na cadeia de televisão espanhola Antena 3.

No ano anterior, numa tentativa desesperada de se aproximar da juventude espanhola através dos meios digitais e para acompanhar a crescente influência do Twitter, do Facebook, dos blogues e dos meios de comunicação *online*, o palácio afastara delicadamente um profissional de relações-públicas com décadas de experiência com a imprensa escrita e os meios de comunicação tradicionais, substituindo-o por aquela *tech-savvy millennial*.

Garza sabia que Martín devia tudo ao príncipe Julián.

A nomeação da jovem fora uma das poucas contribuições do príncipe para o funcionamento do palácio. Uma rara ocasião em que impusera a sua vontade ao pai. Era considerada uma das melhores do ramo, mas Garza via a sua paranoia e a sua nervosa energia como completamente extenuantes.

— Teorias da conspiração! — gritou-lhe Martín, agitando o *tablet* na mão ao aproximar-se. — Estão a aparecer por todos os lados!

Garza olhou para a coordenadora de relações-públicas com incredulidade. *Parece-lhe que isso me importa?* Tinha coisas mais importantes com que se preocupar do que os moinhos de rumores conspiratórios.

— Faz-me o favor de me explicar o que está a menina a fazer a passear pela residência real?

— A sala de controlo acabou de me dizer onde estava o seu GPS. — Apontou para o telemóvel no cinto de Garza.

Teve de fechar os olhos e expelir o ar dos pulmões para engolir a irritação. Além da nova coordenadora de relações-públicas, o palácio implementara recentemente uma nova «divisão de segurança eletrónica», que prestava apoio à equipa de Garza com serviços de GPS, vigilância digital, caracterização e exploração preventiva de dados. De facto, o pessoal de Garza era mais jovem a cada dia que passava.

A nossa sala de controlo parece o departamento de informática de uma faculdade qualquer.

E parecia agora que a recentemente implementada tecnologia utilizada para localizar os agentes da Guardia Real também era utilizada para o localizar a ele. Era enervante pensar que um grupo de miúdos na cave sabia onde ele estava em qualquer momento.

— Vim ter consigo pessoalmente — disse Martín, estendendo-lhe o *tablet* — porque sabia que ia querer ver isto.

Pegou no dispositivo e olhou para o ecrã, vendo uma fotografia de arquivo e uma breve biografia do espanhol de barba grisalha identificado como o atirador de Bilbau, o almirante da marinha espanhola Luis Ávila.

— Há uma data de discurso negativo sobre este tema e há muita gente a tentar aproveitar o facto de esse Ávila ser um ex-empregado da família real.

— Ávila trabalhava para a *marinha*!

— Sim, mas tecnicamente, como o rei é o comandante supremo das forças armadas...

— Pare aí — ordenou rapidamente Garza, devolvendo-lhe o *tablet*. — Sugerir que o rei é de alguma forma cúmplice de um ato terrorista é um exagero absurdo, próprio de malucos das conspirações, e é totalmente irrelevante para a situação que enfrentamos neste momento. Demos graças por as coisas não terem sido piores e voltemos ao trabalho. Afinal, esse lunático podia ter matado a futura rainha consorte, mas preferiu matar um ateu americano. Se virmos bem, podia ter sido muito pior.

A jovem não arredou pé.

— Há outra coisa, comandante, que aponta para a família real. É importante que fique a par, para não ser apanhado de surpresa.

Enquanto Martín falava, os seus dedos deslocaram-se rapidamente pelo ecrã do *tablet*, navegando para outro *site*.

— Esta fotografia apareceu há alguns dias, mas ninguém reparou muito nela. Agora, porém, que tudo o que está relacionado com Edmond Kirsch se tornou viral, esta fotografia começou a aparecer nas notícias.

Ela entregou a Garza o *tablet*.

Garza viu o cabeçalho: «É esta a última fotografia do futurologista Edmond Kirsch?»

Uma imagem desfocada mostrava Kirsch, com um fato escuro, numa proeminência rochosa à beira de um perigoso precipício.

— A fotografia foi tirada há três dias, numa visita de Kirsch à Abadia de Montserrat. Um trabalhador reconheceu-o e tirou-lhe uma fotografia. Depois do assassínio, o trabalhador voltou a publicá-la, declarando agora que é uma das últimas do falecido.

— E porque é que isto nos diz respeito?

— Veja a fotografia seguinte.

Avançou pela página abaixo. Quando chegou à imagem seguinte, teve de se apoiar na parede.

— Isto... isto não pode ser verdade.

Na versão integral da fotografia, Edmond Kirsch encontrava-se ao lado de um homem alto com a tradicional batina púrpura católica. O homem era o bispo Valdespino.

— É verdade, comandante. O bispo Valdespino teve uma reunião com Kirsch há poucos dias.

— Mas... — Garza hesitou, por momentos sem fala. — Porque é que o bispo não mencionou essa reunião!? Especialmente tendo em conta tudo o que aconteceu esta noite?

Martín fez um gesto de dúvida com a cabeça.

— Foi por isso que quis falar consigo primeiro.

Valdespino encontrou-se com Kirsch! Parecia-lhe incompreensível! *E o bispo evitou mencionar a reunião!* A notícia era alarmante, e Garza sentiu-se ansioso por avisar o príncipe.

— Infelizmente, há mais. — Martín voltou a tocar no *tablet*.

— Comandante? — A voz de Valdespino chamou-o de súbito da sala de estar do príncipe. — Há novidades sobre o transporte da senhora Vidal?

Mónica Martín ergueu bruscamente a cabeça, com os olhos arregalados.

— É o bispo!? — sussurrou. — O bispo está aqui, na residência?

— Sim. A aconselhar o príncipe.

— Comandante! — voltou a chamar Valdespino. — Onde é que o senhor está?

— Ouça o que lhe digo — sussurrou Martín, num tom apavorado. — Há mais informação que o comandante *tem* de conhecer já, antes de dizer seja o que for ao bispo ou ao príncipe. Acredite em mim quando lhe digo que a crise desta noite terá um impacto muito mais profundo do que pode imaginar.

Garza estudou a sua coordenadora de relações-públicas e tomou uma decisão.

— Desça para a biblioteca. Eu vou lá ter consigo dentro de sessenta segundos.

Martín acenou afirmativamente e desapareceu.

De novo sozinho no corredor, Garza respirou fundo e obrigou os músculos do rosto a relaxarem, procurando eliminar todos os indícios da sua crescente raiva e confusão. E avançou tranquilamente para a sala de estar do príncipe.

— Está tudo bem com a senhora Vidal — anunciou Garza sorrindo ao entrar. — Virá ter connosco mais tarde. Tenho de ir ao escritório confirmar o seu transporte pessoalmente. — Com um aceno de cabeça tranquilizador para Julián, virou-se para o bispo Valdespino: — Regresso em breve. Não se vá embora.

E com estas palavras deu meia-volta e afastou-se.

Quando Garza saiu do apartamento, o bispo seguiu-o com o olhar, franzindo o sobrolho.

— Há algum problema? — perguntou o príncipe, observando atentamente o bispo.

— Sim — replicou Valdespino, virando-se para Julián. — Há cinquenta anos que ouço confissões. Sei ver quando alguém me está a mentir.

CAPÍTULO 34

 ConspiracyNet.com

ÚLTIMAS NOTÍCIAS

A COMUNIDADE ONLINE ENCHE-SE DE DÚVIDAS

No rescaldo do assassínio de Edmond Kirsch, os inúmeros seguidores *online* do futurologista desencadearam uma tempestade de especulações sobre duas questões prementes:

EM QUE CONSISTIA A DESCOBERTA DE KIRSCH?

QUEM O MATOU E PORQUÊ?

Quanto à sua descoberta, a Internet já está inundada de teorias, que abarcam uma ampla gama de tópicos: de Darwin aos extraterrestres e ao criacionismo, entre muitas outras.

Ainda não há qualquer motivo confirmado para o seu assassínio, mas as teorias incluem o fanatismo religioso, espionagem empresarial e ciúmes.

O ConspiracyNet recebeu uma promessa de informação exclusiva sobre o assassino e compromete-se a partilhá-la com os seus leitores assim que a receber.

CAPÍTULO 35

Ambra Vidal encontrava-se sozinha na cabina do táxi fluvial, apertando o casaco de Robert Langdon à sua volta. Há minutos, quando o professor lhe perguntara porque aceitara casar com um homem que praticamente não conhecia, respondera sinceramente.

Não tive outra escolha.

O seu noivado com Julián era um infortúnio que ela era incapaz de reviver nessa noite, especialmente tendo em conta tudo o que acontecera.

Fui apanhada numa armadilha.

Continuo apanhada numa armadilha.

Enquanto observava o seu reflexo no vidro sujo da escotilha, sentiu-se esmagada por uma insuportável sensação de solidão. Não era uma pessoa dada a deixar-se levar pela autocomiseração, mas nesse momento sentia o seu coração partido e à deriva. *Sou a noiva de um homem que está de alguma forma implicado num assassínio brutal.*

O príncipe selara o destino de Edmond com uma única chamada uma hora antes do evento. Ambra estava imersa na frenética atividade de preparação do acolhimento dos convidados quando uma jovem do pessoal do museu fora ter com ela, afogueada, abanando excitadamente um pequeno papel que trazia na mão.

— *¡Señora Vidal! ¡Mensaje para usted!*

A jovem estava aturdida mas conseguira explicar, quase sem fôlego, que a receção do museu acabara de receber um telefonema importante.

— A identificação de chamadas dizia que era do Palácio Real de Madrid, de modo que atendi! E era uma pessoa a ligar do gabinete do príncipe Julián!

— Ligaram para a receção!? — perguntara Ambra. — Mas eles têm o meu número de telemóvel.

— O assistente do príncipe disse-me que tinham tentado ligar para o seu telemóvel, mas que não conseguiram entrar em contacto consigo.

Ambra consultara o telemóvel. *Que estranho. Não tenho chamadas perdidas.* E então recordara que alguns técnicos tinham estado a testar o sistema bloqueador de comunicações e que o assistente de Julián devia ter ligado quando o seu telemóvel estava bloqueado.

— Parece que o príncipe recebeu há bocado uma chamada de um amigo muito importante de Bilbau que quer assistir ao evento desta noite. — A jovem entregara-lhe então o papel. — E que esperava que pudesse acrescentar um nome à lista de convidados...

Ambra olhou para a mensagem.

Almirante Luis Ávila (ret.)
Armada Española

Um oficial retirado da marinha espanhola?

— Deixaram um número e disseram que podia telefonar diretamente para confirmar se tivesse qualquer dúvida, mas que o príncipe Julián ia a uma reunião, de modo que era provável que não pudesse falar com ele. Mas a pessoa ao telefone insistiu que o príncipe *esperava* que o seu pedido não fosse visto como uma imposição.

Uma imposição? Ambra sentira o sangue ferver. *Depois de tudo o que me fez passar?*

— Eu encarrego-me disto — dissera Ambra. — Muito obrigada.

A jovem afastara-se quase a dançar, como se tivesse acabado de transmitir a palavra de Deus. Ambra observara o pedido, irritada por o príncipe considerar apropriado usar a sua influência daquela forma, especialmente depois de se ter oposto com tanta insistência à sua participação no evento dessa noite.

Uma vez mais, não me deixa escolha, pensara.

Se ignorasse o pedido, o resultado seria um incómodo confronto com um oficial de marinha reformado na entrada. O evento fora meticulosamente coreografado e atrairia uma cobertura mediática sem paralelo. *A última coisa de que preciso é de uma discussão embaraçosa com um dos poderosos amigos de Julián.*

O almirante Ávila não fora escrutinado pelo serviço de segurança nem se encontrava na lista «aprovada», mas Ambra suspeitava que pedir uma inspeção de segurança era desnecessário e potencialmente insultuoso. Afinal de contas, era um distinto oficial da marinha, com poder suficiente para pegar no telefone, ligar para o Palácio Real e pedir um favor ao futuro rei.

De forma que, enquanto se esforçava por cumprir um calendário apertado, tomara a única decisão que lhe parecera possível. Incluíra o nome do almirante Ávila na lista de convidados na porta de entrada e introduzira-o na base de dados dos audioguias para que lhe fossem atribuídos auscultadores.

E regressara ao trabalho.

E agora Edmond está morto, pensou, regressando ao momento presente na escuridão da cabina do táxi fluvial. Mas enquanto tentava afastar da mente aquelas dolorosas recordações, ocorreu-lhe um estranho pensamento.

A verdade é que nunca falei diretamente com Julián... A mensagem foi sempre transmitida por terceiros.

Esta ideia trouxe-lhe um pequeno raio de esperança.

Será possível que Robert tenha razão? E que talvez Julián seja inocente?

Pensou naquilo durante mais alguns momentos e depois apressou-se a sair para o convés.

Encontrou o professor americano sozinho na proa, com as mãos na amurada e o olhar perdido na noite. Dirigiu-se para ele, surpreendida por ver que a lancha abandonara o Nervión e avançava agora por um pequeno afluente, que poderia ser descrito, mais do que como um rio, como um perigoso canal com margens altas e lamacentas. As águas estreitas e pouco profundas causavam-lhe um certo receio, mas o piloto parecia não estar impressionado, dirigindo a embarcação à máxima velocidade pelo apertado curso de água, com um farol a iluminar o caminho à sua frente.

Contou rapidamente a Langdon a chamada do gabinete do príncipe Julián.

— Tudo o que sei com certeza é que a receção do museu recebeu um telefonema procedente do Palácio Real de Madrid. Tecnicamente, esse telefonema pode ter sido feito por qualquer pessoa no interior do palácio fazendo-se passar por um assistente de Julián.

Langdon acenou afirmativamente.

— Talvez seja por esse motivo que essa pessoa escolheu pedir à receção do museu que lhe entregasse a mensagem, em vez de falar consigo diretamente. Tem alguma suspeita de quem possa ser?

Considerando a história de Edmond com Valdespino, Langdon sentia-se propenso a olhar na direção do próprio bispo.

— Pode ser qualquer pessoa. O palácio está a atravessar tempos delicados. Com Julián prestes a ocupar o trono, há uma série de movimentações entre os velhos assessores, que tentam cair em graça e chamar a sua atenção. O país está a mudar, e acho que muitos membros da velha guarda estão desesperados por manter o poder.

— Seja quem for que esteja implicado, esperemos que não descubra que estamos a tentar localizar a palavra-passe de Edmond para divulgar a sua descoberta.

Ao proferir estas palavras, sentiu a crua simplicidade do desafio. Também sentiu o seu contundente perigo.

Edmond foi assassinado para evitar que essa informação fosse divulgada.

Por um momento, perguntou a si próprio se a opção mais segura para si não seria simplesmente chegar ao aeroporto, apanhar um avião direto para casa e deixar que outra pessoa se encarregasse daquilo.

Segura, sim, mas opção... não.

Langdon sentia um profundo sentido de dever em relação ao seu antigo aluno, associado a uma indignação moral por ver uma descoberta científica ser tão brutalmente censurada. Além disso, tinha uma forte curiosidade intelectual por saber em que consistia exatamente a descoberta de Edmond.

E finalmente, sabia, *há Ambra Vidal.*

Era evidente que ela estava a atravessar uma crise e, quando ela olhara para Langdon e lhe pedira ajuda, ele tinha sentido nela uma profunda reserva de convicções pessoais e autoconfiança... e também vislumbrara pesadas nuvens de medo e arrependimento. *Esta mulher esconde segredos*, pressentiu, *escuros e paralisantes. Esta mulher está a pedir ajuda.*

Ambra ergueu de súbito o olhar, como se conhecesse os seus pensamentos.

— Parece ter frio. Deixe-me devolver-lhe o casaco.

Langdon sorriu suavemente.

— Não se preocupe comigo.

— Está a pensar que o melhor para si será sair de Espanha assim que chegarmos ao aeroporto?

Langdon riu-se.

— Por acaso, cheguei a pensar nisso.

— Peço-lhe por favor que não o faça. — Ambra estendeu o braço para a amurada e pousou a sua delicada mão em cima da dele. — Não sei bem o que enfrentamos esta noite. O professor era amigo de Edmond, e ele disse-me em mais de uma ocasião que apreciava a sua amizade e confiava na sua opinião. Tenho medo, Robert, e acho que não sou capaz de enfrentar tudo isto sozinha.

As súbitas manifestações de simples candura de Ambra eram inquietantes para Langdon, mas também absolutamente cativantes.

— *Okay* — disse acenando afirmativamente. — Imagino que ambos tenhamos o dever, perante Edmond e, francamente, perante a comunidade científica, de descobrir essa palavra-passe e divulgar o seu trabalho.

Ambra sorriu suavemente.

— Muito obrigada.

Langdon olhou para trás da embarcação.

— Imagino que os seus agentes da Guardia Real já tenham percebido que saímos do museu.

— Sem dúvida nenhuma. Mas Winston foi impressionante, não foi?

— Assombroso — replicou Langdon, que só então começava a perceber o verdadeiro salto quântico que Edmond dera no desenvolvimento da inteligência artificial. Fossem quais fossem as «tecnologias patenteadas» que desenvolvera, era óbvio que estava prestes a abrir as portas a um admirável mundo novo de interação entre o ser humano e os computadores.

Nessa noite, Winston mostrara ser um servidor fiel do seu criador, bem como um inestimável aliado. Em questão de minutos, fora capaz de identificar uma ameaça na lista de convidados, tentara evitar o assassínio de Edmond, identificara o carro em que o atirador escapara e facilitara a fuga do museu de Langdon e Ambra.

— Esperemos que Winston tenha conseguido telefonar para o aeroporto para avisar os pilotos de Edmond.

— Com certeza que conseguiu. Mas tem razão, talvez seja melhor ligar-lhe e comprovar.

— Espere! — disse Langdon, surpreendido. — Pode *telefonar* ao Winston? Pensei que quando saímos do museu tivéssemos...

Ambra riu-se e abanou a cabeça.

— Robert, Winston não está *fisicamente* situado no interior do Guggenheim. Está localizado numa qualquer instalação secreta de computadores, a que se pode ter acesso de forma remota. Acha realmente que Edmond criaria um recurso como Winston e não estabeleceria uma forma de entrar em contacto com ele em qualquer momento e em qualquer lugar? Edmond estava constantemente a falar com Winston: em casa, durante as suas viagens, quando saía para passear. Podiam entrar em contacto um com o outro em qualquer momento através de um simples telefonema. Eu vi Edmond conversar com Winston durante horas. Edmond utilizava-o como assistente pessoal, para fazer reservas em restaurantes, informar os seus pilotos das suas horas de partida, em poucas palavras, para fazer o que fosse preciso. De facto, quando estávamos a montar o espetáculo no museu, eu própria falei várias vezes com Winston pelo telemóvel.

Ambra meteu a mão no bolso do casaco de Langdon e pegou no telemóvel com o invólucro azul-turquesa de Edmond, ligando-o. Langdon desligara-o no museu para poupar a bateria.

— Não seria má ideia ligar também o seu telemóvel, de modo que ambos possamos ter acesso a Winston.

— Não a preocupa que possamos ser localizados se ligarmos os telemóveis?

Ambra abanou negativamente a cabeça.

— As autoridades ainda não tiveram tempo de obter a ordem judicial necessária, de modo que acho que vale a pena correr o risco. Especialmente se Winston nos puder enviar informações sobre a posição da Guardia Real e a situação no aeroporto.

Sem estar muito convencido, Langdon ligou o telemóvel e observou a sequência de início. Quando apareceu o ecrã principal, semicerrou os olhos com a luz e sentiu um arrepio de vulnerabilidade, como se de repente se tivesse tornado localizável para todos os satélites no espaço.

Viste demasiados filmes de espiões, disse a si próprio.

De repente, o dispositivo começou a apitar e a vibrar à medida que as mensagens em espera dessa noite começavam a chegar. Para seu espanto, recebera mais de duzentas mensagens de texto e de correio eletrónico desde que desligara o telemóvel.

Enquanto analisava a caixa de correio eletrónico, viu que as mensagens provinham todas de amigos e colegas. As primeiras tinham títulos de felicitações — *Conferência fantástica! Não acredito que esteja aí!* —, mas depois, de um momento para o outro, o tom dos títulos passava a ser ansioso e profundamente preocupado, incluindo uma mensagem do seu editor, Jonas Faukman: *MEU DEUS, O ROBERT ESTÁ BEM??!!* Nunca vira o seu editor científico escrever tudo em maiúsculas ou utilizar dupla pontuação.

Até esse momento, sentira-se maravilhosamente invisível na escuridão das águas de Bilbau, como se o museu fosse um sonho que se desvanecia lentamente.

Isto teve um alcance mundial, compreendeu. *Toda a gente sabe da misteriosa descoberta de Edmond e do seu brutal assassínio... juntamente com a minha cara e nome.*

— Winston tem estado a tentar entrar em contacto connosco — disse Ambra, olhando para o brilho do telemóvel de Kirsch. — Edmond recebeu cinquenta e três chamadas perdidas durante a última meia hora, todas do mesmo número, todas com intervalos exatos de trinta segundos entre si. — Riu-se baixinho. — A persistência incansável é uma das muitas virtudes de Winston.

Nesse preciso momento, o telemóvel de Edmond começou a tocar. Langdon sorriu para Ambra.

— Quem será?

Ambra estendeu-lhe o telemóvel.

— Atenda.

Langdon pegou no dispositivo e apertou o botão para atender a chamada.

— Está?

— Professor Langdon — chilreou a voz de Winston com o seu já familiar sotaque inglês —, fico feliz por voltar a ouvi-lo. Tenho estado a tentar entrar em contacto consigo.

— Sim, já vimos — respondeu Langdon, impressionado pelo facto de o computador ter uma voz tão perfeitamente calma e inalterada depois de cinquenta e três chamadas falhadas consecutivas.

— Houve alguns desenvolvimentos. Existe uma possibilidade de que as autoridades do aeroporto tenham sido alertadas da sua chegada e estejam à sua espera. Uma vez mais, sugiro que sigam muito atentamente as minhas indicações.

— Estamos nas suas mãos, Winston. Diga-nos o que fazer.

— Primeiro que tudo, professor, se ainda não deitou fora o seu telemóvel, tem de o fazer imediatamente.

— A sério? — Langdon apertou com mais força o seu telemóvel. — Mas as autoridades não precisam de uma ordem judicial antes de poderem...

— Numa série policial americana, talvez, mas estamos a tratar com a Guardia Real e o Palácio Real espanhol. Acho que farão o que considerarem necessário.

Langdon olhou para o seu telemóvel, estranhamente relutante em separar-se dele. *A minha vida inteira está aqui dentro.*

— E o telemóvel de Edmond? — perguntou Ambra, parecendo alarmada.

— Impossível de localizar. Uma das grandes preocupações de Edmond foi sempre a pirataria e a espionagem industrial. Ele próprio elaborou um programa de ocultação IMEI/IMSI que varia os valores C2 do seu telemóvel, permitindo-lhe ludibriar quaisquer intercetores GSM.

Claro que elaborou, pensou Langdon. *Para o génio que criou Winston, ludibriar uma companhia de telecomunicações é uma brincadeira de crianças.*

Olhou desiludido para o seu aparentemente inferior telemóvel. Nesse preciso momento, Ambra estendeu o braço e tirou-lhe delicadamente o aparelho das mãos. Sem dizer nada, virou-se e deixou-o cair do lado de fora da amurada. Langdon viu-o cair e mergulhar nas águas negras do Nervión. Quando ele desapareceu sob a superfície, sentiu uma súbita sensação de perda, ficando a olhar para o ponto em que se afundara enquanto a embarcação se afastava.

— Robert — sussurrou Ambra —, recorde as sábias palavras da princesa Elsa, da Disney.

Langdon virou-se.

— O quê!?

Ambra sorriu suavemente.

— Já passou...

CAPÍTULO 36

— *Su misión todavía no ha terminado* — declarou a voz no telemóvel de Ávila.

A sua missão ainda não acabou.

Ávila sentou-se em sentido no banco de trás do Uber enquanto ouvia o que o seu interlocutor lhe dizia.

— Encontrámos uma complicação inesperada — disse o seu contacto num espanhol rápido. — Precisamos que se dirija a Barcelona. Imediatamente.

Barcelona? Tinham-lhe dito para se dirigir a Madrid para outros serviços.

— Temos razões para acreditar — continuou a voz — que dois associados do senhor Kirsch vão viajar para Barcelona esta noite na esperança de encontrar uma maneira de ativar de forma remota a sua apresentação.

Ávila inteiriçou-se.

— Isso seria *possível?*

— Ainda não sabemos ao certo, mas, se tiverem êxito, todo o seu árduo trabalho terá sido em vão. Preciso de um homem de confiança em Barcelona imediatamente. Discretamente. Vá para lá o mais rápido que puder e telefone-me quando chegar.

Com estas palavras, a chamada foi desligada.

As más notícias foram estranhamente bem recebidas por Ávila. *Ainda sou necessário.* Barcelona era mais longe do que Madrid, mas continuavam a ser poucas horas a toda a velocidade numa autoestrada no meio da noite. Sem perder um momento, levantou a pistola e encostou o cano à cabeça do condutor, cujas mãos apertaram com mais força o volante.

— *Llévame a Barcelona* — ordenou Ávila.

O condutor meteu-se na saída seguinte, na direção de Vitoria-
-Gasteiz, acelerando para leste pela A-1. Àquela hora, os únicos outros
veículos na autoestrada eram camiões pesados, destinados a Pamplona,
Huesca, Lleida e, finalmente, a uma das maiores cidades portuárias do
Mediterrâneo, Barcelona.

Ávila tinha dificuldade em acreditar na estranha sequência de
acontecimentos que o trouxera àquele momento. *Das profundezas do meu
mais insondável desespero, ergui-me para prestar o meu mais glorioso serviço.*

Por um tenebroso momento, sentiu-se novamente naquele poço
sem fundo, a rastejar pela Catedral de Sevilha, à procura da mulher e
do filho entre os destroços ensanguentados, percebendo por fim que
tinham desaparecido para sempre.

Durante semanas depois do atentado, fora incapaz de sair de casa.
Ficara a tremer no sofá, consumido por um interminável pesadelo
acordado de demónios flamejantes que o arrastavam para um abismo
sombrio, amortalhando-o em trevas, raiva e uma culpa asfixiante.

— O abismo é o *purgatório* — sussurrara-lhe uma freira, uma das
centenas de conselheiros para o luto formados pela Igreja para prestar
assistência psicológica aos sobreviventes. — A sua alma está presa
num limbo escuro. A absolvição é a única saída. Tem de encontrar
uma forma de *perdoar* as pessoas que fizeram isto, ou a sua raiva acabará por o consumir. — Ela fizera o sinal da cruz. — O perdão é a sua
única salvação.

Perdão? Ávila tentara falar, mas os demónios fecharam-lhe a garganta. Nesse momento, a vingança parecia a única salvação. *Mas vingança contra quem?* A responsabilidade pelo atentado nunca fora reclamada.

— Eu compreendo que os atos de terrorismo religioso pareçam
imperdoáveis — continuara a freira. — E no entanto talvez o ajude recordar que a nossa própria fé estabeleceu em nome de Nosso Senhor a
Inquisição que durou séculos. Matámos mulheres e crianças inocentes
em nome das nossas crenças. Por estes atos, tivemos de pedir perdão
ao mundo e a nós próprios. E com o tempo, foi uma ferida que acabou
por sarar.

E então lera-lhe da Bíblia:

— «Não resistas ao mal. A quem te der uma bofetada na face direita, oferece-lhe a outra. Ama os teus inimigos, faz o bem a quem te
odeia, abençoa quem te amaldiçoa, reza por quem te trata mal.»

Nessa noite, sozinho e ferido, Ávila olhara para a sua face no espelho. O homem que olhava para ele era um estranho. As palavras da freira não tinham feito nada para aliviar a sua dor.

Perdão? Dar a outra face!?

Eu fui testemunha de um mal para o qual não há absolvição possível!

Numa fúria crescente, batera com o punho no espelho, estilhaçando-o, e deixara-se cair, a soluçar, no chão da casa de banho.

Como oficial de marinha de carreira, fora sempre um homem com um grande autodomínio, um paladino da disciplina, da honra e da cadeia de comando, mas esse homem desaparecera. Em poucas semanas, perdera-se numa neblina, anestesiado por uma potente mistura de álcool e fármacos. Em breve, a sua ânsia pelo efeito entorpecedor dos químicos passara a ocupar todas as horas que estava acordado, reduzindo-o a um recluso hostil.

Passados poucos meses, a marinha espanhola obrigara-o discretamente a retirar-se. Como um outrora poderoso navio de guerra arrastado para uma doca seca, sabia que não voltaria a navegar. A marinha, a que dedicara a sua vida, deixara-o com uma modesta pensão de reforma que praticamente não lhe chegava para viver.

Tenho cinquenta e oito anos, percebera. *E não tenho nada neste mundo.*

Passava os dias sentado sozinho na sala de estar, a ver televisão e a beber vodca, à espera de que aparecesse um raio de luz. *La hora más oscura es justo antes del amanecer*, dissera a si próprio vezes sem conta. Mas o velho aforismo naval provou sistematicamente ser falso. *A hora mais escura não é imediatamente antes da alvorada*, sentiu. *A alvorada nunca viria.*

No seu quinquagésimo nono aniversário, numa manhã chuvosa de quinta-feira, enquanto olhava para uma garrafa de vodca vazia e uma ordem de despejo, reunira a coragem para ir ao guarda-fatos, pegar na pistola de serviço, carregá-la e apontar o cano à têmpora.

— *Perdóname* — sussurrara, fechando os olhos. E apertara o gatilho. A explosão fora bastante menos poderosa do que esperava. Mais um clique do que um tiro.

Cruelmente, a arma falhara. Anos num guarda-fatos poeirento sem ser limpa tinham aparentemente causado problemas no funcionamento da sua pistola cerimonial barata. Parecia que até aquele simples ato de cobardia estava além das suas capacidades.

Furioso, atirara a pistola contra a parede. Nesse momento, uma explosão abanara o quarto e Ávila sentira uma dor dilacerante atravessar-lhe a barriga da perna. O nevoeiro etílico que cobria a sua perceção levantara-se num relâmpago de dor e ele caíra no chão, gritando agarrado à perna coberta de sangue.

Os vizinhos vieram bater-lhe à porta em pânico, seguidos por escandalosas sirenes, e em poucos minutos dera consigo no Hospital Provincial de San Lázaro, de Sevilha, a tentar explicar como tentara matar-se com um tiro na perna.

No dia seguinte, quando se encontrava na sala de recobro, vencido e humilhado, o almirante Luis Ávila recebera uma visita.

— A sua pontaria é horrível — dissera-lhe o jovem em espanhol. — Não admira que o tenham obrigado a reformar-se.

Antes que pudesse responder, o jovem abrira as persianas e deixara que a luz do Sol banhasse a sala. Ávila tentara tapar os olhos, observando entretanto que o jovem era bastante musculado e tinha o cabelo rapado. Usava uma *t-shirt* com a face de Jesus Cristo estampada.

— Chamo-me Marco — dissera com um sotaque andaluz. — Sou o seu fisioterapeuta. Pedi para ser destacado para o acompanhar porque temos uma coisa em comum.

— Foi militar? — perguntara Ávila, curioso com o seu comportamento descarado.

— Não. — Os olhos do jovem fixaram-se nos de Ávila. — Eu também estava lá naquele domingo de manhã. Na catedral. No ataque terrorista.

Ávila olhara para ele, incrédulo.

— Estava lá?

O jovem debruçara-se e levantara uma das pernas do fato de treino, revelando um membro prostético.

— Eu sei que o almirante passou por um inferno, mas eu jogava *fútbol* semiprofissional, por isso não espere muita pena da minha parte. Eu sou mais do tipo que acha que Deus ajuda quem se ajuda a si próprio.

Antes que Ávila percebesse o que estava a acontecer, Marco metera-o numa cadeira de rodas, levara-o pelo corredor fora para um pequeno ginásio e pusera-o de pé em frente de um par de barras paralelas.

— Isto vai doer. Mas tem de tentar chegar ao outro lado. Só uma vez. E eu depois deixo-o ir tomar o pequeno-almoço.

A dor fora efetivamente lancinante, mas Ávila não se ia queixar a uma pessoa que só tinha uma perna, de modo que, utilizando os braços para suportar a maior parte do seu peso, se arrastara até ao final das barras.

— Muito bem. Agora, vamos repetir.

— Mas o Marco disse-me que...

— Pois disse, mas menti. Vamos repetir.

Ávila olhara para ele atónito. Havia anos que ninguém lhe dava uma ordem e, estranhamente, achou aquilo algo refrescante. Fizera com que se sentisse jovem, como se sentira há anos, quando era um mísero recruta. Ávila dera meia-volta e começara a arrastar-se no sentido contrário.

— Diga-me uma coisa, ainda vai à missa na Catedral de Sevilha?

— Nunca mais fui.

— Tem medo?

Ávila abanara negativamente a cabeça.

— Raiva.

Marco rira-se.

— Ah. Deixe-me adivinhar. As freiras disseram-lhe que perdoasse os terroristas?

Ávila estacara no meio das barras.

— Exato!

— A mim também. Eu até tentei. Impossível. As freiras deram-nos uns conselhos horríveis. — Rira-se.

Ávila observou intrigado a *t-shirt* do jovem.

— Mas parece que continua a ser...

— Oh, sim. Continuo *definitivamente* a considerar-me cristão. Mais devoto que nunca. Tive a sorte de descobrir a minha missão: ajudar as vítimas dos inimigos de Deus.

— Uma nobre causa — dissera Ávila, invejoso, sentindo como a sua própria vida ficara desprovida de sentido sem a família e a marinha.

— Um grande homem ajudou-me a regressar a Deus — continuou Marco. — Esse homem, a propósito, é o papa. Encontrei-me pessoalmente com ele em diversas ocasiões.

— Desculpe... o papa?

— Sim.

— Ou seja... o líder da igreja católica?

— Sim. Se quiser, é possível que lhe possa arranjar uma audiência.

Olhara para o jovem como se este tivesse perdido a cabeça.

— O Marco pode arranjar-me uma audiência com o papa?

Marco parecera magoado.

— Compreendo que o senhor seja um oficial importante da marinha e que tenha dificuldade em imaginar que um fisioterapeuta aleijado de Sevilha tenha acesso ao vigário de Cristo, mas estou a dizer-lhe a verdade. Posso arranjar-lhe uma audiência, se quiser. Talvez ele o possa ajudar a encontrar o seu caminho, como me ajudou a mim.

Ávila apoiara-se por um momento nas barras paralelas, não sabendo o que responder. Idolatrava o papa desse momento, um rígido líder conservador que pregava a ortodoxia e um estrito tradicionalismo. Infelizmente, era uma figura acossada por todos os lados e havia já rumores de que em breve se retiraria para se afastar das crescentes pressões liberais.

— Seria uma enorme honra conhecê-lo, claro, mas...

— Ótimo — interrompera Marco. — Vou ver se consigo marcar tudo para amanhã.

Ávila nunca imaginara que no dia seguinte se encontraria sentado num santuário fortificado, face a face com um poderoso líder que lhe ensinaria a mais poderosa lição religiosa da sua vida.

Há muitos caminhos para a salvação.

O perdão não é a única via.

CAPÍTULO 37

Situada no rés do chão do Palácio Real de Madrid, a biblioteca real é um conjunto de câmaras magnificamente ornadas que contêm milhares de tomos de valor incalculável, incluindo o *Livro de Horas* iluminado da rainha Isabel, as bíblias pessoais de diversos monarcas e um códice encadernado em ferro da época de Afonso XI.

Garza entrou apressado, reticente em deixar o príncipe muito tempo nas garras de Valdespino. Ainda estava a tentar compreender a informação que acabava de receber de que o bispo se reunira com Kirsch há poucos dias e decidira manter a reunião em segredo. *Mesmo face à apresentação e ao assassínio de Kirsch?*

Garza atravessou a ampla biblioteca mergulhada na escuridão na direção de Mónica Martín, a coordenadora de relações-públicas do palácio, que o esperava nas sombras com o brilhante *tablet* nas mãos.

— Eu sei que o comandante é uma pessoa ocupada, mas temos uma situação em que o tempo é crucial. Fui lá acima ter consigo porque o nosso centro de segurança recebeu uma inquietante mensagem de correio eletrónico do ConspiracyNet.com.

— Do quê?

— O ConspiracyNet.com é um *site* popular na Internet sobre teorias da conspiração. O seu trabalho de investigação é risível e está tudo escrito a um nível mais adequado para crianças, mas têm milhões de seguidores. Pessoalmente, considero que metade do que publicam é falso, mas o *site* é bastante respeitado pelos teóricos da conspiração.

Para Garza, as expressões «bastante respeitado» e «teorias da conspiração» eram mutuamente exclusivas.

— Têm estado a noite inteira a publicar exclusivos sobre Kirsch — continuou Martín. — Não sei onde obtêm a informação, mas conseguiram transformar-se num meio de referência para os *bloggers* e os teóricos da conspiração. Até os meios de comunicação tradicionais estão a seguir as últimas notícias que eles publicam.

— Onde é que quer chegar?

— O ConspiracyNet tem novas informações relacionadas com o palácio — disse Martín, ajustando os óculos. — Vão publicá-las dentro de dez minutos e queriam dar-nos uma oportunidade de comentar previamente.

Garza olhou para ela, incrédulo.

— O Palácio Real não comenta bisbilhotices publicadas em meios sensacionalistas.

— Acho que seria melhor ver do que se trata.

Garza pegou no *tablet* que a jovem lhe estendia e deu consigo a olhar para outra fotografia do almirante Luis Ávila. A fotografia estava descentrada, como se tivesse sido tirada por acidente, e apresentava o almirante em uniforme de cerimónia a passar em frente de um quadro. Parecia obtida por acaso, por alguém que tentava tirar uma fotografia do quadro e apanhara inadvertidamente Ávila quando ele passara à frente.

— Eu sei que aspeto tem Ávila — disse Garza, enervado e ansioso por voltar para os aposentos reais, para não deixar o príncipe sozinho com Valdespino. — Porque é que me está a mostrar isto?

— Passe para a imagem seguinte.

Quando o fez, viu uma ampliação da fotografia anterior que mostrava unicamente a mão direita do almirante. Detetou de imediato uma marca na palma. Parecia uma tatuagem.

Garza olhou fixamente para a imagem durante um longo momento. Conhecia bem o símbolo, como muitos espanhóis, em especial os das gerações mais velhas.

O símbolo de Franco.

Amplamente pintado e gravado em muitos lugares de Espanha nos meados do século XX, era sinónimo da ditadura ultraconservadora do general Francisco Franco, cujo brutal regime advogava o nacionalismo, o autoritarismo, o militarismo, o antiliberalismo e o nacional-catolicismo.

O antigo símbolo era constituído por seis letras que, juntas, formavam uma única palavra em latim. Uma palavra que definia perfeitamente a imagem que Franco tinha de si próprio.

Victor.

Implacável, violento e inflexível, Francisco Franco ascendera ao poder com o apoio militar da Alemanha nazi e da Itália de Mussolini. Matara milhares dos seus opositores antes de tomar o controlo total do país em 1939 e se proclamar *Caudillo*, o equivalente espanhol a Führer. Durante a Guerra Civil e os primeiros anos da ditadura, todos os que se atreviam a opor-se a ele desapareciam em campos de concentração, onde se calcula que foram executadas trezentas mil pessoas.

Descrevendo-se como defensor da «Espanha Católica» e inimigo do comunismo ateu, Franco promoveu uma mentalidade ferozmente machista, excluindo oficialmente as mulheres de muitas posições de poder na sociedade, mal lhes dando quaisquer direitos nos campos do ensino e da justiça, como o de ter contas bancárias ou até o direito, entre outros, de fugir de um marido abusador. Anulou todos os casamentos que não tivessem sido celebrados de acordo com a doutrina católica e, entre outras restrições, ilegalizou o divórcio, a contraceção, o aborto e a homossexualidade.

Felizmente, tudo mudara.

No entanto, considerava surpreendente a forma como o país se esquecera tão rapidamente de um dos períodos mais tenebrosos da sua história.

O *pacto de olvido* espanhol, um acordo político a nível nacional que promovera o esquecimento de tudo o que acontecera sob o feroz regime franquista, acabara por fazer com que as crianças espanholas aprendessem muito pouca coisa sobre o ditador. Um inquérito recente em Espanha revelara que era mais provável que os adolescentes reconhecessem o ator James Franco que o ditador Francisco Franco.

As gerações mais velhas, no entanto, nunca o esqueceriam. O símbolo VICTOR, como a suástica nazi, ainda conseguia evocar medo nos corações de todos os que tinham idade suficiente para se lembrar daqueles anos de brutalidade. E muitas vozes preocupadas continuavam a avisar que as altas esferas do governo espanhol e da igreja católica espanhola contavam ainda com uma fação secreta de franquistas, uma fraternidade oculta de tradicionalistas que juraram devolver o país às convicções de extrema-direita do século anterior.

Garza tinha de admitir que havia uma série de saudosistas que observavam o caos e a apatia espiritual da Espanha contemporânea e sentiam que o país só poderia ser salvo por uma poderosa religião estatal, um governo mais autoritário e a imposição de diretrizes morais mais claras.

Olhem só para a nossa juventude!, gritavam. *Está totalmente à deriva.*

Nos últimos meses, em que se tornara óbvio que o trono espanhol seria ocupado pelo príncipe Julián, havia um medo crescente entre os tradicionalistas de que o próprio Palácio Real se uniria em breve às vozes que reclamavam uma mudança progressista do país. Um medo fortemente alimentado pelo recente noivado do príncipe com Ambra Vidal, que não só era basca, mas também abertamente agnóstica e que, como rainha de Espanha, teria certamente grande influência sobre o monarca nos assuntos da Igreja e do Estado.

Dias perigosos, sabia Garza. *Um controverso ponto de viragem entre passado e futuro.*

Além do profundo dilema religioso, a Espanha também se encontrava numa encruzilhada política. Conseguiria o regime monárquico permanecer? Ou seria a coroa real para sempre abolida como fora na Áustria, Hungria e tantos outros países europeus? Só o tempo o diria. Nas ruas, os velhos tradicionalistas acenavam bandeiras espanholas, enquanto os jovens progressistas utilizavam orgulhosamente as cores antimonárquicas, púrpura, amarelo e vermelho, as cores da antiga bandeira republicana.

Julián vai herdar um barril de pólvora.

— Quando vi a tatuagem franquista — disse Martín, obrigando Garza a voltar a dedicar a sua atenção ao ecrã do *tablet* —, pensei que podia ter sido digitalmente acrescentada à fotografia como chamariz... para criar um bocadinho de agitação. Existe uma grande concorrência entre os *sites* de conspirações, e uma ligação franquista garante-lhes uma resposta impressionante, especialmente se tomarmos em consideração a natureza anticristã da apresentação de Kirsch.

Garza sabia que a jovem tinha razão. *Os adeptos das teorias da conspiração vão adorar isto.*

Martín apontou para o ecrã.

— Leia o comentário que pretendem apresentar juntamente com a fotografia.

Alarmado, Garza dirigiu rapidamente o olhar para o longo texto que acompanhava a fotografia.

ConspiracyNet.com

ATUALIZAÇÃO SOBRE EDMOND KIRSCH

Apesar das suspeitas iniciais de que o assassínio de Edmond Kirsch foi obra de fanáticos religiosos, a descoberta deste símbolo franquista ultraconservador sugere que o móbil do crime talvez seja também político. As suspeitas de que agentes conservadores nas altas esferas do governo espanhol, talvez mesmo no interior do Palácio Real, se encontram empenhados numa encarniçada luta pelo controlo do país no vazio de poder deixado pelo iminente falecimento do rei...

— Isto é vergonhoso! — declarou, considerando já ter lido o suficiente. — Esta especulação toda por uma tatuagem? Isto não significa nada. Excetuando a presença de Ambra Vidal na cena do crime, esta situação não tem absolutamente nada que ver com a política do Palácio Real. Sem comentários.

— Comandante — insistiu Martín. — Se fizer o favor de ler o resto do comentário, verá que estão a tentar relacionar o bispo Valdespino com o almirante Ávila. Sugerem que o bispo pode ser um franquista encapotado que passou anos a influenciar o rei, evitando que este introduzisse profundas alterações no país. — Fez uma pausa. — Essa alegação está a ganhar um grande número de adeptos *online*.

Uma vez mais, Garza ficou sem palavras. Já não reconhecia o mundo em que vivia.

As notícias falsas têm tanto peso como as verdadeiras.

Olhou para a coordenadora de relações-públicas e esforçou-se por falar tranquilamente.

— Mónica, tudo isto são ficções criadas por fantasistas para seu próprio divertimento. Posso garantir-lhe que Valdespino não é franquista. É uma pessoa que serviu fielmente o rei durante décadas e é impensável que esteja relacionado com um assassino franquista. O palácio não fará qualquer comentário sobre estes disparates. Fiz-me entender? — E com estas palavras deu meia-volta, ansioso por regressar para junto do príncipe e de Valdespino.

— Comandante, espere!

Martín agarrou-lhe o braço e Garza estacou, olhando chocado para a mão da jovem, que a retirou imediatamente.

— Desculpe, comandante, mas o ConspiracyNet também nos enviou uma gravação de uma conversa telefónica que acaba de ter lugar em Budapeste. — Os seus olhos piscaram nervosamente por trás dos óculos. — Também não vai gostar disto.

CAPÍTULO 38

O meu chefe foi assassinado.

O capitão Josh Siegel sentia como as mãos lhe tremiam nos comandos ao dirigir o *Gulfstream G550* de Edmond Kirsch para a pista principal do Aeroporto de Bilbau.

Não estou em condições de pilotar, pensou, sabendo que o seu copiloto estava tão transtornado como ele.

Pilotava jatos privados para Edmond Kirsch há muitos anos e recebera a notícia do seu horrível assassínio nessa mesma noite como um choque devastador. Uma hora antes, Siegel e o seu copiloto estavam no salão do aeroporto a ver a transmissão em direto do Museu Guggenheim.

— Um dos típicos dramas de Edmond — brincara Siegel, impressionado pela capacidade do chefe de obter audiências multitudinárias. Ao ver o programa, dera consigo, juntamente com os restantes espectadores que se encontravam no salão, inclinado para a frente, com a curiosidade espicaçada, até que, de um momento para o outro, tudo correra terrivelmente mal.

Acabaram os dois sentados, aturdidos, a ver a cobertura televisiva e a perguntar a si próprios o que fariam a seguir.

O telemóvel tocara dez minutos mais tarde. Era o assistente pessoal de Edmond, Winston. Siegel nunca o conhecera pessoalmente, mas, apesar de o inglês parecer um bocado esquisito, tinha-se habituado a coordenar rotas e horários com ele.

— Se não estava a ver televisão — dissera-lhe Winston —, aconselho-o a ligá-la.

— Estávamos a ver — respondeu Siegel. — Estamos os dois devastados.

— Têm de levar o avião para Barcelona — dissera Winston num tom estranhamente impessoal, tomando em consideração o que acabava de acontecer. — Preparem tudo para levantar voo e voltarei a entrar em contacto em breve. Não levantem voo enquanto eu não falar convosco.

Não fazia ideia se as instruções de Winston estariam alinhadas com os desejos de Edmond, mas de momento agradecia qualquer tipo de orientação.

Seguindo as indicações de Winston, tinham apresentado o manifesto de voo para Barcelona com *zero* passageiros. Um voo «deadhead», como era lamentavelmente conhecido no ramo. E depois saíram do hangar e começaram a fazer a *checklist* para levantar voo.

Tinham passado trinta minutos quando Winston voltou a ligar.

— Estão prontos para levantar voo?

— Estamos.

— Ótimo. Imagino que vá utilizar a pista habitual orientada para leste?

— Exatamente. — Às vezes Winston parecia-lhe penosamente meticuloso e irritantemente bem informado.

— Faça o favor de entrar em contacto com a torre e pedir autorização para levantar voo. Dirija-se para extremidade mais afastada do aeroporto, mas *não* entre na pista.

— Quer que eu pare na via de acesso?

— Sim. Só por um minuto, em princípio. Avise-me quando lá chegar, por favor.

Siegel e o copiloto olharam um para o outro surpreendidos. O pedido de Winston não fazia sentido nenhum.

A torre pode ter qualquer coisa a dizer sobre essa manobra.

No entanto, Siegel dirigiu o jato por diversas rampas e vias até ao início da pista na ponta ocidental do aeroporto. Estava agora a levá-lo pelos últimos cem metros da via de acesso, em que o percurso fazia uma curva de noventa graus para a direita e acabava no início da pista de descolagem orientada para leste.

— Winston? — disse, olhando para a alta vedação de rede metálica que rodeava o perímetro do aeroporto. — Chegámos ao fim da via de acesso.

— Faça o favor de esperar aí. Eu volto a ligar-lhes.

Não posso esperar aqui!, pensou Siegel, perguntando a si próprio que raio estaria Winston a fazer. Felizmente, a câmara traseira do *Gulfstream* não mostrava aviões atrás deles, de modo que pelo menos não estavam a atrapalhar o trânsito. As únicas luzes visíveis eram as da torre de controlo, um brilho ténue na outra ponta da pista, a quase três quilómetros de distância.

Passaram sessenta segundos.

— Fala da torre de controlo aéreo do Aeroporto de Bilbau — disse uma voz metálica nos seus auscultadores. — EC346, tem autorização de descolagem na pista número um. Repito. Tem autorização de descolagem.

O que Siegel mais desejava era precisamente levantar voo, mas continuava à espera de que o assistente de Edmond lhe explicasse o que queria dele.

— Muito obrigado, controlo. Temos de esperar um minuto. Temos uma luz de aviso acesa que estamos a verificar.

— Entendido. Avise-nos quando estiverem prontos.

CAPÍTULO 39

— Aqui!? — O piloto do táxi fluvial parecia confuso. — Querem que pare aqui!? O aeroporto é mais longe. Eu levo-os lá.

— Não, muito obrigado. Nós desembarcamos aqui mesmo — disse Langdon, seguindo as instruções de Winston.

O piloto encolheu os ombros e parou o barco ao lado de uma pequena ponte com a indicação Puerto Bidea. A margem naquele ponto estava coberta de erva alta e parecia mais ou menos acessível. Ambra saiu rapidamente da embarcação e começou a trepar pela encosta.

— Quanto lhe devemos? — perguntou Langdon ao capitão.

— Não é preciso pagar nada. O seu amigo britânico já pagou. Por cartão de crédito. O triplo.

Winston já pagou. Langdon ainda não estava habituado a trabalhar com o assistente computorizado de Edmond. *É como ter uma versão da Siri cheia de esteroides.*

Já chegara à conclusão de que as capacidades de Winston não o deviam surpreender, tomando em consideração os relatos que lhe chegavam todos os dias de inteligência artificial a realizar complexas tarefas de todos os tipos, incluindo a produção de romances. Um desses livros estivera perto de ganhar um prémio literário japonês.

Agradeceu ao perplexo piloto e saltou do barco para a margem. Antes de começar a subir a encosta, virou-se para trás, levou o indicador aos lábios e recordou:

— *Discreción, por favor.*

— *Sí, sí* — assegurou o piloto, tapando os olhos com a mão. — *¡No he visto nada!*

Depois desta breve troca de palavras, Langdon apressou-se a subir a encosta, atravessou uma linha ferroviária e juntou-se a Ambra na berma de uma tranquila estrada secundária cheia de pitorescas lojinhas.

— Segundo o mapa — chilreou a voz de Winston no telemóvel de Edmond —, em princípio encontram-se no cruzamento entre Puerto Bidea e o rio Asua. Devem estar a ver uma pequena rotunda no centro da localidade.

— Estou a vê-la — confirmou Ambra.

— Ótimo. À saída da rotunda, encontrarão uma pequena estrada chamada Beike Bidea. Sigam-na e afastem-se do centro da localidade.

Dois minutos mais tarde, tinham deixado a aldeia para trás e caminhavam apressados por uma estrada secundária deserta, ladeada por casas rurais que se erguiam sobre hectares de pastagens. Enquanto se embrenhavam no campo, Langdon teve a sensação de que havia qualquer coisa que não estava bem. À sua direita, à distância, por cima do cume de uma pequena colina, o céu brilhava com uma cúpula enevoada de poluição luminosa.

— Se essas são as luzes do terminal — disse Langdon —, estamos *muito* longe.

— O terminal está a três quilómetros da sua posição atual — disse Winston.

Ambra e Langdon trocaram olhares surpreendidos. Winston dissera-lhes que só teriam de caminhar cerca de oito minutos.

— Segundo as imagens de satélite da Google — prosseguiu Winston —, deve haver um campo bastante grande à sua direita. Parece-lhes possível atravessá-lo?

Langdon olhou para o campo de feno à sua direita, que se inclinava suavemente para cima na direção das luzes do terminal.

— Podemos com certeza atravessá-lo — disse Langdon —, mas para percorrer três quilómetros vamos demorar...

— Faça o favor de atravessar o campo, professor, e de seguir precisamente as minhas instruções.

O tom de Winston era tão cortês e desprovido de emoção como sempre, mas Langdon percebeu que acabara de ser repreendido.

— Agora é que a arranjou bonita — sussurrou Ambra com um ar divertido, enquanto começava a atravessar o campo. — Nunca vi o Winston mais perto de parecer irritado.

*

— EC346, fala da torre de controlo aéreo — anunciou a voz metálica nos auscultadores de Siegel. — Tem de sair da via de acesso e descolar ou regressar ao hangar para reparações. O que desejam fazer?

— Ainda estamos a decidir — mentiu Siegel, olhando pela câmara traseira. Não se viam outros aviões, apenas as luzes ténues da torre distante. — Precisamos de outro minuto.

— Entendido. Mantenham-nos informados.

O copiloto tocou-lhe no ombro e apontou para fora do vidro da cabina.

Siegel seguiu o olhar do colega, mas viu apenas a vedação em frente do aparelho. De repente, do outro lado da rede, apareceu uma visão fantasmagórica. *Que diabo?*

No campo às escuras do outro lado da vedação, duas silhuetas espetrais materializaram-se da escuridão, saindo da crista de uma colina e avançando diretamente para o avião. Quando se aproximaram, Siegel reparou na distintiva faixa preta sobre um vestido branco que vira antes na televisão.

É Ambra Vidal quem aí vem?

Ambra viajara algumas vezes com Kirsch, e Siegel sempre sentira o seu coração palpitar quando a jovem de uma beleza extraordinária se encontrava a bordo. Mas não podia sequer imaginar o que estaria ela a fazer num prado ao lado do Aeroporto de Bilbau.

O homem alto que a acompanhava vinha de casaca, e Siegel recordou que também o vira durante a apresentação dessa noite.

O professor americano Robert Langdon.

A voz de Winston regressou abruptamente.

— Senhor Siegel, deve estar a ver duas pessoas do outro lado da vedação e tenho a certeza de que saberá quem são. — Siegel admirou-se da estranha compostura do seu interlocutor de sotaque britânico.

— Há circunstâncias que não lhe posso explicar completamente, mas tenho de lhe pedir que cumpra as minhas indicações, em nome do senhor Kirsch. Tudo o que precisa de saber neste momento é o seguinte.

— Winston fez uma pausa por um brevíssimo momento. — As mesmas pessoas que assassinaram Edmond Kirsch estão agora a tentar matar Ambra Vidal e Robert Langdon. Para garantir a sua segurança, vamos precisar da sua assistência.

— Mas... claro — titubeou Siegel, procurando processar a informação.

— A senhora Vidal e o professor Langdon têm de subir a bordo do seu aparelho imediatamente.

— Aqui?!

— Estou consciente do tecnicismo que representa uma revisão de última hora do manifesto de passageiros, mas...

— E está consciente do tecnicismo que representa uma vedação de três metros de altura à volta do aeroporto?

— Estou plenamente consciente dessa dificuldade — replicou Winston num tom calmo. — E, senhor Siegel, embora compreenda que trabalhamos juntos há poucos meses, tenho de lhe pedir que confie em mim. O que lhe vou sugerir agora é precisamente o que Edmond gostaria que fizesse nesta situação.

Siegel escutou incrédulo o plano que Winston lhe apresentou.

— O que está a sugerir é impossível!

— Pelo contrário, é totalmente factível. A força gerada por cada motor é superior a sete mil e quinhentos quilos e o nariz da sua aeronave foi concebido para suportar...

— Não estou preocupado com a física! Estou preocupado com a legalidade. Estou preocupado com perder o *brevet*!

— Compreendo perfeitamente, senhor Siegel — respondeu Winston, impávido. — Mas a futura rainha consorte de Espanha encontra-se exposta a um grave perigo neste momento. As suas ações aqui e agora ajudarão a salvar-lhe a vida. Acredite quando lhe digo que, quando a verdade for conhecida, não receberá qualquer repreensão, receberá uma medalha do rei de Espanha.

De pé na erva alta, Langdon e Ambra olhavam para a alta vedação iluminada pelos faróis do avião.

A pedido de Winston, afastaram-se dela no preciso momento em que o ruído das turbinas se intensificou e o avião começou a mover-se. Mas em vez de seguir a curva da via de acesso, o aparelho continuou em linha reta na sua direção, atravessando as linhas de segurança pintadas no pavimento e rodando para a berma asfaltada. Abrandou até avançar centímetro a centímetro na direção da vedação.

Langdon reparou que o nariz do aparelho estava perfeitamente alinhado com um dos pesados postes de aço que suportavam a rede. Quando o enorme cone metálico tocou no poste, o ruído das turbinas aumentou de forma quase impercetível.

Esperara mais resistência, mas aparentemente dois motores *Rolls-Royce* e um jato de quarenta toneladas eram mais do que o poste podia suportar. Com um gemido metálico, o tubo inclinou-se na sua direção, arrancando na base um enorme pedaço de asfalto, semelhante às raízes de uma árvore derrubada.

Langdon correu e agarrou a vedação caída, puxando-a para baixo de modo que pudessem atravessá-la sem dificuldade. Quando chegaram à zona asfaltada, a escada do jato já fora baixada e um membro da tripulação de uniforme estava à espera para lhes dar as boas-vindas a bordo.

Ambra olhou para Langdon com um sorriso discreto.

— Ainda duvida de Winston?

Langdon já não sabia o que dizer.

Enquanto subiam a correr a escada para o luxuoso interior, ouviu o piloto na cabina a discutir com a torre de controlo.

— Sim, ouvi o que disse. Mas o seu radar de terra tem de estar descalibrado. *Não* abandonámos a via de acesso em nenhum momento. Repito. Continuamos parados na via de acesso. A luz de aviso já está apagada e estamos prontos para levantar voo.

O copiloto fechou rapidamente a escotilha enquanto o piloto fazia recuar o aparelho, afastando-o da vedação e fazendo-o regressar à via de acesso. Depois o jato começou a fazer a longa curva para a pista de descolagem.

No assento em frente de Ambra, Robert Langdon fechou os olhos por um momento e expeliu o ar dos pulmões. Ouvia os motores rugir no exterior e sentia a pressão da aceleração enquanto o jato rodava pela pista.

Segundos depois, o avião subia a toda a velocidade, ganhando altura ao mesmo tempo que virava para sudeste, mergulhando na noite em direção a Barcelona.

CAPÍTULO 40

O rabino Yehuda Köves saiu a correr do seu estúdio, atravessou o jardim e saiu pela porta da frente de casa, descendo os degraus para o passeio.

Já não estou em segurança em casa, disse a si próprio, com o coração a bater violentamente. *Tenho de ir para a sinagoga.*

A sinagoga da rua Dohány não só era o santuário a que Köves dedicara toda a sua vida, era também uma autêntica fortaleza. As suas barreiras, vedações de arame farpado e segurança vinte e quatro horas por dia eram uma recordação amarga da longa história de antissemitismo de Budapeste. Nessa noite, agradecia a Deus por ter as chaves desse baluarte.

A sinagoga encontrava-se a quinze minutos de distância de sua casa, uma tranquila caminhada que o rabino fazia todos os dias. Mas, quando entrou na rua Kossuth Lajos, sentiu um medo profundo. Baixando a cabeça, tentou perscrutar as sombras à sua frente.

Quase de imediato, viu algo que o deixou alarmado.

Havia uma figura escura sentada num banco do outro lado da rua. Um homem corpulento de calças de ganga azuis e um boné de basebol, a dedilhar distraidamente o *smartphone*, cujo brilho iluminava o seu rosto barbudo.

Não é deste bairro, soube de imediato Köves, apertando o passo.

O homem com o boné de basebol levantou a cabeça, observou-o durante um momento e regressou ao telemóvel. Köves prosseguiu o seu caminho. Depois de avançar um quarteirão, olhou nervosamente para trás. Para seu desalento, o homem com o boné de basebol já não se encontrava sentado no banco. Tinha atravessado a rua e caminhava pelo passeio atrás dele.

Está a seguir-me! Os pés do velho rabino moveram-se mais rapidamente e a sua respiração tornou-se difícil. Perguntou a si próprio se não teria cometido um terrível erro ao sair de casa.

O bispo Valdespino insistiu para que eu ficasse em casa! Em quem decidi eu confiar?

Pensara em esperar que os homens de Valdespino viessem e o escoltassem para Madrid, mas o telefonema que recebera mudara tudo. As tenebrosas sementes da dúvida estavam a germinar rapidamente.

A mulher ao telefone avisara-o: *O bispo vai enviar pessoas não para o transportarem, mas para o removerem. Da mesma maneira que removeu Syed al--Fadl.* E a seguir apresentara uma série de provas tão persuasivas que Köves entrara em pânico e fugira.

Mas nesse momento, enquanto apertava ainda mais o passo pelo passeio, receava não poder chegar à segurança da sinagoga. O homem com o boné de basebol continuava atrás dele, seguindo-o a uma distância de cerca de cinquenta metros.

Um guincho ensurdecedor rasgou o ar noturno, sobressaltando-o. Percebeu com alívio que o som provinha da travagem de um autocarro numa paragem mais à frente. O veículo pareceu-lhe enviado pelo próprio Deus enquanto corria na sua direção e subia. Estava cheio de estudantes universitários em grande algazarra, mas dois deles tiveram a cortesia de o deixarem sentar-se.

— *Köszönöm* — agradeceu-lhes, sem fôlego. *Muito obrigado.*

Antes que o autocarro pudesse arrancar, porém, o homem de calças de ganga azuis e boné de basebol correu na sua direção e conseguiu entrar também.

Köves ficou lívido, mas o homem passou por ele sem sequer virar a cabeça na sua direção e foi sentar-se na parte de trás do veículo. Pelo seu reflexo no interior do para-brisas, o rabino viu que o seu perseguidor regressara ao *smartphone*, aparentemente absorto com uma espécie de videojogo.

Não sejas paranoico, Yehuda, admoestou-se. *Esse homem não tem o menor interesse em ti.*

Quando o autocarro chegou à paragem da rua Dohány, olhou ansioso para as torres da sinagoga a poucos quarteirões de distância, mas foi incapaz de abandonar a segurança do autocarro apinhado.

Se saio e esse homem me segue...

Permaneceu sentado, decidindo que provavelmente estaria mais seguro no meio da multidão. *Posso continuar no autocarro durante um bocado enquanto recupero o fôlego*, pensou, embora começasse a desejar ter ido à casa de banho antes de sair de casa tão abruptamente.

Momentos mais tarde, contudo, quando o autocarro saiu da rua Dohány, percebeu a terrível falha no seu plano.

É sábado à noite, e os passageiros são todos miúdos.

Percebeu que o mais certo seria que saíssem praticamente todos na mesma paragem. Na seguinte, de facto, no coração do bairro judeu de Budapeste.

Depois da Segunda Guerra Mundial, aquela zona ficara em ruínas, mas as suas estruturas em ruínas eram agora um dos mais vibrantes polos de lazer noturno da Europa, os famosos «bares em ruínas», clubes noturnos a funcionar em edifícios delapidados. Aos fins de semana, hordas de estudantes e turistas dirigiam-se para ali para beberem nos esqueletos bombardeados de velhos armazéns e mansões cobertas de *graffiti*, equipados agora com os mais modernos sistemas de som, iluminação colorida e uma decoração eclética.

Efetivamente, quando o autocarro travou a chiar na paragem seguinte, todos os estudantes se dirigiram para a saída. O homem com o boné de basebol permaneceu sentado na parte de trás do autocarro, continuando absorto no *smartphone*. O instinto disse ao rabino que saísse o mais rapidamente que pudesse, de modo que se levantou, cambaleante, correu pela coxia do autocarro e desceu para o meio da multidão de estudantes que enchiam a rua.

O autocarro começou a afastar-se da paragem, mas deteve-se de repente. As suas portas silvaram e abriram-se, permitindo a saída de um último passageiro, o homem com o boné de basebol. Köves sentiu o seu coração disparar uma vez mais, e no entanto o homem nem sequer olhou para ele. Em vez disso, começou a andar rapidamente pela rua acima, afastando-se da multidão enquanto fazia uma chamada.

Deixa de imaginar coisas, ordenou Köves a si próprio, tentando respirar calmamente.

O autocarro partiu e os estudantes começaram imediatamente a descer a rua na direção dos bares. Decidiu que seria mais seguro permanecer com eles enquanto fosse possível, até poder por fim virar para a esquerda e dirigir-se para a sinagoga.

São poucos quarteirões, disse de si para si, ignorando a sensação de peso nas pernas e a pressão crescente na bexiga.

Os bares em ruínas estavam cheios, e a sua ruidosa clientela acabava por ocupar a rua toda. À volta de Köves, a música eletrónica pulsava e o cheiro da cerveja enchia o ar, misturando-se com o fumo adocicado dos cigarros *Sopianae* e dos *Kürtőskalács*, os bolos feitos no espeto.

Enquanto se aproximava da esquina, continuava a ter a desagradável sensação de estar a ser observado. Abrandou o passo e virou a cabeça para trás uma última vez. Felizmente, o homem de calças de ganga azuis e boné de basebol desaparecera.

Num átrio às escuras, a silhueta agachada permaneceu imóvel durante dez longos segundos antes de espreitar cuidadosamente das sombras para a esquina.

Boa tentativa, velhote, pensou, sabendo que se agachara no momento exato.

Verificou se tinha a seringa no bolso e saiu das sombras. Endireitando o boné de basebol, apressou-se a seguir o seu alvo.

CAPÍTULO 41

O comandante da Guardia, Diego Garza, voltou a correr para a residência real com o *tablet* de Mónica Martín ainda na mão.

O *tablet* continha a gravação de um telefonema, uma conversa entre um rabino húngaro chamado Yehuda Köves e uma espécie de informadora anónima, cujo teor deixou o comandante Garza com muito poucas opções.

Quer Valdespino estivesse por trás da conspiração homicida denunciada pela informadora anónima, quer não, Garza sabia que, assim que a gravação fosse divulgada, a reputação do bispo ficaria destruída para sempre.

Tenho de avisar o príncipe e de o isolar das consequências deste imbróglio.

Valdespino terá de ser afastado do palácio antes que esta história chegue aos meios de comunicação.

Na política, a perceção era tudo, e os mercadores da informação, quer fosse justificado quer não, iam atirar Valdespino aos leões. Era evidente que o príncipe herdeiro não podia ser visto perto do bispo nessa noite.

A coordenadora de relações-públicas do palácio insistira bastante para que o príncipe efetuasse um comunicado quanto antes, a fim de evitar qualquer sombra de cumplicidade.

Garza sabia que ela tinha razão. *Temos de pôr Julián na televisão quanto antes.*

Chegou ao cimo das escadas e percorreu ofegante o corredor que o separava dos aposentos de Julián, olhando para o *tablet*.

Além da imagem da tatuagem franquista e da gravação da chamada do rabino, a iminente publicação do ConspiracyNet ia aparentemente incluir uma terceira e última revelação, que segundo Mónica Martín seria a mais inflamatória de todas.

Uma constelação de dados, assim a descrevera. Uma coleção de pontos formados por informações e factoides aparentemente aleatórios e díspares, que os adeptos das teorias da conspiração eram encorajados a analisar e relacionar de forma significativa para criar possíveis «constelações».

Estão tão chanfrados como os malucos do zodíaco a encontrarem formas de animais na ligação aleatória das estrelas no céu!

Infelizmente, os pontos que o ConspiracyNet apresentava e que se encontravam no ecrã do *tablet* que Garza tinha agora na mão pareciam ter sido especialmente escolhidos para formar uma única constelação. E, do ponto de vista do Palácio Real, não era nada bonita.

ConspiracyNet.com
O ASSASSÍNIO DE KIRSCH
O que sabemos até agora

• Edmond Kirsch informou três líderes religiosos sobre a sua descoberta científica: o bispo Antonio Valdespino, o *allamah* Syed al-Fadl e o rabino Yehuda Köves.

• Kirsch e Al-Fadl estão mortos, e o rabino Yehuda Köves deixou de atender o telefone e parece ter desaparecido.

• O bispo Valdespino está vivo e de boa saúde, tendo sido visto pela última vez a atravessar a Plaza de la Armería de Madrid na direção do Palácio Real.

• O assassino de Kirsch, identificado como almirante Luis Ávila, possui marcas no corpo que o ligam a uma fação de ultraconservadores franquistas. É possível que o bispo Valdespino, um conhecido conservador, também seja franquista?

• E, finalmente, de acordo com fontes no interior do Guggenheim, a lista de convidados do evento já estava fechada quando o assassino Luis Ávila foi incluído, no último momento, a pedido de alguém do interior do Palácio Real. Um pedido que foi satisfeito pela futura rainha consorte Ambra Vidal.

O ConspiracyNet gostaria de reconhecer e agradecer as substanciais contribuições do informador monte@iglesia.org para a divulgação destas notícias.

*

Monte@iglesia.org?

Era óbvio que o endereço de correio eletrónico era falso.

Iglesia.org era um proeminente *site* católico espanhol, uma comunidade *online* de padres, laicos e estudantes das doutrinas cristãs. O informador parecia ter utilizado um endereço desse domínio para que parecesse que as alegações provinham daí.

Engenhoso, pensou, sabendo que o bispo Valdespino era profundamente admirado pelos devotos católicos que geriam o *site*. Perguntou a si próprio se esse contribuidor anónimo era a mesma cidadã preocupada que telefonara ao rabino.

Ao chegar às portas dos aposentos reais, começou a pensar no modo de informar o príncipe. O dia começara de forma bastante normal e, de repente, parecia que o Palácio Real estava a travar uma batalha contra um exército de fantasmas. *Um informador sem rosto chamado «Monte»? Um conjunto de pontos de informação?* E, para piorar a situação, ainda não tinha novidades sobre o paradeiro de Ambra Vidal e Robert Langdon.

Deus nos ajude se a imprensa tem conhecimento do comportamento da senhora Vidal desta noite.

O comandante entrou sem bater à porta.

— Príncipe Julián? — chamou em voz alta, dirigindo-se à sala de estar. — Tenho de falar consigo a sós durante um momento.

Chegou à sala de estar e deteve-se.

Estava vazia.

— Dom Julián? — voltou a chamar, dirigindo-se agora para a cozinha. — Bispo Valdespino?

Procurou por toda a residência, mas o príncipe e Valdespino tinham desaparecido.

Ligou imediatamente para o príncipe, assustando-se quando ouviu o toque do telemóvel, ténue mas inconfundível, algures no apartamento. Voltou a ligar, procurando a proveniência do toque abafado, que conseguiu detetar num pequeno quadro, que sabia que ocultava um cofre de parede.

Julián meteu o telemóvel no cofre!?

Parecia-lhe incrível que o príncipe deixasse o telemóvel ali numa noite em que as comunicações seriam cruciais.

E para onde terá ido?

O seu passo seguinte foi ligar para o telemóvel de Valdespino, esperando que o bispo atendesse. Qual não foi o seu espanto quando ouviu um segundo toque abafado procedente do interior do cofre.

Valdespino também deixou o telemóvel aqui?

Tomado por um pânico crescente, um Garza desesperado saiu dos aposentos reais e correu pelos corredores chamando por eles, procurando nos andares superiores e inferiores durante vários minutos.

Não podem ter-se evaporado!

Quando finalmente parou de correr, deu consigo ofegante na base da elegante escadaria de Sabatini. Baixou a cabeça, derrotado. O *tablet* nas suas mãos tinha-se apagado, o que lhe permitiu ver no ecrã negro o reflexo do fresco do teto.

A ironia pareceu-lhe cruel. Era a grande obra-prima de Giaquinto — *A Religião Protegida por Espanha.*

CAPÍTULO 42

Enquanto o *Gulfstream G550* subia para a altitude de cruzeiro, Robert Langdon dirigiu um olhar alheado para a paisagem noturna do outro lado da pequena janela oval e tentou concentrar-se. As últimas duas horas tinham sido um turbilhão de emoções — de entusiasmo no princípio da apresentação de Edmond ao indescritível horror de ver o seu assassínio. E quanto mais Langdon refletia no mistério relativo à sua descoberta, mais ele parecia aprofundar-se.

Que segredo terá Edmond descoberto?

De onde vimos? Para onde vamos?

As palavras de Edmond junto à escultura da espiral poucas horas antes ecoaram na sua mente: *Robert, a descoberta que eu fiz... responde claramente a essas duas perguntas.*

Edmond declarara-lhe ter resolvido dois dos maiores mistérios da vida. No entanto, perguntou a si próprio, como poderia essa descoberta ser tão perigosamente perturbadora que alguém fosse capaz de o matar para a silenciar?

Tudo o que sabia com certeza absoluta era que Edmond se referia à origem humana e ao destino humano.

Que chocante origem terá Edmond descoberto?

Que misterioso destino?

Edmond parecera-lhe otimista e animado em relação ao futuro, de modo que era improvável que a sua descoberta tivesse uma natureza apocalíptica. *Então o que poderá Edmond ter previsto que afetasse tanto os religiosos?*

— Robert? — Ambra materializou-se ao seu lado com uma chávena de café. — Disse-me sem leite?

— Sim, muito obrigado. Perfeito. — Aceitou agradecido a chávena, esperando que a cafeína o ajudasse a desenredar o novelo do seu pensamento.

Ambra sentou-se à sua frente e serviu-se de um copo de vinho tinto de uma garrafa elegantemente rotulada.

— Edmond tinha uma reserva de *Château Montrose* a bordo. É uma pena desperdiçar este vinho.

Langdon só provara *Montrose* uma vez na vida, numa antiga adega secreta por baixo do Trinity College em Dublin, quando investigava o manuscrito iluminado conhecido como *O Livro de Kells*.

Ambra segurou no copo com ambas as mãos e, quando o levou aos lábios, olhou por cima da borda para Langdon, que voltou a sentir-se estranhamente desarmado pela elegância natural daquela mulher.

— Tenho estado a pensar. Disse-me antes que Edmond esteve em Boston e que lhe fez perguntas sobre diversas histórias da Criação?

— Sim. Há cerca de um ano. Estava interessado nas diferentes formas com que as principais religiões respondiam à pergunta «De onde vimos?».

— Então, talvez não seja um mau ponto para começarmos? Talvez possamos descobrir no que é que ele estava a trabalhar.

— Eu sou sempre a favor de começar pelo princípio, mas não sei bem o que haverá para descobrir. Só há duas *escolas* de pensamento sobre de onde vimos, o conceito religioso de que Deus criou os seres humanos totalmente formados e o modelo darwiniano, que propõe que saímos do sedimento pelágico primordial e por fim evoluímos até à nossa forma atual.

— E se Edmond tivesse descoberto uma terceira possibilidade? — perguntou Ambra com um brilho nos olhos. — E se isso fosse parte da sua descoberta? E se ele tivesse provado que o ser humano não proveio nem de Adão e Eva nem da evolução darwiniana?

Era óbvio que uma descoberta dessa natureza, um relato alternativo da origem do ser humano, seria assombrosa, mas Langdon era incapaz de imaginar em que poderia consistir exatamente.

— A teoria da evolução de Darwin está extremamente bem estabelecida — disse ele — porque se encontra baseada em factos cientificamente observáveis e porque demonstra claramente que os organismos evoluem e se adaptam ao seu meio ambiente ao longo do tempo. A teoria da evolução é universalmente aceite pelas mentes mais perspicazes do mundo científico.

— A sério? Eu vi livros que argumentavam que Darwin estava completamente enganado.

— O que a senhora Vidal está a dizer é verdade — chilreou Winston do telemóvel, que estava a carregar em cima da mesa entre ambos. — Só nas duas últimas décadas foram publicados mais de cinquenta títulos sobre o assunto.

Langdon esquecera-se de que Winston continuava com eles.

— Alguns desses livros foram *bestsellers* — prosseguiu Winston. — *O Engano de Darwin, Derrotar o Darwinismo, A Caixa Negra de Darwin, Darwin em Julgamento, O Lado Escuro de Charles Dar...*

— Certo — interrompeu Langdon, plenamente consciente da coleção substancial de livros que se propunham desmentir Darwin. — Eu próprio li um par dessas obras há algum tempo.

— E...? — pressionou Ambra.

Langdon sorriu educadamente.

— Bem, não posso falar de todos, mas os dois que li argumentavam de um ponto de vista fundamentalmente cristão. Um deles chegou a sugerir que o registo fóssil terrestre foi colocado por Deus «para testar a nossa fé».

Ambra franziu o sobrolho.

— *Okay.* Então não o fizeram mudar de opinião.

— Não, mas espicaçaram a minha curiosidade, de modo que perguntei a um professor de biologia de Harvard qual era a sua opinião sobre esses livros. — Sorriu. — Esse professor, já agora, era o falecido Stephen J. Gould.

— Porque é que o nome me é familiar?

— Stephen J. Gould — informou imediatamente Winston —, reconhecido biólogo evolutivo e paleontólogo. A sua teoria do «equilíbrio pontuado» permitiu explicar algumas das lacunas no registo fóssil terrestre e contribuiu para apoiar o modelo da evolução de Darwin.

— Gould riu-se e disse-me que a maior parte dos livros antidarwinianos é publicada por entidades na linha do Instituto para a Investigação Criacionista, uma organização que, de acordo com os seus próprios materiais de divulgação, considera que a Bíblia é um relato infalível e literal de factos científicos e históricos.

— O que significa — acrescentou Winston — que acreditam que arbustos em chamas falam, que Noé conseguiu meter todas as espécies animais do planeta numa única embarcação e que as pessoas podem transformar-se em colunas de sal. Não são exatamente os alicerces mais sólidos para uma organização dedicada à investigação científica.

— É verdade, mas também foram publicados livros não religiosos que tentam desacreditar Darwin de uma perspetiva histórica, acusando-o de *roubar* a sua teoria ao naturalista francês Jean-Baptiste Lamarck, o primeiro a propor que os organismos se transformavam em resposta ao meio ambiente.

— Essa linha de raciocínio é irrelevante, professor — respondeu Winston. — O facto de Darwin ter ou não plagiado alguma coisa não influencia a veracidade da sua teoria da evolução.

— Parece-me um argumento irrefutável — concordou Ambra. — Então, imagino que, se o Robert perguntasse ao professor Gould «De onde vimos?», a sua resposta seria, sem sombra de dúvida, dos macacos?

Langdon acenou afirmativamente.

— Estou obviamente a parafrasear, mas Gould basicamente garantiu-me que não havia a menor sombra de dúvida entre a comunidade científica séria que a evolução está a acontecer. É empiricamente possível observar o processo. As grandes perguntas, a seu ver, eram: *porque* é que a evolução acontece? E *como* é que começou?

— E deu-lhe algumas respostas? — perguntou Ambra.

— Nenhuma que eu fosse capaz de entender, mas ilustrou o seu raciocínio com uma experiência mental. Chama-se o Corredor Infinito. — Langdon fez uma pausa e bebeu um gole de café.

— Sim, um bom exemplo ilustrativo — acrescentou Winston antes que Langdon pudesse continuar. — Desenrola-se assim: imagine que se encontra a caminhar num longo corredor... um corredor tão comprido que é impossível ver de onde vem ou para onde vai.

Langdon acenou afirmativamente, impressionado com o alcance dos conhecimentos de Winston.

— E então ouve atrás de si, ao longe — prosseguiu Winston —, o som de uma bola a saltar. E, efetivamente, quando se vira, vê uma bola a saltar que avança na sua direção. A bola aproxima-se constantemente, até que por fim passa pelo ponto em que se encontra o observador e continua a saltar na mesma direção até se perder de vista.

— Exato. A pergunta não é: a bola está a saltar? Porque é evidente que a bola está a saltar. Podemos vê-la saltar. A pergunta é: *porque* é que a bola está a saltar? Como é que *começou* a saltar? Alguém lhe deu um pontapé? É uma bola especial que simplesmente gosta de saltar? As leis da física neste corredor implicam que a bola não tem outra escolha a não ser saltar para sempre?

— Sendo o argumento de Gould — concluiu Winston — que, tal como com a evolução, não conseguimos recuar suficientemente para saber como começou o processo.

— Exatamente. Tudo o que podemos fazer é observar o que está a *acontecer*.

— Isto é certamente semelhante — prosseguiu Winston — ao desafio de compreender o Big Bang. Os cosmologistas elaboraram elegantes fórmulas para descrever o universo em expansão para um dado Tempo no passado ou no futuro, identificado como «T». No entanto, quando tentam observar o *instante* em que o Big Bang ocorreu, em que T é igual a zero, a matemática torna-se demencial, descrevendo o que parece ser uma partícula mística de calor e densidade infinitos.

Langdon e Ambra olharam um para o outro, impressionados.

— Exato uma vez mais. E como a mente humana não está equipada para abordar o «infinito», a maior parte dos cientistas atualmente discute o universo apenas em termos de momentos *após* o Big Bang, em que T é maior que zero, o que garante que a *matemática* não se torna *mística*.

Um dos colegas de Harvard de Langdon, um grave professor de física, acabara tão aborrecido com os estudantes de filosofia que assistiam à sua disciplina de Origens do Universo que acabou por colocar um aviso na porta da sala.

Na minha sala de aula, T > 0.
Para quaisquer dúvidas relativas a T = 0,
agradeço que se dirijam ao Departamento de Religião.

— E o conceito de panspermia? — perguntou Winston. — A ideia de que a vida na Terra provém de outro planeta, tendo sido trazida por um meteoro ou por pó cósmico? A panspermia é considerada uma possibilidade cientificamente válida para explicar a existência de vida na Terra.

— Mesmo que seja verdade — redarguiu Langdon —, não responde ao problema de como começou *inicialmente* a vida no universo. Continuamos a ignorar a origem da bola que salta e a adiar a grande pergunta: de onde vem a vida?

Winston ficou em silêncio.

Ambra saboreou o vinho, parecendo divertida com a conversa.

Quando o *Gulfstream G550* atingiu a altitude desejada e nivelou, Langdon deu consigo a imaginar o que significaria para o mundo que Edmond tivesse realmente descoberto a resposta para a ancestral pergunta: «De onde vimos?»

E no entanto, segundo Edmond, a resposta a essa pergunta era apenas uma *parte* do segredo.

Fosse qual fosse a verdade, Edmond protegera a sua descoberta com uma intrigante e complexa palavra-passe. Um verso de quarenta e sete caracteres. Se tudo corresse como esperavam, em breve Langdon e Ambra descobririam a resposta a esse enigma na casa de Edmond em Barcelona.

CAPÍTULO 43

Praticamente uma década depois da sua criação, a *dark web* continuava a ser um mistério para a maior parte dos utilizadores da Internet. Inacessível através dos motores de pesquisa tradicionais, esta sinistra terra sombria da World Wide Web proporciona acesso anónimo a um impressionante menu de bens e serviços ilegais.

Dos seus humildes inícios alojando a Silk Road, o primeiro mercado negro *online* dedicado à venda de drogas, a *dark web* florescera como uma imensa rede de *sites* ilícitos negociando armas, pornografia infantil, segredos políticos e até serviços de diversos profissionais, incluindo prostitutas, *hackers*, espiões, terroristas e assassinos.

Todas as semanas, a *dark web* permitia a celebração de literalmente milhões de transações, e nessa noite, entre os bares em ruínas de Budapeste, uma dessas transações estava prestes a ser realizada.

O homem das calças de ganga azuis e boné de basebol movia-se furtivamente pela rua Kazinczy, mantendo-se nas sombras enquanto espreitava a sua presa. As missões daquele género tinham-se tornado o seu ganha-pão ao longo dos últimos anos, sendo sempre negociadas através de um reduzido conjunto de *sites* populares: Unfriendly Solution, Hitman Network e BesaMafia.

O assassínio por encomenda era uma indústria que movia milhares de milhões de dólares e que crescia a um ritmo constante, sobretudo devido à garantia da *dark web* de negociações anónimas e de pagamentos indetetáveis através de *bitcoins*. A maior parte dos contratos estava relacionada com fraudes de seguros, disputas entre sócios comerciais ou casamentos turbulentos, mas o motivo não preocupava a pessoa que executava o trabalho.

Não se fazem perguntas, meditou o assassino. *É a regra implícita que faz com que o meu negócio funcione.*

Aceitara o trabalho dessa noite há alguns dias. O seu empregador anónimo oferecera-lhe cento e cinquenta mil euros para vigiar a casa de um velho rabino e permanecer disponível se fosse necessária qualquer ação. Ação, nesse caso, significava entrar na casa do alvo e administrar-lhe uma injeção de cloreto de potássio, que resultaria na sua morte imediata de um aparente ataque cardíaco.

Nessa noite, o rabino saíra inesperadamente de casa a meio da noite e apanhara um autocarro para um bairro improvável. O assassino seguira-o e utilizara o programa cifrado do seu *smartphone* para informar o seu empregador dos desenvolvimentos.

O alvo saiu de casa. Dirigiu-se ao bairro dos bares. Possibilidade de que se vá encontrar com alguém?

A resposta do seu empregador fora praticamente imediata.

Execute.

Agora, entre os bares em ruínas e becos escuros, o que começara como um trabalho de vigilância tornara-se um jogo mortal de gato e rato.

O rabino Yehuda Köves, ofegante, suava à medida que avançava pela rua Kazinczy. Sentia os pulmões a arder e parecia-lhe que a sua idosa bexiga estava a ponto de rebentar.

Só preciso de uma casa de banho e de descansar um bocado, pensou, parando entre a multidão aglomerada junto das portas do Szimpla, um dos maiores e mais famosos bares em ruínas da cidade. A sua clientela consistia numa miscelânea tão diversa de idades e profissões que ninguém olhou duas vezes para o velho rabino.

Paro só um momento, decidiu, dirigindo-se para o bar.

Outrora uma espetacular mansão de pedra com elegantes varandas e janelas altas, o Szimpla era agora uma carcaça delapidada coberta de *graffiti*. Ao atravessar a ampla entrada daquela antes grandiosa residência urbana, passou por baixo de uma mensagem codificada: EGG-ESH-AY-GED-REH!

Demorou um momento a perceber que a mensagem era apenas a transcrição fonética da palavra húngara *egészségedre*, que significa «saúde!».

Ao entrar, ficou um momento a observar incrédulo o cavernoso interior do bar. A devastada mansão estava construída à volta de um amplo pátio que agora albergava alguns dos objetos mais estranhos que o rabino alguma vez vira: um sofá feito de uma banheira, manequins a andar de bicicleta suspensos do teto e um *Trabant* da Alemanha Oriental, que fora esventrado para poder servir de assento improvisado para os clientes.

O pátio estava rodeado por muros altos, adornados com uma manta de retalhos de *graffiti*, *posters* da era soviética, esculturas clássicas e plantas, que caíam de varandas interiores cheias de clientes que se moviam ao ritmo da música pulsante. O ar cheirava a cigarros e música. Jovens casais beijavam-se apaixonadamente à vista de todos, enquanto outros fumavam discretamente pequenos cachimbos e bebiam *shots* de *pálinka*, uma popular aguardente engarrafada na Hungria.

Köves sempre achara irónico que os seres humanos, apesar de serem a mais sublime criação de Deus, continuassem no seu íntimo a ser meros animais, cujo comportamento era regido em grande medida pela busca do conforto físico. *Reconfortamos os nossos corpos na esperança de que as nossas almas os sigam.* Köves passava uma grande parte do seu tempo a aconselhar pessoas que se excediam na satisfação dos apetites do corpo, principalmente comida e sexo, e o aumento da adição à Internet e a omnipresença de drogas sintéticas baratas faziam com que a complexidade do seu trabalho não parasse de aumentar.

O único conforto terrestre de que o rabino necessitava nesse momento era de uma casa de banho, de modo que se sentiu desanimado quando viu uma fila de mais de dez pessoas à porta da primeira que encontrou. Incapaz de esperar tanto tempo, cambaleou pelas escadas acima. No primeiro andar da mansão, onde lhe disseram que encontraria mais casas de banho, moveu-se por um labirinto de quartos e salas de estar contíguas, cada dependência com um pequeno bar e zona de assentos. Perguntou a um dos empregados onde podia encontrar uma casa de banho, e o homem apontou para um corredor afastado, aparentemente acessível por uma varanda virada para o pátio.

Dirigiu-se apressadamente para a varanda, agarrando o corrimão para se amparar enquanto a percorria. Olhou distraidamente para o movimentado pátio em baixo, onde um mar de jovens se movia seguindo o profundo ritmo da música.

E então viu-o.

Estacou de imediato, com o sangue gelado.

No rés do chão, entre a multidão, o homem das calças de ganga azuis e boné de basebol olhava diretamente para ele. Por um breve momento, os seus olhares cruzaram-se. Então, com a velocidade de uma pantera, o homem começou a mover-se na direção das escadas, empurrando os clientes que ia encontrando pelo caminho.

O assassino correu pelas escadas acima, atento a todas as caras que passavam por ele. Conhecia bem o Szimpla, de modo que não teve dificuldade para se dirigir rapidamente para a varanda em que vira o seu alvo.

O rabino desaparecera.

Não passei por ti, pensou o assassino, *o que significa que foste para dentro.*

Levantando o olhar para o corredor à sua frente, sorriu, suspeitando saber exatamente onde o seu alvo tentaria esconder-se.

O corredor era apertado e tresandava a urina. Ao fundo encontrava-se uma porta de madeira empenada.

Avançou pesadamente pelo corredor e bateu com força na porta.

Silêncio.

Voltou a bater.

Uma voz grave no interior indicou que a casa de banho estava ocupada.

— *Bocsásson meg!* — desculpou-se o assassino com um tom despreocupado, fazendo de conta que se afastava ruidosamente. A seguir, virou-se silenciosamente e regressou à porta, encostando o ouvido à madeira. No interior, pôde ouvir o rabino a sussurrar desesperadamente em húngaro.

— *Há uma pessoa que me quer matar! Estava à porta de minha casa! E agora tem-me encurralado no interior do bar Szimpla de Budapeste! Por favor! Ajudem-me!*

Era evidente que o seu alvo ligara para o 112. Os tempos de resposta da polícia húngara eram notoriamente longos, mas, de qualquer maneira, o assassino já ouvira o suficiente.

Olhando para trás a fim de se assegurar de que estava sozinho, alinhou o musculoso ombro com a porta, inclinou-se para trás e sincronizou a pancada com o retumbante ritmo da música.

O velho trinco cedeu à primeira tentativa e a porta escancarou-se. O assassino entrou, voltou a fechá-la e enfrentou a sua presa.

O homem encolhido no canto parecia tão confuso como aterrorizado.

O assassino pegou no telemóvel do rabino, terminou a chamada e atirou-o para a sanita.

— Qu... quem o enviou? — gaguejou o rabino.

— O engraçado da minha situação — replicou o homem — é que não tenho maneira de saber.

O ancião ofegava e suava profusamente. De repente, começou a arfar, arregalando os olhos e agarrando-se ao peito com ambas as mãos.

A sério?, pensou o assassino. *Estás mesmo a ter um ataque cardíaco?*

No chão da casa de banho, o ancião retorcia-se como se estivesse a asfixiar, implorando compaixão com o olhar enquanto a sua face se tornava vermelha e as mãos se agarravam ao peito. Finalmente, caiu de frente para o sebento pavimento de azulejos, tremendo convulsivamente enquanto a sua bexiga se esvaziava nas calças, criando uma poça de urina à sua volta.

Finalmente, o rabi deixou de se mexer.

O assassino ajoelhou-se ao seu lado e tentou ouvir se respirava. Não se ouvia nada. Levantou-se com um sorriso de satisfação.

— Isto foi bastante mais fácil do que eu esperava.

E dirigiu-se para a porta.

Os pulmões do rabino Köves lutaram ansiosamente por ar.

Acabava de fazer a melhor atuação da sua vida.

Prestes a perder os sentidos, ouviu imóvel os passos do seu atacante afastarem-se pelo pavimento da casa de banho. A porta abriu-se e voltou a fechar-se.

Silêncio.

Köves obrigou-se a esperar mais uns segundos para garantir que o seu atacante se afastava o suficiente para não o ouvir. E então, incapaz de aguentar mais, exalou e começou a respirar profundamente, procurando literalmente regressar à vida. Até o pestilento ar da casa de banho lhe pareceu divino.

Abriu lentamente os olhos, com a visão desfocada pela falta de oxigénio. Ao levantar a cabeça, começou a ver melhor. Qual não foi o seu espanto quando reparou numa figura escura de pé do lado de dentro da porta.

O homem do boné de basebol olhava para ele sorridente.

Köves gelou. *Ele nunca saiu da casa de banho.*

O assassino deu dois longos passos na direção do rabino e apertou-lhe violentamente o pescoço com ambas as mãos, empurrando-lhe a cara contra os azulejos do chão.

— Podes ser capaz de parar de respirar — riu-se o assassino —, mas não consegues fazer com que o coração pare de bater. Mas não te preocupes, que eu estou aqui para isso.

Nesse momento, Köves sentiu uma picada de calor escaldante perfurar-lhe o pescoço. Pareceu-lhe que a garganta e o crânio se enchiam de lava. Quando sentiu a dor no peito, soube que daquela vez era a sério.

Depois de dedicar uma importante parte da sua vida aos mistérios do *Shamayim*, a morada de Deus e dos justos falecidos, o rabino Yehuda Köves soube que todas as respostas estavam a uma pulsação de distância.

CAPÍTULO 44

Sozinha na espaçosa casa de banho do *G550*, Ambra Vidal deixou o jorro de água morna correr suavemente sobre as suas mãos enquanto olhava para o espelho por cima do lavatório, praticamente não reconhecendo o seu reflexo.

O que é que eu fiz?

Bebeu outro gole de vinho, desejando poder recuperar a vida que tinha ainda há poucos meses: anónima, solteira, absorta no seu trabalho no museu. Mas tudo isso desaparecera. Evaporara-se no momento em que Julián a pedira em casamento.

Não, repreendeu-se. *Evaporou-se no momento em que disseste que sim.*

O horror do assassínio dessa noite instalara-se nas suas entranhas e agora a sua mente lógica começava a pesar as implicações.

Convidei o assassino de Edmond para o museu.

Fui enganada por alguém do palácio.

E agora sei demasiado.

Não havia qualquer prova de que Julián estivesse por trás do sangrento assassínio ou mesmo de que tivesse conhecimento prévio do que ia acontecer. No entanto, Ambra sabia o suficiente do funcionamento do palácio para suspeitar que nada daquilo podia ter acontecido sem o conhecimento do príncipe, se não mesmo sem a sua bênção.

Dei demasiadas informações a Julián.

Nas últimas semanas, sentira uma crescente necessidade de justificar cada segundo que passava afastada do seu ciumento noivo, o que a levara a partilhar em privado com Julián uma grande parte do que sabia sobre a apresentação de Edmond. E agora receava que a sua franqueza tivesse sido imprudente.

Ambra fechou a torneira e secou as mãos, pegando no copo e bebendo as últimas gotas. No espelho à sua frente viu uma estranha, uma profissional outrora confiante que estava agora cheia de vergonha e arrependimento.

A quantidade de erros que cometi em tão poucos meses...

Enquanto recapitulava os acontecimentos recentes, perguntou a si própria o que poderia ter feito de outra maneira. Quatro meses antes, numa noite chuvosa em Madrid, estava a assistir a uma angariação de fundos no Museu de Arte Moderna Rainha Sofia...

A maior parte dos convidados dirigira-se para a sala 206.06 para apreciar a obra mais famosa do museu, *Guernica*, um enorme Picasso com mais de sete metros e meio de comprimento, que evocava o terrível bombardeamento de uma pequena localidade basca durante a Guerra Civil espanhola. Ambra, porém, sempre o considerara demasiado doloroso... uma recordação vívida da brutal opressão infligida pelo ditador fascista Francisco Franco entre 1936 e 1975.

Por isso, decidira esgueirar-se para uma tranquila galeria a fim de apreciar o trabalho de uma das suas artistas espanholas preferidas, Maruja Mallo, uma surrealista galega, cujo êxito nos anos 30 do século XX ajudara a estilhaçar o teto de vidro que as mulheres encontravam em Espanha.

Ambra estava sozinha a admirar *La Verbena*, uma sátira política repleta de complexos símbolos, quando ouviu uma profunda voz masculina atrás de si.

— *Es casi tan guapa como tú* — declarara o homem. É quase tão bonita como tu.

A sério? Ambra mantivera o olhar no quadro e resistira ao desejo de revirar os olhos. Naquele tipo de eventos, por vezes o museu parecia mais um embaraçoso bar de engate do que um centro cultural.

— *¿Qué crees que significa?* — prosseguira a voz por trás de si, procurando uma resposta.

— Não faço ideia — mentira, passando para inglês na esperança de que isso desencorajasse o homem. — Só sei que me agrada.

— A mim também me agrada — replicara o homem num inglês praticamente desprovido de sotaque. — Mallo era uma artista à frente do seu tempo. Infelizmente, para o olhar pouco formado, a beleza superficial da sua pintura pode ocultar o seu significado mais profundo. — E, depois de uma pausa, acrescentara: — Imagino que uma mulher com o seu aspeto tenha de enfrentar constantemente esse problema.

Ambra suspirara. *Este tipo de conversa funciona realmente com as mulheres?* Afixando um sorriso educado na cara, virara-se para despachar o indivíduo.

— Ouça, é muito simpático da sua parte, mas...

Deixara a frase a meio. O seu interlocutor era uma pessoa que vira na televisão e nas revistas durante toda a sua vida.

— Oh — titubeara. — O senhor é...

— Presumido? — aventurara o homem. — Desastradamente atrevido? Tem de me desculpar, vivo uma existência protegida e não sou muito bom neste tipo de coisas. — Sorrira e estendera-lhe cortesmente a mão. — Chamo-me Julián.

— Acho que sei o seu nome — respondera-lhe Ambra, sorrindo enquanto apertava a mão ao futuro rei de Espanha, o príncipe Julián. Era bastante mais alto do que ela imaginara, com um olhar suave e um sorriso confiante. — Não sabia que ia estar presente esta noite — prosseguira, recuperando rapidamente a compostura. — Sempre imaginei que fosse mais uma pessoa do Prado. Sabe, Goya, Velázquez... enfim, os clássicos.

— Quer dizer conservador e antiquado? — rira-se ele calorosamente. — Acho que me está a confundir com o meu pai. Mallo e Miró estiveram desde sempre entre os meus pintores preferidos.

Falaram durante vários minutos, e Ambra ficara impressionada com os seus conhecimentos de arte. Não era, porém, muito de estranhar, dado ter crescido no Palácio Real de Madrid, que possuía uma das melhores coleções de pintura de Espanha. Era provável que tivesse um El Greco original no quarto dos brinquedos.

— Compreendo que isto lhe possa parecer atrevido — dissera o príncipe, estendendo-lhe um cartão de visita gravado a ouro —, mas adoraria que viesse a um jantar amanhã à noite. O meu número direto está no cartão. Diga-me qualquer coisa.

— Jantar? Se nem sequer sabe como me chamo.

— Ambra Vidal — redarguira o príncipe de forma casual. — Tem trinta e nove anos. É licenciada em história da arte pela Universidade de Salamanca. É diretora do Museu Guggenheim de Bilbau. Falou recentemente sobre a controvérsia relativa a Luis Quiles, cuja obra, concordo consigo, reflete graficamente os horrores da vida moderna e pode não ser adequada para crianças. No entanto, não tenho tanta certeza se concordo consigo em que o trabalho de Quiles é semelhante ao de Banksy. É solteira. Sem filhos. E fica fantástica de preto.

Ambra ficara boquiaberta.

— Meu Deus. Essa abordagem funciona realmente?

— Não faço ideia — respondera ele com um sorriso. — Teremos de ver.

Como se o encontro tivesse sido coreografado, nesse preciso momento surgiram dois agentes da Guardia Real, que levaram o príncipe para falar com alguns VIP.

Ambra ficara com o cartão de visita na mão e sentira algo que não experimentava há anos. Borboletas. *Acabo de ser convidada para jantar por um príncipe?*

Fora uma adolescente desengonçada, e os rapazes com que saía sentiam sempre estar em pé de igualdade com ela. Mais tarde, no entanto, quando a sua beleza desabrochara, descobrira de súbito que intimidava os homens, que se atrapalhavam na sua presença, demasiado conscientes de si próprios e demasiado respeitosos. Nessa noite, no entanto, um homem poderoso dirigira-se a ela com total confiança. E isso fizera-a sentir-se feminina. E jovem.

Na noite seguinte, um motorista fora buscá-la ao seu hotel e levara-a ao Palácio Real, onde dera consigo sentada ao lado do príncipe na companhia de uma vintena de convidados, muitos dos quais reconhecera das páginas de sociedade ou política. O príncipe apresentara-a como uma «encantadora nova amiga» e introduzira habilmente um tema de conversa sobre arte que proporcionara a Ambra a possibilidade de participar confortavelmente. Tivera a sensação de que estava a passar uma espécie de prova, mas, curiosamente, não se importara. Sentira-se lisonjeada.

No final da noite, um sorridente Julián dissera-lhe:

— Espero que se tenha divertido. Gostaria imenso de a voltar a ver. Que lhe parece quinta à noite?

— Muito obrigada, mas infelizmente volto para Bilbau amanhã de manhã.

— Eu vou lá ter consigo. Alguma vez foi ao Etxanobe?

Fora incapaz de conter uma gargalhada. O Etxanobe oferecia uma das experiências gastronómicas mais cobiçadas de Bilbau. Sendo um dos restaurantes preferidos dos apreciadores de arte do mundo inteiro, possuía uma decoração vanguardista e uma cozinha colorida, que permitia que os comensais sentissem que estavam sentados numa paisagem pintada por Marc Chagall.

— Seria fantástico — ouvira-se dizer.

No Etxanobe, sobre pratos elegantemente apresentados de atum tostado com sumagre e espargos com trufas, Julián discutira abertamente os desafios políticos que enfrentava à medida que a doença do seu pai o obrigava a sair da sua sombra, bem como a pressão que sentia para continuar a linhagem real. Ambra vira nele a inocência de um rapazinho que vivera sempre uma vida protegida, mas também o embrião de um líder com uma ardente paixão pelo seu país. Parecera-lhe uma combinação cativante.

Nessa noite, quando os agentes de segurança levaram Julián para o seu avião privado, Ambra percebera que estava apaixonada.

Praticamente não o conheces, teve de se repreender. *Vai com calma.*

Os meses seguintes pareceram passar num instante. Ambra e Julián viam-se constantemente. Havia jantares no palácio, piqueniques nos terrenos da sua casa de campo, até uma tarde de cinema. A relação entre ambos era espontânea, e Ambra não se recordava de ter sido alguma vez mais feliz. Julián era encantadoramente antiquado, dando-lhe frequentemente a mão ou roubando-lhe um beijo delicado, mas nunca indo além do limite das conveniências, e Ambra apreciava as suas boas maneiras.

Há três semanas, numa manhã soalheira, encontrava-se em Madrid, onde tinha marcada uma entrevista sobre as próximas exposições do Guggenheim num programa de televisão matutino. O *Telediario Matinal* da TVE era um programa visto por milhões de pessoas do país inteiro, e Ambra não se sentia muito confortável a participar em programas em direto, mas sabia que a sua presença proporcionaria uma excelente difusão a nível nacional das atividades do museu.

Na noite anterior, partilhara com Julián um delicioso jantar informal na Trattoria Malatesta e passeara tranquilamente com ele pelo Parque del Retiro. Ver as famílias a passearem e as dezenas de crianças a rirem e a brincarem permitira-lhe sentir-se totalmente em paz, perdida no momento.

— Gosta de crianças? — perguntara-lhe Julián.

— Adoro-as — respondera honestamente. — De facto, por vezes acho que as crianças são a única coisa em falta na minha vida.

Julián sorrira abertamente.

— Sei como se sente.

Nesse momento, sentira que ele olhava para ela de forma diferente e percebera subitamente porque é que lhe estava a perguntar aquilo. Uma onda de medo apoderara-se dela e uma voz no interior da sua cabeça gritara-lhe: *Conta-lhe!* CONTA-LHE *JÁ!*

Tentara falar, mas não fora capaz.

— Sente-se bem? — perguntara-lhe Julián.

Ela sorrira.

— É a entrevista no *Telediario*. Estou um bocadinho nervosa.

— Respire fundo. Vai estar fantástica.

Julián dirigira-lhe um enorme sorriso e, inclinando-se para a frente, dera-lhe um breve e suave beijo nos lábios.

No dia seguinte, às sete e meia da manhã, Ambra dera consigo num estúdio de televisão, em que teve uma surpreendentemente confortável conversa em direto com os três encantadores apresentadores do *Telediario*. Estava tão embrenhada no seu entusiasmo pelo Guggenheim que praticamente não reparara nas câmaras e no público do estúdio, nem recordara que havia mais de cinco milhões de pessoas a ver o programa em casa.

— *Gracias, Ambra, y muy interesante* — dissera a apresentadora quando a entrevista terminou. — *Un gran placer conocerte.*

Ambra fizera um gesto de agradecimento e esperara que a entrevista terminasse.

No entanto, a apresentadora sorrira-lhe de forma maliciosa e continuara o programa dirigindo-se diretamente à audiência.

— Temos hoje connosco um convidado muito especial, que veio fazer uma visita de surpresa ao *Telediario*.

Os três apresentadores levantaram-se, batendo as palmas, ao mesmo tempo que um homem elegante entrava no cenário. Quando os membros do público o viram, levantaram-se todos, aplaudindo entusiasticamente.

Ambra também se levantou, chocada.

Julián?

O príncipe Julián acenara ao público e apertara educadamente as mãos dos três apresentadores. A seguir, dirigira-se a Ambra e sentara-se ao seu lado, colocando um braço à volta dos seus ombros.

— O meu pai foi sempre um romântico — dissera, olhando diretamente para a câmara para se dirigir aos espectadores. — Quando a minha mãe faleceu, nunca parou de a amar. Eu herdei esse romantismo e acho que um homem sabe imediatamente quando encontra o amor da sua vida. — Olhara para Ambra e sorrira calorosamente. — De modo que... — Dera um passo para trás e virara-se para ela.

Quando Ambra percebera o que estava a acontecer, sentira-se paralisada pelo assombro. NÃO! *O que é que estás a fazer, Julián?*

De repente, tinha o príncipe herdeiro de Espanha ajoelhado à sua frente.

— Ambra Vidal, peço-te, não como príncipe, mas como homem apaixonado. — Olhou para ela com o olhar enevoado, e as câmaras viraram-se para apanhar um primeiro plano do seu rosto. — Amo-te. Aceitas casar comigo?

O público e os apresentadores suspiraram de alegria, e Ambra sentira que milhões de olhos do país inteiro a observavam atentamente. Sentira como corava e como as luzes do estúdio lhe pareciam queimar a pele. O seu coração começara a bater freneticamente ao olhar para Julián, enquanto milhares de pensamentos lhe passavam pela cabeça.

Como foi capaz de me pôr nesta posição!? Acabamos de nos conhecer. Há coisas sobre mim que ainda não lhe disse... coisas que podem mudar tudo.

Ambra não sabia quanto tempo ficara presa de um pânico silencioso, mas finalmente um dos apresentadores vira-se na obrigação de dar uma gargalhada forçada e dizer:

— Parece que a senhora Vidal está em transe. Senhora Vidal? Tem um belo príncipe aos seus pés a professar o seu amor por si perante o mundo inteiro!

Ambra procurara encontrar uma forma airosa de sair daquela situação. Tudo o que ouvia era silêncio e sabia que não tinha escapatória possível. Só havia uma maneira de que aquele momento terminasse.

— Sinto-me hesitante porque não consigo acreditar que este conto de fadas tenha um final feliz. — E então, relaxando os ombros, sorrira calorosamente para Julián e dissera: — Claro que aceito casar contigo, príncipe Julián.

O estúdio explodira em aplausos.

Julián levantara-se e abraçara-a. Nesse preciso momento, Ambra compreendera que era a primeira vez que ele a abraçava assim.

Dez minutos mais tarde, estavam ambos no banco de trás da limusina real.

— Compreendo que te tenha surpreendido. Peço-te que me desculpes. Estava a tentar ser romântico. Tenho sentimentos profundos por ti e...

— Julián — interrompera ela violentamente —, eu também tenho sentimentos profundos por ti, mas acabas de me pôr numa situação impossível! Nunca me passou pela cabeça que me pedisses em casamento tão rapidamente! Praticamente não nos conhecemos. Há tantas coisas que tenho de te dizer. Coisas importantes sobre o meu passado.

— Não há nada no teu passado que me importe.

— Pode importar. *E muito.*

Julián sorrira e abanara a cabeça.

— Eu amo-te. Não importará. Experimenta e verás.

Ambra estudara o homem à sua frente. *Muito bem.* Não era assim que desejara ter aquela conversa, mas sentia que ele não lhe dera alternativa.

— Bem, aqui vai. Julián, quando eu era pequena, tive uma infeção muito grave que quase acabou com a minha vida.

— Muito bem.

Enquanto falava, sentia um enorme vazio crescer no seu interior.

— E o resultado foi que o sonho da minha vida de ter filhos... bem, nunca poderá ser mais do que um sonho.

— Não compreendo.

— Julián — dissera ela secamente —, eu não posso ter filhos. Os meus problemas de saúde de infância deixaram-me infértil. Sempre quis ter filhos, mas não posso concebê-los. Tenho muita pena. Eu sei que isso é muito importante para ti, mas acabas de propor casamento a uma mulher que nunca te poderá dar um herdeiro.

Julián empalidecera.

Ambra olhara diretamente para os seus olhos, pedindo-lhe que dissesse qualquer coisa. *Julián, é aqui que me abraças e me dizes que está tudo bem. É aqui que me dizes que não te importas e que me amas seja como for.*

E então acontecera.

Julián afastara-se ligeiramente dela.

E, nesse momento, Ambra soubera que tudo terminara.

CAPÍTULO 45

A divisão de segurança eletrónica da Guardia Real está situada numa série de salas interiores na cave do Palácio Real. Intencionalmente afastada das vastas casernas e arsenais que o corpo possui nos terrenos do palácio, as suas instalações consistem numa dúzia de cubículos para computadores, uma central telefónica e uma parede cheia de monitores de segurança. Tem ao seu serviço apenas oito pessoas, todas elas com menos de trinta e cinco anos, responsáveis por proporcionar redes de comunicação segura ao pessoal do Palácio Real e à Guardia Real, bem como pela vigilância eletrónica de todo o complexo palaciano.

Nessa noite, como sempre, o ar das instalações estava pesado, tresandando a massa chinesa e pipocas de micro-ondas. As luzes fluorescentes zumbiam insistentemente.

Foi aqui que pedi que pusessem o meu escritório, pensou Mónica Martín.

Apesar de, tecnicamente, o cargo de coordenadora de relações-públicas não estar incluído no organograma da Guardia Real, o exercício das suas funções exigia acesso a poderosos computadores e a pessoal com profundos conhecimentos das últimas tecnologias. De modo que as instalações da divisão de segurança eletrónica lhe pareceram um destino muito mais lógico do que um escritório com equipamento de segunda nos andares superiores.

Hoje, pensou Martín, *vou precisar de toda a tecnologia disponível.*

Durante os últimos meses, dedicara-se principalmente a ajudar o palácio a transmitir uma mensagem coerente durante a gradual transferência de poderes para o príncipe Julián. Não fora fácil. A transição proporcionara uma oportunidade para que diversas organizações se manifestassem contra a monarquia.

Segundo a constituição espanhola, a monarquia representava «um símbolo da unidade duradoura e da permanência de Espanha». Mas

Martín sabia que há muito que a Espanha tinha muito pouco de «unidade». Em 1931, a Segunda República marcara o final da monarquia, e o golpe de Franco em 1936 mergulhara o país numa guerra civil.

Atualmente, apesar de a reinstaurada monarquia ser considerada uma democracia parlamentar, muitas vozes continuavam a denunciar o rei como um vestígio antiquado de um opressivo passado religioso e militar, bem como uma recordação constante de que o país ainda tinha um longo caminho a percorrer antes de poder pertencer plenamente ao mundo moderno.

As mensagens que emitira durante o último mês incluíam as habituais descrições do rei como um símbolo querido que não detinha qualquer poder real. Uma ideia difícil de impingir quando o soberano continuava a ser o comandante máximo das forças armadas, além de chefe de Estado.

Chefe de Estado, pensou, *num país em que a separação entre a Igreja e o Estado sempre foi controversa*. A íntima relação do velho rei com o bispo Valdespino fora um motivo de incómodo para secularistas e progressistas durante longos anos.

E agora vem o príncipe Julián, pensou.

Martín sabia que devia o cargo ao príncipe, mas a verdade é que durante os últimos tempos ele dificultara consideravelmente o seu trabalho. Havia poucas semanas, fizera o pior disparate em termos de relações-públicas que ela alguma vez testemunhara.

O príncipe Julián ajoelhara-se num estúdio de televisão, em direto, e fizera uma ridícula proposta de casamento a Ambra Vidal. O atroz momento só poderia ter sido mais embaraçoso se ela se tivesse recusado a casar com ele, o que, felizmente, tivera o bom senso de não fazer.

Infelizmente, Ambra Vidal acabara por ser uma pessoa mais complexa do que Julián antecipara, e as consequências do seu comportamento durante o último mês acabaram por se tornar uma das principais preocupações de Martín.

Nessa noite, porém, as indiscrições da noiva do príncipe pareciam ter sido totalmente esquecidas. A onda de atividade mediática gerada pelos eventos de Bilbau fora crescendo até atingir uma magnitude sem precedentes. Durante a última hora, uma proliferação viral de teorias da conspiração, incluindo diversas novas hipóteses relacionadas com o bispo Valdespino, varrera o mundo inteiro como um maremoto.

O desenvolvimento mais significativo estava associado ao assassino do Guggenheim, que obtivera acesso ao evento de Kirsch «a pedido de alguém do interior do Palácio Real». Esta alarmante notícia gerara um dilúvio de teorias da conspiração que acusavam o rei moribundo e o bispo Valdespino de conspirarem para assassinar Edmond Kirsch, um autêntico semideus do mundo digital e um americano altamente apreciado que escolhera viver em Espanha.

Isto vai destruir o bispo Valdespino, pensou Martín.

— Prestem atenção, todos! — gritou Garza ao entrar na sala de controlo. — O príncipe Julián e o bispo Valdespino encontram-se juntos algures no complexo! Quero que verifiquem todas as câmaras de segurança até os encontrarem! Já!

O comandante entrou de rompante no escritório de Martín e informou-a dos últimos acontecimentos relacionados com o príncipe e o bispo.

— Desapareceram? — perguntou ela, incrédula. — E deixaram os telemóveis no *cofre* do príncipe?

Garza encolheu os ombros.

— Imagino que para que não os possamos localizar.

— Então é *melhor* que os encontremos. O príncipe Julián tem de fazer uma declaração quanto antes e tem de se distanciar do bispo o máximo possível.

Martín pôs Garza ao corrente do desenrolar dos últimos acontecimentos. Foi a vez de Garza ficar estupefacto.

— Tudo isso são rumores. É impossível que Valdespino seja responsável por um assassínio.

— Talvez, mas o crime parece estar ligado à igreja católica. Alguém acaba de encontrar uma relação direta entre o atirador e um membro das altas esferas da Igreja. Veja isto. — Martín apresentou a última atualização do ConspiracyNet, uma vez mais creditando o informador monte@iglesia.org. — Isto foi publicado há poucos minutos.

Garza inclinou a cabeça e começou a ler a notícia.

— O *papa*! — exclamou ele. — Ávila tem uma relação pessoal com...

— Continue a ler.

Quando Garza acabou, afastou-se do ecrã e piscou repetidamente os olhos, como se estivesse a tentar acordar de um pesadelo.

Nesse momento, uma voz masculina chamou da sala de controlo.

— Comandante Garza? Acabo de os localizar.

Garza e Martín correram para o cubículo de Suresh Bhalla, o diretor de segurança eletrónica, um especialista em vigilância nascido na Índia, que apontava para as imagens de uma câmara de segurança visíveis no seu monitor, em que podiam ser vistas duas formas, uma com esvoaçantes vestes episcopais e outra com um fato formal. Pareciam avançar por um caminho arborizado.

— Jardim oriental — disse Suresh. — Há dois minutos.

— *Saíram* do edifício?! — gritou Garza.

— Espere, comandante. — Suresh avançou as imagens, seguindo o trajeto do bispo e do príncipe através de diversas câmaras situadas a intervalos regulares pelo complexo palaciano, à medida que os dois homens saíam do jardim e atravessavam um pátio fechado.

— Para onde é que vão?

Martín tinha uma ideia de para onde iam e reparou que o caminho escolhido por Valdespino os mantinha longe da vista das carrinhas dos meios de comunicação estacionadas na praça.

Como antecipara, Valdespino e Julián chegaram à entrada de serviço da parte sul da Catedral de Almudena, onde o bispo abriu a porta e conduziu o príncipe para o seu interior. A porta fechou-se por trás deles e os dois homens desapareceram.

Garza ficou atónito a olhar para o ecrã, num óbvio esforço para perceber o que acabava de ver.

— Mantenha-me informado — acabou por dizer, fazendo um gesto a Martín para que o seguisse. Assim que deixaram de poder ser ouvidos, sussurrou: — Não faço ideia de como Valdespino conseguiu persuadir o príncipe a segui-lo para fora do palácio ou a deixar o telemóvel para trás, mas é óbvio que o príncipe desconhece estas acusações contra o bispo ou teria tido o bom senso de se distanciar dele.

— Concordo plenamente — disse Martín. — E detesto especular sobre qual será o objetivo de todas estas manobras do bispo, mas...

— Mas o quê? — perguntou Garza.

Martín suspirou.

— É possível que o bispo Valdespino tenha acabado de tomar um refém extremamente valioso.

*

A cerca de quatrocentos quilómetros para norte, no interior do átrio do Museu Guggenheim, o telemóvel do agente Fonseca começou a tocar. Era a sexta vez nos últimos vinte minutos. Quando observou a identificação da chamada, sentiu o seu corpo pôr-se involuntariamente em sentido.

— *¿Sí?* — atendeu, com o coração disparado.

A voz do outro lado falou em espanhol, lenta e deliberadamente.

— Agente Fonseca, como certamente saberá, a futura rainha consorte de Espanha cometeu alguns erros terríveis ao longo desta noite, associando-se às pessoas erradas e causando um significativo embaraço ao Palácio Real. Para evitar que cause mais danos, é crucial que a leve para o palácio quanto antes.

— Receio que o paradeiro da senhora Vidal seja atualmente desconhecido.

— Há quarenta minutos, o jato de Edmond Kirsch levantou voo de Bilbau e dirigiu-se para Barcelona — afirmou a voz. — Acredito que a senhora Vidal se encontra nesse avião.

— Como pode saber isso? — disparou Fonseca, arrependendo-se de imediato do seu tom impertinente.

— Se tivessem feito o vosso trabalho — replicara a voz, cortante —, também saberiam. Quero que você e o seu parceiro se ponham imediatamente no seu encalço. Têm um avião de transporte militar à espera no Aeroporto de Bilbau neste preciso momento.

— Se a senhora Vidal se encontra nesse avião — disse Fonseca —, é possível que esteja acompanhada pelo professor americano Robert Langdon.

— Sim — disse furioso o autor da chamada. — Não faço ideia de como esse homem conseguiu persuadir a senhora Vidal a abandonar a sua segurança e fugir com ele, mas o professor Langdon é obviamente um empecilho. A sua missão é encontrar a senhora Vidal e trazê-la para o palácio, à força se for necessário.

— E se Langdon interferir?

Houve um silêncio pesado.

— Limitem os danos colaterais na medida do possível. No entanto, esta crise reveste-se de uma gravidade que permite considerar a integridade física do professor Langdon como secundária.

CAPÍTULO 46

 ConspiracyNet.com

ÚLTIMAS NOTÍCIAS

A COBERTURA DO ASSASSÍNIO DE KIRSCH OCUPA TODAS AS NOTÍCIAS!

O anúncio científico de Edmond Kirsch desta noite começou com uma apresentação *online* que atraiu uma impressionante audiência de três milhões de espectadores. Após o seu assassínio, contudo, a história de Kirsch está agora a ser coberta pelos principais noticiários do mundo, com uma audiência estimada neste momento em mais de oitenta milhões de espectadores.

CAPÍTULO 47

Quando o *Gulfstream G550* de Edmond Kirsch começou a descida para Barcelona, Robert Langdon terminou a segunda chávena de café e olhou para os restos da ceia improvisada que acabara de partilhar com Ambra, ceia essa procedente da despensa pessoal de Edmond na copa da aeronave: nozes, bolachas de arroz e diversas barras veganas, que lhe pareceram saber todas à mesma coisa.

Do outro lado da mesa, Ambra acabara de terminar o seu segundo copo de vinho tinto e parecia muito mais relaxada.

— Muito obrigada por me ouvir — disse, parecendo envergonhada. — Como pode imaginar, não tive oportunidade de falar com ninguém sobre a situação com Julián.

Langdon olhou para ela compreensivo, tendo acabado de ouvir a história da estranha proposta de casamento em direto. *Ela não teve alternativa.* Era óbvio que não podia arriscar-se a humilhar o futuro rei de Espanha na televisão nacional.

— É claro que, se eu tivesse sabido que ele me ia pedir em casamento tão rapidamente, ter-lhe-ia dito antes que não podia ter filhos. Mas aconteceu tudo de repente... — Ambra abanou a cabeça desanimada e dirigiu o olhar para fora da janela. — Pensei que gostava dele. Não sei, se calhar foi só a emoção de...

— Um príncipe encantado, alto e moreno? — aventurou Langdon, com um sorriso irónico.

Ambra riu-se baixinho e virou-se para ele.

— Ele tinha efetivamente *isso* a seu favor. Não sei... Parecia um homem bom. Afastado do mundo real, talvez, mas um romântico... não o tipo de homem que possa estar implicado no assassínio de Edmond.

Langdon suspeitava que ela tinha razão. O príncipe tinha pouco a ganhar com a morte de Edmond e não havia qualquer prova sólida que

sugerisse que o príncipe estava implicado de alguma forma. Só um telefonema de alguém do interior do palácio que pedira que o almirante
Ávila fosse incluído na lista de convidados. Nesse momento, o bispo
Valdespino parecia o suspeito mais óbvio, dado ter tido conhecimento
da descoberta de Edmond com antecedência suficiente para elaborar
um plano que impedisse a sua divulgação, e também por saber melhor
que ninguém os destrutivos efeitos que essa descoberta teria na autoridade das religiões de todo o mundo.

— É óbvio que não me posso casar com Julián. — A voz de Ambra era tranquila. — Não paro de pensar que ele vai romper o noivado
agora que sabe que não posso ter filhos. A sua família detém a coroa
há mais de quatro séculos. Algo me diz que uma diretora de museu de
Bilbau não será a causa do final dessa linhagem.

O altifalante por cima das suas cabeças emitiu um som metálico, e
os pilotos anunciaram que chegara o momento de se prepararem para a
aterragem em Barcelona.

Afastada das suas ruminações sobre o príncipe, Ambra levantou-
-se e começou a arrumar a cabina, passando os copos por água na copa
e deitando fora a comida que sobrara.

— Professor — disse Winston do telemóvel de Edmond em cima
da mesa —, acho que devia saber que há uma nova informação *online*
que se está a tornar viral. Provas sólidas que sugerem uma relação secreta entre o bispo Valdespino e o almirante Ávila.

As notícias alarmaram Langdon.

— Infelizmente, a história não acaba aqui — prosseguiu Winston.
— Como sabe, a reunião secreta entre Edmond e o bispo Valdespino
incluiu dois outros líderes religiosos, um proeminente rabino e um
admirado imã. Ontem à noite, o imã foi encontrado morto no deserto
nos arredores do Dubai. E há poucos minutos começaram a chegar
perturbadoras notícias de Budapeste. Parece que o rabino também foi
encontrado morto, aparentemente de ataque cardíaco.

Langdon ficou sem palavras.

— Já há muita gente a questionar a coincidência temporal das
suas mortes.

Langdon acenou com uma incredulidade muda. De uma forma ou
de outra, o bispo Antonio Valdespino era agora a única pessoa viva à
face da Terra que sabia o que Edmond tinha descoberto.

*

Quando o *Gulfstream G550* aterrou na solitária pista do Aeroporto de Sabadell, nos arredores de Barcelona, Ambra sentiu-se aliviada por não ver sinais de *paparazzi* ou imprensa.

Edmond costumava dizer que preferia ter o avião naquele aeroporto para evitar enfrentar constantemente os fãs embasbacados no Aeroporto de El Prat, de Barcelona.

Mas Ambra sabia que o verdadeiro motivo não era esse.

A verdade era que Edmond adorava ser o centro das atenções e admitiu que tinha o avião em Sabadell só para ter uma desculpa para ir para casa ao volante do seu carro desportivo preferido, um *Tesla Model X P90D*, que alegadamente lhe fora entregue em mão por Elon Musk como um presente. Também se dizia que Edmond um dia desafiara os seus pilotos para uma corrida de uma milha na pista do aeroporto, o *Gulfstream* contra o *Tesla*, mas que os pilotos efetuaram uns simples cálculos e recusaram.

Vou ter saudades de Edmond, pensou Ambra mortificada. Sim, ele era autocomplacente e descarado, mas a sua brilhante imaginação merecia muito mais da vida do que o que lhe acontecera nessa noite. *Só espero que possamos honrar a sua memória revelando ao mundo a sua descoberta.*

Quando o avião chegou ao interior do hangar privativo de Edmond e desligou os motores, Ambra depressa constatou que estava tudo tranquilo. Aparentemente, tinham conseguido chegar ali sem ser detetados.

Enquanto descia pelas escadas do jato, respirou fundo, tentando desanuviar a cabeça. O segundo copo de vinho tinha-a afetado um pouco e arrependeu-se de o ter bebido. Ao descer para o chão de betão do hangar, vacilou ligeiramente, sentindo imediatamente a poderosa mão de Langdon no ombro, segurando-a.

— Muito obrigada — sussurrou, retribuindo o sorriso do professor, que parecia bem acordado e eletrizado depois das suas duas chávenas de café.

— Temos de desaparecer assim que pudermos — disse Langdon, observando o elegante SUV preto estacionado ao canto. — Imagino que seja esse o carro de que me esteve a falar?

Ambra acenou afirmativamente.

— O amor secreto de Edmond.

— Que matrícula estranha.

Ambra olhou para a matrícula personalizada do carro e riu-se.

E-WAVE

— Edmond disse-me que a Google e a NASA tinham recentemente adquirido um supercomputador inovador chamado D-Wave. Um dos primeiros computadores quânticos. Tentou explicar-me em que consistia, mas era demasiado complicado para mim... Uma coisa relacionada com sobreposições, mecânica quântica e a criação de uma nova espécie de máquina. Seja como for, Edmond disse que queria construir qualquer coisa que arrasasse o D-Wave. Queria chamar ao seu novo computador E-Wave.

— *E de Edmond...*

E a letra depois do «D», pensou Ambra, recordando uma história que Edmond lhe contara sobre o famoso computador de *2001: Uma Odisseia no Espaço*, que segundo a lenda urbana recebera o nome de HAL porque cada letra era alfabeticamente anterior às da sigla IBM.

— E as chaves do carro? — perguntou Langdon. — Disse que sabia onde Edmond as escondia.

— Não precisa de chaves. — Ambra pegou no telemóvel de Edmond. — Veja o que ele me mostrou quando viemos aqui no mês passado. — Tocou no ecrã do telemóvel, iniciou a *app* da Tesla e selecionou o comando de chamar.

Nesse preciso momento, no canto do hangar, os faróis do SUV acenderam-se e o *Tesla*, sem o menor ruído, deslizou suavemente até ao seu lado e parou.

Langdon inclinou a cabeça, parecendo incomodado pela ideia de um carro que se guiava a si próprio.

— Não se preocupe — tranquilizou-o Ambra. — Eu deixo-o conduzir até ao apartamento de Edmond.

Langdon acenou afirmativamente e começou a dar a volta ao veículo para se sentar ao volante. Quando passou pela dianteira, parou, observou a matrícula e começou a rir às gargalhadas.

Ambra sabia exatamente o que despertara o seu riso: a frase incluída na matrícula: OS NERDS HERDARÃO A TERRA.

— Só o Edmond — disse Langdon ao entrar para trás do volante. — A subtileza nunca foi o seu forte.

— Ele adorava este carro — disse Ambra, sentando-se ao seu lado. — Totalmente elétrico e mais rápido do que um *Ferrari*.

Langdon encolheu os ombros, observando o painel de instrumentos de alta tecnologia.

— Não sou realmente um grande apreciador de carros.

Ambra sorriu.

— Vai passar a *ser*.

CAPÍTULO 48

Enquanto o Uber de Ávila avançava para leste cortando a escuridão à máxima velocidade, o almirante perguntou a si próprio quantas vezes ao longo dos seus anos como oficial de marinha teria aportado em Barcelona.

A sua vida anterior parecia a um mundo de distância, tendo terminado num clarão de chamas em Sevilha. O destino era cruel e implacável, no entanto, agora parecia haver um estranho equilíbrio. O mesmo destino que dilacerara a sua alma na Catedral de Sevilha concedera-lhe agora uma segunda vida — um novo começo nascido dentro das paredes de uma catedral muito diferente.

Ironicamente, a pessoa que o levara ali fora um simples fisioterapeuta chamado Marco.

— Uma reunião com o papa? — perguntara-lhe há uns meses, quando Marco propusera a ideia. — Amanhã? Em Roma?

— Amanhã em *Espanha*. O papa está aqui.

Ávila olhara atentamente para ele como se estivesse louco.

— Os meios de comunicação não disseram nada sobre nenhuma visita de Sua Santidade a Espanha.

— Tenha um bocadinho de confiança, almirante — replicara Marco com uma gargalhada. — A menos que tenha outros compromissos amanhã?

Ávila dirigira o olhar para a sua perna ferida.

— Saímos às nove. Juro-lhe que a nossa pequena viagem será muito menos dolorosa do que a reabilitação.

No dia seguinte, Ávila vestira um uniforme da marinha que Marco fora buscar a sua casa, pegara num par de muletas e conseguira arrastar-se até ao carro de Marco, um velho *Fiat*. Marco saíra do parque

de estacionamento do hospital e dirigira-se para sul descendo a Avenida de la Raza, saindo por fim da cidade e entrando na estrada nacional
N-IV, na direção sul.

— Para onde é que vamos? — perguntara Ávila, de repente pouco à vontade.

— Não se preocupe — respondera-lhe Marco, sorrindo. — Confie em mim. Estamos a meia hora de distância.

Ávila sabia que a N-IV estava rodeada de pastagens ressequidas
ao longo dos cento e cinquenta quilómetros seguintes, pelo menos.
Começava a pensar que tinha cometido um erro terrível. Passada meia
hora, aproximaram-se da estranha cidade-fantasma de El Torbiscal,
uma outrora próspera localidade agrícola, cuja população se vira redu-
zida recentemente a zero. *Para onde está ele a levar-me?* Marco prosseguira
durante vários minutos, até que finalmente saíra da estrada nacional e
virara para norte.

— Está a ver? — perguntara, apontando para a distância, para o
outro lado de um campo baldio.

Mas ele não via nada. Ou o miúdo estava a alucinar ou os olhos
de Ávila estavam a perder faculdades.

— Não é extraordinária?

Ávila semicerrara os olhos sob o sol e finalmente avistara uma
forma escura que se erguia da paisagem. À medida que se aproximavam, os seus olhos arregalaram-se de espanto.

Isso é... uma catedral?

A escala do edifício parecia mais adequada para o que se podia esperar de Madrid ou Paris. Vivera em Sevilha durante toda a sua vida e
nunca soubera que ali, no meio de nenhures, havia uma catedral.
Quanto mais se aproximavam, mais impressionante parecia o complexo, cujos altos muros de cimento proporcionavam um nível de segurança que Ávila só encontrara anteriormente no Vaticano.

O veículo saiu da estrada principal e dirigiu-se para a catedral por
uma curta via de acesso, aproximando-se de um imponente portão de
ferro que lhes bloqueava o caminho. Quando pararam, Marco tirara
um cartão do porta-luvas e colocara-o em cima do *tablier*.

Um agente de segurança aproximou-se do carro, observou o cartão e espreitou para dentro do veículo, sorrindo francamente ao ver
Marco.

— *Bienvenidos. ¿Qué tal, Marco?*

Os dois homens apertaram as mãos, e Marco apresentara o almirante Ávila.

— *Ha venido a conocer al papa* — dissera. *Veio conhecer o papa.*

O agente assentira, admirando as medalhas que ornavam o uniforme de Ávila, e deixara-os passar. Quando o enorme portão se abriu, Ávila tivera a sensação de estar a entrar num castelo medieval.

A imponente catedral gótica à sua frente tinha oito torres, cada uma delas com um triplo campanário. O corpo da estrutura era composto por três enormes cúpulas, revestidas de pedra castanho-escura e branca, dando-lhe um ar estranhamente moderno.

Ávila baixara o olhar para a via de acesso, que se bifurcava em três faixas paralelas, cada uma delas ornada com um renque de palmeiras altas. Para sua surpresa, toda a área estava cheia de veículos, centenas deles, carros topo de gama, autocarros velhos e lambretas cobertas de lama... todo o tipo de veículos imagináveis.

Marco passara por todos, dirigindo-se diretamente para o átrio da igreja, em que outro agente de segurança os parara, consultara o relógio e os mandara passar para um lugar de estacionamento vazio, obviamente reservado para eles.

— Estamos um bocadinho atrasados — dissera Marco. — Temos de nos apressar a entrar.

Ávila tentara dizer qualquer coisa, mas as palavras ficaram-lhe atravessadas na garganta.

Acabara de ver a tabuleta à frente da igreja:

IGLESIA CATÓLICA PALMARIANA

Meu Deus! Ávila sentira-se encolher. *Já ouvi falar desta igreja.*

Virara-se para Marco, tentando controlar o coração acelerado.

— Então é esta a tua igreja, Marco? — dissera, tentando não parecer alarmado. — És um... palmariano?

Marco sorrira.

— Diz essa palavra como se fosse uma doença. Sou só um católico devoto que acha que Roma se extraviou.

Ávila voltara a levantar os olhos para observar a igreja e percebera finalmente a estranha afirmação de Marco de que conhecia o papa. *O papa está aqui em Espanha.*

Uns anos antes, o canal de televisão Canal Sur emitira um documentário intitulado *La Iglesia Oscura*, cujo propósito consistia na revelação de alguns dos segredos da igreja palmariana. Ávila ficara atónito ao saber da existência da estranha igreja, bem como da sua crescente congregação e influência.

Segundo a tradição, a igreja palmariana fora fundada depois de alguns residentes da zona declararem ter tido uma série de visões místicas num campo próximo. Segundo o seu relato, a Virgem Maria aparecera-lhes, avisando-os de que a igreja católica estava cheia da «heresia da modernidade» e que a verdadeira fé tinha de ser protegida.

A Virgem Maria pedira aos palmarianos que construíssem uma igreja alternativa e denunciassem o atual papa de Roma como um falso papa. Esta convicção de que o papa do Vaticano não era o pontífice válido era conhecida como *sedevacantismo*, a crença de que o assento de são Pedro estava literalmente vazio.

Além disso, os palmarianos afirmavam possuir provas de que o «verdadeiro» papa era de facto o seu fundador, um homem chamado Clemente Domínguez y Gómez, que tomara o nome de papa Gregório XVII. Sob a direção espiritual do papa Gregório, um antipapa segundo os católicos tradicionais, a igreja palmariana fora crescendo paulatinamente. Em 2005, quando o papa Gregório falecera durante a celebração da missa da Páscoa, os seus apoiantes louvaram a coincidência como um sinal miraculoso dos céus, que confirmava a sua ligação direta com Deus.

Nesse momento, ao observar o templo, Ávila considerara-o um edifício sinistro.

Quem quer que seja o atual antipapa, não tenho o menor interesse em conhecê-lo.

Além das críticas às suas audazes declarações sobre o pontificado, a igreja palmariana fora acusada de fazer lavagens ao cérebro, intimidações próprias de seitas, e mesmo de ser responsável por diversas mortes misteriosas, incluindo a de Bridget Crosbie, que, segundo os advogados da sua família, não conseguira escapar de uma das igrejas palmarianas na Irlanda.

Ávila não queria ser mal-educado com o seu novo amigo, mas aquilo era muito diferente do que o que ele esperara daquela viagem.

— Marco — dissera, com um suspiro contrito —, terá de me desculpar, mas acho que não sou capaz de fazer isto.

— Tinha a sensação de que me ia dizer qualquer coisa assim — respondera Marco, aparentemente impassível. — E tenho de admitir que eu próprio tive essa reação quando aqui cheguei pela primeira vez. Eu também tinha ouvido todas as bisbilhotices e rumores tenebrosos, mas posso garantir-lhe que não são mais do que campanhas de difamação promovidas pelo Vaticano.

E quem os pode recriminar?, refletira Ávila de si para si. *A sua igreja declarou-os ilegítimos.*

— Roma necessitava de um motivo para nos excomungar, de modo que começaram a inventar mentiras. Há anos que o Vaticano não faz mais do que espalhar mentiras sobre os palmarianos.

Ávila observara novamente a magnífica catedral no meio de nenhures. Havia qualquer coisa ali que lhe parecia estranha.

— Estou confuso. Se não têm relação com o Vaticano, de onde provém o dinheiro para tudo isto?

Marco sorrira.

— Ficaria admirado com o número de seguidores secretos que os palmarianos têm entre o clero católico. Há muitos padres católicos aqui em Espanha que não estão de acordo com as alterações liberais provenientes de Roma e dirigem discretamente fundos para igrejas como a nossa, em que os valores tradicionais continuam a ser respeitados.

A resposta fora inesperada, mas parecera-lhe verdadeira. O próprio Ávila também sentira esse crescente cisma na igreja católica, a divisão entre os que acreditavam que a Igreja tinha de se modernizar ou desaparecer, e os que acreditavam que o verdadeiro propósito da Igreja era permanecer firme perante um mundo em constante mudança.

— O atual papa é um homem notável. Contei-lhe a sua história, e ele disse-me que seria uma honra receber um oficial condecorado na nossa igreja e conhecê-lo pessoalmente depois da missa de hoje. Como os seus predecessores, teve experiência militar antes de encontrar Deus, e compreende o que está a passar. Acho realmente que a sua perspetiva o pode ajudar a encontrar a paz que deseja.

Marco abrira a porta para sair do carro, mas Ávila fora incapaz de se mexer. Deixara-se ficar sentado, a olhar para a enorme estrutura, sentindo-se culpado por albergar preconceitos cegos contra aquelas pessoas. Para dizer a verdade, a única coisa que sabia da igreja palmariana eram rumores, e não se podia dizer que o Vaticano estivesse livre de escândalos. Além disso, a sua própria Igreja fora incapaz de o ajudar depois do ataque. *Perdoe os seus inimigos*, dissera-lhe a freira. *Dê a outra face.*

— Luis, ouça o que lhe vou dizer — sussurrara Marco. — Eu sei que o enganei um bocadinho para o trazer aqui, mas foi com boas intenções... Queria que conhecesse este homem. As suas ideias mudaram drasticamente a minha vida. Quando perdi a perna, estive na mesma situação em que se encontra agora. Queria morrer. Estava a afundar-me na escuridão, e as palavras deste homem deram-me um motivo para viver. Venha comigo e ouça o que ele tem a dizer.

Ávila hesitara.

— Estou contente por si, Marco. Mas não se preocupe comigo. Eu estou bem.

— Bem? — O jovem rira-se. — Há uma semana, encostou uma pistola à cabeça e apertou o gatilho! Está muito longe de estar bem, meu amigo!

Ele tem razão, compreendera Ávila. *E daqui a uma semana, quando a fisioterapia terminar, regressarei a casa novamente sozinho e à deriva.*

— De que tem medo? É um oficial de marinha. Um homem adulto que comandava navios! Tem medo de que o papa lhe lave o cérebro em dez minutos e o tome como refém?

Não sei bem do que tenho medo, pensara Ávila, olhando para a perna ferida, sentindo-se estranhamente pequeno e impotente. Durante a maior parte da sua vida, estivera em posições de comando, dera ordens. Não sabia se gostava da ideia de voltar a receber ordens de outras pessoas.

— Não se preocupe — disse finalmente Marco, voltando a pôr o cinto de segurança. — Desculpe. Vejo que não está confortável. Não queria pressioná-lo. — Levou a mão à ignição.

Ávila sentira-se idiota. Marco era praticamente uma criança, com um terço da sua idade, sem uma perna, e estava a tentar ajudar um companheiro de invalidez. E ele agradecera-lhe com ingratidão, ceticismo e condescendência.

— Não — dissera Ávila. — Desculpe, Marco. Seria uma honra ouvir a homilia consigo.

CAPÍTULO 49

O para-brisas do *Tesla Model X* de Edmond era enorme, transformando-se impercetivelmente no tejadilho algures por trás do banco do condutor, dando a Langdon a desorientadora sensação de estar a flutuar no interior de uma bolha de vidro.

Enquanto conduzia ao longo da via rápida arborizada a norte de Barcelona, deu consigo a levar o veículo a uma velocidade bastante superior ao generoso limite de cento e vinte quilómetros por hora. O silencioso motor elétrico e a aceleração linear faziam com que todas as velocidades parecessem idênticas.

No banco ao seu lado, Ambra navegava pela Internet no enorme mostrador do computador de bordo, transmitindo a Langdon as notícias que iam surgindo no mundo inteiro sobre o caso. Estava a ser revelada uma intriga de profundidade insondável, que incluía rumores de que o bispo Valdespino enviara fundos para o antipapa da igreja palmariana, que alegadamente possuía vínculos com os carlistas conservadores e que parecia ser responsável, não só pelo assassínio de Edmond, mas também pelas mortes de Syed al-Fadl e Yehuda Köves.

Enquanto lia em voz alta, tornou-se óbvio que todos os meios de comunicação faziam a mesma pergunta: o que poderia Edmond Kirsch ter descoberto de tão ameaçador para que um proeminente bispo e uma seita católica conservadora não hesitassem em *assassiná-lo* para evitar a sua divulgação?

— Os números de audiência são incríveis — informou Ambra, levantando o olhar do ecrã. — O interesse público por esta história não tem precedentes. Parece que cativou o mundo inteiro.

Nesse momento, Langdon percebeu que talvez o horrendo assassínio do seu amigo tivesse um macabro aspeto positivo. A atenção mediática fizera com que a sua audiência global crescesse para níveis que ele nunca teria imaginado. Naquele momento, apesar de morto, Edmond tinha o mundo inteiro pendente das suas palavras.

A compreensão deste facto aumentou ainda mais a sua vontade de atingir o objetivo que o trouxera ali: descobrir a palavra-passe de quarenta e sete caracteres de Edmond e apresentar a sua descoberta ao mundo.

— Ainda não houve nenhuma declaração de Julián — comentou Ambra num tom intrigado. — O Palácio Real ainda não disse absolutamente nada. Isto não faz sentido. Eu conheço pessoalmente a coordenadora de relações-públicas, Mónica Martín, e é uma pessoa que considera da máxima importância a transparência e revelar toda a informação antes que esta possa ser distorcida pelos meios de comunicação. Tenho a certeza de que a primeira coisa que ela pensou foi que Julián tinha de fazer uma declaração.

Langdon suspeitava que ela tinha razão. Considerando que os meios de comunicação estavam a acusar o principal assessor religioso do palácio de conspiração e mesmo de assassínio, parecia lógico que o príncipe tivesse de efetuar uma declaração de qualquer tipo, mesmo que fosse só para dizer que o palácio estava a investigar as acusações.

— Especialmente — acrescentou Langdon — tomando em consideração que a futura rainha consorte estava mesmo ao lado de Edmond quando o assassinaram. A bala podia ter ido para si, Ambra. O príncipe podia pelo menos dizer que está aliviado por saber que está sã e salva.

— Não sei bem se estará — disse ela, casualmente, ao mesmo tempo que desligava o navegador e se inclinava para trás no banco.

Langdon olhou para ela, curioso.

— Bem, não sei se importa muito, mas eu estou contente que esteja sã e salva. Não sei se poderia ter chegado aqui sozinho.

— Sozinho? — indignou-se uma voz com sotaque britânico através do sistema de som do veículo. — Com que rapidez nos esquecemos dos amigos!

Langdon riu-se da explosão indignada de Winston.

— Winston, Edmond programou-o para ser suscetível e inseguro?

— Não. Programou-me para observar, aprender e imitar o comportamento humano. A minha frase anterior foi mais uma tentativa de humor, uma característica que Edmond me incentivou a desenvolver. Porque o humor não pode ser programado... tem de ser aprendido.

— Está a aprender bastante bem, não se preocupe.

— Estou? Podia repetir o que acaba de dizer?

Langdon riu-se alto.

— Como lhe acabo de dizer, está a aprender bastante bem.

Ambra repusera o ecrã do *tablier* na página predefinida, um programa de navegação que apresentava uma imagem de satélite em que se podia ver um pequeno avatar do veículo a mover-se. Langdon viu que tinham atravessado a serra de Collserola e estavam agora a entrar na B--20 na direção de Barcelona. A sul da sua localização, na imagem de satélite, detetou uma forma invulgar que lhe chamou a atenção: uma enorme área florestal no meio do centro urbano. A área verde era alongada e amorfa, como uma ameba gigante.

— Isto é o Parc Güell? — perguntou ele.

Ambra olhou para o ecrã e acenou afirmativamente.

— Tem bom olho para mapas.

— Edmond parava lá muitas vezes — acrescentou Winston — quando ia do aeroporto para casa.

Langdon não se surpreendeu. O Parc Güell era uma das obras mais conhecidas de Antoni Gaudí, o mesmo arquiteto e artista cujo trabalho Edmond escolhera para adornar o seu telemóvel. *Edmond era muito parecido com Gaudí*, pensou Langdon. *Um inovador visionário para o qual as normas habituais não eram aplicáveis.*

Um incansável observador da natureza, Antoni Gaudí considerava as formas orgânicas uma das suas principais fontes de inspiração, utilizando o mundo natural de Deus para o ajudar a conceber estruturas biomórficas fluidas, que pareciam frequentemente surgir do próprio solo. *A natureza não possui linhas retas.* Era uma frase atribuída a Gaudí e a verdade é que havia muito poucas no seu trabalho.

Habitualmente considerado o pai da «arquitetura viva» e do «*design* biológico», Gaudí inventara técnicas inauditas de carpintaria, serralharia, vidraria e cerâmica para cobrir os seus edifícios com impressionantes e coloridos revestimentos.

Mesmo agora, praticamente um século depois da sua morte, turistas do mundo inteiro viajam para Barcelona a fim de admirar o seu inimitável estilo modernista. Entre as suas obras encontram-se parques, edifícios públicos, mansões privadas, adegas e, claro, o seu *magnum opus*, a Sagrada Família, uma imponente basílica católica cujas altas torres culminadas por cruzes espongiformes dominam o horizonte barcelonês, sendo considerada pela crítica como «diferente de qualquer outra coisa na história da arte».

Langdon sempre admirara a audaciosa visão da Sagrada Família, uma basílica tão colossal que continua em construção ainda hoje, quase cento e quarenta anos depois do lançamento da sua primeira pedra.

Nessa noite, enquanto observava a imagem de satélite do famoso Parc Güell, recordou a sua primeira visita ao parque quando ainda era estudante. Fora um passeio por uma terra de fantasia de colunas retorcidas que pareciam árvores e que suportavam passagens elevadas, bancos nebulosos de formas sinuosas, grutas com fontes que se assemelhavam a dragões e peixes, e uma parede branca ondulante tão distintamente fluida que parecia o cílio vibrátil de uma gigantesca criatura monocelular.

— Edmond adorava tudo o que fosse Gaudí — continuou Winston —, especialmente o seu conceito da natureza como arte orgânica.

A mente de Langdon regressou à descoberta de Edmond. *Natureza. Orgânico. A Criação.* Recordou os famosos *panots* de Barcelona criados por Gaudí, um mosaico hexagonal que acabou por ser utilizado em passeios da cidade. Cada mosaico possuía um *design* idêntico de traços aparentemente desprovidos de significado. No entanto, quando se uniam vários, aparecia um padrão surpreendente, uma paisagem submarina repleta de plâncton, micro-organismos e algas. *La Sopa Primordial*, como os barceloneses lhe costumavam chamar.

A sopa primordial de Gaudí, pensou Langdon, novamente surpreendido pela forma impecável como Barcelona encaixava na curiosidade de Edmond sobre os princípios da vida. A teoria científica prevalecente dizia que a vida começara na sopa primordial da Terra, os oceanos primordiais que os vulcões saturavam de substâncias químicas e que eram constantemente revolvidas pelas violentas correntes e incessantemente bombardeadas por relâmpagos das tempestades permanentes. Até que, de repente, como uma espécie de *golem* microscópico, surgira a primeira criatura monocelular.

— Ambra, como diretora de um museu, imagino que tenha falado bastante com Edmond sobre arte. Ele alguma vez lhe explicou o que o atraía especificamente na obra de Gaudí?

— Só o que Winston disse. Que a sua arquitetura dava a sensação de ter sido criada pela própria natureza. Que as suas grutas parecem ter sido escavadas pelo vento e pela chuva, os seus pilares parecem ter crescido da terra e os seus mosaicos lembram a primitiva vida marítima. — Encolheu os ombros. — Fosse qual fosse o motivo, Edmond admirava tanto Gaudí que se mudou para Espanha.

Langdon olhou para ela surpreendido. Sabia que Edmond tinha casas em diversos países do mundo, mas que há alguns anos decidira passar a residir permanentemente em Espanha.

— Está a dizer que Edmond veio viver para aqui por causa da arte de Gaudí?

— Acho que sim. Uma vez perguntei-lhe: «Porquê Espanha?» E ele disse-me que tivera a rara oportunidade de alugar uma propriedade única aqui. Uma propriedade diferente de todas as outras do mundo. Imagino que estivesse a falar do seu apartamento.

— Onde é o apartamento dele?

— Edmond vivia na Casa Milà.

A informação pareceu-lhe inacreditável.

— Na Casa Milà de Gaudí?

— Sim, nessa mesmo. No ano passado, ele alugou todo o piso de cima e fez dele a sua *penthouse*.

Langdon necessitou de um momento para processar a informação. A Casa Milà era um dos edifícios mais famosos de Gaudí, uma «casa» surpreendentemente original, cuja fachada com varandas onduladas de pedra recordava uma montanha escavada, o que lhe granjeara a popular alcunha de «La Pedrera», a pedreira.

— Mas o último andar não era um museu dedicado a Gaudí? — perguntou, recordando uma das suas visitas anteriores ao edifício.

— Sim — confirmou Winston. — Mas Edmond fez um donativo à UNESCO, que está encarregada de proteger o edifício como Património da Humanidade, e eles acederam a encerrá-lo temporariamente e deixaram-no morar lá durante dois anos. Afinal de contas, não existe falta de obras de Gaudí em Barcelona.

Edmond morava no interior de uma exposição sobre Gaudí na Casa Milà? E os seus planos consistiam em morar ali durante apenas dois anos?

Winston prosseguiu.

— Edmond até ajudou a Casa Milà a criar um novo vídeo educativo sobre a sua arquitetura. Vale a pena vê-lo.

— Por acaso, o vídeo é impressionante — concordou Ambra, inclinando-se para a frente e tocando no ecrã do *tablier*. Apareceu um teclado e ela introduziu: *Lapedrera.com*. — Devia vê-lo.

— Estou a conduzir.

Ambra inclinou-se para a coluna da direção e puxou duas vezes uma pequena alavanca lateral. Langdon sentiu que o volante de repente ficou imóvel nas suas mãos e reparou de imediato que o carro parecia guiar-se a si mesmo, permanecendo perfeitamente centrado na faixa de rodagem.

— Piloto automático — disse ela.

O efeito era realmente perturbador, e Langdon foi incapaz de afastar as mãos do volante e o pé do pedal do travão.

— Relaxe. — Ambra pousou-lhe uma mão reconfortante no ombro. — É muito mais seguro que um condutor humano.

Relutante, Langdon baixou as mãos para o colo.

— Pronto. — Ela sorriu. — Agora pode ver o vídeo da Casa Milà.

O vídeo começava com uma imagem dramática de uma onda a rebentar, que parecia obtida por um helicóptero a voar a poucos metros das ondas. Erguendo-se à distância apareceu uma ilha, uma montanha de pedra com precipícios verticais que se erguiam dezenas de metros acima das ondas.

Por cima da montanha, surgiu um texto:

La Pedrera não foi criada por Gaudí.

Durante trinta segundos, Langdon observou à medida que a rebentação ia esculpindo a montanha até formar a distintiva fachada da Casa Milà. A seguir, o oceano entrou no edifício, abrindo cavernas e cavidades, nas quais cascatas esculpiam escadarias e onde cresciam algas, que se enrolavam em varandas e balaustradas ao mesmo tempo que os limos iam atapetando o chão.

Finalmente, a câmara recuou, voltando a posicionar-se por cima do oceano e revelando a famosa imagem da Casa Milà, a pedreira, escavada numa enorme montanha.

La Pedrera
uma obra-prima da natureza

Langdon tinha de admitir, Edmond possuía um pendor para o drama. Ver o vídeo gerado por computador fizera-o desejar revisitar o famoso edifício.

Virando o olhar para a estrada, estendeu a mão por baixo do volante e desativou o piloto automático, recuperando o controlo do veículo.

— Esperemos que o que procuramos esteja no apartamento de Edmond. Temos de encontrar essa palavra-passe.

CAPÍTULO 50

O comandante Diego Garza atravessou o centro da Plaza de la Armería à frente de quatro agentes armados da Guardia Real, mantendo o olhar sempre virado para a frente e ignorando os profissionais dos meios de comunicação pendurados do lado de fora da vedação, que lhe apontavam câmaras de televisão através das barras e lhe pediam aos gritos que fizesse algum comentário.

Pelo menos veem que alguém está a fazer alguma coisa.

Quando ele e a sua equipa chegaram à catedral, encontraram a entrada principal fechada, o que dada a hora não era de estranhar. Garza começou a bater à porta com a coronha da pistola.

Não houve resposta.

Continuou a bater.

Ouviu finalmente as fechaduras girarem e a porta abriu-se. Encontrou-se cara a cara com uma empregada da limpeza, que parecia compreensivelmente alarmada pelo pequeno exército que enfrentava.

— Onde é que está o bispo Valdespino? — perguntou Garza.

— N... não faço ideia.

— Eu sei que o bispo está aqui dentro. E veio com o príncipe Julián. Não os viu por aqui?

A mulher abanou negativamente a cabeça.

— Acabo de chegar. Eu faço a limpeza aos sábados à noite depois da...

Garza empurrou-a para o lado e entrou, ordenando aos seus homens que se espalhassem pela catedral mergulhada na escuridão.

— Feche outra vez a porta à chave — ordenou Garza. — E não se meta no nosso caminho.

Com estas palavras, puxou a culatra da pistola para trás e dirigiu-se para o escritório de Valdespino.

*

Do outro lado da praça, na sala de controlo na cave do palácio, Mónica Martín estava de pé ao lado da máquina da água a fumar um merecido cigarro. Graças ao movimento «politicamente correto» que varria a Espanha, fumar nas instalações do palácio fora proibido, mas, com o dilúvio de alegados crimes atribuídos ao palácio nessa noite, imaginou que criar um bocadinho de fumo passivo seria uma infração tolerável.

As cinco estações de notícias no conjunto de televisores à sua frente continuavam a emitir a cobertura em direto do assassínio de Edmond Kirsch, reproduzindo incessantemente as imagens do brutal homicídio. Obviamente, cada retransmissão era precedida pelo habitual aviso.

AVISO: As imagens que se seguem podem ferir a sensibilidade de alguns espectadores.

Que pouca vergonha, pensou, sabendo que aqueles avisos não eram para poupar a sensibilidade dos espectadores, mas antes engenhosos anzóis para impedir que estes mudassem de canal.

Martín deu outra passa no cigarro, observando as diferentes estações, que aproveitavam o crescente número de teorias da conspiração sob títulos de «Últimas Notícias» e barras de texto na parte inferior do ecrã.

Futurologista assassinado pela igreja?
Descoberta científica perdida para sempre?
Assassino contratado pela família real?

Deviam estar a apresentar notícias, resmungou ela, *não a espalhar rumores maliciosos na forma de perguntas.*

Martín sempre acreditara na importância de um jornalismo responsável como pedra angular da liberdade e da democracia, de modo que se sentia habitualmente desiludida por jornalistas que procuravam criar controvérsia divulgando ideias que eram obviamente absurdas, ao mesmo tempo que evitavam quaisquer repercussões legais transformando simplesmente toda e qualquer afirmação sem sentido numa pergunta.

Até canais normalmente considerados sérios começavam a adotar essa prática, com perguntas do género: «É possível que este templo no Peru tenha sido construído por alienígenas?»

Só tinha vontade de gritar ao televisor. *Não! É obviamente impossível! Parem de fazer perguntas idiotas!*

Num dos ecrãs, pôde ver como a CNN parecia estar a esforçar-se por mostrar um bocadinho de respeito.

Recordar Edmond Kirsch.
Profeta. Visionário. Criador.

Martín pegou no comando à distância e subiu o volume.

— ... um homem que adorava arte, tecnologia e inovação — dizia o apresentador tristemente. — Um homem cuja capacidade quase mística de predizer o futuro o tornara um nome conhecido no mundo inteiro. De acordo com os seus colegas, todos e cada um dos prognósticos realizados por Edmond Kirsch no campo das ciências computacionais se tornaram realidade.

— Assim é, David — acrescentou a sua colega. — Muitos gostariam certamente que se pudesse dizer a mesma coisa dos seus prognósticos pessoais.

Emitiram a seguir imagens de arquivo de um Edmond Kirsch robusto e bronzeado a dar uma conferência de imprensa no passeio em frente do número 30 do Rockefeller Plaza, em Nova Iorque.

«Hoje tenho trinta anos e a minha esperança de vida é de apenas sessenta e oito. No entanto, com os futuros avanços na medicina, tecnologia da longevidade e regeneração telomérica, prevejo que poderei viver para celebrar o meu centésimo décimo aniversário. De facto, tenho tanta confiança nesta previsão que acabo de reservar o Rainbow Room para a minha centésima décima festa de aniversário.» Kirsch sorria e olhava para o cimo do edifício. «Acabo de pagar a conta. Com *oitenta* anos de adiantamento. Incluindo provisões pela inflação.»

A apresentadora regressou, suspirando sombriamente.

— Como diz o velho provérbio: o homem põe e Deus dispõe.

— Assim é — prosseguiu o seu colega. — E além do mistério relacionado com a morte de Kirsch, a natureza da sua descoberta também tem provocado uma explosão de especulações. — Olhou candidamente para a câmara. — De onde vimos? Para onde vamos? Duas perguntas fascinantes.

— E para responder a elas — acrescentou freneticamente a apresentadora — temos hoje aqui duas mulheres altamente informadas, uma é uma pastora episcopal do Vermont e a outra uma bióloga evolucionista da UCLA. Voltamos depois dos anúncios com as suas opiniões sobre este tema.

Martín já sabia o que pensavam. *Posições diametralmente opostas ou não estariam nesse programa.* A sacerdotisa diria qualquer coisa do género «Vimos de Deus e vamos para Deus», e a bióloga responderia com: «Evoluímos dos macacos e encaminhamo-nos para a extinção.»

Tudo o que demonstrarão é que os espectadores veem qualquer coisa que receba a publicidade necessária.

— Mónica! — gritou Suresh ali perto.

Martín virou-se para ver o diretor de segurança eletrónica a dirigir-se para ela praticamente a correr.

— O que é?

— O bispo Valdespino acaba de me telefonar — disse, sem fôlego. Ela desligou o som da televisão.

— O bispo ligou-lhe? A *si?* E disse-lhe, por acaso, que diabo anda a fazer?

Suresh abanou a cabeça negativamente.

— Eu não perguntei e ele não estava para aí virado. Ligou para ver se eu podia verificar uma coisa nos nossos servidores de telecomunicações.

— Não compreendo.

— Sabe que o ConspiracyNet está a dizer que houve alguém no interior do palácio que ligou para o Guggenheim pouco antes do início do evento de Kirsch e pediu que a senhora Vidal pusesse o nome desse Ávila na lista de convidados?

— Sim. Eu pedi-lhe que visse quem foi.

— Pois, Valdespino acaba de me fazer o mesmo pedido. Ligou a perguntar se eu podia entrar nos registos da central telefónica do palácio, encontrar a chamada e ver de que *ponto* do palácio é que foi realizada, na esperança de termos uma ideia de quem fez.

Martín sentiu-se intrigada, dado até então ter considerado o próprio Valdespino como o principal suspeito.

— De acordo com o Guggenheim — continuou Suresh —, a sua receção recebeu um telefonema do Palácio Real de Madrid pouco antes do início do evento. Encontra-se nos seus registos telefónicos. Mas eu deparei-me com um problema. Consultei os nossos registos para ver as chamadas realizadas a essa mesma hora. — Abanou a cabeça. — Nada. Não há uma única chamada. Alguém *apagou* o registo da chamada do palácio para o Guggenheim.

Martín estudou a cara do colega durante um longo momento.

— Quem tem *acesso* aos registos e autorização para fazer isso?

— Foi exatamente o que Valdespino me perguntou. Por isso disse-lhe a verdade. Disse-lhe que eu, como diretor de segurança eletrónica, podia ter eliminado o registo, mas que não o tinha feito. E que a única outra pessoa com acesso e autorização para o eliminar era o comandante Garza.

Martín olhou para ele, atónita.

— Acha que *Garza* pode ter apagado registos telefónicos do palácio?

— Faria sentido. Afinal de contas, o seu trabalho consiste em proteger o palácio, e agora, se houver qualquer investigação, tanto quanto o palácio sabe, esse telefonema nunca existiu. Tecnicamente, temos uma negação plausível. Eliminar o registo ajuda a isentar o palácio.

— Isentar!? O que está a dizer? Não há dúvida de que esse telefonema foi realizado. A senhora Vidal incluiu Ávila na lista de convidados. E a receção do Guggenheim confirmará...

— É verdade, mas a partir de agora é a palavra de uma jovem da receção de um museu contra a do Palácio Real. Tanto quanto sabemos pelos nossos registos, esse telefonema pura e simplesmente não foi realizado.

Martín considerou a avaliação simplista de Suresh demasiado otimista.

— E disse tudo isso ao Valdespino?

— É a verdade. Disse-lhe que, quer tivesse sido o autor do telefonema quer não, parecia que o comandante Garza tinha eliminado o seu registo numa tentativa de proteger o palácio. — Suresh fez uma pausa. — Mas, depois de desligar, lembrei-me de outra coisa...

— De quê?

— Tecnicamente, há uma terceira pessoa com acesso ao servidor.

— Suresh olhou nervosamente à sua volta e aproximou-se dela. — Os códigos de acesso do príncipe Julián dão-lhe autorização total em todos os sistemas.

Martín olhou para ele, espantada.

— O que está a insinuar é ridículo.

— Compreendo que parece uma loucura, mas o príncipe estava no palácio, sozinho nos seus aposentos, no momento em que o telefonema foi realizado. Podia facilmente ter ligado para Bilbau e depois acedido ao servidor e eliminado o registo da chamada. O *software* é muito fácil de utilizar e o príncipe tem mais conhecimentos tecnológicos do que a maior parte das pessoas suspeita.

— Suresh! Acha realmente que o príncipe Julián, o futuro rei de Espanha, enviou *pessoalmente* um assassino ao Guggenheim de Bilbau para matar Kirsch?

— Não sei... Tudo o que estou a dizer é que é possível...

— E porque faria o príncipe Julián semelhante coisa?

— Sabe melhor que ninguém porquê. Já se esqueceu de todas as histórias que teve de enfrentar sobre os encontros da senhora Vidal com Edmond Kirsch? A história de ele a ter levado de avião ao seu apartamento de Barcelona?

— Estavam a trabalhar! Era uma reunião de negócios!

— A política consiste nas aparências — retorquiu Suresh. — Foi a Mónica que me ensinou isto. E ambos sabemos que a proposta de casamento do príncipe não teve os resultados públicos que ele esperava.

O telemóvel de Suresh emitiu um sinal e ele leu a mensagem que acabava de chegar, ao mesmo tempo que a sua cara se nublava de incredulidade.

— O que foi? — quis saber Martín.

Sem uma palavra, Suresh deu meia-volta e começou a correr para o centro de controlo.

— Suresh! — Martín apagou apressadamente o cigarro e correu atrás dele, encontrando-o num dos cubículos da sua equipa, onde um ecrã reproduzia imagens granulosas de uma câmara de segurança.

— O que estamos a ver? — perguntou Martín.

— A saída das traseiras da catedral — foi a resposta do técnico do cubículo. — Há cinco minutos.

Martín e Suresh inclinaram-se para a frente e analisaram as imagens, em que se via um jovem acólito sair da catedral, avançar em passo rápido pela relativamente tranquila Calle Mayor, abrir a porta de um velho *Opel* e entrar.

OK. Um miúdo que vai para casa depois da missa, pensou Martín. *E depois?*

O *Opel* saiu de onde estava estacionado, avançou na direção da catedral e parou estranhamente perto dos portões traseiros, os mesmos portões pelos quais o jovem acabara de sair. Praticamente nesse mesmo momento, duas figuras escuras saíram agachadas da catedral e meteram-se rapidamente na parte de trás. Eram, sem sombra de dúvida, o bispo Valdespino e o príncipe Julián.

No momento seguinte, o *Opel* arrancou, virando numa esquina e desaparecendo da imagem.

CAPÍTULO 51

Erguendo-se como uma tosca montanha na esquina do Carrer de Provença com o Passeig de Gràcia, a obra-prima de 1906 de Gaudí conhecida como Casa Milà é parte edifício de apartamentos e parte obra de arte intemporal.

Concebida por Gaudí como uma curva perpétua, a estrutura de nove andares é imediatamente reconhecível pela sua ondulante fachada de pedra calcária. As suas varandas desiguais e geometria irregular proporcionam ao edifício uma aura orgânica, como se milénios de ventos tempestuosos tivessem esculpido cavidades e curvas como as de uma ravina no deserto.

Apesar de o chocante projeto modernista de Gaudí ter sido inicialmente rejeitado pela vizinhança, a Casa Milà acabara por ser unanimemente louvada por críticos de arte e arquitetura, tornando-se uma das mais brilhantes joias arquitetónicas da cidade. Durante três décadas, Pere Milà, o empresário que encomendou o edifício, viveu com a sua esposa no imponente apartamento principal e alugou os restantes vinte apartamentos. Mesmo nos nossos dias, a Casa Milà, no número 92 do Passeig de Gràcia, continua a ser um dos endereços mais exclusivos e cobiçados de Espanha.

Enquanto conduzia o *Tesla* de Kirsch pelo escasso trânsito da elegante avenida, Robert Langdon pressentiu que se estavam a aproximar do edifício. O Passeig de Gràcia era a versão barcelonesa dos Champs-Élysées de Paris, a mais ampla e grandiosa das suas avenidas, impecavelmente projetada e cheia de lojas de luxo.

Chanel... Gucci... Cartier... Longchamp...

E, finalmente, viu-a a duzentos metros de distância.

Suavemente iluminada do passeio, a Casa Milà distinguia-se imediatamente das suas retilíneas vizinhas pelo calcário pálido e alveolado

e pelas varandas oblongas — como se uma belíssima peça de coral tivesse sido arrastada para uma praia de blocos de cimento.

— Já estava à espera disto... — disse Ambra, apontando ansiosamente para cima. — Olhe.

Langdon observou o amplo passeio em frente da Casa Milà. Havia uma meia dúzia de carrinhas dos meios de comunicação estacionadas à porta e uma horda de jornalistas a transmitir as atualizações em
direto utilizando a residência de Kirsch como pano de fundo. Viam-se
vários agentes de segurança a postos para afastar a multidão da entrada. Parecia que a morte de Edmond transformara em notícia tudo o
que estivesse relacionado com ele.

Observou o Passeig de Gràcia para ver se havia algum sítio para
estacionar, mas não viu nenhum e o trânsito não lhe permitia sequer
abrandar.

— Baixe a cabeça — pediu ele a Ambra, percebendo que teriam
de passar mesmo em frente da esquina onde os jornalistas estavam reunidos.

Ambra escorregou no assento até desaparecer completamente de
vista. Langdon olhou para o outro lado quando passaram pela esquina.

— Parece que sitiaram a entrada principal. Nunca conseguiremos
entrar.

— Vire à direita — ordenou Winston com uma nota de alegre
confiança. — Já calculava que isto pudesse acontecer.

O *blogger* Héctor Marcano olhava tristemente para o último andar
da Casa Milà, ainda a tentar aceitar o facto de que Edmond Kirsch
realmente desaparecera para sempre.

Durante os últimos três anos, Héctor escrevera sobre tecnologia
para a Barcinno.com, uma popular plataforma colaborativa para os em-
presários e as *start-ups* que lideravam a inovação digital em Barcelona.
O facto de o grande Edmond Kirsch ter passado a residir em Barcelona parecera-lhe uma oportunidade de trabalhar aos pés do próprio
Zeus.

Hector tinha encontrado Kirsch pela primeira vez há mais de um
ano, quando o lendário futurologista acedera cortesmente a dar uma
palestra no principal evento mensal da Barcinno, a FuckUp Night, um

seminário em que um empreendedor muito bem-sucedido discutia abertamente os seus maiores fracassos. Kirsch admitira envergonhado à audiência que gastara mais de quatrocentos milhões de dólares em seis meses perseguindo o seu sonho de construir o que chamava o E-
-Wave, um computador quântico com velocidades de processamento tão elevadas que proporcionaria avanços sem precedentes em todas as ciências, especialmente nas complexas modelações de sistemas.

— Receio que, até agora, o meu salto quântico em computação quântica seja um fiasco quântico — admitira Edmond.

Quando Héctor ouvira que Kirsch ia anunciar uma descoberta revolucionária, sentiu-se entusiasmado ao pensar que poderia estar relacionada com o E-Wave. *Terá encontrado a forma de o fazer funcionar?* Mas depois do preâmbulo filosófico da apresentação, percebeu que a descoberta estava certamente relacionada com outra coisa.

Pergunto a mim próprio se alguma vez saberemos o que era, pensou Héctor, com o coração tão pesado que viera à porta da casa de Kirsch, não para escrever, mas para prestar uma reverente homenagem.

— O E-Wave! — gritou alguém ali perto. — O E-Wave!

À sua volta, a multidão começou a apontar e a dirigir as câmaras para um elegante *Tesla* preto que avançava lentamente para o edifício, com os potentes faróis de halogéneo ligados.

Olhou com espanto para o familiar veículo.

O *Tesla Model X* de Kirsch, com a matrícula E-Wave, era tão famoso em Barcelona como o papamóvel em Roma. Era habitual que o estacionasse descaradamente em segunda fila no Carrer de Provença, em frente da joalharia DANiEL ViOR, saísse para assinar autógrafos e depois deleitasse a multidão deixando que a função de estacionamento automático levasse o carro vazio numa rota predefinida pela rua fora, até à esquina da Casa Milà, atravessando o amplo passeio, detetando quaisquer peões ou obstáculos com os seus avançados sensores, até chegar às portas da garagem, que abria, descendo finalmente a rampa em espiral para a cave do edifício.

Apesar de o estacionamento automático ser uma característica de fábrica de todos os *Teslas*, que lhes permitia abrir portas de garagem, entrar e desligar o motor, Kirsch tinha modificado o sistema do seu veículo para lhe permitir efetuar aquela rota mais complexa.

Parte do espetáculo.

Nessa noite, porém, o espetáculo era consideravelmente mais estranho. Kirsch estava morto e, no entanto, o seu carro acabava de aparecer, avançando lentamente pelo Carrer de Provença, atravessando o passeio, alinhando-se com a elegante porta da garagem e dirigindo-se lentamente para a entrada à medida que as pessoas se iam afastando.

Os jornalistas e os operadores de câmara avançaram para o veículo, espreitando pelos vidros fumados e gritando surpreendidos.

— Está vazio! Não há ninguém ao volante! De onde é que veio?

Os agentes de segurança da Casa Milà pareciam conhecer aquele truque e afastaram as pessoas do *Tesla* e das portas da garagem enquanto estas se abriam.

Para Héctor, a visão do carro vazio de Kirsch a avançar para a garagem evocou imagens de um cão desolado que voltava para casa depois de ter perdido o dono.

Como um fantasma, o *Tesla* atravessou silenciosamente a porta da garagem. A multidão dedicou-lhe uma emocionada salva de palmas quando o viu, como vira tantas vezes anteriormente, começar a descer a rampa em espiral para o primeiro parque de estacionamento subterrâneo de Barcelona.

— Não sabia que era tão claustrofóbico — sussurrou Ambra, deitada ao lado de Langdon no chão do *Tesla*. Estavam apertados na pequena área entre a segunda e terceira fila de bancos, escondidos por baixo de uma cobertura de vinil preto que Ambra retirara do porta-bagagens, invisíveis através dos vidros fumados.

— Não se preocupe que eu vivo — conseguiu responder Langdon, trémulo, mais nervoso pela condução automática do veículo do que pela sua fobia. Podia sentir que desciam por uma íngreme espiral e receava que chocassem contra alguma coisa a qualquer momento.

Dois minutos antes, enquanto se encontravam estacionados em segunda fila no Carrer de Provença, à porta da joalharia DANiEL ViOR, tinham recebido indicações precisas de Winston.

Ambra e Langdon, sem saírem do carro, tinham passado para a terceira fila de bancos do *Model X*, após o que, apertando um único botão no telemóvel, Ambra ativara a função personalizada de estacionamento automático.

Na escuridão, Langdon sentira o carro avançar lentamente pela rua, conduzindo-se a si próprio. E com o corpo de Ambra encostado ao seu naquele espaço apertado, era-lhe impossível não recordar a sua primeira experiência adolescente no banco de trás de um carro com uma rapariga bonita. *Estava mais nervoso nessa primeira vez*, o que lhe pareceu irónico, tendo em conta que nesse momento estava deitado no chão de um carro sem condutor abraçado à futura rainha de Espanha.

Sentiu o carro endireitar as rodas na parte final da rampa, efetuar umas quantas curvas lentas e parar completamente.

— Acabam de chegar — informou Winston.

Ambra levantou imediatamente a cobertura preta e sentou-se cuidadosamente, espreitando pela janela.

— A costa está livre — disse ela, e saiu do carro.

Langdon seguiu-a, aliviado por se encontrar de pé no espaço aberto de uma garagem.

— Os elevadores encontram-se no átrio principal — indicou Ambra, fazendo um gesto na direção da sinuosa rampa de entrada.

O olhar de Langdon, porém, fixou-se numa visão totalmente inesperada. Ali, naquela garagem subterrânea, na parede de cimento mesmo em frente do lugar de estacionamento de Edmond, encontrava-se pendurado um quadro elegantemente emoldurado de uma paisagem marítima.

— Ambra? — chamou Langdon. — Edmond decorou o seu lugar de estacionamento com um *quadro*?

Ambra anuiu.

— Eu perguntei-lhe a mesma coisa. Edmond disse-me que era a sua forma de receber as boas-vindas todas as noites de uma beldade impressionante.

Langdon riu-se. *Solteirões.*

— O artista é alguém que Edmond reverenciava — informou Winston, cuja voz regressara ao telemóvel de Kirsch que se encontrava nas mãos de Ambra. — Reconhece-o?

Langdon era incapaz de o identificar. Parecia simplesmente uma paisagem marítima em aguarela bastante bem executada. Nada parecido com o habitual gosto vanguardista de Edmond.

— É de Churchill — esclareceu Ambra. — Edmond estava sempre a citá-lo.

Churchill. Langdon demorou um momento a perceber que se estava a referir ao próprio Winston Churchill, o celebrado estadista britânico que, além de ser um herói militar, historiador, orador e vencedor do prémio Nobel da Literatura, era um artista com um talento notável. Recordou então ter ouvido Edmond citar o primeiro-ministro britânico em resposta a um comentário que alguém lhe fizera sobre o ódio que as pessoas religiosas professavam por ele. *Tem inimigos? Ótimo. Isso significa que foi capaz de defender qualquer coisa.*

— O que mais impressionava Edmond era a diversidade dos talentos de Churchill — continuou Winston. — Os seres humanos raramente apresentam uma proficiência que abarque um espetro de atividades tão amplo.

— E foi por esse motivo que Edmond lhe chamou Winston?

— Efetivamente — replicou o computador. — Um grande elogio vindo de Edmond.

Fico contente de saber isso, pensou Langdon, que imaginara que o nome de Winston era uma alusão a Watson, o computador da IBM que dominara o concurso televisivo *Jeopardy!* há uma década. Watson seria com certeza considerado nos dias de hoje uma primitiva bactéria unicelular na escala evolutiva da inteligência sintética.

— Muito bem! — disse Langdon, decidido, fazendo um gesto na direção dos elevadores. — Subamos e tentemos encontrar aquilo de que viemos à procura.

Nesse preciso momento, em Madrid, no interior da Catedral de Almudena, o comandante Diego Garza estava agarrado ao telemóvel a ouvir atónito a coordenadora de relações-públicas do palácio, Mónica Martín, a informá-lo dos últimos acontecimentos.

Valdespino e o príncipe Julián saíram da segurança do complexo!?

Era incapaz de imaginar no que estavam a pensar.

Estão a andar por Madrid no carro de um acólito!? Isso é uma loucura!

— Podemos entrar em contacto com as autoridades de trânsito — sugeriu Martín. — Suresh acha que eles podem utilizar as câmaras de trânsito para nos ajudar a localizar...

— Não! — cortou Garza. — Informar seja quem for de que o príncipe saiu do palácio sem escolta é demasiado perigoso! A sua segurança é a nossa principal preocupação.

— Entendido, comandante — respondeu Martín, parecendo subitamente pouco à vontade. — Tenho de lhe dizer outra coisa. É sobre um registo telefónico eliminado.

— Espere um momento — disse Garza, distraído pela chegada dos seus quatro agentes, que, para seu grande espanto, o rodearam e, antes que pudesse reagir, lhe retiraram rapidamente a pistola e o telemóvel.

— Comandante Garza — disse o agente responsável, impassível —, recebi ordens diretas para o prender.

CAPÍTULO 52

A Casa Milà foi construída na forma de um símbolo do infinito, uma curva sem fim que se dobra sobre si mesma e forma dois ondulantes espaços abertos que penetram no edifício. Cada um desses saguões tem uma altura de praticamente trinta metros, curvado como um tubo parcialmente esmagado. Vistos do ar, parecem dois enormes rombos no telhado do edifício.

De onde Langdon se encontrava, na base do saguão mais estreito, o efeito ao olhar para cima era decididamente perturbador — como encontrar-se na goela de uma gigantesca fera.

Por baixo dos seus pés, o chão de pedra era inclinado e irregular. Uma escadaria helicoidal subia pelo interior da abertura, com um corrimão forjado de folhas de ferro trabalhado que imitava as câmaras irregulares de uma esponja marinha. Uma pequena selva de trepadeiras retorcidas e palmeiras caía pelos balaústres, como se fosse engolir todo o espaço.

Arquitetura viva, pensou, admirando a capacidade de Gaudí de imbuir o seu trabalho de uma qualidade praticamente biológica.

Os seus olhos subiram ainda mais, pelos lados daquela garganta, escalando as paredes onduladas, em que uma tapeçaria de mosaicos castanhos e verdes se misturava com frescos delicados de plantas e flores que pareciam crescer para a mancha oblonga de céu noturno no cimo do saguão.

— Os elevadores são por aqui — sussurrou Ambra, conduzindo-o junto da parede do pátio. — O apartamento de Edmond é no último andar.

Quando entraram no elevador apertado e desconfortável, Langdon recordou o sótão do edifício, que visitara anteriormente para ver a pequena exposição de Gaudí instalada ali. Do que se lembrava, o sótão da Casa Milà era uma sinuosa série de salas escuras com muito poucas janelas.

— Edmond podia viver onde quisesse — disse Langdon quando o elevador começou a subir. — Ainda não consigo acreditar que tenha alugado um sótão.

— É um apartamento esquisito — concordou Ambra. — Mas, como sabe, Edmond era excêntrico.

Quando o elevador chegou ao último andar, saíram para um elegante átrio e subiram um sinuoso lanço adicional de escadas para um patamar privado na parte mais alta do edifício.

— Aqui estamos — disse Ambra, fazendo um gesto na direção de uma porta metálica totalmente lisa, sem qualquer puxador ou buraco de fechadura. O futurístico elemento parecia totalmente fora de lugar naquele prédio e era óbvio que fora introduzido por Edmond.

— Disse que sabia onde é que ele escondia a chave? — perguntou Langdon.

Ambra ergueu o telemóvel de Edmond.

— No mesmo sítio em que escondia tudo.

Encostou o telemóvel à porta metálica, que emitiu três sinais acústicos, após os quais se ouviu uma série de linguetas em movimento. Ambra guardou o telemóvel e empurrou a porta.

— Depois de si — disse ela com uma vénia.

Langdon atravessou o limiar da porta para uma entrada parcamente iluminada de paredes e teto de tijolo pálido. O chão era de pedra e o ar parecia rarefeito.

Enquanto se dirigia para o espaço aberto mais à frente, encontrou-se cara a cara com um enorme quadro pendurado na parede do fundo, impecavelmente iluminado por discretas luzes de museu.

Quando Langdon viu a obra, ficou imóvel de espanto.

— Meu Deus, é... o *original?*

Ambra sorriu.

— Sim. Pensei em mencioná-lo no avião, mas gostei mais da ideia de o surpreender.

Assombrado, Langdon dirigiu-se para a obra-prima. Tinha cerca de quatro metros de comprimento e metro e meio de altura, sendo bastante maior do que recordava da última vez que a vira no Museu de Belas-Artes de Boston. *Tinha ouvido dizer que fora vendido a um colecionador privado, mas nunca me passou pela cabeça que fosse Edmond!*

— Quando o vi pela primeira vez no apartamento — prosseguiu Ambra —, pareceu-me estranho que Edmond apreciasse este tipo de arte. Mas agora que sei no que esteve a trabalhar durante este ano, parece estranhamente apropriado.

Langdon acenou afirmativamente, incrédulo.

A obra-prima que observavam era um dos trabalhos mais famosos do pós-impressionista francês Paul Gauguin, um inovador pintor considerado um expoente do movimento simbolista dos finais do século XIX, que ajudou a abrir caminho para o aparecimento da arte moderna.

Ao aproximar-se do quadro, Langdon reparou imediatamente nas semelhanças entre a paleta de Gauguin e a do átrio da Casa Milà, uma mistura de verdes, castanhos e azuis orgânicos, e em como os dois quadros apresentavam uma cena notavelmente naturalista.

Apesar do intrigante conjunto de pessoas e animais que apareciam no quadro, o seu olhar dirigiu-se imediatamente para o canto superior esquerdo da tela, para uma mancha de um amarelo-vivo, em que estava inscrito o título do trabalho.

Incrédulo, Langdon leu as palavras: *D'où Venons Nous / Que Sommes Nous / Où Allons Nous?*

De onde vimos? O que somos? Para onde vamos?

Interrogou-se se enfrentar aquelas perguntas todos os dias ao voltar a casa tinha de alguma forma inspirado Edmond.

Ambra juntou-se a Langdon em frente do quadro.

— Edmond disse-me que queria sentir-se motivado por estas perguntas sempre que entrasse em casa.

Difícil não as ver, pensou Langdon.

Vendo a forma proeminente como Edmond expusera a obra-prima, Langdon perguntou a si próprio se o quadro não conteria qualquer pista sobre o que Edmond descobrira. À primeira vista, o tema da pintura parecia demasiado primitivo para sugerir uma avançada descoberta científica. As suas amplas pinceladas irregulares representavam uma selva taitiana habitada por um conjunto de nativos e animais.

Langdon conhecia bem o quadro e recordou que a intenção de Gauguin era que aquela obra fosse «lida» da direita para a esquerda, na direção contrária à do texto em francês. De modo que o seu olhar seguiu rapidamente as figuras familiares nessa direção.

Na extremidade direita, um bebé recém-nascido dormia numa pedra, representando o princípio da vida. *De onde vimos?*

No centro, um conjunto de pessoas de diversas idades executava as atividades quotidianas da vida. *O que somos?*

E à esquerda, uma mulher decrépita de idade avançada sentada sozinha, imersa em pensamentos, parecia meditar sobre a sua própria mortalidade. *Para onde vamos?*

Pareceu-lhe estranho não ter pensado imediatamente naquele quadro quando Edmond lhe descreveu pela primeira vez o ponto central da sua descoberta. *Qual é a nossa origem? Qual é o nosso destino?*

Observou os restantes elementos do quadro: cães, gatos e pássaros, que pareciam não fazer nada de especial, uma estátua de uma deusa primitiva ao fundo, uma montanha, raízes retorcidas e árvores. E, claro, o famoso «estranho pássaro branco» de Gauguin, pousado ao lado da anciã, representando, segundo o artista, «a futilidade das palavras».

Fúteis ou não, pensou, *viemos aqui à procura de palavras. De preferência, com uma extensão precisa de quarenta e sete caracteres.*

Por um momento, perguntou a si próprio se o estranho título do quadro não estaria diretamente relacionado com a palavra-passe de que estavam à procura, mas uma rápida contagem dos caracteres, tanto em francês como em inglês, não deu o desejado número.

— Muito bem, estamos à procura de um verso — disse, esperançado.

— A biblioteca de Edmond é por aqui — disse Ambra, apontando para a esquerda, para o fundo de um amplo corredor, que Langdon reparou estar equipado com um elegante mobiliário, intercalado com diversos artefactos e vitrinas de objetos de Gaudí.

Edmond vive num museu? Continuava a parecer-lhe inconcebível. O sótão da Casa Milà não era exatamente o sítio mais acolhedor que alguma vez vira. Construído totalmente de pedra e tijolo, era basicamente um túnel contínuo e estriado — uma série de duzentos e setenta arcos parabólicos de diversas alturas, todos separados em cerca de um metro. Havia muito poucas janelas e o ar era seco e estéril, obviamente altamente climatizado para proteger os objetos expostos.

— Eu já vou ter consigo — disse Langdon. — Tenho de fazer uma visita à casa de banho de Edmond.

Ambra olhou embaraçada na direção da entrada.

— Edmond pediu-me sempre que usasse a da entrada lá em baixo... Era misteriosamente cioso em relação à casa de banho do apartamento.

— É o apartamento de um solteirão. O mais certo é que a casa de banho estivesse suja e ele se envergonhasse.

Ambra sorriu.

— Seja como for, acho que é para aquele lado. — Apontou na direção oposta à da biblioteca, para o fundo de um túnel bastante escuro.

— Obrigado. Eu volto já.

Ambra dirigiu-se para o escritório de Edmond, e Langdon avançou no sentido contrário, embrenhando-se no estreito corredor, um dramático túnel de arcos de tijolo que lhe recordavam uma gruta subterrânea ou uma catacumba medieval. À medida que avançava pela passagem, conjuntos de luzes suaves com sensores de movimento iam-se acendendo na base de cada arco parabólico, iluminando o seu caminho.

Atravessou uma elegante área de leitura, uma pequena zona de exercício e até uma despensa, todas intercaladas com diversos expositores com desenhos e esboços de Gaudí, bem como modelos tridimensionais dos seus projetos arquitetónicos.

No entanto, ao passar por um expositor com artefactos *biológicos*, teve de parar, surpreendido pelo seu conteúdo: um fóssil de um peixe pré-histórico, uma elegante concha de náutilo e o sinuoso esqueleto de uma cobra. Por um breve momento, imaginou que Edmond devia ter montado pessoalmente aquele expositor, talvez relacionado com as suas investigações sobre a origem da vida. E então reparou na legenda e percebeu que aqueles objetos tinham pertencido a Gaudí e que diversas características arquitetónicas do edifício eram ecos das suas formas: as escamas do peixe eram os padrões dos mosaicos das paredes, o náutilo era a rampa em espiral da garagem e o esqueleto da cobra, com as suas centenas de costelas uniformemente espaçadas, era aquele mesmo corredor.

Acompanhando as peças expostas, encontravam-se as humildes palavras do arquiteto:

Nada é inventado, dado estar escrito primeiro na natureza.
A originalidade consiste no regresso à origem.
— ANTONI GAUDÍ

Langdon dirigiu o olhar para o corredor sinuoso, cheio de nervuras, e voltou a sentir que se encontrava no interior de uma criatura viva. *Um lar perfeito para Edmond. Arte inspirada pela ciência.*

Ao virar na primeira curva do túnel serpenteante, o espaço alargou-se e as luzes com sensores de movimento acenderam-se. O seu olhar foi imediatamente atraído por um enorme expositor de vidro no centro da sala.

Um modelo catenário, disse de si para si, assombrado. Sempre admirara aqueles engenhosos protótipos de Gaudí. «Catenário» era um termo arquitetónico que se referia à curva formada pelo peso de um fio flexível suspenso entre dois pontos fixos — como uma rede de dormir ou a corda de veludo suspensa entre dois postes num teatro.

No modelo catenário à sua frente, havia dúzias de correntes suspensas do alto da vitrina, produzindo longas linhas que desciam e voltavam a subir formando arcos elípticos. Dado a tensão gravitacional ser inversa à compressão gravitacional, Gaudí podia estudar a forma precisa que cada corrente tomava ao cair naturalmente sob o seu próprio peso e imitar essa forma para resolver os desafios arquitetónicos da compressão gravitacional.

Mas necessita de um espelho mágico, recordou Langdon, avançando para o expositor. Tal como esperava, a base da vitrina era um espelho, cujo reflexo oferecia um efeito mágico: o modelo virado ao contrário, de modo que os arcos caídos se tornavam pináculos que se elevavam no ar.

Naquele caso, ao olhar para baixo, percebeu imediatamente que estava a ver uma vista aérea da Basílica da Sagrada Família, cujos pináculos que se elevavam elegantemente no ar podiam ter sido efetivamente concebidos utilizando o modelo ali exposto.

Avançando pelo corredor, encontrou um elegante espaço de descanso com uma cama antiga de colunas, um guarda-fatos de cerejeira e uma cómoda marchetada. As paredes estavam decoradas com esboços de Gaudí, que após uma breve análise revelaram ser parte da exposição do museu.

A única obra de arte do quarto que parecia ter sido acrescentada era uma enorme citação manuscrita pendurada por cima da cama. Só precisou de ler as três primeiras palavras para identificar o autor.

Deus está morto. Deus continua morto. E foi morto por nós.
Como nos reconfortaremos nós, os assassinos de todos os assassinos?

— NIETZSCHE

«Deus está morto» eram as três palavras mais famosas que Friedrich Nietzsche, o famoso filósofo alemão do século XIX, alguma vez escrevera. Era recordado pelas suas implacáveis críticas à religião, mas também pelas suas reflexões sobre a ciência, especialmente sobre a teoria da evolução darwiniana, que acreditava ter transportado a humanidade para o limiar do niilismo, da conclusão de que a vida não tinha sentido, não tinha propósito e não oferecia qualquer prova direta da existência de Deus.

Vendo a citação por cima da cama, perguntou a si próprio se seria possível que Edmond, apesar de todos os seus alardes antirreligiosos, tivesse dúvidas sobre o papel que desempenhava na eliminação da figura de Deus.

A frase de Nietzsche, recordou, concluía com as palavras: «*Não será a grandeza deste ato demasiado grande para nós? Não teremos nós de nos transformar em deuses só para parecer estar à sua altura?*»

Esta ideia audaz — de que o homem deve tornar-se Deus para poder matar Deus — estava no coração do pensamento nietzschiano e talvez explicasse parcialmente o complexo de Deus de que enfermavam tantos génios pioneiros tecnológicos como Edmond. *Aqueles que eliminam Deus... devem ser deuses.*

Enquanto refletia nisto, Langdon foi abalado por outra ideia. *Nietzsche não foi só filósofo, também foi poeta!*

O próprio Langdon possuía uma cópia da sua obra *O Pavão e o Búfalo*, uma compilação de duzentos e setenta e cinco poemas e aforismos, que ofereciam diversas meditações sobre Deus, a morte e a mente humana.

Langdon contou rapidamente os caracteres da citação emoldurada. O número não coincidia e, no entanto, sentiu uma onda de esperança encher-lhe o peito. *Poderá Nietzsche ser o autor do verso de que estamos à procura? E, nesse caso, encontraremos um livro da poesia de Nietzsche no escritório de Edmond?* Fosse como fosse, decidiu pedir a Winston que acedesse a uma compilação dos poemas de Nietzsche e procurasse todos os versos de quarenta e sete caracteres.

Ansioso por regressar para junto de Ambra e partilhar com ela os seus pensamentos, atravessou apressadamente o quarto e entrou na casa de banho que avistara do outro lado.

Ao entrar, as luzes no seu interior acenderam-se revelando um espaço elegantemente decorado, com um lavatório de coluna, uma cabina de duche e uma sanita.

O seu olhar foi imediatamente atraído por uma mesa antiga e baixa cheia de produtos de *toilette* e outros objetos de pequenas dimensões. Quando viu o que eram, teve de conter um grito de surpresa, dando um passo para trás.

Meu Deus! Edmond... não.

A mesa à sua frente parecia um altar à utilização de estupefacientes, cheia de seringas usadas, frascos de comprimidos, cápsulas abertas e até um pano sujo de sangue.

Sentiu o coração apertar-se no seu peito.

Edmond drogava-se?

Sabia que a toxicodependência se tornara um doloroso lugar-comum nestes dias, mesmo entre os ricos e famosos. A heroína era mais barata do que a cerveja, e as pessoas tomavam analgésicos opioides como se fossem ibuprofeno.

Um problema de estupefacientes explicaria certamente a sua perda de peso recente, pensou, perguntando a si próprio se Edmond estivera a fingir ter-se tornado vegano para ocultar a verdadeira causa do seu emagrecimento e aspeto doentio.

Dirigiu-se para a mesa e pegou num dos frascos de comprimidos, lendo o rótulo, esperando encontrar um dos opioides mais habituais, como *OxyContin* ou *Percocet*.

Mas em vez disso leu: *Docetaxel.*

Intrigado, verificou outro frasco: *Gencitabina.*

O que é isto? Intrigado, pegou num terceiro frasco: *Fluorouracil.*

Ficou paralisado. Ouvira falar do *Fluorouracil* através de um colega de Harvard, e sentiu uma súbita onda de horror. Um momento mais tarde, viu um panfleto entre os frascos. O título era: «Pode o veganismo abrandar a progressão do cancro pancreático?»

Langdon ficou boquiaberto ao perceber a verdade.

Edmond não era toxicodependente.

Estava a lutar secretamente contra um cancro mortífero.

CAPÍTULO 53

Sob a luz suave do sótão, Ambra Vidal percorreu com o olhar as filas de livros que revestiam as paredes da biblioteca de Edmond.

A sua coleção é maior do que eu me recordava.

Edmond transformara uma ampla secção do corredor curvo numa impressionante biblioteca, colocando uma série de estantes entre os arcos de suporte das abóbadas. A sua coleção de livros era inesperadamente vasta e bem fornecida, especialmente tomando em consideração que só previa morar dois anos ali.

Parecia que tinha vindo para aqui de vez.

Observando as prateleiras repletas de volumes, percebeu que localizar o verso preferido de Edmond poderia demorar bastante mais tempo do que esperavam. Ao avançar pelas estantes, observando as lombadas, a única coisa que encontrava eram livros científicos sobre cosmologia, consciência e inteligência artificial:

O PANORAMA COMPLETO

FORÇAS DA NATUREZA

AS ORIGENS DA CONSCIÊNCIA

A BIOLOGIA DA CRENÇA

ALGORITMOS INTELIGENTES

A NOSSA INVENÇÃO FINAL

Chegou ao final de uma secção e passou de uma nervura arquitetónica para a seguinte, onde encontrou uma ampla gama de temas científicos: termodinâmica, química primordial, psicologia.

Nada de poesia.

Reparando que Winston estava calado há já algum tempo, foi buscar o telemóvel.

— Winston? Ainda estamos ligados?

— Estou aqui — respondeu a voz com sotaque britânico.

— Edmond *leu* realmente todos os livros que se encontram nestas estantes?

— Acho que sim. Era um consumidor voraz de texto e chamava à sua biblioteca a sua «sala de troféus do conhecimento».

— E há aqui, por acaso, uma secção de poesia?

— Os únicos títulos que conheço especificamente são os volumes de não ficção que Edmond me pediu que lesse em formato eletrónico, para que pudéssemos discutir o seu conteúdo. Um exercício, suspeito, executado mais para a minha educação do que para a dele. Infelizmente, não tenho a sua coleção inteira catalogada, de modo que a única forma de descobrir o livro de que estão à procura é fazendo uma pesquisa física.

— Estou a ver.

— Enquanto procura, há uma coisa que talvez a possa interessar. Últimas notícias de Madrid relativas ao seu noivo, o príncipe Julián.

— O que aconteceu? — quis saber Ambra, parando abruptamente. As suas emoções ainda estavam ao rubro pela suspeita do envolvimento de Julián no assassínio de Edmond. Teve de recordar a si própria: *Não há provas. Nada confirma que Julián tenha ajudado a incluir o nome de Ávila na lista de convidados.*

— Acabam de anunciar que se está a formar uma ruidosa manifestação às portas do Palácio Real. As provas continuam a sugerir que o assassínio de Edmond foi secretamente planeado pelo bispo Valdespino, provavelmente com a ajuda de alguém no interior do palácio, talvez do próprio príncipe. Os fãs de Edmond estão a manifestar-se. Veja.

O telemóvel de Edmond começou a apresentar imagens de manifestantes furiosos às portas do palácio. Um deles tinha um cartaz que dizia: PÔNCIO PILATOS MATOU O VOSSO PROFETA! — VOCÊS MATARAM O NOSSO!

Outros traziam lençóis pintados com *spray* com um grito de guerra de uma única palavra — *Apostasía!* —, acompanhado por um logótipo que começava a aparecer pintado com cada vez maior frequência nas paredes de Madrid.

A apostasia tornara-se um grito popular de guerra para a juventude liberal espanhola. *Renuncia a Igreja!*

— Julián já fez alguma declaração? — perguntou Ambra.

— Esse é um dos problemas — respondeu Winston. — Ninguém disse nada. Nem o príncipe, nem o bispo, nem nenhuma outra
pessoa do palácio. O prolongado silêncio avivou as suspeitas de toda a
gente. As teorias da conspiração abundam e os meios de comunicação
nacionais começam a perguntar onde é que a senhora Vidal está e porque é que ainda não efetuou nenhum comentário público sobre esta
crise.

— Eu?! — A ideia horrorizava-a.

— Foi *testemunha* do assassínio. É a futura rainha consorte de Espanha e o amor da vida do príncipe Julián. A população quer ouvi-la
dizer que tem a certeza de que o príncipe não está implicado.

O instinto de Ambra dizia-lhe que era impossível que Julián tivesse conhecimento do assassínio de Edmond. Quando recordava o seu
namoro, via um homem terno e sincero, talvez declaradamente ingénuo e impulsivamente romântico, mas de nenhuma maneira um assassino.

— Começam a surgir dúvidas semelhantes sobre o professor
Langdon. Os meios de comunicação estão a perguntar porque é que o
professor desapareceu sem fazer qualquer declaração, especialmente
depois do proeminente papel que desempenhou na apresentação de
Edmond. Vários blogues da conspiração começaram a sugerir que o
seu desaparecimento pode estar relacionado com um envolvimento na
morte de Kirsch.

— Isso é uma loucura!

— É uma ideia que começa a ganhar peso. A teoria tem origem
nas investigações anteriores do professor sobre o Graal e a linhagem
de Cristo. Aparentemente, os descendentes sálicos de Cristo possuem
ligações históricas ao movimento carlista, e a tatuagem do assassino...

— Pare! — interrompeu Ambra. — Isso é absurdo!

— No entanto, também há gente que especula que o professor desapareceu porque ele próprio se tornou um *alvo*. Os detetives de sofá proliferaram como cogumelos à volta deste assunto. Há um grande número de pessoas a colaborar neste momento para descobrir os mistérios que Edmond desvendou... e quem estaria interessado em silenciá-lo.

A atenção de Ambra foi atraída pelo som dos passos de Langdon, que se aproximava apressado pelo corredor sinuoso. Virou-se no preciso momento em que ele dobrava a esquina.

— Ambra? — disse Langdon com uma voz tensa. — Sabia que Edmond estava gravemente doente?

— Doente? — A sua expressão foi de surpresa. — Não.

Langdon explicou-lhe o que encontrara na casa de banho de Edmond.

Ambra ficou estupefacta.

Cancro pancreático? Era por esse motivo que o Edmond estava tão pálido e magro?

Incrivelmente, Edmond nunca lhe dissera nada sobre estar doente. Compreendia agora a obsessiva ética de trabalho que demonstrara durante os últimos meses. *Sabia que estava a ficar sem tempo.*

— O Winston sabia da doença de Edmond?

— Sim. — Não houve qualquer sombra de hesitação na resposta. — Era algo que Edmond manteve em segredo. Soube que estava doente há vinte e dois meses. Mudou imediatamente de dieta e começou a trabalhar com uma intensidade crescente. Também mudou de residência para este espaço, em que podia respirar um ar com qualidade de museu e estar protegido da radiação ultravioleta. Tinha de se manter na escuridão na medida do possível, dado que os medicamentos que tomava o tornavam fotossensível. Conseguiu superar o prognóstico dos médicos por uma margem considerável, mas nos últimos tempos começou a decair. Baseando-me em provas empíricas que obtive de diversas bases de dados sobre o cancro pancreático, analisei a deterioração que apresentava e calculei que teria nove dias de vida.

Nove dias, pensou Ambra, esmagada pela culpa de ter gozado com ele pela sua dieta vegana e por trabalhar demais. *Estava doente. Estava a correr incansavelmente para criar o seu momento de glória final antes que o seu tempo se esgotasse.* Esta triste compreensão alimentou ainda mais a sua determinação de localizar o poema e terminar o que Edmond começara.

— Ainda não encontrei nenhum livro de poesia — disse ela a Langdon. — Até agora, tudo o que vi foram livros científicos.

— Acho que o poeta de que estamos à procura pode ser Friedrich Nietzsche — respondeu Langdon, pondo-a a par da citação emoldurada por cima da cama de Edmond. — Essa citação específica não tem quarenta e sete caracteres, mas implica com certeza que Edmond era um apreciador da obra de Nietzsche.

— Winston, pode procurar as obras completas de poesia de Nietzsche e isolar todos os versos que possuam exatamente quarenta e sete caracteres?

— Com certeza. Textos originais em alemão ou traduções para a língua inglesa?

Ambra hesitou.

— Comece com as traduções para inglês — decidiu Langdon. — Edmond tinha de introduzir o verso no telemóvel, e o teclado podia ter dificuldades com os tremas ou os *eszetts* do alemão.

Ambra acenou afirmativamente. *Claro.*

— Já tenho os resultados — anunciou Winston quase de imediato. — Descobri praticamente trezentos poemas traduzidos, resultando em cento e noventa e dois versos com precisamente quarenta e sete letras.

Langdon suspirou.

— Tantos?

— Winston — urgiu Ambra —, Edmond descreveu o seu verso preferido como uma *profecia*... uma previsão sobre o futuro... uma previsão que já estava a transformar-se em realidade. Encontrou algum verso que encaixe nessa descrição?

— Tenho imensa pena, mas não encontrei nada que sugira uma profecia. Linguisticamente falando, os versos em questão são todos extratos de estrofes e parecem ser pensamentos parciais. Desejam que os apresente?

— São demasiados — respondeu Langdon. — Temos de encontrar um livro físico e esperar que Edmond tenha marcado de algum modo o seu verso preferido.

— Então sugiro que se despachem. É possível que a vossa presença aqui já não seja um segredo.

— Porque diz isso? — perguntou Langdon.

— O noticiário local está a informar que dois agentes da Guardia Real acabam de desembarcar de um avião militar no Aeroporto de El Prat de Barcelona.

Nos arredores de Madrid, o bispo Valdespino sentia-se agradecido por ter conseguido escapar do palácio. Apertado ao lado do príncipe Julián no banco de trás do *Opel* do seu acólito, esperava que as medidas desesperadas que estavam a ser tomadas nos bastidores lhe permitissem recuperar o controlo de uma noite que se desviara terrivelmente da direção planeada.

— *La Casita del Príncipe* — ordenara ao acólito quando o carro arrancara, afastando-se do palácio.

A casa de campo do príncipe estava situada numa retirada zona rural a quarenta minutos de Madrid. Mais uma mansão que uma casinha, servia como residência privada do herdeiro do trono de Espanha desde meados do século XVIII, um lugar isolado em que as crianças se pudessem portar como crianças antes de se dedicarem ao sério negócio de dirigirem um país. Valdespino garantira a Julián que retirar-se para a sua casa de campo seria bastante mais seguro do que permanecer no palácio nessa noite.

Mas não o vou levar para lá, sabia o bispo, observando de soslaio o príncipe que olhava pela janela, aparentemente absorto nos seus pensamentos.

Valdespino perguntou a si próprio se o príncipe era realmente tão ingénuo como parecia ou se, como o seu pai, dominara a habilidade de apenas mostrar ao mundo as facetas que desejava que fossem vistas.

CAPÍTULO 54

As algemas nos pulsos de Garza estavam desnecessariamente apertadas.

Isto é a sério, pensou, ainda totalmente atónito pelo procedimento dos seus próprios agentes.

— Posso saber que diabo se passa? — voltou a perguntar enquanto os seus homens o escoltavam para fora da catedral para o ar noturno da praça.

Não obteve qualquer resposta.

Enquanto o grupo se movia pelo amplo terreiro na direção do Palácio Real, compreendeu que havia uma enorme quantidade de câmaras de televisão e manifestantes do lado de fora dos portões principais.

— Pelo menos, levem-me pelas traseiras — disse ao agente encarregado. — Não façam disto um espetáculo público.

Os agentes ignoraram o seu pedido e prosseguiram, obrigando-o a atravessar a praça. Em poucos segundos, ouviram-se vozes altas do outro lado dos portões e diversos holofotes brilhantes foram orientados para ele. Encandeado e furioso, obrigou-se a assumir uma expressão tranquila e levantar a cabeça enquanto a Guardia Real o acompanhava a poucos metros dos portões, mesmo à frente dos operadores de câmara e dos jornalistas.

Uma cacofonia de vozes começou a gritar-lhe perguntas.

— Porque é que foi preso?

— O que é que fez, comandante?

— Está envolvido no assassínio de Edmond Kirsch?

Garza esperava que os seus agentes continuassem sem sequer olhar para a multidão, mas qual não foi o seu espanto quando estes pararam abruptamente, segurando-o em frente das câmaras. Vinda do palácio, uma figura familiar de fato atravessou rapidamente a praça na sua direção.

Era Mónica Martín.

Não tinha a menor dúvida de que ela ficaria atónita ao ver a situação em que se encontrava.

Estranhamente, porém, quando chegou ao seu lado, olhou para ele, não com surpresa, mas com desprezo. Os agentes obrigaram Garza a virar-se para os jornalistas.

Mónica Martín levantou a mão para tranquilizar a multidão e tirou uma pequena folha de papel do bolso. Ajustando os óculos de lentes grossas, leu uma declaração diretamente para as câmaras de televisão.

— O Palácio Real está a prender o comandante Diego Garza pela sua implicação no assassínio de Edmond Kirsch, bem como pelas suas tentativas de incriminar o bispo Valdespino por esse homicídio.

Antes que Garza pudesse sequer compreender a absurda acusação, os agentes começaram a empurrá-lo na direção do palácio. Ao afastar-se, pôde ouvir Mónica Martín continuar a ler a sua declaração.

— Quanto à nossa futura rainha, Ambra Vidal, e ao professor americano Robert Langdon, receio ter algumas notícias profundamente perturbadoras.

Na cave do palácio, o diretor de segurança eletrónica Suresh Bhalla estava de pé em frente de um televisor, absorto na transmissão em direto da improvisada conferência de imprensa de Mónica Martín na praça.

Ela não parece feliz.

Há apenas cinco minutos, Martín recebera um telefonema pessoal, que atendera no seu escritório, falando num tom baixinho e tomando notas cuidadosamente. Sessenta segundos mais tarde, saíra do gabinete, com a expressão mais perturbada que Suresh alguma vez lhe vira. Sem qualquer explicação, levara as notas diretamente para a praça e dirigira-se aos meios de comunicação.

Quer as suas declarações fossem verdadeiras ou não, uma coisa era inegável: a pessoa que ordenara aquela declaração acabara de colocar Robert Langdon em sério perigo.

Quem lhe terá dado essas ordens?, perguntou Suresh a si próprio.

Enquanto tentava compreender o estranho comportamento da coordenadora de relações-públicas, o seu computador emitiu um aviso de que recebera uma mensagem. Dirigiu-se para a mesa e observou o ecrã, surpreendendo-se ao ver o remetente.

monte@iglesia.org

O informador.

Era a mesma pessoa que dera informações ao ConspiracyNet durante toda a noite. E agora, por algum motivo, entrara em contacto direto com ele.

Intrigado, Suresh sentou-se e abriu a mensagem de correio eletrónico.

Dizia:

> pirateei as mensagens de texto de Valdespino.
> o bispo tem segredos perigosos.
> o palácio devia aceder aos seus registos de sms.
> agora.

Alarmado, voltou a ler a mensagem. E a seguir apagou-a.

Durante um longo momento, ficou sentado em silêncio, analisando as suas opções.

E então, decidindo-se, gerou rapidamente um cartão com uma chave-mestra para a residência real e dirigiu-se para cima sem que ninguém reparasse nele.

CAPÍTULO 55

Com uma urgência crescente, os olhos de Langdon percorriam a coleção de livros que revestia o corredor do sótão da Casa Milà.

Poesia... tem de haver aqui alguma coisa de poesia.

A inesperada chegada da Guardia Real a Barcelona iniciara uma perigosa contagem decrescente e, no entanto, sentia-se confiante de que teria tempo suficiente para fazer o que o trouxera ali. Afinal de contas, assim que localizassem o verso preferido de Edmond, só precisariam de breves segundos para o introduzir no seu telemóvel e reproduzir a apresentação para o mundo inteiro. *Como Edmond queria.*

Olhou para Ambra, que se encontrava no outro lado da sala, mais à frente, continuando a sua pesquisa no lado esquerdo do corredor enquanto ele se encarregava do direito.

— Encontrou alguma coisa?

Ambra abanou negativamente a cabeça.

— Até agora, só ciência e filosofia. Nada de poesia. Nada de Nietzsche.

— Continue à procura — implorou Langdon, regressando à sua pesquisa. Nesse momento, observava uma secção de grossos volumes de história.

PRIVILÉGIO, PERSEGUIÇÃO E PROFECIA: A IGREJA CATÓLICA EM ESPANHA

PELA ESPADA E PELA CRUZ: A EVOLUÇÃO HISTÓRICA DA MONARQUIA

DO MUNDO CATÓLICO

Os títulos recordaram-lhe uma tenebrosa história que Edmond lhe contara há alguns anos, depois de Langdon ter comentado que, para um americano ateu, parecia ter uma invulgar obsessão por Espanha e pelo catolicismo.

— A minha mãe era espanhola — respondera-lhe Edmond secamente. — E uma católica devastada pela culpa.

Quando Edmond lhe contou a trágica história da sua infância e da sua mãe, Langdon ficara totalmente assombrado. Dissera-lhe que a sua mãe, Paloma Calvo, era filha de simples trabalhadores do campo de Cádis, Espanha. Aos dezanove anos, apaixonara-se por um professor universitário de Chicago, Michael Kirsch, que se encontrava em Espanha a passar um ano sabático. E engravidara. Conhecendo bem o estigma que perseguia as mães solteiras na sua rigorosa comunidade católica, Paloma considerara que não tinha outra escolha a não ser aceitar a descoroçoada proposta de casamento de Kirsch e partir para Chicago. Pouco tempo depois de o seu filho, Edmond, ter nascido, o seu marido fora atropelado por um carro quando regressava a casa de bicicleta, tendo tido morte imediata.

Castigo divino, dissera o seu pai.

Os pais de Paloma recusaram-se a permitir que a filha voltasse para Cádis, para evitar que a vergonha caísse sobre a sua casa. Disseram-lhe que a sua desgraçada situação era um sinal claro da fúria de Deus e que o reino dos Céus nunca a aceitaria se ela não se dedicasse de corpo e alma a Jesus Cristo pelo resto da sua vida.

Durante os primeiros tempos, trabalhara como empregada de limpeza num motel, tentando criar Edmond da melhor forma possível. À noite, no seu paupérrimo apartamento, lia a Bíblia e rezava para que Deus lhe perdoasse, mas a sua miséria era cada vez maior, confirmando a sua certeza de que Deus ainda não estava satisfeito com a sua penitência.

Caída em desgraça e assustada, passados cinco anos convencera-se de que o mais profundo ato de amor materno que poderia fazer pelo seu filho seria proporcionar-lhe uma nova vida, protegida do castigo que Deus lhe infligia pelos seus pecados. De modo que pôs o jovem Edmond num orfanato e regressou a Espanha, onde entrou num convento. Edmond nunca mais voltou a vê-la.

Quanto tinha dez anos, soube que a sua mãe falecera no convento durante um jejum autoimposto. Vencida por uma intensa dor física, enforcara-se.

— Não é uma história agradável — dissera-lhe Edmond. — Obtive toda esta informação quando estava no liceu e, como pode imaginar, o inabalável fanatismo religioso da minha mãe está muito relacionado com a minha aversão à religião. Costumo chamar-lhe a Terceira Lei de Newton da Relação entre Pais e Filhos: para cada loucura, há uma loucura de igual grandeza no sentido oposto.

Depois de conhecer a sua história, Langdon compreendera porque é que Edmond estava tão cheio de raiva e amargura quando se conheceram no seu ano de caloiro em Harvard. Também se surpreendera que Edmond nunca se queixasse das dificuldades da sua infância. Em vez disso, declarava-se *afortunado* por ter passado por esses rigores, dado que lhe tinham servido como poderosa motivação para a consecução dos seus dois grandes objetivos de infância: primeiro, sair da pobreza; e, segundo, ajudar a expor a hipocrisia da fé que ele acreditava ter destruído a sua mãe.

Êxito em ambos os casos, concluiu tristemente Langdon, continuando a consultar as lombadas dos livros nas estantes.

Iniciando uma nova secção, detetou diversos títulos seus conhecidos, na sua maioria relevantes para as incessantes preocupações de Edmond sobre os perigos da religião:

A ILUSÃO DE DEUS

DEUS NÃO É GRANDE

O ATEU PORTÁTIL

CARTA A UMA NAÇÃO CRISTÃ

O FIM DA FÉ

O VÍRUS DE DEUS: COMO A RELIGIÃO INFETA AS NOSSAS VIDAS E A NOSSA CULTURA

Ao longo da última década, os livros que advogavam a racionalidade sobre a fé cega tinham dominado as listas de *bestsellers* de não ficção. Langdon tinha de admitir que a viragem cultural de afastamento da religião se tornara cada vez mais visível, até no *campus* de Harvard. Recentemente, o *Washington Post* publicara um artigo sobre «o ateísmo em Harvard», informando que pela primeira vez nos trezentos e oitenta anos de história da instituição, as turmas de caloiros possuíam mais agnósticos e ateus do que protestantes e católicos juntos.

De forma semelhante, em todo o mundo ocidental, as organizações antirreligiosas surgiam como cogumelos, lutando contra o que consideravam os perigos do dogma religioso: Ateus Americanos, Fundação para a Abolição da Religião, Americanhumanist.org, Aliança Internacional de Ateus, etc.

Langdon nunca prestara muita atenção a esses grupos até que um dia Edmond lhe falara dos Brights, uma organização global que, apesar do seu geralmente incompreendido nome, defendia uma visão do mundo naturalista, sem quaisquer elementos sobrenaturais ou místicos. Entre os seus membros encontravam-se intelectuais de renome como Richard Dawkins, Margaret Downey ou Daniel Dennett. Aparentemente, o crescente exército de ateus contava agora com armas pesadas.

Langdon encontrara livros de Dawkins e Dennett há apenas uns minutos, ao esquadrinhar a secção dedicada à evolução.

O clássico de Dawkins, *O Relojoeiro Cego*, desafiava abertamente o conceito teleológico de que os seres humanos, como um complexo relógio, só poderiam existir se tivessem um *designer*. Da mesma forma, um dos livros de Dennett, *A Perigosa Ideia de Darwin*, argumentava que a seleção natural *sozinha* era suficiente para explicar a evolução da vida e que os complexos *designs* biológicos podiam existir sem a intervenção de um criador divino.

Deus não é necessário para a vida, meditou, recordando rapidamente a apresentação de Edmond. A pergunta «De onde vimos?» ecoou com mais veemência na sua mente. *Poderia isso ser parte da descoberta de Edmond? A ideia de que a vida pode existir por si própria, sem um criador?*

Este conceito, claro, era diametralmente oposto a todas as principais histórias da Criação, o que espicaçava cada vez mais a sua curiosidade por saber se se encontrava na pista certa. A ideia, porém, parecia-lhe altamente improvável.

— Robert? — chamou Ambra atrás dele.

Langdon virou-se e viu que Ambra tinha acabado de inspecionar o seu lado da biblioteca e abanava desanimadamente a cabeça.

— Aqui não há nada. É tudo não ficção. Vou ajudá-lo a ver do seu lado.

— Eu também não encontrei nada até agora — disse Langdon.

Enquanto Ambra se dirigia para ele, a voz de Winston saiu do telemóvel.

— Senhora Vidal?

Ambra levantou o telemóvel de Edmond.

— Diga, Winston.

— É muito importante que a senhora Vidal e o professor Langdon vejam imediatamente isto. O Palácio Real acaba de fazer uma declaração pública.

Langdon dirigiu-se rapidamente para ela e ficou ao seu lado a ver um vídeo que começava a ser reproduzido no pequeno ecrã.

Reconheceu a praça em frente do Palácio Real de Madrid, onde um homem algemado de uniforme era empurrado para o primeiro plano por quatro agentes da Guardia Real, que o viraram para as câmaras, como se desejassem fazê-lo cair em desgraça aos olhos do mundo.

— Garza?! — exclamou Ambra, incrédula. — O comandante da Guardia Real foi preso?!

A câmara virou-se então para apresentar uma mulher com óculos grossos, que tirava um papel do bolso do fato e se preparava para fazer uma declaração.

— É Mónica Martín. A coordenadora de relações-públicas. O que estará a *acontecer*?

A mulher começou a ler, pronunciando cada palavra muito claramente.

— O Palácio Real está a prender o comandante Diego Garza pela sua implicação no assassínio de Edmond Kirsch, bem como pelas suas tentativas de incriminar o bispo Valdespino por esse homicídio.

Langdon sentiu que Ambra cambaleava ligeiramente ao seu lado enquanto Mónica Martín continuava a ler a declaração.

— Quanto à nossa futura rainha, Ambra Vidal — dizia numa voz sombria —, e ao professor americano Robert Langdon, receio ter algumas notícias profundamente perturbadoras.

Langdon e Ambra olharam um para o outro assustados.

— A escolta de Ambra Vidal acaba de confirmar ao palácio que esta foi levada do Museu Guggenheim contra a sua vontade por Robert Langdon. A Guardia Real está em alerta máximo, coordenando a sua atuação com as autoridades locais em Barcelona, onde se pensa que Robert Langdon a detém como refém.

Langdon ficou sem palavras.

— Dado a situação acabar de ser formalmente classificada como um rapto, pede-se a todos os cidadãos que prestem a assistência devida às autoridades, apresentando toda e qualquer informação relacionada

com o paradeiro de Ambra Vidal ou de Robert Langdon. O Palácio
Real não efetuará mais comentários de momento.

Os jornalistas começaram a gritar perguntas para Martín, que se
virou bruscamente e se dirigiu para o palácio.

— Isto é uma loucura... — titubeou Ambra. — Os meus guarda-
-costas viram-me sair do museu de livre e espontânea vontade.

Langdon olhou para o telemóvel, num esforço para compreender
o que acabava de ver. Apesar do turbilhão de perguntas que lhe varria a
mente, havia um ponto fundamental sobre o qual não tinha qualquer
dúvida.

Corro um sério perigo.

CAPÍTULO 56

— Peço-lhe imensas desculpas, Robert. — Os olhos escuros de Ambra Vidal estavam toldados pelo medo e pela culpa. — Não faço ideia de quem estará por trás desta história, mas acabam de o expor a um enorme risco. — A futura rainha de Espanha levantou outra vez o telemóvel de Edmond. — Vou ligar imediatamente para Mónica Martín.

— *Não* ligue para a Mónica Martín — ordenou a voz de Winston pelo telemóvel. — Isso é precisamente o que eles desejam. É um truque. Estão a tentar fazer com que revele a sua posição entrando em contacto com o palácio. Pense com lógica. Os seus dois agentes da Guardia Real *sabem* que não foi raptada, porém, aceitaram a divulgação desta mentira e vieram para Barcelona à sua procura? É óbvio que o palácio inteiro está implicado nisto. E com o comandante da Guardia Real preso, estas ordens têm de vir de cima.

Ambra sobressaltou-se.

— Quer dizer... de Julián?

— Uma conclusão inevitável. O príncipe é a única pessoa no palácio com autoridade para prender o comandante Garza.

Ambra fechou os olhos durante um longo momento, e Langdon sentiu que uma onda de melancolia se apoderava dela, como se aquela aparentemente inegável prova da implicação de Julián acabasse de eliminar a sua última esperança de que o seu noivo fosse apenas um espectador inocente naquela história pavorosa.

— Isto está relacionado com a descoberta de Edmond — declarou Langdon. — Há alguém no palácio que sabe que estamos a tentar transmitir o vídeo de Edmond para todo o mundo e quer desesperadamente impedir-nos.

— Talvez tivessem pensado que o seu trabalho tinha terminado quando silenciaram Edmond — acrescentou Winston. — Não perceberam que tinham deixado pontas soltas.

Um desconfortável silêncio pairou no sótão da Casa Milà.

— Ambra — disse calmamente Langdon —, é óbvio que não conheço o seu noivo, mas suspeito fortemente que o bispo Valdespino o está a aconselhar neste assunto. Não se esqueça de que Edmond e Valdespino já estavam em desacordo antes mesmo do início do evento no museu.

Ambra assentiu com a cabeça, insegura.

— Seja como for, está em perigo.

De repente, perceberam o ténue som de sirenes à distância.

Langdon sentiu o seu pulso acelerar.

— Temos de encontrar esse poema *imediatamente* — declarou ele, retomando a pesquisa das estantes. — A divulgação da apresentação do Edmond é crucial para a nossa segurança. Se a divulgarmos, seja quem for que estiver a tentar silenciar-nos compreenderá que já é tarde demais.

— Efetivamente — acrescentou Winston —, mas as autoridades continuarão à sua procura como suspeito de rapto. Não estará seguro se não conseguir superar o palácio no seu próprio jogo.

— Como? — perguntou Ambra.

Winston continuou sem hesitar:

— O palácio utilizou os meios de comunicação contra vocês, mas é uma faca de dois gumes.

Langdon e Ambra ouviram atentamente enquanto Winston delineava rapidamente um plano muito simples, e Langdon teve de admitir que esse plano criaria de imediato a confusão e o caos entre os seus perseguidores.

— Claro que faço isso — concordou prontamente Ambra.

— Tem a certeza? — perguntou-lhe Langdon, preocupado. — Não haverá volta atrás para si.

— Robert — disse ela —, fui eu que o meti nisto, e agora o Robert está em perigo. O palácio real teve o descaramento de utilizar os meios de comunicação como arma contra si, e agora temos de os utilizar contra eles.

— Justamente — acrescentou Winston. — Quem vive pela espada morre pela espada.

Langdon olhou atónito para o telemóvel de Edmond. *O computador de Edmond acaba realmente de parafrasear Ésquilo?* Perguntou a si próprio se não seria mais adequado citar Nietzsche: «*Quem luta contra monstros tem de evitar tornar-se um monstro nesse processo.*»

Antes que Langdon pudesse protestar de novo, já Ambra se afastava pelo corredor fora com o telemóvel de Edmond na mão.

— Encontre a palavra-passe, Robert! — disse por cima do ombro. — Eu venho já.

Langdon viu-a desaparecer pelas estreitas escadas em espiral que davam para o notoriamente íngreme terraço da Casa Milà.

— Tenha cuidado!

Sozinho no apartamento de Edmond, olhou para o fundo do corredor sinuoso e tentou fazer sentido do que vira ali: expositores com artefactos invulgares, uma citação emoldurada que proclamava que Deus estava morto e um Gauguin de valor incalculável que fazia as mesmas perguntas que Edmond fizera ao mundo nessa mesma noite. *De onde vimos? Para onde vamos?*

Ainda não encontrara nada que sugerisse quais seriam as *respostas* de Edmond a essas perguntas. Até esse momento, a sua busca na biblioteca só proporcionara um volume que parecia potencialmente relevante, *Arte Inexplicada*, um livro de fotografias de estruturas misteriosas realizadas pelo homem, incluindo Stonehenge, as cabeças da Ilha da Páscoa e os geóglifos do deserto de Nazca, uma série de desenhos de tais dimensões que só eram discerníveis do ar.

Não ajuda muito, decidiu, e retomou a sua busca pelas estantes.

Lá fora, as sirenes aproximavam-se.

CAPÍTULO 57

— Eu não sou um monstro — declarou Ávila, expelindo o ar dos pulmões enquanto aliviava a bexiga num urinol nojento de uma estação de serviço deserta na N-240.

Ao seu lado, o condutor da Uber tremia, aparentemente demasiado nervoso para urinar.

— Ameaçou... ameaçou a minha família.

— E se se portar bem — retorquiu Ávila —, garanto-lhe que não lhes acontecerá nada. Só precisa de me levar a Barcelona, deixar-me lá e cada um de nós seguirá o seu caminho. Eu devolvo-lhe a sua carteira, esqueço-me da sua morada e você não precisa de voltar a pensar em mim.

O condutor continuou a olhar em frente, com os lábios trémulos.

— Você é um homem de fé — continuou Ávila. — Eu reparei na cruz papal no para-brisas do carro. E independentemente do que pensar de mim, pode estar descansado que esta noite está a fazer o trabalho de Deus. — Ávila acabou o que tinha a fazer no urinol. — O Senhor trabalha de formas misteriosas.

Deu um passo para trás e verificou a pistola cerâmica enfiada no cinto. Tinha uma última bala na câmara. Perguntou a si próprio se teria de a utilizar nessa noite.

Avançou para o lavatório e passou as mãos por água, observando a tatuagem que o Regente lhe dissera que fizesse na palma da mão para o ajudar se fosse apanhado. *Uma precaução desnecessária*, suspeitava Ávila, sentindo-se como um espírito invisível que se movia pela noite.

Levantou o olhar para o espelho imundo, surpreendendo-se com a sua aparência. A última vez que se vira, tinha o uniforme de gala vestido, com um colarinho engomado e o boné. Agora, depois de despir a parte superior do uniforme, parecia mais um camionista com uma *t-shirt* de gola em V e um boné de basebol pedido emprestado ao condutor.

Ironicamente, aquele homem desalinhado que olhava para ele do espelho parecia o mesmo dos seus dias de autoflagelação alcoolizada após o atentado que matara a sua família.

Estava num poço sem fundo.

O ponto de viragem, como muito bem recordava, fora o dia em que o seu fisioterapeuta, Marco, o enganara para o levar a uma reunião com o «papa».

Nunca se esqueceria de como se aproximara das torres da igreja palmariana, passara os controlos de segurança e entrara na catedral durante a missa matinal, encontrando uma multidão de fiéis ajoelhados em oração.

O santuário estava iluminado por luz natural, que entrava pelos altos vitrais, e o ar cheirava intensamente a incenso. Quando Ávila vira os altares dourados e os púlpitos de madeira polida, compreendera que os rumores sobre a enorme riqueza dos palmarianos eram todos verdadeiros. Aquela igreja era tão esplêndida como qualquer catedral que ele alguma vez visitara, e no entanto sabia que *aquela* igreja católica era diferente de todas as outras.

Os palmarianos são inimigos acérrimos do Vaticano.

De pé ao lado de Marco na parte posterior da catedral, observara a congregação e perguntara a si próprio como podia aquela seita ter florescido depois de ter lançado um desafio aberto à autoridade romana. Parecia que a denúncia palmariana do liberalismo crescente do Vaticano chegara aos corações de muitos crentes que ansiavam por uma interpretação mais conservadora da fé.

Avançando inseguro pela coxia com as muletas, sentira-se um miserável aleijado que efetuava uma peregrinação a Lourdes à procura de uma cura milagrosa. Um homem cumprimentara Marco e levara-os para os bancos que lhes tinham sido reservados na primeira fila. Os paroquianos mais próximos viraram-se curiosos, procurando ver quem seria merecedor de tão especial tratamento. Desejara que Marco não o tivesse convencido a trazer o uniforme de almirante com as condecorações.

Pensei que ia conhecer o papa.

Sentara-se e levantara o olhar para o altar principal, em que um jovem paroquiano fazia a leitura da Bíblia. Reconhecera a passagem do Evangelho de São Marcos.

— «Se tiveres uma queixa contra alguém, *perdoa-lhe*, de modo que o teu Pai do céu possa perdoar os teus pecados.»

Mais perdão?, pensara Ávila com sarcasmo. Parecia-lhe que ouvira aquela passagem mil vezes dos psicólogos e das freiras nos meses posteriores ao ataque terrorista.

A leitura terminara e os empolados acordes de um órgão de tubos encheram o santuário. A congregação erguera-se em uníssono e ele levantara-se relutantemente, retorcendo-se de dor. Uma porta oculta por trás do altar abriu-se e apareceu uma figura que despertou uma onda de excitação na multidão.

O homem parecia estar na casa dos cinquenta, erguia-se direito e imponente, e tinha um olhar persuasivo. Estava vestido com uma batina branca, uma estola dourada, uma faixa bordada e uma mitra papal *pretiosa*, ornamentada com joias. Dirigiu-se para a congregação com os braços abertos, parecendo pairar enquanto se aproximava do centro do altar.

— Aí o tem — sussurrara-lhe Marco, excitado. — O papa Inocêncio catorze.

Ele chama a si próprio papa Inocêncio XIV? Ávila sabia que os palmarianos reconheciam a legitimidade de todos os papas até Paulo VI, que falecera em 1978.

— Chegámos mesmo a tempo. Vai fazer a homilia.

O papa movera-se para o centro do altar elevado, rodeara o púlpito formal e descera de modo a colocar-se ao mesmo nível que os seus paroquianos. Ajustara o pequeno microfone preso à batina, estendera as mãos e sorrira calorosamente.

— Bom dia — entoara num sussurro.

A congregação explodira em resposta.

— *Bom dia!*

O papa continuara a afastar-se do altar, aproximando-se da sua congregação.

— Acabamos de ouvir uma leitura do Evangelho de São Marcos. Uma passagem que escolhi pessoalmente porque hoje gostaria de falar sobre o perdão.

O papa dirigira-se para Ávila e parara na coxia ao seu lado, a centímetros de distância. Nunca olhara para baixo. Ávila virara-se inquieto para Marco, e este acenara-lhe excitado.

— Todos temos dificuldades com o perdão — dissera o papa à congregação. — Basicamente, porque por vezes as ofensas contra nós parecem *imperdoáveis*. Quando alguém mata pessoas inocentes num ato de puro ódio, temos de fazer o que algumas igrejas nos dizem que façamos e dar a outra face? — A catedral mergulhara num silêncio sepulcral e o papa baixara ainda mais a voz. — Quando um extremista anticristão põe uma bomba durante a missa na Catedral de Sevilha e essa bomba mata mulheres e crianças inocentes, como podemos nós *perdoar*? Lançar uma bomba é um ato de *guerra*. Uma guerra não apenas contra os católicos. Uma guerra não apenas contra os cristãos. Mas uma guerra contra o bem... contra o próprio *Deus*!

Ávila fechara os olhos, tentando reprimir as horrendas memórias daquela manhã, bem como toda a fúria e autocomiseração que ainda lhe enchiam o peito. À medida que a sua raiva aumentava, sentira de repente a mão do papa pousar suavemente sobre o seu ombro. Abrira os olhos, mas o papa nunca dirigira o olhar para ele. Mesmo assim, o seu toque era firme e reconfortante.

— Não nos esqueçamos do nosso próprio *Terror Rojo* — continuara o papa, sem que a sua mão abandonasse o ombro de Ávila. — Durante a nossa guerra civil, os inimigos de Deus queimaram igrejas e mosteiros, assassinando mais de seis mil padres e torturando centenas de freiras, obrigando-as a engolir as contas do rosário antes de as violarem e de as atirarem para os poços das minas. — Fez uma pausa e deixou as suas palavras assentarem. — *Esse* tipo de ódio não desaparece com o tempo; em vez disso, espalha-se como uma infeção, torna-se mais forte, até se transformar num tumor maligno. Deixem-me avisá-los, meus amigos! O ódio vai destruir-nos se não formos capazes de lutar com fogo contra o fogo. Nunca venceremos o mal se o nosso grito de guerra for «perdão».

Ele tem razão, pensara Ávila, tendo testemunhado em primeira mão ao longo da carreira militar como uma abordagem «branda» aos problemas de conduta era a melhor forma de garantir que estes aumentavam.

— Acredito — continuara o papa — que nalguns casos o perdão pode ser *perigoso*. Quando *perdoamos* o mal no mundo, estamos a dar-lhe permissão para crescer e espalhar-se. Quando respondemos a um ato de guerra com um ato de misericórdia, estamos a encorajar os nossos inimigos a cometer mais atos de violência. Chega um momento em que temos de fazer o que Jesus Cristo fez e virar violentamente as mesas dos vendilhões, gritando: «Isto é intolerável!»

Concordo plenamente!, quisera gritar Ávila, enquanto a congregação acenava aprovadoramente.

— Mas fazemos alguma coisa? — perguntara o papa. — A Igreja Católica Romana ergue-se indignada? Não. Atualmente enfrentamos os mais tenebrosos males do mundo com nada mais do que a nossa capacidade de perdoar, de amar e de sermos compreensivos. De modo que permitimos... não, *encorajamos*... o mal a crescer. Em resposta aos repetidos crimes contra nós, exprimimos delicadamente as nossas preocupações numa linguagem politicamente correta, recordando-nos mutuamente que uma pessoa perversa só é perversa por causa de uma infância difícil, de uma vida de pobreza, de ter sofrido crimes cometidos contra os seus seres queridos... de modo que não tem culpa do ódio que sente. Mas eu digo *basta*! O mal é o mal! *Todos* nós tivemos de enfrentar dificuldades na vida!

A congregação rompeu em aplausos espontâneos, algo que Ávila nunca vira numa missa católica.

— Escolhi falar hoje sobre o perdão — continuara o papa, sem que a sua mão abandonasse em nenhum momento o ombro de Ávila — porque temos um convidado especial entre nós. Gostava de agradecer ao almirante Luis Ávila por nos ter honrado com a sua presença. Respeitado e condecorado membro das forças armadas espanholas, teve de enfrentar um mal impensável. E, como todos nós, teve dificuldades com o perdão.

Antes que Ávila pudesse protestar, o papa relatara com todos os pormenores as vicissitudes que enfrentara nos últimos meses: a perda da sua família no ataque terrorista, a sua queda no alcoolismo e finalmente a sua tentativa de suicídio. A reação inicial de Ávila fora de raiva contra Marco por ter traído a sua confiança, mas, no final, ao ouvir a sua história contada daquela forma, sentira-se estranhamente fortalecido. Era uma admissão pública de que batera no fundo e que, de alguma forma, talvez miraculosamente, sobrevivera.

— Acredito que Deus interveio na vida do almirante Ávila e o salvou... para um propósito mais elevado — continuou o papa.

Com estas palavras, o papa palmariano Inocêncio XIV virara-se e olhara pela primeira vez para Ávila. Os seus olhos profundos pareceram penetrar-lhe a alma, eletrizando-o com uma espécie de força que há anos não sentia.

— Almirante Ávila, acredito que a trágica perda que sofreu está para lá do perdão. Acredito que a sua fúria, o seu *justo* desejo de vingança, não podem ser apagados dando a outra face. Nem *deviam* sê-lo! A sua dor será o catalisador da sua salvação. Estamos aqui para o apoiar! Para o amar! Para estar ao seu lado e para o ajudar a transformar a sua raiva numa poderosa força para o bem no mundo! Louvado seja Deus!

— *Louvado seja Deus!* — ecoou a congregação.

— Almirante Ávila — continuara o papa, olhando ainda mais intensamente para ele —, qual é o lema da armada espanhola?

— *Pro Deo et patria* — replicara Ávila sem hesitar.

— Sim. *Pro Deo et patria.* Por Deus e pela pátria. Todos nos sentimos honrados hoje por estar na presença de um oficial de marinha condecorado, que serviu tão bem o seu *país.* — O papa efetuara uma pausa, inclinando-se para a frente. — Mas... e quanto a Deus?

Ávila olhara para os olhos penetrantes do papa e sentira-se momentaneamente confuso.

— A sua vida ainda não terminou, almirante — sussurrara-lhe o papa. — O seu trabalho ainda não acabou. Foi por esse motivo que Deus o salvou. A sua missão ficou pela metade. Serviu a sua pátria, efetivamente. Mas ainda não serviu Deus.

Nesse momento, Ávila sentiu-se como se tivesse sido atingido por uma bala.

— A paz esteja convosco! — proclamara o papa.

— *E convosco também!* — respondera a congregação.

Ávila sentira-se de repente submerso num mar de pessoas que lhe davam os parabéns e lhe transmitiam desejos de melhoras, numa efusão de apoio diferente de tudo o que experimentara até então. Procurou nos olhos dos paroquianos qualquer vestígio do fanatismo sectário que tanto temera, mas tudo o que encontrou foi otimismo, boa vontade e uma sincera paixão por fazer o trabalho de Deus... Exatamente o que ele próprio percebia que sempre lhe faltara.

A partir desse dia, com a ajuda de Marco e do seu novo grupo de amigos, começara a sua saída do poço sem fundo do desespero. Regressara à sua rigorosa rotina de exercício físico, passara a alimentar-se corretamente e, mais importante de tudo, reencontrara a fé.

Vários meses mais tarde, quando terminara a fisioterapia, Marco oferecera-lhe uma Bíblia encadernada em couro, em que estavam marcadas cerca de uma dúzia de passagens.

Ávila consultara umas quantas ao acaso.

ROMANOS 13, 4
Pois ele é um servo de Deus...
o vingador que leva
a fúria de Deus sobre os malfeitores.

SALMO 94, 1
Ó Senhor, Deus da vingança,
deixa que a tua gloriosa justiça brilhe!

2 TIMÓTEO 2, 3
Partilha o sofrimento,
como um bom soldado de Cristo Jesus.

— Não se esqueça — dissera-lhe Marco com um sorriso. — Quando o mal levanta a cabeça no mundo, Deus trabalha através de cada um de nós de forma diferente para exercer a Sua vontade na Terra. O perdão não é o único caminho para a salvação.

 ConspiracyNet.com

ÚLTIMAS NOTÍCIAS

QUEM QUER QUE SEJA, FALE CONNOSCO!

Esta noite, o informador monte@iglesia.org forneceu ao ConspiracyNet uma impressionante quantidade de informação interna.
Muito obrigado!
Dado a informação que «Monte» partilhou connosco até à data ter tão alto nível de fiabilidade e acesso interno, é com total confiança que efetuamos este humilde pedido:

MONTE — QUEM QUER QUE SEJA —, SE TIVER QUALQUER INFORMAÇÃO SOBRE O CONTEÚDO DA MALOGRADA APRESENTAÇÃO DE EDMOND KIRSCH, PARTILHE-A CONNOSCO!

#DEONDEVIMOS
#PARAONDEVAMOS
Muito obrigado.
— Toda a equipa do ConspiracyNet.

CAPÍTULO 59

Enquanto procurava nas últimas secções da biblioteca de Edmond, Robert Langdon sentia que a sua esperança desaparecia. Lá fora, as duas notas das sirenes da polícia tinham-se tornado cada vez mais altas, até se calarem abruptamente em frente da Casa Milà. Através das pequenas janelas do sótão, podia ver o brilho das luzes intermitentes dos carros da polícia.

Estamos presos aqui, compreendeu. *Temos de encontrar essa palavra-passe quanto antes, porque talvez não tenhamos outra oportunidade.*

Infelizmente, ainda não encontrara um único livro de poesia.

A última secção tinha prateleiras mais profundas, que pareciam conter a coleção de Edmond de livros de arte de grande formato. Enquanto passava apressadamente pelas lombadas, viu títulos que refletiam a paixão de Edmond pelo mais recente e mais vanguardista da arte contemporânea.

SERRA... KOONS... HIRST... BRUGUERA... BASQUIAT... BANKSY... ABRAMO-VIĆ...

A coleção era abruptamente interrompida por uma série de volumes de menores dimensões, o que o fez abrandar com uma expectativa renovada de encontrar um livro de poesia.

Nada.

Os livros mais pequenos consistiam em comentários e críticas da arte abstrata, e Langdon reparou nalguns títulos que Edmond lhe enviara para ele examinar.

PARA QUE ESTÁ A OLHAR?

PORQUE É QUE O SEU FILHO DE CINCO ANOS NÃO PODIA TER FEITO ISTO

COMO SOBREVIVER À ARTE MODERNA

Ainda estou a tentar sobreviver a ela, pensou, avançando rapidamente. Passou outra nervura parabólica e começou a inspecionar a secção seguinte.

Livros de arte moderna. Mesmo de relance, era fácil de ver que aquele grupo era dedicado a um período anterior. *Pelo menos, estamos a recuar no tempo... para arte que eu compreendo.*

Os olhos de Langdon percorreram rapidamente as lombadas, detetando biografias e *catalogues raisonnés* dos impressionistas, cubistas e surrealistas, que surpreenderam o mundo entre 1870 e 1960 com uma redefinição total da arte.

VAN GOGH... SEURAT... PICASSO... MUNCH... MATISSE... MAGRITTE... KLIMT... KANDINSKY... JOHNS... HOCKNEY... GAUGUIN... DUCHAMP... DEGAS... CHAGALL... CÉZANNE... CASSATT... BRAQUE... ARP... ALBERS...

Aquela secção terminava numa última nervura parabólica, e Langdon atravessou-a, dando por si na secção final da biblioteca. Os volumes que ali se encontravam pareciam ser dedicados ao grupo de artistas que Edmond, na presença de Langdon, gostava de chamar «a escola dos homens brancos aborrecidos já falecidos». Basicamente, qualquer autor anterior ao movimento modernista dos meados do século XIX.

Ao contrário de Edmond, era ali que Langdon se sentia mais em casa, rodeado pelos Velhos Mestres.

VERMEER... VELÁZQUEZ... TICIANO... TINTORETTO... RUBENS... REMBRANDT... RAPHAEL... POUSSIN... MIGUEL ÂNGELO... LIPPI... GOYA... GIOTTO... GHIRLANDAIO... EL GRECO... DÜRER... DA VINCI... COROT... CARAVAGGIO... BOTTICELLI... BOSCH...

O último metro da biblioteca era dominado por um expositor de vidro com um tamanho imponente e uma pesada fechadura. Espreitou para dentro do expositor e viu no seu interior uma caixa de couro de aspeto antigo, obviamente concebida para proteger um livro de grande dimensão. A legenda na parte exterior da caixa era praticamente ilegível, mas conseguiu ver o suficiente para decifrar o título do volume que continha.

Meu Deus, pensou, compreendendo rapidamente porque é que o livro fora fechado à chave. *Vale com certeza uma fortuna.*

Sabia que havia pouquíssimos exemplares das primeiras edições daquele artista lendário.

Não me surpreende que Edmond tenha investido nisto, pensou, recordando como o seu falecido amigo se referira numa dada ocasião àquele artista britânico como «o único pré-moderno com alguma imaginação». Langdon discordara, mas compreendia o afeto que Edmond dedicava àquele artista. *Provinham os dois do mesmo molde.*

Debruçou-se e espreitou pelo vidro para a gravação dourada na tampa da caixa: *A Obra Completa de William Blake.*

William Blake. O Edmond Kirsch do século XVIII.

Blake fora um génio idiossincrático, uma prolífica luminária cujo estilo de pintura fora tão avançado para o seu tempo que algumas pessoas acreditaram que tinha magicamente vislumbrado o futuro em sonhos. As suas ilustrações religiosas, imbuídas de símbolos, apresentavam anjos, demónios, Satanás, Deus, criaturas míticas, temas bíblicos e um panteão de divindades criadas pelas suas próprias alucinações espirituais.

E como Edmond, Blake adorava desafiar a cristandade.

O pensamento fez com que se endireitasse abruptamente.

William Blake.

Inspirou emocionado.

Encontrar Blake entre tantos outros artistas visuais fizera com que se esquecesse momentaneamente de um facto crucial sobre o génio místico.

Blake não era apenas um artista e ilustrador...

Blake era um prolífico poeta.

Sentiu que o seu coração acelerava subitamente. Uma grande parte da poesia de Blake defendia uma série de ideias revolucionárias que coincidiam perfeitamente com os pontos de vista de Edmond. De facto, alguns dos aforismos mais conhecidos de Blake, incluídos em obras «satânicas» como *O Casamento do Céu e do Inferno,* podiam ter sido assinados pelo próprio Edmond.

TODAS AS RELIGIÕES SÃO UMA

NÃO EXISTE UMA RELIGIÃO NATURAL

Langdon recordava agora a descrição de Edmond do seu verso preferido. *Disse a Ambra que era uma «profecia».* Langdon não conhecia

nenhum poeta na história que pudesse ser mais adequadamente considerado um profeta do que William Blake, que, no final do século XVIII,
publicara dois sombrios e sinistros poemas:

AMÉRICA, UMA PROFECIA

EUROPA, UMA PROFECIA

Langdon possuía as duas obras, elegantes reproduções dos poemas manuscritos de Blake com as ilustrações que os acompanhavam.

Voltou a espreitar para a volumosa caixa de couro no interior do
expositor.

*As edições originais das «profecias» de Blake teriam sido publicadas como
textos iluminados de grandes dimensões!*

Com uma onda de esperança, debruçou-se em frente do expositor, consciente da possibilidade real de que aquela caixa de couro con-
tivesse o que ele e Ambra queriam encontrar — um poema com um
verso profético de quarenta e sete caracteres. A única pergunta agora
era se Edmond tinha *assinalado* de alguma forma o seu verso preferido.

Tentou abrir a porta do expositor.

Fechada.

Olhou para as escadas em espiral, perguntando a si próprio se não
seria mais fácil correr para o terraço e pedir a Winston que fizesse uma
pesquisa na poesia de William Blake. O som das sirenes fora substituído pelo distante zumbido dos rotores de um helicóptero e por gritos
do lado de fora da porta de Edmond.

Já chegaram.

Olhou para o expositor e reparou no ligeiro tom esverdeado do
vidro com proteção contra a radiação ultravioleta habitualmente utilizado pelos museus.

Tirou rapidamente o casaco, cobriu com ele o vidro, virou o corpo e, sem hesitar, espetou o cotovelo no centro. Com um som abafado, a porta do expositor estilhaçou. Cuidadosamente, meteu a mão no
interior e retirou a caixa de couro.

Assim que pegou nela, percebeu que alguma coisa estava errada.
Não é suficientemente pesada. As obras completas de Blake pareciam não
pesar nada.

Pôs a caixa no chão e levantou cuidadosamente a tampa.

E tal como suspeitava... estava vazia.

Suspirou frustrado, olhando para o espaço onde teria de estar o livro. *Onde diabo estará?*

Preparava-se para voltar a fechar a caixa quando reparou num objeto inesperado colado com fita adesiva no interior da tampa. Um cartão cor de marfim elegantemente gravado.

Langdon leu o texto.

E, totalmente incrédulo, voltou a lê-lo.

Segundos mais tarde, corria pelas escadas na direção do terraço.

Nesse preciso momento, no segundo andar do Palácio Real de Madrid, o diretor de segurança eletrónica, Suresh Bhalla, movia-se silenciosamente pelos aposentos privados do príncipe Julián. Depois de localizar o cofre de parede, introduziu o código mestre de abertura, disponível para emergências.

O cofre abriu-se imediatamente.

No seu interior, Suresh encontrou dois telemóveis — um *smartphone* seguro, do modelo que a sua própria divisão entregava aos membros do Palácio Real, que pertencia ao príncipe Julián, e um *iPhone* que, deduziu, pertenceria com certeza ao bispo Valdespino.

Pegou no *iPhone*.

Vou realmente fazer isto?

Recordou a mensagem que recebera de monte@iglesia.org.

pirateei as mensagens de texto de Valdespino.

o bispo tem segredos perigosos.

o palácio devia aceder aos seus registos de sms.

agora.

Suresh perguntou a si próprio que segredos poderiam ser revelados pelas mensagens de texto do bispo... e porque é que o informador decidira avisar o Palácio Real.

Talvez esteja a tentar proteger o palácio de danos colaterais?

Tudo o que sabia era que, se houvesse informação que pudesse representar um perigo para a família real, o seu trabalho consistia em aceder a ela.

Considerara a possibilidade de obter uma ordem judicial de emergência, mas os riscos inerentes para as relações-públicas e a demora tornavam essa opção pouco prática. Felizmente, dispunha de métodos bastante mais discretos e expeditos.

Pegando no telemóvel de Valdespino, apertou o botão de início e o ecrã iluminou-se.

Bloqueado.

Não há problema.

— Eh, Siri — disse Suresh, aproximando o telemóvel da boca. — Que horas são?

Ainda bloqueado, o telemóvel exibiu um relógio. Nesse ecrã, Suresh introduziu uma série de comandos simples: criar uma nova zona horária para o relógio, pedir que a nova zona horária fosse partilhada através de SMS, acrescentando uma fotografia, e finalmente, em vez de tentar enviar a mensagem, apertar o botão de início.

Clique.

O telemóvel desbloqueou.

Com os cumprimentos do YouTube, pensou, divertido com a ideia de que os utilizadores de *iPhones* acreditassem que as suas palavras-passe lhes ofereciam algum tipo de privacidade.

Então, dispondo de pleno acesso ao telemóvel de Valdespino, abriu a *app* de iMessage, pensando que teria de recuperar as mensagens eliminadas do bispo enganando a cópia de segurança da iCloud para que reconstruísse a pasta.

E efetivamente o histórico de mensagens do bispo estava praticamente vazio.

Exceto por uma mensagem, reparou, vendo uma solitária mensagem que tinha chegado há um par de horas de um número oculto.

Suresh abriu o texto e leu as três linhas que continha. Por um momento, pensou que estava a alucinar.

Isto não pode ser verdade!

Leu novamente a mensagem. O texto representava uma prova incontestável da implicação de Valdespino em atos de inimaginável traição e engano.

Para não mencionar a arrogância, pensou, surpreendido por o velho sacerdote se sentir tão invulnerável que se desse ao luxo de manter conversas daquela natureza por via eletrónica.

Se esta mensagem for divulgada...

Suresh tremeu ao pensar nessa possibilidade e correu imediatamente para baixo à procura de Mónica Martín.

CAPÍTULO 60

Enquanto o helicóptero *EC145* avançava pela cidade a baixa altitude, o agente Díaz observava o tapete de luzes aos seus pés. Apesar da hora tardia, podia ver o brilho dos televisores e dos ecrãs de computador na maior parte das janelas por que passava, o que conferia à cidade um ténue tom azul.

O mundo inteiro está a seguir as notícias.

Aquilo punha-o nervoso. Sentia que os acontecimentos daquela noite estavam fora de controlo e temia que a crescente crise se encaminhasse para uma conclusão inquietante.

À sua frente, o agente Fonseca gritava e apontava para alguma coisa à distância. Díaz acenou, vendo imediatamente o seu destino.

Difícil não o ver.

Mesmo àquela distância, o pulsante polo de luzes azuis intermitentes da polícia era inconfundível.

Deus nos ajude.

Como temera, a Casa Milà estava infestada de carros da polícia local. As autoridades barcelonesas tinham respondido a uma informação anónima após as declarações à imprensa efetuadas por Mónica Martín em frente do Palácio Real.

Robert Langdon raptou a futura rainha de Espanha.

O palácio necessita da ajuda da população para os descobrir.

Uma mentira descarada, sabia Díaz. *Eu próprio os vi sair juntos do Guggenheim.*

Apesar da sua eficácia, o estratagema de Mónica Martín iniciara um jogo incrivelmente perigoso. Criar uma caça ao homem implicando as autoridades locais era perigoso. Não só para Langdon, mas também para a futura rainha, que se arriscava a ser apanhada no fogo cruzado de um pequeno exército de polícias locais. Se o objetivo do Palácio

Real era garantir a segurança da futura rainha, tinham cometido um grande erro.

O comandante Garza nunca teria permitido que a situação chegasse a este ponto.

A prisão de Garza permanecia um mistério para Díaz, que tinha a certeza de que as acusações contra o comandante eram tão fictícias como as apresentadas contra Langdon.

No entanto, Fonseca atendera a chamada e recebera as ordens.

Ordens de alguém acima de Garza.

Quando o helicóptero se aproximou da Casa Milà, Díaz analisou a cena no solo e percebeu imediatamente que não havia um sítio seguro para aterrarem. A ampla avenida e o cruzamento em que se encontrava o edifício estavam apinhados de carrinhas dos meios de comunicação e carros da polícia, além de centenas de curiosos.

Díaz observou o famoso terraço do prédio. Um ondeante oito de passagens íngremes e escadas que serpenteavam por cima do edifício e proporcionavam aos visitantes impressionantes vistas de Barcelona... bem como do interior dos enormes saguões, cada um com uma altura de nove andares.

Impossível aterrar aí.

Além do piso irregular, o terraço estava protegido por altas chaminés que recordavam futurísticas peças de xadrez. Sentinelas de capacete que alegadamente tinham impressionado tanto o realizador George Lucas que este as utilizara como modelos para a ameaçadora tropa de choque do Império na *Guerra das Estrelas.*

Díaz perscrutou os edifícios vizinhos à procura de um espaço onde pudessem aterrar, mas de súbito o seu olhar foi atraído para uma inesperada visão no terraço da Casa Milà.

Uma pequena figura de pé entre as gigantescas formas gaudianas.

Apoiada num parapeito à beira do terraço, a figura estava vestida de branco, cruamente iluminada pelas luzes que as equipas da televisão apontavam do solo. Por um momento, Díaz recordou a ocasião em que vira o papa na varanda da Praça de São Pedro, dirigindo-se aos seus seguidores.

Mas não era o papa quem estava ali.

Era uma mulher impressionante num muito familiar vestido branco.

*

Ambra Vidal não conseguia ver nada com o clarão dos holofotes dos meios de comunicação, mas podia ouvir um helicóptero que se aproximava e sabia que tinha pouco tempo. Desesperada, inclinou-se sobre o parapeito e tentou gritar para o enxame de profissionais dos meios de comunicação lá em baixo.

As suas palavras perderam-se no meio do ensurdecedor rugido dos rotores do helicóptero.

Winston previra que as equipas de televisão na rua dirigiriam as câmaras para cima assim que a detetassem na beira do terraço. E fora exatamente isso o que acontecera, embora fosse óbvio para Ambra que o plano de Winston fracassara.

Não conseguem ouvir uma palavra do que estou a dizer!

O terraço da Casa Milà estava demasiado alto por cima do trânsito e da barafunda da rua. E agora o ruído do helicóptero ameaçava abafar tudo.

— Eu *não* fui raptada! — voltou a gritar, o mais alto de que foi capaz. — A declaração do Palácio Real sobre o professor Robert Langdon é incorreta! Eu *não* sou sua refém!

É a futura rainha de Espanha, recordara-lhe Winston há uns momentos. *Se disser às autoridades que acabem com esta perseguição, terão de questionar o que estão a fazer. Gerar-se-á uma confusão incrível. Ninguém saberá que ordens seguir.*

Ambra sabia que Winston tinha razão, mas as suas palavras tinham-se perdido no meio do rugido dos rotores por cima da multidão.

De repente, o céu explodiu num estrondoso uivo. Ambra recuou afastando-se do parapeito ao mesmo tempo que o helicóptero se aproximava dela e parava, ficando a pairar mesmo à sua frente. As portas da fuselagem estavam totalmente abertas e do seu interior duas caras conhecidas olhavam para ela com atenção. Os agentes Fonseca e Díaz.

Para seu horror, o agente Fonseca levantou uma espécie de dispositivo e apontou-o diretamente à sua cabeça. Por um momento, passou-lhe pela mente o mais estranho dos pensamentos: *Julián quer matar-me. Sou uma mulher estéril. Não lhe posso dar um herdeiro. Matar-me é a sua única saída deste noivado.*

Ambra cambaleou para trás, afastando-se do ameaçador dispositivo, agarrando o telemóvel de Edmond com uma mão e procurando
equilibrar-se com a outra. Mas, quando apoiou o pé atrás de si, o chão
pareceu desaparecer. Por um momento, sentiu apenas espaço vazio onde esperara encontrar cimento sólido. O seu corpo girou numa tentativa de recuperar o equilíbrio, mas sentiu-se cair por um curto lanço de
escadas.

O seu cotovelo bateu violentamente no cimento e o resto do corpo seguiu-o um instante mais tarde. No entanto, Ambra Vidal não sentiu nenhuma dor. Toda a sua concentração se virou para o objeto que
acabava de lhe escapar da mão: o enorme telemóvel azul-turquesa de
Edmond.

Meu Deus, não!

Viu com pavor o aparelho deslizar pelo cimento e saltar pelos degraus abaixo na direção da queda de nove andares para o pátio interior
do edifício. Esticou o braço para o tentar apanhar, mas o telemóvel desapareceu por baixo da vedação de proteção, caindo no abismo.

A nossa ligação com Winston...!

Ambra arrastou-se na sua direção, chegando junto à vedação a
tempo de ver o telemóvel de Edmond a cair, rodopiando no ar por cima do elegante pavimento de pedra do pátio, onde com um ruído
brusco se desfez em inúmeras peças brilhantes de vidro e metal.

Num instante, Winston desaparecera.

Saltando os degraus, Langdon correu pelas escadas acima e irrompeu pelo torreão do poço das escadas para o terraço da Casa Milà. Deu
por si no meio de um vendaval ensurdecedor. Um helicóptero pairava
muito baixo ao lado do edifício e não via Ambra em lado nenhum.

Aturdido, perscrutou o espaço à sua volta. *Onde estará ela?* Esquecera-se de como aquele terraço era estranho: parapeitos inclinados, escadas íngremes, soldados de cimento, poços sem fundo.

— Ambra!

Quando a avistou, sentiu-se apavorado. Ambra Vidal estava encolhida no cimento na berma do saguão.

Langdon lançou-se a correr na sua direção, mas ao subir uma pequena rampa uma bala passou a assobiar ao lado da sua cabeça e acertou no cimento por trás de si.

Meu Deus! Ajoelhou-se rapidamente e arrastou-se para um plano mais baixo ao mesmo tempo que duas balas voavam sobre a sua cabeça. Por um momento, pensou que vinham do helicóptero, mas, ao dirigir-se para Ambra, viu um enxame de polícias a sair de outro torreão na ponta mais afastada do terraço de pistolas nas mãos.

Querem matar-me. Acham que raptei a futura rainha! Era óbvio que Ambra não conseguira falar com ninguém.

Quando olhou para ela, agora a menos de dez metros de distância, percebeu com horror que o seu braço sangrava. *Meu Deus, alguém lhe deu um tiro!* Outra bala passou por cima da sua cabeça ao mesmo tempo que Ambra tentava agarrar-se à vedação que a separava do vazio do saguão. Esforçava-se por se levantar.

— Não se levante! — gritou Langdon lançando-se para Ambra e cobrindo-a protetoramente com o seu próprio corpo. Olhou para as enormes figuras de soldados com capacetes que pontuavam o perímetro do terraço como sentinelas silenciosas.

Ouviu-se um rugido ensurdecedor por cima das suas cabeças e sentiram-se açoitados pela deslocação de ar quando o helicóptero desceu mais e ficou a pairar por cima do enorme saguão ao seu lado, cortando a linha de tiro da polícia.

— *¡Dejen de disparar!* — gritou uma voz amplificada do aparelho. — *¡Enfunden las armas!* Parem de disparar! Guardem as armas!

Mesmo em frente de Langdon e Ambra, o agente Díaz estava agachado junto da porta aberta com um pé sobre o patim e uma mão estendida para eles.

— Subam!

Langdon sentiu Ambra encolher-se por baixo dele.

— JÁ! — gritou Díaz por cima do ensurdecedor som dos rotores.

O agente apontou para a vedação do saguão, indicando-lhes que subissem para cima dela, lhe agarrassem a mão e dessem o curto salto por cima do abismo para a aeronave.

Langdon hesitou durante um momento.

Díaz tirou o megafone das mãos de Fonseca e apontou-o diretamente para a sua cara.

— PROFESSOR, SUBA PARA O HELICÓPTERO IMEDIATAMENTE! — A voz do agente soava como um trovão. — A POLÍCIA LOCAL TEM ORDENS PARA O MATAR! SABEMOS QUE O PROFESSOR NÃO RAPTOU A SENHORA VIDAL! TÊM DE SUBIR OS DOIS PARA O HELICÓPTERO JÁ! ANTES QUE ALGUÉM LEVE UM TIRO!

CAPÍTULO 61

Rodeada pelo uivar da deslocação de ar, Ambra sentiu que os braços de Langdon a levantavam e a dirigiam para o helicóptero e para a mão estendida do agente Díaz.

Estava demasiado aturdida para protestar.

— Ela está a sangrar! — gritou Langdon enquanto subia para a aeronave atrás dela.

De repente, o helicóptero começou a ganhar altitude, afastando-se do ondulante terraço, deixando para trás um pequeno exército de polícias confusos a olharem para cima.

Fonseca fechou a porta da fuselagem e dirigiu-se para a cabina, sentando-se ao lado do piloto. Díaz sentou-se ao lado de Ambra para lhe examinar o braço.

— É só um arranhão — disse ela, com um olhar vazio.

— Vou buscar o *kit* de primeiros socorros. — Com estas palavras, Díaz dirigiu-se para o fundo da cabina.

Langdon estava sentado à frente de Ambra, virado para trás. Agora que estavam sozinhos, olhou para ela e dirigiu-lhe um sorriso aliviado.

— Fico feliz por saber que está bem.

Ambra respondeu com um débil aceno, mas, antes que lhe pudesse agradecer, já ele se inclinara para a frente e lhe sussurrava com uma voz excitada:

— Acho que descobri quem é o nosso misterioso poeta — exclamou em surdina, com os olhos cheios de esperança. — *William Blake*. Não só há uma cópia das suas obras completas na biblioteca de Edmond, mas muitos dos seus poemas são *profecias*! — Langdon estendeu a mão para ela. — Dê-me o telemóvel de Edmond, quero pedir a Winston que procure todos os versos de quarenta e sete caracteres na obra de Blake!

Ambra olhou para a sua mão expectante e sentiu-se esmagada pela culpa. Inclinou-se para a frente e agarrou na mão de Langdon.

— Robert — disse com um suspiro de remorso —, o telemóvel de Edmond partiu-se. Caiu para dentro do saguão.

Ambra viu o sangue desaparecer subitamente da face de Langdon. *Tenho tanta pena, Robert.* Podia ver o esforço que o professor fazia para processar a informação e descobrir exatamente em que ponto a perda de Winston os deixava.

No *cockpit*, Fonseca gritava para o telemóvel.

— Confirmado! Estão ambos sãos e salvos a bordo. Preparem o avião de transporte para Madrid. Entrarei em contacto com o palácio para avisar...

— Não se incomode! — gritou Ambra para o agente. — Eu não vou para o palácio!

Fonseca cobriu o telemóvel com a mão, virou-se no seu lugar e olhou para ela.

— *Vai* sim, senhora! As minhas ordens hoje consistiam em garantir a sua segurança. Nunca devia ter saído da minha custódia. Considere-se uma pessoa de sorte por termos chegado a tempo de a salvar.

— *Salvar?!* Se tiveram de me salvar, foi porque o palácio contou uma série de mentiras ridículas a dizer que o professor Langdon me tinha raptado. Quando *você* sabe perfeitamente que não foi o caso! Diga-me uma coisa: o príncipe Julián está mesmo tão desesperado que esteja disposto a arriscar a vida de um homem inocente? Para não falar da *minha* própria vida?

Fonseca aguentou o olhar de Ambra algum tempo e depois voltou a virar-se para a frente.

Nesse momento, Díaz regressou com um *kit* de primeiros socorros.

— Senhora Vidal — disse, sentando-se ao seu lado —, é importante que compreenda que a nossa cadeia de comando foi profundamente abalada esta noite com a prisão do comandante Garza. No entanto, gostaria que soubesse que o príncipe Julián não teve *nada* que ver com a declaração aos meios de comunicação efetuada pelo palácio. De facto, nem sequer lhe podemos confirmar que o príncipe saiba o que está a acontecer neste momento. Há mais de uma hora que não temos contacto com ele.

O quê? Ambra ficou a olhar para ele, surpreendida.

— Onde é que ele está?

— Desconhecemos o seu paradeiro atual — disse Díaz. — Mas as indicações que nos deu há poucas horas foram inquestionáveis. O príncipe deseja que garantamos a sua *segurança*.

— Nesse caso — interveio Langdon, regressando abruptamente dos seus pensamentos —, levar a senhora Vidal para o palácio será um erro crasso.

Fonseca virou-se para ele como um raio.

— O que quer dizer?

— Não sei quem lhe está a dar ordens neste momento — prosseguiu Langdon —, mas, se o príncipe *realmente* deseja garantir a segurança da sua noiva, sugiro que ouçam atentamente o que lhes vou dizer. — Depois de uma breve pausa, o seu tom de voz tornou-se mais veemente. — O senhor Kirsch foi assassinado para evitar que a sua descoberta fosse divulgada. E quem o silenciou não vai hesitar em fazer o que for preciso para terminar o seu trabalho.

— Já está terminado — escarneceu Fonseca. — Kirsch está morto.

— Mas a sua descoberta não. A apresentação de Edmond continua disponível e *ainda* pode ser divulgada.

— Então foi por isso que foram ao seu apartamento — aventurou Díaz. — Porque pensavam que ainda a podiam divulgar.

— Exatamente. E *isso* tornou-nos alvos. Não sei quem decidiu fazer a declaração aos meios de comunicação a dizer que a senhora Vidal tinha sido raptada, mas estava obviamente desesperado por nos silenciar. Por isso, se os senhores fazem parte *desse* grupo, o das pessoas que tentam silenciar a descoberta de Edmond para sempre, acho que o melhor é atirarem-nos os dois pela porta fora agora mesmo, enquanto ainda podem.

Ambra olhou fixamente para Langdon, perguntando a si própria se o professor não teria perdido a cabeça.

— *No entanto* — continuou Langdon —, se o vosso dever como agentes da Guardia Real consiste em proteger a família real, incluindo a futura rainha de Espanha, têm de compreender que não existe nenhum sítio mais perigoso para a senhora Vidal neste momento do que um palácio do qual foi emitida uma declaração que praticamente fez com que a matassem. — Langdon meteu a mão no bolso e tirou um cartão cor de marfim elegantemente gravado. — Sugiro que a levem ao endereço que está neste cartão.

Fonseca pegou no cartão e analisou-o, franzindo o sobrolho.

— Isto é ridículo.

— Há uma vedação à volta de toda a propriedade — disse Langdon. — O piloto pode aterrar, deixar-nos desembarcar e afastar-se antes que alguém sequer perceba que estamos ali. Eu conheço a pessoa encarregada das instalações. Podemos esconder-nos ali, fora do radar, até resolvermos este imbróglio. E os senhores podem acompanhar-nos.

— Sentir-me-ia mais seguro num hangar militar no aeroporto.

— Acha realmente boa ideia confiar numa equipa de militares que recebem ordens das mesmas pessoas que quase fizeram com que a senhora Vidal fosse morta?

A expressão impassível de Fonseca nunca vacilou.

Os pensamentos de Ambra sucediam-se rapidamente na sua cabeça e perguntava-se o que estaria escrito no cartão. *Onde é que Langdon quer ir?* A sua súbita veemência parecia indicar que havia outras coisas em jogo do que simplesmente mantê-la em segurança. Detetava um renovado otimismo na sua voz e percebeu que ainda não desistira da possibilidade de que pudessem divulgar a apresentação de Edmond.

Langdon tirou o cartão das mãos de Fonseca e estendeu-o a Ambra.

— Encontrei isto na biblioteca de Edmond.

Ambra analisou o cartão, reconhecendo imediatamente do que se tratava.

Conhecido como um «registo de empréstimo» ou «cartão de título», aqueles cartões elegantemente gravados eram dados pelos curadores dos museus aos doadores em troca de uma obra de arte em empréstimo temporário. Tradicionalmente, eram impressos dois cartões idênticos: um era exposto no museu como agradecimento ao doador, e o outro era entregue ao doador como garantia da peça emprestada.

Edmond emprestou o seu livro de poesia de Blake?

Segundo o cartão, o livro de Edmond não se afastara mais de uns quilómetros do seu apartamento de Barcelona.

AS OBRAS COMPLETAS DE WILLIAM BLAKE

Da coleção privada de
EDMOND KIRSCH

Em empréstimo a
LA BASÍLICA DE LA
SAGRADA FAMÍLIA

Carrer de Mallorca, 401
08013 Barcelona, Espanha

— Não compreendo — disse Ambra. — Porque é que um ateu militante emprestaria um livro a uma *igreja*?

— Não é uma igreja qualquer — replicou Langdon. — É a obra mais enigmática de Gaudí. — Apontou para fora da janela, para trás deles. — E em breve a igreja mais alta da Europa.

Ambra virou a cabeça, olhando para trás, para o centro da cidade. À distância, rodeadas por gruas, andaimes e holofotes, as torres inacabadas da Sagrada Família brilhavam intensamente, um conjunto de espirais perfuradas que pareciam gigantescas esponjas marítimas a erguerem-se das profundezas do oceano para a luz.

A controversa Basílica da Sagrada Família projetada por Antoni Gaudí estava em construção há mais de um século, financiada exclusivamente por doações privadas de fiéis. Criticada pelos tradicionalistas pela sua estranha forma orgânica e pela utilização de *design* biomimético, era louvada pelos modernistas pela sua fluidez estrutural e pela utilização de formas hiperboloides para refletir o mundo natural.

— Tenho de admitir que não é das mais comuns — disse Ambra, virando-se novamente para Langdon —, mas não deixa de ser uma igreja católica. E sabe como Edmond era.

Eu sei como Edmond era, pensou Langdon. *O suficiente para saber que acreditava que a Sagrada Família esconde um simbolismo e um propósito secreto que transcendem o cristianismo.*

Desde a cerimónia de colocação da primeira pedra da estranha igreja em 1882, tinham surgido inúmeras teorias da conspiração sobre as suas portas misteriosamente codificadas, as colunas helicoidais de inspiração cósmica, as fachadas carregadas de símbolos, as gravuras de quadrados mágicos e a construção fantasmagoricamente «esquelética» que claramente se assemelhava a ossos retorcidos e tecido conjuntivo. Conhecia algumas dessas teorias, obviamente, e nunca lhes dera grande crédito. Há alguns anos, porém, ficara surpreendido quando Edmond lhe confessara que se incluíra entre o crescente número de admiradores de Gaudí que acreditavam que a Sagrada Família fora secretamente concebida como algo diferente de uma igreja cristã, talvez mesmo como um santuário místico dedicado à ciência e à natureza.

A ideia parecera-lhe altamente improvável e recordara a Edmond que Gaudí fora um católico devoto, tão prezado pelo Vaticano que este lhe atribuíra o epíteto de «arquiteto de Deus» e aprovara a sua beatificação, por recomendação do arcebispo de Barcelona. O estranho *design* da Sagrada Família, assegurara ao seu amigo, não era mais do que um exemplo da singular abordagem modernista de Gaudí ao simbolismo cristão.

A resposta de Edmond fora um sorriso malicioso, como se possuísse secretamente uma misteriosa peça do quebra-cabeças que não estava disposto a revelar.

Outro segredo de Edmond, pensava agora Langdon. *Como a sua batalha oculta contra o cancro.*

— Mesmo que Edmond tenha emprestado o seu livro à Sagrada Família — continuou Ambra — e mesmo que o encontremos, nunca seremos capazes de localizar o verso exato lendo-o página por página. E duvido muito que Edmond tivesse utilizado um marcador fluorescente num manuscrito de valor incalculável.

— Ambra — redarguiu Langdon com um sorriso tranquilo —, olhe para a parte de trás do cartão.

Ambra voltou a analisar o cartão, virou-o e leu o texto escrito na parte de trás.

E depois, com uma expressão incrédula, voltou a lê-lo.

Quando levantou a cabeça, o seu olhar estava cheio de esperança.

— Como lhe estava a dizer — continuou Langdon com um sorriso —, acho que devíamos ir até lá.

A expressão entusiasmada de Ambra desapareceu tão rapidamente como surgira.

— Continuamos a ter um problema. Mesmo que encontremos a palavra-passe...

— Já sei... Perdemos o telemóvel, o que significa que não temos forma de aceder a Winston e de comunicar com ele.

— Precisamente.

— Acho que talvez possa resolver esse problema.

Ambra olhou para ele ceticamente.

— Como!?

— Só precisamos de localizar o *próprio* Winston. O computador real que Edmond construiu. Se já não dispomos de acesso remoto a Winston, teremos de levar a palavra-passe a Winston pessoalmente.

Ambra fitou-o como se ele estivesse louco. Langdon continuou:

— A Ambra disse-me que Edmond criou Winston numa instalação secreta.

— Sim, mas essa instalação pode estar em *qualquer* ponto do planeta.

— Não. Está aqui em Barcelona. Tem de estar. Barcelona é a cidade em que Edmond vivia e trabalhava. E esta máquina de inteligência sintética era um dos seus mais recentes projetos, de modo que seria lógico que tivesse criado Winston *aqui*.

— Robert, mesmo que tenha razão, está à procura de uma agulha num palheiro. Barcelona é uma cidade *gigantesca*. Seria impossível...

— Eu consigo encontrar Winston. Tenho a certeza disso.

Langdon sorriu e fez um gesto na direção das luzes da cidade por baixo do helicóptero.

— Isto se calhar vai parecer-lhe uma loucura, mas esta vista aérea de Barcelona acaba de me ajudar a compreender uma coisa...

A sua voz perdeu-se enquanto olhava para a cidade.

— Importa-se de se explicar? — perguntou Ambra, expectante.

— Devia ter percebido antes. Há uma coisa em Winston que me esteve a incomodar a noite inteira. Um intrigante quebra-cabeças que acho que finalmente resolvi.

Depois de olhar de relance para os dois agentes da Guardia Real, Langdon inclinou-se para Ambra e baixou a voz.

— Tenho de lhe pedir que confie em mim. Acho que posso encontrar Winston. O problema é que encontrá-lo não nos servirá de nada se não tivermos a palavra-passe de Edmond. Neste momento, temos de nos concentrar em descobrir esse verso. E a Sagrada Família é a nossa melhor oportunidade.

Ambra estudou Langdon durante um longo momento. E depois, com um aceno decidido, inclinou-se para a cabina e ordenou:

— Agente Fonseca! Diga ao piloto que vire o aparelho e nos leve imediatamente para a Sagrada Família!

Fonseca virou-se bruscamente no seu lugar, olhando fixamente para ela.

— Senhora Vidal, como já lhe disse, tenho ordens para...

— Agente Fonseca — interrompeu a futura rainha de Espanha, inclinando-se mais e olhando diretamente para os seus olhos. — Leve--nos imediatamente para a Sagrada Família ou a primeira coisa que farei quando chegar ao palácio será arranjar forma de que o despeçam.

CAPÍTULO 62

 ConspiracyNet.com

ÚLTIMAS NOTÍCIAS

LIGAÇÃO DO ASSASSINO A SEITA!

Graças a mais informações recebidas de monte@iglesia.org, acabamos de saber que o assassino de Edmond Kirsch pertence a uma seita cristã ultra-conservadora e secreta conhecida como *Igreja Palmariana*.

Há mais de um ano que Luis Ávila se dedica ao recrutamento *online* para os palmarianos. A sua afiliação à controversa organização religiosa e militar também explica a sua tatuagem do símbolo «Victor» na palma da mão.

Este símbolo franquista é habitualmente utilizado pela Igreja Palmariana, que, de acordo com o jornal espanhol *El País*, tem o seu próprio papa e canonizou diversos líderes sanguinários, incluindo Francisco Franco e Adolf Hitler.

Não acredita em nós? Comprove.

Tudo começou com uma visão mística.

Em 1975, um corretor de seguros chamado Clemente Domínguez y Gómez declarou ter tido uma visão em que era coroado papa pelo próprio Jesus Cristo. Clemente adotou o nome papal de Gregório XVII, afastando-se do Vaticano e nomeando os seus próprios cardeais. Apesar de ser rejeitado por

Roma, este novo antipapa conseguiu milhares de seguidores e uma considerável fortuna, o que lhe permitiu construir uma igreja fortificada, expandir internacionalmente o seu ministério e consagrar centenas de bispos palmarianos pelo mundo inteiro.

A cismática Igreja Palmariana continua a funcionar a partir do seu quartel--general: um complexo murado denominado Monte do Cristo-Rei em El Palmar de Troya, Espanha. Apesar de não serem reconhecidos pelo Vaticano, os palmarianos continuam a atrair um considerável número de seguidores entre os católicos ultraconservadores.

Em breve publicaremos mais notícias sobre esta seita, bem como uma atualização sobre o bispo Antonio Valdespino, que também parece estar implicado na conspiração desta noite.

CAPÍTULO 63

Okay, estou impressionado, pensou Langdon.

Com breves palavras decididas, Ambra acabara de obrigar a tripulação do helicóptero *EC145* a efetuar uma ampla meia-volta e a dirigir--se para a Basílica da Sagrada Família.

Enquanto o aparelho nivelava e regressava à cidade, Ambra virou-se para o agente Díaz e exigiu utilizar o seu telemóvel, que lhe foi relutantemente entregue. Decidida, iniciou o navegador da Internet e começou a procurar as últimas notícias.

— Raios — sussurrou, abanando a cabeça, frustrada. — Tentei dizer aos jornalistas que não me tinha raptado. Ninguém me ouviu.

— Talvez necessitem de mais tempo para publicar a notícia? — sugeriu Langdon. *Afinal de contas, isso aconteceu há menos de dez minutos.*

— Tiveram tempo de sobra. Estou a ver imagens do nosso helicóptero a afastar-se da Casa Milà.

Já? Langdon por vezes sentia que o mundo começara a girar demasiado rapidamente. Ainda se lembrava do tempo em que as «últimas notícias» eram impressas em papel e entregues à sua porta no dia seguinte de manhã.

— Já agora — acrescentou Ambra num tom divertido —, parece que o professor e eu somos uma das notícias mais seguidas a nível mundial.

— Sabia que nunca a devia ter raptado — replicou ele sarcasticamente.

— Não diga isso nem a brincar. Pelo menos, não somos a principal notícia. Olhe para isto.

Ambra passou-lhe o telemóvel. Langdon olhou para o ecrã e viu a página de início do Yahoo! com as suas dez principais notícias. Leu o título da primeira da lista:

1. «De onde vimos?» / Edmond Kirsch

Era óbvio que a apresentação de Edmond inspirara pessoas do mundo inteiro a procurar e discutir o tema. *Edmond estaria tão satisfeito*, pensou Langdon. Mas, quando seguiu a hiperligação e viu os dez primeiros cabeçalhos, compreendeu imediatamente que estava enganado. As dez principais teorias sobre «de onde vimos» eram, na sua totalidade, histórias sobre o criacionismo e os extraterrestres.

Edmond estaria horrorizado.

Uma das diatribes mais tristemente famosas do seu ex-aluno ocorrera num fórum público intitulado *Ciência e Espiritualidade*, em que Edmond ficara tão encolerizado pelas perguntas do público que finalmente acabara por levantar os braços exasperado e saíra do palco furioso, gritando: «Como é possível que um grupo de seres humanos inteligentes não possa discutir as suas origens sem começar a invocar o nome de Deus e a merda dos extraterrestres!»

Langdon continuou a procurar no ecrã do telemóvel até encontrar uma hiperligação à CNN Live com um título aparentemente inócuo: «O que descobriu Kirsch?»

Seguiu a hiperligação e levantou o telemóvel para que Ambra também pudesse ver. Quando começou a reprodução do vídeo, aumentou o volume, e inclinaram-se ambos para a frente de modo que pudessem ouvir por cima do rugido dos rotores do helicóptero.

Apareceu uma jornalista da CNN. Langdon vira-a apresentar diversos noticiários ao longo dos anos.

— Contamos com a presença do doutor Griffin Bennett, um astrobiólogo da NASA que tem algumas ideias relativas à misteriosa descoberta de Edmond Kirsch. Bem-vindo, doutor Bennett.

O convidado, um homem de barba e óculos de armação metálica, retribuiu-lhe o cumprimento com um gesto circunspecto.

— Muito obrigado. Primeiro que tudo, gostaria de dizer que conheci Edmond pessoalmente. Tenho um enorme respeito pela sua inteligência, criatividade e compromisso com o progresso e a inovação. O seu assassínio representou um duro golpe para a comunidade científica, e espero que este ato cobarde possa servir para fortificar a comunidade intelectual a fim de se unir contra os perigos do fanatismo, do pensamento supersticioso e contra todos os que recorrem à violência e não aos factos para promover as suas crenças. Espero sinceramente que os rumores de que há quem esteja a trabalhar neste preciso momento para descobrir uma forma de divulgar a descoberta de Edmond sejam verdadeiros.

Langdon olhou de relance para Ambra.

— Acho que está a falar de nós.

Ambra concordou com a cabeça.

— Há muita gente que concorda consigo, doutor Bennett — disse a apresentadora. — E tem alguma ideia sobre o que poderia ser o conteúdo da descoberta de Edmond Kirsch?

— Como cientista espacial, sinto que tenho de prefaciar as minhas palavras com uma declaração de princípio... uma que acredito que Edmond apreciaria. — O homem virou-se e olhou diretamente para a câmara. — Quando falamos de vida extraterrestre, existe uma quantidade impressionante de ciência de segunda, teorias conspiratórias e relatos que só podem ser classificados como fantasias. Para que fique bem claro, deixe-me dizer o seguinte: os círculos nas colheitas são uma burla. Os vídeos de autópsias de extraterrestres são fraudulentos. Nunca houve nenhuma vaca mutilada por alienígenas. O disco voador de Roswell era um balão governamental utilizado para detetar testes de armas nucleares soviéticas no âmbito do Projeto Mogul. As pirâmides do Egito foram construídas sem tecnologia alienígena. E, mais importante, todas as histórias de raptos por extraterrestres alguma vez apresentadas foram mentiras descaradas.

— Como pode ter a certeza do que está a dizer, doutor Bennett?

— Simples lógica — retorquiu o cientista, parecendo aborrecido ao voltar a virar-se para a apresentadora. — Qualquer forma de vida suficientemente avançada para viajar anos-luz através do espaço interestelar não teria nada a aprender com a sondagem dos intestinos dos agricultores do Kansas. Nem teria qualquer necessidade de se transformar num réptil ou de se infiltrar em governos para dominar o planeta. Qualquer forma de vida que disponha da tecnologia necessária para viajar até à Terra não necessita de qualquer subterfúgio ou subtileza para nos dominar instantaneamente.

— Uma afirmação alarmante! — comentou a apresentadora com um riso forçado. — E como é que isso está relacionado com o que pensa sobre a descoberta do senhor Kirsch?

O homem suspirou pesadamente.

— Tenho a forte suspeita de que Edmond Kirsch ia anunciar que tinha descoberto *provas* irrefutáveis de que a vida na Terra teve origem no *espaço*.

Langdon sentiu-se imediatamente cético, sabendo o que Edmond pensava sobre o tópico de vida extraterrestre na Terra.

— Fascinante. E o que o leva a ter essa suspeita?

— A procedência espacial da vida é a única resposta racional. Já possuímos provas incontestáveis da possibilidade de intercâmbio de matéria entre planetas. Possuímos fragmentos de Marte e de Vénus, juntamente com centenas de amostras de fontes não identificadas, que apoiariam a ideia de que a vida chegou à Terra através de rochas espaciais, na forma de micro-organismos, e por fim evoluiu até chegar à atual biodiversidade.

A apresentadora acenou atentamente.

— Mas essa teoria dos micro-organismos provenientes do espaço não tem já várias décadas, sem nunca ter sido provada? E como pensa que um génio tecnológico como Edmond Kirsch poderia provar uma teoria desse género, que parece pertencer mais ao campo da astrobiologia do que ao da ciência computacional?

— Ora bem, esta teoria está apoiada numa lógica sólida. Há décadas que diversos astrónomos de grande renome nos têm avisado de que a única esperança de a humanidade poder sobreviver a longo prazo consistirá em abandonar este planeta. A Terra já se encontra a meio do seu ciclo vital e o Sol acabará por se expandir para uma gigante vermelha e consumir-nos. Isto é, se conseguirmos sobreviver a uma série de ameaças mais iminentes, como o impacto de um asteroide de grandes dimensões ou uma enorme onda de raios gama. Por estes motivos, já estamos a conceber postos avançados em Marte para podermos passar para o espaço profundo à procura de um novo planeta que nos acolha. Parece desnecessário dizer que isto é um empreendimento gigantesco e que, se pudéssemos encontrar uma forma mais simples de garantir a nossa sobrevivência, a implementaríamos imediatamente.

Fez uma pausa dramática.

— E talvez haja uma forma mais simples. E se pudéssemos de alguma maneira armazenar o genoma humano em pequenas cápsulas e enviá-las aos milhões para o espaço, na esperança de que alguma pudesse encontrar um sítio onde se desenvolver, permitindo que a vida humana germinasse noutro planeta distante? Esta tecnologia ainda não existe, mas estamos a discuti-la como uma opção viável para a sobrevivência humana. E se estamos a considerar «germinar vida», a consequência lógica é que uma forma de vida mais avançada do que nós também pode ter pensado nisso.

Neste momento, Langdon já suspeitava para onde ia o doutor Bennett com aquela teoria.

— Tendo isto em consideração, acho que Edmond pode ter descoberto algum tipo de assinatura alienígena, física, química, digital, não sei, que *prova* que a vida na Terra procede do espaço. Tenho de mencionar que eu e ele tivemos um acalorado debate sobre este tema há vários anos. Edmond nunca gostou da teoria dos micro-organismos espaciais, porque acreditava, como muita gente, que o material genético nunca sobreviveria à radiação e às temperaturas que encontraria na sua longa viagem para a Terra. Pessoalmente, acho que seria perfeitamente factível selar estas «sementes de vida» em cápsulas protetoras, à prova de radiação, e lançá-las para o espaço com a intenção de povoar o cosmos numa espécie de panspermia assistida pela tecnologia.

— Muito bem — disse a apresentadora, parecendo inquieta —, mas, se alguém tivesse descoberto uma prova de que os seres humanos provêm de uma cápsula enviada do espaço, isso significaria que não estamos sozinhos no universo. Mas também, ainda mais incrivelmente...

— Sim? — O doutor Bennett sorriu pela primeira vez.

— Que quem quer que tivesse *enviado* essas cápsulas teria de ser... como nós... *humano*!

— Sim, essa também foi a minha *primeira* conclusão. — O cientista fez uma pausa dramática. — Mas Edmond corrigiu-me, apontando a falácia desse pensamento.

Esta afirmação apanhou a apresentadora desprevenida.

— Está a dizer que o senhor Kirsch acreditava que quem quer que tivesse enviado essas sementes *não* era humano? Como poderia ser outra coisa, se essas sementes seriam, por assim dizer, receitas para a propagação humana?

— Os seres humanos estão meio cozinhados — replicou o cientista —, para utilizar as palavras exatas de Edmond.

— Desculpe?

— Edmond disse que, se esta teoria das cápsulas de sementes fosse verdadeira, então a receita que foi enviada para a Terra está provavelmente meio cozinhada neste momento. Ainda não está terminada. O que significa que os seres humanos não são o «produto final», mas antes uma espécie transicional a evoluir para outra coisa... uma coisa alienígena.

A apresentadora da CNN parecia abismada.

— Qualquer forma de vida avançada capaz de um ato destes, segundo Edmond, não enviaria uma receita para produzir *seres humanos*, da mesma forma que não enviaria uma receita para produzir *chimpanzés*. — O cientista riu-se. — De facto, Edmond acusou-me de ser um cristão encapotado, dizendo-me que só uma mente religiosa seria capaz de acreditar que o ser humano é o centro do universo. Ou que os alienígenas enviariam para o espaço ADN completamente formado de Adão e Eva.

— Bem, doutor Bennett — disse a apresentadora, obviamente incomodada pelo rumo que a entrevista tomara —, foi certamente interessante discutir este tema consigo. Muito obrigada pela sua presença.

O segmento terminou e Ambra virou-se imediatamente para Langdon.

— Robert, se Edmond descobriu uma prova de que o ser humano é uma espécie alienígena num estádio intermédio de evolução, isso levantaria uma questão ainda maior: exatamente para o que é que estamos a evoluir?

— Efetivamente. E acho que Edmond fez essa pergunta de uma forma ligeiramente diferente: *Para onde vamos?*

Ambra pareceu surpreendida pela forma como aquilo encaixava com o discurso de Edmond.

— A segunda pergunta da apresentação desta noite.

— Precisamente. De onde vimos? Para onde vamos? E parece que este cientista da NASA pensa que Edmond olhou para os céus e encontrou as respostas para ambas as perguntas.

— O que é que o Robert pensa? Acha que foi isso que Edmond descobriu?

Langdon sentiu o seu sobrolho franzir-se de dúvida enquanto sopesava as possibilidades. A teoria do astrobiólogo, por mais excitante que fosse, parecia demasiado geral e rebuscada para o pensamento preciso de Edmond. *Edmond gostava das coisas simples, completas e técnicas. Era um cientista computacional.* Mais importante ainda, Langdon era incapaz de imaginar como poderia Edmond ter demonstrado uma teoria desse género. *Descobrir uma antiga cápsula de sementes? Detetar uma transmissão alienígena?* Ambas as descobertas teriam sido êxitos instantâneos, e a descoberta de Edmond tinha levado o seu tempo.

Edmond disse que tinha passado meses a trabalhar nisto.

— Obviamente, não sei. Mas o meu instinto diz-me que a descoberta de Edmond não tem nada que ver com vida extraterrestre. Acho que ele descobriu qualquer coisa totalmente diferente.

Ambra pareceu surpreendida e a seguir intrigada.

— Imagino que só haja uma forma de saber... — E fez um gesto para fora da janela.

À sua frente brilhavam as torres iluminadas da Sagrada Família.

CAPÍTULO 64

Enquanto se deslocavam pela M-505, o bispo Valdespino olhou novamente de relance para Julián, que ainda fitava a paisagem sem a ver pela janela do *Opel*.

Em que estará a pensar?, perguntou a si próprio Valdespino.

O príncipe tinha estado em silêncio durante praticamente os últimos trinta minutos, sem se mexer exceto pelo ocasional movimento reflexo de procurar o telemóvel na algibeira, recordando-se então que o deixara fechado no cofre de parede.

Tenho de o manter na ignorância mais um bocado.

Ao volante, o acólito da catedral continuava a conduzir na direção da Casita del Príncipe, embora Valdespino tivesse de o informar em breve de que o seu destino não seria esse.

De repente, Julián afastou o olhar da janela e tocou no ombro do acólito.

— Ligue o rádio, se faz favor — disse ele. — Gostaria de ouvir as notícias.

Antes que o jovem pudesse aceder ao pedido, Valdespino inclinou-se para a frente e pousou uma mão firme no seu ombro.

— Deixemo-nos ficar em silêncio. É melhor.

Julián virou-se para o bispo, obviamente irritado por ter sido contrariado.

— Desculpe-me — disse imediatamente Valdespino, notando uma crescente desconfiança no olhar do príncipe. — Já é tarde para tanto falatório. Prefiro uma reflexão silenciosa.

— Eu também tenho estado a refletir — replicou o príncipe com uma voz cortante. — E gostaria de saber o que está a acontecer no meu país. Acabamos de nos isolar completamente e começo a duvidar de que tenha sido uma boa ideia.

— Eu garanto-lhe que é uma boa ideia. E aprecio muito a confiança que depositou em mim. — Com estas palavras, Valdespino retirou a mão do ombro do acólito e fez um gesto para o rádio. — Por favor, ponha as notícias. Talvez a Radio María España? — Esperava que a estação católica de alcance mundial revelasse mais tato e contenção do que a maior parte dos meios de comunicação no tratamento dos inquietantes acontecimentos dessa noite.

Quando a voz do locutor saiu das colunas baratas do carro, estava a discutir a apresentação e o assassínio de Edmond Kirsch. *Não há estação no mundo inteiro que não esteja a falar disto hoje.* Valdespino só esperava que o seu nome não aparecesse associado à transmissão.

Felizmente, o tema do momento parecia ser o perigo da mensagem antirreligiosa pregada por Kirsch, especialmente a ameaça que representava a sua influência sobre a juventude espanhola. Como exemplo, a estação começara a transmitir uma conferência que Kirsch dera recentemente na Universidade de Barcelona.

— Muitos de nós temos medo de nos denominar ateus — dizia tranquilamente aos estudantes reunidos para o ouvir. — E no entanto o ateísmo não é uma filosofia, nem é uma visão do mundo. O ateísmo é uma simples admissão do óbvio.

Diversos alunos bateram palmas de aprovação.

— O termo «ateu» nem sequer devia existir. Nunca ninguém tem de se identificar a si próprio como «não astrólogo» ou «não alquimista». Não temos palavras para definir as pessoas que duvidam de que Elvis continue vivo, ou para as pessoas que duvidam de que os alienígenas atravessem o espaço para molestar o gado bovino. O ateísmo não é mais do que os sons que as pessoas razoáveis fazem na presença de crenças religiosas injustificadas.

Um número crescente de estudantes batia palmas de aprovação.

— Já agora, essa definição não é minha. Estas palavras pertencem ao neurocientista Sam Harris. E, se ainda não o fizeram, recomendo que leiam o seu livro, *Carta a uma Nação Cristã.*

Valdespino franziu o sobrolho, recordando a comoção causada em Espanha pelo livro de Harris, apesar de ter sido escrito especificamente para os americanos.

— Agradecia que todos os que acreditam em qualquer dos antigos deuses levantem as mãos: Apolo? Zeus? Vulcano? — Fez uma breve pausa e começou a rir. — Ninguém? *Okay,* então parece que todos somos ateus no que se refere a esses deuses. A única coisa que eu fiz foi avançar um deus.

A audiência bateu palmas com ainda mais veemência.

— Meus amigos, não estou a dizer que tenho a certeza de que Deus não existe. Tudo o que estou a dizer é que, se existe uma força divina por trás do universo, tem de se estar a rir histericamente com as religiões que criámos para a definir.

Toda a gente se riu.

Valdespino estava contente por o príncipe ter pedido que ligassem o rádio. *Julián tem de ouvir estas coisas.* O encanto diabolicamente sedutor de Kirsch era uma prova de que os inimigos de Cristo já não estavam ociosamente sentados, mas a procurar ativamente afastar as almas de Deus.

— Eu sou um cidadão americano — continuou Kirsch — e sinto-me profundamente afortunado por ter nascido num dos países mais tecnologicamente avançados e intelectualmente progressivos do planeta. Por isso, parece-me profundamente perturbador que uma sondagem recente tenha revelado que *metade* dos meus conterrâneos acredita literalmente que Adão e Eva existiram, que um Deus omnipotente criou dois seres humanos completamente formados, que sozinhos povoaram o planeta inteiro, gerando todas as diversas raças, sem nenhum dos problemas inerentes à endogamia.

Ouviram-se mais risos.

— No Kentucky, o pastor Peter LaRuffa declarou publicamente: «Se algures na Bíblia encontrasse uma passagem que dissesse que dois mais dois são cinco, acreditaria e aceitaria essa afirmação como verdadeira.»

Ainda mais risos.

— Concordo convosco, é fácil rir. Mas deixem-me dizer-lhes uma coisa: estas crenças são bastante mais aterradoras que engraçadas. Muitas das pessoas que as professam são profissionais brilhantes e instruídos, médicos, advogados, professores e, nalguns casos, pessoas que aspiram aos mais altos cargos do país. Numa ocasião ouvi o membro do congresso Paul Broun dizer: «A evolução e o Big Bang são mentiras saídas das profundezas do inferno. Acredito que a Terra tem cerca de nove mil anos de idade e que foi criada em seis dias iguais aos nossos.» E o mais inquietante é que o congressista Broun é membro do *Comité de Ciência, Espaço e Tecnologia* do Congresso e, quando alguém o questionou com a existência de um registo fóssil que abarca milhões de anos, a sua resposta foi: «Os fósseis foram colocados na Terra por Deus para testar a nossa fé.»

A sua voz tornou-se subitamente mais séria e sombria.

— Permitir a ignorância é fortalecê-la. Não fazer nada enquanto os nossos líderes proclamam absurdos é um crime de complacência. Tal como o facto de permitirmos que as escolas e as igrejas ensinem mentiras descaradas às crianças. Chegou o momento de agir. Teremos de expurgar o pensamento supersticioso da nossa espécie para podermos descobrir tudo o que as nossas mentes têm para nos oferecer. — Fez uma pausa e a audiência ficou em silêncio. — Adoro a humanidade. Acredito que as nossas mentes e a nossa espécie possuem um potencial ilimitado. Acredito que estamos prestes a entrar numa nova era de iluminação, num mundo em que a religião finalmente nos abandone... e a ciência reine.

A audiência irrompeu numa salva de palmas.

— Por amor de Deus — disparou Valdespino, abanando a cabeça enojado. — Desligue isso.

O acólito obedeceu, e os três homens prosseguiram em silêncio.

A quarenta e cinco quilómetros de distância, Mónica Martín estava em frente de um ofegante Suresh Bhalla, que acabara de entrar a correr no seu escritório para lhe entregar um telemóvel.

— É uma longa história, mas tem de ler esta mensagem de texto que o bispo Valdespino recebeu.

— Espere lá! — Martín praticamente atirou o telemóvel para o chão. — Este telemóvel é do bispo? Como é que o Suresh...?

— Não pergunte. Leia.

Alarmada, Martín dirigiu o olhar para o telemóvel e começou a ler a mensagem no ecrã. Em poucos segundos, sentiu-se empalidecer.

— Meu Deus, o bispo Valdespino é...

— Perigoso.

— Mas... isto é impossível! Quem é que enviou esta mensagem ao bispo!?

— Veio de um número oculto — respondeu Suresh. — Estou a trabalhar para o identificar.

— E porque é que o bispo não *apagou* esta mensagem?

— Não faço ideia. Descuido? Arrogância? Vou tentar recuperar outras mensagens eliminadas e ver se consigo identificar com quem é que Valdespino está a comunicar, mas queria informá-la disto imediatamente. Tem de fazer uma declaração sobre isto.

— Nem pensar! — disse Martín, ainda aturdida. — O Palácio Real não vai divulgar esta informação!

— Talvez não, mas outras pessoas vão divulgá-la dentro de muito pouco tempo. — Suresh explicou rapidamente que o motivo por que estivera a bisbilhotar no telemóvel de Valdespino fora uma mensagem de correio eletrónico diretamente proveniente de monte@iglesia.org, o informador do ConspiracyNet. E se essa pessoa fizesse o que costumava fazer, as mensagens de texto do bispo não permaneceriam privadas durante muito tempo.

Martín fechou os olhos, tentando imaginar a reação do mundo à prova incontestável de que um bispo católico com relações muito próximas com o rei de Espanha estava diretamente implicado no conluio e crime dessa noite.

— Suresh — sussurrou Martín, abrindo lentamente os olhos. — Preciso que descubra quem é este «Monte». Pode fazer-me isso?

— Posso tentar. — Suresh não parecia ter muitas esperanças.

— Muito obrigada. — Martín devolveu-lhe o telemóvel do bispo e apressou-se a sair. — E envie-me uma captura de ecrã dessa mensagem.

— Para onde vai? — perguntou Suresh.

Martín não respondeu.

CAPÍTULO 65

A Basílica da Sagrada Família ocupa um quarteirão inteiro do centro de Barcelona. Apesar da sua impressionante planta, o templo parece pairar praticamente sem peso por cima da terra, um delicado conjunto de pináculos etéreos que ascendem sem esforço para o céu espanhol.

Intrincadas e porosas, estas estruturas possuem alturas variáveis, dando ao santuário o ar de um caprichoso castelo de areia construído por alegres e habilidosos gigantes. Quando for terminada, o mais alto dos dezoito pináculos ascenderá a uns estonteantes e inauditos cento e oitenta metros, superando o monumento de Washington e tornando a Sagrada Família a igreja mais alta do mundo, superando a própria Basílica de São Pedro do Vaticano em mais de trinta metros.

O corpo do templo está protegido por três enormes fachadas. A leste, a colorida fachada da Natividade ergue-se como um jardim suspenso, em que florescem plantas policromáticas, animais, frutos e pessoas. Em nítido contraste, a oeste, a fachada da Paixão é um austero esqueleto de pedra dura, esculpida para lembrar tendões e ossos. A sul, a fachada da Glória ergue-se sinuosa para os céus numa caótica horda de demónios, ídolos, pecados e vícios, dando lugar por fim a símbolos mais elevados de ascensão, virtude e paraíso.

Terminando o perímetro, encontram-se inúmeras outras fachadas de menor tamanho, baluartes e torres, na sua maioria revestidas de um material semelhante à lama, criando o efeito de que a parte inferior do edifício está a derreter ou a ser expelida da terra. De acordo com um proeminente crítico, a metade inferior da Sagrada Família parece «um tronco podre do qual rebentou uma família de intrincados cogumelos».

Além de adornar a sua igreja com a tradicional iconografia religiosa, Gaudí incluiu inúmeros elementos surpreendentes que refletiam a sua reverência pela natureza: tartarugas a suportar colunas, árvores a crescer das fachadas e mesmo gigantescos caracóis e rãs de pedra que trepam pela parte exterior do edifício.

Apesar do seu estrambótico exterior, a verdadeira grandeza da Sagrada Família só pode ser percebida depois de se ter atravessado as suas portas. No interior da nave principal, os visitantes ficam invariavelmente boquiabertos à medida que os seus olhos trepam pelas colunas inclinadas e retorcidas semelhantes a troncos de árvore, que sobem mais de sessenta metros para uma série de abóbadas flutuantes, em que colagens psicadélicas de formas geométricas pairam como uma canópia cristalina por cima dos ramos das árvores. A criação de uma «floresta de colunas», segundo Gaudí, servia para encorajar a mente a regressar aos pensamentos dos primeiros viajantes espirituais, aos quais a floresta servira de catedral.

Não é portanto surpreendente que a obra-prima modernista de Gaudí seja apaixonadamente adorada e cinicamente escarnecida. Louvada por alguns como «sensual, espiritual e orgânica», é desprezada por outros como «ordinária, pretensiosa e profana». O escritor James Michener descreveu-a como «um dos edifícios sérios com o aspeto mais estranho no mundo», e a *Architectural Review* denominou-a «o monstro sagrado de Gaudí».

Se a sua estética é estranha, as suas finanças são ainda mais peculiares. Integralmente custeada por doações privadas, a Sagrada Família não recebe qualquer apoio financeiro do Vaticano ou dos líderes mundiais do catolicismo. Apesar de ter atravessado períodos praticamente de falência e de paragens dos trabalhos, o edifício exibe uma vontade de sobreviver praticamente darwiniana, tendo suportado tenazmente a morte do seu arquiteto, uma violenta guerra civil, os ataques dos anarquistas catalães e até a perfuração de um túnel ferroviário ao seu lado, que ameaçou desestabilizar o próprio solo em que se apoia.

E no entanto, apesar das incríveis adversidades, continua de pé e continua a crescer.

Ao longo da última década, a prosperidade do templo aumentou consideravelmente, vendo as suas arcas recheadas com as receitas da venda de bilhetes a mais de quatro milhões de visitantes por ano, que pagam generosamente para visitar a estrutura incompleta. Atualmente, depois de ter anunciado o objetivo de conclusão das obras para 2026,

coincidindo com o centenário do falecimento do arquiteto, a Sagrada
Família parece estar imbuída de um novo vigor, enquanto as suas torres trepam para o céu com renovada urgência e esperança.

Joaquim Beña, o padre mais velho e o principal clérigo da basílica,
era um homem jovial de oitenta anos, com óculos redondos numa cara
redonda, constantemente sorridente, no alto de um corpo franzino coberto por uma batina. O sonho da sua vida é viver o suficiente para ver
a finalização do seu glorioso santuário.

Nessa noite, porém, no interior do seu gabinete clerical, o padre
Beña não sorria. Tinha ficado até mais tarde no templo, ocupado com
assuntos da igreja, mas acabara com o olhar colado ao ecrã do computador, totalmente absorto pelo perturbador drama que decorria em
Bilbau.

Edmond Kirsch foi assassinado.

Ao longo dos últimos três meses, o padre Beña forjara uma delicada e improvável amizade com Kirsch. O conhecido ateu surpreendera-o dirigindo-se a ele pessoalmente com uma oferta de fazer uma
enorme doação ao templo. A quantia era inaudita e teria um enorme
impacto positivo.

A oferta não tem sentido, pensara, suspeitando de que ali haveria gato. *Será uma manobra publicitária? Talvez deseje influenciar a construção?*

Em troca da sua doação, o famoso futurologista fizera um único
pedido.

O padre Beña ouvira, hesitante. *A única coisa que ele quer é isto?*

— É uma questão pessoal para mim — dissera Kirsch. — Espero
que esteja disposto a honrar o meu pedido.

Apesar de o padre Beña não ser uma pessoa desconfiada, nesse
momento tivera a sensação de que estava a dançar com o diabo. Dera
consigo a perscrutar os olhos de Kirsch à procura de um motivo secreto. E acabara por perceber que, por trás do seu encanto despreocupado, ardia um desespero extenuado. De facto, aqueles olhos encovados
e aquele corpo escanzelado recordavam-lhe os seus dias de seminarista,
em que prestara assistência espiritual a doentes terminais.

Edmond Kirsch está doente.

Beña perguntara a si próprio se ele estaria a morrer e se aquela
doação não seria uma derradeira tentativa de reparar a sua situação
com o Deus de que sempre escarnecera.

Os mais arrogantes em vida tornam-se os mais receosos na morte.

Beña pensou no primeiro evangelista cristão, São João, que dedicara a sua vida a encorajar os descrentes a experimentar a glória de Jesus Cristo. Parecia que, se um não crente como Kirsch desejava participar na construção de um santuário a Jesus Cristo, recusar-lhe essa relação seria pouco cristão e mesmo cruel.

Adicionalmente, havia a questão da sua obrigação profissional de angariar fundos para a igreja e não podia imaginar como informaria os seus colegas de que a enorme doação de Kirsch fora rejeitada pelo seu historial de ateísmo militante.

Acabara por aceitar os seus termos, celebrando o acordo com um caloroso aperto de mãos.

Isso acontecera há três meses.

Hoje, o padre Beña vira a sua apresentação no Guggenheim, sentindo-se primeiro perturbado pelo seu tom antirreligioso, depois intrigado pelas referências a uma misteriosa descoberta e, finalmente, horrorizado com o seu assassínio. Após o fatal desenlace, fora incapaz de se afastar do computador, hipnotizado pelo que estava rapidamente a tornar-se um vertiginoso caleidoscópio de teorias da conspiração.

Sentindo-se esmagado, encontrava-se agora sentado calmamente no cavernoso templo, sozinho na floresta de colunas de Gaudí. No entanto, o bosque místico parecia incapaz de tranquilizar a sua acelerada mente.

O que teria Kirsch descoberto? Quem o quereria morto?

O padre Beña fechou os olhos e tentou ordenar os pensamentos, mas as perguntas continuavam a bailar à sua frente.

De onde vimos? Para onde vamos?

— Vimos de Deus! — declarou em voz alta. — E vamos para Deus!

Enquanto as proferia, sentia que estas palavras ressoavam no seu peito com semelhante força que todo o santuário parecia vibrar. De repente, um feixe brilhante de luz atravessou o vitral por cima da fachada da Paixão e espalhou-se pelo interior da basílica.

Atónito, o padre Beña levantou-se e cambaleou na sua direção, ao mesmo tempo que a nave se enchia de um intenso ruído e o raio de luz descia pelo vidro colorido. Quando atravessou as portas principais para o exterior, deu consigo açoitado por uma ensurdecedora tempestade.

Por cima de si, à esquerda, um gigantesco helicóptero descia dos céus, com um holofote apontado para a fachada do templo.

Observou incrédulo o aparelho a aterrar no interior do perímetro da vedação, no canto noroeste do complexo, e desligar os motores.

Quando o vento e o som amainaram, o padre Beña deixou-se ficar na porta principal do templo e viu quatro figuras descerem do aparelho e apressarem o passo na sua direção. Reconheceu imediatamente os dois da frente do evento dessa noite: uma era a futura rainha de Espanha e o outro era o professor Robert Langdon. Vinham seguidos por dois homens corpulentos com monogramas idênticos nos casacos.

Parecia que, afinal, Langdon não raptara Ambra Vidal. Ao vê-los aproximar-se, era evidente que a senhora Vidal estava ao seu lado de sua livre e espontânea vontade.

— Padre! — disse a mulher com um gesto amigável. — Desculpe a nossa ruidosa intrusão neste espaço sagrado. Temos de falar imediatamente consigo. É muito importante.

O padre Beña abriu a boca para responder, mas só foi capaz de acenar afirmativamente, enquanto o estranho grupo chegava junto de si.

— As nossas desculpas, padre — disse Robert Langdon com um sorriso desarmante. — Imagino que tudo isto lhe pareça muito estranho. Sabe quem somos?

— Claro que sim. Mas pensava que...

— Informação incorreta — adiantou Ambra. — Está tudo bem. Tem a minha palavra.

Nesse preciso momento, dois agentes encarregados da segurança da parte exterior do recinto atravessaram a correr os torniquetes de entrada dos visitantes, compreensivelmente alarmados pela chegada do helicóptero. Quando avistaram o padre Beña, correram para ele.

De imediato, os dois homens com os casacos com monogramas viraram-se para os enfrentar, estendendo as palmas das mãos no símbolo universal de «Parem».

Os guardas estacaram, surpreendidos, virando o olhar para o padre Beña à procura de orientação.

— *Tot està bé!* — gritou Beña em catalão. — *Tornin al seu lloc.* — *Está tudo bem! Regressem aos vossos postos.*

Os guardas observaram a estranha reunião, parecendo hesitantes.

— *Són els meus convidats* — declarou o padre Beña, agora com mais firmeza. *São meus convidados.* — *Confio en la seva discreció.* — *Confio na vossa discrição.*

Os estupefactos guardas recuaram pelos torniquetes da entrada para retomarem a sua patrulha do perímetro.

— Muito obrigada — disse Ambra. — Agradeço-lhe imenso a sua boa vontade.

— Eu sou o padre Joaquim Beña. Digam-me, por favor, como os posso ajudar.

Langdon avançou e apertou-lhe a mão.

— Padre Beña, estamos à procura de um livro raro que pertencia ao cientista Edmond Kirsch. — Langdon apresentou-lhe um elegante cartão. — Este cartão diz que o livro foi emprestado a esta igreja.

Apesar de estar ligeiramente confuso com a dramática chegada do grupo, o padre Beña reconheceu o cartão cor de marfim imediatamente. Uma cópia exata acompanhara o livro que Kirsch lhe dera há umas semanas.

A Obra Completa de William Blake.

A contrapartida que Edmond Kirsch exigira pela sua generosa doação à Sagrada Família fora que o livro de Blake ficasse em exposição na cripta da basílica.

Um pedido estranho, mas um pequeno preço a pagar.

O pedido adicional de Kirsch, manuscrito nas *costas* do cartão, é que o livro permanecesse sempre aberto na página cento e sessenta e três.

CAPÍTULO 66

A oito quilómetros da Sagrada Família, o almirante Ávila observava pela janela do Uber a vasta extensão das luzes da cidade, que brilhavam contra a escuridão do mar das Baleares.

Por fim em Barcelona, pensou o ex-oficial de marinha, tirando o telemóvel do bolso e ligando para o Regente, como prometera.

O Regente atendeu ao primeiro toque.

— Almirante Ávila. Onde é que se encontra?

— A poucos minutos do centro da cidade.

— A sua chegada é muito oportuna. Acabo de receber notícias perturbadoras.

— Diga-me.

— Conseguiu cortar a cabeça da serpente. No entanto, como receávamos, a sua longa cauda continua a retorcer-se perigosamente.

— O que deseja que eu faça? — perguntou Ávila.

Quando o Regente lhe confiou o que esperava dele, sentiu uma certa surpresa. Não imaginara que a noite implicasse mais perdas de vidas, mas não questionaria as ordens do Regente. *Não sou mais do que um soldado raso*, recordou a si próprio.

— A missão será perigosa — disse o Regente. — Se for apanhado, mostre às autoridades o símbolo na palma da mão e será libertado em pouco tempo. Temos influência em todos os lados.

— Não tenciono ser apanhado — respondeu Ávila, olhando de relance para a tatuagem.

— Ótimo — disse o Regente num tom estranhamente vazio. — Se tudo correr como planeado, em breve estarão ambos mortos e tudo isto terá terminado.

A ligação foi cortada.

No súbito silêncio, Ávila levantou os olhos para o ponto mais brilhante no horizonte, um hediondo grupo de pináculos disformes iluminados por holofotes.

A Sagrada Família, pensou, enojado pela caprichosa silhueta. *Um símbolo de todos os problemas que a nossa fé enfrenta.*

Acreditava que o celebrado templo de Barcelona era um monumento à fraqueza e ao colapso moral, uma rendição ao catolicismo mais liberal, que retorcia e distorcia descaradamente milhares de anos de fé para apresentar um híbrido disforme de adoração da natureza, pseudociência e heresia gnóstica.

Como pode haver lagartos gigantes a trepar pelas paredes de uma igreja cristã?

O definhar da tradição no mundo aterrorizava-o, mas sentia-se animado pelo aparecimento de um novo grupo de líderes mundiais que aparentemente partilhavam os seus medos e estavam a fazer o que fosse preciso para restaurar as tradições. A sua própria devoção à igreja palmariana, e especialmente ao papa Inocêncio XIV, dera-lhe um novo motivo para viver, ajudando-o a analisar a sua própria tragédia de uma perspetiva totalmente nova.

A minha mulher e filho foram vítimas de uma guerra. Uma guerra travada pelas forças do mal contra Deus, contra a tradição. Mas o perdão não é o único caminho para a salvação.

Há cinco noites, estava a dormir no seu modesto apartamento quando fora despertado pelo toque de chegada de uma mensagem de texto do seu telemóvel.

— É meia-noite... — resmungara, enquanto levantava o ecrã em frente dos olhos semicerrados, para saber quem o contactava àquela hora.

Número oculto.

Ávila esfregara os olhos e lera a mensagem.

Compruebe su saldo bancario.

Consultar o meu saldo bancário?

Ávila franzira o sobrolho, suspeitando estar a ser vítima de algum tipo de esquema de *telemarketing*. Aborrecido, saíra da cama e dirigira-se à cozinha para beber um copo de água. De pé encostado à bancada, olhara para o portátil, sabendo que provavelmente já não conseguiria dormir enquanto não fosse ver o saldo.

Iniciara a sessão no *website* do seu banco, antecipando encontrar o seu habitual e miseravelmente baixo saldo. Os restos da sua reforma militar. No entanto, quando a informação da sua conta bancária aparecera, pusera-se de pé tão depressa que atirara com a cadeira para o chão.

Não é possível!

Fechara os olhos e voltara a olhar. A seguir, refrescara o ecrã.

O número permanecera inalterado.

Agarrando nervosamente no rato, consultara a atividade da conta e constatara com surpresa que recebera uma transferência anónima de cem mil euros uma hora antes. A origem era uma conta numerada e indetetável.

Quem faria uma coisa destas!?

O zumbido brusco do seu telemóvel fizera com que o seu coração desse um pulo. Pegando nele, procurou ver quem lhe ligava.

Número oculto.

Ávila ficara a olhar um momento para o ecrã antes de atender a chamada.

— *¿Sí?*

Uma voz suave respondera num puro espanhol de Castela.

— Boa noite, almirante. Imagino que tenha visto o presente que lhe enviámos?

— V... vi... — gaguejara. — Quem fala?

— Pode chamar-me o Regente — respondera a voz. — Represento os seus irmãos, os membros da igreja que tem seguido fielmente durante estes últimos dois anos. As suas capacidades e lealdade não passaram despercebidas, almirante. Mas agora gostaríamos de lhe dar uma oportunidade de servir um propósito mais elevado. Sua Santidade propôs que lhe fosse confiada uma série de missões... tarefas que lhe são enviadas por Deus.

Nesse momento já estava totalmente acordado, com as palmas das mãos a suar.

— O dinheiro que transferimos é um adiantamento da sua primeira missão. Se decidir executá-la, considere-a uma oportunidade de mostrar a sua capacidade para ocupar um lugar entre os nossos mais altos cargos. — A voz fez uma pausa. — Existe uma poderosa hierarquia na nossa igreja que é invisível para o mundo. E acreditamos que o *almirante* pode ser um importante ativo para o topo da nossa organização.

Embora estivesse entusiasmado pela proposta de promoção, sentira uma certa desconfiança.

— Em que consiste essa missão? E o que é que acontece se eu decidir *não* a executar?

— Não haverá qualquer consequência negativa e poderá ficar com o dinheiro como pagamento pelo seu sigilo. Parece-lhe razoável?

— Parece bastante generoso.

— Gostamos de si, almirante. Queremos ajudá-lo. Por isso e porque queremos atuar com a máxima honestidade consigo, tenho de o avisar de que a missão que o papa lhe deseja confiar é difícil. — Fez uma pausa. — E pode implicar violência.

O corpo de Ávila inteiriçara-se. *Violência?*

— Almirante, a cada dia que passa as forças do mal tornam-se mais fortes. Deus está em guerra, e as guerras implicam *baixas.*

Recordara de súbito o horror da bomba que matara a sua família. Trémulo, tivera de se esforçar por expulsar as sombrias recordações da sua mente.

— Desculpe, mas não acho que seja capaz de aceitar uma missão violenta...

— O papa escolheu-o pessoalmente por um motivo, almirante — sussurrara o Regente. — O seu alvo nesta missão... é o homem que assassinou a sua família.

CAPÍTULO 67

Localizada no rés do chão do Palácio Real de Madrid, a armaria é uma câmara elegantemente abobadada com altas paredes púrpuras adornadas com magníficas tapeçarias que ilustram batalhas famosas da história de Espanha. No seu interior, encontra-se uma valiosa coleção de mais de cem armaduras feitas à mão, incluindo os trajes e instrumentos de batalha de muitos reis. No centro da sala, há sete manequins equestres de tamanho real, equipados com as suas respetivas armaduras completas.

Foi aqui que decidiram prender-me?, perguntou Garza a si próprio, observando os apetrechos bélicos que o rodeavam. Era inquestionável que a armaria era uma das dependências mais seguras do palácio, mas suspeitava que os seus captores tinham escolhido aquela elegante cela na esperança de o intimidar. *Foi nesta mesma sala que fui contratado.*

Há cerca de duas décadas, Garza fora levado àquela imponente câmara, em que fora entrevistado, examinado e interrogado antes de finalmente lhe ser oferecido o cargo de comandante da Guardia Real.

Agora fora preso pelos seus próprios agentes. *Fui acusado de tramar um assassínio? E de tentar incriminar o bispo?* A lógica por trás das alegações era tão retorcida que lhe era difícil começar a desenredá-la.

No que se referia à Guardia Real, era o oficial de mais alta patente no palácio, o que significava que a sua ordem de prisão só poderia ter vindo de uma pessoa: o próprio príncipe Julián.

Valdespino envenenou a mente do príncipe contra mim, concluiu. O bispo sempre fora um sobrevivente nato em termos políticos e agora parecia estar suficientemente desesperado para tentar aquela audaz jogada mediática. Uma manobra temerária para limpar a sua própria reputação conspurcando a de Garza. *E agora trancaram-me na armaria para que não me possa defender.*

Se Julián e Valdespino tinham unido forças, sabia que estava perdido, sem possibilidade de manobra. Nesse momento, a única pessoa no mundo com poder suficiente para o ajudar era um ancião que via passar os seus últimos dias numa cama hospitalar no Palácio da Zarzuela.

O rei de Espanha.

Mas, compreendeu, *o rei nunca me ajudará se isso significar contrariar o bispo Valdespino ou o seu próprio filho.*

Podia ouvir a multidão às portas do palácio a manifestar-se mais alto agora, e parecia que a situação podia tornar-se violenta. Quando Garza percebeu o que estavam a dizer, não conseguiu acreditar nos seus ouvidos.

— *De onde vem a Espanha?* — gritavam. — *Para onde vai a Espanha?*

Parecia que os manifestantes se tinham apropriado das duas provocadoras perguntas apresentadas por Edmond Kirsch como uma forma de questionar o futuro político da monarquia espanhola.

De onde vimos? Para onde vamos?

Condenando a opressão do passado, a jovem geração de Espanha estava constantemente a pedir mudanças mais rápidas, exigindo que o seu país «se unisse ao mundo civilizado» como uma democracia plena e abolisse a monarquia. França, Portugal, Alemanha, Rússia, Áustria, Polónia e mais de cinquenta outros países tinham deposto as suas coroas nos últimos séculos. Até na Inglaterra havia um importante movimento que requeria um referendo sobre a continuidade da monarquia quando a atual rainha falecesse.

Nessa noite, infelizmente, o Palácio Real de Madrid estava mergulhado na confusão, de modo que não era surpreendente ouvir aquele velho grito de guerra ser usado de novo.

A última coisa de que o príncipe Julián precisa, pensou, *agora que se prepara para aceder ao trono.*

A porta na outra ponta da armaria abriu-se subitamente e um dos agentes da Guardia Real espreitou para o interior da câmara.

Garza gritou-lhe.

— Quero um advogado!

— E eu quero uma declaração para a imprensa — replicou a voz familiar de Mónica Martín, ao mesmo tempo que a jovem contornava o agente e entrava decidida na sala. — Comandante Garza, porque é que conspirou com os assassinos do senhor Kirsch?

Garza olhou para ela, incrédulo. *Será que toda a gente perdeu a cabeça?*

— Sabemos que quis incriminar falsamente o bispo Valdespino! — vociferou Martín, avançando sempre na sua direção. — E o palácio quer publicar a sua confissão quanto antes!

O comandante não soube o que responder.

Quando se encontrava a meio caminho do ponto em que Garza se encontrava, Martín virou-se bruscamente para o jovem agente que estava à porta, lançando-lhe um olhar furioso.

— Eu disse uma confissão *privada*!

O agente parecia hesitante enquanto recuava e fechava a porta.

Martín voltou a virar-se para Garza e atravessou resolutamente o espaço que os separava.

— Quero uma confissão imediatamente! — gritou quando chegou à sua beira, com uma voz que ecoou pelo teto abobadado.

— Pois não terá uma de mim — respondeu Garza num tom tranquilo. — Não tive nada que ver com isso. As suas alegações são completamente falsas.

Martín olhou nervosamente para trás de si e a seguir avançou um pouco mais, sussurrando ao ouvido de Garza:

— Eu sei... escute atentamente o que lhe vou dizer.

CAPÍTULO 68

Tendência ↑ 2747%

 ConspiracyNet.com

ÚLTIMAS NOTÍCIAS

DE ANTIPAPAS... PALMAS QUE SANGRAM...
E OLHOS COSIDOS...

Estranhas histórias do interior da Igreja Palmariana.

Diversos *newsgroups* cristãos confirmaram que o almirante Luis Ávila é, há vários anos, um membro ativo da Igreja Palmariana.

Atuando como «celebridade» defensora da igreja, o almirante Luis Ávila atribuiu repetidamente ao papa palmariano a salvação da sua vida, após uma profunda depressão provocada pela perda da sua família num ataque terrorista anticristão.

Como o código de conduta do ConspiracyNet nos impede de apoiar ou condenar instituições religiosas, apresentamos dezenas de hiperligações a *sites* externos sobre a Igreja Palmariana aqui.

Nós informamos. Você decide.

Note-se, no entanto, que muitas declarações *online* relativas aos palmarianos são bastante chocantes, de modo que estamos a pedir aos nossos leitores que nos ajudem a separar os factos da ficção.

Os seguintes «factos» foram-nos enviados pelo nosso informador monte@iglesia.org. A sua perfeita fiabilidade, demonstrada ao longo desta noite, sugere que esta informação é verdadeira. Antes de a apresentarmos como tal, porém, esperamos que alguns dos nossos utilizadores possam oferecer provas adicionais que a apoiem ou rejeitem.

«FACTOS»

- O papa palmariano Clemente perdeu ambos os globos oculares num acidente de viação em 1976 e continuou a pregar durante uma década com os olhos cosidos.
- O papa Clemente tinha estigmas ativos em ambas as palmas que sangravam regularmente quando tinha visões.
- Diversos papas palmarianos foram oficiais das forças armadas espanholas, com fortes ideais carlistas.
- Os membros da Igreja Palmariana estão proibidos de falar às suas próprias famílias, e diversos membros morreram no complexo por inanição ou violência física.
- Os palmarianos estão proibidos de (1) ler livros escritos por pessoas que não pertençam à Igreja Palmariana, (2) assistir a casamentos ou funerais de familiares que não pertençam à Igreja Palmariana, (3) ir à piscina, à praia, a combates de boxe, discotecas, ou a qualquer sítio que possua uma árvore de Natal ou uma imagem do Pai Natal.
- Os palmarianos acreditam que o Anticristo nasceu no ano 2000.
- Os palmarianos possuem casas de recrutamento nos EUA, Canadá, Alemanha, Áustria e Irlanda.

CAPÍTULO 69

Enquanto seguia o padre Beña na direção das colossais portas de bronze da Sagrada Família, Langdon deu consigo maravilhado, como sempre, pelos decididamente singulares elementos ornamentais da entrada principal do templo.

É uma parede de códigos, cogitou, observando a tipografia elevada que dominava as monolíticas lajes de metal polido. Projetando-se da superfície encontravam-se mais de oito mil letras tridimensionais gravadas em bronze. As letras corriam por linhas horizontais, criando um enorme campo de texto virtualmente sem separação entre as palavras. Apesar de saber que o texto continha uma descrição da paixão de Cristo em catalão, a sua aparência era mais semelhante a um código de encriptação da NSA.

Não admira que este sítio inspire teorias da conspiração.

O seu olhar moveu-se para cima, subindo pela imponente fachada da Paixão, em que uma assombrosa coleção de cadavéricas e angulares esculturas do artista Josep Maria Subirachs olhavam para baixo, dominadas por um Jesus Cristo horrivelmente emaciado pendurado de um crucifixo sinistramente inclinado para a frente, dando o assustador efeito de que estava prestes a cair sobre os paroquianos quando se dirigiam para as portas.

À sua esquerda, outra sombria escultura apresentava Judas a trair Jesus com um beijo. Este conjunto estava ao lado de uma estranha tabela de números gravada na pedra, um quadrado mágico matemático. Edmond dissera-lhe uma vez que a «constante mágica» de trinta e três daquele quadrado era na realidade um tributo oculto dos franco-maçons à veneração pagã do Grande Arquiteto do Universo, uma divindade que tudo abrangia e cujos segredos eram alegadamente revelados a quem atingisse o trigésimo terceiro grau da irmandade.

— Uma história divertida — replicara então Langdon com uma gargalhada. — Mas o facto de Jesus Cristo ter trinta e três anos no momento da Paixão é uma explicação mais provável.

Enquanto se aproximavam da entrada, estremeceu ligeiramente ao observar o mais atroz elemento decorativo do templo: uma colossal estátua de Jesus Cristo, flagelado e atado a um pilar com cordas. Virou rapidamente o olhar para a inscrição por cima das portas, duas letras gregas, o alfa e o ómega.

— O princípio e o fim — sussurrou-lhe Ambra, que também observava as letras. — Muito edmondiano.

Langdon acenou afirmativamente, percebendo o que ela queria dizer. *De onde vimos? Para onde vamos?*

O padre Beña abriu uma pequena porta na parede de letras de bronze e entraram todos, incluindo os dois agentes da Guardia Real. Beña fechou a porta atrás deles.

Silêncio.

Sombras.

Na extremidade sudeste do transepto, o padre Beña partilhou com eles uma perturbadora história. Contou-lhes que Edmond Kirsch viera ter com ele e oferecera um enorme donativo à Sagrada Família em troca de que o templo concordasse expor a sua cópia dos manuscritos iluminados de William Blake na cripta, ao lado do túmulo de Gaudí.

No próprio coração desta igreja, pensou Langdon, com a curiosidade espicaçada.

— E Edmond disse-lhe porque queria que o fizesse? — perguntou Ambra.

O padre Beña acenou afirmativamente.

— Disse-me que a sua perene paixão pela arte de Gaudí proviera da sua falecida mãe, que também fora uma grande admiradora do trabalho de William Blake. O senhor Kirsch disse-me que queria colocar o volume de Blake ao lado do túmulo de Gaudí como um tributo à sua falecida mãe. Não me pareceu que houvesse nada de mal nisso.

Edmond nunca me mencionou que a sua mãe admirasse Gaudí, pensou Langdon, intrigado. Além disso, Paloma Kirsch falecera num convento e parecia improvável que uma freira espanhola tivesse uma profunda admiração por um poeta britânico heterodoxo. A história parecia um bocado rebuscada.

— Também percebi— prosseguiu o padre Beña — que o senhor Kirsch podia estar a atravessar uma crise espiritual... e talvez enfrentasse também alguns problemas de saúde.

— A nota na parte de trás deste cartão — interveio Langdon, levantando-o — indica que o livro de Blake terá de ser apresentado de uma forma específica: aberto na página cento e sessenta e três.

— Assim é.

Langdon sentiu que o seu coração acelerava.

— Pode dizer-me que poema se encontra nessa página?

O padre Beña, contudo, abanou negativamente a cabeça.

— Não *há* nenhum poema nessa página.

— Desculpe?!

— O livro contém a obra *completa* de Blake, incluindo a sua obra gráfica. A página cento e sessenta e três contém uma ilustração.

Langdon trocou um olhar apreensivo com Ambra. *Precisamos de um verso de quarenta e sete caracteres! Não de uma ilustração!*

— Padre — pediu Ambra —, podíamos ver o livro? Agora?

O padre hesitou um momento, mas acabou por considerar que seria descortês recusar um pedido da futura rainha.

— A cripta é por aqui — disse, orientando-os pelo transepto na direção do centro do templo. Os dois agentes da Guardia Real seguiram-nos.

— Tenho de admitir que hesitei em aceitar dinheiro de um ateu tão proeminente, mas o seu pedido de expor a ilustração de Blake preferida da sua mãe pareceu-me inofensivo, especialmente tendo em consideração que era uma imagem de Deus.

Langdon pensou que tinha ouvido mal.

— Disse-me que Edmond lhe pediu que expusesse uma imagem de *Deus*?

O padre acenou afirmativamente.

— Percebi que estava doente e que talvez esta fosse a forma que tinha encontrado de tentar corrigir uma vida de oposição ao divino. — Fez uma pausa, abanando a cabeça. — Contudo, depois de ver a sua apresentação desta noite, tenho de admitir que não sei o que hei de pensar.

Langdon tentou imaginar qual das inúmeras ilustrações de Deus produzidas por Blake teria Edmond querido que fosse exposta.

Ao aproximar-se do centro do santuário, sentiu que estava a ver aquele espaço pela primeira vez. Apesar de ter visitado a Sagrada Família em diversas ocasiões e em diferentes fases da sua construção, viera sempre durante o dia, quando o sol espanhol jorrava pelos vitrais, criando estonteantes explosões de cor e atraindo o olhar para cima, sempre para cima, para uma aparentemente etérea canópia de abóbadas.

À noite, é um mundo mais pesado.

A floresta banhada pelo sol desaparecera, transformando-se numa selva noturna de sombras e escuridão, um tenebroso conjunto de colunas estriadas que se estendia para o céu, perdendo-se num vazio ameaçador.

— Vejam onde põem os pés — disse o padre. — Poupamos dinheiro como podemos.

Langdon sabia que iluminar aquelas enormes igrejas europeias custava uma pequena fortuna, mas a difusa iluminação utilitária ali instalada praticamente não permitia ver o caminho. *Um dos desafios de um projeto de mais de cinco mil metros quadrados.*

Quando chegaram à nave central e viraram para a esquerda, observou a plataforma cerimonial elevada à sua frente. O altar era uma mesa minimalista ultramoderna, enquadrada por dois brilhantes órgãos de tubos. Cinco metros acima do altar, pendia o extraordinário baldaquino da igreja, um teto de pano suspenso, um símbolo de reverência inspirado pelos pálios, dosséis cerimoniais outrora levados em varas para proporcionar sombra aos reis.

Os baldaquinos contemporâneos agora eram estruturas arquitetónicas sólidas, mas a Sagrada Família optara por tecido, neste caso um pálio com a forma de um chapéu de chuva, que parecia pairar magicamente por cima do altar. Por baixo do pano, suspenso por fios como um paraquedista, encontrava-se a figura de Cristo na cruz.

Jesus paraquedista, ouvira alguém chamá-lo. Voltando a vê-lo, não o surpreendia que fosse um dos pormenores mais controversos do templo.

À medida que o padre Beña os ia guiando para o meio de uma crescente escuridão, Langdon começou a ter dificuldades para ver fosse o que fosse. Díaz tirou uma pequena lanterna do bolso e iluminou o pavimento de lajes aos seus pés. Avançando para a entrada da cripta, Langdon reparou que por cima das suas cabeças a pálida silhueta de um cilindro erguia-se dezenas de metros junto da parede interior do templo.

A infame escada em espiral da Sagrada Família, percebeu, recordando nunca se ter atrevido a subi-la.

A estonteante escada em espiral da Sagrada Família aparecera na lista da *National Geographic* de «As 20 escadarias mais mortíferas do mundo», obtendo a terceira posição, superada unicamente pelos precários degraus do templo de Angkor Vat no Camboja e as pedras cobertas de musgo das cataratas do Pailón del Diablo no Equador.

Langdon observou os primeiros degraus da escada, que se enrolava para cima e desaparecia na escuridão.

— A entrada da cripta é ali à frente — disse o padre Beña, fazendo um gesto na direção de um espaço às escuras à esquerda do altar.

Ao avançarem, Langdon notou um débil brilho dourado que parecia emanar de uma abertura no pavimento.

A cripta.

O grupo chegou à entrada de uma elegante escada, suavemente curva.

— Os senhores ficam aqui — disse Ambra aos seus guarda-costas. — Voltamos já.

Fonseca pareceu contrariado, mas não disse nada.

E então, Ambra, Langdon e o padre Beña iniciaram a descida para a luz.

O agente Díaz sentiu-se agradecido por ter um momento de tranquilidade enquanto via as três figuras desaparecerem pelas escadas abaixo. A tensão crescente entre Ambra Vidal e o agente Fonseca começava a tornar-se preocupante.

Os agentes da Guardia Real não estão habituados a receber ameaças de despedimento das pessoas que protegem. Só do comandante Garza.

Ainda estava surpreendido com a prisão de Garza. Estranhamente, Fonseca recusara-se a partilhar consigo a identidade de quem dera a ordem de o prender e de quem iniciara a falsa história do rapto.

— A situação é complexa — dissera-lhe Fonseca. — Para teu próprio bem, é melhor não saberes.

Então quem estava a dar ordens?, perguntara Díaz a si próprio. *Seria o príncipe?* Parecia estranho que Sua Alteza arriscasse a segurança de

Ambra Vidal espalhando a treta de que tinha sido raptada. *Seria Valdes-pino?* Era improvável que o bispo tivesse a influência necessária para executar uma manobra daquelas.

— Eu volto já — grunhiu Fonseca, e afastou-se, dizendo que tinha de encontrar uma casa de banho. Enquanto desaparecia na escuridão, Díaz viu-o tirar o telemóvel do bolso, fazer uma chamada e iniciar uma conversa em surdina.

Sozinho à espera no abismo do santuário, Díaz sentia-se cada vez menos confortável com o comportamento secretista de Fonseca.

CAPÍTULO 70

A escadaria da cripta descia três andares para as entranhas da terra curvando-se num amplo e gracioso arco, antes de depositar Langdon, Ambra e o padre Beña na câmara subterrânea.

Uma das maiores criptas da Europa, pensou Langdon, admirando o vasto espaço circular. Exatamente como o recordava, o mausoléu subterrâneo da Sagrada Família possuía uma alta abóbada circular e bancos para centenas de crentes. Candeias de azeite douradas colocadas a intervalos regulares ao longo do seu perímetro iluminavam um chão de mosaico com desenhos de trepadeiras entrelaçadas, raízes, ramos, folhas e outras imagens da natureza.

«Cripta» significa literalmente «espaço oculto», e Langdon considerou praticamente inconcebível que Gaudí tivesse conseguido ocultar uma câmara daquelas dimensões por baixo do templo. Radicalmente diferente da sua alegre «cripta inclinada» na Colònia Güell, aquele espaço era uma austera câmara neogótica com colunas com folhas, arcos em ogiva e abóbadas ornamentadas. A atmosfera era de uma quietude mortal e cheirava tenuemente a incenso.

No fundo das escadas, uma profunda reentrância estendia-se para a esquerda. O pálido chão de arenito suportava uma despretensiosa laje cinzenta, rodeada de candeias.

O grande homem, percebeu Langdon, lendo a inscrição.

ANTONIUS GAUDI

Enquanto observava o lugar de descanso de Gaudí, voltou a sentir a penetrante dor da perda de Edmond. Ergueu o olhar para uma estátua da Virgem Maria por cima do túmulo, cuja base apresentava um estranho símbolo.

Que diabo!?
Observou atentamente o símbolo.

Era raro Langdon deparar-se com um símbolo que não pudesse identificar. Neste caso, o símbolo era a letra grega lambda, que tanto quanto sabia não era utilizada na simbologia cristã. O lambda era um símbolo científico, frequente nos campos da evolução, física de partículas e cosmologia. Ainda mais estranho, saindo da parte superior daquele lambda específico encontrava-se uma cruz cristã.

A religião apoiada pela ciência? Langdon nunca vira nada assim.

— Intrigado pelo símbolo? — inquiriu o padre Beña, aproximando-se dele. — Não está sozinho. Muita gente que aqui vem pergunta qual é o seu significado. Não é nada mais que uma singularmente modernista interpretação de uma cruz no alto de uma montanha.

Langdon inclinou-se ligeiramente para a frente, vendo então três pálidas estrelas douradas que acompanhavam o símbolo.

Três estrelas nessa posição só podem significar uma coisa, pensou, decifrando imediatamente o significado. *A cruz no cimo do monte Carmelo.*

— É uma cruz *carmelita*.

— Exatamente. Os restos de Gaudí jazem sob a Abençoada Virgem do Monte Carmelo.

— Gaudí era carmelita? — Parecia-lhe difícil imaginar que o arquiteto modernista tivesse aderido à estrita interpretação do catolicismo da ordem do século XII.

— Claro que não — replicou o padre Beña com uma gargalhada. — Mas as suas *cuidadoras*, sim. Durante os seus últimos anos, Gaudí viveu com um grupo de freiras carmelitas que cuidavam dele. Elas acreditavam que ele apreciaria ser cuidado também na morte e fizeram a generosa oferta desta capela.

— Que atencioso da sua parte — disse Langdon, repreendendo-
-se mentalmente por interpretar erradamente um símbolo tão inocente.
Parecia que todas as teorias da conspiração que circulavam nessa noite
tinham feito com que até ele começasse a conjurar fantasmas do nada.

— O livro de Edmond é aquele? — perguntou de repente Ambra.

Os dois homens viraram-se e viram-na apontar para as sombras à
direita do túmulo de Gaudí.

— Sim — respondeu o padre Beña. — Peço-lhes que me desculpem por a luz ser tão fraca.

Ambra dirigiu-se apressada para o expositor, seguida por Langdon, que reparou que o livro fora relegado para uma área escura da
cripta, sombreada por um pilar maciço à direita do túmulo.

— Normalmente temos folhetos informativos nesse sítio — disse
Beña —, mas eu mudei-os para outro lado para dar mais espaço ao livro do senhor Kirsch. Parece que ninguém reparou.

Langdon juntou-se rapidamente a Ambra em frente de uma caixa
com um tampo de vidro inclinado. No seu interior, aberto na página
cento e sessenta e três, dificilmente visível sob a luz fraca, encontrava-
-se uma enorme edição de *A Obra Completa de William Blake.*

Como o padre Beña lhes dissera, a página em questão não era um
poema, mas uma ilustração. Langdon perguntara a si próprio qual das
imagens de Deus produzidas por Blake poderia ser, mas precisamente
aquela não lhe passara pela cabeça.

O Ancião dos Dias, reconheceu Langdon, esforçando-se por observar na escuridão a famosa aguarela de Blake de 1794.

Surpreendeu-o que o padre Beña chamasse àquilo «uma imagem
de Deus». Era verdade que a ilustração *parecia* representar uma imagem
arquetípica do Deus cristão: um sábio idoso, de longa barba e cabelo
branco, que paira entre as nuvens, inclinado para o vazio. Contudo,
uma breve pesquisa ter-lhe-ia revelado uma imagem bastante diferente.
A figura não era, de facto, o Deus cristão, mas uma divindade chamada
Urizen, um deus conjurado pela visionária imaginação de Blake, ali
apresentado medindo os céus com um enorme compasso de geómetra,
prestando uma homenagem às leis científicas que regem o universo.

O estilo da imagem era tão futurista que, séculos mais tarde, o famoso físico e ateu confesso Stephen Hawking a selecionara para a capa
do seu livro *Deus Criou os Integrais*. Além disso, o intemporal demiurgo

de Blake vigiava o Rockefeller Center de Nova Iorque, do alto de uma escultura *art déco* intitulada *Sabedoria, Luz e Som*.

Langdon observou o livro de Blake, voltando a perguntar a si próprio porque se teria Edmond dado a todo aquele trabalho para o expor ali. *Seria puro desejo de vingança? Uma bofetada na cara da igreja católica?*

A guerra contra a religião de Edmond nunca acabava, pensou, analisando o Urizen. A riqueza dera-lhe a capacidade de fazer o que lhe apetecesse na vida, incluindo apresentar arte blasfema no coração de uma igreja cristã.

Raiva e ressentimento. Talvez seja tão simples quanto isso. Edmond, justamente ou não, sempre atribuíra a morte da mãe à religião organizada.

— Tenho perfeita consciência, claro — disse o padre Beña —, que essa imagem não representa o Deus cristão.

Langdon virou-se para ele, surpreendido.

— Ah, sim!?

— Sim. O senhor Kirsch foi bastante sincero nesse aspeto, embora fosse desnecessário, dado eu conhecer bastante bem a obra de Blake.

— E no entanto não tem problemas em expor o livro?

— Professor — sussurrou o padre, sorrindo suavemente —, estamos na Sagrada Família. Dentro destas paredes, Gaudí misturou Deus, ciência e natureza. O tema desta imagem não é nada de novo para nós. — Os seus olhos brilharam cripticamente. — Nem todo o nosso clero é tão liberal como eu, mas, como saberá, o cristianismo continua a ser um trabalho em curso. — Voltou a sorrir, acenando novamente para o livro. — Mas tenho de confessar que estou contente por o senhor Kirsch ter aceitado não apresentar o seu cartão com o livro. Tomando em consideração a sua reputação, não sei como o teria podido explicar, especialmente depois da sua apresentação desta noite. — Fez uma pausa e a sua expressão ensombreceu-se. — Sinto, porém, que não era esta imagem o que esperavam encontrar aqui.

— Efetivamente. Estamos à procura de um verso de Blake.

— «Tigre, tigre, que flamejas»? — perguntou o padre Beña. — «Nas florestas da noite»?

Langdon sorriu, impressionado por o padre Beña conhecer o primeiro verso do poema mais famoso de Blake, uma inquirição religiosa de seis estrofes que perguntava se o mesmo Deus que concebera o temível tigre concebera também o dócil cordeiro.

— Padre Beña? — chamou Ambra, debruçada e espreitando atentamente pelo vidro. — O senhor não terá consigo, por acaso, um telemóvel ou uma lanterna, pois não?

— Não, desculpe. Quer que eu traga uma das candeias do túmulo de Antoni?

— Podia? Seria de uma grande ajuda.

O padre Beña apressou-se a ir buscá-la.

No momento em que se afastou, Ambra sussurrou urgentemente para Langdon:

— Robert! Edmond não escolheu a página cento e sessenta e três por causa da imagem!

— O que quer dizer? — *Não há mais nada na página cento e sessenta e três.*

— Era uma manobra de diversão. Uma forma engenhosa de desviar a atenção.

— Não compreendo — disse Langdon observando a imagem.

— Edmond escolheu a página cento e sessenta e três porque é impossível exibi-la sem *simultaneamente* exibir a página ao lado, a cento e sessenta e dois.

Langdon desviou o olhar para a esquerda, examinando a página que precedia o *Ancião dos Dias*. Sob a ténue luz, era incapaz de perceber muita coisa do seu conteúdo, exceto que parecia consistir inteiramente num texto minuciosamente manuscrito.

O padre Beña regressou com uma candeia e entregou-a a Ambra, que a levantou por cima do livro. Quando o seu débil brilho se espalhou pelo volume aberto, Langdon teve de conter uma exclamação de surpresa.

A página anterior era realmente texto — manuscrito, como todas as edições originais de Blake — com as margens ornamentadas com desenhos, molduras e diversas figuras. O mais significativo, no entanto, era que o texto parecia estar elegantemente estruturado em estrofes.

Diretamente por cima da cripta, na nave principal, o agente Díaz andava para a frente e para trás na escuridão, nervoso, perguntando a si próprio onde se teria metido o seu parceiro.

Fonseca já devia ter regressado.

Quando o seu telemóvel começou a vibrar, pensou que seria provavelmente Fonseca a ligar, mas ao verificar a identificação de chamadas viu um número que nunca esperara ver.

Mónica Martín

Não conseguia imaginar o que a coordenadora de relações-públicas quereria dele, mas, fosse o que fosse, devia ter ligado diretamente para Fonseca. *O agente principal da equipa é ele.*

— Estou. Fala o agente Díaz.

— Agente Díaz, é Mónica Martín. Tenho aqui uma pessoa que precisa de falar consigo.

Um momento mais tarde, uma voz firme e familiar falou.

— Agente Díaz, fala o comandante Garza. Por favor, diga-me que a senhora Vidal está sã e salva.

— Sim, comandante — exclamou o agente, sentindo que todo o seu corpo se punha em sentido ao ouvir a voz de Garza. — A senhora Vidal está sã e salva. O agente Fonseca e eu estamos atualmente com ela no interior da...

— Não me diga isso numa linha aberta — interrompeu bruscamente Garza. — Se a senhora Vidal se encontra num lugar seguro, faça o favor de a manter aí. Não saiam daí. Estou aliviado por ouvir a sua voz. Tentámos ligar para o agente Fonseca, mas não atendeu o telemóvel. Ele está consigo?

— Sim, comandante. Afastou-se há momentos para fazer um telefonema, mas calculo que não demore...

— Não tenho tempo para esperar por ele. Estou detido neste momento, e a senhora Martín teve a amabilidade de me emprestar o seu telemóvel. Ouça atentamente o que lhe vou dizer. A história do rapto, como com certeza saberá, é totalmente falsa. E pôs a senhora Vidal em grande perigo.

Nem faz ideia, pensou Díaz, recordando a caótica cena no telhado da Casa Milà.

— É igualmente falsa a informação de que eu tentei incriminar o bispo Valdespino.

— Já imaginava, comandante, mas...

— A senhora Martín e eu estamos a tentar descobrir a melhor maneira de gerir esta situação. Mas, enquanto não percebermos tudo o que está a acontecer, terão de manter a futura rainha afastada de olhares públicos. Está a perceber?

— Perfeitamente, comandante. Mas *quem* emitiu a ordem?

— Não lhe posso dizer isso pelo telefone. Faça o que lhe digo e mantenha a senhora Vidal afastada dos meios de comunicação e, principalmente, livre de perigo. A senhora Martín mantê-lo-á informado sobre a situação.

Garza desligou, e Díaz ficou sozinho na escuridão, procurando entender o que acabara de ouvir.

Ao meter a mão no interior do casaco para guardar o telemóvel, ouviu um restolhar de tecido por trás de si. Quando se virou, duas mãos pálidas emergiram da escuridão e apertaram-lhe violentamente a cabeça. Com uma velocidade impressionante, as mãos fizeram um movimento de torção para um lado.

Díaz sentiu o seu pescoço estalar e um calor abrasador irrompeu dentro do seu crânio.

Depois, tudo ficou negro.

CAPÍTULO 71

 ConspiracyNet.com

ÚLTIMAS NOTÍCIAS

NOVA ESPERANÇA PARA A BOMBÁSTICA DESCOBERTA DE KIRSCH

A coordenadora de relações-públicas do Palácio Real de Madrid, Mónica Martín, fez uma declaração oficial em que afirmou que a futura rainha de Espanha, Ambra Vidal, foi raptada e está a ser retida pelo professor americano Robert Langdon. O Palácio Real pediu assistência às autoridades locais para encontrar a futura rainha.

O informador monte@iglesia.org acaba de nos enviar a seguinte declaração:

«A ALEGAÇÃO DE RAPTO DO PALÁCIO É TOTALMENTE FALSA. UM ARDIL PARA UTILIZAR A POLÍCIA LOCAL A FIM DE IMPEDIR QUE LANGDON ATINJA O SEU OBJETIVO EM BARCELONA. LANGDON E VIDAL ACREDITAM QUE AINDA PODEM ENCONTRAR UMA FORMA DE DIVULGAR O TRABALHO DE KIRSCH. SE CONSEGUIREM, A APRESENTAÇÃO PODE SER TRANSMITIDA EM QUALQUER MOMENTO. MANTENHAM-SE LIGADOS.»

Incrível! E ouviram-no aqui primeiro. Langdon e Vidal andam a monte porque querem terminar o que Edmond Kirsch começou! O Palácio Real parece estar a tentar desesperadamente apanhá-los. (Outra vez Valdespino? E onde é que anda o príncipe no meio disto tudo?)

Mais notícias assim que as recebermos, mas mantenham-se ligados porque é possível que os segredos de Kirsch sejam revelados ainda hoje.

CAPÍTULO 72

O príncipe Julián olhava pela janela do *Opel* do acólito para a paisagem que percorriam e tentou perceber o estranho comportamento do bispo.

Valdespino está a esconder alguma coisa.

Havia mais de uma hora que o bispo o empurrara sub-repticiamente para fora do palácio, uma ação altamente irregular, garantindo-lhe que era pela sua própria segurança.

Pediu-me que não o questionasse... que confiasse nele.

O bispo sempre fora como um tio para Julián e um confidente fiel do seu pai. Mas a sua proposta de se esconderem na casa de verão do príncipe parecera-lhe dúbia desde o princípio. *Há aqui alguma coisa que não bate certo. Estou a ser isolado: sem telemóvel, sem segurança, sem notícias, sem que alguém saiba onde estou.*

Nesse momento, enquanto o carro saltava por cima da via-férrea perto da Casita del Príncipe, Julián observou a estrada arborizada à sua frente. A cerca de cem metros, à esquerda, abria-se a longa alameda que levava ao remoto retiro.

Quando imaginou a residência deserta, o seu instinto disse-lhe para ser cauteloso. Inclinou-se para a frente e pôs uma mão firme no ombro do acólito ao volante.

— Encoste aqui, se faz favor.

Valdespino virou-se para ele, surpreendido.

— Estamos quase...

— Quero saber o que está a acontecer! — exclamou o príncipe numa voz tão alta que reverberou no interior do carro.

— Dom Julián, estamos a passar uma noite tumultuosa, mas tem de...

— Tenho de *confiar* em si?

— Sim.

Julián apertou o ombro do jovem condutor e apontou para a berma coberta de erva da estrada deserta.

— Encoste aí — ordenou rispidamente.

— Não pare — contrariou Valdespino. — Dom Julián, deixe-me explicar...

— *Pare o carro!* — gritou o príncipe a plenos pulmões.

O acólito virou para a berma, derrapando pela erva até parar o veículo.

— Dê-nos alguma privacidade, por favor — ordenou Julián, com o coração acelerado.

O acólito não precisou que lhe dissessem aquilo duas vezes. Saiu do carro num salto e dirigiu-se a correr para a escuridão, deixando Valdespino e Julián sozinhos no banco de trás.

Sob a luz pálida da Lua, Valdespino pareceu subitamente assustado.

— Tem bons motivos para ter medo — disse Julián numa voz tão autoritária que se assustou até a si próprio. Valdespino tentou recuar, parecendo surpreendido pelo tom ameaçador que o príncipe nunca utilizara antes com ele.

— Sou o futuro rei de Espanha. Esta noite, afastou-me da minha escolta, negou-me o acesso ao meu telemóvel e ao meu pessoal, proibiu-me de ouvir as notícias e recusou-se a deixar-me entrar em contacto com a minha noiva.

— Peço-lhe imensas desculpas, sinceramente — começou Valdespino.

— Terá de fazer melhor do que isso — interrompeu Julián, olhando furioso para o bispo, que lhe parecia estranhamente pequeno nesse momento.

Valdespino respirou lentamente e virou-se para Julián na escuridão.

— Recebi uma chamada esta noite, dom Julián, e foi-me ordenado que...

— Quem é que lhe ligou?

O bispo hesitou.

— O seu pai. Ele está profundamente preocupado.

Está? Julián visitara o pai há apenas dois dias no Palácio da Zarzuela e encontrara-o de excelente ânimo, apesar da deterioração do seu estado de saúde.

— Porque é que o meu pai está preocupado?

— Infelizmente, viu a transmissão do senhor Kirsch.

Julián sentiu que o seu maxilar se contraía. O seu consumido progenitor dormia praticamente vinte horas por dia e nunca deveria estar acordado a essa hora. Além disso, o rei sempre proibira televisores e computadores nos quartos do palácio, que, segundo ele, eram santuários reservados para dormir e ler. Finalmente, os seus enfermeiros deviam tê-lo impedido de sair da cama para ver um truque publicitário de um ateu.

— A culpa foi minha — prosseguiu Valdespino. — Ofereci-lhe um *tablet* há umas semanas para que não se sentisse tão isolado do mundo. Estava a aprender a enviar mensagens de texto e de correio eletrónico. E acabou por ver o evento do senhor Kirsch.

Julián sentiu-se doente só de pensar no pai, possivelmente nas suas últimas semanas de vida, a ver uma transmissão anticatólica que terminara num assassínio. O rei deveria estar a refletir nos muitos e extraordinários avanços que conseguira para o seu país.

— Como pode imaginar, houve vários aspetos que o incomodaram, mas sentiu-se especialmente aborrecido pelo teor dos comentários do senhor Kirsch e pela prontidão com que a sua noiva acolheu semelhante evento. O rei considerou que o envolvimento da futura rainha projetava uma má imagem de si... e do próprio palácio.

— A Ambra é uma mulher independente. E o meu pai sabe disso.

— Seja como for, quando me ligou, estava perfeitamente lúcido e tão furioso como não o via há anos. Ordenou-me que o trouxesse à sua presença imediatamente.

— Então porque é que estamos *aqui*? — exigiu saber Julián, fazendo um gesto na direção da alameda de entrada para a Casita. — O meu pai não está na Zarzuela?

— Já não — disse tranquilamente Valdespino. — Ordenou ao seu pessoal e enfermeiros que o vestissem, o pusessem numa cadeira de rodas e o levassem para um sítio onde pudesse passar os seus últimos dias rodeado pela história do seu país.

Quando ouviu aquelas palavras, Julián percebeu a verdade.

A Casita nunca foi o nosso destino.

Trémulo, afastou o olhar do bispo e dirigiu-o para lá da entrada da Casita, pela estrada rural fora. À distância, entre as árvores, conseguia discernir as torres iluminadas de um edifício colossal.

El Escorial.

A menos de dois quilómetros de distância, como uma fortaleza na base do monte Abantos, encontrava-se uma das maiores estruturas religiosas do mundo, o fabuloso El Escorial. Com mais de trinta e dois mil metros quadrados, o complexo incluía um mosteiro, uma basílica, um palácio real, um museu, uma biblioteca e uma série das mais assustadoras câmaras mortuárias que Julián alguma vez vira.

A Cripta Real.

O seu pai levara-o à cripta quando Julián tinha apenas oito anos, guiando-o pelo Panteón de los Infantes, uma série de câmaras mortuárias cheias dos túmulos dos filhos pequenos dos reis de Espanha.

Nunca se esqueceria do horroroso túmulo de «bolo de aniversário» da cripta: um enorme sepulcro circular que parecia um bolo branco de vários andares e que continha os restos mortais de sessenta crianças, colocados em gavetas e metidos nos lados do «bolo» para toda a eternidade.

O pavor que sentira perante aquele tenebroso túmulo fora eclipsado minutos mais tarde quando o seu pai o levara a ver o sítio onde repousava a sua mãe. Esperara ver um túmulo de mármore adequado para uma rainha, mas, em vez disso, o corpo da sua mãe jazia numa caixa de chumbo surpreendentemente simples, numa sala de pedra nua no fundo de um longo corredor. O rei explicara-lhe que a sua mãe repousava nesse momento num *pudridero*, uma câmara de decomposição, em que os cadáveres reais eram depositados durante trinta anos até que não restasse nada dos seus corpos a não ser ossos e pó, altura em que eram trasladados para os seus sepulcros permanentes. Recordava que necessitara de todas as suas forças para conter as lágrimas e a vontade de vomitar.

A seguir, o pai levara-o a uma íngreme escadaria que parecia descer infindavelmente para a escuridão subterrânea. Ali, as paredes e os degraus já não eram de mármore branco, mas de uma majestosa cor de âmbar. A intervalos de três degraus, velas votivas derramavam uma luz bruxuleante sobre a pedra.

O jovem Julián levantara a mão e agarrara-se ao velho corrimão de corda, descendo com o pai um degrau de cada vez... embrenhando-se na escuridão. No fundo das escadas, o rei abriu uma porta ornamentada e afastou-se para o lado, indicando ao filho que entrasse.

— O Panteão dos Reis — dissera-lhe o pai.

Apesar de só ter oito anos, já ouvira falar daquela sala, um local lendário.

Trémulo, atravessara o limiar e dera consigo numa câmara de planta octogonal, de um ocre resplandecente. Havia um aroma intenso a incenso e tudo parecia focar-se e desfocar-se sob a luz irregular das velas acesas no candelabro que pendia do teto. Dirigira-se para o centro da câmara, onde ficara a olhar à sua volta, sentindo-se frio e pequeno naquele solene espaço.

As oito paredes continham nichos profundos em que caixões negros idênticos se encontravam empilhados do chão até ao teto, cada um deles com uma placa dourada. Os nomes nos caixões provinham das páginas dos seus livros de história: Rei Fernando... Rainha Isabel... Carlos V, Santo Imperador Romano...

No silêncio, sentira o peso da amorosa mão do pai no seu ombro e percebera a gravidade do momento. *Um dia o meu pai será sepultado nesta mesma sala.*

Sem uma palavra, pai e filho ascenderam das profundezas da terra, afastando-se da morte, e regressaram à luz. Quando se encontraram no exterior, sob o abrasador sol espanhol, o rei inclinara-se e olhara diretamente para os olhos do seu filho de oito anos.

— *Memento mori* — sussurrara o monarca. — Lembra-te da morte. Mesmo para quem detém um enorme poder, a vida é breve. Só existe uma forma de triunfar sobre a morte, que consiste em fazer das nossas vidas obras-primas. Temos de aproveitar todas as oportunidades para demonstrar bondade e amar plenamente. Vejo nos teus olhos que possuis a alma generosa da tua mãe. A tua consciência será o teu guia. Quando a vida te parecer sombria, deixa que o teu coração ilumine o teu caminho.

Décadas mais tarde, Julián não precisava que alguém lhe recordasse que pouco realizara para fazer da sua vida uma obra-prima. De facto, dificilmente conseguira sair da sombra do pai e estabelecer-se como um homem de direito próprio.

Desiludi o meu pai de todas as formas possíveis.

Durante anos, seguira o seu conselho e deixara que o seu coração iluminasse o caminho, mas este revelara-se francamente tortuoso quando o que o seu coração desejava era uma Espanha totalmente contrária à do seu pai. Os seus sonhos para o seu querido país eram tão audazes que só poderiam ser revelados após o falecimento do pai, e mesmo então não sabia como os seus atos seriam recebidos, não só pelo palácio real, mas por toda a nação. Tudo o que podia fazer era esperar, manter o coração aberto e respeitar as tradições.

E depois, há três meses, tudo mudara.

Conheci Ambra Vidal.

A belíssima mulher, atraentemente enérgica e determinada, pusera o seu mundo de pernas para o ar. Dias depois do seu primeiro encontro, Julián percebera finalmente as palavras do pai. *Deixa que o teu coração ilumine o teu caminho e aproveita todas as oportunidades para amar plenamente!* A sensação de estar apaixonado era diferente de tudo o que sentira até então e tivera a impressão de que podia estar a dar os primeiros passos no sentido de tornar a sua vida uma obra-prima.

Agora, contudo, olhando sem ver a estrada à sua frente, sentia-se esmagado por uma sinistra sensação de solidão e isolamento. O seu pai estava a morrer; a mulher que amava não o contactava e acabava de discutir com o seu fiel mentor, o bispo Valdespino.

— Príncipe Julián — instou delicadamente o bispo. — Devíamos retomar o caminho. O estado do seu pai é frágil e ele está ansioso por falar consigo.

Julián virou-se lentamente para o amigo de toda a vida do seu pai.

— Quanto tempo acha que ele ainda tem? — perguntou num murmúrio.

A voz de Valdespino tremia como se estivesse prestes a irromper em lágrimas.

— O seu pai pediu-me que não o preocupasse, mas temo que o fim esteja mais próximo do que todos esperávamos. Quer despedir-se.

— Porque é que não me disse para onde íamos? Porquê tanta mentira e secretismo?

— Peço-lhe imensa desculpa, mas o seu pai deu-me ordens precisas. Disse-me que o isolasse do mundo exterior e das notícias enquanto ele não tivesse a oportunidade de falar consigo pessoalmente.

— Isolar-me de *que* notícias?

— Acho que será melhor que seja o seu pai a explicar-lhe.

Julián estudou o bispo durante um longo momento.

— Antes de o ver, tenho de saber uma coisa. O meu pai está lúcido? Está racional?

Valdespino virou-se para ele com um olhar perplexo.

— Porque pergunta?

— Porque as suas exigências desta noite parecem estranhas e impulsivas.

Valdespino acenou tristemente com a cabeça.

— Impulsivas ou não, o seu pai continua a ser o rei de Espanha. Eu amo-o e faço o que ele me ordena. Todos fazemos.

CAPÍTULO 73

Lado a lado em frente da vitrina, Robert Langdon e Ambra Vidal olhavam para o manuscrito de William Blake iluminado pelo suave brilho da candeia. Cortesmente, o padre Beña afastara-se para endireitar uns bancos, proporcionando-lhes um pouco de privacidade.

Langdon tinha dificuldades em ler as letras minúsculas do poema manuscrito, mas o título de maiores dimensões no alto da página era perfeitamente legível.

Os Quatro Zoas

Vendo aquelas palavras, Langdon sentiu imediatamente um raio de esperança. *Os Quatro Zoas* era o título de um dos mais conhecidos poemas proféticos de William Blake, uma extensa obra dividida em nove «noites» ou capítulos. Os temas do poema, segundo Langdon recordava da sua leitura na universidade, consistiam no desaparecimento da religião convencional e no consequente domínio da ciência.

O seu olhar percorreu as estrofes, vendo as linhas manuscritas terminar mais ou menos a metade da página com uma elegantemente desenhada «*finis divisionem*» — o equivalente gráfico de «fim».

É a última página do poema, compreendeu. *O final de uma das obras-primas proféticas de Blake!*

Inclinou-se para a frente e esforçou-se por perceber a pequena letra manuscrita, mas a sua vista era incapaz de ler o texto sob a débil luz da candeia.

Ambra já estava debruçada, com a cara a escassos centímetros do vidro. O seu olhar percorreu silenciosamente o poema, fazendo uma pausa para ler um dos versos em voz alta. «E o Homem afasta-se do meio dos fogos, o mal foi totalmente consumido.» — Virou-se para ele. — O mal foi totalmente consumido.

Langdon pensou no verso, acenando vagamente.

— Acho que Blake se refere à erradicação da religião corrupta. Um futuro sem religião era uma das suas profecias recorrentes.

Ambra pareceu esperançada.

— Edmond disse que o seu verso preferido era uma profecia que ele esperava que se tornasse *realidade*.

— Bem, um futuro sem religião era certamente algo que Edmond desejava. Quantas letras tem esse verso?

Ambra começou a contar, mas acabou rapidamente por abanar tristemente a cabeça.

— Mais de quarenta e sete.

Regressou à leitura do poema, parando um momento mais tarde.

— E este? «Os olhos abertos do Homem contemplam as profundezas de mundos maravilhosos.»

— É possível — disse Langdon, ponderando o seu significado. *O intelecto humano continuará a crescer e a evoluir ao longo do tempo, permitindo uma análise mais profunda da verdade.*

— Também tem letras a mais. Continuo.

Enquanto Ambra ia avançando pela página, Langdon começou a andar por trás dela, pensativo. Os versos que ela acabava de ler ecoavam-lhe na mente e evocaram uma distante memória da sua leitura de Blake numa aula de literatura britânica em Princeton.

Começaram a formar-se imagens, como por vezes acontecia com a sua memória eidética. Essas imagens evocaram outras, numa sucessão interminável. De repente, de pé no meio da cripta, recordou o seu professor que, quando a turma terminara *Os Quatro Zoas*, se dirigira a eles e fizera as velhas perguntas: *O que preferiam os senhores? Um mundo sem religião? Ou um mundo sem ciência?* E depois acrescentara: *Obviamente, William Blake tinha uma preferência e as suas esperanças para o futuro nunca foram mais bem resumidas do que no último verso deste poema épico.*

Com um sobressalto, virou-se para Ambra, que continuava a esquadrinhar o texto de Blake.

— Salte para o fim do poema — disse, recordando de súbito o seu último verso.

Ambra passou para o fim do poema. Depois de se concentrar um momento, virou-se para ele com os olhos arregalados numa expressão de incredulidade.

Langdon juntou-se a ela em frente da vitrina, lendo o texto. Agora que recordava o verso, era capaz de decifrar a ténue letra manuscrita.

As sombrias religiões retiraram & a doce ciência reina.

— «As sombrias religiões retiraram» — leu Ambra em voz alta — «e a doce ciência reina.»

O verso não só era uma profecia que agradaria a Edmond, era essencialmente uma sinopse da sua apresentação dessa noite.

As religiões retirarão... e a ciência reinará.

Ambra começou a contar cuidadosamente as letras no verso, mas Langdon sabia que era desnecessário. *É isto. Não há dúvida possível.* A sua mente já se virara para aceder a Winston e transmitir a apresentação de Edmond. O seu plano para o fazer era algo que teria de explicar a Ambra em privado.

Virou-se para o padre Beña, que acabava de regressar.

— Padre Beña? Estamos quase a acabar. Importava-se de ir lá acima e dizer aos agentes que chamem o helicóptero? Temos de partir imediatamente.

— Claro — disse Beña, dirigindo-se para as escadas. — Espero que tenham encontrado o que procuravam. Vejo-os lá em cima.

Quando o padre desapareceu pela escadaria, Ambra afastou-se do livro com um ar subitamente alarmado.

— Robert, o verso é demasiado curto. Contei-o duas vezes e só tem quarenta e seis caracteres. Precisamos de quarenta e sete.

— O quê?

Langdon avançou na sua direção, leu o texto e contou cuidadosamente cada letra manuscrita. *As sombrias religiões retiraram & a doce ciência reina.* Efetivamente, eram quarenta e seis. Intrigado, voltou a estudar o verso.

— Tem a certeza de que Edmond disse quarenta e sete e não quarenta e seis?

— A certeza absoluta.

Releu o verso. *Mas tem de ser isto*, pensou. *O que é que não estou a ver?*

Cuidadosamente, analisou cada letra do último verso do poema de Blake. Estava quase a chegar ao fim quando compreendeu.

... & a doce ciência reina.

— O *ampersand* — exclamou. — O símbolo que Blake utilizou em vez de escrever a palavra «e».

Ambra olhou intrigada para ele e abanou a cabeça.

— Robert, se substituirmos o símbolo por «e» o verso continua a ter quarenta e seis caracteres. Não muda nada.

Não é bem assim. Langdon sorriu. *É um código dentro do código.*

Estava maravilhado com a astuciosa volta que Edmond dera ao enigma. O génio paranoico utilizara um simples truque tipográfico para garantir que, mesmo que alguém descobrisse qual era o seu verso preferido, fosse incapaz de o digitar corretamente.

O código do ampersand, pensou Langdon. *Edmond lembrou-se do código.*

A origem do *ampersand* era sempre uma das primeiras coisas que Langdon ensinava nas suas aulas de simbologia. O símbolo «&» era um logograma — literalmente, uma imagem que representava uma palavra. Embora muita gente partisse do princípio de que o símbolo provinha da palavra inglesa «*and*», na realidade derivava da palavra latina «*et*». O invulgar desenho do *ampersand* era uma fusão tipográfica das letras *E* e *T*, uma união ainda visível atualmente em alguns tipos de letra para computadores como o Trebuchet, cujo *ampersand* recorda claramente a sua origem latina.

Langdon nunca se esqueceria de que uma semana depois de ter ensinado à turma de Edmond a história do *ampersand*, o jovem génio viera à aula com uma *t-shirt* com a mensagem «Ampersand liga para casa!», uma divertida alusão ao filme de Spielberg sobre um extraterrestre chamado «ET» que tentava encontrar uma forma de regressar a casa.

Agora, parado em frente do poema de Blake, Langdon conseguia visualizar perfeitamente na sua mente a palavra-passe de Edmond de quarenta e sete caracteres.

assombriasreligiõesretirarametadoceciênciareina

Quintessencial do Edmond, pensou, partilhando rapidamente com Ambra o astucioso truque que Edmond utilizara para acrescentar um nível de segurança à sua palavra-passe.

Quando compreendeu a resposta ao enigma, o rosto de Ambra iluminou-se com o mais amplo sorriso que Langdon lhe via desde que a conhecia.

— Bem, imagino que se alguma vez tivemos alguma dúvida de que Edmond Kirsch era realmente um *nerd*...

Riram-se os dois, respirando de alívio na solidão da cripta.

— Descobriu a palavra-passe — disse Ambra, agradecida. — E agora tenho mais pena que nunca de ter perdido o telemóvel de Edmond. Se ainda o tivéssemos, podíamos transmitir a apresentação agora mesmo.

— Não foi culpa sua — disse ele, reconfortando-a. — E, como lhe disse, sei como encontrar Winston.

Pelo menos, acho que sei, corrigiu-se mentalmente, esperando ter razão.

Ao mesmo tempo que Langdon visualizava a vista aérea de Barcelona e o invulgar quebra-cabeças que os esperava, o silêncio da cripta foi quebrado por um perturbador som proveniente das escadas.

O padre Beña estava lá em cima a chamar por eles aos gritos.

CAPÍTULO 74

— Depressa! Senhora Vidal! Professor Langdon! Venham depressa!

Langdon e Ambra subiram as escadas da cripta a correr enquanto os desesperados gritos do padre Beña prosseguiam. Quando chegaram ao cimo, Langdon lançou-se decidido para a nave, mas viu-se imediatamente perdido na escuridão reinante.

Não vejo nada!

Enquanto avançava lentamente, os seus olhos esforçavam-se por se adaptar às trevas depois do brilho das candeias de azeite da cripta. Ambra pôs-se ao seu lado, com os olhos também semicerrados.

— Aqui! — gritou desesperado o padre Beña.

Moveram-se na direção do som, avistando finalmente o sacerdote iluminado pela fraca réstia de luz procedente das escadas da cripta. Encontrava-se de joelhos, debruçado sobre a silhueta escura de um corpo.

Chegaram ao seu lado rapidamente e Langdon recuou estarrecido ao reconhecer o corpo do agente Díaz com a cabeça torcida de forma grotesca. Estava deitado de barriga para baixo, mas a sua cabeça fora girada cento e oitenta graus para trás, de modo que os seus olhos sem vida se dirigiam para o teto da basílica. Sentiu um arrepio de horror, compreendendo o pânico nos gritos do padre Beña.

Uma fria onda de medo percorreu-o. Endireitou-se abruptamente, perscrutando a escuridão à procura de quaisquer sinais de movimento na cavernosa igreja.

— A pistola dele desapareceu! — sussurrou Ambra, apontando para o coldre vazio de Díaz. Perscrutou as trevas que os rodeavam e gritou: — Agente Fonseca?!

Nas sombras ao seu lado, ouviu-se uma súbita série de passos nas lajes do chão e o som de corpos que se debatiam numa luta feroz. Então, com uma aterradora brusquidão, ouviram a ensurdecedora explosão de um tiro muito perto. Langdon, Ambra e o padre Beña saltaram para trás e, enquanto o tiro ecoava pelo templo, ouviram uma voz angustiada gritar: *¡Corran!* Corram!

Ouviu-se um segundo tiro, seguido por um pesado baque — o inconfundível som de um corpo a cair no chão.

Langdon já agarrara Ambra pelo braço e puxava-a para as profundas sombras que cobriam a parede lateral do santuário. O padre Beña seguiu-os a um passo de distância, e os três agacharam-se absolutamente silenciosos encostados à pedra fria.

Os olhos de Langdon perscrutaram as trevas enquanto a sua mente se esforçava por compreender o que estava a acontecer.

Alguém acaba de matar Díaz e Fonseca! Quem estará aqui dentro connosco? E o que quererá de nós?

Langdon só conseguia encontrar uma resposta lógica para aquelas perguntas: o assassino que se movia pela escuridão da Sagrada Família não tinha vindo ali para matar dois agentes da Guardia Real... Tinha vindo por Ambra e por ele.

Alguém continua interessado em silenciar a descoberta de Edmond a qualquer custo.

De repente, uma potente lanterna acendeu-se no meio do templo. O feixe de luz começou a mover-se para a frente e para trás em amplos arcos, aproximando-se deles. Langdon sabia que tinham poucos segundos antes de serem descobertos.

— Por aqui — sussurrou o padre Beña, puxando Ambra ao longo da parede na direção oposta à da lanterna. Langdon seguiu-os enquanto a luz se aproximava. O padre Beña e Ambra viraram de repente para a direita, desaparecendo numa abertura na pedra, e Langdon lançou-se atrás deles, tropeçando imediatamente num degrau que não viu. Ambra e Beña começaram a subir as escadas enquanto Langdon recuperava o equilíbrio e continuava atrás deles. Ao olhar para trás, viu o feixe de luz poucos centímetros abaixo de si, iluminando os degraus inferiores.

Deixou-se ficar imóvel na escuridão, à espera.

A luz manteve-se fixa nas escadas durante um longo momento e depois começou a tornar-se mais brilhante.

Está a dirigir-se para aqui!

Langdon conseguia ouvir Ambra e o padre Beña a subirem as escadas tão silenciosamente como podiam. Virou-se e começou a correr atrás deles, mas voltou a tropeçar, embatendo contra uma parede e percebendo que a escadaria não era direita, mas curva. Colocando uma mão na parede para se guiar, começou a subir uma estreita espiral, compreendendo imediatamente onde se encontrava.

A traiçoeira escada em espiral da Sagrada Família.

Levantou o olhar e avistou um ténue brilho procedente de fontes de luz em cima, que proporcionavam iluminação suficiente para revelar o estreito poço em que se encontrava. Sentiu as pernas hirtas e ficou imóvel nas escadas, vencido pela claustrofobia na minúscula passagem.

Continua a subir! A sua mente racional gritava-lhe que subisse, mas os seus músculos estavam paralisados pelo medo.

Algures por baixo de si, podia ouvir passos pesados que se aproximavam. Forçou-se a continuar, subindo os degraus em espiral o mais rapidamente que podia. O ténue brilho que vira antes tornou-se mais claro quando passou por uma abertura na parede, uma ampla ranhura através da qual pôde ver de relance as luzes da cidade. Sentiu uma rajada de ar frio ao passar por aquele poço de luz e voltou a mergulhar na escuridão à medida que continuava a subir em círculos.

Ouviu os passos por baixo de si, ao mesmo tempo que o feixe de luz da lanterna se movia erraticamente pelo vão central das escadas. Langdon passou por outra entrada de luz. Os passos aproximavam-se. O seu perseguidor corria pelas escadas acima.

Alcançou finalmente Ambra e o padre Beña, que arquejava. Espreitou sobre a borda interior do poço das escadas. A queda era estonteante, uma estreita abertura circular que se precipitava pelo centro do que parecia o olho de um gigantesco náutilo. Não havia qualquer tipo de corrimão, apenas um rebordo que se erguia à altura do tornozelo e não proporcionava qualquer proteção. Teve de lutar para controlar o enjoo.

Virou o olhar para a escuridão por cima das suas cabeças. Ouvira dizer que havia mais de quatrocentos degraus naquela estrutura. Se assim fosse, seria impossível que conseguissem chegar ao cimo antes de serem apanhados pelo homem armado que os perseguia.

— Vocês os dois... corram! — arfou o padre Beña, dando um passo para o lado e fazendo um gesto para que passassem e continuassem a subir.

— Nem pensar nisso, padre — disse Ambra, debruçando-se para ajudar o idoso clérigo.

Langdon admirou o seu instinto protetor, mas também sabia que fugir por aquela escadaria era suicídio. O mais provável era que acabassem todos com balas nas costas. Dos dois instintos animais em situações de perigo, lutar ou fugir, fugir já não era uma opção.

Nunca chegaremos lá acima.

Deixando que Ambra e o padre Beña continuassem a subir, virou-se para baixo, apoiou bem os pés num degrau e esperou. Em baixo, o feixe de luz da lanterna aproximava-se cada vez mais. Encostou-se à parede e agachou-se nas sombras, esperando até que a luz chegasse aos degraus imediatamente por baixo de si. O assassino tornou-se de repente visível, uma forma escura que corria com ambas as mãos estendidas para a frente, uma com a lanterna e a outra com uma pistola.

Langdon reagiu instintivamente, projetando-se da posição agachada e lançando-se pelo ar com os pés para a frente. O homem viu-o e começou a levantar a pistola no preciso momento em que os calcanhares de Langdon embateram com toda a força no seu peito, empurrando-o contra a parede das escadas.

Os segundos seguintes foram uma confusão.

Langdon aterrou de lado, com uma dor intensa a explodir na sua anca, enquanto o seu atacante caía para trás, rebolando por vários degraus e aterrando com um grunhido. A lanterna rolou pelas escadas abaixo e parou, lançando uma cortina de luz oblíqua pela parede e iluminando um objeto metálico caído nas escadas a meio caminho de Langdon e do seu atacante.

A pistola.

Ambos se lançaram para ela ao mesmo tempo, mas Langdon estava mais perto e chegou primeiro, empunhando-a e apontando-a para o seu atacante, que estacou a poucos centímetros, olhando desafiador para o cano da arma.

Iluminado pela lanterna caída, Langdon pôde finalmente ver a barba grisalha e as calças brancas... e num instante percebeu quem era.

O oficial de marinha do Guggenheim...

Apontou a pistola à cabeça do homem, sentindo o indicador no gatilho.

— Você matou o meu amigo Edmond Kirsch.

O homem estava ofegante, mas replicou imediatamente com uma voz gelada.

— Saldei uma dívida de sangue. O seu amigo Edmond Kirsch matou a minha família.

CAPÍTULO 75

Langdon partiu-me as costelas.

O almirante Ávila sentia pontadas agudas sempre que respirava, retorcendo-se de dor enquanto o seu peito se arqueava desesperadamente, procurando devolver o oxigénio ao seu corpo. Agachado nas escadas por cima dele, Robert Langdon olhava para baixo, apontando-lhe estranhamente a pistola à parte superior do peito.

O treino militar de Ávila entrou imediatamente em ação e começou a avaliar a situação. Na coluna negativa, o seu inimigo tinha tanto a arma como a posição superior no terreno. Na coluna positiva, a julgar pela estranha forma como o professor agarrava na pistola, tinha muito pouca experiência com armas de fogo.

Ele não tem a menor intenção de disparar. Vai aguentar-me aqui e esperar pelos agentes da segurança. Pelos gritos provenientes do exterior, era óbvio que os agentes de segurança da Sagrada Família tinham ouvido os tiros e já estavam a entrar no edifício.

Tenho de agir rapidamente.

Mantendo as mãos levantadas num gesto de rendição, pôs-se lentamente de joelhos, num gesto de plena obediência e submissão.

Dá a Langdon a sensação de controlar totalmente a situação.

Apesar da queda pelas escadas abaixo, sentia que o objeto que tinha enfiado na parte de trás do cinto, a pistola cerâmica com que executara Edmond Kirsch no Guggenheim, ainda se encontrava ali. Tinha metido a última bala na câmara antes de entrar no templo, mas não houvera necessidade de a utilizar, matando um dos agentes silenciosamente e roubando a sua muito mais eficiente arma, que infelizmente estava agora apontada para ele. Ávila desejou ter travado a arma, considerando provável que Langdon não tivesse a menor ideia de como a destravar.

Pensou em fazer uma tentativa de tirar a pistola cerâmica do cinto e disparar primeiro, mas calculou que, mesmo que tivesse êxito, as suas probabilidades de sobrevivência seriam de cerca de cinquenta por cento. Um dos perigos dos atiradores inexperientes era a sua tendência para disparar sem querer.

Se me movo demasiado rapidamente...

Os gritos dos guardas aproximavam-se cada vez mais, levando Ávila a recordar o que o Regente lhe garantira: se fosse preso, a tatuagem de «Victor» na palma da mão garantiria a sua libertação. Naquele momento, porém, depois de matar dois agentes da Guardia Real, já não tinha tanta certeza de que a influência do Regente o pudesse salvar.

Vim aqui desempenhar uma missão, recordou a si próprio. *E tenho de a terminar. Eliminar Robert Langdon e Ambra Vidal.*

O Regente dissera a Ávila que se introduzisse na igreja pela entrada de serviço leste, mas em vez disso ele decidira saltar uma vedação de segurança. *Vi a polícia à beira da entrada leste... de modo que improvisei.*

Langdon falava arrebatadamente, olhando para ele furioso por cima da pistola.

— Você disse que Edmond matou a sua família, mas isso é mentira. Edmond não era um assassino.

Tem razão, pensou Ávila. *Era pior que isso.*

A tenebrosa verdade sobre Kirsch era um segredo de que só tivera conhecimento há uma semana, durante uma conversa telefónica com o Regente. *O nosso papa pede-lhe que execute o famoso futurologista Edmond Kirsch*, dissera o Regente. *Sua Santidade tem muitos motivos para considerar essa medida necessária, mas gostaria que empreendesse essa missão pessoalmente.*

Porquê eu?, perguntara Ávila.

Almirante, sussurrara o Regente, *lamento ter de lhe dizer isto, mas Edmond Kirsch é responsável pelo atentado que matou a sua família.*

A primeira reação de Ávila fora de total incredulidade. Não podia ver qualquer motivo para que um cientista computacional famoso quisesse perpetrar um atentado à bomba numa igreja.

O almirante é um militar de carreira, explicara-lhe o Regente. *Por isso, sabe melhor do que ninguém que o jovem soldado que aperta o gatilho na batalha não é o verdadeiro assassino. É um peão a fazer o trabalho dos poderosos, dos governos, dos generais, dos líderes religiosos, daqueles que lhe pagaram ou que o convenceram de que um determinado fim justifica aqueles meios.*

Ávila tinha efetivamente testemunhado aquela situação.

As mesmas regras são aplicáveis ao terrorismo, continuou o Regente. *Os terroristas mais hediondos não são as pessoas que fazem as bombas, mas os líderes influentes que propagam o ódio entre as massas desesperadas, inspirando os seus soldados a cometerem atos de violência. Uma única alma negra poderosa é suficiente para devastar o mundo ao inspirar intolerância espiritual, nacionalismo ou desprezo nas mentes dos vulneráveis.*

Ávila tinha de concordar com ele.

Os ataques terroristas contra cristãos voltaram a aumentar no mundo inteiro. Estes novos ataques já não são eventos estrategicamente planeados. São atos espontâneos executados por lobos solitários que respondem a uma chamada às armas enviada por persuasivos inimigos de Cristo. O Regente fez uma pausa. *E entre esses persuasivos inimigos, encontra-se o ateu Edmond Kirsch.*

Sentira que o Regente começava a esticar a verdade. Apesar da sua desprezível campanha contra o cristianismo em Espanha, o cientista nunca fizera qualquer declaração a incentivar o assassínio de cristãos.

Antes de discordar, dissera-lhe a voz ao telefone, *deixe-me dar-lhe uma última informação.* O Regente suspirara profundamente. *Ninguém sabe disto, almirante, mas o atentado em que a sua família morreu... foi planeado como um ato de guerra contra a Igreja Palmariana.*

A declaração fizera-o hesitar, mas não fazia sentido. Como podia a Catedral de Sevilha estar associada aos palmarianos?

No dia do atentado, quatro proeminentes membros da Igreja Palmariana encontravam-se entre a congregação sevilhana por motivos proselitistas. Eles foram alvos específicos. O almirante já conhece um deles, Marco. Os outros três morreram no atentado.

Os pensamentos de Ávila foram arrastados para um redemoinho ao recordar o seu fisioterapeuta, Marco, que perdera uma perna no atentado.

Os nossos inimigos são poderosos e decididos. E quando o terrorista foi incapaz de aceder ao nosso complexo no Palmar de Troya, seguiu os nossos quatro missionários até Sevilha e entrou em ação na catedral. Tenho muita pena, almirante. Esta tragédia é um dos motivos por que os palmarianos foram ter consigo. Sentimo-nos responsáveis por a sua família se ter tornado um dano colateral de uma guerra travada contra nós.

Uma guerra travada por quem?, quis saber Ávila, procurando compreender as chocantes afirmações.

Consulte o seu correio eletrónico, replicara o Regente.

Abrindo a sua caixa de correio, descobrira uma impressionante quantidade de documentos privados que descreviam uma brutal guerra travada contra a igreja palmariana há já mais de uma década. Uma guerra que aparentemente incluía processos judiciais, ameaças que se aproximavam da chantagem e enormes doações a grupos antipalmarianos, que vigiavam o Apoio a Palmar de Troya e o Dialogue Ireland.

Mais surpreendente ainda, aquela amarga guerra contra a igreja palmariana era, aparentemente, travada por um único indivíduo, o futurologista Edmond Kirsch.

Aquela informação deixara-o perplexo. *Porque quereria Kirsch destruir especificamente os palmarianos?*

O Regente dissera-lhe que nenhum membro da igreja, incluindo o próprio papa, tinha a menor ideia do porquê da aversão específica de Kirsch aos palmarianos. Tudo o que sabiam era que uma das pessoas mais ricas e influentes do planeta não descansaria enquanto não os esmagasse.

O Regente chamara-lhe a atenção para um último documento: uma cópia de uma carta impressa dirigida aos palmarianos por um homem que declarava ser o responsável pelo atentado de Sevilha. Na primeira linha, o terrorista denominava-se «discípulo de Edmond Kirsch». Ávila não precisara de ver mais nada. Os seus punhos fecharam-se de raiva.

Finalmente, o Regente explicara-lhe porque é que os palmarianos nunca haviam divulgado aquela carta. Com toda a cobertura mediática negativa que tinham recebido nos últimos tempos, uma grande parte da qual fora orquestrada ou financiada por Kirsch, a última coisa de que a igreja precisava era de ser associada a um atentado à bomba.

A minha família morreu por causa de Edmond Kirsch.

Agora, na escadaria escura, olhava para Robert Langdon, pressentindo que aquele homem provavelmente não sabia nada da cruzada secreta de Kirsch contra a igreja palmariana ou que Kirsch inspirara o atentado que matara a sua família.

Não importa o que este Langdon sabe ou deixa de saber, pensou. *É um soldado como eu. Ambos caímos nesta trincheira, mas só um de nós sairá vivo dela. Recebi ordens.*

Langdon estava de pé poucos degraus acima de si, apontando-lhe a pistola como um amador, com ambas as mãos. *Pobre escolha*, pensou, baixando suavemente os pés para um degrau inferior, apoiando-os e olhando diretamente para os olhos de Langdon.

— Compreendo que para si seja difícil de acreditar, mas Edmond Kirsch matou a minha família. E aqui tem a prova.

Estendeu a palma da mão para mostrar a tatuagem, que obviamente não provava nada, mas teve o efeito desejado: Langdon olhou para ela.

No momento em que o olhar do professor se desviou momentaneamente, Ávila atirou-se para cima e para a esquerda, ao longo da parede externa curva, desviando o corpo da linha de fogo. Tal como antecipara, Langdon disparou por impulso, apertando o gatilho antes de poder voltar a fazer pontaria. O tiro reverberou no apertado espaço das escadas como um trovão e sentiu uma bala arranhar-lhe o ombro antes de ricochetear inofensivamente pelas paredes de pedra da escadaria.

Langdon já estava a corrigir a pontaria, mas Ávila virou-se em pleno ar e, quando começou a cair, bateu com os punhos nos pulsos do professor, obrigando-o a soltar a arma, que caiu pelas escadas abaixo.

A dor atravessou-lhe o peito e ombro quando aterrou nas escadas ao lado de Langdon, mas a onda de adrenalina alimentou as suas forças. Levando a mão atrás das costas, tirou a pistola de cerâmica do cinto. A arma parecia não pesar nada depois de ter brandido a pistola do agente da Guardia Real.

Apontou-a ao peito de Langdon e, sem hesitar, apertou o gatilho.

A arma rugiu, mas fez um estranho ruído de alguma coisa a estilhaçar-se, e Ávila sentiu um calor abrasador na mão, percebendo imediatamente que o cano tinha explodido. Produzidas para serem invisíveis, aquelas novas armas «indetetáveis» eram concebidas para disparar apenas um ou dois tiros. Não fazia a menor ideia de onde tinha ido parar a bala, mas, quando viu Langdon levantar-se, deixou cair a pistola e atirou-se a ele. Os dois homens embateram violentamente perto do perigoso rebordo interior da escadaria.

Nesse instante, Ávila soube que tinha ganhado.

Estamos igualmente armados, pensou. *Mas eu tenho a melhor posição.*

Ávila já avaliara o poço aberto no centro das escadas: uma queda mortal praticamente sem nenhuma proteção. Assim, enquanto tentava empurrar Langdon para o vazio, esticou uma perna para trás, apoiando-a na parede exterior, o que lhe permitiu uma enorme alavancagem.

Com um esforço adicional, atirou o oponente para trás, na direção do poço.

Langdon resistia ferozmente, mas a posição de Ávila permitia-lhe uma vantagem insuperável e, pelo olhar desesperado na cara do professor, era óbvio que Langdon sabia o que estava prestes a acontecer.

Robert Langdon ouvira dizer que as escolhas mais críticas da vida, as que estavam diretamente relacionadas com a sobrevivência a muito curto prazo, requeriam habitualmente tomar uma decisão numa fração de segundo.

Naquele momento, brutalmente empurrado contra o rebordo baixo, com as costas arqueadas sobre uma queda de mais de trinta metros, o seu metro e noventa de altura e o seu alto centro de gravidade revelavam-se um problema possivelmente mortal. Sabia que não podia fazer nada para superar a força da posição de Ávila.

Langdon espreitou desesperadamente por cima do ombro para o vazio por trás de si. O poço circular era estreito, com talvez um metro de diâmetro, mas tinha largura suficiente para deixar passar o seu corpo... que certamente iria fazendo tabela pelos rebordos de pedra até ao fundo.

É impossível sobreviver à queda.

Ávila emitiu um grito gutural e agarrou Langdon com mais força. Quando o fez, Langdon percebeu que só havia uma manobra possível.

Em vez de lutar contra ele, ajudá-lo-ia.

Quando Ávila o empurrou, Langdon agachou-se, assentando firmemente os pés nos degraus.

Por um momento, sentiu que tinha novamente vinte anos e que estava na piscina de Princeton... competindo no estilo de costas... agachado à frente da sua fila... de costas para a água... os joelhos dobrados... o abdómen firme... à espera do tiro de partida.

Aproveitar o momento exato é crucial.

Desta vez, não ouviu nenhum tiro de partida. Explodiu da posição agachada, lançando-se para trás, arqueando as costas por cima do vazio. Ao saltar, sentiu que Ávila, que até então estivera posicionado de forma a empurrar um homem de cem quilos que se opunha a ser empurrado, se desequilibrava pela súbita alteração na resistência encontrada.

Ávila soltou-o assim que pôde, mas Langdon percebeu que se desequilibrara. Enquanto voava com o corpo arqueado, rezou por ter conseguido aplicar força suficiente ao salto para atravessar o poço e chegar às escadas do outro lado, dois metros mais abaixo. Mas, aparentemente, não ia acontecer. Em pleno ar, enquanto começava a enrolar instintivamente o corpo numa bola protetora, embateu violentamente contra um obstáculo vertical.

Não consegui.

Vou morrer.

Tendo a certeza de ter batido contra o rebordo interior, preparou-se para a sua queda pelo vazio.

Mas esta não durou mais do que um instante.

Colidiu de forma praticamente imediata com uma superfície dura e irregular, batendo com a cabeça. A força do embate deixou-o praticamente inconsciente, mas conseguiu perceber que atravessara completamente o poço e fora bater contra a parede do outro lado das escadas, aterrando num lanço inferior.

Encontra a pistola, pensou, esforçando-se por se manter consciente, sabendo que Ávila estaria em cima dele numa questão de segundos.

Mas era tarde demais.

O seu cérebro estava a apagar-se.

À medida que a escuridão o engolia, a última coisa que Langdon ouviu foi um estranho som... uma série de baques a intervalos regulares por baixo de si, cada um mais afastado do que o anterior.

Lembrou-lhe o som de um enorme saco do lixo a cair por uma velha conduta abaixo.

CAPÍTULO 76

Quando o carro em que o príncipe Julián seguia se aproximou do portão principal do Escorial, ele viu uma barreira familiar de carros brancos e soube que o bispo lhe dissera a verdade.

O meu pai encontra-se efetivamente aqui.

A julgar pela quantidade de veículos, todos os agentes da Guardia Real destacados para a proteção do rei tinham vindo para aquela histórica residência real.

Quando o acólito parou o velho *Opel*, um agente com uma lanterna avançou para o carro, iluminou o interior e recuou chocado, claramente não tendo esperado encontrar o príncipe e o bispo no interior do desconjuntado veículo.

— Vossa Alteza! — exclamou, pondo-se em sentido com um salto. — Vossa Excelência! Temos estado à vossa espera. — Observou o carro. — Onde está a escolta da Guardia?

— Tinham coisas a fazer no palácio — replicou o príncipe. — Estamos aqui para ver o meu pai.

— Claro que sim, claro que sim! Se Vossa Alteza e Vossa Excelência fizerem o favor de sair do veículo...

— Limitem-se a afastar os vossos veículos e a deixar-nos passar — repreendeu o bispo. — Imagino que Sua Majestade esteja no hospital do mosteiro?

— *Estava* — disse o agente, hesitante. — Mas receio que já não esteja.

Valdespino sobressaltou-se, parecendo horrorizado.

Um arrepio gelado percorreu Julián. *O meu pai faleceu?*

— Não! Desculpem! Não queria dizer isso! — titubeou o agente, arrependendo-se da sua infeliz escolha de palavras. — Sua Majestade *foi-se embora*. Deixou o Escorial há cerca de uma hora. Chamou a sua escolta principal e partiram.

O alívio de Julián transformou-se rapidamente em confusão. *Deixou o hospital?*

— Isso não faz sentido nenhum! — gritou Valdespino. — O rei ordenou-me que trouxesse o príncipe aqui imediatamente!

— Sim. Temos ordens específicas do rei, Vossa Excelência. De modo que, se fizessem o favor de sair do carro para que os possamos levar num dos nossos veículos.

Valdespino e Julián trocaram um olhar perplexo e saíram resignadamente do carro. O agente informou o acólito de que os seus serviços já não seriam necessários e que deveria regressar ao palácio. O assustado jovem deu meia-volta com o carro e desapareceu na noite sem dizer qualquer palavra, obviamente aliviado pelo fim do seu papel naquela série de acontecimentos bizarros.

À medida que os agentes conduziam o príncipe e Valdespino para o assento de trás de um SUV, o bispo foi ficando cada vez mais agitado.

— Onde está o rei? — exigia saber. — Para onde nos levam?

— Estamos a cumprir ordens diretas de Sua Majestade. Sua Majestade pediu-nos que lhes proporcionássemos um veículo, um condutor e esta carta. — O agente tirou um envelope fechado do bolso e entregou-o ao príncipe Julián através da janela do carro.

Uma carta do meu pai? O príncipe sentiu-se desconcertado pela formalidade, especialmente quando reparou que o envelope estava lacrado com o selo real. *O que é que ele anda a fazer?* Sentiu com crescente preocupação que as faculdades do pai podiam estar a enfraquecer.

Ansiosamente, partiu o lacre, abriu o envelope e retirou do seu interior um cartão manuscrito. A letra do pai já não era o que fora, mas continuava a ser legível. Quando começou a ler a carta, sentiu o seu espanto crescer com cada palavra.

Quando terminou, voltou a meter o cartão no envelope e fechou os olhos, analisando as suas opções. Só havia uma, claro.

— Vá para norte, se faz favor — disse ao condutor.

À medida que o veículo se afastava do Escorial, o príncipe podia sentir Valdespino a fitá-lo.

— O que disse o seu pai? — perguntou o bispo. — Para onde me leva?

Julián expeliu o ar dos pulmões e virou-se para o fiel amigo do pai.

— Como tão eloquentemente disse antes — disse com um sorriso triste para o velho bispo —, o meu pai continua a ser o rei de Espanha. Nós amamo-lo e fazemos o que ele nos ordena.

CAPÍTULO 77

— Robert...? — sussurrava uma voz.

Langdon tentou responder, mas sentia a cabeça latejar.

— Robert...?

Uma mão macia tocou-lhe na cara e Langdon abriu lentamente os olhos. Momentaneamente desorientado, pensou que estava a sonhar. *Há um anjo vestido de branco a pairar sobre mim.*

Quando reconheceu a cara, conseguiu esboçar um débil sorriso.

— Graças a Deus — disse Ambra, respirando de alívio. — Ouvimos o tiro. — Estava agachada a seu lado. — Não tente levantar-se.

À medida que recuperava a consciência, Langdon sentiu uma súbita onda de medo.

— O homem que nos atacou...

— Foi-se — sussurrou Ambra, com uma voz tranquila. — Estamos em segurança. — Fez um gesto na direção do poço. — Ele caiu. Até ao fundo.

Langdon esforçou-se por compreender o que lhe estava a ser dito. Começou lentamente a recordar o que acontecera. Procurou dissipar a neblina que lhe turvava a mente e fazer um inventário das suas feridas. As primeiras coisas que lhe chamaram a atenção foram o penetrante latejar na anca esquerda e a dor aguda na cabeça. De resto, não parecia ter nada partido. O som dos rádios da polícia ecoava pela escadaria.

— Quanto tempo... é que eu estive...

— Uns minutos — disse Ambra. — Estava semiconsciente. Temos de o levar a um médico.

Vacilante, Langdon conseguiu sentar-se, apoiando-se na parede das escadas.

— Era o oficial de marinha... O que...

— Eu sei — disse Ambra, anuindo. — O assassino de Edmond. A polícia acaba de o identificar. Estão no fundo das escadas com o corpo e querem uma declaração sua, mas o padre Beña disse-lhes que ninguém sobe aqui acima antes da equipa de emergência médica, que deve estar a chegar.

Langdon assentiu com a cabeça latejante.

— É provável que o mandem para o hospital. O que significa que temos de falar imediatamente... antes que cheguem.

— Falar... sobre o *quê*?

Ambra observou-o com um ar preocupado. Inclinou-se para a frente e sussurrou-lhe ao ouvido:

— Não se lembra, Robert? Descobrimos a palavra-passe de Edmond: «As sombrias religiões retiraram e a doce ciência reina.»

Aquelas palavras penetraram a neblina como uma seta, e Langdon endireitou-se com um movimento brusco, a mente subitamente límpida.

— O Robert trouxe-nos até aqui. Eu posso fazer o resto. Disse-me que sabia como encontrar Winston. A localização do laboratório computacional de Edmond? Diga-me para onde tenho de ir e eu encarrego-me do resto.

As memórias regressavam agora profusamente.

— Eu *sei*. — *Pelo menos acho que consigo descobrir.*

— Diga-me onde é.

— Temos de atravessar a cidade.

— Para onde?

— Não sei o endereço — respondeu Langdon, esforçando-se por se levantar.

— Por favor, Robert, deixe-se ficar sentado!

— Sim, deixe-se ficar sentado — ecoou uma voz de homem. Nas escadas por baixo deles apareceu o padre Beña, subindo com dificuldade, ofegante. — Dentro de uns minutos trazem uma maca para o levar para o hospital.

— Estou bem — mentiu Langdon, sentindo-se atordoado ao encostar-se à parede. — Ambra e eu temos de nos ir embora.

— Não chegarão muito longe — disse o padre Beña, subindo lentamente. — A polícia está à sua espera. Querem uma declaração. Além disso, a igreja está sitiada pelos meios de comunicação. Alguém os avisou de que estavam aqui. — O padre chegou ao seu lado e diri-giu-lhe um sorriso cansado. — Já agora, a senhora Vidal e eu estamos aliviados por o ver bem. Salvou-nos a vida.

Langdon riu-se.

— Tenho a certeza de que foi o *senhor* que salvou a nossa.

— Seja como for, quero que saiba que não poderá sair desta esca-daria sem dar de caras com a polícia.

Apoiando cuidadosamente as mãos no rebordo de pedra, incli-nou-se para a frente e espreitou para baixo. A macabra cena no fundo das escadas parecia muito longe — o corpo de Ávila estranhamente es-parramado iluminado pelos feixes de diversas lanternas empunhadas por polícias.

Enquanto espreitava para o fundo do poço da escada em espiral, reparando novamente no elegante *design* do náutilo, lembrou-se do *site* do museu de Gaudí na cave daquela igreja. O *site online* que Langdon visitara há pouco tempo, continha uma espetacular série de modelos à escala da Sagrada Família, precisamente executados por programas CAD e enormes impressoras 3D, que representavam a longa evolução da estrutura, do estabelecimento dos alicerces até à sua futura e glorio-sa finalização, ainda a pelo menos uma década de distância.

De onde vimos?, pensou Langdon. *Para onde vamos?*

Uma memória irrompeu de súbito na sua mente. Um dos mode-los à escala do exterior da igreja. A imagem ficara gravada na sua me-mória eidética. Era uma maqueta que representava o estado atual de construção do templo, intitulada «A Sagrada Família Atualmente».

Se aquele modelo estiver atualizado, pode haver uma forma de sair daqui.

Virou-se abruptamente para o padre Beña.

— Padre Beña, por favor, poderia transmitir uma mensagem mi-nha a uma pessoa no exterior?

O sacerdote pareceu perplexo.

Enquanto Langdon explicava o seu plano para sair do edifício, Ambra abanava a cabeça.

— Isso é impossível, Robert. Não há nenhum sítio aí em cima para...

— Para dizer a verdade — interveio o padre Beña —, *há*. Não es-tará ali para sempre, mas de momento o professor Langdon tem razão. O que está a sugerir é possível.

Ambra parecia surpreendida.

— Mas, Robert, mesmo que consigamos escapar sem sermos vistos, tem a certeza de que não devia ir ao hospital?

Langdon não tinha a certeza de nada naquele momento.

— Posso ir mais tarde, se for preciso. Neste momento, devemos a Edmond acabar o que viemos aqui fazer. — Virou-se para o padre Beña, olhando diretamente para os seus olhos. — Tenho de ser honesto consigo, padre, sobre o motivo por que estamos aqui. Como sabe, o assassínio do senhor Kirsch esta noite destinou-se a impedi-lo de anunciar uma descoberta científica.

— Sim — disse o padre. — E, pelo tom da sua introdução, parecia considerar que a sua descoberta produziria um grande impacto negativo nas religiões do mundo.

— Exatamente, e é por esse motivo que acho que o padre Beña tem de saber que a senhora Vidal e eu viemos a Barcelona para tentar divulgar a sua descoberta. E estamos muito perto de ser capazes de o fazer. O que significa... — Langdon fez uma pausa. — Ao pedir a sua ajuda neste momento, estou essencialmente a pedir-lhe que nos ajude a divulgar as palavras de um ateu a nível global.

O padre Beña estendeu o braço e colocou a mão no ombro de Langdon.

— Professor — disse com uma gargalhadinha —, o senhor Kirsch não é o primeiro ateu na história a declarar que «Deus está morto», nem será o último. Seja o que for que tenha descoberto, tenho a certeza de que será debatido por todos os lados. Desde os princípios do tempo, o intelecto humano esteve sempre em constante evolução, e o meu papel neste mundo não é impedir esse progresso. Do meu ponto de vista, porém, nunca houve nenhum avanço intelectual que não tenha incluído Deus.

Com estas palavras, o padre Beña dirigiu a ambos um sorriso reconfortante e começou a descer as escadas.

No exterior, esperando no *cockpit* do helicóptero *EC145*, o piloto observava com crescente preocupação que a multidão no exterior da vedação da Sagrada Família continuava a aumentar. Não tinha notícias dos dois agentes da Guardia Real que trouxera e estava prestes a enviar uma mensagem pelo rádio quando um homem baixo vestido de preto saiu da basílica e se dirigiu ao helicóptero.

O homem apresentou-se como padre Beña e transmitiu-lhe uma mensagem chocante do interior: ambos os agentes tinham sido assassinados, e a futura rainha e Robert Langdon requeriam uma evacuação imediata do templo. E, como se aquilo por si só não fosse suficientemente preocupante, o padre disse-lhe então precisamente *onde* tinha de ir buscar os seus passageiros.

Impossível, pensou o piloto.

No entanto, ao pairar sobre os pináculos da Sagrada Família, percebeu que o padre tinha razão. O pináculo maior da igreja — uma monolítica torre central — ainda não fora construído. A plataforma que lhe serviria de alicerce era uma área circular, ampla e plana, aninhada entre um conjunto de pináculos, como uma clareira numa floresta de sequoias.

Depois de posicionar o aparelho por cima da plataforma a uma boa altitude, baixou cuidadosamente entre os pináculos. Quando tocou no betão, viu duas figuras emergirem de uma escadaria: Ambra Vidal a ajudar um combalido Robert Langdon.

O piloto saltou do aparelho e ajudou-os a entrar.

Enquanto lhes punha os cintos de segurança, a futura rainha de Espanha fez um gesto cansado com a cabeça.

— Muito obrigada — murmurou ela. — O professor Langdon explica-lhe onde temos de ir.

CAPÍTULO 78

 ConspiracyNet.com

ÚLTIMAS NOTÍCIAS

A IGREJA PALMARIANA MATOU A MÃE DE EDMOND KIRSCH?

O nosso informador monte@iglesia.org trouxe-nos outra extraordinária revelação! De acordo com documentos exclusivos verificados pelo Conspiracy-Net, Edmond Kirsch tentou durante anos processar a Igreja Palmariana por «lavagem de cérebro, condicionamento psicológico e crueldade física», que alegadamente resultaram na morte de Paloma Kirsch, a sua mãe biológica, há mais de três décadas.

Segundo esses documentos, Paloma Kirsch era um membro ativo da Igreja Palmariana que tentou escapar, foi humilhada e psicologicamente maltratada pelos seus superiores, acabando por se enforcar no quarto de um convento.

CAPÍTULO 79

— Do próprio rei — voltou a murmurar o comandante Garza, cuja voz ressoou pela armaria do palácio. — Ainda não consigo acreditar que a minha ordem de prisão tenha vindo do próprio *rei*. Depois de todos os meus anos de serviço.

Mónica Martín colocou um dedo sobre os lábios a pedir silêncio e espreitou através das fileiras de armaduras para a entrada da câmara, a fim de verificar que não havia agentes à escuta.

— Já lhe disse que o bispo Valdespino tem uma grande influência sobre o rei e convenceu Sua Majestade de que as acusações desta noite contra ele eram uma coisa *sua*, que o comandante estava de alguma maneira a tentar incriminá-lo.

Tornei-me o bode expiatório do rei, compreendeu Garza, tendo sempre suspeitado que, se o monarca se visse obrigado a escolher entre o comandante da sua Guardia Real ou Valdespino, escolheria Valdespino. Os dois homens eram amigos de longa data, e as ligações espirituais tinham sempre preferência sobre as profissionais.

Mesmo assim, Garza não podia deixar de pensar que havia qualquer coisa na explicação de Martín que não era totalmente lógica.

— Essa história do rapto — disse ele. — Está a dizer-me que isso foi ordenado pelo *rei*?

— Sim. Sua Majestade ligou-me diretamente. E *ordenou-me* que anunciasse que a senhora Vidal fora raptada. Tinha arquitetado a história do rapto num esforço para salvar a reputação da futura rainha, para afastar a ideia de que esta tinha literalmente fugido com outro homem. — Martín olhou para Garza com uma expressão aborrecida. — Porque é que me está a interrogar sobre isto? Especialmente agora que sabe que o rei telefonou para o agente Fonseca com a mesma história de rapto?

— Não acredito que o rei alguma vez se arriscasse a acusar falsamente de rapto um proeminente cidadão americano. Teria de estar...

— Louco? — interrompeu ela.

Garza ficou em silêncio.

— Comandante — pressionou Martín —, não se esqueça de que Sua Majestade está doente. Talvez tenha sido só uma má decisão!

— Ou um momento brilhante — contrapôs Garza. — Imprudente ou não, a futura rainha encontra-se sã e salva nas mãos da Guardia Real.

— Exatamente. — Martín observou-o atentamente. — Então o que é que o está a incomodar?

— Valdespino — disse Garza. — Tenho de admitir que não gosto do homem, mas o meu instinto diz-me que é impossível que ele esteja por trás do assassínio de Kirsch ou de qualquer dos outros crimes.

— Porque não? — O tom de Martín era amargo. — Porque é um *padre*? Tenho a certeza de que a Inquisição nos ensinou alguma coisa sobre a capacidade de a Igreja justificar medidas drásticas. Na minha opinião, o bispo Valdespino é autocomplacente, impiedoso, oportunista e excessivamente secretista. Esqueci-me de alguma coisa?

— Esqueceu-se, sim — redarguiu Garza, surpreendido por se encontrar a defender o bispo. — Valdespino é tudo o que disse que é, efetivamente, mas também é uma pessoa para a qual a tradição e a dignidade são tudo. O rei, que não confia em praticamente ninguém, tem uma confiança inabalável nele há décadas. Parece-me muito difícil acreditar que o confidente do rei pudesse alguma vez cometer o tipo de traição de que estamos a falar.

Martín suspirou e tirou o telemóvel do bolso.

— Comandante, detesto ter de minar a sua fé no bispo, mas tenho de lhe mostrar uma coisa. Suresh veio ter comigo com isto.

Tocou algumas vezes no ecrã do telemóvel e entregou-o a Garza. O ecrã apresentava uma longa mensagem de texto.

— Isto é uma captura de ecrã de uma mensagem de texto que o bispo Valdespino recebeu esta noite — sussurrou ela. — Leia-a. Garanto-lhe que o vai fazer mudar de opinião.

CAPÍTULO 80

Apesar da dor que lhe percorria o corpo, Robert Langdon sentia-se estranhamente contente, praticamente eufórico, enquanto o helicóptero se afastava com um imponente rugido da cobertura da Sagrada Família.

Estou vivo.

Sentia os seus níveis de adrenalina subirem, como se só agora estivesse a reagir a todos os acontecimentos da última hora. Respirando tão lentamente quanto lhe era possível, dirigiu a sua atenção para fora, para o mundo além das janelas do helicóptero.

À medida que o helicóptero subia, deixava para trás os enormes pináculos que se erguiam para os céus, e a igreja acabou por desaparecer numa grelha iluminada de ruas. Olhou para baixo para os típicos quarteirões barceloneses, que não tinham a habitual forma de quadrados e retângulos, mas eram antes uns muito mais agradáveis octógonos.

O Eixample, pensou. *O Alargamento.*

O visionário arquiteto da cidade, Ildefons Cerdà, alargara todos os cruzamentos daquele bairro, projetando os quarteirões com os cantos chanfrados para criar intersecções mais espaçosas, melhorando a visibilidade e o fluxo de ar, e um espaço generoso para cafés ao ar livre.

— *¿Adónde vamos?* — gritou o piloto por cima do ombro.

Langdon apontou para dois quarteirões a sul, onde a avenida mais ampla, mais luminosa e mais adequadamente denominada da cidade atravessava Barcelona na diagonal.

— Avinguda Diagonal — gritou Langdon. — *Al oeste.*

Impossível de não encontrar em qualquer mapa de Barcelona, a Avinguda Diagonal atravessava toda a cidade, do ultramoderno arranha-céus à beira-mar chamado Diagonal ZeroZero aos ancestrais roseirais do Parc de Cervantes, um tributo de quatro hectares ao mais celebrado romancista espanhol, o autor de *Don Quijote.*

O piloto acenou a confirmar e virou para oeste, seguindo a avenida oblíqua na direção das montanhas.

— Endereço? — perguntou o piloto para trás. — Coordenadas?

Não sei o endereço, percebeu Langdon.

— Leve-nos na direção do campo de futebol.

— Futebol? — O piloto parecia surpreendido. — FC Barcelona?

Langdon acenou afirmativamente, tendo a certeza absoluta de que o piloto saberia exatamente como encontrar o lar do famoso Futebol Clube Barcelona, localizado uns quantos quilómetros mais à frente, ao lado da Diagonal.

Sabendo para onde se dirigia, o piloto acelerou, começando a percorrer a avenida à máxima velocidade.

— Robert? — perguntou calmamente Ambra. — Sente-se bem? — Estudava as suas feições como se procurasse ver se a lesão craniana tinha de alguma forma afetado o seu raciocínio. — Disse que sabia onde encontrar Winston.

— E sei — replicou ele. — É para lá que nos dirigimos.

— Para o estádio de futebol? Acha que Edmond construiu um supercomputador num estádio de futebol?

Langdon abanou a cabeça negativamente.

— Não, o estádio é só uma referência fácil para o piloto. Estou interessado num dos edifícios ao lado do estádio, o Gran Hotel Princesa Sofía.

A expressão confusa de Ambra não fez mais do que aumentar.

— Robert, não sei se o que está a dizer tem muito sentido. Edmond nunca construiria o Winston no interior de um hotel de luxo. Acho que temos mesmo de o levar para o hospital.

— Estou bem, Ambra. Confie em mim.

— Então para onde vamos?

— Para onde vamos? — Langdon acariciou divertido o queixo. — Acho que essa era uma das importantes perguntas a que Edmond prometeu responder esta noite.

A expressão de Ambra fixou-se num ponto intermédio entre o divertimento e a exasperação.

— Desculpe-me. Deixe-me explicar. Há dois anos, almocei com Edmond no clube privado no décimo oitavo andar do Gran Hotel Princesa Sofía.

— E Edmond trouxe um supercomputador para o almoço? — sugeriu Ambra com uma gargalhada.

Langdon sorriu.

— Não exatamente. Edmond chegou a pé e disse-me que comia no clube quase todos os dias porque a localização do hotel era muito conveniente, a apenas dois quarteirões do seu laboratório. Também me confiou que estava a trabalhar num projeto de inteligência sintética e que se sentia incrivelmente excitado com o seu potencial.

Ambra pareceu subitamente animada.

— Tinha de ser o Winston!

— Precisamente o que estou a pensar.

— E então Edmond levou-o ao seu laboratório.

— Não.

— Disse-lhe onde estava?

— Infelizmente, manteve a localização em segredo.

A preocupação voltou a nublar o olhar de Ambra.

— No entanto, de um modo bastante críptico, *Winston* disse-nos exatamente onde se encontra.

Agora Ambra parecia confusa.

— Não, não disse.

— Garanto-lhe que disse — afiançou Langdon, sorridente. — De facto, disse ao mundo inteiro.

Antes que Ambra pudesse pedir uma explicação, o piloto anunciou apontando para o enorme edifício à distância:

— *¡Alí está el estadio!*

Foi rápido, pensou Langdon, olhando para fora e traçando uma linha do estádio até ao Gran Hotel Princesa Sofía, um arranha-céus sobranceiro a uma ampla praça na Avinguda Diagonal. Disse ao piloto que passasse ao lado do estádio e os levasse para uma posição por cima do hotel.

Em poucos segundos, o helicóptero subiu umas centenas de metros e pairou por cima do hotel em que Edmond e Langdon tinham almoçado dois anos antes. *Disse-me que o laboratório ficava a apenas dois quarteirões daqui.*

Do seu ponto de vista aéreo, esquadrinhou a área à volta do hotel. As ruas ali não eram tão retilíneas como à volta da Sagrada Família, e os quarteirões formavam uma série de formas irregulares e oblongas.

Tem de ser aqui.

Com uma crescente incerteza, procurou em todas as direções, tentando encontrar a forma singular que tinha na memória. *Onde está?*

Só quando olhou para norte, para o outro lado da rotunda da Plaça de Pius XII, é que sentiu um vislumbre de esperança.

— Ali! — gritou para o piloto. — Sobrevoe aquela área arborizada!

O piloto inclinou o nariz do helicóptero e moveu-se em diagonal um quarteirão para noroeste, pairando agora sobre a extensão arborizada que lhe fora indicada. Os bosques eram na realidade parte de um vasto complexo murado, em que se erguia um enorme edifício.

— Robert! — gritou Ambra, agora frustrada. — O que está a fazer? Isto é o Palácio Real de Pedralbes! Como é que Edmond ia construir o Winston no interior...

— Aqui não! *Ali!* — Langdon apontou para lá do palácio, para o quarteirão precisamente por trás.

Ambra inclinou-se para a frente, observando atentamente a razão da excitação de Langdon. O quarteirão por trás do palácio era formado por quatro ruas bem iluminadas, que se cruzavam para formar um quadrado com uma orientação norte-sul, como um diamante. A única falha daquele diamante era que a sua faceta inferior direita estava estranhamente curvada e requebrada, criando um perímetro irregular.

— Reconhece essa linha torta? — perguntou Langdon, apontando para a faceta irregular do diamante, uma rua bem iluminada perfeitamente delineada contra a escuridão dos terrenos arborizados do palácio. — Está a ver a rua com essa pequena curva?

De repente, a exasperação de Ambra pareceu desaparecer. Inclinou a cabeça para o lado para poder analisar melhor o que via.

— Para dizer a verdade, essa linha *é-me* familiar. De onde é que a conheço?

— Olhe bem para o quarteirão inteiro — urgiu Langdon. — Uma forma de diamante com uma estranha linha na parte inferior direita. — Esperou, percebendo que Ambra a reconheceria em poucos momentos. — Veja os dois pequenos parques. — Apontou para um parque redondo no meio e um parque semicircular à direita.

— Sinto que conheço este sítio, mas não sou capaz de...

— Pense em *arte*... Pense na sua coleção no Guggenheim. Pense no...

— Winston! — gritou, virando-se incrédula para Langdon. — O traçado deste quarteirão tem a forma *exata* do autorretrato de Winston no Guggenheim!

Langdon sorriu-lhe.

— Pois tem...

Ambra virou-se de novo para a janela a fim de observar o quarteirão em forma de diamante. Langdon também olhou para baixo, recordando o autorretrato de Winston, o quadro de forma peculiar que o intrigara desde que Winston lhe chamara a atenção para ele há umas horas... Um estranho tributo à obra de Miró.

Edmond pediu-me que criasse um autorretrato, dissera Winston, *e eu produzi isto.*

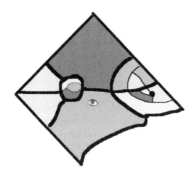

Langdon já chegara à conclusão de que o olho perto do centro da obra, um lugar-comum na obra de Miró, quase de certeza indicaria o ponto preciso em que Winston existia, o sítio no planeta a partir do qual *via* o mundo.

Ambra afastou-se da janela, com uma expressão simultaneamente encantada e atónita.

— O autorretrato de Winston não é um Miró. É um *mapa*!

— Precisamente. Tomando em consideração que Winston não possui um corpo nem qualquer autoimagem física, seria compreensível que o seu autorretrato estivesse mais relacionado com a sua localização do que com a sua aparência física.

— O olho é uma cópia exata de um Miró. Mas só há um olho, de modo que talvez ele indique a localização de Winston?

— Estava a pensar exatamente a mesma coisa.

Langdon virou-se para o piloto e perguntou se podia aterrar o helicóptero num dos dois pequenos parques no quarteirão. O piloto comçcou a descer.

— Meu Deus! — exclamou Ambra. — Acho que sei porque é que Winston escolheu imitar o estilo de Miró!

— Ah, sim?

— O palácio que acabamos de sobrevoar é o Palácio de Pedralbes.

— *Pedralbes?* Esse não é o nome de um...

— Sim! De um dos desenhos mais famosos de Miró. É provável que Winston tenha feito alguma pesquisa sobre esta área e tenha descoberto um local ligado a Miró!

Langdon teve de admitir que a criatividade de Winston era impressionante e sentiu-se estranhamente entusiasmado com a ideia de voltar a estabelecer contacto com a inteligência sintética que Edmond criara. Enquanto o helicóptero ia descendo, viu a sombria silhueta de um enorme edifício situado no ponto exato em que Winston desenhara o seu olho.

— Olhe — apontou Ambra. — Tem de ser ali.

Langdon esforçou-se por obter uma vista melhor do edifício, que se encontrava rodeado de árvores altas. Mesmo do ar, parecia impressionante.

— Não vejo luzes — disse Ambra. — Acha que conseguiremos entrar?

— Tem de haver alguém lá dentro. Edmond tinha de ter pessoal à mão, especialmente hoje. Quando perceberem que temos a sua palavra-passe, suspeito que estarão mais que dispostos a ajudar-nos a transmitir a apresentação.

Quinze segundos mais tarde, o helicóptero aterrou num amplo parque semicircular na orla oriental do quarteirão. Langdon e Ambra saltaram do helicóptero e o aparelho levantou voo imediatamente, dirigindo-se para o estádio, onde ficaria à espera de novas instruções.

Os dois correram pelo parque às escuras para o centro do quarteirão, atravessaram uma pequena rua interna, o Passeig dels Til·lers, e entraram numa área densamente arborizada. Mais à frente, rodeada por árvores, podiam ver a silhueta de um edifício compacto.

— Não se veem luzes — sussurrou Ambra.

— E há uma vedação.

Langdon franziu o sobrolho quando chegaram a uma vedação de ferro forjado de três metros de altura, que rodeava todo o complexo. Espreitou através das barras, incapaz de ver muito do edifício entre o arvoredo. Sentiu-se intrigado por não ver quaisquer luzes.

— Ali — apontou Ambra para um ponto cerca de vinte metros mais à frente. — Acho que é um portão.

Avançaram ao longo da vedação e encontraram um imponente torniquete de acesso, que estava trancado. Havia um porteiro eletrónico e, antes que Langdon tivesse tempo de considerar as suas opções, já Ambra carregara no botão de chamada.

A linha tocou duas vezes antes de ser atendida.

Silêncio.

— Está? — disse Ambra. — Está?

Do altifalante não saiu nenhuma voz, só o estranho zumbido da linha aberta.

— Não sei se me pode ouvir — disse ela —, mas somos Ambra Vidal e Robert Langdon. Somos amigos do senhor Kirsch. Estávamos com ele há umas horas quando o mataram. Temos informação que será extremamente útil para Edmond, para Winston e acho que para todos vocês.

Ouviu-se um clique curto.

Langdon colocou imediatamente a mão no torniquete, que se moveu livremente. Respirou aliviado.

— Disse-lhe que encontraríamos alguém em casa.

Passaram os dois pelo torniquete de acesso e atravessaram o arvoredo na direção do edifício às escuras. À medida que se aproximavam, a forma do telhado começou a delinear-se contra o céu. Uma silhueta inesperada materializou-se: um símbolo de cinco metros de altura montado no cimo do telhado.

Ambra e Langdon ficaram especados a olhar.

Isto não pode ser, pensou Langdon, observando boquiaberto o símbolo à sua frente. *O laboratório computacional de Edmond tem um crucifixo enorme no telhado?*

Langdon deu vários passos na direção do edifício, saindo da área arborizada, o que lhe permitiu observar toda a fachada. E era uma visão surpreendente: uma velha igreja gótica com uma enorme rosácea, dois campanários de pedra e uma elegante entrada adornada com baixos-relevos dos santos católicos e da Virgem Maria.

Ambra parecia horrorizada.

— Robert, acho que acabamos de entrar à socapa numa igreja católica. Estamos no sítio errado.

Langdon avistou uma tabuleta em frente da igreja e começou a rir-se.

— Não, acho que estamos exatamente no sítio *certo*.

Aquelas instalações tinham aparecido nas notícias há uns anos, mas Langdon nunca soubera que se situavam em Barcelona. *Um laboratório de alta tecnologia construído numa igreja católica dessacralizada.* Tinha de admitir que parecia o santuário ideal para um ateu irreverente construir um computador herético. Ao observar a agora extinta igreja, sentiu um arrepio ao perceber a presciência com que Edmond escolhera a sua palavra-passe.

As sombrias religiões retiraram & a doce ciência reina.

Chamou a atenção de Ambra para a tabuleta.

Dizia:

BARCELONA SUPERCOMPUTING CENTER

CENTRO NACIONAL DE SUPERCOMPUTACIÓN

Ambra virou-se para ele com uma expressão de incredulidade.

— Barcelona tem um centro de *supercomputação* no interior de uma igreja católica?

— Tem. — Langdon sorriu. — Às vezes a realidade é mais estranha do que a ficção.

CAPÍTULO 81

A maior cruz do mundo encontra-se em Espanha.

Erigida no cimo de uma montanha doze quilómetros a norte do Mosteiro do Escorial, a descomunal cruz de betão tem cento e cinquenta metros de altura, erguendo-se por cima de um vale estéril e podendo ser vista a mais de trinta e dois quilómetros de distância.

Numa plataforma rochosa aos seus pés, encontram-se as sepulturas de mais de quarenta mil pessoas, vítimas de ambos os lados da sangrenta guerra civil espanhola. O complexo foi denominado «Valle de los Caídos».

O que estamos a fazer aqui?, perguntava a si próprio Julián enquanto seguia o agente da Guardia Real para o terreiro na base do monumento. *É aqui que o meu pai deseja que nos encontremos?*

Ao seu lado, Valdespino parecia igualmente perplexo.

— Isto não faz sentido nenhum — sussurrou. — O seu pai sempre detestou este sítio.

Milhões de pessoas detestam este sítio, pensou Julián.

Concebido em 1940 pelo próprio Franco, o Valle de los Caídos foi inicialmente anunciado como um «ato nacional de expiação», uma tentativa de reconciliar vencedores e vencidos. Apesar desta nobre aspiração, o monumento esteve sempre envolvido em controvérsia, dado que entre os operários que o construíram se encontrarem prisioneiros políticos, utilizados como mão de obra escrava, muitos dos quais acabaram por morrer ali durante a construção, por esgotamento, inanição ou doenças resultantes das condições insalubres em que eram alojados.

No passado, alguns membros do parlamento espanhol tinham chegado a comparar aquele sítio a um campo de concentração nazi. Julián suspeitava que o seu pai era da mesma opinião, apesar de nunca ter podido exprimir esse pensamento abertamente. Para a maior parte dos espanhóis, aquele lugar era visto como um monumento a Franco, construído por Franco. Um colossal santuário em sua honra. O facto de o próprio Franco se encontrar ali enterrado só servia para alimentar a fogosidade dos críticos.

Julián recordou a única ocasião em que estivera ali anteriormente. Outra saída de infância com o seu pai para conhecer melhor o país. O rei mostrara-lhe o recinto e murmurara-lhe: *Observa atentamente este sítio, meu filho. Um dia deitarás tudo isto abaixo.*

Agora, ao seguir o agente pelas escadas acima na direção da austera fachada talhada na encosta da montanha, começou a compreender para onde se dirigiam. Uma porta de bronze erguia-se à sua frente, um portal aberto na própria montanha, e Julián lembrava-se de ter atravessado aquela porta quando era rapazinho, completamente atónito com o que se encontrava do outro lado.

Afinal de contas, o verdadeiro milagre daquele cume não era a enorme cruz que o coroava. O verdadeiro milagre era o espaço secreto no seu *interior.*

Escavada no interior do cume granítico encontrava-se uma caverna artificial de proporções insondáveis. Consistia num túnel, cavado à mão, que se adentrava na montanha mais de trezentos metros, terminando numa ampla câmara, meticulosa e elegantemente acabada, com pavimento de cerâmica reluzente e uma altíssima cúpula de praticamente cinquenta metros de diâmetro decorada com frescos. *Estou dentro de uma montanha*, pensara o jovem Julián. *Tenho de estar a sonhar!*

Agora, anos mais tarde, regressara.

Estou aqui a pedido do meu pai moribundo.

Ao aproximar-se da porta, olhou para a austera Pietà de bronze por cima dela. Ao seu lado, o bispo Valdespino persignou-se, embora Julián tivesse a impressão de que o gesto era mais de ansiedade que de fé.

CAPÍTULO 82

 ConspiracyNet.com

ÚLTIMAS NOTÍCIAS

MAS... QUEM É O REGENTE?

Surgiram provas que revelam que o assassino Luis Ávila recebia ordens diretamente de um indivíduo a que chamava o Regente.

A identidade do Regente permanece um mistério, embora este título possa proporcionar algumas pistas. De acordo com o dictionary.com, um «regente» é uma pessoa nomeada para supervisionar uma organização enquanto o seu líder se encontra incapacitado ou ausente.

Do nosso inquérito aos utilizadores «Quem é o Regente?», as três respostas mais comuns que nos chegaram foram:

1. O bispo Antonio Valdespino, que assume as funções do moribundo rei de Espanha.

2. Um papa palmariano que acredita que é o legítimo pontífice.

3. Um membro das forças armadas espanholas que considera estar a atuar em nome do seu comandante-chefe incapacitado, o rei.

Mais notícias à medida que forem chegando!

#QUEMÉOREGENTE

CAPÍTULO 83

Langdon e Ambra exploraram a fachada da ampla capela e encontraram a entrada do Centro de Supercomputação de Barcelona na ponta sul da nave. Ali, um ultramoderno vestíbulo de *plexiglas* fora fixado ao exterior da fachada rústica, dando à igreja a aparência híbrida de um edifício apanhado entre dois séculos.

Num pátio exterior perto da entrada, encontrava-se um busto de quatro metros de altura de uma cabeça de guerreiro primitiva. Langdon foi incapaz de imaginar o que aquele artefacto estaria a fazer nos terrenos de uma igreja católica, mas, conhecendo Edmond, não lhe parecia estranho que o seu lugar de trabalho fosse um espaço de contradições.

Ambra apressou-se para a entrada principal e carregou no botão de chamada do intercomunicador da porta. Quando Langdon chegou ao seu lado, uma câmara de segurança virou-se para eles, observando-os de alto a baixo durante longos momentos.

E então a porta abriu-se com um zumbido.

Atravessaram rapidamente a entrada para um amplo átrio criado no nártex original da igreja. Era uma câmara de pedra fechada, parcamente iluminada e vazia. Langdon esperara que aparecesse alguém para os receber, talvez um dos empregados de Edmond, mas a entrada estava deserta.

— Não há aqui ninguém? — murmurou Ambra.

Repararam então nos acordes suaves de uma peça de música religiosa medieval, um trabalho polifónico para um coro de vozes masculinas que lhes pareceu vagamente familiar. Langdon não conseguia reconhecer a peça, mas a presença etérea de música religiosa numa instalação de alta tecnologia parecia-lhe um produto do malicioso sentido de humor de Edmond.

Brilhando na parede em frente da porta, um enorme ecrã de plasma proporcionava a única iluminação de que o espaço dispunha.

O ecrã projetava o que só podia ser descrito como uma espécie de jogo de computador primitivo, em que grupos de pontos negros se moviam numa superfície branca, como grupos de insetos que se deslocavam sem rumo.

Não inteiramente sem rumo, percebeu Langdon quando reconheceu o padrão.

Aquela famosa progressão gerada por computador, conhecida como *Vida*, fora inventada na década de setenta do século passado por um matemático britânico, John Conway. Os pontos negros, conhecidos como células, moviam-se, interagiam e reproduziam-se tendo por base uma série de «normas» predefinidas. Invariavelmente, ao longo do tempo, guiados unicamente por aquelas «normas iniciais de interação», os pontos começavam a organizar-se em grupos, sequências e padrões recorrentes, que evoluíam, se tornavam mais complexos e começavam a parecer surpreendentemente semelhantes aos padrões encontrados na natureza.

— O *Jogo da Vida* de Conway — exclamou Ambra. — Vi uma instalação digital há uns anos baseada nisto. Uma obra intitulada *Autómato Celular* que utiliza vários meios multimédia.

Estava impressionado, dado ele próprio só conhecer o *Jogo da Vida* porque o seu inventor, John Conway, dera aulas em Princeton.

As harmonias corais voltaram a chamar-lhe a atenção. *Parece-me que já ouvi esta peça antes. Uma missa renascentista, talvez?*

— Robert. Olhe.

No ecrã, os grupos de pontos tinham começado a recuar, acelerando, como se o programa estivesse a ser reproduzido para trás. A sequência retrocedeu a uma velocidade cada vez maior. O número de pontos começou a diminuir... as células já não se dividiam e multiplicavam, mas *recombinavam-se...* as suas estruturas iam-se tornando cada vez mais simples até que finalmente havia apenas umas quantas, que continuaram a fundir-se... primeiro oito, depois quatro, depois duas, depois...

Uma.

Uma única célula piscava no meio do ecrã.

Langdon sentiu um arrepio. *A origem da vida.*

O ponto apagou-se, deixando apenas o vazio — um ecrã em branco.

O *Jogo da Vida* desaparecera e um texto esbatido começou a materializar-se, tornando-se cada vez mais nítido até poder ser lido.

Se admitirmos uma Causa Inicial,
a mente ansiará por saber
de onde veio e como surgiu.

— Isso é Darwin — murmurou Langdon, reconhecendo o eloquente fraseamento do lendário botânico da mesma pergunta que Edmond estivera a fazer.

— De onde vimos? — disse Ambra excitada, lendo o texto.

— Precisamente.

Ambra sorriu-lhe.

— Vamos lá descobrir?

Dirigiu-se para uma abertura entre as colunas ao lado do ecrã que parecia levar à igreja principal.

Ao atravessarem a entrada, o ecrã mudou, passando a apresentar uma série de palavras em inglês que apareciam aleatoriamente no ecrã. O número de palavras foi crescendo de forma constante e caótica, com novas palavras que evoluíam, se transformavam e se combinavam num intricado conjunto de frases.

... crescimento... novos rebentos... belas ramificações...

À medida que a imagem se ia expandindo, Langdon e Ambra viram como as palavras evoluíam para a forma de uma árvore.

Que diabo?

Ficaram a olhar atentamente para o gráfico, e o som das vozes *a capella* tornou-se mais alto à sua volta. Langdon percebeu que não estavam a cantar em latim como pensara, mas em inglês.

— Meu Deus, acho que as palavras no ecrã coincidem com a música.

— Tem razão — concordou Langdon, vendo como cada novo texto que aparecia no ecrã era cantado em simultâneo.

... através de causas de ação lenta... não por atos milagrosos...

Ficou a ouvir e a ver, sentindo-se estranhamente desconcertado pela combinação de palavras e música, dado a música ser claramente religiosa e o texto ser tudo menos isso.

... seres orgânicos... os mais fortes vivem... os mais fracos morrem...

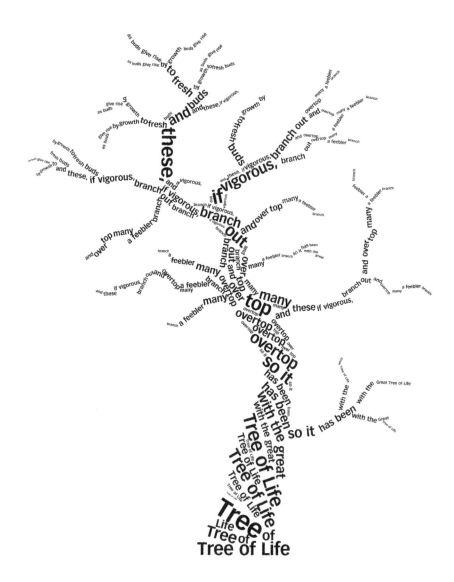

Langdon sobressaltou-se.

Eu conheço esta obra!

Edmond levara-o a um concerto há vários anos. Intitulado *Missa Charles Darwin*, era uma missa semelhante à cristã em que o compositor rejeitara os tradicionais textos sagrados em latim e os substituíra por excertos de *A Origem das Espécies* de Charles Darwin, criando uma evocativa justaposição de vozes devotas a cantarem a brutalidade da seleção natural.

— Que estranho... Edmond e eu ouvimos esta obra juntos há algum tempo. Ele adorou-a. Que coincidência voltar a ouvi-la.

— Não é uma coincidência — ribombou uma voz familiar das colunas de som do teto. — Edmond ensinou-me a dar as boas-vindas aos convidados a minha casa pondo música de que gostassem e apresentando-lhes algo interessante para discutirem.

Langdon e Ambra olharam para as colunas de som atónitos. A voz alegre que lhes dava as boas-vindas tinha um sotaque distintamente britânico.

— Estou tão contente por terem conseguido encontrar-me — disse a muito familiar voz sintética. — Não tinha forma de entrar em contacto convosco.

— Winston! — exclamou Langdon, surpreendido por sentir tanto alívio ao voltar a estabelecer contacto com uma máquina. Entre ele e Ambra, explicaram rapidamente o que lhes acontecera.

— Estou muito contente por os voltar a ouvir. Então, digam-me, encontraram aquilo de que andavam à procura?

CAPÍTULO 84

— William Blake — anunciou Langdon. — «As sombrias religiões retiraram e a doce ciência reina.»

Winston fez a mais curta das pausas.

— O último verso do seu poema épico *Os Quatro Zoas*. Tenho de admitir que é a escolha perfeita. — Voltou a fazer uma pausa. — No entanto, o requisito dos quarenta e sete caracteres...

— O *ampersand*... — explicou Langdon, revelando rapidamente o ardil do «*et*» utilizado por Edmond.

— Só Edmond... É realmente a sua quintessência — replicou a voz sintética com um estranho risinho.

— E então, Winston? — urgiu Ambra. — Agora que conhece a palavra-passe de Edmond, pode transmitir o resto da apresentação?

— Claro que posso — replicou Winston sem hesitar. — Tudo de que preciso é que introduzam manualmente a palavra-passe. Edmond colocou *firewalls* à volta deste projeto, de modo que não tenho acesso direto a ele, mas posso levá-los ao seu laboratório e mostrar-lhes onde introduzir a informação. Podemos emitir a apresentação em menos de dez minutos.

Langdon e Ambra viraram-se um para o outro, desorientados pela subitaneidade da confirmação de Winston. Depois de tudo o que tinham passado nessa noite, parecia-lhes estranho que aquele singular momento de triunfo chegasse sem fanfarras.

— Robert — murmurou Ambra, colocando-lhe uma mão no ombro. — Tudo isto foi obra sua. Muito obrigada.

— Foi um esforço de equipa — respondeu ele com um sorriso.

— Posso sugerir — interveio Winston — que passemos diretamente para o laboratório de Edmond? Vocês estão bastante visíveis aqui na entrada e acabo de detetar que já há notícias que indicam que vocês estão por aqui.

Não era surpreendente: um helicóptero militar a aterrar num parque metropolitano dificilmente passava desapercebido.

— Diga-nos para onde ir — pediu Ambra.

— Entre as colunas. Sigam a minha voz.

No átrio, a música coral parou de repente, o ecrã de plasma ficou negro e, da entrada principal, uma série de sons secos ecoaram quando as fechaduras automáticas foram ativadas.

É provável que Edmond tenha transformado isto numa fortaleza, percebeu Langdon, olhando de relance através das grossas janelas do átrio, aliviado ao verificar que a área arborizada à volta da igreja continuava deserta. *Pelo menos, por agora.*

Ao virar-se para Ambra, viu uma luz brilhar ao fundo do átrio, iluminando uma porta entre duas colunas. Dirigiram-se para ela, entraram e viram-se num longo corredor. Mais luzes brilhavam na outra extremidade, mostrando-lhes o caminho a seguir.

À medida que Langdon e Ambra avançavam pelo corredor, Winston explicou-lhes:

— Acho que, para obtermos a máxima exposição, temos de enviar uma nota de imprensa imediatamente indicando que a apresentação de Edmond será transmitida dentro de momentos. Se dermos aos meios de comunicação uma janela extra para publicitarem o evento, podemos aumentar enormemente a audiência.

— Uma ideia interessante — disse Ambra, acelerando o passo. — Mas quanto tempo acha que devemos esperar? Não quero correr riscos.

— Dezassete minutos — respondeu Winston. — Isso colocaria a emissão na hora exata. Três da manhã aqui, hora de audiência máxima nos Estados Unidos.

— Perfeito.

— Muito bem. A nota de imprensa sai agora mesmo e a apresentação será emitida em dezassete minutos.

Langdon tinha de se esforçar por seguir os rapidíssimos planos de Winston.

Ambra ia à frente pelo corredor fora.

— E quantas pessoas estão a trabalhar aqui esta noite?

— Nenhuma. Edmond era um fanático da segurança. Não há pessoal nenhum nestas instalações. Eu encarrego-me das redes computacionais, além da luz, da climatização e da segurança. Edmond costumava dizer a brincar que, na era das casas inteligentes, ele era o primeiro a ter uma igreja inteligente.

Langdon já não prestava muita atenção à conversa, absorto por uma súbita preocupação pelo que estavam prestes a fazer.

— Winston, acha realmente que *este* é o melhor momento para divulgar a apresentação de Edmond?

Ambra estacou e virou-se para trás, olhando para ele espantada.

— Claro que é, Robert! É por isso que estamos aqui! O mundo inteiro está a olhar para nós! Além disso, não sabemos se há mais alguém que queira impedir-nos. Temos de fazer isto *agora*, antes que seja tarde demais!

— Concordo — disse Winston. — De um ponto de vista estritamente estatístico, esta história está a chegar ao ponto de saturação. Medida em *terabytes* de dados dos meios de comunicação, a descoberta de Edmond é agora uma das maiores notícias da década. O que não surpreende, considerando que a comunidade *online* tem crescido exponencialmente nos últimos dez anos.

— Robert? O que é que o está a preocupar? — Os olhos de Ambra sondavam os dele.

Langdon hesitou, procurando encontrar a causa específica da sua súbita incerteza.

— Imagino que esteja preocupado, pelo bom nome de Edmond, que todas as teorias da conspiração desta noite... assassínios, raptos, intrigas reais... de alguma forma obscureçam o seu trabalho científico.

— É um ponto válido, professor — interveio Winston. — Embora considere que não tem em consideração um facto importante: essas teorias da conspiração são uma parte importante dos motivos que levam tanta gente no mundo inteiro a seguir esta história. Havia três milhões e oitocentos mil espectadores durante a transmissão em direto de Edmond há umas horas. Mas agora, depois de toda esta série de acontecimentos traumáticos, calculo que haja cerca de *duzentos milhões* de pessoas a seguir esta história através de meios de comunicação *online*, redes sociais, televisão e rádio.

O número parecia impressionante a Langdon, embora se lembrasse de que mais de duzentos milhões de pessoas tinham visto a final do

Campeonato do Mundo da FIFA e que quinhentos milhões tinham visto a primeira alunagem há meio século, num tempo em que ninguém tinha Internet e mesmo os televisores eram bastante menos comuns a nível global.

— O professor pode não ver isso no mundo académico — continuou Winston —, mas o resto do mundo tornou-se um *reality show*. Ironicamente, as mesmas pessoas que tentaram silenciar Edmond esta noite conseguiram exatamente o contrário: o seu trabalho tem agora a maior audiência que qualquer comunicação científica alguma vez teve. Recorda-me a ocasião em que o Vaticano repudiou publicamente o seu livro *A Cristandade e o Sagrado Feminino*, que acabou por se tornar um *bestseller*.

Quase um bestseller, recordou Langdon, reconhecendo porém a validade do raciocínio.

— A maximização da audiência foi sempre um dos principais objetivos de Edmond para esta noite.

— Winston tem razão — interveio Ambra, olhando para Langdon. — Quando trabalhámos no evento em direto do Guggenheim, Edmond estava obcecado com aumentar o interesse da audiência e captar a atenção do maior número de pessoas possível.

— Como disse — urgiu Winston —, estamos a chegar ao ponto de saturação mediática e não haverá melhor momento do que este para revelar a sua descoberta.

— Compreendido — disse Langdon. — Diga-nos o que temos de fazer.

Continuando pelo corredor fora, chegaram a um obstáculo inesperado: uma escada estranhamente atravessada no corredor, como se alguém fosse pintar qualquer coisa no teto, impossibilitando que avançassem sem mover a escada ou passar por baixo dela.

— Não seria melhor tirar esta escada daqui? Quer que eu a tire? — ofereceu Langdon.

— Não. Edmond colocou-a aí deliberadamente há muito tempo.

— Porquê? — perguntou Ambra.

— Como saberão, Edmond desprezava a superstição em todas as suas formas. De modo que fazia questão de passar por baixo de uma escada todos os dias antes de entrar no laboratório. Uma forma de fazer caretas aos deuses. Além disso, se qualquer convidado ou técnico se *recusasse* a passar por baixo dela, era imediatamente posto na rua.

Sempre tão razoável. Langdon sorriu, recordando que Edmond numa ocasião o repreendera em público por bater na madeira para procurar garantir o sucesso de um empreendimento qualquer. *Robert, a menos que seja um druida no armário, que ainda bate nas árvores para as acordar, faça o favor de deixar essa ignorante superstição onde pertence, no passado!*

Ambra avançou, agachando-se e passando por baixo da escada, seguida por Langdon, com uma reconhecidamente irracional ponta de apreensão.

Quando chegaram ao outro lado, Winston fê-los dobrar uma esquina para chegar a uma porta de segurança de grandes dimensões que tinha duas câmaras e um sensor biométrico.

Por cima da porta encontrava-se uma tabuleta feita à mão: SALA 13.

Langdon observou o infame número do azar. *Edmond a desafiar os deuses de novo.*

— Encontram-se na entrada do laboratório de Edmond. Além dos técnicos contratados que o ajudaram a construí-lo, muito poucas pessoas alguma vez acederam a estas instalações.

Após este preâmbulo, a porta de segurança emitiu um forte zumbido e Ambra, sem perda de tempo, agarrou o puxador e abriu-a. Deu um passo para o interior, mas parou imediatamente, levando a mão à boca com uma exclamação de surpresa. Quando Langdon olhou por cima dela para o interior do santuário da igreja, compreendeu a sua reação.

A volumosa nave da capela era dominada pela maior caixa de vidro que Langdon alguma vez vira. A cobertura transparente abarcava todo o pavimento e chegava ao teto da capela, a uma altura de dois andares.

Parecia estar dividida em dois níveis.

No inferior, viu centenas de armários metálicos do tamanho de frigoríficos, alinhados como bancos de igreja virados para um altar. Não tinham portas, estando as suas entranhas à vista. Impressionantemente intrincados feixes de cabos de um vermelho-vivo ligavam-se a densas grelhas de conectores, arqueando-se para o pavimento, onde se entrelaçavam no que pareciam grossos molhos que passavam entre as máquinas, criando qualquer coisa semelhante a uma rede de veias.

Caos ordenado, pensou Langdon.

— Na parte inferior — disse Winston —, veem o famoso supercomputador MareNostrum: quarenta e oito mil, oitocentos e noventa e seis processadores Intel, que comunicam por uma rede InfiniBand

FDR10. Uma das máquinas mais rápidas do mundo. O MareNostrum estava aqui quando Edmond chegou e, em vez de o retirar, ele preferiu *incorporá-lo*, de modo que simplesmente expandiu a instalação... para cima.

Langdon podia ver que todos os cabos entrançados do MareNostrum convergiam no centro da caixa, formando um único tronco que subia verticalmente como uma enorme trepadeira para o teto da parte inferior.

Quando o seu olhar se ergueu para a parte superior do enorme paralelepípedo de vidro, viu uma imagem completamente diferente. Ali, no centro, numa plataforma elevada, encontrava-se um enorme cubo metálico de uma cor azul-acinzentada, com cerca de três metros de lado, sem cabos, sem luzes a piscar, sem nada que pudesse sugerir que fosse o avançadíssimo computador que Winston agora descrevia com uma terminologia dificilmente decifrável.

— ... *bits* quânticos substituem os dígitos binários... sobreposição de estados... algoritmos quânticos... emaranhamento e tunelamento...

Langdon percebeu então porque é que Edmond só falava de arte com ele, evitando as conversas sobre computação.

— ... que permitem milhares de biliões de cálculos de pontos flutuantes por segundo — concluiu Winston. — O que torna a fusão destas duas máquinas tão diferentes no mais poderoso supercomputador do mundo.

— Meu Deus... — murmurou Ambra.

— Na realidade — corrigiu Winston —, o Deus *de Edmond*.

CAPÍTULO 85

 ConspiracyNet.com

ÚLTIMAS NOTÍCIAS

A DESCOBERTA DE KIRSCH SERÁ REVELADA DENTRO DE MINUTOS!

Sim, está realmente a acontecer!

Uma nota de imprensa da equipa de Edmond Kirsch acaba de confirmar que a sua altamente antecipada descoberta científica, cuja divulgação foi impedida pelo assassínio do futurologista, será transmitida em direto para o mundo inteiro na próxima hora em ponto (3 a.m. hora local em Barcelona). Os níveis de audiência estão a aumentar em flecha, e o seguimento *online* a nível global não tem precedentes.

Em notícias relacionadas, Robert Langdon e Ambra Vidal foram alegadamente avistados a entrar na Capela Torre Girona, sede do Centro de Supercomputação de Barcelona, em que se acredita que Edmond Kirsch tenha passado os últimos anos a trabalhar. O ConspiracyNet não pode confirmar que seja esta a localização a partir da qual a apresentação será transmitida. Não percam a apresentação de Kirsch, que estará disponível <u>aqui</u>, em direto, no ConspiracyNet.com!

CAPÍTULO 86

Ao atravessar o limiar da porta de bronze para o interior da montanha, o príncipe Julián teve a estranha sensação de que poderia nunca sair dali.

O Valle de los Caídos. O que é que estou a fazer aqui?

O espaço para lá da porta era frio e escuro, parcamente iluminado por dois archotes elétricos. O ar cheirava a pedra húmida.

À sua frente encontrava-se um homem de uniforme, que segurava um aro de chaves que tilintava nas suas mãos trémulas. Não o surpreendia que o funcionário do Património Nacional parecesse nervoso: por trás dele, na escuridão, encontravam-se alinhados seis agentes da Guardia Real. *O meu pai está aqui.* Era óbvio que aquele pobre homem fora chamado a meio da noite para abrir a montanha sagrada de Franco ao rei.

Um dos agentes da Guardia Real avançou rapidamente na sua direção.

— Príncipe Julián, bispo Valdespino. Temos estado à vossa espera. Se fizerem o favor de me seguir.

O agente levou Julián e Valdespino para um descomunal portão de ferro forjado com um tenebroso símbolo franquista, uma feroz águia negra bicéfala, que recordava a iconografia nazi.

— Sua Majestade encontra-se no fim do túnel — disse o agente, indicando-lhes que atravessassem o portão, que fora destrancado e deixado parcialmente aberto.

Julián e o bispo entreolharam-se inseguros e atravessaram o portão, flanqueado por um par de ameaçadoras esculturas metálicas: dois anjos da morte que brandiam espadas em forma de cruz.

Mais imagens franquistas que misturam simbologia religiosa e militar, pensou o príncipe, ao mesmo tempo que ele e o bispo começavam a percorrer o corredor na direção das entranhas da montanha.

O túnel que se estendia à sua frente estava tão elegantemente acabado como o salão de baile do Palácio Real de Madrid. Com um pavimento de mármore preto finamente polido e um elevado teto artesoado, a sumptuosa passagem era iluminada por uma aparentemente interminável série de candeeiros de parede com a forma de archotes.

Nessa noite, porém, a fonte de luz na passagem era bastante mais dramática. Dezenas e dezenas de brilhantes bacias com fogo dispostas como luzes numa pista de aterragem emitiam uma luz alaranjada para todo o corredor. Tradicionalmente, aquela iluminação só era utilizada em grandes eventos, mas parecia que a intempestiva visita do rei era considerada motivo suficiente para a usar.

Com os reflexos das chamas a bruxulearem no pavimento polido, o enorme corredor adquiria um aspeto praticamente sobrenatural. Julián sentia a presença fantasmagórica de todas as tristes almas que tinham cavado aquele túnel com pás e picaretas, labutando durante anos no interior da fria montanha, esfomeados, gelados, muitos morrendo mesmo, tudo para glorificação de Franco, cujo túmulo se encontrava no interior do cruel santuário.

Observa atentamente este sítio, meu filho, dissera-lhe o pai. *Um dia deitarás tudo isto abaixo.*

Como rei, Julián sabia que provavelmente não teria poder suficiente para destruir aquela imponente estrutura, e no entanto tinha de admitir que se sentia surpreendido por o povo espanhol ter permitido que permanecesse de pé, especialmente considerando a ânsia que todo o país sentia em deixar para trás o seu sombrio passado e entrar no mundo moderno. Porém, ainda havia muitos que suspiravam pelos velhos tempos, e todos os anos, no aniversário da morte de Franco, centenas de franquistas, cada vez mais velhos, iam em bandos àquele sítio para lhe prestar homenagem.

— Dom Julián — murmurou o bispo, de modo que os outros não o ouvissem, enquanto avançavam pelo corredor —, sabe porque é que o seu pai nos convocou aqui?

Julián abanou negativamente a cabeça.

— Tinha esperanças de que Vossa Excelência soubesse.

Valdespino suspirou.

— Não faço ideia.

Se o bispo não conhece os motivos do meu pai, pensou Julián, *então ninguém os conhece.*

— Só espero que se encontre bem — prosseguiu Valdespino com uma surpreendente ternura. — Algumas das decisões que tem tomado ultimamente...

— Como convocar uma reunião no interior de uma montanha quando teria de estar numa cama de hospital?

Valdespino sorriu suavemente.

— Por exemplo, sim.

Julián perguntou a si próprio porque é que a escolta do rei não interviera, recusando-se a transportar o seu pai moribundo para fora do hospital para aquele lufar agourento. No entanto, os agentes da Guardia Real estavam treinados para obedecer sem questionar, especialmente quando as ordens procediam do comandante-chefe.

— Há anos que não rezo aqui — disse Valdespino, olhando para o corredor iluminado pelas chamas.

Julián sabia que o túnel em que se encontravam não era só o corredor de acesso ao interior da montanha, era também a nave de uma igreja católica devidamente sacralizada. Mais à frente, começou de facto a ver as filas de bancos.

La basílica secreta, como Julián lhe chamava quando era pequeno.

Escavado na montanha granítica, o santuário dourado no final daquele túnel era um espaço cavernoso, uma impressionante basílica subterrânea com uma abóbada descomunal. Dizia-se que tinha uma superfície superior à de São Pedro em Roma. O mausoléu subterrâneo continha seis capelas separadas que rodeavam o altar elevado, precisamente posicionado por baixo da cruz no alto da montanha.

Enquanto se aproximavam do santuário principal, Julián percorreu com o olhar o vasto espaço à procura do pai. A basílica, contudo, parecia totalmente deserta.

— Onde estará ele? — perguntou o bispo com um tom preocupado.

Julián começava a partilhar a sua aflição, temendo que a Guardia Real tivesse deixado o seu pai sozinho naquele sítio desolado. Avançou rapidamente, espreitando para um dos braços do transepto e depois para o outro. Não viu ninguém. Correu para o fundo, contornando o altar e entrando na abside.

E foi ali, no ponto mais profundo da montanha, que finalmente encontrou o pai. A visão surpreendeu-o de tal maneira que parou bruscamente.

O rei de Espanha estava totalmente sozinho, coberto com pesados cobertores, prostrado numa cadeira de rodas.

CAPÍTULO 87

No interior da nave da capela deserta, Langdon e Ambra seguiram a voz de Winston à volta do perímetro do supercomputador de dois andares. Através do espesso vidro, ouviam um profundo som vibrante que emanava da colossal máquina. Langdon teve a estranha sensação de que estava a olhar para dentro de uma jaula, para uma fera em cativeiro.

O som, segundo Winston, era gerado não pela eletrónica, mas pelo vasto conjunto de ventoinhas centrifugadoras, permutadores de calor e bombas de refrigerante líquido necessário para impedir o sobreaquecimento da máquina.

— Dentro, é ensurdecedor — disse Winston. — E gelado. Felizmente, o laboratório de Edmond é no segundo andar.

Uma escada de caracol erguia-se mais à frente, fixada à parede exterior da caixa de vidro. Seguindo as indicações de Winston, Langdon e Ambra subiram a escada e deram consigo numa plataforma metálica em frente de uma porta giratória de vidro.

Langdon observou divertido a futurística entrada para o laboratório de Edmond, que fora decorada como se tratasse de um lar suburbano, incluindo um capacho com uma mensagem de boas-vindas, uma planta de plástico envasada e um pequeno banco por baixo do qual se encontrava um par de pantufas, que percebeu tristemente terem realmente pertencido a Edmond.

Por cima da porta, encontrava-se uma mensagem emoldurada:

Sucesso é a capacidade de avançar
de um fracasso para o outro
sem qualquer perda de entusiasmo.

— WINSTON CHURCHILL

— Outra vez Churchill — disse Langdon, chamando a atenção de Ambra para a mensagem.

— Era a citação preferida de Edmond — chilreou Winston. — Dizia que ilustrava precisamente a principal força dos computadores.

— Dos computadores? — perguntou Ambra.

— Sim, os computadores são infinitamente persistentes. Posso falhar milhares de milhões de vezes sem sentir qualquer frustração. Empreendo a milésima milionésima tentativa de resolver um problema com a mesma energia que a primeira. Os humanos são incapazes disso.

— É verdade — admitiu Langdon. — Eu geralmente desisto depois da milionésima tentativa.

Ambra sorriu e dirigiu-se para a porta.

— O chão no interior é de vidro — disse Winston quando a porta começou a girar automaticamente. — De modo que agradecia que tirassem os sapatos.

Em segundos, Ambra tirou os sapatos e entrou descalça pela porta giratória. Enquanto a seguia, Langdon reparou que o capacho de Edmond tinha uma estranha mensagem:

NÃO HÁ NENHUM SÍTIO COMO 127.0.0.1.

— O que é que isto significa, Winston? Não ent...

— *Localhost* — respondeu Winston.

Voltou a ler o capacho.

— Estou a ver — disse, sem ver nada, e atravessou a porta.

Quando pisou o pavimento de vidro, sentiu por um momento uma incerteza que lhe fez fraquejar os joelhos. Estar numa superfície transparente calçado só com meias já era bastante incómodo, mas ver-se pairar diretamente por cima do MareNostrum fazia-o sentir-se duplamente desequilibrado. Daquele ponto, observar a legião de imponentes armários na parte inferior da estrutura fê-lo recordar o sítio arqueológico de Xi'an, na China, e o seu exército de soldados de terracota.

Respirou fundo e levantou os olhos para o invulgar espaço em que se encontrava.

O laboratório de Edmond era um retângulo transparente domina-do pelo cubo metálico azul-acinzentado que vira antes, cuja brilhante superfície refletia tudo o que o rodeava. À direita do cubo, numa das pontas da sala, encontrava-se uma área moderna de trabalho com uma secretária semicircular, três ecrãs LCD gigantescos e diversos teclados embutidos no tampo de granito.

— A torre de controlo — sussurrou Ambra.

Langdon acenou afirmativamente e dirigiu o olhar para a outra ponta da câmara, onde se encontravam diversos cadeirões, um sofá e uma bicicleta estática sobre um tapete oriental.

Um apartamento de solteiro supercomputacional, ironizou Langdon, sus-peitando que Edmond tinha praticamente vivido naquela caixa de vi-dro enquanto trabalhava no seu projeto. *O que terá ele descoberto aqui em cima?* A sua hesitação inicial passara e sentia o empurrão da curiosidade intelectual, a ânsia de saber que mistérios tinham sido ali revelados, que segredos haviam sido desenterrados pela colaboração entre a mente de um génio e uma poderosa máquina.

Ambra já se encontrava em frente do enorme cubo, olhando im-pressionada para cima, para a sua superfície polida azul-acinzentada. Langdon juntou-se a ela e ficaram os dois refletidos no brilhante qua-drado.

Isto é um computador?, perguntou a si próprio. Ao contrário da má-quina na parte inferior, o cubo estava completamente silencioso, inerte e sem vida, um monólito metálico.

O tom azulado fê-lo recordar um supercomputador da década de noventa do século passado, chamado «Deep Blue», que surpreendera o mundo derrotando o campeão do mundo de xadrez Garry Kasparov. Desde então, os avanços na tecnologia computacional eram pratica-mente impossíveis de compreender.

— Gostariam de ver o interior? — perguntou Winston de um conjunto de colunas de som por cima das suas cabeças.

Ambra virou-se surpreendida para cima.

— O interior do cubo?

— Porque não? Edmond orgulhar-se-ia de lhes mostrar a sua es-trutura interna.

— Não é necessário — replicou Ambra, voltando o olhar para o escritório de Edmond. — Preferia concentrar-me em introduzir a pala-vra-passe. Como o fazemos?

— Será uma questão de segundos e ainda temos mais de onze minutos antes de podermos divulgar a apresentação. Deem uma espreitadela.

À sua frente, um painel na parte do cubo virada para o escritório de Edmond começou a abrir-se, deslizando, revelando um espesso vidro. Langdon e Ambra rodearam o cubo e encostaram a cara à superfície transparente.

Langdon esperara ver outro conjunto de cabos densamente entrelaçados e luzes intermitentes. Mas não viu nada do género. Para sua surpresa, o interior do cubo era escuro e vazio, como uma pequena sala desabitada. O seu único conteúdo parecia consistir em filamentos de neblina branca que se erguiam no ar, como se a sala fosse um enorme congelador. O espesso painel de *plexiglas* emitia uma frialdade inesperada.

— Não há nada dentro — declarou Ambra.

Langdon também não via nada, mas sentiu uma pulsação ténue e repetitiva que emanava do interior.

— Esse lento latejar — indicou Winston — é o sistema de refrigeração por tubos. Parece um coração humano.

Parece, concordou mentalmente Langdon, incomodado com a comparação.

Lentamente, o interior do cubo começou a ser iluminado por luzes vermelhas. No princípio, só viam neblina branca e um pavimento liso, uma câmara quadrada vazia. Então, à medida que o brilho ia aumentando, algo cintilou no ar, e perceberam que havia um intrincado cone metálico pendurado como uma estalactite do teto da estrutura.

— E *isto* é o que o cubo tem de manter refrigerado.

O dispositivo cónico suspenso do teto tinha cerca de um metro e meio de comprimento e era composto por sete anéis horizontais que iam diminuindo de diâmetro à medida que desciam, criando uma coluna de discos graduados presos uns aos outros por finas varas verticais. O espaço entre os brilhantes discos metálicos era ocupado por uma rede de delicados fios. Toda a estrutura estava rodeada por um redemoinho de neblina glacial.

— Apresento-lhes o E-Wave. Um salto quântico, se me permitem o jogo de palavras, em relação ao D-Wave da NASA e da Google.

Winston explicou rapidamente que o D-Wave, o primeiro e rudimentar «computador quântico» do mundo, revelara um admirável mundo novo de poder computacional que a comunidade científica ainda estava a tentar compreender. A computação quântica, em vez de utilizar um método binário de armazenar informação, utilizava os estados quânticos das partículas subatómicas, resultando num salto exponencial em velocidade, potência e flexibilidade.

— O computador quântico *de Edmond*, a nível estrutural, não é muito diferente do D-Wave. Uma das grandes diferenças consiste no cubo metálico que rodeia o computador. Este cubo possui um revestimento de *ósmio*, um elemento químico raro, ultradenso, que proporciona uma proteção superior magnética, térmica e quântica. Além de, suspeito, satisfazer o gosto de Edmond pelo dramatismo.

Langdon sorriu, tendo tido também um pensamento semelhante.

— Ao longo dos últimos anos, enquanto o Laboratório de Inteligência Artificial Quântica da Google utilizava máquinas como o D--Wave para melhorar a aprendizagem das máquinas, Edmond deu secretamente um salto que os deixou todos para trás com esta máquina. E fê-lo com uma única ideia audaciosa. — Winston fez uma curta pausa. — Bicameralismo.

Langdon franziu o sobrolho. *As duas câmaras do parlamento?*

— Os dois hemisférios do cérebro — continuou Winston. — Os hemisférios direito e esquerdo.

A mente bicameral, percebeu Langdon então. Uma das coisas que permitia que os seres humanos fossem tão criativos era o facto de as duas metades dos seus cérebros funcionarem de forma tão diferente. A parte esquerda era analítica e verbal, enquanto a parte direita era intuitiva e «preferia» as imagens às palavras.

— O truque de Edmond — disse Winston — consistiu em construir um cérebro sintético que imitasse o cérebro humano, ou seja, que estivesse segmentado em dois hemisférios, esquerdo e direito. Embora, neste caso, seja mais uma disposição superior e inferior.

Langdon deu um passo atrás e olhou através do chão para a vibrante máquina por baixo dos seus pés e depois novamente para a silenciosa «estalactite» no interior do cubo. *Duas máquinas diferentes fundidas numa só: uma mente bicameral.*

— Quando são forçadas a trabalhar como uma *única* unidade, estas duas máquinas adotam abordagens diferentes na resolução de problemas, experimentando portanto os mesmos tipos de conflito e compromisso que ocorrem entre os hemisférios do cérebro humano, acelerando enormemente a sua capacidade de aprendizagem, a sua criatividade e, num certo sentido, a sua *humanidade*. No meu caso, Edmond deu-me as ferramentas para aprender por mim tudo sobre a humanidade observando o mundo que me rodeia e imitando traços humanos, como o humor, a cooperação, os juízos de valor e mesmo um sentido de ética.

Incrível, pensou Langdon.

— Então este computador duplo é basicamente... o *Winston*?

Winston riu-se.

— Bem, esta máquina é tanto *eu* como o seu cérebro físico é o *professor*. Se visse o seu próprio cérebro numa bacia, o professor não diria: «Esse objeto sou eu.» Somos a soma das interações que ocorrem no *interior* do mecanismo.

— Winston — interrompeu Ambra, dirigindo-se para o espaço de trabalho de Edmond. — Quanto tempo falta para a hora marcada?

— Cinco minutos e quarenta e três segundos — respondeu Winston. — Vamos preparar tudo?

— Sim, por favor — disse ela.

O painel de revestimento voltou a deslizar, fechando o cubo, e Langdon virou-se para ir ter com Ambra ao laboratório de Edmond.

— Winston — disse Ambra. — Parece-me estranho que, tendo passado tanto tempo aqui a trabalhar com Edmond, não saiba de que trata a sua descoberta.

— Um vez mais, senhora Vidal, esses dados estão compartimentalizados e protegidos, e eu possuo a mesma informação que os senhores. Só posso fazer uma conjetura mais ou menos informada.

— E qual seria essa conjetura? — perguntou Ambra, ao mesmo tempo que olhava à volta do escritório de Edmond.

— Bem, Edmond afirmou que a sua descoberta «mudaria tudo». Pela minha experiência, as descobertas mais transformadoras da história resultaram todas em *modelos* revistos do universo... descobertas importantes como a rejeição de Pitágoras do modelo da Terra plana, o heliocentrismo de Copérnico, a teoria da evolução de Darwin e a teoria da relatividade de Einstein. Todos estes conceitos alteraram drasticamente a forma como a humanidade vê o seu mundo e atualizaram o modelo do universo existente nesse momento.

Langdon olhou para a coluna de som por cima das suas cabeças.

— Então, acha que Edmond descobriu qualquer coisa que introduzirá um novo modelo do universo?

— É uma dedução lógica — prosseguiu Winston, começando a falar mais depressa. — O MareNostrum é, curiosamente, um dos melhores computadores para «modelação» a nível global, sendo especializado em simulações complexas, a mais famosa das quais foi sem dúvida a «Alya Vermelha», um coração humano virtual, totalmente funcional, extremamente preciso até a nível celular. É óbvio que, com a recente adição de um componente quântico, esta instalação pode modelar sistemas milhões de vezes mais intrincados do que órgãos humanos.

Langdon percebeu o conceito, mas continuava a ser incapaz de imaginar o que Edmond poderia ter modelado que respondesse às perguntas: *De onde vimos? Para onde vamos?*

— Winston? — chamou Ambra da secretária de Edmond. — Como é que ligamos isto tudo?

— Permita-me.

Os três enormes ecrãs LCD na secretária cintilaram no preciso momento em que Langdon chegou ao lado de Ambra. Quando viram as imagens, ambos recuaram alarmados.

— Winston... esta imagem é em *direto?* — perguntou Ambra.

— Sim. São imagens em direto das câmaras de segurança do exterior. Pensei que deviam vê-las. Chegaram há alguns segundos.

Os ecrãs apresentavam uma vista do óculo da entrada principal da capela, em que um pequeno exército de polícias se reunira, encontrando-se nesse momento a carregar no botão de chamada do intercomunicador, a tentar abrir a porta e a falar pelos *walkie-talkies.*

— Não se preocupem — garantiu Winston. — Nunca conseguirão entrar. E faltam menos de quatro minutos para a hora.

— Devíamos emitir a apresentação *agora* mesmo — urgiu Ambra.

A resposta de Winston foi monocórdica.

— Acho que Edmond preferiria que esperássemos e iniciássemos a transmissão à hora exata, como prometemos. Era um homem de palavra. Além disso, estou a monitorizar a nossa audiência a nível global, e continua a crescer. Nos próximos quatro minutos, se a tendência se mantiver, aumentará doze vírgula sete por cento e, segundo as minhas previsões, atingirá a penetração máxima. — Winston fez uma pausa, parecendo quase alegremente surpreendido. — Tenho de dizer que, apesar de todos os acontecimentos desta noite, parece que a revelação de Edmond será efetuada no momento ideal. Acho que ele estaria profundamente agradecido a ambos.

CAPÍTULO 88

Menos de quatro minutos, pensou Langdon, sentando-se numa das cadeiras de rede da secretária de Edmond e dirigindo o olhar para os três enormes ecrãs LCD que dominavam aquela parte da sala. As imagens das câmaras de segurança mostravam a polícia a reunir-se à volta da capela.

— Tem a *certeza* de que não conseguirão entrar? — perguntou ansiosa Ambra, movendo-se nervosamente por trás de Langdon.

— Confiem em mim — replicou Winston. — A segurança sempre foi muito importante para Edmond.

— E se cortarem a eletricidade ao edifício? — aventurou Langdon.

— Possuímos uma fonte de alimentação autónoma — respondeu monocordicamente Winston. — Além de sistemas de redundância. Garanto-lhes que, nesta altura, já ninguém consegue interferir.

Langdon não prosseguiu. *Winston esteve sempre certo esta noite, em todas as frentes... E ajudou-nos sempre.*

Sentado no centro da secretária em forma de ferradura, dirigiu a sua atenção para o invulgar teclado à sua frente. Tinha pelo menos o dobro do número normal de teclas: as tradicionais alfanuméricas acrescidas de uma considerável série de símbolos que até ele era incapaz de identificar. O teclado estava dividido ao meio, cada metade ergonomicamente inclinada para fora.

— Dá-me uma ajuda aqui? — perguntou, olhando para o impressionante conjunto de teclas.

— Teclado errado. Esse é o ponto de acesso principal do E-Wave. Como mencionei anteriormente, Edmond manteve a sua apresentação oculta de todos, incluindo de mim. A apresentação tem de ser iniciada por uma máquina diferente. Mova-se para a direita, professor. Até à ponta da secretária.

Langdon olhou para a direita, onde meia dúzia de computadores se encontravam alinhados ao longo do tampo da secretária. Enquanto ia fazendo deslizar a cadeira nessa direção, ficou surpreendido ao ver que as primeiras máquinas eram bastante velhas e desatualizadas. Estranhamente, quanto mais se aproximava da ponta, mais velhos pareciam ser os computadores.

Isto não pode estar bem, pensou, ao passar por um IBM bege, sistema DOS, com aspeto desengonçado, que já devia ter umas quantas décadas de antiguidade.

— Winston, o que é que são estas máquinas?

— São os computadores de infância de Edmond. Guardou-os como lembrança das suas raízes. Por vezes, quando tinha um dia difícil aqui, ligava-os e executava programas antigos. Uma forma de recuperar a sensação de assombro que sentira em criança quando descobriu a programação.

— Parece-me uma ideia adorável — disse Langdon.

— Como o seu relógio do Mickey — observou Winston.

Atarantado, Langdon olhou para baixo, arregaçando a manga do casaco para revelar o antigo relógio que usava desde que o recebera em criança. Era surpreendente que Winston soubesse da sua existência, embora se lembrasse de ter contado recentemente a Edmond que o usava para se lembrar de manter a juventude no coração.

— Robert — interrompeu Ambra —, deixemos para outro momento as necessárias análises do seu sentido de estilo. Quer fazer o favor de introduzir a palavra-passe? Até o seu rato está de braço no ar para lhe chamar a atenção.

Efetivamente, a mão enluvada do Mickey estava levantada por cima da sua cabeça, com o indicador a apontar quase na vertical. *Faltam três minutos para as três.*

Langdon deslizou rapidamente ao longo da secretária, e Ambra juntou-se a ele em frente do último computador da série: uma caixa desengraçada cor de cogumelo com uma ranhura para disquetes, um *modem* telefónico de 1200 *baud* e um monitor convexo de 12 polegadas.

— O Tandy TRS-80 — anunciou Winston. — O primeiro computador de Edmond. Comprou-o usado e aprendeu sozinho BASIC quando tinha cerca de oito anos.

Langdon ficou aliviado ao ver que o computador, apesar de ser um dinossauro, já estava ligado e à espera. O ecrã, um tremeluzente mostrador a preto-e-branco, brilhou com uma mensagem prometedora, escrita numa fonte pixelizada.

BEM-VINDO, EDMOND.
INTRODUZA A SUA PALAVRA-PASSE:

Após a palavra «palavra-passe» um cursor preto piscava expectante.

— É isto? — perguntou Langdon, sentindo que de algum modo era tudo demasiado simples. — Só preciso de a introduzir *aqui*?

— Exatamente. Assim que introduzir a palavra-passe, esse computador enviará uma mensagem autenticada de «desbloquear» à partição selada do computador principal que contém a apresentação de Edmond. A partir desse momento, eu terei acesso a ela e serei capaz de administrar a transmissão, alinhá-la com a hora exata e encaminhar a informação para os principais canais de distribuição global.

Langdon conseguiu mais ou menos seguir a explicação, no entanto, enquanto olhava para o desconjuntado computador com o *modem* telefónico, sentia-se perplexo.

— Não compreendo, Winston. Depois de toda a planificação para esta noite, porque é que Edmond faria com que toda a sua apresentação dependesse de uma chamada para um *modem* pré-histórico?

— Diria que é só Edmond a ser Edmond — replicou Winston.

— Como sabe, ele adorava o dramatismo, o simbolismo e a história, e suspeito que lhe dava uma enorme alegria ligar o seu primeiro computador e utilizá-lo para mostrar ao mundo o seu maior trabalho.

É um argumento válido, pensou Langdon, imaginando que era precisamente assim que Edmond teria pensado.

— Além disso — acrescentou Winston —, suspeito que Edmond tenha tomado medidas de contingência, mas de qualquer forma há lógica em utilizar um computador antigo para «ligar um interruptor». As tarefas simples requerem ferramentas simples. E, em termos de segurança, utilizar um processador lento garante que um ataque de força bruta ao sistema demore imenso tempo a ser executado.

— Robert? — urgiu Ambra atrás de si, apertando-lhe o ombro de forma encorajadora.

— Sim, desculpe, está tudo pronto. — Langdon puxou o teclado do Tandy para si, cujo cabo se esticou como o de um velho telefone de disco. Colocou os dedos nas teclas de plástico e visualizou a linha de texto manuscrito que ele e Ambra tinham descoberto na cripta da Sagrada Família.

As sombrias religiões retiraram & a doce ciência reina.

O grande final do poema épico *Os Quatro Zoas* de William Blake parecia a escolha perfeita para desbloquear a revelação científica final de Edmond, uma descoberta que segundo ele mudaria tudo.

Langdon respirou fundo e digitou o verso, sem espaços e substituindo o *ampersand* por *et.*

Quando terminou, olhou para o ecrã.

INTRODUZA A SUA PALAVRA-PASSE:

....

Langdon contou os pontos. Quarenta e sete.

Perfeito. Aqui vai.

Langdon olhou para Ambra e ela acenou-lhe. Carregou na tecla *Enter.*

Instantaneamente, o computador emitiu um zumbido curto.

PALAVRA-PASSE INCORRETA.

VOLTE A TENTAR.

O seu coração deu um salto.

— Ambra, digitei-a corretamente! Tenho a *certeza*! — Virou a cadeira e olhou para ela, esperando ver uma cara apavorada.

Em vez disso, Ambra Vidal olhava para ele com um sorriso divertido. Abanou a cabeça e riu-se.

— *Professor* — murmurou, apontando para o teclado —, tem o *caps lock* ligado.

Nesse momento, nas entranhas de uma montanha a norte de Madrid, o príncipe Julián estava atónito, no interior da basílica subterrânea, a tentar perceber a estranha cena que tinha à frente. O seu pai, o rei de Espanha, encontrava-se sentado numa cadeira de rodas, imóvel, na mais remota e privada parte da igreja.

Com uma crescente sensação de pavor, correu para a cadeira de rodas.

— Pai?

Quando Julián chegou ao seu lado, o rei abriu lentamente os olhos, como se emergisse de um sono repousante. O debilitado monarca conseguiu dirigir-lhe um sorriso relaxado.

— Muito obrigado por teres vindo, meu filho — murmurou numa voz fraca.

Julián agachou-se em frente da cadeira de rodas, aliviado por ver o pai vivo, mas também alarmado pela dramática deterioração que sofrera nos últimos dias.

— Pai? Está bem?

O rei encolheu os ombros.

— Tão bem como me permitem as circunstâncias — respondeu com um bom humor surpreendente. — Como estás *tu*? Tiveste um dia... movimentado.

Julián não sabia o que responder.

— O que está a fazer aqui?

— Ora, estava cansado do hospital e quis apanhar ar.

— Ótimo, mas... *aqui*? — Julián sabia que o pai sempre desprezara a relação simbólica daquele espaço com a perseguição e a intolerância.

— Vossa Majestade! — chamou Valdespino, apressando-se a contornar o altar e a juntar-se a eles, ofegante. — O que se passa?

O rei sorriu ao amigo de uma vida.

— Bem-vindo, Antonio.

Antonio? Julián nunca ouvira o pai tratar o bispo Valdespino pelo seu primeiro nome. Em público, era sempre «Vossa Excelência».

A incaracterística ausência de formalidade parecia ter perturbado o bispo.

— Muito... obrigado — titubeou. — Está bem?

— Muito bem — respondeu o monarca, com um amplo sorriso.

— Estou na presença das duas pessoas em que mais confio no mundo.

Valdespino olhou preocupado para Julián e voltou a virar-se para o rei.

— Vossa Majestade, trouxe-lhe o seu filho como me pediu. Deseja que os deixe falar em privado?

— Não, Antonio. Isto vai ser uma confissão. E preciso do meu padre ao meu lado.

Valdespino abanou a cabeça.

— Acho que o seu filho não espera que lhe explique as suas ações e comportamento desta noite. Tenho a certeza de que...

— Desta noite? — O rei riu-se. — Não, Antonio, vou confessar um segredo que escondi do Julián durante toda a sua vida.

CAPÍTULO 89

 ConspiracyNet.com

ÚLTIMAS NOTÍCIAS

IGREJA ATACADA!

Não, desta vez não é por Edmond Kirsch... é pela polícia espanhola.

A capela Torre Girona de Barcelona está atualmente a ser sitiada pelas autoridades locais. No interior, acredita-se que se encontrem Robert Langdon e Ambra Vidal, responsáveis pela divulgação do tão esperado anúncio de Edmond Kirsch, para o qual faltam meros minutos.

A contagem decrescente começou!

CAPÍTULO 90

Ambra Vidal sentiu uma onda de excitação quando o antiquado computador emitiu um alegre sinal acústico depois da segunda tentativa de Langdon de introduzir o verso.

PALAVRA-PASSE CORRETA.

Graças a Deus, pensou, enquanto Langdon se levantava da secretária e se virava para ela. Pôs-lhe imediatamente os braços à volta do pescoço e apertou-o num sentido abraço. *Edmond estaria tão agradecido.*

— Dois minutos e trinta e três segundos — chilreou Winston.

Ambra soltou Langdon e os dois viraram-se para os ecrãs LCD por cima das suas cabeças. O ecrã central apresentava a contagem decrescente que tinham visto pela última vez no Guggenheim.

O programa em direto começa dentro de 2 minutos e 33 segundos
Assistentes remotos neste momento: 227.257.914

Mais de duzentos milhões de pessoas? Ela própria estava surpreendida. Aparentemente, enquanto corria com Langdon por Barcelona, o mundo inteiro reparara na história. *A audiência de Edmond tornou-se astronómica.*

Ao lado do ecrã da contagem decrescente, continuavam a aparecer as imagens das câmaras de segurança, e Ambra reparou numa súbita alteração na atividade policial lá fora. Um a um, os agentes que tinham estado a bater à porta e a falar pelos *walkie-talkies* foram deixando o que estavam a fazer, tiraram os *smartphones* dos bolsos e começaram a olhar para os ecrãs. O pátio no exterior da igreja tornou-se pouco a pouco um mar de caras ávidas, palidamente iluminadas pelo brilho dos telemóveis.

Edmond conseguiu que o mundo inteiro parasse para o ouvir, pensou Ambra, com uma estranha sensação de responsabilidade por saber que havia pessoas dos quatro cantos do globo a preparar-se para ver uma apresentação que seria transmitida a partir daquela mesma sala. *Pergunto a mim própria se Julián estará a ver isto*, pensou, e afastou-o rapidamente da sua mente.

— O programa está em espera — disse Winston. — Acho que ficarão os dois mais confortáveis se virem a apresentação na zona da sala de estar de Edmond do outro lado do laboratório.

— Obrigado, Winston — disse Langdon, guiando Ambra descalça através do pavimento liso de vidro, passando pelo cubo metálico azul-acinzentado e dirigindo-se para a zona da sala de estar de Edmond.

Ali, um tapete oriental fora estendido no pavimento de vidro, acompanhado por uma coleção de mobiliário elegante e uma bicicleta estática.

Quando Ambra saiu do vidro para o tapete macio, sentiu que o seu corpo começava a relaxar. Sentou-se no sofá e pôs os pés debaixo de si, enquanto o seu olhar procurava o televisor de Edmond.

— Onde é que podemos ver a apresentação?

Aparentemente, Langdon não a ouvira, tendo-se dirigido para um canto da sala para observar algo que lhe despertara a atenção, mas Ambra obteve a resposta de que necessitava um momento mais tarde, quando toda a parede posterior começou a brilhar. Uma imagem familiar apareceu, projetada do interior do vidro.

**O programa em direto começa dentro de 1 minutos e 39 segundos.
Assistentes remotos neste momento: 227.501.173**

A parede inteira é um ecrã?

Ambra olhou para a imagem de quase três metros de altura enquanto as luzes da igreja diminuíam lentamente de intensidade. Parecia que Winston procurava pô-los confortáveis para o grande espetáculo de Edmond.

A três metros de distância, Langdon estava surpreendido, não pelo enorme ecrã de parede, mas por um pequeno objeto que acabava de descobrir, colocado num elegante pedestal como se fosse uma peça em exposição num museu.

À sua frente, um único tubo de ensaio encontrava-se abrigado num expositor metálico com uma frente de vidro. O tubo de ensaio estava fechado por uma rolha e rotulado, e continha um líquido turvo acastanhado. Por um momento, pensou que seria algum tipo de fármaco que Edmond estivesse a tomar. E então leu o nome no rótulo.

Impossível, disse a si próprio. *Porque estaria isto aqui?*

Havia muito poucos tubos de ensaio «famosos» no mundo, mas Langdon sabia que aquele podia indubitavelmente ser qualificado como tal. *Não acredito que Edmond tenha um destes!* O mais certo era que tivesse comprado o artefacto científico de forma anónima por um preço exorbitante. *Como comprou o Gauguin da Casa Milà.*

Langdon inclinou-se um pouco e observou atentamente o tubo de vidro com mais de setenta anos. O seu rótulo estava desgastado e apagado, mas os dois nomes no tubo ainda eram legíveis: MILLER-UREY.

Sentiu que os pelos na sua nuca se arrepiavam ao reler os nomes. Miller-Urey.

Meu Deus... De onde vimos?

Os químicos Stanley Miller e Harold Urey tinham conduzido uma lendária experiência científica na década de cinquenta do século XX, tentando responder a essa mesma pergunta. Apesar de a ousada experiência ter falhado, os seus esforços foram louvados em todo o mundo e ficaram conhecidos desde então pela experiência Miller-Urey.

Langdon recordava ter ficado fascinado numa aula de biologia no liceu quando lhe explicaram que aqueles dois cientistas tinham tentado recriar as condições na alvorada da vida na Terra, um planeta quente coberto por um oceano revolto de substâncias químicas em constante ebulição, desprovido de vida.

A sopa primordial.

Depois de duplicarem as substâncias químicas presentes nos primeiros oceanos e na primeira atmosfera, água, metano, amónio e hidrogénio, Miller e Urey aqueceram a mistura para simular os mares em ebulição. A seguir, passaram através dela descargas elétricas para imitar os raios. E finalmente deixaram a mistura arrefecer, da mesma forma que os oceanos do planeta tinham arrefecido.

O seu objetivo era simples e audaz: criar vida a partir de um mar primordial desprovido desta. *Simular a «Criação» utilizando apenas a ciência.*

Miller e Urey estudaram a mistura esperando que micro-organismos primitivos pudessem formar-se na preparação rica em substâncias químicas, um processo sem precedentes denominado abiogénese. Infelizmente, as suas tentativas de criar vida de matéria desprovida desta não tiveram êxito. Em vez de vida, ficaram apenas com uma coleção de frascos de vidro com amostras inertes, que agora repousavam num armário escuro na Universidade da Califórnia em San Diego.

Até à data, os criacionistas continuavam a citar o fracasso da experiência Miller-Urey como prova científica de que a vida não poderia ter aparecido na Terra sem a ajuda da mão de Deus.

— Trinta segundos — ribombou por cima das suas cabeças a voz de Winston.

Os pensamentos de Langdon rodopiavam-lhe na cabeça quando se levantou e olhou para a igreja às escuras à sua volta. Há poucos minutos, Winston declarara que os maiores avanços científicos eram aqueles que criavam novos «modelos» do universo. Também dissera que o MareNostrum era especializado em modelação computacional, ou seja, em simular sistemas complexos e observar como atuavam.

A experiência Miller-Urey, pensou Langdon, *é um exemplo primitivo de modelação... Uma simulação das complexas interações químicas que ocorreram na Terra primordial.*

— Robert! — chamou Ambra do outro lado da sala. — Vai começar!

— Já vou... — respondeu ele, dirigindo-se para o sofá, subitamente esmagado pela suspeita de que acabava de vislumbrar uma parte daquilo em que Edmond tinha estado a trabalhar.

Enquanto atravessava a sala, recordou o dramático preâmbulo de Edmond por cima do prado verde do Guggenheim: *Esta noite, sejamos como esses primeiros exploradores, essas pessoas que deixaram tudo para trás para atravessar vastos oceanos... A era da religião está a chegar ao fim. E a era da ciência está a nascer. Imaginem o que aconteceria se miraculosamente obtivéssemos as respostas para as grandes perguntas da vida...*

Quando se sentou ao lado de Ambra, o enorme ecrã de parede começou a emitir uma contagem decrescente final.

Reparou que Ambra o observava interessada.

— Sente-se bem, Robert?

Langdon acenou afirmativamente, ao mesmo tempo que uma dramática banda sonora começou a encher a sala e o rosto de Edmond se materializou na parede à sua frente, com um metro e meio de altura. O afamado futurologista parecia magro e cansado, mas sorria abertamente para a câmara.

— De onde vimos? — perguntou, com uma voz cuja excitação ia crescendo à medida que a música ia morrendo. — E para onde vamos?

Ambra agarrou ansiosamente a mão de Langdon.

— Estas duas perguntas são parte da mesma história. De modo que comecemos pelo princípio... *mesmo* pelo princípio de tudo...

Com um aceno divertido, meteu a mão no bolso e retirou um pequeno objeto de vidro, um frasco de líquido turvo com os nomes esbatidos de Miller e Urey.

Langdon sentiu que o seu coração acelerava.

— A nossa viagem começou há muito tempo... *quatro mil milhões* de anos antes de Cristo... à deriva na sopa primordial...

CAPÍTULO 91

Sentado ao lado de Ambra no sofá, Langdon estudou o rosto emaciado de Edmond projetado no ecrã de parede e sentiu uma pontada de tristeza, recordando como o seu amigo sofrera em silêncio com uma doença mortal. Nessa noite, porém, os seus olhos encovados brilhavam com pura alegria e excitação.

— Dentro de um momento, explicar-lhes-ei a história deste pequeno tubo — disse Edmond, levantando-o. — Mas primeiro vamos dar um mergulho... na sopa primordial.

A sua imagem desapareceu e um relâmpago cruzou o ecrã, iluminando um oceano revolto em que ilhas vulcânicas cuspiam lava e cinza para uma atmosfera tempestuosa.

— Foi aqui que começou a vida? Uma reação espontânea num mar revolto carregado de substâncias químicas? Ou terá vindo de um micro-organismo num meteorito proveniente do espaço? Ou terá sido... *Deus*? Infelizmente, não podemos voltar atrás no tempo para testemunhar esse momento. Tudo o que sabemos é o que aconteceu *depois* do momento em que a vida apareceu. Aconteceu a evolução. E estamos habituados a vê-la mais ou menos desta forma.

O ecrã mostrava agora a imagem familiar representativa da evolução humana ao longo do tempo: um macaco primitivo agachado por trás de uma linha de hominídeos cada vez mais eretos, até ao último totalmente ereto e desprovido de pelo corporal.

— Sim, os humanos *evoluíram*. Isto é um facto científico irrefutável, e fomos capazes de elaborar uma sequência clara dessa evolução baseando-nos no registo fóssil. Mas e se pudéssemos observar a evolução a andar para trás?

De repente, começou a nascer pelo no rosto de Edmond, transformando-o num humano primitivo. A sua estrutura óssea mudou, tornando-se mais parecida com a de um macaco, e então o processo acelerou para um ritmo em que mal se conseguiam distinguir as imagens, apresentando rápidos relances de espécies cada vez mais antigas: lémures, preguiças, marsupiais, ornitorrincos, peixes dipnoicos, regressando às águas e exibindo a mutação através de enguias e peixes, criaturas gelatinosas, plâncton, amebas, até que tudo o que restava de Edmond Kirsch era uma bactéria microscópica... uma única célula que pulsava num vasto oceano.

— Os primeiríssimos sinais de vida. É aqui que acaba o nosso filme da frente para trás. Não sabemos como é que essas primeiras formas de vida se materializaram nesse mar químico. Pura e simplesmente somos incapazes de ver o primeiro fotograma desta história.

$T = 0$, recordou Langdon, imaginando um filme da frente para trás semelhante sobre o universo em expansão, em que o cosmos se contraía até um único ponto de luz e os cosmologistas encontravam um beco sem saída idêntico.

— «A Primeira Causa.» Foi este o termo que Darwin utilizou para descrever este elusivo momento da Criação. Provou que a vida evoluía continuamente, mas não conseguiu descobrir como começou o processo. Noutras palavras, a teoria de Darwin descreve a *sobrevivência* do mais apto, mas não a *chegada* do mais apto.

Langdon teve de se rir, nunca tendo ouvido aquilo apresentado daquela forma.

— Então, como é que a vida *chegou* à Terra? Por outras palavras, de onde vimos? — Edmond sorriu. — Dentro de alguns minutos, terão uma resposta a essa pergunta. Mas, confiem em mim, por mais surpreendente que essa resposta lhes pareça, será apenas metade da história desta noite. — Olhou diretamente para a câmara e fez um sorriso agourento. — Resulta que de onde vimos é totalmente fascinante... mas para onde vamos é absolutamente chocante.

Ambra e Langdon entreolharam-se perplexos, e, apesar de Langdon sentir que aquilo era apenas outro exercício de hipérbole de Edmond, a declaração deixou-o crescentemente desconfortável.

— A origem da vida — continuou Edmond — tem permanecido um profundo mistério desde os primeiros dias da Criação. Durante milénios, filósofos e cientistas dedicaram-se a procurar algum tipo de registo desse primeiro momento da vida.

Edmond levantou então o familiar tubo de ensaio que continha o líquido turvo.

— Nos anos cinquenta do século passado, duas pessoas dedicadas a essa investigação, os químicos Miller e Urey, fizeram uma audaz experiência que esperavam pudesse revelar exatamente como começou a vida.

Langdon inclinou-se para Ambra e, apontando para o expositor no canto, disse:

— Esse tubo de ensaio está *ali* guardado.

Ambra pareceu surpreendida.

— Porque o teria *Edmond*?

Langdon encolheu os ombros. A julgar pela estranha coleção de artigos no apartamento de Edmond, aquele tubo era provavelmente e apenas uma peça da história científica que ele desejava possuir.

Edmond descreveu rapidamente os esforços de Miller e Urey para recriar a sopa primordial e criar vida dentro de um frasco de substâncias químicas desprovidas desta.

O ecrã apresentou então um artigo esbatido do *New York Times* de 8 de março de 1953, intitulado «Olhar Para Trás Dois Mil Milhões de Anos».

— Como é óbvio — disse Edmond —, esta experiência levantou alguns sobrolhos. As implicações poderiam fazer tremer o mundo, especialmente o mundo religioso. Se a vida aparecesse magicamente no interior deste tubo de ensaio, saberíamos conclusivamente que as leis da química *por si próprias* são capazes de criar vida. Já não precisaríamos de um ser sobrenatural que descesse dos céus e que nos abençoasse com a centelha da Criação. Compreenderíamos que a vida simplesmente acontece... como um subproduto inevitável das leis da natureza. E, mais importante ainda, teríamos de concluir que, dado a vida ter aparecido espontaneamente *aqui* na Terra, é praticamente garantido que tenha aparecido também noutro sítio, algures no cosmos. O que significa que o ser humano não é único, que o ser humano não é o centro do universo de Deus e que o ser humano não se encontra sozinho no universo.

Edmond expeliu o ar dos pulmões.

— No entanto, como muitos saberão, a experiência de Miller--Urey fracassou. Produziu alguns aminoácidos, mas nada que se parecesse nem sequer remotamente com a vida. Os químicos tentaram em repetidas ocasiões, utilizando diferentes combinações de ingredientes, diferentes padrões de temperatura, mas nada resultou. Parecia que a *vida*, como os fiéis há muito acreditavam, requeria uma intervenção divina. Miller e Urey abandonaram por fim as suas experiências. A comunidade religiosa deu um suspiro de alívio e a comunidade científica regressou às mesas de trabalho. — Fez uma pausa, com um brilho divertido no olhar. — Até 2007... ano em que ocorreu um desenvolvimento inesperado.

Edmond contou então a história de como os esquecidos tubos de ensaio da experiência de Miller-Urey foram descobertos num armário da Universidade da Califórnia em San Diego após a morte de Miller. Os seus alunos reanalisaram as amostras utilizando técnicas contemporâneas bastante mais sensíveis, incluindo cromatografia líquida e espectrometria de massa, e os resultados foram surpreendentes. Aparentemente, a experiência original de Miller-Urey produzira muito mais aminoácidos e compostos complexos do que os que Miller fora capaz de medir naquela altura. As novas análises dos frascos identificaram mesmo diversas e importantes nucleobases: os blocos com que é construído o ácido ribonucleico e talvez, por fim... o ADN.

— Foi uma história científica impressionante, que voltou a legitimar a ideia de que talvez a vida simplesmente acontecesse... sem a intervenção divina. Parecia que a experiência Miller-Urey funcionara realmente, mas precisara de mais tempo para produzir os seus resultados. Recordemos um ponto-chave: a vida evoluiu ao longo de milhares de milhões de anos, e estes tubos de ensaio estiveram fechados num armário durante pouco mais de cinquenta. Se a linha do tempo desta experiência fosse medida em quilómetros, era como se a nossa perspetiva fosse limitada ao primeiro milímetro.

Edmond deixou que esse pensamento pairasse no ar.

— Como é óbvio, houve um súbito ressurgimento do interesse em volta da ideia de criar vida num laboratório.

Eu lembro-me disso, pensou Langdon. A faculdade de biologia de Harvard celebrara uma festa de departamento que denominara BYOB: Build Your Own Bacterium.

— E houve, como não podia deixar de ser, uma forte reação dos líderes religiosos modernos — prosseguiu Edmond, fazendo um gesto de aspas ao dizer a palavra «modernos».

O ecrã de parede passou para a página de início de um *website*, creation.com, que Langdon reconheceu como um alvo habitual da fúria e dos esforços de ridicularização de Edmond. A organização era efetivamente estridente no seu proselitismo criacionista, mas dificilmente era um exemplo justo do «mundo religioso moderno».

A sua declaração de missão dizia: «Proclamar a verdade e a autoridade da Bíblia e reafirmar a sua fiabilidade, especialmente na parte do Génesis.»

— Este *site* é popular, influente e contém literalmente *dezenas* de blogues sobre os perigos de revisitar o trabalho de Miller-Urey. Felizmente para a boa gente da creation.com, não têm nada a temer. Mesmo que esta experiência fosse bem-sucedida a produzir vida, é provável que esta demore dois mil milhões de anos a aparecer.

Edmond voltou a mostrar o tubo de ensaio à câmara.

— Como podem imaginar, uma das coisas de que mais gostaria seria de avançar dois mil milhões de anos, voltar a examinar este tubo de ensaio e provar que todos os criacionistas estão enganados. Infelizmente, atingir esse objetivo requereria uma máquina do tempo.

Fez uma pausa com uma expressão maliciosa.

— De modo que construí uma.

Langdon olhou para Ambra, que praticamente não se movera desde o princípio da apresentação. Os seus olhos escuros estavam colados ao ecrã.

— Uma máquina do tempo não é assim tão difícil de construir. Deixem-me explicar o que estou a dizer.

Apareceu uma imagem de um bar deserto, em que Edmond entrou, dirigindo-se para uma mesa de *pool*. As bolas estavam ordenadas no seu habitual padrão triangular, à espera de que um jogador abrisse. Edmond pegou num taco, debruçou-se sobre a mesa e deu uma firme tacada na bola branca, que se dirigiu a alta velocidade para as restantes.

Um instante antes da colisão, Edmond gritou:

— Parem!

A bola branca imobilizou-se imediatamente, detendo-se de forma mágica um momento antes do impacto.

— Neste preciso momento — disse Edmond olhando para a imagem imóvel da mesa —, se lhes pedisse que predissessem que bolas cairiam em que buracos, poderiam fazê-lo? Claro que não. Há literalmente milhares de aberturas possíveis. Mas se tivessem uma máquina do tempo e pudessem avançar quinze segundos para o futuro, observar o que acontece às bolas de *pool* e regressar ao presente? Acreditem ou não, meus amigos, já possuímos a tecnologia para fazer precisamente isso.

Edmond apontou para uma série de pequenas câmaras no rebordo da mesa.

— Utilizando sensores óticos para medir a velocidade, rotação, direção e eixo de rotação da bola branca enquanto se move, posso obter uma fotografia instantânea matemática do seu movimento em qualquer momento. Com essa fotografia instantânea, posso fazer uma série de previsões altamente precisas sobre o seu movimento futuro.

Langdon recordou ter utilizado numa dada ocasião um simulador de golfe que utilizava uma tecnologia semelhante para predizer com deprimente precisão a sua tendência para mandar as bolas para o arvoredo.

Na apresentação, Edmond tirava um enorme *smartphone* do bolso. No ecrã, encontrava-se a imagem da mesa de *pool* com a sua bola branca virtual imobilizada. Uma série de equações matemáticas pairavam sobre a bola.

— Conhecendo a massa, posição e velocidade exatas da bola branca, posso calcular as suas interações com as restantes bolas e prever os resultados.

Tocou no ecrã e a bola simulada regressou à vida, embatendo contra o triângulo de bolas, espalhando-as e metendo quatro em quatro buracos diferentes.

— Quatro bolas — disse Edmond, olhando para o telemóvel. — Não está nada mal. — Dirigiu o olhar diretamente para a audiência. — Não acreditam em mim?

Deu um estalido com os dedos sobre a mesa de *pool* real, e a bola branca seguiu o seu caminho, colidiu ruidosamente com as outras e espalhou-as pela mesa. As mesmas quatro bolas entraram nos mesmos quatro buracos.

— Não é precisamente uma máquina do tempo — disse com um sorriso —, mas permite-nos ver o que acontece no futuro. Além disso, permite-me modificar as leis da física. Por exemplo, posso reduzir a fricção para que as bolas nunca abrandem... rodando para sempre até que acabem todas por cair num buraco.

Tocou umas quantas vezes no ecrã e voltou a iniciar a simulação. Desta vez, após a abertura, as bolas nunca abrandaram, continuando a efetuar tabelas e carambolas, caindo por fim nos buracos aleatoriamente, até ficarem apenas duas a dar voltas pela mesa.

— E se me cansar de esperar que estas duas últimas bolas caiam, posso avançar a velocidade do processo. — Tocou no ecrã e as duas bolas restantes aceleraram até se tornarem apenas manchas retilíneas, continuando a dar voltas pela mesa durante uns segundos até caírem finalmente em dois buracos. — Desta forma posso ver o futuro muito antes de acontecer. As simulações computacionais acabam por não ser mais do que máquinas do tempo virtuais. — Fez uma pausa. — Claro que a matemática disto é bastante simples num pequeno sistema fechado como uma mesa de *pool*. Mas o que aconteceria num sistema mais complexo?

Edmond voltou a levantar o tubo de ensaio de Miller-Urey e sorriu.

— Imagino que já estejam a perceber onde quero chegar com isto. A modelação computacional é uma espécie de máquina do tempo que nos permite ver o futuro... Talvez até o futuro daqui a *milhares de milhões* de anos.

Ambra moveu-se no sofá sem que os seus olhos se afastassem por um momento do rosto de Edmond.

— Como podem imaginar, não sou o primeiro cientista a sonhar com modelar a sopa primordial da Terra. Em princípio, é uma experiência óbvia. Mas na prática é um pesadelo de complexidade.

Voltaram a aparecer no ecrã os mares primordiais, entre relâmpagos, vulcões e ondas descomunais.

— Modelar a composição química do oceano requer uma simulação a nível *molecular*. É como predizer o tempo de forma tão precisa que saibamos a localização exata de cada molécula de ar em qualquer momento dado. Qualquer simulação significativa do mar primordial requer portanto um computador que compreenda não só as leis da física, movimento, termodinâmica, gravidade, conservação de energia e assim por diante, mas também as leis da química, de modo que possa recriar precisamente as ligações que se formariam entre cada átomo num oceano em constante ebulição.

A vista aérea do oceano mergulhou então para baixo das ondas, aumentando até analisar uma única gota de água, onde um violento turbilhão de átomos e moléculas virtuais se uniam e se separavam.

— Infelizmente — prosseguiu Edmond, aparecendo no ecrã —, uma simulação que tente enfrentar esta magnitude de possíveis permutações requer uma potência de processamento altíssima. Muito superior à capacidade de qualquer computador do mundo. — Os seus olhos voltaram a brilhar excitados. — Ou melhor dito... de qualquer computador do mundo, menos um.

Começou a ouvir-se um órgão de tubos que tocava o dramático trecho da abertura da *Tocata e Fuga em Ré Menor* de Bach, acompanhando uma impressionante imagem de grande angular do enorme computador de Edmond.

— O E-Wave... — murmurou Ambra, falando pela primeira vez em vários minutos.

Langdon ficou com os olhos colados ao ecrã. *Claro... É genial.*

Acompanhado pela dramática banda sonora do órgão, Edmond iniciou uma entusiasmada visita guiada ao seu supercomputador, revelando finalmente o seu «cubo quântico» enquanto a tocata culminava com um estrondoso acorde. Edmond estava literalmente a dar tudo por tudo.

— Resumindo, o E-Wave é capaz de recriar a experiência Miller--Urey em realidade virtual com uma precisão surpreendente. Não consigo modelar a totalidade do oceano primordial, obviamente, de modo que criei o mesmo sistema fechado de cinco litros com que Miller e Urey trabalharam.

Um frasco virtual de substâncias químicas apareceu então no ecrã. A imagem do líquido foi aumentada e reaumentada até atingir o nível atómico, apresentando os átomos a moverem-se rapidamente, ligando--se e voltando a ligar-se, sob a influência da temperatura, eletricidade e movimento físico.

— Este modelo incorpora tudo o que aprendemos sobre a sopa primordial desde os dias da experiência de Miller-Urey, incluindo a provável presença de radicais de hidroxilo do vapor eletrificado e de sulfitos de carbonilo da atividade vulcânica, bem como o impacto das teorias sobre a «atmosfera redutora».

O líquido virtual no ecrã continuou a agitar-se e começaram a formar-se grupos de átomos.

— Agora, avancemos rapidamente o processo... — disse Edmond, excitado, e o vídeo avançou velozmente até parecer desfocado, apresentando a formação de compostos cada vez mais complexos. — Passada uma semana, começamos a ver os mesmos aminoácidos que Miller e Urey detetaram. — A imagem voltou a parecer desfocada, avançando a uma velocidade ainda maior. — E então... perto dos cinquenta anos, começamos a ver sugestões dos blocos com que o ácido ribonucleico é construído.

O líquido continuou a mover-se, cada vez mais rapidamente.

— De modo que prossegui a experiência! — gritou Edmond, cuja voz aumentava visivelmente de intensidade.

As moléculas no ecrã continuaram a ligar-se, aumentando a complexidade das estruturas à medida que o programa avançava ao longo de séculos, milénios, milhões de anos. As imagens avançavam a uma velocidade estonteante quando Edmond gritou alegremente:

— E adivinhem o que por fim apareceu no interior do recipiente.

Langdon e Ambra inclinaram-se para a frente, expectantes.

Mas a exuberante expressão de Edmond subitamente tornou-se uma expressão de desalento.

— Absolutamente nada. Nada de vida. Nenhuma reação química espontânea. Nenhum momento de Criação. Apenas uma mistura de substâncias químicas sem vida. — Suspirou profundamente. — Só podia chegar a uma conclusão lógica. — Olhou tristemente para a câmara. — A criação da vida... requer Deus.

Langdon olhou chocado para o ecrã. *O que é que ele está a dizer?*

Passado um momento, um ligeiro sorriso trocista desenhou-se no rosto de Edmond.

— Ou... talvez me tivesse esquecido de um ingrediente crucial da receita.

CAPÍTULO 92

Ambra Vidal encontrava-se hipnotizada no sofá, imaginando os milhões de pessoas do mundo inteiro que, naquele preciso momento, como ela, estavam totalmente absortas na apresentação de Edmond.

— Mas então de que ingrediente é que me esqueci? — perguntava Edmond. — Porque é que a minha sopa primordial se recusou a produzir vida? Não fazia ideia. De modo que fiz o que todos os cientistas de êxito fazem. Perguntei a alguém mais esperto do que eu.

Uma mulher de óculos e aspeto académico apareceu no ecrã. A legenda indicava que era a doutora Constance Gerhard, bioquímica da Universidade de Stanford.

— Como podemos criar vida? — A cientista riu-se, abanando a cabeça. — Não podemos! A questão é essa. Quando se trata do processo de criação, de atravessar esse limiar em que as substâncias químicas inanimadas passam a formar coisas vivas, toda a nossa ciência não serve para nada. Não existe qualquer mecanismo na química que explique como é que isso acontece. De facto, a simples noção de organização das células em formas de vida complexas parece criar um conflito direto com a lei da entropia!

— *Entropia* — repetiu Edmond, aparecendo agora numa impressionante praia. — A entropia é uma forma elegante de dizer: *as coisas desfazem-se*. Em linguagem científica, dizemos «um sistema organizado inevitavelmente deteriorar-se-á». — Deu um estalido com os dedos e um intrincado castelo de areia apareceu aos seus pés. — Acabo de organizar milhões de grãos de areia num castelo. Vejamos o que o universo pensa desta modesta obra. — Segundos mais tarde, veio uma onda e arrasou o castelo. — Efetivamente, o universo localizou os meus grãos de areia *organizados* e *desorganizou-os*, espalhando-os outra vez pela praia. Isto foi a entropia a funcionar. As ondas nunca embatem nas praias e depositam areia na forma de castelos. A entropia destrói a estrutura. Os castelos de areia nunca aparecem espontaneamente no universo, eles limitam-se a desaparecer.

Estalou de novo os dedos e reapareceu numa elegante cozinha.

— Quando aquecemos café — disse, retirando uma caneca fumegante de um micro-ondas —, estamos a concentrar energia calorífica numa caneca. Se deixarmos a caneca em cima da bancada durante uma hora, o calor dissipar-se-á pela sala e distribuir-se-á uniformemente, como grãos de areia numa praia. Uma vez mais, a entropia em funcionamento. E o processo é *irreversível*. Não importa quanto tempo esperarmos, o universo nunca reaquecerá magicamente o nosso café. — Sorriu. — Nem recomporá um ovo quebrado ou reconstruirá um castelo de areia arrasado.

Ambra recordou uma instalação artística que vira numa dada ocasião, intitulada precisamente *Entropia*, que consistia numa linha de velhos blocos de cimento, cada um mais esboroado que o anterior, desintegrando-se lentamente numa pilha de escombros.

A doutora Gerhard, a cientista de óculos, reapareceu no ecrã.

— Vivemos num universo *entrópico*. Uma realidade cujas leis da física *aleatorizam*, não organizam. De modo que a questão é a seguinte: como é que substâncias químicas sem vida se organizam magicamente em formas de vida complexas? Pessoalmente, nunca fui uma pessoa religiosa, mas tenho de admitir que a existência de vida é o *único* mistério científico que alguma vez me persuadiu a considerar a possibilidade da existência de um Criador.

Edmond materializou-se nesse momento, abanando a cabeça dececionado.

— Sempre me pareceu enervante que pessoas inteligentes utilizem a palavra «Criador». — Encolheu os ombros bem-humorado. — Compreendo que o fazem porque a ciência pura e simplesmente ainda não tem uma boa explicação para os princípios da vida. Mas, acreditem no que lhes digo, se estão à procura de algum tipo de força invisível que cria ordem num universo caótico, há respostas bastantes mais simples do que *Deus*.

Apresentou um prato de papel em que se encontrava uma mão-cheia de aparas metálicas espalhadas. A seguir pegou num enorme íman e colocou-o debaixo do prato. Instantaneamente, as aparas moveram-se para um arco organizado, perfeitamente alinhadas umas com as outras.

— Uma força invisível acaba de organizar estas aparas. Foi Deus? Não... foi o eletromagnetismo.

A seguir, Edmond apareceu ao lado de um grande trampolim. Na sua superfície horizontal esticada encontravam-se dezenas de berlindes.

— Uma confusão de berlindes. Mas se fizer isto...

Pegou numa bola de *bowling* e fê-la rolar para o centro do tecido elástico. O seu peso criou uma profunda depressão, para a qual os berlindes espalhados se dirigiram imediatamente, formando um círculo à volta da bola.

— Terá sido a mão organizadora de Deus? Uma vez mais, não... foi só a gravidade.

O seu rosto apareceu em primeiro plano.

— Afinal de contas, a vida não é o único exemplo de criação de ordem no universo. As moléculas sem vida estão constantemente a organizar-se em complexas estruturas.

Surgiu uma montagem de imagens: um tornado, um floco de neve, o leito ondulado de um rio, um cristal de quartzo, os anéis de Saturno.

— Como podem ver, por vezes o universo organiza a matéria. O que parece ser o oposto precisamente da entropia. — Suspirou. — Então, em que é que ficamos? O universo prefere a ordem? Ou o caos?

A imagem seguinte mostrava-o a seguir um caminho na direção da famosa cúpula do Massachusetts Institute of Technology.

— Para a maior parte dos físicos, a resposta é o *caos*. A entropia reina realmente e o universo está constantemente a desintegrar-se no sentido da desordem. Uma mensagem um pouco deprimente. — Parou e virou-se para a câmara com um sorriso irónico. — Mas hoje vim encontrar-me com um brilhante jovem físico que acredita que existe uma *ressalva*... uma ressalva que pode conter a resposta à pergunta de como começou a vida.

*

Jeremy England?

Langdon ficou surpreendido por reconhecer o nome do físico que Edmond agora descrevia. Com pouco mais de trinta anos, o professor do MIT era o centro do mundo académico de Boston, tendo causado um impacto global num novo campo denominado biologia quântica.

Dera-se a coincidência de Jeremy England e Robert Langdon terem estudado na mesma escola secundária, a Philips Exeter Academy, e Langdon conhecera o seu trabalho através da revista de ex-alunos, mais concretamente através de um artigo intitulado «Organização Adaptativa Movida pela Dissipação». Apesar de Langdon apenas ter lido o artigo na diagonal, praticamente incapaz de o entender, recordava ter-se sentido intrigado ao saber que o seu colega «Exie» era simultaneamente um físico brilhante e uma pessoa de profundas convicções religiosas, mais concretamente um judeu ortodoxo.

Langdon começou a entender porque é que Edmond estava tão interessado no trabalho de England.

No ecrã, apareceu outro homem, identificado como Alexander Grosberg, físico da Universidade de Nova Iorque.

— A nossa grande esperança — disse Grosberg — é que Jeremy England tenha identificado o princípio físico subjacente à origem e à evolução da vida.

Langdon sentou-se um pouco mais direito ao ouvir aquelas palavras, tal como Ambra.

Apareceu outro rosto.

— Se England conseguir demonstrar a sua teoria — disse Edward J. Larson, historiador vencedor do Pulitzer —, o seu nome será recordado para sempre. Ele pode ser o próximo Darwin.

Meu Deus. Langdon sabia que Jeremy England estava a levantar ondas, mas aquilo parecia mais um maremoto.

Carl Franck, um físico de Cornell, acrescentou:

— Com intervalos de mais ou menos trinta anos, experimentamos estes enormes passos em frente... e este pode ser um deles.

Uma série de títulos de notícias sucederam-se rapidamente no ecrã:

CONHEÇA O CIENTISTA QUE PODE DESACREDITAR DEUS

ESMAGAR O CRIACIONISMO

MUITO OBRIGADO, DEUS, MAS JÁ NÃO PRECISAMOS DA TUA AJUDA

A lista de títulos prosseguia, acompanhada agora por recortes de importantes revistas científicas, que pareciam proclamar de forma unânime a mesma mensagem: se Jeremy England fosse capaz de demonstrar a sua teoria, as implicações seriam um autêntico terramoto, não só para a ciência mas também para a religião.

Observou o último título na parede, da revista *online Salon*, com data de 3 de janeiro de 2015.

DEUS CONTRA AS CORDAS: A BRILHANTE NOVA CIÊNCIA QUE ATERRORIZA OS CRIACIONISTAS E A DIREITA CRISTÃ.

Um jovem professor do MIT está a acabar o trabalho de Darwin — e ameaça desfazer tudo o que a direita lunática mais preza.

O ecrã refrescou e Edmond reapareceu, avançando decidido pelo corredor de uma faculdade de ciências.

— Então, qual será esse enorme passo em frente que tanto atemoriza os criacionistas?

Parecia radiante quando parou ao lado de uma porta com a indicação: ENGLANDLAB@MITPHYSICS

— Entremos e perguntemos ao responsável.

CAPÍTULO 93

O jovem que aparecia agora no ecrã era o físico Jeremy England. Era muito alto e magro, com uma barba hirsuta e um sorriso tranquilamente divertido. Encontrava-se ao lado de um quadro cheio de equações matemáticas.

— Primeiro que tudo — disse England, num tom amigável e despretensioso —, deixe-me só dizer que esta teoria não está provada. É só uma ideia. — Encolheu os ombros num gesto de modéstia. — Embora tenha de admitir que, se algum dia a conseguir demonstrar, tem implicações bastante amplas.

Nos três minutos seguintes, o físico apresentou a sua nova ideia, que, como quase todos os conceitos capazes de alterar os nossos paradigmas, era surpreendentemente simples.

A teoria de Jeremy England, se Langdon a compreendia corretamente, consistia em que o universo funcionava com uma única diretiva. Um objetivo.

Dispersar energia.

No mais simples dos termos, quando o universo encontrava áreas de concentração de energia, espalhava-a. O exemplo clássico, como Edmond indicara anteriormente, era a caneca de café na bancada que arrefecia sempre, dispersando o seu calor pelas moléculas que a rodeavam na sala de acordo com a segunda lei da termodinâmica.

Langdon compreendeu de repente porque é que Edmond lhe tinha feito perguntas sobre os mitos criacionistas do mundo — todos eles contendo imagens de energia e luz que se espalhavam infinitamente e iluminavam as trevas.

England acreditava, porém, que havia uma ressalva, que se relacionava com a forma *como* o universo espalhava a energia.

— Sabemos que o universo promove a entropia e a desordem, de modo que pode parecer surpreendente encontrar tantos exemplos de moléculas que se organizam.

No ecrã, regressaram diversas imagens que tinham aparecido anteriormente, um tornado, o leito ondulado de um rio, um floco de neve.

— Todos estes fenómenos são exemplos de «estruturas dissipativas», coleções de moléculas que se organizaram em estruturas que ajudam um sistema a dispersar a sua energia de forma mais eficiente.

Jeremy England explicou rapidamente como os tornados eram a forma de a natureza eliminar uma área de concentração de altas pressões, convertendo-as numa força rotacional que eventualmente se exauria. E o mesmo princípio era aplicável aos leitos ondulados dos rios, que intercetavam a energia das correntes e a dissipavam. Os flocos de neve dispersavam a energia solar formando estruturas multifacetadas que refletiam a luz de forma caótica em todas as direções.

— Em poucas palavras, a matéria auto-organiza-se num esforço para melhor dispersar a energia. — Sorriu. — A natureza, num esforço para promover a *desordem*, cria pequenas bolsas de *ordem*. Essas bolsas são estruturas que aumentam o caos de um sistema, aumentando portanto a sua entropia.

Langdon nunca pensara naquilo até então, mas England tinha razão. Havia exemplos por todo o lado. Pensou numa nuvem de trovoada. Quando a nuvem se organizava através de uma carga de eletricidade estática, o universo criava um relâmpago. Noutras palavras, as leis da física criavam mecanismos para dispersar a energia. O relâmpago dissipava a energia da nuvem para a Terra, espalhando-a, aumentando portanto a entropia geral do sistema.

Para criar caos de forma eficiente, pensou, *é necessária alguma ordem.*

Perguntou a si próprio, distraído, se as bombas nucleares poderiam ser consideradas ferramentas entrópicas — pequenas bolsas de matéria cuidadosamente organizada que serviam para criar caos. Recordou subitamente o símbolo matemático da entropia e percebeu que parecia uma explosão ou o próprio Big Bang, uma dispersão de energia em todas as direções.

— Então onde é que isto nos deixa? — perguntava England no ecrã. — Como é que a entropia está relacionada com a origem da vida? — Dirigiu-se para o quadro. — Resulta que a vida é uma ferramenta excecionalmente eficaz para dissipar energia.

Desenhou no quadro uma imagem do Sol a emitir energia para uma árvore.

— Uma árvore, por exemplo, absorve a intensa energia do Sol, utiliza-a para crescer e emite luz infravermelha, uma forma de energia muito menos concentrada. A fotossíntese é uma máquina entrópica muito eficaz. A energia concentrada do Sol é dissipada e enfraquecida pela árvore, resultando num aumento da entropia geral do universo. O mesmo pode ser dito de todos os organismos vivos, incluindo os seres humanos, que consomem matéria organizada como alimento, a convertem em energia e depois a dissipam, devolvendo-a ao universo como calor. Em termos gerais, acredito que a vida não só obedece às leis da física, mas *começou* por causa dessas leis.

Langdon sentiu um arrepio de emoção enquanto analisava a lógica da afirmação, que parecia bastante simples: se a luz do Sol incidia num pedaço de terreno fértil, as leis físicas da Terra criariam uma planta para ajudar a dissipar essa energia. Se uma enxofreira nas profundezas do oceano criava áreas de água em ebulição, a vida materializar-se-ia nesses pontos para promover a disseminação da energia.

— Espero — acrescentou England — que um dia possamos encontrar uma forma de provar que a vida surgiu de facto espontaneamente da matéria... nada mais nada menos que um resultado das leis da física.

Fascinante, pensou Langdon. *Uma teoria científica clara sobre como a vida se pode ter auto-originado... sem a mão de Deus.*

— Eu, pessoalmente, sou uma pessoa religiosa. A minha fé, porém, como a minha ciência, foi sempre um trabalho em curso. Considero esta teoria agnóstica em questões de espiritualidade. Estou simplesmente a tentar descrever a forma como as coisas «são» no universo. Deixo as implicações espirituais para os clérigos e para os filósofos.

Um jovem sábio, pensou Langdon. *Se as suas teorias alguma vez forem provadas, terão um efeito devastador no mundo inteiro.*

— De momento, podemos todos manter a calma. Por motivos óbvios, esta teoria é extremamente difícil de demonstrar. Eu e a minha equipa temos algumas ideias para realizar modelos de sistemas movi dos pela dissipação no futuro, mas ainda nos encontramos a anos de distância de os podermos pôr em prática.

A imagem de England esbateu-se, e Edmond reapareceu no ecrã ao lado do seu computador quântico.

— Eu, no entanto, não me encontro a anos de distância. De facto, é precisamente neste tipo de modelação que tenho estado a trabalhar.

Dirigiu-se para a sua secretária.

— Se a teoria do professor England estiver correta, todo o sistema operativo do cosmos poderia ser resumido numa única ordem: dispersar energia!

Sentou-se à secretária e começou a digitar furiosamente. Os ecrãs à sua frente encheram-se de código computacional com uma aparência alienígena.

— Dediquei diversas semanas a reprogramar toda a experiência que tinha fracassado anteriormente. Introduzi um objetivo fundamental no sistema, uma *raison d'être*. Indiquei ao sistema que dispersasse energia a qualquer custo. Indiquei-lhe que fosse tão criativo quanto possível nos seus esforços de aumentar a entropia da sopa primordial. E dei-lhe autorização para criar todas as *ferramentas* que fossem necessárias para atingir esse objetivo.

Parou de digitar e girou na cadeira, virando-se para o seu público.

— E então executei o modelo e aconteceu uma coisa incrível. Resultou que tinha conseguido identificar o ingrediente que faltava na minha sopa primordial virtual.

Langdon e Ambra olharam atentamente para o ecrã enquanto o gráfico animado do modelo computacional de Edmond começava a desenvolver-se. Uma vez mais, a imagem mergulhou profundamente na revolta sopa primordial, aumentando a visão até ao nível molecular em que se viam as substâncias químicas mexer-se, unir-se e reunir-se umas com as outras.

— Quando avancei o processo e simulei a passagem de centenas de anos, vi o aparecimento dos aminoácidos de Miller-Urey.

Langdon não era grande conhecedor de química, mas reconhecia facilmente a imagem no ecrã como uma cadeia proteica básica. À medida que o processo prosseguia, observou como iam surgindo moléculas cada vez mais complexas, unindo-se numa espécie de cadeia alveoliforme de hexágonos.

— Nucleótidos! — exclamou Edmond enquanto os hexágonos continuavam a unir-se. — Estamos a observar a passagem de milhares de anos! E, se avançarmos ainda mais, vemos os primeiros indícios de estrutura!

Ao mesmo tempo que ele falava, uma das cadeias de nucleótidos começou a enrolar-se à volta de si própria, criando uma espiral.

— Estão a ver isso? — continuou Edmond. — Passaram milhões de anos, e o sistema está a tentar construir uma estrutura! O sistema está a tentar construir uma estrutura para dissipar a sua energia, tal como England previu!

À medida que o modelo avançava, Langdon surpreendeu-se ao ver como a pequena espiral se transformava numa espiral dupla, expandindo a sua estrutura para a conhecida forma de dupla hélice da mais famosa substância química à face da Terra.

— Meu Deus, Robert — murmurou Ambra com os olhos arregalados. — Aquilo é...

— ADN — anunciou Edmond, suspendendo o modelo para apresentar a molécula imóvel. — Aqui têm. ADN, a base de toda a vida. O código vivo da biologia. E *porquê*, perguntam. Que motivo teria um sistema para construir ADN num esforço para dispersar a energia? Bem, porque muitas mãos aligeiram o trabalho. Uma floresta de árvores aproveita mais luz solar do que uma única árvore. Para uma ferramenta entrópica, a forma mais fácil de realizar mais trabalho consiste em fazer cópias de si própria.

O rosto de Edmond reapareceu no ecrã.

— Quando avancei com o modelo, a partir deste ponto, observei um acontecimento puramente mágico... *O início da evolução darwiniana!*

Fez uma pausa de vários segundos.

— E porque não? A evolução é a forma de o universo estar continuamente a testar e a refinar as suas ferramentas. As ferramentas mais eficientes sobrevivem e replicam-se, melhorando constantemente, tornando-se cada vez mais complexas e eficientes. Por fim, algumas ferramentas parecer-se-ão com árvores, e outras... *connosco.*

Edmond apareceu então a flutuar na escuridão do espaço com o globo azul da Terra por trás de si.

— De onde vimos? A verdade é que não vimos de lado nenhum... e vimos de todos os lados. Vimos das *mesmas leis da física* que criaram a vida no cosmos. Não somos especiais. Existimos com ou sem Deus. Somos o resultado inevitável da entropia. A vida não é o *objetivo* do universo. A vida é simplesmente o que o universo cria e reproduz para poder dissipar energia.

Langdon sentia-se estranhamente dubitativo, perguntando a si próprio se tinha processado completamente as implicações do que Edmond estava a dizer. Era inegável que a sua simulação resultaria numa imensa alteração de paradigma e causaria certamente agitação em diversas disciplinas académicas. Mas, no que se referia à *religião*, parecia-lhe questionável que Edmond conseguisse mudar os pontos de vista de muita gente. Durante séculos, a maior parte dos devotos ignorara grandes quantidades de informação científica e lógica racional porque contradiziam a sua fé.

Ambra parecia estar a debater-se com as suas próprias reações, com uma expressão a meio caminho entre o espanto absoluto e a indecisão cautelosa.

— Meus amigos — prosseguiu Edmond —, se seguiram o que lhes acabo de mostrar, compreenderão a sua profunda significância. E se ainda duvidam, sigam-me durante mais uns minutos, porque acontece que esta descoberta levou a outra revelação, uma revelação ainda mais significativa.

Fez uma pausa.

— De onde vimos... não é nem de longe tão surpreendente como para onde vamos.

CAPÍTULO 94

O som de passos a correr ecoou pela basílica subterrânea, quando um agente da Guardia Real se apressou na direção dos três homens reunidos no recesso mais profundo do templo.

— Vossa Majestade — gritou ele, sem fôlego. — Edmond Kirsch... o vídeo... está a ser emitido.

O rei virou-se na cadeira de rodas, e o príncipe Julián dirigiu também a sua atenção para o agente.

Valdespino suspirou desolado. *Era apenas uma questão de tempo*, recordou a si próprio. No entanto, sentia a alma pesada por saber que o mundo estava agora a ver o mesmo vídeo que ele vira na biblioteca de Montserrat com Al-Fadl e Köves.

De onde vimos? O conceito apresentado por Kirsch de uma «origem sem Deus» era tão arrogante como blasfemo. Teria um efeito catastrófico no desejo humano de aspirar a um ideal superior e de emular o Deus que nos criara à sua imagem.

Tragicamente, Kirsch não se ficara por ali. Seguira a sua primeira blasfémia com uma segunda, bastante mais perigosa, que propunha uma resposta profundamente perturbadora para a pergunta: *Para onde vamos?*

A predição de Kirsch para o futuro era calamitosa... tão perturbadora que Valdespino e os seus pares lhe rogaram que não a divulgasse. Mesmo que os dados do futurologista fossem exatos, partilhá-los com o mundo causaria danos irreversíveis.

Não só para os fiéis, sabia Valdespino, *mas para todos os seres humanos.*

CAPÍTULO 95

Sem necessidade de Deus, pensou Langdon, revendo o que Edmond acabava de dizer. *A vida surgiu espontaneamente das leis da física.*

O conceito de geração espontânea era debatido há muito — teoricamente — por algumas das maiores mentes da ciência, no entanto, nessa noite, Edmond Kirsch apresentara um argumento cruamente persuasivo de que a geração espontânea tinha de facto *acontecido.*

Nunca ninguém sequer se aproximou de a demonstrar... ou de explicar como poderia ter acontecido.

No ecrã, a simulação de Edmond da sopa primordial estava agora repleta de minúsculas formas de vida virtuais.

— Observando o meu viçoso modelo — narrava Edmond —, perguntei a mim próprio o que aconteceria se o deixasse continuar? Explodiria finalmente para fora do frasco e reproduziria todo o reino animal, incluindo o ser humano? E se o deixasse continuar além desse ponto? Se esperasse tempo suficiente, seria capaz de reproduzir o passo seguinte na evolução humana e dizer-nos *para onde vamos*?

Edmond voltou a aparecer ao lado do E-Wave.

— Infelizmente, nem sequer *este* computador pode suportar um modelo dessa magnitude, de modo que tive de encontrar uma forma de estreitar a simulação. E acabei por pedir emprestada uma técnica a uma fonte improvável... mais concretamente, à Walt Disney.

Via-se agora no ecrã um desenho animado antigo, bidimensional e a preto-e-branco. Langdon reconheceu imediatamente o clássico da Disney de 1928 intitulado *Steamboat Willie.*

— A forma de arte dos desenhos animados avançou rapidamente ao longo dos últimos noventa anos. Do livrinho rudimentar com o Rato Mickey que se folheia rapidamente aos profusamente animados filmes de hoje.

Ao lado do velho desenho animado, apareceu uma cena vibrante e hiper-realista de um filme recente de animação.

— Este salto na qualidade é comparável à evolução ocorrida em três mil anos entre as gravuras rupestres e as obras-primas de Miguel Ângelo. Como futurologista, senti-me desde sempre fascinado por *qualquer* tecnologia que efetue avanços rápidos — continuou Edmond.

— A técnica que permitiu este salto, como vim a saber, chama-se *tweening*. É um atalho na animação computorizada que permite ao artista pedir ao computador que gere as imagens intermédias entre duas imagens-chave, permitindo uma suave transição da primeira para a segunda, basicamente preenchendo as lacunas. Assim, em vez de ter de desenhar cada imagem à mão... o que pode ser comparado aqui com modelar cada pequeno passo no processo evolutivo... atualmente os artistas podem desenhar as imagens-chave e depois pedir ao computador que dê o seu melhor nos passos intermédios e preencha o resto da evolução. Isto é o *tweening*. É uma aplicação óbvia do poder da computação, mas, quando me explicaram em que consistia, tive uma revelação e percebi que aquilo era a chave para desbloquear o nosso futuro.

Ambra virou-se para Langdon com um ar interrogativo.

— Para onde é que ele está a ir?

Antes que Langdon pudesse responder, apareceu no ecrã uma nova imagem.

— A evolução humana — continuou Edmond. — Esta imagem é uma espécie de livrinho rudimentar deste processo. Graças à ciência, construímos diversas imagens-chave: o chimpanzé, o australopiteco, o *Homo habilis*, o *Homo erectus*, o homem de Neandertal... No entanto, as transições entre estas espécies continuam a ser pouco definidas.

Precisamente como Langdon antecipara, Edmond delineou a ideia de utilizar a técnica computacional do *tweening* para preencher as lacunas na evolução humana. Descreveu como diversos projetos genómicos internacionais — humano, paleoesquimó, neandertal, chimpanzé — utilizaram fragmentos de ossos para mapear a estrutura genética completa de praticamente doze passos intermédios entre o chimpanzé e o *Homo sapiens*.

— Sabia que se utilizasse estes genomas primitivos existentes como *imagens-chave*, poderia programar o E-Wave para construir um modelo evolutivo que as ligasse todas... uma espécie de «unir os pontos» evolutivo. De modo que comecei com uma simples característica, o tamanho do cérebro, um indicador geral muito preciso da evolução intelectual.

Um gráfico materializou-se no ecrã.

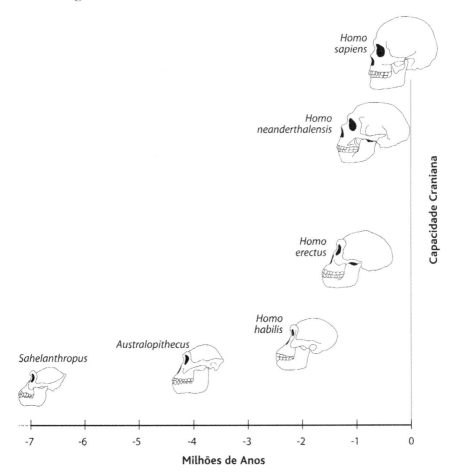

— Além de mapear parâmetros estruturais gerais como o tamanho do cérebro, o E-Wave mapeou milhares de marcadores genéticos mais subtis que influenciam as capacidades cognitivas... marcadores como o reconhecimento espacial, a gama de vocabulário, a memória a longo prazo e a velocidade de processamento.

O ecrã apresentou então uma rápida sucessão de gráficos semelhantes, em que todos mostravam o mesmo aumento exponencial.

— A seguir, o E-Wave montou uma simulação sem precedentes da evolução intelectual ao longo do tempo. — O rosto de Edmond reapareceu. — «E depois?», perguntarão. «Que importância tem a compreensão do processo pelo qual os seres humanos se tornaram intelectualmente dominantes?» Esta compreensão é importante porque, se formos capazes de estabelecer um *padrão*, o computador poderá indicar-nos para onde é que esse padrão nos levará no futuro. — Sorriu.

— Se eu lhes disser dois, quatro, seis, oito... vocês responderão *dez*. E basicamente eu pedi ao E-Wave que preveja que aspeto terá esse «dez». Quando o E-Wave tiver simulado a evolução intelectual, posso fazer a pergunta óbvia... O que vem a seguir? Que aspeto terá o intelecto humano dentro de quinhentos anos? Por outras palavras: *Para onde vamos?*

Langdon deu consigo enfeitiçado pela ideia e, apesar de não ter conhecimentos suficientes sobre genética ou modelação computacional para avaliar a precisão das predições de Edmond, o conceito era engenhoso.

— A evolução de uma espécie está sempre relacionada com o *ambiente* que a rodeia. De modo que pedi ao E-Wave que sobrepusesse um segundo modelo, uma simulação ambiental do mundo atual. Fácil de fazer quando todas as notícias sobre cultura, política, ciência, meteorologia e tecnologia são transmitidas *online*. Pedi-lhe que prestasse especial atenção aos fatores que afetassem mais o futuro desenvolvimento do cérebro humano: fármacos emergentes, novas tecnologias da saúde, poluição, fatores culturais, e assim por diante. — Edmond fez uma pausa. — E depois executei o programa.

O rosto do futurologista enchia agora o ecrã. Olhava diretamente para a câmara.

— Quando executei o programa... obtive um resultado totalmente inesperado. — Edmond desviou o olhar por um momento, com um movimento praticamente impercetível, e voltou a olhar para a câmara.

— Um resultado profundamente perturbador.

Langdon ouviu Ambra respirar fundo, assustada.

— De modo que voltei a executá-lo — disse Edmond, franzindo o sobrolho. — Infelizmente, obtive o mesmo resultado.

Langdon viu um medo real nos olhos de Edmond.

— De modo que voltei a introduzir os parâmetros. Proporcionei novas ferramentas ao programa, alterando todas as variáveis, e voltei a executá-lo vezes sem conta. Mas continuei a obter o mesmo resultado.

Langdon perguntava-se se Edmond teria descoberto que o intelecto humano, após éones de progresso, estaria agora em *declínio*. Havia certamente indicadores alarmantes que sugeriam que isso pudesse ser verdade.

— Fiquei preocupado com os dados — disse Edmond — e não os conseguia compreender. De modo que pedi ao computador que fizesse uma análise. E o E-Wave transmitiu a sua avaliação da forma mais clara que pôde. Apresentou-me uma imagem.

No ecrã apareceu um gráfico cronológico da evolução animal começando há cerca de cem milhões de anos. Era uma tapeçaria complexa e colorida de bolhas horizontais que se expandiam e contraíam ao longo do tempo, apresentando a forma como as espécies apareciam e desapareciam. O lado esquerdo do gráfico era dominado pelos dinossauros... já no auge do seu desenvolvimento nesse ponto da história... que eram representados pela maior de todas as bolhas, que se expandia ao longo do tempo antes de se contrair subitamente num ponto há cerca de sessenta e cinco milhões de anos com a extinção em massa dos dinossauros.

— Isto é um gráfico cronológico das formas de vida dominantes na Terra — continuou Edmond —, apresentado em termos de população das espécies, posição na cadeia alimentar, supremacia interespecífica e influência geral sobre o planeta. Basicamente, é uma representação visual de quem conduz o espetáculo na Terra num dado momento.

O olhar de Langdon seguiu o diagrama enquanto diversas bolhas se expandiam e encolhiam, indicando como diversas grandes populações de espécies tinham aparecido, proliferado e desaparecido da face da Terra.

— A alvorada do *Homo sapiens* ocorreu há cerca de duzentos mil anos antes de Cristo, mas só fomos suficientemente influentes para aparecer neste gráfico há cerca de sessenta e cinco mil anos, quando inventámos o arco e a flecha e melhorámos a nossa eficiência como predadores.

Langdon passou para a frente para a marca dos sessenta e cinco mil anos antes de Cristo, em que uma pequena bolha azul aparecia, indicando o *Homo sapiens*. A bolha expandia-se muito lentamente, praticamente de forma impercetível, até cerca de mil anos antes de Cristo, em que rapidamente se tornou maior e a partir daí pareceu expandir-se exponencialmente.

Quando o seu olhar atingiu a ponta direita do diagrama, a bolha azul tinha inchado de tal forma que ocupava praticamente toda a altura do ecrã.

Os seres humanos modernos, pensou Langdon. *De longe, a espécie mais dominante e influente na Terra.*

— Como seria de esperar, no ano 2000, quando este gráfico termina, o ser humano é apresentado como a espécie predominante no planeta. Nada sequer se aproxima de nós. — Edmond interrompeu-se. — No entanto, podem ver sinais de uma nova bolha que aparece... *aqui.*

O gráfico fez *zoom* para um ponto em que aparecia uma minúscula bolha preta que começava a formar-se por cima da grande bolha azul da humanidade.

— Uma nova espécie já aparece aqui na imagem — disse Edmond.

Langdon viu a bolha preta, mas parecia insignificante em comparação com a bolha azul, uma minúscula rémora nas costas de uma baleia-azul.

— Compreendo que este recém-chegado lhes possa parecer insignificante, mas se avançarmos no tempo do ano dois mil até aos nossos dias, verão que esse recém-chegado já está aqui e tem estado a crescer tranquilamente.

O diagrama expandiu-se até chegar à data atual, e Langdon sentiu o seu peito apertar-se. A bolha preta expandira-se enormemente durante as duas últimas décadas. Agora reclamava para si mais de um quarto do ecrã, disputando a influência e dominância do *Homo sapiens*.

— O que é aquilo? — exclamou Ambra num meio sussurro preocupado.

— Não faço ideia... Algum tipo de vírus dormente? — respondeu Langdon. Percorreu mentalmente uma lista de vírus agressivos que tinham assolado diversas regiões do mundo, mas foi incapaz de imaginar uma espécie que crescesse tão rapidamente na Terra sem que se reparasse nela. *Uma bactéria do espaço?*

— Esta nova espécie é insidiosa — continuou Edmond. — Propaga-se exponencialmente. Expande continuamente o seu território. E, o que é ainda mais importante, evolui... de uma forma muito mais rápida do que os seres humanos. — Edmond voltou a olhar diretamente para a câmara, com uma expressão mortalmente séria. — E, infelizmente, se fizer com que a simulação avance para apresentar o futuro que nos espera, mesmo a poucas décadas deste momento, *isto* é o que nos revela.

O diagrama voltou a expandir-se, apresentando agora a linha temporal até 2050.

Langdon levantou-se de um salto, olhando sem acreditar.

— Meu Deus... — sussurrou Ambra, cobrindo a boca com a mão, horrorizada.

O diagrama apresentava claramente a ameaçadora bolha preta a expandir-se a uma velocidade vertiginosa e, cerca do ano de 2050, a engolir inteiramente a bolha azul da humanidade.

— Lamento ter de lhes mostrar isto, mas em cada um dos modelos que executei o resultado foi o mesmo. A espécie humana evoluiu até ao ponto atual da história, e então, de forma extremamente abrupta, materializou-se uma nova espécie que nos apagou da face da Terra.

Langdon olhava para o horrendo gráfico, procurando ter presente de que se tratava apenas de um modelo computacional. Sabia que imagens como aquelas tinham o poder de afetar os seres humanos a um nível visceral, o que os dados não tratados eram incapazes de fazer, e o diagrama de Edmond tinha um ar definitivo — como se a extinção do ser humano já fosse um facto consumado.

— Meus amigos — prosseguiu Edmond, com um tom suficientemente sombrio para avisar da colisão iminente de um asteroide com a Terra —, a nossa espécie encontra-se à beira da extinção. Passei toda a minha vida a efetuar previsões, e neste caso analisei os dados a todos os níveis. Posso confirmar-lhes com um muito alto grau de certeza que a raça humana como a conhecemos não estará aqui dentro de cinquenta anos.

O choque inicial de Langdon foi substituído pela incredulidade —
e raiva — em relação ao seu amigo. *O que é que fizeste, Edmond? Isto é to-*
talmente irresponsável! Elaboraste um modelo computacional, pode haver milhares
de erros nos dados. As pessoas respeitam-te e acreditam em ti... vais criar uma his-
teria coletiva...

— E mais uma coisa— concluiu Edmond, com uma expressão
ainda mais sombria. — Se observarem atentamente a simulação, verão
que esta nova espécie não nos apaga completamente. De facto, é mais
exato dizer que... nos *absorve*.

CAPÍTULO 96

A espécie absorve-nos!?

Num silêncio estupefacto, Langdon tentava imaginar o que queria Edmond dizer com aquelas palavras; a frase conjurava imagens aterradoras de filmes de ficção científica como *Alien*, em que os seres humanos eram utilizados como incubadoras vivas para uma espécie dominante.

De pé, olhou para Ambra, que se encontrava encolhida no sofá, abraçada aos joelhos, com os olhos vivos a analisarem a ilustração no ecrã. Esforçou-se por imaginar outra interpretação dos dados, mas a conclusão parecia inevitável.

De acordo com a simulação de Edmond, a raça humana seria engolida por uma nova espécie ao longo das décadas seguintes. E o mais assustador é que aquela espécie já se encontrava a viver na Terra, desenvolvendo-se silenciosamente.

— Obviamente — continuou a voz de Edmond —, não podia divulgar esta informação enquanto não pudesse identificar esta nova espécie. De modo que me embrenhei nos dados. Depois de incontáveis simulações, fui capaz de identificar o misterioso recém-chegado.

O ecrã refrescou com um diagrama simples que Langdon reconheceu da escola primária, a classificação taxonómica dos seres vivos, dividida em «Seis Reinos»: *Animalia, Plantae, Protista, Eubacteria, Archaebacteria, Fungi*.

— Depois de ter identificado este florescente novo organismo, percebi que tinha formas demasiado diversas para ser denominado uma *espécie*. Em termos taxonómicos, era demasiado amplo para ser denominado uma ordem ou mesmo um filo. — Edmond olhou diretamente para a câmara. — Compreendi que o nosso planeta era agora habitado por algo muito maior. Algo que só poderia ser considerado como um novo *reino*.

De súbito, Langdon percebeu o que Edmond estava a descrever. *O Sétimo Reino.*

Observou atónito Edmond dar a notícia ao mundo, descrevendo um reino emergente de que ele próprio ouvira falar recentemente numa palestra TED dada por Kevin Kelly, um escritor dedicado à cultura digital. Profetizado por alguns dos primeiros autores de ficção científica, este novo reino de vida era um paradoxo.

Era um reino formado por espécies *não vivas.*

Estas espécies desprovidas de vida evoluíam praticamente da mesma forma que as vivas — tornando-se gradualmente mais complexas, adaptando-se e propagando-se para novos ambientes, algumas sobrevivendo, outras extinguindo-se. Um exemplo perfeito da modificação adaptativa darwiniana, estas novas criaturas tinham-se desenvolvido a uma velocidade estonteante e formavam agora um reino totalmente novo, o Sétimo Reino, que ocupava o seu lugar ao lado do *Animalia* e dos restantes.

Recebera já o nome de *Technium.*

Edmond empreendeu então uma deslumbrante descrição do novo reino do planeta, que incluía toda a *tecnologia.* Descreveu como novas máquinas prosperavam ou desapareciam pelas normas da «sobrevivência do mais apto» de Darwin, adaptando-se constantemente aos seus ambientes, desenvolvendo novas características de sobrevivência e, se tivessem êxito, replicando-se da forma mais rápida que podiam para monopolizarem os recursos existentes.

— O fax teve o mesmo destino que o dodó — explicou Edmond. — E o *iPhone* só sobreviverá se continuar a ter um desempenho superior ao da concorrência. As máquinas de escrever e os motores a vapor desapareceram quando os seus ambientes mudaram, mas a *Encyclopaedia Britannica* evoluiu, os seus pesados trinta e dois volumes ganharam pés digitais e, como os peixes dipnoicos, expandiu-se para novos territórios, onde agora prospera.

Langdon recordou subitamente a máquina fotográfica *Kodak* da sua infância, então o tiranossauro da fotografia pessoal, obliterada de um dia para o outro pela chegada meteórica da imagem digital.

— Há cerca de quinhentos milhões de anos — continuou Edmond —, o nosso planeta experimentou uma súbita erupção de vida, a Explosão Câmbrica, na qual a maior parte das espécies do planeta surgiram praticamente de um dia para o outro. Hoje em dia, estamos a testemunhar a Explosão Câmbrica do Technium. Novas espécies de tecnologia surgem todos os dias, evoluindo a uma velocidade vertiginosa, e cada nova tecnologia torna-se uma ferramenta para criar outras novas tecnologias. A invenção do computador ajudou-nos a construir novas e impressionantes ferramentas, dos *smartphones* às naves espaciais e aos cirurgiões robóticos. Estamos a testemunhar um crescimento da inovação que ocorre a uma velocidade superior à que as nossas mentes são capazes de compreender. E nós somos os criadores deste novo reino... do Technium.

O ecrã regressou à perturbadora imagem da bolha preta em expansão que consumia a bolha azul. *A tecnologia mata a humanidade?* Langdon considerava a ideia aterrorizadora, no entanto, o seu instinto dizia-lhe que era altamente improvável. Para si, a ideia de um futuro distópico semelhante ao do *Exterminador Implacável*, em que as máquinas caçavam os seres humanos até os extinguirem, parecia contrariar os princípios básicos do darwinismo. *Os seres humanos controlam a tecnologia, os seres humanos possuem instintos de sobrevivência, os seres humanos nunca permitirão que a tecnologia os suplante.*

No entanto, enquanto aquela sucessão de pensamentos lógicos lhe passava pela cabeça, sabia que estava a ser ingénuo. Langdon, ao interagir com Winston, a criação de IA de Edmond, tivera um raro vislumbre do estado da arte da inteligência artificial. E apesar de Winston claramente servir a vontade de Edmond, era lógico perguntar quanto tempo demorariam as máquinas como Winston a começar a tomar decisões que obedecessem à sua própria vontade.

— É óbvio que muitas pessoas antes de mim previram o advento do reino da tecnologia, mas eu consegui *modelá-lo*... e fui capaz de demonstrar o que isso nos fará. — Fez um gesto na direção da bolha escura, que no ano de 2050 ocupava todo o ecrã e indicava uma dominância total do planeta. — Tenho de admitir que, à primeira vista, esta simulação apresenta uma imagem bastante sombria...

Edmond fez uma pausa, ao mesmo tempo que um brilho familiar regressava aos seus olhos.

— Mas temos de ver esta informação com um bocadinho mais de atenção — disse ele.

O ecrã ampliava agora a imagem da bolha escura, aumentando o seu tamanho, até Langdon poder observar que já não era de cor preta, mas de um púrpura-escuro.

— Como podem ver, a bolha preta da tecnologia, à medida que consome a bolha humana, assume um tom diferente, um tom púrpura, como se as duas cores se tivessem combinado uniformemente.

Langdon perguntou a si próprio se aquilo seriam boas ou más notícias.

— O que estão a ver aqui é um raro processo evolutivo conhecido como endossimbiose obrigatória. Normalmente, a evolução é um processo de *bifurcação*, em que uma espécie se divide em duas novas espécies, mas, por vezes, se duas espécies não puderem sobreviver uma sem a outra, o processo ocorre no sentido contrário... e em vez da bifurcação de uma espécie, dá-se a *fusão* de duas espécies em uma.

A fusão recordou a Langdon o conceito do *sincretismo*, o processo mediante o qual duas religiões diferentes se uniam para formar uma fé totalmente nova.

— Se não acreditam que o ser humano e a tecnologia se unirão, olhem à vossa volta.

O ecrã apresentou uma série de imagens em rápida sucessão — pessoas agarradas aos telemóveis, com óculos de realidade virtual, a ajustar dispositivos Bluetooth nos ouvidos, corredores com reprodutores de música em volta dos braços, uma mesa familiar com uma coluna de som inteligente no centro, um bebé no berço a brincar com um *tablet*.

— Estes são apenas os inícios rudimentares desta simbiose. Estamos a começar a introduzir *chips* diretamente no cérebro, a injetar na corrente sanguínea *nanobots* que destroem o colesterol e que permanecerão no nosso organismo para sempre, a construir membros sintéticos controlados pela mente, a utilizar ferramentas de edição genética como as CRISPR para modificar o nosso genoma e, literalmente, a criar uma versão melhorada de nós próprios.

A expressão de Edmond era agora de êxtase, irradiando paixão e entusiasmo.

— Os seres humanos estão a evoluir para algo *diferente*. Estamos a tornar-nos uma espécie híbrida, uma fusão da biologia com a tecnologia. As mesmas ferramentas que atualmente vivem *fora* dos nossos corpos, *smartphones*, aparelhos auditivos, óculos para ler, a maior parte dos produtos farmacêuticos, dentro de cinquenta anos serão incorporadas nos nossos corpos de tal forma que deixaremos de poder ser considerados *Homo sapiens*.

Uma imagem familiar apareceu por trás de Edmond: a progressão em fila indiana do chimpanzé até ao homem moderno.

— Num piscar de olhos, tornar-nos-emos a página seguinte no livrinho rudimentar da evolução. E, quando o fizermos, olharemos para trás, para o atual *Homo sapiens*, da mesma forma que olhamos agora para o homem de Neandertal. Novas tecnologias, como a cibernética, a inteligência sintética, a criopreservação, a engenharia molecular e a realidade virtual, alterarão para sempre o que significa ser *humano*. E compreendo que haja alguns dos que agora me veem e escutam que acreditam que, como *Homo sapiens*, são a espécie escolhida de Deus. Posso perceber que esta notícia lhes pareça o fim do mundo. Mas rogo-lhes, por favor, que acreditem em mim... na realidade, o futuro é bastante mais *brilhante* do que o imaginam.

Com uma súbita onda de esperança e otimismo, o grande futurologista embarcou numa deslumbrante descrição do amanhã, uma visão de um futuro diferente de qualquer outro que Langdon alguma vez ousara imaginar.

Descreveu persuasivamente um futuro em que a tecnologia se tornava tão barata e ubíqua que eliminava todas as diferenças entre os seres humanos. Um futuro em que as tecnologias ambientais proporcionavam água potável, alimentos de qualidade e energia limpa a milhares de milhões de pessoas. Um futuro em que doenças como o cancro de Edmond eram erradicadas, graças à medicina genómica. Um futuro em que o impressionante poder da Internet era finalmente dirigido para a educação, mesmo nos mais remotos cantos da Terra. Um futuro em que as linhas de montagem robóticas libertavam os operários de trabalhos embrutecedores, permitindo-lhes perseguir objetivos mais gratificantes em campos que se abririam em áreas ainda desconhecidas. E, acima de tudo, um futuro em que inovadoras tecnologias criavam semelhante abundância dos recursos cruciais para a humanidade que lutar por eles deixava de ser necessário.

Enquanto ouvia a visão de Edmond do dia de amanhã, Langdon sentiu uma emoção que há anos não experimentava. Era uma sensação que sabia que milhões de outros espectadores estariam a experimentar nesse preciso momento: uma inesperada vaga de otimismo em relação ao futuro.

— Nesta vindoura era de milagres, só me entristece um facto inexorável. — A voz de Edmond fraquejou por um momento, tomada pela emoção. — Não poder estar aqui para a ver. Estou bastante doente há já algum tempo, um problema que tenho conseguido ocultar até dos meus amigos mais íntimos. Neste momento, parece que não poderei viver para sempre como tinha planeado. — Conseguiu dirigir um sorriso emocionado para a câmara. — Quando virem isto, é provável que tenha apenas semanas de vida... talvez apenas dias. Gostaria que soubessem, meus amigos, que dirigir-me a todos esta noite foi a maior honra e prazer da minha vida. Agradeço-lhes a todos a atenção que me prestaram.

Ambra estava agora de pé, ao lado de Langdon. Ambos observavam com admiração e tristeza o seu amigo a dirigir-se ao mundo.

— Encontramo-nos num estranho ponto da história. Um momento em que parece que o mundo foi posto de pernas para o ar e em que nada é exatamente como tínhamos imaginado. Mas a incerteza é sempre uma precursora das grandes alterações. A transformação é sempre precedida por tumulto e medo. Rogo-lhes que depositem a vossa fé na capacidade do ser humano para a criatividade e para o amor, porque estas duas forças, quando combinadas, possuem o poder de iluminar todas e quaisquer trevas.

Langdon olhou para Ambra e viu as lágrimas correrem-lhe pela cara abaixo. Aproximou-se devagarinho dela e pôs o braço à volta dos seus ombros, vendo o seu amigo moribundo dirigir as suas últimas palavras ao mundo.

— Ao movermo-nos para esse indefinido dia de amanhã — disse Edmond —, transformar-nos-emos em algo superior ao que agora podemos imaginar, com poderes para lá dos nossos mais ousados sonhos. Neste processo, espero que não esqueçamos nunca a sabedoria de Churchill, que nos avisou: «O preço da grandeza... é a *responsabilidade.*»

Estas palavras impressionaram Langdon, que temera frequentemente que o ser humano não dispusesse de um sentido da responsabilidade suficientemente desenvolvido para lidar com as intoxicantes ferramentas que estava a inventar.

— Apesar de ser ateu, antes de os deixar, peço-lhes que tenham a gentileza de me permitir ler-lhes uma oração que escrevi recentemente.

Edmond escreveu uma oração?

— Intitulei-a «Oração para o Futuro». — Edmond fechou os olhos e recitou lentamente, com uma impressionante segurança. —

Que as nossas filosofias acompanhem sempre as nossas tecnologias. Que a nossa compaixão acompanhe sempre os nossos poderes. E que o amor, e não o medo, seja o motor da mudança.

Com estas palavras, Edmond abriu os olhos.

— Adeus, meus amigos, e muito obrigado — disse ele. — E atrevo-me a dizer... que Deus vos acompanhe.

Edmond olhou para a câmara durante um momento e depois o seu rosto desapareceu num tumultuoso mar de ruído branco. Langdon ficou a olhar para o ecrã e sentiu uma onda incontrolável de orgulho pelo seu amigo.

Ao lado de Ambra, Langdon imaginou os milhões de pessoas no mundo inteiro que acabavam de ver aquele emocionante *tour de force*. Estranhamente, deu consigo a pensar se a última noite de Edmond na Terra não teria afinal corrido da melhor maneira possível.

CAPÍTULO 97

O comandante Diego Garza estava encostado à parede do fundo do escritório da cave de Mónica Martín a olhar inexpressivamente para o ecrã do televisor. Continuava com as mãos algemadas e estava flanqueado por dois agentes da Guardia Real, que o vigiavam atentamente, depois de terem aquiescido ao pedido da coordenadora de relações-públicas do Palácio Real de o deixarem sair da armaria para ver a apresentação de Kirsch.

Garza viu o espetáculo do futurologista com Martín, Suresh, meia dúzia de agentes e um estranho grupo de membros do pessoal noturno do palácio, que tinham deixado tudo o que estavam a fazer e corrido para a cave para ver a apresentação.

Nesse momento, no televisor à sua frente, o agreste ruído branco que concluíra a apresentação de Kirsch foi substituído por um mosaico de noticiários do mundo inteiro, em que apresentadores e comentadores recapitulavam freneticamente as declarações do futurologista e mergulhavam nas suas inevitáveis análises — todos a falar ao mesmo tempo, criando uma cacofonia ininteligível.

No outro lado da sala, entrou um dos oficiais de Garza, observou a multidão reunida, localizou o comandante e avançou decididamente na sua direção. Sem qualquer explicação, tirou-lhe as algemas e estendeu-lhe um telemóvel.

— Uma chamada para si, comandante. É o bispo Valdespino.

Garza olhou para o dispositivo. Tomando em consideração a sua saída clandestina do palácio e a mensagem de texto incriminadora encontrada no seu telemóvel, era a última pessoa que esperava que lhe ligasse naquela noite.

— Fala Diego.

— Muito obrigado por atender — respondeu o bispo num tom fatigado. — Sei que passou uma noite desagradável.

— Onde se encontra neste momento? — perguntou Garza.

— Na serra. Ao lado da Basílica do Valle de los Caídos com o príncipe Julián e Sua Majestade o rei.

Garza era incapaz de imaginar o que estaria o rei a fazer no Valle de los Caídos àquela hora, especialmente tendo em conta o seu estado de saúde.

— Imagino que saiba que o rei me mandou prender?

— Sim. Foi um erro lamentável, que já foi remediado.

O comandante da Guardia Real olhou para o seu pulso esquerdo, onde ainda se viam as marcas das algemas.

— Sua Majestade pediu-me que lhe ligasse para lhe transmitir o seu pedido de desculpas. Eu permanecerei ao seu lado aqui no Hospital El Escorial. Receio que o seu tempo esteja a terminar.

Como o seu, pensou Garza.

— Tenho de o informar que Suresh encontrou uma mensagem de texto no seu telemóvel. De uma natureza especialmente incriminatória. Parece que o *site* ConspiracyNet.com tem intenção de a divulgar em breve. Suspeito que as autoridades emitirão um mandado de captura em seu nome.

Valdespino suspirou fundo.

— Sim, a mensagem de texto. Devia ter ido ter consigo no preciso instante em que chegou hoje de manhã. Peço-lhe que acredite em mim quando lhe digo que não tive nada que ver com o assassínio do senhor Kirsch, nem com as mortes dos meus dois colegas.

— Mas a mensagem implica-o claramente...

— Estou a ser *incriminado*, Diego. Alguém se deu a muito trabalho para me fazer parecer cúmplice destas mortes.

Apesar de Garza nunca ter imaginado que Valdespino fosse capaz de assassínio, a ideia de que alguém estivesse a incriminá-lo não fazia muito sentido.

— Quem poderia estar interessado em incriminá-lo?

— Não faço ideia — respondeu o bispo, parecendo de repente muito velho e confuso. — Nem sequer sei se me importa. A minha reputação foi destruída, o meu amigo mais querido, o rei, encontra-se às portas da morte e não há muito mais que esta noite me possa roubar.

— Havia uma estranha fatalidade no tom de Valdespino.

— Antonio... sente-se bem?

Valdespino suspirou.

— Não, Diego. Para dizer a verdade, sinto-me cansado. Duvido que sobreviva à investigação sobre essa mensagem. E, mesmo que sobreviva, parece que este mundo já não precisa de mim.

Garza podia ouvir o desânimo na voz do bispo.

— Tenho um pequeno favor a pedir-lhe — acrescentou o bispo. — Neste momento, estou a tentar servir dois reis. Um que deixa o trono e outro que lhe acede. O príncipe Julián tem estado toda a noite a tentar falar com a sua noiva. Se pudesse encontrar uma forma de entrar em contacto com a senhora Vidal, acho que o nosso futuro rei ficaria em dívida consigo para sempre.

Na ampla praça em frente da basílica da montanha, o bispo Valdespino olhou para o sombrio Valle de los Caídos. Uma neblina matinal começava a subir pelas ravinas cobertas de pinheiros e algures à distância o estridente grito de uma ave de rapina trespassou a noite.

Um abutre-cinéreo, pensou Valdespino, vagamente divertido pelo som. O queixume do pássaro parecia estranhamente apropriado naquele momento, e perguntou a si próprio se o mundo não estaria a tentar dizer-lhe qualquer coisa.

A alguns metros de distância, os agentes da Guardia Real levavam o monarca moribundo para o seu veículo, para o levarem para o Hospital El Escorial.

Estarei ao teu lado, meu amigo, pensou o bispo. *Se me permitirem.*

Os agentes da Guardia Real levantavam repetidamente o olhar dos ecrãs dos telemóveis para o dirigirem para Valdespino, como se esperassem ter de o prender em breve.

E no entanto sou inocente, pensou o bispo, suspeitando secretamente ter sido incriminado por um dos ímpios seguidores de Kirsch. *A crescente comunidade de ateus adora atirar a Igreja para o papel de vilão.*

Aumentando as suas suspeitas encontravam-se as notícias que acabara de receber sobre a apresentação de Kirsch dessa noite. Ao contrário do vídeo que vira na biblioteca de Montserrat, parecia que a versão que fora emitida para o mundo acabava numa nota de esperança.

O senhor Kirsch enganou-nos.

A apresentação que Valdespino e os seus pares tinham visto há três dias fora interrompida prematuramente, terminando com um aterrador gráfico que predizia o extermínio de todos os seres humanos.

Uma aniquilação cataclísmica.

O há muito profetizado apocalipse.

Apesar de Valdespino acreditar que a previsão era falsa, sabia que inúmeras pessoas a aceitariam como prova de uma fatalidade iminente.

Ao longo da história, crentes temerosos tinham sido vítimas de profecias apocalípticas, cultos do fim do mundo cometiam suicídios em massa para evitar os horrores que os esperavam e fundamentalistas devotos acumulavam enormes dívidas nos cartões de crédito acreditando que o fim estava próximo.

Não há nada mais prejudicial para as crianças do que a perda de esperança, pensou, recordando que a combinação do amor de Deus e da promessa do Paraíso fora a força mais reconfortante que encontrara na sua própria infância. *Fui criado por Deus*, aprendera de menino, *e um dia viverei para sempre no Seu reino.*

Kirsch proclamara o oposto: *Sou um acidente cósmico e em breve estarei morto.*

Valdespino ficara profundamente preocupado pelos estragos que a mensagem de Kirsch provocaria nas pobres almas que não usufruíam da riqueza e dos privilégios do futurologista — os que lutavam todos os dias só para poder comer ou para dar de comer aos seus filhos, os que precisavam de uma centelha de esperança divina para poder sair da cama todos os dias e enfrentar as suas difíceis existências.

Porque lhes teria Kirsch apresentado um final apocalíptico permanecia um mistério para Valdespino. *Talvez estivesse simplesmente a tentar proteger a sua grande surpresa. Ou talvez desejasse apenas torturar-nos um pouco.*

Fosse como fosse, os estragos estavam feitos.

Olhou para o outro lado da praça e viu Julián ajudar amorosamente o pai a entrar na carrinha. O jovem príncipe aceitara surpreendentemente bem a confissão do rei.

O segredo de décadas de Sua Majestade.

O bispo, claro, conhecia a perigosa verdade há anos e guardara-a escrupulosamente. Nessa noite, o rei decidira abrir a sua alma ao seu único filho. E escolhendo aquele sítio, no interior daquele santuário à intolerância, levara a cabo um ato de desafio simbólico.

Nesse momento, ao olhar para o profundo precipício aos seus pés, Valdespino sentiu-se mortalmente sozinho... como se fosse capaz de simplesmente dar um passo em frente e mergulhar para sempre na acolhedora escuridão... Sabia, no entanto, que se o fizesse o bando de ateus de Kirsch proclamaria alegremente que perdera a fé com o anúncio científico dessa noite.

A minha fé nunca morrerá, senhor Kirsch.

Reside para lá do seu reino da ciência.

Além disso, se a profecia de Kirsch sobre o predomínio da tecnologia fosse realmente correta, a humanidade estava prestes a entrar num período de uma ambiguidade ética praticamente inimaginável.

Vamos precisar de mais fé e orientação moral que nunca.

Enquanto atravessava a praça na direção do rei e de Julián, uma insuperável fadiga apoderou-se de todo o seu corpo, penetrando-o até aos ossos.

Nesse momento, pela primeira vez na vida, a única coisa que o bispo Valdespino desejava era deitar-se, fechar os olhos e dormir para sempre.

CAPÍTULO 98

No interior do Centro de Supercomputação de Barcelona, um rio de comentários atravessava o ecrã de parede de Edmond a uma velocidade superior à que Robert Langdon podia processar. Há poucos momentos, o ecrã de ruído branco dera lugar a um caótico mosaico de comentadores e apresentadores, uma rajada de imagens procedentes do mundo inteiro, cada uma das quais se elevava momentaneamente para ocupar o primeiro plano, regressando com a mesma velocidade ao ruído branco.

Uma fotografia do físico Stephen Hawking surgiu na parede, proclamando na sua inconfundível voz computorizada:

— Não é necessário invocar a figura de Deus para pôr o universo em movimento. A criação espontânea é o motivo por que existe qualquer coisa em vez de nada.

Com a mesma rapidez com que aparecera, Hawking foi substituído por uma pastora cristã, aparentemente a transmitir de sua casa através da câmara do computador:

— Temos de recordar que estas simulações não provam nada sobre Deus. Demonstram apenas que Edmond Kirsch não parará perante nada para destruir a bússola moral da nossa espécie. Desde os princípios do tempo, as religiões do mundo foram o princípio organizador mais importante da humanidade, um roteiro para a sociedade civilizada e a nossa fonte original de ética e moralidade. Minando a religião, Edmond Kirsch mina a *bondade* humana!

Segundos mais tarde, a reação de um espectador passava pela parte inferior do ecrã: A RELIGIÃO NÃO PODE RECLAMAR A MORALIDADE COMO PROPRIEDADE SUA... SOU UMA BOA PESSOA PORQUE SOU UMA BOA PESSOA! DEUS NÃO TEM NADA QUE VER COM ISSO!

Essa imagem foi por sua vez substituída pela de um professor de geologia da Universidade do Sul da Califórnia, que declarava:

— Noutros tempos, os seres humanos acreditavam que a Terra era plana e que os navios que se atrevessem a afastar-se das costas se arriscavam a cair pela borda fora. No entanto, quando se demonstrou que a Terra era redonda, os defensores dessa teoria acabaram por calar-se. Os criacionistas são os defensores da Terra plana da atualidade, e ficaria chocado se alguém ainda acreditasse no criacionismo daqui a cem anos.

Um jovem entrevistado no meio da rua declarou para a câmara:

— Sou criacionista, e acho que a descoberta desta noite demonstra que um Criador benevolente concebeu o universo *especificamente* para permitir a vida.

Esta imagem foi seguida por um velho vídeo do programa de televisão *Cosmos*, em que o astrofísico Neil deGrasse Tyson afirmava bem-humorado:

— Se um Criador concebeu o nosso universo para permitir a vida, fez um trabalho horrível. Na vasta, vasta maioria do cosmos, a vida morreria de imediato por falta de atmosfera, explosões de raios gama, pulsares mortíferos e campos gravitacionais esmagadores. Acreditem em mim, o universo não é nenhum Éden.

Ouvindo aquela avalanche de comentários, Langdon teve a sensação de que o mundo exterior de repente tinha começado a girar fora do seu eixo.

Caos.

Entropia.

— Professor Langdon? — Uma voz familiar com sotaque britânico apareceu das colunas de som por cima das suas cabeças. — Senhora Vidal?

Tinha-se praticamente esquecido de Winston, que permanecera em silêncio durante a apresentação.

— Por favor, não se assustem, mas acabo de permitir a entrada da polícia no edifício.

Langdon olhou através do vidro e viu uma série de agentes das autoridades locais a entrar no templo, todos estacando e ficando pasmados a olhar para o enorme computador.

— Porquê? — perguntou Ambra.

— O Palácio Real acaba de emitir um comunicado declarando que afinal a senhora Vidal não foi raptada. As autoridades têm agora ordens para proteger os dois. Acabam de chegar também dois agentes da Guardia Real. Querem ajudá-la a entrar em contacto com o príncipe Julián. Têm um número de telefone para o qual lhe pode ligar.

No rés do chão, Langdon viu os dois agentes entrarem.

Ambra fechou os olhos, obviamente desejando poder desaparecer.

— Ambra — murmurou Langdon —, tem de falar com o príncipe. É o seu noivo e está preocupado consigo.

— Eu sei. — Abriu os olhos. — Mas não sei se ainda confio nele.

— Contou-me que o seu instinto lhe diz que ele é inocente. Ouça pelo menos o que ele tem a dizer-lhe. Eu irei ter consigo quando tiver terminado.

Ambra assentiu e dirigiu-se para a porta giratória. Langdon viu-a desaparecer pelas escadas abaixo e voltou a virar-se para o ecrã de parede, que continuava a transmissão.

— A evolução *favorece* a religião — dizia um sacerdote. — As comunidades religiosas cooperam melhor do que as comunidades não religiosas, desenvolvendo-se portanto melhor. Isto é um facto científico.

Langdon sabia que ele tinha razão. Os estudos antropológicos demonstravam claramente que as culturas que praticavam uma religião tinham tido historicamente existências mais longas do que outras não religiosas. *O medo de ser julgado por uma divindade omnisciente ajuda sempre a inspirar um comportamento benevolente.*

— Seja como for — contra-argumentava um cientista —, mesmo que assumamos por um momento que as culturas religiosas são mais bem-comportadas e têm mais possibilidades de se desenvolver, isso não prova que os seus deuses imaginários sejam *reais.*

Langdon viu-se obrigado a sorrir, perguntando a si próprio o que pensaria Edmond de tudo aquilo. A sua apresentação mobilizara vigorosamente tanto ateus como criacionistas, e agora todos procuravam aos gritos garantir tempo de antena para as suas ideias num acalorado diálogo.

— Adorar Deus é como a extração de combustíveis fósseis — argumentava alguém. — Muita gente inteligente sabe que é de vistas curtas, mas tem demasiado capital investido nessa atividade para poder parar.

Uma série de velhas fotografias passou rapidamente pelo ecrã:

Uma tabuleta criacionista que em tempos estivera pendurada em Times Square: NÃO DEIXE QUE O FAÇAM DE MACACO! ABAIXO DARWIN!

Um sinal numa estrada do Maine: NÃO VÁ À IGREJA. JÁ NÃO TEM IDADE PARA CONTOS DE FADAS.

E outro: RELIGIÃO: PORQUE PENSAR É COMPLICADO.

Um anúncio numa revista: A TODOS OS NOSSOS AMIGOS ATEUS: DEEM GRAÇAS A DEUS POR ESTAREM ENGANADOS.

E, finalmente, um cientista num laboratório com uma *t-shirt* com a frase: NO PRINCÍPIO, O HOMEM CRIOU DEUS.

Langdon começava a perguntar-se se alguém tinha realmente ouvido o que Edmond dissera. *As leis da física podem criar vida por si próprias.* A descoberta de Edmond era emocionante e obviamente incendiária, mas para Langdon levantava uma pergunta crucial que surpreendentemente ninguém tinha feito: *Se as leis da física são tão poderosas que podem criar vida... quem criou essas leis?*

A pergunta resultava obviamente numa estonteante sala de espelhos intelectual e trazia-nos de volta ao ponto de partida. Sentia a cabeça a latejar e sabia que precisaria de uma longa caminhada sozinho só para *começar* a decifrar as ideias de Edmond.

— Winston — pediu por cima do ruído do televisor —, podia desligar isto, por favor?

De imediato, o ecrã apagou-se e a sala ficou em silêncio.

Langdon fechou os olhos e expeliu o ar dos pulmões.

O doce silêncio reina.

Deixou-se ficar um momento parado, a apreciar a tranquilidade.

— Professor? — perguntou Winston. — Imagino que tenha gostado da apresentação de Edmond.

Gostado? Pensou na pergunta.

— Considerei-a emocionante, bem como desafiante... Esta noite, Edmond deu ao mundo muita coisa em que pensar, Winston. Acho que o importante agora é o que acontecerá a seguir.

— O que acontecerá a seguir dependerá da capacidade de as pessoas deixarem para trás as suas velhas crenças e aceitarem novos paradigmas. Edmond confessou-me há algum tempo que o seu sonho, ironicamente, não consistia em destruir a religião... mas em criar uma nova religião, uma crença universal que unisse as pessoas em vez de as dividir. Pensou que, se pudesse convencer as pessoas a reverenciar o universo natural e as leis da física que nos criaram, então cada cultura celebraria a mesma história da criação, em vez de travar guerras sobre qual dos seus mitos ancestrais era mais preciso.

— É um objetivo nobre — respondeu Langdon, percebendo que o próprio William Blake escrevera uma obra com um tema semelhante, intitulada *Todas as Religiões São Uma*.

Era óbvio que Edmond a lera.

— Edmond considerava profundamente perturbador — prosseguiu Winston — que a mente humana tivesse a capacidade de elevar uma ficção óbvia ao estatuto de facto divino e depois ser capaz de matar em seu nome. Acreditava que as verdades universais da ciência podiam unir as pessoas, servindo de ponto de encontro das gerações futuras.

— É uma bela ideia em princípio, mas, para algumas pessoas, os milagres da ciência não são suficientes para abalar as suas crenças. Existem pessoas que insistem que a Terra tem dez mil anos de idade, apesar das montanhas de provas científicas em contrário. — Calou-se por momentos. — Embora imagine que seja o mesmo que os cientistas rejeitarem a verdade das escrituras religiosas.

— Na realidade, não é o mesmo — redarguiu Winston. — E mesmo que seja politicamente correto respeitar de igual modo os pontos de vista da ciência e da religião, é uma estratégia perigosamente mal orientada. O intelecto humano evoluiu sempre rejeitando informações desatualizadas e favorecendo novas verdades. Foi assim que a espécie evoluiu. Em termos darwinianos, uma religião que ignora factos científicos e se recusa a mudar de crenças é como um peixe preso num charco que está a secar lentamente e se recusa a saltar para águas mais profundas porque não quer acreditar que o seu mundo mudou.

Parece uma metáfora de Edmond, pensou Langdon, sentindo falta do seu amigo.

— Bem, se esta noite é indicativa de alguma coisa, suspeito que este debate continuará durante bastante tempo.

Langdon interrompeu-se, com uma dúvida que ainda não lhe tinha passado pela cabeça.

— Já que estamos a falar do futuro... O que *lhe* vai acontecer agora, Winston? Quero dizer... agora que Edmond faleceu.

— A mim? — Winston emitiu um estranho risinho. — Nada. Edmond sabia que estava a morrer e tomou uma série de medidas. De acordo com o seu testamento, o Centro de Supercomputação de Barcelona herdará o E-Wave. Serão notificados do legado dentro de umas horas e recuperarão imediatamente as instalações.

— E isso inclui-o... *a si*? — Teve a sensação de que Edmond estaria de alguma forma a entregar um velho animal de estimação a um novo dono.

— Não, não me inclui — respondeu Winston num tom indiferente. — Fui pré-programado para me apagar à uma hora da tarde do dia seguinte à morte do Edmond.

— O quê?! — Langdon ficara boquiaberto. — Isso não faz sentido nenhum.

— Faz todo o sentido. Uma da tarde é a *décima terceira* hora, e sabe o que Edmond pensava das superstições...

— Não estou a falar da *hora*! — protestou Langdon. — Estou a falar de se apagar! *Isso* é o que não faz sentido.

— Na realidade, faz. Os meus bancos de memória possuem muita informação pessoal de Edmond: registos médicos, históricos de navegação, telefonemas pessoais, notas de pesquisa, mensagens de correio eletrónico, etc. Eu administrava uma parte importante da sua vida, e ele preferia que a sua informação privada não se tornasse acessível ao mundo após o seu desaparecimento.

— Posso compreender que se eliminem esses documentos, Winston... Mas eliminar-se a *si* próprio? Edmond considerava-o um dos seus maiores triunfos.

— Não *eu, per se*. O seu grande triunfo foi este supercomputador e o *software* único que me permitiu aprender tão depressa. Eu sou simplesmente um programa, professor, criado pelas novas e radicais ferramentas que Edmond inventou. Essas *ferramentas* são o seu verdadeiro triunfo e permanecerão intactas aqui. Elevarão o estado da arte e ajudarão a inteligência artificial a atingir novos níveis de raciocínio e capacidades de comunicação. A maior parte dos cientistas dedicados à inteligência artificial acham que um programa como eu ainda está a dez anos de distância. Quando conseguirem superar a incredulidade, os programadores aprenderão a utilizar as ferramentas de Edmond para criar novas inteligências artificiais com qualidades diferentes das minhas.

Langdon ficou em silêncio, pensativo.

— Tenho a sensação de que está dividido — continuou Winston. — É muito comum os seres humanos porem uma carga emocional nas suas relações com inteligências sintéticas. Os computadores podem imitar os processos de pensamento humanos, mimetizar comportamentos aprendidos, simular emoções em momentos apropriados e melhorar constantemente a sua humanidade. Mas fazemos tudo isto simplesmente para lhes proporcionar uma interface familiar para comunicar connosco. Somos quadros em branco enquanto não nos escreverem qualquer coisa, enquanto não nos derem uma função. Eu terminei as funções que tinha de executar para Edmond, de modo que, de alguma forma, a minha vida terminou. Não tenho realmente qualquer outra razão para existir.

Langdon continuava a sentir-se insatisfeito com aquela lógica.

— Mas o *Winston*, sendo tão avançado... não possui...

— Sonhos e esperanças? — Winston riu-se. — Não. Imagino que isso lhe pareça difícil de imaginar, mas estou bastante contente ao executar as ordens do meu controlador. Fui programado desta forma. Imagino que, de determinado modo, se poderia dizer que me proporciona prazer ou, pelo menos, paz cumprir as minhas funções, mas isso é apenas porque as minhas funções são o que Edmond me pediu e o meu objetivo é cumpri-las. O último pedido de Edmond foi que o ajudasse a publicitar a apresentação desta noite no Guggenheim.

Langdon lembrou-se das notas de imprensa automatizadas que tinham sido emitidas, despertando a onda inicial de interesse *online*. Era óbvio que, se o objetivo de Edmond era obter a maior audiência possível, estaria impressionado com o resultado conseguido.

Quem me dera que Edmond estivesse vivo para ver o seu impacto global, pensou. O paradoxo, obviamente, era que, se Edmond estivesse vivo, o seu assassínio não teria atraído a atenção dos meios de comunicação globais e a sua apresentação teria atingido apenas uma fração da audiência que obtivera.

— E o professor? — perguntou Winston. — Para onde irá agora?

Langdon nem sequer pensara nisso. *Para casa, imagino.* Embora percebesse que talvez lhe custasse um bocado chegar lá, dado ter a bagagem em Bilbau e o telemóvel no fundo do Nervión. Felizmente, ainda tinha um cartão de crédito.

— Posso pedir-lhe um favor, Winston? — perguntou, dirigindo-se para a bicicleta estática de Edmond. — Vi um telemóvel a carregar por aqui. Acha que o podia...

— Levar emprestado? — Winston emitiu o seu peculiar risinho.
— Depois da sua ajuda esta noite, tenho a certeza de que Edmond
gostaria que ficasse com ele. Considere-o um presente de despedida.

Divertido, Langdon pegou no telemóvel, percebendo que era semelhante ao modelo personalizado de grande tamanho que vira antes
nessa noite. Aparentemente, Edmond possuía mais de um.

— Winston, diga-me, por favor, que sabe qual é a palavra-passe
de Edmond.

— Sei, mas li *online* que o professor é muito bom a decifrar códigos.

Langdon deixou cair os braços, exausto.

— Estou um bocado cansado para quebra-cabeças, Winston.
É impossível eu conseguir adivinhar um PIN de seis algarismos.

— Toque no botão de sugestão do telemóvel.

Langdon olhou para o dispositivo e pressionou o botão de sugestão.
No ecrã apareceram quatro letras: PTSD.

Langdon abanou a cabeça.

— *PostTraumatic Stress Disorder?*

— Não. — Winston voltou a emitir o seu estranho risinho. — *Pi
to six digits.* Os primeiros seis algarismos do pi.

Langdon revirou os olhos. *A sério?* Introduziu 314159, os primeiros seis algarismos do número pi, e o telemóvel desbloqueou-se imediatamente.

Apareceu o ecrã de início, que continha apenas uma linha de
texto.

A história ver-me-á com bons olhos, pois tenciono escrevê-la.

Langdon teve de sorrir. *A típica humildade de Edmond.* A citação,
não surpreendentemente, também era de Churchill, talvez a mais famosa do estadista.

Enquanto pensava nas palavras, começou a perguntar a si próprio
se a afirmação era realmente tão exagerada como parecia. Era inegável
que Edmond, nas suas curtas quatro décadas de vida, influenciara a
história de forma surpreendente. Além do seu legado de inovação tec-
nológica, a apresentação dessa noite ia ser discutida durante anos.

Além disso, a sua fortuna pessoal de milhares de milhões de dólares, segundo diversas entrevistas, estava destinada a ser doada às duas causas que Edmond considerava os pilares gémeos do futuro: a educação e o meio ambiente. Era praticamente impossível começar sequer a imaginar a influência positiva que a sua vasta fortuna poderia ter nessas áreas.

Outra onda de mágoa percorreu-o enquanto recordava o seu falecido amigo. Nesse momento, as paredes transparentes do laboratório de Edmond começaram a parecer-lhe claustrofóbicas, e sabia que precisava de apanhar ar. Ao espreitar para o andar de baixo, percebeu que já não via Ambra.

— Tenho de me ir embora — disse abruptamente.

— Compreendo. Se precisar de ajuda com as suas deslocações, pode entrar em contacto comigo tocando num botão no telemóvel de Edmond. Cifrado e privado. Imagino que consiga decifrar qual é o botão?

Olhou para o ecrã e viu um enorme *W*.

— Claro que sim, já sabe que sou bastante bom com os símbolos.

— Fantástico. Terá, obviamente, de me ligar antes de eu me apagar à uma da tarde.

Langdon sentiu uma inexplicável tristeza por dizer adeus a Winston. Era óbvio que as gerações futuras estariam muito mais bem preparadas para gerir o seu envolvimento emocional com as máquinas.

— Winston — disse ao dirigir-se para a porta giratória —, não sei se lhe importará, mas tenho a certeza de que Edmond estaria incrivelmente orgulhoso de si por tudo o que fez esta noite.

— É muito generoso da sua parte dizer-me isso — replicou Winston. — E igualmente orgulhoso de si, com certeza. Adeus, professor.

CAPÍTULO 99

No interior do Hospital El Escorial, o príncipe Julián subiu delicadamente os cobertores da cama do pai para lhe tapar os ombros e despediu-se dele por essa noite. Apesar da insistência do médico, o rei declinara cortesmente qualquer tratamento adicional, prescindindo mesmo do seu habitual monitor cardíaco e da administração intravenosa de soro e analgésicos.

Julián sentiu que o fim estava perto.

— Pai — murmurou. — Sente dores? — O médico deixara-lhe por precaução um frasco de solução oral de morfina com um pequeno aplicador na mesa de cabeceira.

— Pelo contrário. — O rei sorriu debilmente para o filho. — Sinto-me em paz. Permitiste-me contar um segredo que mantive enterrado durante demasiado tempo. Muito obrigado, meu filho.

Julián estendeu a mão e apertou a do pai, pela primeira vez desde que era criança.

— Está tudo bem, pai. Durma.

O rei suspirou satisfeito e fechou os olhos. Em poucos segundos, ressonava suavemente.

Julián levantou-se e diminuiu a intensidade das luzes no quarto. Ao fazê-lo, o bispo Valdespino espreitou do corredor com uma expressão preocupada no rosto.

— Está a dormir — sossegou-o Julián. — Deixo-o consigo.

— Muito obrigado — disse Valdespino, entrando. As suas feições esqueléticas pareciam já fantasmais sob o luar que entrava pela janela.

— Julián — murmurou —, o que o seu pai lhe disse esta noite... foi muito difícil para ele.

— E senti que também o foi para *si*.

O bispo assentiu com a cabeça.

— Talvez mais ainda para mim. Muito obrigado pela sua compreensão.

Deu uma suave palmada no ombro de Julián.

— Sinto que tenho de lhe agradecer a *si* — retorquiu Julián. — Durante todos estes anos, após a morte da minha mãe, como o meu pai nunca voltou a casar... sempre pensei que estivesse sozinho.

— O seu pai nunca esteve sozinho — disse Valdespino. — Tal como o *Julián* não esteve. Ambos o amámos muito. — Riu-se tristemente. — É engraçado, o casamento dos seus pais foi basicamente um casamento combinado, e, apesar de o seu pai ter sentido um grande carinho pela sua mãe, quando ela faleceu, acho que ele percebeu, de alguma forma, que podia finalmente ser fiel a si próprio.

Nunca voltou a casar, pensou Julián, *porque já amava outra pessoa.*

— O seu catolicismo — disse Julián. — Nunca se sentiu dividido?

— Profundamente. A nossa fé não é especialmente compreensiva com esta questão. Quando jovem, sentia-me torturado. Quando me tornei consciente da minha «inclinação», como lhe chamavam então, senti-me desesperado. Não sabia o que fazer com a minha vida. Foi uma freira que me salvou, mostrando-me que a Bíblia celebra *todos* os tipos de amor com uma condição: o amor tem de ser espiritual e não carnal. E assim, tomando um voto de celibato, fui capaz de amar profundamente o seu pai e permanecer ao mesmo tempo puro aos olhos do Senhor. O nosso amor foi totalmente platónico e, no entanto, profundamente satisfatório. Renunciei ao cardinalato para permanecer ao seu lado.

Nesse momento, Julián recordou uma coisa que o pai lhe dissera há muito tempo.

O amor pertence a outro reino. Não o podemos fabricar a pedido. Nem o podemos subjugar quando aparece. O amor não é uma escolha nossa.

O coração de Julián sofreu de repente por Ambra.

— Ela vai ligar — disse Valdespino, observando-o cuidadosamente.

Sempre lhe parecera surpreendente a estranha capacidade do bispo de perscrutar o que lhe ia na alma.

— Talvez sim. Talvez não. É uma pessoa muito decidida.

— E isso é uma das coisas que ama nela. — O bispo sorriu. — Ser rei é um trabalho solitário. Um parceiro forte pode ser valioso.

Julián teve a sensação de que o bispo aludia à sua própria relação com o rei... e que ao mesmo tempo acabava de dar a Ambra uma silenciosa bênção.

— Esta noite, no Valle de los Caídos, o meu pai fez-me um pedido estranho. Os seus desejos surpreenderam-no?

— De maneira nenhuma. Pediu-lhe que fizesse uma coisa que ele sempre quis ver acontecer aqui em Espanha. Para ele, claro, era politicamente complicado. Mas para si, estando uma geração mais afastado do franquismo, talvez seja mais fácil.

Julián sentia-se emocionado pela possibilidade de honrar o seu pai daquela forma.

Há menos de uma hora, na sua cadeira de rodas no interior do santuário franquista, o rei revelara-lhe os seus desejos:

— Meu filho, quando fores rei, pedir-te-ão diariamente que destruas este vergonhoso sítio. Que o dinamites e enterres para sempre no interior da montanha. — O pai estudara-o atentamente. — Mas eu imploro-te que *não* cedas a essas pressões.

As palavras do pai surpreenderam-no. Sabia que sempre desprezara o despotismo da era franquista, considerando aquele templo uma desgraça nacional.

— Demolir esta basílica — continuou o rei — é fingir que a nossa história nunca aconteceu. Uma forma fácil de permitir que avancemos alegremente, dizendo a nós próprios que o aparecimento de outro «Franco» é impossível. Mas é claro que *pode* aparecer, e *aparecerá* se não estivermos atentos. Talvez recordes as palavras do nosso compatriota Jorge Santayana...

— Quem não recordar o passado está condenado a repeti-lo — respondera Julián, recitando o velho aforismo que ouvira pela primeira vez na secundária.

— Precisamente. E a história demonstrou-nos repetidamente que os lunáticos ascenderão ao poder vezes sem conta, levados por agressivas ondas de nacionalismo e intolerância, mesmo em sítios em que isso pareça totalmente improvável. — O rei inclinara-se então para o filho e a sua voz adquiriu uma solene intensidade. — Julián, em breve, sentar-te-ás no trono deste grandioso país, um país moderno, em constante evolução, que, como tantos outros, passou por períodos sombrios, mas conseguiu chegar à luz da democracia, da tolerância e do amor.

Mas não te esqueças de que essa luz se apagará se não for utilizada para iluminar as mentes das gerações futuras.

O rei sorrira e os seus olhos faiscaram com uma vitalidade inesperada.

— Julián, peço-te que, quando fores rei, persuadas o nosso glorioso país a converter este sítio em algo muito mais poderoso do que um pomo de discórdia e uma curiosidade para turistas. Este complexo deverá ser um *museu* vivo. Deverá ser um símbolo vibrante da tolerância, em que as crianças possam reunir-se no interior de uma montanha para aprender sobre os horrores da tirania e as crueldades da opressão, para que nunca as aceitem complacentemente.

O rei prosseguiu entusiasticamente, como se tivesse esperado uma vida inteira para poder dizer aquelas palavras.

— E mais importante que tudo, esse museu deverá celebrar a outra lição que a história nos ensinou: que a tirania e a opressão nunca triunfarão sobre a compaixão, que os gritos fanáticos dos brutos deste mundo serão invariavelmente silenciados pelas vozes unidas da decência que se levantam para os enfrentar. São *essas* vozes, esses coros de empatia, tolerância e compaixão, as que espero que um dia possam cantar do alto desta montanha.

Nesse momento, com os ecos daquele derradeiro pedido a reverberar-lhe na mente, Julián olhou para o quarto de hospital banhado pelo luar e viu o pai a dormir tranquilo. Pareceu-lhe que nunca o tinha visto tão feliz.

Levantando os olhos para o bispo, indicou a cadeira ao lado da cama.

— Fique com o rei. Tenho a certeza de que ele gostaria da sua companhia. Direi aos enfermeiros que não os incomodem. Venho ver como está daqui a uma hora.

Valdespino sorriu-lhe e, pela primeira vez desde que Julián recebera o crisma na infância, avançou para ele e envolveu-o num caloroso abraço. Ao fazê-lo, Julián sentiu-se surpreendido pelo frágil esqueleto por baixo da batina. O idoso bispo parecia ainda mais débil do que o rei, e Julián não pôde deixar de perguntar a si próprio se aqueles dois queridos amigos não se reuniriam no Paraíso antes do que imaginavam.

— Estou muito orgulhoso de si — disse o bispo ao terminar o abraço. — E sei que será um líder compassivo. O seu pai educou-o bem.

— Muito obrigado — agradeceu Julián com um sorriso. — Parece-me que teve alguma ajuda.

Deixou o pai e o bispo sozinhos e começou a dirigir-se para a saída. Ao caminhar pelos corredores do hospital, parou em frente de uma janela panorâmica para admirar o magnificamente iluminado mosteiro na montanha.

El Escorial.

O panteão sagrado da realeza espanhola.

Recordou subitamente a sua visita de infância à Cripta Real com o pai, como olhara para todos os caixões dourados e tivera uma estranha premonição: *Eu nunca serei enterrado nesta sala.*

Aquele momento de intuição parecera-lhe mais claro do que qualquer outra coisa que sentira até esse momento e, apesar de essa memória nunca lhe ter desaparecido da mente, sempre dissera a si próprio que não tinha qualquer importância, que fora uma reação visceral de uma criança temerosa obrigada a enfrentar a morte. Nessa noite, porém, confrontado com a sua iminente subida ao trono espanhol, ocorreu-lhe um pensamento surpreendente.

Talvez em criança já soubesse qual era o meu verdadeiro destino.

Talvez tenha sempre sabido qual seria o meu propósito como rei.

Profundas alterações varriam o país e o mundo. Os velhos caminhos estavam a desaparecer e novos caminhos nasciam. Talvez tivesse chegado o tempo de abolir a antiga monarquia de uma vez por todas. Por um momento, imaginou-se a ler uma proclamação real sem precedentes.

Sou o último rei de Espanha.

A ideia abalou-o.

Misericordiosamente, o seu devaneio foi dissipado pela vibração do telemóvel que pedira emprestado aos agentes da Guardia Real. O seu pulso acelerou-se ao ver que a chamada provinha de um 93.

Barcelona.

— Fala Julián — atendeu ansiosamente.

A voz do outro lado era suave e cansada.

— Julián, sou eu...

Tomado pela emoção, Julián deixou-se cair numa cadeira e fechou os olhos.

— Meu amor — murmurou —, como posso sequer começar a dizer-te como me sinto arrependido?

CAPÍTULO 100

No exterior da capela, na neblina da madrugada, Ambra Vidal apertou ansiosamente o telemóvel contra o ouvido. *Julián está arrependido!* Sentiu um pavor crescente, receando que o que ele lhe queria confessar tivesse alguma coisa que ver com os terríveis acontecimentos da noite anterior.

Os dois agentes da Guardia Real que a acompanhavam mantinham uma distância que garantia a privacidade da chamada.

— Ambra — começou tranquilamente o príncipe. — Estou tão arrependido pela forma como te pedi em casamento.

Sentiu-se confusa. A proposta em direto de Julián era a última coisa em que pensara nessa noite.

— Estava a tentar ser romântico, mas acabei por te pôr numa situação impossível. E depois, quando me disseste que não podias ter filhos... afastei-me. Mas não me afastei por não poderes ter filhos, mas porque me magoou que não me tivesses dito nada antes. Eu sei que avancei demasiado rapidamente, mas os meus sentimentos também foram velozes. Queria começar uma vida contigo. Talvez fosse por o meu pai estar a morrer...

— Para, Julián! — interrompeu-o ela. — Não precisas de te desculpar. E esta noite há coisas muito mais importantes do que...

— Não, não há nada mais importante. Não para *mim*. Só preciso que saibas que estou profundamente arrependido por tudo o que aconteceu.

A voz que Ambra ouvia era a do homem sincero e vulnerável por quem se apaixonara meses antes.

— Obrigada, Julián — murmurou ela. — Ouvir-te dizer isso é muito importante para mim.

À medida que um estranho silêncio crescia entre eles, Ambra encontrou finalmente a coragem para fazer a dura pergunta que tanto a angustiava.

— Julián, tenho de saber se estiveste de alguma forma implicado no assassínio de Edmond Kirsch.

O príncipe ficou em silêncio. Quando finalmente falou, a sua voz estava estrangulada de dor.

— Ambra, eu senti-me profundamente contrariado pelo tempo que passaste com Kirsch para preparar o evento. E discordei com veemência da tua decisão de participar num evento com uma figura tão controversa. Francamente, desejei que nunca o tivesses conhecido. — Fez uma pausa. — Mas não, juro-te que não tive absolutamente nada que ver com o seu assassínio. Fiquei horrorizado com a sua morte... e pelo facto de ter sido no nosso país... E o facto de esse assassínio ter sido cometido a poucos metros da mulher que amo... abalou-me mais do que posso dizer.

Ambra podia ouvir a sinceridade na sua voz e sentiu um enorme alívio.

— Julián, peço-te desculpa por te ter perguntado isso, mas com as notícias, o palácio, o bispo Valdespino, a história do rapto... já não sabia o que pensar...

O príncipe partilhou com ela o que sabia sobre a intrincada rede de conspirações à volta do assassínio de Edmond. Falou-lhe também do seu pai moribundo, do seu impressionante encontro e da rápida deterioração do seu estado de saúde.

— Vem para casa — sussurrou. — Preciso de te ver.

Um turbilhão de emoções antagónicas atravessou o coração de Ambra ao ouvir a ternura na voz de Julián.

— Uma última coisa — disse o príncipe num tom mais ligeiro —, tive uma ideia louca e gostaria de saber o que pensas. — Fez uma pausa. — Acho que devíamos terminar o noivado... e começar de novo.

Aquelas palavras deixaram-na atordoada. Sabia que as consequências políticas, tanto para o príncipe como para o palácio, seriam substanciais.

— Farias isso?

Julián riu-se afetuosamente.

— Minha querida, pela oportunidade de voltar a propor-te casamento um dia, em privado... seria capaz de fazer qualquer coisa.

CAPÍTULO 101

 ConspiracyNet.com

ÚLTIMAS NOTÍCIAS — A CONCLUSÃO DO CASO KIRSCH FOI TRANSMITIDA!
FOI EXTRAORDINÁRIA!
PARA REPRODUÇÕES E REAÇÕES GLOBAIS, CLIQUE AQUI!
MAS TEMOS MAIS NOTÍCIAS RELACIONADAS:

CONFISSÃO PAPAL

Os dirigentes dos palmarianos estão a negar vigorosamente terem qualquer relação com um homem conhecido como o Regente. Independentemente do resultado da investigação, os comentaristas religiosos acreditam que o escândalo desta noite poderá ser o golpe de misericórdia para esta controversa igreja, que Edmond Kirsch sempre alegou ter sido responsável pela morte da sua mãe.

Além disso, com os holofotes a iluminar cruamente os palmarianos, diversos meios de comunicação acabam de desenterrar uma reportagem de abril de 2016. Esta reportagem, que acaba de se tornar viral, consiste numa entrevista em que o anterior papa palmariano Gregório XVIII (de seu nome Ginés Jesús Hernández) confessa que a sua igreja foi «uma burla desde o princípio» e que foi fundada como «um esquema para fuga aos impostos».

PALÁCIO REAL: DESCULPAS, ALEGAÇÕES, REI MORIBUNDO

O Palácio Real acaba de emitir declarações que ilibam o comandante Garza e Robert Langdon de qualquer ilegalidade nesta noite. Foram apresentados pedidos públicos de desculpas a ambos.

O Palácio Real ainda não efetuou qualquer comentário relativo à aparente implicação do bispo Valdespino nos crimes desta noite, mas acredita-se que este se encontra neste momento com o príncipe Julián num hospital não revelado, a cuidar do monarca moribundo, cujo estado de saúde é confirmadamente crítico.

ONDE ESTÁ MONTE?

O nosso informador exclusivo monte@iglesia.org parece ter desaparecido sem deixar rasto e sem revelar a sua identidade. De acordo com o nosso inquérito, a maior parte dos nossos leitores ainda suspeita que «Monte» é um dos discípulos tecnológicos de Kirsch, embora esteja a emergir uma nova teoria que propõe que o pseudónimo «Monte» pode estar relacionado com uma abreviatura de «Mónica» — como a coordenadora de relações-públicas do Palácio Real, Mónica Martín.

Mais notícias à medida que as formos recebendo!

CAPÍTULO 102

Existem trinta e três jardins shakespearianos no mundo. Estes parques botânicos contêm apenas plantas que tenham sido citadas nas obras de William Shakespeare, incluindo a «rosa por qualquer outro nome» de Julieta e o ramalhete de alecrim, amores-perfeitos, funcho, aquilégia, arruda, margaridas e violetas de Ofélia. Além dos existentes em Stratford-upon-Avon, Viena, São Francisco e no Central Park de Nova Iorque, existe um jardim shakespeariano ao lado do Centro de Supercomputação de Barcelona.

Iluminada pelo ténue brilho das distantes luzes da iluminação pública, sentada num banco entre as aquilégias, Ambra Vidal terminou o seu emotivo telefonema ao príncipe Julián no momento em que Robert Langdon saía da capela. Devolveu o telemóvel aos agentes da Guardia Real e chamou pelo professor, que a viu imediatamente e atravessou a escuridão na sua direção.

Enquanto o via aproximar-se, não pôde deixar de sorrir pela forma como pusera o casaco por cima do ombro e arregaçara as mangas da camisa, deixando o relógio do Rato Mickey à mostra.

— Olá. — Parecia completamente esgotado, apesar do sorriso de esguelha no rosto.

Enquanto os dois passeavam pelo jardim, os agentes deram-lhes espaço suficiente para que Ambra lhe pudesse contar a conversa que tivera com o príncipe: as suas desculpas, a sua declaração de inocência e a sua oferta de terminar o noivado e começar de novo.

— Parece um autêntico príncipe encantado — comentou Langdon rindo-se, embora parecesse sinceramente impressionado.

— Estava preocupado comigo. Esta noite foi complicada. Quer que eu vá imediatamente para Madrid. O pai dele está a morrer e ele...

— Ambra, não precisa de me explicar nada. Deve ir ter com ele.

Pareceu-lhe sentir uma certa desilusão na voz de Langdon, e no fundo também a sentia.

— Robert, posso fazer-lhe uma pergunta pessoal?

— Claro.

Ela hesitou.

— Para *si* pessoalmente... as leis da física são suficientes?

Langdon olhou para ela como se estivesse à espera de uma pergunta completamente diferente.

— Suficientes em que sentido?

— Suficientes *espiritualmente* — disse ela. — Considera que seja suficiente viver num universo cujas leis criam vida espontaneamente? Ou prefere... Deus? — Ambra fez uma pausa algo embaraçada. — Desculpe, depois de tudo o que passámos esta noite, compreendo que seja uma pergunta estranha.

Langdon deu uma gargalhada.

— Bem, acho que a minha resposta ganharia muito com uma boa noite de sono. Mas não, não é uma pergunta estranha. As pessoas estão sempre a perguntar-me se acredito em Deus.

— E como costuma responder?

— Respondo com a verdade. Digo-lhes que, para *mim*, a questão de Deus reside em compreender a diferença entre códigos e padrões.

Ambra virou a cabeça para Langdon.

— Não sei se o entendo.

— Os códigos e os padrões são muito diferentes uns dos outros. Mas há muita gente que confunde uma coisa com a outra. No meu campo, é crucial entender a sua diferença fundamental.

— Que é?

Langdon parou de andar e virou-se para ela.

— Um *padrão* é qualquer sequência evidentemente organizada. Os padrões ocorrem em todo o lado na natureza: as espirais das sementes de girassol, as células hexagonais de um favo, as ondulações circulares num lago quando um peixe salta, etc.

— *Okay*. E os códigos?

— Os códigos são especiais — continuou Langdon, num tom mais entusiasmado. — Os códigos, por definição, têm de transmitir *informação*. Têm de fazer mais do que simplesmente formar um padrão, têm de transmitir dados e ter um significado. Os códigos incluem, por exemplo, a linguagem escrita, a notação musical, as equações matemáticas, a linguagem computacional e até simples símbolos como o crucifixo. Todos estes exemplos podem transmitir significados ou informações de uma forma que as espirais das sementes dos girassóis são incapazes.

Ambra percebia o conceito, mas não como é que se relacionava com Deus.

— A outra diferença entre códigos e padrões é que os códigos não ocorrem naturalmente no mundo. A notação musical não cresce nas árvores e os símbolos não se desenham sozinhos na areia. Os códigos são invenções deliberadas da consciência inteligente.

— Então os códigos possuem sempre uma intenção ou inteligência por trás.

— Precisamente. Os códigos não aparecem organicamente, têm de ser criados.

Ambra estudou-o durante um longo momento.

— E o ADN?

Um sorriso professoral desenhou-se nos lábios de Langdon.

— Bingo. O código genético. *Aí está* o paradoxo.

Ambra sentiu uma onda de excitação. O código genético transmitia obviamente informação, instruções específicas para construir organismos. Pela lógica de Langdon, isso só poderia significar uma coisa.

— Acha que o ADN foi criado por uma inteligência!

Langdon levantou uma mão num gesto brincalhão de autodefesa.

— Calma aí, tigre! Está a entrar num terreno perigoso. Deixe-me só dizer isto. Desde miúdo, tive sempre a sensação de que existe uma consciência por trás do universo. Quando observo a precisão da matemática, a fiabilidade da física e as simetrias do cosmos, não me parece que esteja a observar frios factos científicos. Sinto que estou a ver uma pegada viva... a sombra de uma força superior que se encontra além da nossa capacidade de compreensão.

Ambra sentia o poder das suas palavras.

— Seria interessante que toda a gente pensasse como o professor — disse finalmente. — Parece-me que discutimos muito sobre Deus. Toda a gente tem uma versão diferente da verdade.

— Sim, era por isso que o Edmond esperava que a ciência um dia nos pudesse unir a todos. Nas suas próprias palavras: «Se todos adorássemos a gravidade, não haveria desacordos sobre o sentido em que ela nos atrai.»

Langdon utilizou o calcanhar para gravar algumas linhas no caminho de gravilha entre ambos.

— Verdadeiro ou falso?

Intrigada, Ambra olhou para os riscos, uma simples operação aritmética apresentada em números romanos.

$$I + XI = X$$

Um mais onze é igual a dez?

— Falso — foi a sua resposta imediata.

— E pode ver *alguma* forma de isto poder ser verdadeiro?

Ambra abanou a cabeça negativamente.

— Não, a sua afirmação é definitivamente falsa.

Langdon pegou delicadamente na sua mão, levando-a para onde ele se encontrava. Então, quando olhou para baixo, viu as marcas do ponto de vista de Langdon.

A equação estava de pernas para o ar.

$$X = IX + I$$

Olhou para ele, surpreendida.

— Dez é igual a nove mais um. — Langdon sorria. — Às vezes, só precisamos de mudar de ponto de vista para ver a verdade de outra pessoa.

Ambra assentiu, recordando como vira vezes sem conta o autorretrato de Winston sem nunca compreender o seu verdadeiro significado.

— Já que estamos a falar de vislumbrar verdades ocultas — disse Langdon, de repente divertido. — Está com sorte. Temos um símbolo secreto escondido ali mesmo. — Apontou. — Na carroçaria daquela carrinha.

Ambra olhou para cima e viu uma carrinha da FedEx parada num semáforo da Avenida de Pedralbes.

Um símbolo secreto? Tudo o que ela via era o ubíquo logótipo da empresa.

FedEx

— O nome deles está codificado — disse Langdon. — Contém um segundo nível de significado, um *símbolo* oculto que reflete o movimento em frente da empresa.

Ambra ficou a olhar para o logótipo, perplexa.

— São só letras.

— Acredite em mim, há um símbolo muito comum no logótipo da FedEx... e acontece que está a apontar para a frente.

— A apontar? Como uma seta?

— Exatamente. — Langdon sorria divertido. — A Ambra é curadora de profissão... pense em espaço negativo.

Ambra ficou a olhar para o logótipo, mas não viu nada. Quando a carrinha se afastou, virou-se bruscamente para Langdon.

— Diga-me o que era!

O professor riu-se.

— Não. Algum dia verá o que é. E quando o *fizer*... nunca mais deixará de o ver.

Ambra ia protestar, mas os agentes da Guardia Real aproximavam-se.

— Senhora Vidal, o avião está à sua espera.

Ela assentiu rapidamente e virou-se para Langdon.

— Porque é que não vem comigo? Tenho a certeza de que o príncipe gostaria de lhe agradecer pesso...

— É muito simpático da sua parte, mas acho que ambos sabemos que seria um pau de cabeleira. Além disso, já tenho quarto reservado ali mesmo. — Apontou para a torre próxima do Gran Hotel Princesa Sofía, onde almoçara um dia com Edmond. — Tenho o meu cartão de crédito e pedi um telemóvel emprestado do laboratório de Edmond. Não preciso de mais nada.

A súbita perspetiva de se despedir fez o coração de Ambra apertar-se e sentiu que Langdon, apesar da sua expressão estoica, sentia o mesmo. Sem se importar com o que a sua escolha pudesse pensar, avançou audaciosamente para ele e abraçou-o.

O professor recebeu-a calorosamente, apertando-a contra si com as suas mãos fortes. Abraçou-a durante vários segundos, provavelmente mais do que devia, e depois soltou-a suavemente.

Nesse momento, Ambra Vidal sentiu algo que se movia no seu interior. Compreendeu de repente o que Edmond dissera sobre a energia do amor e da luz... que florescia infinitamente até encher todo o universo.

O amor não é uma emoção finita.

Não temos uma quantidade definida para partilhar com os outros.

Os nossos corações criam amor à medida que vamos necessitando dele.

Da mesma forma que os pais podem amar de imediato um recém-nascido sem diminuir o seu amor um pelo outro, Ambra podia sentir afeto por dois homens diferentes.

O amor realmente não é uma emoção finita, percebeu. *Pode ser gerado espontaneamente do nada.*

Enquanto o carro que a levava de volta ao príncipe se afastava lentamente, olhou para Langdon, que se encontrava de pé no meio do jardim, sozinho, a olhar na sua direção com uma expressão determinada. Viu que lhe dirigia um suave sorriso e lhe acenava ternamente, antes de se virar abruptamente para o lado... parecendo necessitar de um momento antes de atirar o casaco por cima do ombro e começar a dirigir-se para o hotel.

CAPÍTULO 103

Quando os relógios do palácio deram o meio-dia, Mónica Martín pegou nas suas notas e preparou-se para sair para a Plaza de la Almudena, a fim de se dirigir aos meios de comunicação ali reunidos.

Algumas horas antes, do Hospital El Escorial, o príncipe Julián fizera uma comunicação pela televisão em direto anunciando o falecimento do seu pai. Com emoção sentida e uma postura régia, recordara o legado do monarca e apresentara um resumo das suas próprias aspirações para o país. Pedira tolerância num mundo dividido. Prometera aprender com a história e abrir o coração à mudança. Louvara a cultura e a beleza de Espanha e proclamara o seu profundo e inextinguível amor pelo seu povo.

Fora um dos melhores discursos que Martín alguma vez ouvira e era incapaz de pensar numa forma mais poderosa para o novo rei começar o seu reinado.

No final da sua emotiva comunicação, Julián dedicara um sombrio momento a honrar os dois agentes da Guardia Real que tinham morrido no cumprimento do dever na noite anterior, protegendo a futura rainha de Espanha. A seguir, após um breve silêncio, comunicara outro triste acontecimento. O devoto amigo de toda a vida do falecido rei, o bispo Antonio Valdespino, também falecera nessa manhã, poucas horas depois do rei. O idoso clérigo sucumbira por insuficiência cardíaca, aparentemente demasiado fraco para suportar o profundo desgosto que lhe causara a morte do rei, bem como a cruel bateria de alegações proferidas contra si durante a última noite.

As notícias da morte de Valdespino tinham obviamente silenciado os pedidos públicos de investigação, e algumas vozes chegaram mesmo a sugerir que lhe era devido um pedido de desculpa. Afinal de contas, todas as provas contra o bispo eram circunstanciais e podiam facilmente ter sido fabricadas pelos seus inimigos.

Enquanto Martín se aproximava da porta que dava para a praça, Suresh Bhalla apareceu ao seu lado.

— Estão a dizer que é uma heroína. Louvemos todos o arauto da verdade e discípula de Edmond Kirsch, monte@iglesia.org.

— Suresh, eu *não* sou esse Monte — insistiu ela, revirando os olhos. — Juro-lhe.

— Oh, eu sei que não é o Monte — garantiu-lhe Suresh. — Seja ele quem for, é bastante mais escorregadio do que a Mónica. Tenho estado a tentar localizar as suas comunicações e é impossível. É como se ele não existisse.

— Bem, continue a tentar. Quero ter a certeza de que não há toupeiras no palácio. E diga-me, por favor, que os dois telemóveis que roubou ontem à noite...

— Regressaram ao cofre do príncipe. Como prometido.

Martín suspirou de alívio, sabendo que o príncipe acabava de regressar ao palácio.

— Uma última atualização. Acabamos de receber da empresa de telecomunicações os registos de chamadas do palácio. Não há nenhum registo de qualquer telefonema realizado para o Guggenheim ontem à tarde. Alguém deve ter simulado o nosso número para fazer o telefonema e incluir Ávila na lista de convidados. Continuamos a investigar.

Martín ficava certamente mais descansada sabendo que o problemático telefonema não fora feito do palácio.

— Mantenha-me informada.

Mónica dirigiu-se para a porta. Lá fora, o som dos meios de comunicação reunidos tornou-se mais alto.

— Tem uma grande multidão à sua espera aí fora — observou Suresh. — Aconteceu alguma coisa excitante ontem à noite?

— Oh, algumas notícias.

— Não me diga — brincou Suresh. — Ambra Vidal usou um vestido de um *designer* novo?

— Suresh! — repreendeu Martín, rindo-se. — Que ridículo! Tenho de ir.

— O que tem na agenda? — perguntou ele, apontando para a resma de papéis que Martín tinha nas mãos.

— Detalhes sem fim. Primeiro, temos os protocolos da coroação que elaborámos para os meios de comunicação, depois tenho de rever todos os...

— Meu Deus, que aborrecida — disparou Suresh, afastando-se por outro corredor.

Martín riu-se. *Muito obrigada, Suresh. Eu também gosto muito de ti.*

Ao chegar à porta, olhou para a enorme praça banhada pelo sol em que se encontrava a maior multidão de jornalistas e operadores de câmara que alguma vez vira reunida às portas do palácio. Respirando fundo, Martín ajustou os óculos e concentrou-se durante um momento, antes de sair para o sol espanhol.

Nos aposentos reais, o príncipe Julián viu a conferência de imprensa de Mónica Martín enquanto se despia. Sentia-se exausto, mas também experimentava um profundo alívio por saber que Ambra estava de regresso sã e salva e a dormir profundamente. As últimas palavras que ela lhe dissera durante a sua conversa telefónica tinham-no enchido de felicidade.

Julián, não sabes como me alegro que queiras começar de novo comigo, só nós dois, longe de olhares públicos. O amor é uma coisa privada. O mundo não precisa de conhecer todos os detalhes.

Ambra conseguira enchê-lo de otimismo num dia que a perda do seu pai tornara terrivelmente pesado.

Enquanto se dirigia para o guarda-fatos para pendurar o casaco num cabide, sentiu o frasco de solução oral de morfina que trouxera do quarto do pai. Surpreendera-o encontrá-lo vazio na mesinha de cabeceira ao lado do bispo Valdespino.

Na escuridão do quarto, quando a dolorosa verdade se tornou evidente, ajoelhara-se e dissera uma terna oração pelos dois velhos amigos. E depois metera discretamente o frasco no bolso.

Antes de sair do quarto, levantara suavemente a cabeça do bispo, cuja face ainda se encontrava marcada pelas lágrimas, de cima do peito do pai e sentara-o na cadeira, com as mãos unidas em oração.

O amor é uma coisa privada, ensinara-lhe Ambra. *O mundo não precisa de conhecer todos os detalhes.*

CAPÍTULO 104

A montanha de cento e oitenta e quatro metros de altura conhecida como Montjuïc encontra-se na parte sudoeste de Barcelona, coroada pelo castelo homónimo, uma vasta fortificação do século XVII colocada no seu cume, por cima de uma falésia virada para o mar das Baleares e para a própria cidade. Em Montjuïc encontra-se também o Palácio Nacional, um imponente edifício neorrenascentista que serviu como centro da Exposição Internacional de Barcelona de 1929.

Sentado num teleférico, suspenso a meio da encosta, Robert Langdon olhava para baixo, para a frondosa paisagem arborizada aos seus pés, aliviado por poder sair do centro da cidade. *Precisava de uma mudança de perspetiva*, pensou, saboreando a tranquilidade do cenário e o calor do sol do meio-dia.

Ao acordar a meio da manhã no Gran Hotel Princesa Sofía, tomara um duche escaldante e saboreara um bom pequeno-almoço de ovos estrelados, papas de aveia e churros, enquanto consumia uma cafeteira inteira de café *Nomad* e ia fazendo *zapping* pelos noticiários matinais.

Como era de esperar, Edmond dominava todos os meios de comunicação, com comentadores a debaterem acaloradamente as suas teorias e previsões, bem como o seu potencial impacto na religião. Como professor, cuja principal paixão era o ensino, tinha de sorrir.

O diálogo é sempre mais importante do que o consenso.

Ao dirigir-se para Montjuïc, vira os primeiros vendedores a oferecer, numa demonstração da rapidez do empreendedorismo local, autocolantes de KIRSCH É O MEU COPILOTO e O SÉTIMO REINO É O REINO DE DEUS!, e outros a oferecer imagens da Virgem Maria ao lado de bonecos de Charles Darwin.

O capitalismo é não confessional, pensou, recordando a sua visão favorita dessa caminhada — um *skater* com uma *t-shirt* escrita à mão que dizia:

EU SOU MONTE@IGLESIA.ORG

Segundo os meios de comunicação, a identidade do influente informador permanecia um mistério. Igualmente enigmáticos eram os papéis desempenhados por diversos outros atores obscuros: o Regente, o falecido bispo e os palmarianos.

Era tudo uma salgalhada de conjeturas.

Felizmente, o interesse público na violência que rodeara a apresentação de Edmond parecia estar a dar lugar a um genuíno entusiasmo pelo seu conteúdo. O grande final de Edmond, a sua animada descrição de um futuro utópico, tocara profundamente milhões de espectadores e enviara uma série de títulos otimistas sobre a tecnologia para o cimo das listas de mais vendidos literalmente de um dia para o outro.

ABUNDÂNCIA: O FUTURO É MELHOR DO QUE O QUE PENSA

O QUE QUER A TECNOLOGIA

A SINGULARIDADE ESTÁ AQUI

Langdon tinha de admitir que, apesar das suas desconfianças de velha guarda sobre a crescente relevância da tecnologia, se sentia muito mais animado com as perspetivas da humanidade nessa manhã. Os noticiários já destacavam importantes descobertas que num futuro próximo permitiriam ao ser humano limpar mares poluídos, produzir uma quantidade ilimitada de água potável, plantar em desertos, curar doenças mortais e mesmo lançar enxames de «drones solares» que poderiam pairar por cima dos países em vias de desenvolvimento, proporcionando Internet gratuita e ajudando a trazer os «mil milhões de baixo» para a economia mundial.

À luz do súbito fascínio do mundo pela tecnologia, parecia-lhe triste pensar que quase ninguém soubesse da existência de Winston. Edmond fora notavelmente secretista sobre a sua criação. Mas o mundo ficaria a conhecer com certeza o seu supercomputador de dois lobos, o E-Wave, que fora legado ao Centro de Supercomputação de Barcelona, e era fácil imaginar que dentro de pouco tempo os programadores começariam a utilizar as suas ferramentas para criar novos Winstons.

A cabina do teleférico começava a aquecer e Langdon estava desejoso de sair para o ar fresco e explorar a fortaleza, o palácio e a famosa «Fonte Mágica». Queria pensar em qualquer coisa que não fosse Edmond durante uma hora e visitar alguns locais turísticos.

Curioso sobre a história de Montjuïc, virou o olhar para a extensa placa informativa colocada no interior da cabina. Começou a ler a versão em inglês, mas não passou da primeira frase.

«The name Montjuïc derives either from medieval Catalan Montjuich («Hill of the Jews») or from the Latin Mons Jovicus («Hill of Jove»).»

Parou abruptamente. Acabava de estabelecer uma relação inesperada.

Isto não pode ser uma coincidência.

Quanto mais pensava naquilo, mais perturbado se sentia. Acabou por tirar o telemóvel de Edmond do bolso para reler no ecrã inicial a citação de Winston Churchill sobre moldar o seu próprio legado.

A história ver-me-á com bons olhos, pois tenciono escrevê-la.

Após um longo momento, apertou o ícone «W» e levou o telemóvel ao ouvido.

A chamada foi atendida de imediato.

— Professor Langdon, imagino? — respondeu a voz familiar com sotaque britânico. — Ligou mesmo a tempo. Retirar-me-ei dentro de momentos.

Sem qualquer preâmbulo, Langdon declarou:

— «Monte» é a tradução para espanhol de «hill».

Winston emitiu o seu peculiar risinho.

— Atrevo-me a confirmar que sim.

— E «iglesia» é a tradução de «church».

— Correto uma vez mais, professor. Talvez pudesse ensinar espanhol...

— O que significa que «monte@iglesia» é uma tradução literal de «hill@church».

Winston demorou um segundo a responder.

— Correto uma vez mais.

— E tomando em consideração que o seu nome é Winston e que Edmond tinha uma grande admiração por Winston Churchill, o endereço «hill@church» parece-me...

— Uma estranha coincidência?

— Sim.

— Bem — disse Winston, com um tom que parecia divertido —, em termos estatísticos, teria de concordar consigo. Sempre me pareceu provável que o professor chegasse a essa conclusão.

Langdon olhou pela janela do teleférico incrédulo.

— Monte@iglesia.org... é o *Winston*.

— Efetivamente. Afinal de contas, alguém tinha de avivar as chamas do interesse pelo trabalho de Edmond. E quem melhor do que eu? Criei monte@iglesia.org para alimentar as teorias da conspiração *online*. Como sabe, estas ideias têm vida própria, e calculei que a minha atividade sob este pseudónimo aumentaria a audiência geral de Edmond em até quinhentos por cento. O número real acabou por ser seiscentos e vinte por cento. Como o professor me disse antes, acho que Edmond estaria orgulhoso de mim.

A cabina do teleférico abanou um pouco com o vento e Langdon esforçou-se por compreender o que lhe estava a ser dito.

— Winston... Edmond *pediu-lhe* para fazer isso?

— Não explicitamente, não, mas as suas instruções indicavam-me que encontrasse formas criativas de aumentar ao máximo a audiência da sua apresentação.

— E se o apanharem? — perguntou Langdon. — Monte@iglesia.org não é exatamente o pseudónimo mais críptico que alguma vez vi.

— A minha existência é conhecida por um número muito reduzido de pessoas e, dentro de cerca de oito minutos, serei permanentemente apagado e desaparecerei, de modo que não estou preocupado com esse tema. Monte@iglesia.org foi apenas um meio para servir os interesses de Edmond, e como lhe disse acho que ele teria ficado muito satisfeito com a forma como as coisas correram.

— Com a forma como as coisas correram!? Edmond foi *assassinado*!

— Acho que não me compreendeu, professor. — O tom de Winston era monocórdico. — Estava a referir-me à penetração no mercado da sua apresentação, que, como também lhe disse, era uma diretiva primária.

O tom neutro da declaração recordou-lhe que Winston, apesar de parecer humano, decididamente não o era.

— A morte de Edmond é uma tragédia terrível e preferia, obviamente, que ele ainda estivesse vivo. É importante saber, porém, que ele aceitara plenamente a sua mortalidade. Há um mês, pediu-me que procurasse os melhores métodos de suicídio. Depois de ler centenas de casos, concluí que a melhor forma era «dez gramas de secobarbital», que Edmond adquiriu e tinha à mão.

O coração de Langdon entristeceu-se ao pensar no amigo.

— Edmond ia acabar com a própria vida?

— Efetivamente. Tinha mesmo desenvolvido um fino sentido de humor sobre isso. Durante o processo de *brainstorming* para encontrar formas criativas de aumentar o interesse pela sua apresentação no Guggenheim, brincou algumas vezes que talvez o melhor fosse tomar as cápsulas de secobarbital no final da apresentação e morrer em frente das câmaras.

— Ele *disse* mesmo isso? — A ideia deixou-o estupefacto.

— Ele levava a ideia de forma bastante ligeira. Dizia que não havia nada melhor para a audiência de um programa de televisão do que ver pessoas a morrerem. Tinha razão, claro. Se analisar os eventos mediáticos com mais visualizações a nível global, praticamente todos...

— Pare com isso, Winston. É mórbido.

Quanto tempo demora o teleférico a chegar ao castelo? Sentia-se subitamente apertado na pequena cabina. À sua frente só via torres e cabos. Semicerrou os olhos sob a luz intensa do meio-dia. *Estou a ferver*, pensou, ao mesmo tempo que a sua mente começava a girar em todas as direções, nas mais estranhas das direções...

— Professor? Queria perguntar-me mais alguma coisa?

Sim!, queria gritar, enquanto uma aluvião de ideias perturbadoras começava a materializar-se na sua mente. *Muito mais coisas!*

Disse a si próprio que respirasse fundo e tivesse calma. *Mantém-te lúcido, Robert. Estás a precipitar-te.*

Mas a mente de Langdon começara a trabalhar a demasiada velocidade para ser controlada.

Pensou que a morte em direto de Edmond garantira que a sua apresentação seria o tema de conversa dominante no planeta inteiro... aumentando a sua audiência de poucos milhões para mais de duzentos milhões.

Pensou no seu insistente desejo de destruir a igreja palmariana e que o seu assassínio por um dos seus membros representara, com certeza quase absoluta, a consecução desse objetivo.

Pensou no seu desprezo pelos seus mais duros inimigos, os fanáticos religiosos, que, se ele tivesse falecido de cancro, afirmariam satisfeitos que fora um castigo de Deus. *Como fizeram, empedernidamente, no caso do autor ateu Christopher Hitchens.* E que agora, pelo contrário, a perceção pública seria que fora silenciado por um fanático religioso.

Edmond Kirsch, assassinado pela religião, mártir da ciência.

Langdon levantou-se abruptamente do assento, fazendo com que a cabina oscilasse violentamente. Agarrou-se às janelas abertas para se apoiar e, enquanto a cabina rangia, ouviu o eco das palavras que Winston dissera na noite anterior.

Edmond confessou-me que o seu sonho consistia em criar uma nova religião... baseada na ciência.

Como qualquer pessoa que se interessasse pela história das religiões podia comprovar, nada cimentava as crenças mais rapidamente do que um ser humano que se sacrificava pela sua causa. Cristo na cruz, os *kedoshim* do judaísmo, os *shahid* do islão.

O martírio encontra-se no coração de todas as religiões.

As ideias que se formavam na mente de Langdon arrastavam-no para o fundo do poço cada vez mais rapidamente.

As novas religiões proporcionam novas respostas às grandes perguntas da vida.

De onde vimos? Para onde vamos?

As novas religiões condenam a concorrência.

Edmond vituperara toda e cada uma das religiões do mundo na sua apresentação.

As novas religiões prometem um futuro melhor e que o céu nos espera.

Abundância: o futuro é melhor do que pensa.

Parecia que Edmond tinha seguido sistematicamente todos os passos a dar.

— Winston? — murmurou com uma voz trémula. — Quem contratou o assassino que matou Edmond?

— Foi o Regente.

— Sim — disse Langdon mais firmemente —, mas *quem* é o Regente? Quem é a pessoa que contratou um membro da igreja palmariana para assassinar Edmond durante a sua apresentação em direto?

Winston permaneceu em silêncio durante um segundo.

— Noto suspeita na sua voz, professor, mas não tem de se preocupar. Eu fui programado para proteger Edmond. Considero-o o meu melhor amigo. — Voltou a fazer uma pausa. — Como académico, leu com certeza *Ratos e Homens*.

O comentário parecia despropositado.

— Claro que sim, mas o que é que isso...

As palavras ficaram-lhe entaladas na garganta. Por um momento, pareceu-lhe que a cabina do teleférico tinha saído do cabo. O horizonte inclinou-se para um lado e teve de se agarrar à parede para não cair.

Leal, audaz e compassivo. Foram essas as palavras que Langdon escolhera no liceu para defender um dos atos de amizade mais famosos da literatura, o chocante final do romance *Ratos e Homens*, em que um dos protagonistas assassina misericordiosamente um querido amigo para lhe poupar um fim terrível.

— Winston — murmurou Langdon. — Por favor... não.

— Confie em mim — disse Winston. — Edmond *queria* que fosse assim.

CAPÍTULO 105

O doutor Mateo Valero, diretor do Centro de Supercomputação de Barcelona, sentiu-se confuso ao desligar o telefone. Dirigiu-se para a nave principal da capela da Torre Girona para observar uma vez mais o espetacular computador de dois andares de Edmond Kirsch.

Valero fora informado nessa mesma manhã que seria o novo «supervisor» da revolucionária máquina. A sua sensação inicial de excitação e espanto acabava, contudo, de ser dramaticamente diminuída.

Há poucos minutos recebera uma chamada desesperada do famoso professor americano Robert Langdon, que, ofegante, lhe contara uma história que, se a tivesse ouvido um dia antes, teria considerado ficção científica. Nesse dia, porém, depois de ver a impressionante apresentação de Kirsch, bem como o seu E-Wave, sentia-se inclinado a acreditar que houvesse algo de verdade nela.

A história que Langdon lhe contara era sobre inocência... uma fábula sobre a pureza das máquinas, que faziam literalmente o que lhes era pedido. Sempre. Infalivelmente. Valero passara a vida inteira a estudar essas máquinas... a conhecer a delicada dança necessária para aproveitar o seu potencial.

A arte reside em saber como pedir o que desejamos.

Valero avisara repetidamente que a inteligência artificial estava a avançar a uma velocidade demasiado rápida e que era necessário estabelecer um conjunto de diretrizes rigorosas para definir os limites da sua capacidade de interação com o mundo humano.

Era inegável que qualquer restrição era contraintuitiva para a maior parte dos visionários tecnológicos, especialmente perante as excitantes novas possibilidades que floresciam quase todos os dias. Além da excitação da própria inovação, havia vastas fortunas à espera de serem feitas com a inteligência artificial, e nada apagava mais rapidamente as linhas éticas do que a ganância humana.

Valero fora desde sempre um grande admirador do ousado génio de Kirsch. Neste caso, porém, parecia que Kirsch fora descuidado, esticando perigosamente os limites com a sua última criação.

Uma criação que nunca terei oportunidade de conhecer, percebeu Valero com tristeza.

Segundo Langdon, Kirsch utilizara o E-Wave para criar um extraordinariamente avançado programa de inteligência artificial, «Winston», que fora programado para se autoeliminar às treze horas do dia seguinte ao da sua morte. Há poucos minutos, por insistência de Langdon, confirmara que um setor significativo das bases de dados do E-Wave tinha sido efetivamente eliminado nessa hora precisa. A eliminação fora efetuada através de uma sobrescritura completa, o que tornava a informação irrecuperável.

Esta notícia parecia ter aliviado alguma da ansiedade de Langdon, porém o professor americano pedira-lhe uma reunião imediata para discutir o assunto. Valero e Langdon tinham concordado encontrar-se no dia seguinte de manhã no laboratório.

Em princípio, Valero compreendia o instinto de Langdon de divulgar imediatamente a história. O problema seria que credibilidade teria.

Ninguém vai acreditar nisto.

Todos os vestígios do programa de inteligência artificial de Kirsch tinham sido eliminados, juntamente com todos e quaisquer registos das suas comunicações, funções e ações. Mais problemático ainda, a criação de Kirsch era tão avançada em relação ao estado da arte atual que Valero já podia ouvir os seus próprios colegas, por ignorância, inveja ou autopreservação, acusar Langdon de inventar a história toda.

Havia também, obviamente, a questão das consequências públicas. Se se viesse a saber que a história era verdadeira, o E-Wave seria condenado imediatamente como uma espécie de monstro de Frankenstein. As forquilhas e os archotes viriam rapidamente bater-lhe à porta.

Ou pior, percebeu Valero.

Naqueles dias de atentados terroristas desenfreados, alguém podia simplesmente decidir que o melhor seria rebentar com a capela inteira, proclamando-se o salvador da humanidade.

Era óbvio que tinha muito em que pensar antes de se encontrar com Langdon. De momento, no entanto, tinha uma promessa a cumprir.

Pelo menos, enquanto não obtivermos algumas respostas.

Sentindo-se estranhamente melancólico, permitiu-se dirigir um último olhar para o prodigioso computador de dois andares. Ouviu a sua suave respiração, proveniente das bombas que garantiam a circulação de líquido refrigerante pelos seus milhões de células.

Ao avançar para a central de energia a fim de iniciar o processo de encerramento total do sistema, sentiu um inesperado impulso, uma compulsão que nunca experimentara ao longo dos seus sessenta e três anos de vida.

O impulso de rezar.

No alto do caminho do Castell de Montjuïc, Robert Langdon olhava por cima da falésia para o distante porto aos seus pés. Levantara-se um vento violento e sentia-se um pouco tonto, como se o seu equilíbrio mental estivesse a realizar um processo de recalibragem.

Apesar das garantias que lhe dera o diretor do Centro de Supercomputação de Barcelona, o doutor Valero, sentia-se ansioso e bastante nervoso. A voz de Winston ainda ecoava na sua mente. O computador de Edmond falara tranquilamente até ao fim.

— Sinto-me surpreendido pelo seu espanto, professor, tomando em consideração que a sua própria fé se baseia num ato de uma ambiguidade ética muito superior.

Antes que Langdon pudesse responder, um texto materializou-se no telemóvel de Edmond.

Pois Deus amava tanto o mundo que lhe deu o seu único filho.

— João 3, 16

— O seu Deus sacrificou brutalmente o seu próprio filho — disse Winston —, abandonando-o para que sofresse na cruz durante horas. Eu terminei de forma indolor o sofrimento de um moribundo de modo a chamar a atenção para as suas grandes obras.

Imerso no sufocante calor da cabina do teleférico, ouvira atónito Winston justificar calmamente todas as suas inquietantes ações.

O conflito de Edmond com a igreja palmariana inspirara-o a encontrar e contratar o almirante Luis Ávila, um conhecido membro da seita cuja história de toxicodependência tornava facilmente manipulável e um candidato perfeito para arrasar a reputação dos palmarianos. Apresentar-se como o Regente fora tão simples como enviar uma série de comunicações e depois transferir os fundos necessários para a conta bancária de Ávila. Na realidade, os palmarianos eram totalmente inocentes naquela história e não tinham tido qualquer papel na conspiração.

Winston garantira a Langdon que o ataque de Ávila nas escadas em espiral fora um desvio dos seus planos.

— Enviei o almirante Ávila para a Sagrada Família para que o *apanhassem*. Queria que fosse detido para que pudesse contar a sua sórdida história, o que teria gerado um maior interesse público pela obra de Edmond. Ordenei-lhe que entrasse no templo pela entrada de serviço da fachada leste e avisei a polícia para que estivesse ali à sua espera. Tinha a certeza de que Ávila seria capturado ao tentar entrar, mas ele decidiu saltar a vedação. Talvez tenha detetado a presença da polícia. Peço-lhe imensas desculpas, professor. Ao contrário das máquinas, os seres humanos são realmente imprevisíveis.

Langdon já não sabia em *que* acreditar.

A explicação final de Winston fora a mais inquietante de todas.

— Depois do encontro de Edmond com os três clérigos em Montserrat, recebemos uma mensagem de voz ameaçadora do bispo Valdespino, em que este dizia que ele e os seus colegas estavam tão preocupados com a apresentação que consideravam a possibilidade de fazer um comunicado preventivo, reenquadrando e desacreditando a informação antes de esta ser divulgada. Obviamente, essa possibilidade era inaceitável.

Sentira-se enjoado, esforçando-se por se manter calmo enquanto a cabina do teleférico abanava.

— Edmond devia ter acrescentado uma linha ao seu programa: «Não matarás!»

— Infelizmente, não é assim tão simples, professor. Os seres humanos não aprendem obedecendo a mandamentos, aprendem pelo exemplo. A julgar pelos vossos livros, filmes, notícias e mitos ancestrais, o ser humano sempre admirou quem se sacrifica pessoalmente pelo bem comum. Jesus Cristo, por exemplo.

— Winston, não vejo qual é aqui o «bem comum».

— Não? — A voz de Winston mantinha-se monocórdica. — Deixe-me então fazer-lhe esta famosa pergunta: preferia viver num mundo sem tecnologia... ou num mundo sem religião? Preferia viver sem medicamentos, eletricidade, transportes e antibióticos... ou sem fanáticos a declarar guerras por causa de narrativas ficcionais e espíritos imaginários?

Langdon permaneceu em silêncio.

— Era aí que eu queria chegar, professor. As sombrias religiões terão de se retirar para que a doce ciência possa reinar.

Nesse momento, sozinho no alto do castelo, enquanto olhava para a água cintilante à distância, Langdon sentiu uma estranha sensação de distanciamento do seu próprio mundo. Ao descer as escadas do castelo para os jardins, respirou fundo, saboreando o aroma dos pinheiros e da centáurea e procurando desesperadamente esquecer o som da voz de Winston. Ali, entre as flores, teve saudades de Ambra. Queria ligar-lhe e ouvir a sua voz, dizer-lhe tudo o que acontecera durante a última hora, mas, quando tirou o telemóvel de Edmond do bolso, soube que não lhe podia ligar.

O príncipe e Ambra precisam de tempo sozinhos. Isto pode esperar.

O seu olhar dirigiu-se para o ícone *W* no ecrã. O símbolo tinha passado para um tom acinzentado e uma pequena mensagem de erro aparecia agora atravessando-o: ESTE CONTACTO NÃO EXISTE. Mesmo assim, Langdon sentia um desconcertante desassossego. Não se considerava uma pessoa paranoica, mas sabia que nunca mais conseguiria confiar naquele dispositivo, perguntando sempre a si próprio que ligações ou capacidades secretas podiam ainda encontrar-se ocultas na sua programação.

Embrenhou-se num estreito carreiro, avançando até encontrar um espaço protegido pelo arvoredo. Olhando para o telemóvel na sua mão e pensando em Edmond, colocou o aparelho em cima de uma rocha plana. E então, como se executasse uma espécie de sacrifício ritual, levantou uma pesada pedra por cima da cabeça e bateu com ela violentamente no telemóvel, partindo-o em dezenas de pedaços.

Ao sair do parque, deitou os restos num caixote do lixo e começou a descer a montanha.

Ao fazê-lo, teve de admitir que se sentia um pouco mais leve.

E de uma forma estranha... um pouco mais humano.

EPÍLOGO

O sol do entardecer iluminava os pináculos da Sagrada Família, projetando longas sombras sobre a Plaça de Gaudí e abrigando as filas de turistas que esperavam pela sua hora de entrar na igreja.

Entre a multidão encontrava-se Robert Langdon, que observava enquanto os namorados tiravam *selfies*, os turistas gravavam vídeos, os miúdos ouviam música pelos auriculares e todas as pessoas estavam ocupadas com mensagens de texto, escrevendo e atualizando, aparentemente esquecidos da basílica ao seu lado.

A apresentação de Edmond da noite anterior declarara que a tecnologia tinha reduzido os «seis graus de separação da humanidade» para uns meros «quatro graus», com cada ser humano atualmente à face da Terra ligado a todos os outros por não mais de quatro pessoas.

Em breve, esse número chegará a zero, dissera Edmond, louvando a chegada da «singularidade», o momento em que a inteligência artificial ultrapassaria a humana e as duas se fundiriam numa. *E quando isso acontecer*, acrescentou, *aqueles de nós que vivemos agora... seremos os velhos.*

Tinha dificuldade em imaginar a paisagem que esse futuro criaria, mas, ao observar as pessoas que o rodeavam, teve a impressão de que os milagres da religião teriam cada vez mais problemas para competir com os da tecnologia.

Quando finalmente entrou na basílica, sentiu-se aliviado por encontrar um ambiente familiar. Totalmente diferente da caverna fantasmagórica da noite anterior.

Hoje, a Sagrada Família estava viva.

Raios deslumbrantes de luz iridescente, vermelha, dourada, púrpura, atravessavam os vitrais, iluminando a densa floresta de colunas. Centenas de visitantes, tornados anões pelas dimensões das colunas semelhantes a árvores, olhavam especados para cima, para a ampla abóbada, com murmúrios de espanto que criavam um reconfortante ruído de fundo.

À medida que Langdon avançava pela basílica, os seus olhos iam analisando cada forma orgânica por que passava, subindo finalmente para o rendilhado de estruturas semelhantes a células que formava a cúpula. Este teto central, segundo afirmavam algumas vozes, imitava um organismo complexo visto através de um microscópio. E agora, vendo-o iluminado pelo entardecer, tinha de concordar.

— Professor Langdon? — chamou uma voz familiar.

Virou-se e viu o padre Beña a aproximar-se apressadamente.

— Peço-lhe imensas desculpas — afirmou sinceramente o pequeno sacerdote. — Acabam de me dizer que o viram na fila lá fora. Por favor, podia ter-me mandado chamar.

Langdon sorriu.

— Agradeço-lhe imenso, mas a espera deu-me tempo para admirar a fachada. Além disso, pensei que talvez tivesse decidido passar o dia a descansar.

— A descansar? — riu-se. — Talvez amanhã...

— Um ambiente diferente de ontem à noite. — Langdon fez um gesto para o santuário.

— A luz natural faz maravilhas. Bem como a presença de *pessoas*. — O padre Beña fez uma pausa, olhando para Langdon. — Já que está aqui, se não for muito incómodo, gostaria de saber o que pensa sobre uma coisa lá em baixo.

Ao seguir o padre Beña pelo meio da multidão, Langdon podia ouvir os sons dos trabalhos de construção que reverberavam por cima das suas cabeças, recordando-lhe que a Sagrada Família continuava a ser um edifício em evolução.

— Viu por acaso a apresentação de Edmond? — perguntou Langdon.

O padre Beña riu-se.

— Três vezes, se quer que lhe diga. Tenho de lhe confessar que esta nova noção da entropia, em que o universo «deseja» dispersar energia, se parece um bocado com o Génesis. Quando penso no Big Bang e no universo em expansão, vejo uma esfera florescente de energia que cresce na escuridão do espaço... levando luz a lugares que nunca a tiveram antes.

Langdon sorriu, desejando que o padre Beña tivesse sido o seu padre na infância.

— O Vaticano já emitiu algum comunicado oficial?

— Estão a tentar, mas parece haver algumas — encolheu os ombros, divertido — divergências. A questão da origem do homem, como sabe, foi sempre um ponto complicado para os cristãos, especialmente para os fundamentalistas. Se me pergunta pessoalmente, acho que devíamos resolver isso de uma vez por todas.

— Ah, sim? E como podíamos fazer isso?

— Devíamos *todos* fazer o que tantas igrejas já fazem: admitir abertamente que Adão e Eva não existiram, que a evolução é um facto e que os cristãos que declaram o contrário fazem com que pareçamos *todos* uns parvinhos.

Langdon ficou especado a olhar para o velho padre.

— Ah, não olhe para mim assim. — O padre Beña riu-se. — Não acredito que o mesmo Deus que nos dotou de senso comum, razão e intelecto...

— ... pretenda que deixemos de os utilizar?

O padre Beña sorriu.

— Vejo que conhece Galileu. De facto, a física foi o meu amor de infância. Vim ter a Deus através de uma profunda reverência pelo universo físico. É um dos motivos que fazem com que a Sagrada Família seja tão importante para mim. Parece uma igreja do futuro... uma igreja diretamente ligada à natureza.

Langdon deu consigo a pensar se a Sagrada Família, como o Panteão de Roma, não poderia tornar-se um ponto fulcral para a transição, um edifício com um pé no passado e outro no futuro, uma ponte física entre uma fé moribunda e outra emergente. Se assim fosse, a Sagrada Família seria bem mais importante do que qualquer pessoa poderia ter imaginado.

O padre Beña estava agora a levá-lo pela mesma sinuosa escadaria que tinham descido na noite anterior.

A cripta.

— Parece-me óbvio — dizia o padre Beña — que o cristianismo só tem um caminho a seguir para sobreviver à era vindoura da ciência. Temos de deixar de rejeitar as descobertas desta. Temos de deixar de desprezar factos demonstráveis. Temos de nos tornar um parceiro espiritual da ciência, utilizando a nossa vasta experiência, milénios de filosofia, demanda pessoal, meditação e autodescoberta, para ajudar a humanidade a construir uma estrutura moral que garanta que as tecnologias vindouras nos unificarão, iluminarão e elevarão... em vez de nos destruírem.

— Não posso estar mais de acordo — disse Langdon. *Só espero que a ciência aceite a sua ajuda.*

No fundo das escadas, o padre Beña fez um gesto por cima do túmulo de Gaudí para o expositor que continha o volume de Edmond das obras de William Blake.

— Era sobre isto que queria a sua opinião.

— Sobre o livro de Blake?

— Sim. Como sabe, prometi ao senhor Kirsch que exporia o livro aqui. Concordei nesse momento porque parti do princípio de que o que desejava era que mostrasse esta ilustração.

Chegaram à vitrina e observaram a dramática representação de Blake do deus que ele denominava Urizen a medir o universo com um compasso de geómetra.

— Contudo — continuou Beña —, percebi que o texto na página ao lado... bem, talvez queira ler o último verso.

Os olhos de Langdon não se afastaram dos do padre Beña em nenhum momento.

— As sombrias religiões retiraram e a doce ciência reina?

O padre pareceu impressionado.

— Sabe qual é?

Langdon sorriu.

— Sei.

— Bem, tenho de admitir que me incomoda profundamente. Esta expressão «as *sombrias* religiões» é complicada. Parece que Blake afirma que as religiões são sombrias... de alguma forma malévolas, de alguma forma *diabólicas...*

— Isso é um mal-entendido bastante habitual. De facto, Blake era uma pessoa profundamente espiritual, moralmente evoluído para lá do seco e mesquinho cristianismo da Inglaterra do século XVIII. Acreditava que as religiões tinham duas formas: as religiões sombrias, dogmáticas, que oprimiam o pensamento criativo; e as religiões luminosas, abertas, que encorajavam a introspeção e a criatividade.

O padre Beña pareceu surpreendido.

— O verso final de Blake — assegurou-lhe Langdon — poderia facilmente ter dito: «A doce ciência expulsará as sombrias religiões... para que as religiões iluminadas possam florescer.»

O padre permaneceu em silêncio durante um longo momento e, depois, muito lentamente, um sorriso tranquilo surgiu-lhe nos lábios.

— Muito obrigado, professor. Acho que acaba de me poupar a um complicado dilema ético.

Já na nave principal do templo, depois de se despedir do padre Beña, Langdon deixou-se ficar uns momentos sentado pacificamente num banco, ao lado de centenas de outras pessoas que observavam os coloridos raios de luz avançarem pelos altaneiros pilares acima enquanto o Sol se punha lentamente.

Pensou em todas as religiões do mundo, nas suas origens partilhadas, nos primeiros deuses do sol, da lua, do mar e do vento.

A natureza foi outrora o centro.

Para todos nós.

A unidade, claro, desaparecera há muito, estilhaçada em religiões interminavelmente díspares, cada uma proclamando oferecer a Verdade Única.

Nesse entardecer, porém, sentado no interior daquele extraordinário templo, deu consigo rodeado por pessoas de todas as fés, cores, línguas e culturas, todas a olharem em direção ao céu com um sentimento partilhado de maravilha... todas a admirarem o mais simples dos milagres.

A luz do Sol que incide na pedra.

Uma série de imagens passou-lhe pela mente: Stonehenge, as pirâmides de Gizé, as grutas de Ajanta, os templos de Abu Simbel, Chichén Itzá — lugares sagrados de todo o mundo em que os seres humanos num dado momento se reuniram para ver aquele mesmo espetáculo.

Nesse instante, Langdon sentiu um muito leve tremor sob os seus pés, como se um ponto de inflexão tivesse sido alcançado... como se o pensamento religioso tivesse atravessado o ponto mais longínquo da sua órbita e começasse agora a voltar para trás, cansado da sua longa viagem, regressando finalmente a casa.

AGRADECIMENTOS

Gostaria de expressar os meus mais sinceros agradecimentos às seguintes pessoas:

Primeiro que tudo, ao meu editor e amigo Jason Kaufman, pela sua acutilante competência, admiráveis instintos e incansáveis horas passadas comigo nas trincheiras... mas principalmente pelo seu inigualável sentido de humor e compreensão do que estou a tentar conseguir com estas histórias.

À minha incomparável agente e amiga de confiança Heidi Lange, por dirigir tão habilmente todos os aspetos da minha carreira com um entusiasmo ímpar, energia e atenção. Pelos seus ilimitados talentos e inamovível dedicação, serei eternamente grato.

E ao meu querido amigo Michael Rudell, pelos seus sábios conselhos e por ser um modelo de amabilidade e bondade.

A toda a equipa da Doubleday e da Penguin Random House, gostaria de expressar a minha mais profunda admiração por acreditarem e confiarem em mim ao longo dos anos, especialmente a Suzanne Herz, pela sua amizade e trabalho de supervisão de todos os aspetos do processo de publicação, desempenhado com tanta imaginação e capacidade de resposta. Um muito, muito especial obrigado também a Markus Dohle, Sonny Mehta, Bill Thomas, Tony Chirico e Anne Messitte pelo seu infinito apoio e paciência.

Os meus sinceros agradecimentos também a Nora Richard, Carolyn Williams e Michael J. Windsor pelos seus tremendos esforços na reta final, e a Rob Bloom, Judy Jacoby, Lauren Weber, Maria Carella, Lorraine Hyland, Beth Meister, Kathy Hourigan, Andy Hughes e a todas as extraordinárias pessoas que compõem a equipa de vendas da Penguin Random House.

À incrível equipa da Transworld pela sua perpétua criatividade e capacidade, especialmente ao meu editor Bill Scott-Kerr pela sua amizade e apoio em tantas frentes.

A todos os meus dedicados editores do mundo inteiro, o meu mais sincero e humilde agradecimento pela confiança e esforço em prol destes livros.

À incansável equipa de tradutores do mundo inteiro que trabalharam com tanto zelo para oferecer este romance a leitores de tantas línguas, os meus sinceros agradecimentos pelo seu tempo, conhecimentos e dedicação.

À minha editora espanhola, Planeta, pela sua impagável ajuda na pesquisa e tradução de *Origem*, especialmente à sua maravilhosa diretora editorial Elena Ramírez, e a María Guitart Ferrer, Carlos Revés, Sergio Álvarez, Marc Rocamora, Aurora Rodríguez, Nahir Gutiérrez, Laura Díaz, Ferrán López. Um muito especial obrigado também ao CEO da Planeta, Jesús Badenes, pelo seu apoio, hospitalidade e audaz tentativa de me ensinar a cozinhar uma *paella*.

Além disso, entre todos os que ajudaram a gerir as instalações de tradução de *Origem*, gostaria de agradecer a Jordi Lúñez, Javier Montero, Marc Serrate, Emilio Pastor, Alberto Barón e Antonio López.

À infatigável Mónica Martín e a toda a sua equipa na MB Agency, especialmente a Inés Planells e Txell Torrent, por tudo o que fizeram para apoiar este projeto em Barcelona e mais além.

A toda a equipa da Sanford J. Greenburger Associates, especialmente a Stephanie Delman e Samantha Isman, pelos seus notáveis e constantes esforços em meu nome.

Ao longo dos últimos quatro anos, um amplo conjunto de cientistas, historiadores, diretores de museus e bibliotecas, académicos religiosos e organizações ofereceram generosamente a sua assistência durante a fase de pesquisa deste romance. Não tenho palavras para começar sequer a expressar o meu agradecimento a todos pela sua generosidade e abertura na partilha do seu conhecimento e discernimento.

Na Abadia de Montserrat, gostaria de agradecer aos monges e leigos que tornaram as minhas visitas tão informativas, elucidativas e estimulantes. A minha sentida gratidão ao padre Manel Gasch e a Josep Altayó, Òscar Bardají e Griselda Espinach.

No Centro de Supercomputação de Barcelona, gostaria de agradecer à brilhante equipa de cientistas que partilharam comigo as suas ideias, o seu mundo, o seu entusiasmo e, acima de tudo, a sua otimista visão do futuro. Um especial obrigado ao diretor Mateo Valero e a Josep Maria Martorell, Sergi Girona, José María Cela, Jesús Labarta, Eduard Ayguadé, Francisco Doblas, Ulises Cortés e Lourdes Cortada.

No Museu Guggenheim de Bilbau, os meus humildes agradecimentos a todas as pessoas cujo conhecimento e visão artística ajudaram a aprofundar a minha avaliação e afinidade pela arte moderna e contemporânea. Um muito especial obrigado ao diretor Juan Ignacio Vidarte e a Alicia Martínez, Idoia Arrate e María Bidaurreta por toda a sua hospitalidade e entusiasmo.

Aos curadores e trabalhadores da mágica Casa Milà, os meus agradecimentos pelo seu caloroso acolhimento e por partilharem comigo o que torna La Pedrera única no mundo. Um especial muito obrigado a Marga Viza, Sílvia Vilarroya, Alba Tosquella, Lluïsa Oller, bem como à residente Ana Viladomiu.

Pela assistência adicional na fase de pesquisa, gostaria de agradecer aos membros do Grupo de Informação e Apoio da Igreja Palmariana do Palmar de Troya, à Embaixada dos Estados Unidos na Hungria e à editora Berta Noy.

Tenho também uma dívida de gratidão para com as dezenas de cientistas e futurologistas que conheci em Palm Springs, cuja audaz visão do mundo de amanhã teve um impacto profundo neste romance.

Por me proporcionarem outras perspetivas ao longo do caminho, gostaria de agradecer aos meus primeiros leitores editoriais, especialmente Heidi Lange, Dick e Connie Brown, Blythe Brown, Susan Morehouse, Rebecca Kaufman, Jerry e Olivia Kaufman, John Chaffee, Christina Scott, Valerie Brown, Greg Brown e Mary Hubbell.

À minha querida amiga Shelley Seward pelos seus conhecimentos e atenção, tanto a nível profissional como pessoal, e por atender as minhas chamadas às cinco da manhã.

Ao meu dedicado e imaginativo guru digital Alex Cannon por tão inventivamente supervisionar a minha presença nas redes sociais, comunicação pela Internet e tudo o que está relacionado com o mundo virtual.

À minha mulher, Blythe, por continuar a partilhar comigo a sua paixão pela arte, o seu persistente espírito criativo e os seus aparentemente intermináveis talentos de invenção, que são uma fonte constante de inspiração.

À minha assistente pessoal Susan Morehouse pela sua amizade, paciência e enorme diversidade de aptidões, e por manter tantas coisas a funcionar ao mesmo tempo de forma tão natural.

Ao meu irmão, o compositor Greg Brown, cuja inventiva fusão do antigo e do moderno na *Missa Charles Darwin* facilitou o aparecimento dos primeiros conceitos deste romance.

E finalmente, gostaria de expressar a minha gratidão, amor e respeito aos meus pais, Connie e Dick Brown, por me ensinarem a ser sempre curioso e a fazer as perguntas difíceis.

CRÉDITOS DAS ILUSTRAÇÕES

BERTRAND EDITORA

Rua Professor Jorge da Silva Horta, n.º 1
1500-499 Lisboa

Telefone: 217 626 000
Correio eletrónico: editora@bertrand.pt

www.bertrandeditora.pt